ROMEON
VERLAG

Im Visier der unsichtbaren Macht

1. Auflage, erschienen 9-2018

Umschlaggestaltung: Romeon Verlag
Text: Jutta Duwe
Layout: Romeon Verlag

ISBN: 978-3-96229-047-4

www.romeon-verlag.de

Bibliografische Information der Deutschen Nationalbibliothek:
Die Deutsche Nationalbibliothek verzeichnet diese Publikation in der Deutschen Nationalbibliografie; detaillierte bibliografische Daten sind im Internet über http://dnb.dnb.de abrufbar.

ROMEON R1047 - rv102

Im Visier
der unsichtbaren
Macht

Ein wahres Ost-West-Liebesdrama
im geteilten Deutschland

Dieses Buch widme ich
meiner Familie und
meinen Freunden.

Inhalt

Vorwort

Die zauberhafte Ost-West-Liebe zwischen Judith und John im geteilten Deutschland wurde bald auf eine harte Probe gestellt. Durch Neid und Verrat von Freunden geriet das junge Paar in die Fänge der Staatssicherheit.

Beim Kirschblütenfest im Frühjahr 1977 in Seeburg lernte die junge schöne Judith den charmanten und liebenswürdigen John kennen, der aus beruflichen Gründen von seiner Firma für drei Jahre in die DDR delegiert wurde. Sie verliebten sich ineinander so sehr, dass alle sozialistisch gelehrten Vorsätze aus Judiths Kopf verschwanden. Es war eine verbotene Liebe, Judith durfte aus beruflichen Gründen keine Kontakte mit Bürgern aus westlichen Ländern pflegen. Sie ignorierte diese Verbote und erlaubte John sogar, in ihre Wohnung einzuziehen. Sie genossen ihre Liebe in vollen Zügen und lebten wie ein Ehepaar, nur ohne Trauschein. In verschiedenen Systemen aufgewachsen und erzogen, kam in dieser romantischen Liebe keine Langeweile auf.

Judith kam aus einer Großfamilie und war hauptsächlich im Sinne des sozialistischen Staates erzogen worden. John war das absolute Gegenteil; so ergänzten sie sich, was nicht immer leicht war. Sie liebte ihre Stadt und ihre Familie, glaubte an ihr Land und an alles, was darüber erzählt wurde. John lehrte ihr schnell und sehr überzeugend das Gegenteil des Sozialismus. Bald erkannte sie, dass John vollkommen recht hatte und die Menschen nur vom Staat belogen wurden. Judith blühte in dieser Beziehung regelrecht auf, John überhäufte sie mit westlichen Artikeln. Langsam wurde es ihr peinlich, die vielen Geschenke anzunehmen. Dennoch: Sie liebte ihre Heimat über alles, deshalb war es unvorstellbar für sie, eines Tages in einer anderen Stadt oder in einem anderem Land zu leben, ohne ihre Eltern und ihre Geschwister.

John war im westlichen Deutschland aufgewachsen und hatte

den Kapitalismus kennengelernt. Sein bisheriges Leben hatte er in einer guten, bürgerlichen Familie verbracht. Es gab niemals finanzielle Probleme, so konnte er nach dem Abitur ein Studium als Architekt absolvieren. In seinem Elternhaus wurde wenig über das Thema Ostdeutschland gesprochen. Es wurde nur oft erwähnt, dass die Menschen dort sehr unterdrückt wurden, außerdem litt das Land unter großen Engpässen bezüglich der Versorgung vieler Produkte.

Als Johns berufliche Tätigkeit in der DDR abgeschlossen war, wurde auch sein Visum nicht mehr verlängert. Als jener Tag der Trennung immer näher rückte, stand für Judith fest, die DDR für immer zu verlassen. Auch John wollte nicht mehr auf seine geliebte Judith verzichten und schmiedete Fluchtpläne. Die kamen jedoch für Judith überhaupt nicht infrage – viel zu gefährlich, so eine Aktion! Sie verbrachten noch gemeinsam zwei wunderschöne Urlaubswochen in Ungarn. Für die Weihnachtszeit hat Judith ein Besuchsvisum bei den Staatsorganen der DDR für John beantragt – ein fataler Fehler. Von diesem Zeitpunkt an gerieten sie in die Fänge der geheimen und unsichtbaren Macht „Staatssicherheit". Durch die Trennung von John und Judiths Sehnsucht nach ihm entwickelte sich bei der jungen Frau innerlich nur noch Hass gegenüber diesem repressiven, diktatorischen Staat. Sie war bereit, den Kampf mit diesem intriganten Geheimdienst aufzunehmen, um eines Tages zu ihrem geliebten John ausreisen zu können. Sie unternahm Dinge, die nach dem Gesetzbuch der DDR eigentlich unter Strafe gestellt wurden. Die unsichtbare Macht mit Namen „Staatssicherheit" schlief nicht und arbeitete auf Hochtouren. Kein Schritt von Judiths Aktivitäten blieb den Staatsorganen verborgen, was Judith erst durch ihre Akteneinsicht viele Jahre später nach der Wende erfuhr …

Einsicht in die Akte der Staatssicherheit - Juni 2007

Der Film Das Leben der Anderen, der in den USA mit dem Oscar ausgezeichnet wurde, hat in Judiths Sohn Moritz Neugier geweckt. Er plagt seine Mutter damit, unbedingt Einsicht in die Stasiakte bei der zuständigen Behörde in Halle vorzunehmen. Eigentlich hat Judith nicht das geringste Interesse, die Vergangenheit nochmals durch diese Akteneinsicht aufblühen zu lassen, es löst in ihr ein wenig Angst aus. „Du weißt doch gar nicht, ob über uns überhaupt eine Akte angelegt wurde", bezweifelt sie. „Bei jedem Antragsteller, der damals in den Westen ausreisen wollte, wurde so eine Akte angelegt, das ist bekannt", antwortet Moritz. „Das ist verdammt lange her, wir sind in unserer neuen Heimat sehr glücklich", erwidert Judith. Nur einmal hat sie sich an die Vergangenheit erinnert, als 1989 unzählige DDR-Bürger Zuflucht in der Prager Botschaft gesucht haben, um ihre Ausreise zu erzwingen. Mit Karla hat sie 1980 sehr oft diese Botschaft in Prag besucht, auch zwecks ihrer Ausreiseanträge. Damals waren sie immer die einzigen DDR-Bürger in diesem Gebäude gewesen. Sie erfüllt ihrem Sohn, der inzwischen ein erwachsener junger Mann ist, den Wunsch und beantragt bei der zuständigen Behörde ihre Akteneinsicht. Tatsächlich wurde von der Staatssicherheit unter Judiths Namen eine Akte angelegt, deren Inhalt aus mehreren Hundert Seiten besteht.

Wie kann es möglich sein, dass eine Akte, die einer anständigen, alleinerziehenden Frau zugeordnet ist, aus mehreren Hundert Seiten besteht? Der Inhalt dokumentiert viele Berichte über das private Leben von Judith Dreve, die in Halle an der Saale geboren ist. Bis zu ihrer genehmigten Ausreise mit ihrem Sohn Moritz im Jahr 1984 hat sie in dieser Stadt gelebt. Fast 15 Jahre spiegeln sich in diesem Bündel Papier. Wieso war sie eigentlich so sehr ins Visier der Staatssicherheit geraten? Sie war doch keine prominente oder bekannte Persönlichkeit, hat auch nie eine Straftat begangen. Sie stellt sich die Frage: Wieso habe ich niemals bemerkt, dass gewisse Personen mit der Bezeichnung IMS und IME, mit Decknamen Köhler und Krüger, auf mich angesetzt waren? Die Entschlüsselungen der Klarnamen konnte nicht mehr identifiziert werden. Im Jahr 1989 wurden viele Seiten aus dieser Akte vernichtet, was auch allgemein bekannt war. Wann hatte diese schmutzige und perverse Überwachung angefangen? Und vor allem, was war der Grund?

Sie studiert mit Moritz jene Berichte aus der Akte, oft erscheint der Name Johannes Clausen, wohnhaft in der Bundesrepublik. Judith Dreve habe ein intimes Verhältnis mit diesem Mann, es bestehe hohe Fluchtgefahr. Das war also der Grund für die strenge Überwachung, eine unerwünschte Beziehung, was ein kriminelles Vorgehen für den Staat DDR war.

Sämtliche Berichte wurden von hohen Offizieren verfasst. Ein Maßnahmeplan wurde erstellt sowie eine operative Personenkontrolle angeordnet. Jene Inhalte sagen aus: Die Dreve besitzt eine verfestigte, feindliche und negative Einstellung zur Gesellschaftsordnung der DDR, deshalb höchste Feindbearbeitung. 1. Ermittlungen im Arbeits- und Freizeitbereich, 2. Überwachung der Post und Reisetätigkeiten. Extra einen operativen Vorgang durch einen IM starten, ob eine Nutzbarmachung mit Dreve durch ihren westdeutschen Freund Clausen möglich ist, in die Organisation „Gesellschaft für Menschenrechte“ einzudringen.

„Also wollten uns die Herren der Staatssicherheit als Spione ausbilden, deshalb der operative Vorgang“, stellen Judith und Moritz fest. „Was sind das nur für eiskalte Menschen, ohne jegliche Skrupel?! Wie ein Spinnennetz haben sie uns eingekesselt und nichts haben wir bemerkt.“ Die gesamte Wohnung wurde verwanzt, jede Kleinigkeit über das private Leben von Judith und Moritz ist durch das totale Überwachungssystem der Staatsorgane bekannt gewesen.

Bei dem Gedanken, dass die Herren auch über ihr gesamtes

Sexualleben bestens informiert waren, läuft Judith ein eiskalter Schauer über den Rücken.

Ihre gesamten Liebesbriefe an John befinden sich in dieser Akte, auch jener Brief an den Bundesminister Franke. Die haben über alles Bescheid gewusst, sogar die Abschiedsbriefe wurden von dieser geheimen Macht gefälscht. Die große Liebe wurde eiskalt zerstört, geahnt habe ich es schon damals, erinnert sie sich, der Abschiedsbrief von John, das waren niemals seine Worte! Die schöne Zeit mit ihm in der damals grauen DDR hat Judith bis heute nicht vergessen. Wo genau begann diese wunderschöne, prickelnde Romanze in Moll, die nun fast 30 Jahre zurückliegt? Judith holt ihre Fotoalben hervor und blättert so lange darin, bis endlich ein paar Bilder von John zum Vorschein kommen. In dem Augenblick wird jene Zeit mit diesem zauberhaften Mann wieder voll entflammt.

Sie geht in den Garten und legt sich auf ihre Relaxliege, stöbert in den Alben nach weiteren Fotos und lässt ihre Erinnerungen an diese große Liebe in Gedanken nochmals aufblühen …

Teil 1
Frühlingserwachen im Mai 1977

Es ist der Wonnemonat Mai 1977, die Natur zeigt sich in voller Blüte. Judith und Vera, Judiths Kollegin und beste Freundin, gestalten öfter gemeinsam ihre Freizeit. Sie haben beide das gleiche Schicksal erlebt, eine gescheiterte Ehe. Sie haben viele gemeinsame Interessen, zum Beispiel Theaterbesuche, Kinovorstellungen, Tanzveranstaltungen und gutes Essen in gehobenen Restaurants. Beide sind in der gleichen Branche tätig, sie sind als Bankkauffrau bei der Deutschen Außenhandelsbank in Halle angestellt. Das Telefon klingelt auf Judiths Schreibtisch, es ist Vera. „Hallo Judith, was unternehmen wir am Samstag? Wir könnten nach Seeburg am Süßen See fahren, dort soll das Kirschblütenfest stattfinden, wie alle Jahre zur gleichen Zeit, eine Tanzkapelle soll auch anwesend sein." „Gute Idee, ich bin dabei", antwortet Judith. „Wir fahren gegen 18.00 Uhr mit dem Bus vom Bahnhof ab, dann kommen wir gegen 19.00 Uhr im Ort Seeburg an." „Alles klar, das wird bestimmt lustig."

Viele Dorfbuben lassen sich so ein Fest nicht entgehen, Spaß ist also bestimmt angesagt. Das Wochenende verbringt Moritz bei seinem Vater, es passt also alles wunderbar zusammen, denkt Judith. Moritz ist der kleine Sohn von Judith, nach der Scheidung von ihrem Mann Rolli wurde ihr das Sorgerecht für ihren Sohn zugesprochen. Sie haben sich geeinigt, auch vereinbart, dass er alle zwei Wochen das Wochenende bei seinem Vater verbringen darf. Es ist eine gute Entscheidung, zumal Moritz trotz der Scheidung seiner Eltern auch seinen Vater liebt.

Judith hatte Rolli mit 15 Jahren kennengelernt und später, mit süßen 18 Jahren, heirateten sie. Diese Ehe konnte nicht funktionieren, Judith war einfach viel zu jung. Von ihren Eltern und vier Geschwistern aus einer schönen, mit Natur umgebenen Vierzimmerwohnung mit Bad und Innentoilette wegzuziehen, war für

Judith sehr schlimm gewesen. Einen Wohnungsantrag zu stellen war erst mit einem Trauschein möglich und danach trotzdem mit langen Wartezeiten verbunden. So blieb nur eine Alternative für Judith, bei Rollis Eltern mit einzuziehen. Die Hölle für sie, die Wohnung verfügte über kein Bad, nur Innentoilette, so kam es schnell zu Konflikten. Zwei Jahre später wurde Moritz geboren und endlich bekamen sie vom Amt eine Wohnung zugeteilt. Rolli wickelte beim Wohnungsamt alles ganz allein ab und kam strahlend vor Freude mit einem Mietvertrag nach Hause. Judith schaute sich die Wohnung an und erschrak! Es war ein zerfallenes Haus, die Wohnung selbst eine totale Bruchbude, die Toilette eine halbe Treppe tiefer. Die Lebensqualität hatte sich schon in der gemeinsamen Wohnung mit den Schwiegereltern verringert, aber jetzt war sie ganz unten gelandet! Rolli renovierte die Wohnung mit seinen handwerklichen Fähigkeiten so gut wie möglich, damit sie es einigermaßen schön hatten und eine gewisse Wohnqualität bekamen. Die Ehe scheiterte nach sechs Jahren trotzdem, sehr schnell hatte Rolli eine neue Frau gefunden, sogar mit Neubauwohnung. Mit ihr bekam er ein Jahr später eine Tochter; Judith blieb mit Moritz in dieser Wohnung oder, besser gesagt, Bruchbude zurück. Sie bekam für ihren Sohn einen Krippenplatz und so konnte sie wieder in ihrem gelernten Beruf als Bankkauffrau bei der Deutschen Außenhandelsbank Halle als Hauptsachbearbeiterin im Dokumenten-Zahlungsverkehr arbeiten. Sie blühte in ihrer Arbeit regelrecht auf; an einer neuen festen Beziehung hatte sie überhaupt kein Interesse.

Ein ähnliches Schicksal erlebte Vera, auch sie hatte sehr jung geheiratet und zwei Söhne geboren. Ihre Ehe war nach etlichen Jahren gescheitert, so wie bei Judith. Auch sie hatte mal eine Bruchbude bewohnt, allerdings wurde diese Wohngegend zum Abriss deklariert. Der Grund: Diese Gegend wurde für den Bau einer Schnellstraße erschlossen. So waren alle Mieter dieser Wohngegend in den Genuss einer Neubauwohnung gekommen.

Ein sehr gutes, freundschaftliches Verhältnis hat Judith immer noch mit einem jungen Ehepaar, mit Namen Sylke und Karl, die ebenfalls in ihrem Haus eine Wohnung im dritten Stock bewohnen. Mit Sylke besucht sie oft das Schwimmbad und unternimmt mir ihr auch sonstige Freizeitaktivitäten. Sylkes Mann studiert zurzeit in Berlin Politikwissenschaft und ist nur das Wochenende zu Hause. Die Scheidung von ihren Mann Rolli hat Judith sehr schnell zu einer selbstbewussten Frau gemacht. Sie genießt mit ihrem Sohn Moritz die schönen Dinge des Lebens, ohne jeglichen Stress. Gewisse Streitthemen und aggressive Bevormundungen vom Ehepartner sind Vergangenheit. Das Glück, seinen eigenen Lebensunterhalt bestreiten zu können, ist schon eine feine Sache. Nicht um Erlaubnis fragen zu müssen, wann die Eltern und Geschwister besucht werden können, ist für Judith auch ein gewisser Akt der Freiheit.

Jetzt freuen sich die beiden lebenslustigen Freundinnen auf das Wochenende in Seeburg am bekannten Süßen See. „Wie kleidest du dich morgen zum Blütenfest?", fragt Judith. „Schlicht und einfach", antwortet Vera. „Ich ziehe auf alle Fälle eine Hose und eine hübsche Bluse an. Das sieht immer gut aus. Es werden bestimmt bei schönem Wetter auch Biertische draußen stehen und abends wird es vielleicht etwas kühl." „Hoffentlich ist es gemütlich, das Restaurant soll sehr hübsch und rustikal eingerichtet sein. Wir wollen doch nicht im Freien eine Bratwurst essen, da hätte ich gar keinen Appetit", antwortet Judith. „Du sollst zum Chef kommen", ruft Iris. „Was will er denn von mir?", fragt Julchen. „Überstunden kann ich heute nicht machen, da ich Moritz von der Schule abholen muss und auch noch gewisse Dinge zu erledigen habe." „Ich weiß nicht, was er von dir will", antwortet Iris, die Sekretärin des Chefs.

Judith geht zum Filialleiter Herrn Eisenmann, der sie freundlich empfängt. Es ist nur ein kurzes Gespräch. Er sagt: „Frau Dreve, ich kann Ihnen mitteilen, Sie haben ab sofort Rechtsunterschriftvollmacht für die geschäftliche Abwicklung Ihrer Bankaufgaben und Bereiche, die alle nicht sozialistischen Länder und Übersee angehen. Sie sind jetzt Hauptsachbearbeiterin und bekommen auch eine Gehaltserhöhung." Judith macht Freudensprünge, als er ihr noch mitteilt, dass er mit ihrer Arbeit sehr zufrieden sei. Sie bedankt sich und will gerade das Zimmer verlassen, als er sie nochmals zurückruft. „Sie müssen wie alle Kollegen dieses Schreiben mit Ihrer Unterschrift signieren. Es ist immer der gleiche Text, aufgrund Ihrer Tätigkeit bei der Außenhandelsbank dürfen Sie als Geheimnisträger keine Kontakte mit Bürgern aus dem westlichen Ausland haben." Kein Problem, denkt sich Judith, die Kontakte mit meinen Verwandten aus dem Westen gehen sowieso über die Eltern. So unterschreibt sie diese Erklärung ohne Bedenken, bedankt sich beim Chef, wie es sich gehört, und verlässt sein Büro.

Die Sekretärin Iris fragt voller Neugier: „Nun, Jule, war es schlimm beim Chef?" „Sehr schlimm", gibt sie zur Antwort. Das fehlt noch, dass ich ihr von dem Gespräch erzähle, denkt Judith, dann wissen es alle Kollegen und es kommt wieder Neid auf! Davon kann sie ein Lied singen. Sie bekommt sehr oft Geschenke von Bankkunden, mit denen sie jeden Tag Bankgeschäfte abwickelt, und das gefällt manchen Kollegen gar nicht, da sie nicht so wie Julchen verwöhnt werden. So wurde eines Tages vom Filialleiter angeordnet, alle Geschenke, welche über den Bankschalter kommen, an ihn auszuhändigen. Sie sollen für einen guten Zweck verwendet werden. Innerlich ärgert sich Julchen, es sind Geschenke von Kunden, die sie mögen und die vor allem ihre Freundlichkeit sowie die gemeinsame Zusammenarbeit ihrer Arbeit geschätzt und sie dafür belohnt haben.

Endlich ist Feierabend, jetzt noch Einkäufe erledigen und Moritz von der Schule abholen, dann die Hausarbeit erledigen. Sie ist noch nicht lange in der Wohnung eingetroffen, da schellt es an der Tür. Moritz rennt gleich los und öffnet sie. „Papa, du bist schon da?" Rolli begrüßt seine Exfrau Judith höflich, dann wendet er sich gleich zu seinem Sohn: „Ich muss noch für das Wochenende Lebensmittel einkaufen und dann können wir noch in den Bergzoo gehen und die Fütterung der Tiere anschauen“, antwortet Rolf (Spitzname Rolli). „Er muss aber noch seine Hausaufgaben erledigen“, wendet Judith ein. „Wir haben keine Aufgaben auf, Mama“, antwortet Moritz. „Dann ist alles in Ordnung, ich packe dir noch ein paar Sachen ein, dann könnt ihr gehen.“ – Jetzt kann ich in Ruhe meine Hausarbeit erledigen!, denkt Judith.

Die Waschmaschine ist schon eingeschaltet, ungefähr zwei Waschgänge müssen heute geschafft werden, die Zimmer putzen, vielleicht noch Bügelwäsche richten, danach ist Körperpflege und Ruhe auf der Couch angesagt mit einem schönen Buch oder Fernsehen. Es soll heute ein schöner Film kommen, der Untergang eines Vulkans, des „Krakataus“. Naturwissenschaftliche Filme über die Landschaft und Natur fremder Länder sind für sie die interessantesten Themen. Sie erinnert sich auch gern an ihre Auslandsreisen mit ihrem Exmann, Rolf. In diesem Punkt, was Reisen anging, hatten sie die gleichen Interessen, allerdings waren die Reisen nicht billig gewesen und es musste mächtig gespart werden. Sie hatten die Länder Bulgarien und Rumänien durchreist – der Höhepunkt war eine Rundreise quer durch Russland gewesen, von Moskau bis hin zum Kaukasus. Es war eine vielseitige und atemberaubende Landschaft – den Kaukasus und das Schwarze Meer auf einen Blick zu genießen, war absolut faszinierend, ebenso wie die Stadt Moskau mit ihren vielen Museen und kulturellen Ereignissen. Wie gern hätte sie noch weitere Länder bereist, aber der Sozialismus hatte für seine Bürger nur die sozialistischen Länder ausgesucht. Das war schon immer unverständlich für Judith, denn jeder hat doch nur ein Leben und es gibt so viele fremde Kulturen auf der Welt, die auch Judith gern näher kennenlernen und studieren würde. Wie gern würde sie mal die USA oder die Wildnis von Kanada entdecken! Eigentlich hatte sie eine Ausbildung als Fotografin machen wollen – alles, was Schönheit ausstrahlt, auf

Fotos festhalten. Leider ist der Fotograf, der sie ausbilden sollte, kurz vor Lehrbeginn verstorben und so sind alle Träume geplatzt.

„Du siehst wie immer gut aus, Vera, du wirst sehen, auf dem Fest werden die Buben bestimmt Schlange stehen, um mit dir zu tanzen." „Oh, vielen Dank, Judith. Hast du dich mal im Spiegel angeschaut? Deine weiße fließende Bluse passend zu deinen langen schwarzen Haaren sowie deine leicht gebräunte Haut und vor allem deine großen dunklen Mandelaugen, die du immer dezent zu schminken verstehst, kurz und gut, du siehst aus wie Schneewittchen. Die Männer werden sich eher nach dir umschauen." Sie lachen herzhaft. „Vera, jetzt haben wir uns gegenseitig Komplimente gemacht, das müssen wir eigentlich unseren Verehrern überlassen, falls es welche gibt!" „Mal sehen, ob es wirklich so lustig auf dem Fest wird, vielleicht gibt es auch keine schönen jungen Herren, sondern nur alte, ungepflegte Männer mit dicken Bäuchen", und wieder lachen sie herzhaft. „Das wäre auch nicht schlimm", antwortet Judith, „dann werden wir eben nur im Restaurant gepflegt essen und dann wieder mit dem nächsten Bus nach Halle zurückfahren, oder wir gehen noch am See spazieren."

Die Blasmusik vom See erklingt schon von der Ferne. So viele Menschen!, denken sich Vera und Julchen. Sie inspizieren erst mal die Gegend, die wunderschön ist, vor allem der frische Frühlingsduft, der von den Kirschbäumen ausströmt. Die geschmückten Boote auf dem spiegelglatten See sehen umwerfend aus. „Da gibt es eine Steakbude!", ruft Vera. „Auf Bratwurst oder Steaks im Stehen am Bistrotisch habe ich eigentlich keinen Appetit", antwortet Judith. „Wieso hast du jetzt schon Hunger? Wir haben doch erst bei mir zu Hause Kaffee getrunken!" „Du weißt doch, Judith, wenn ich Bratdüfte in meine Nase bekomme, dann knurrt mir der Magen." „Dann hole dir eine Bratwurst und wir setzen uns am See auf eine Bank, da haben wir auch die Tanzbühne im Blickfeld. Mir ist noch nicht nach Essen zumute und schon gar nicht nach Bratwürsten", murmelt Judith.

Der Tanz beginnt und keine Spur von Stimmung, dafür ist es eine Band mit sehr lauter Musik. „Ich glaube, viel Spaß werden wir heute nicht haben, Vera. Die Mehrzahl der Leute sind hauptsächlich noch halbe Kinder oder sie sind nicht unser Niveau.“ Bei Volksfesten trifft sich immer der ganze Clan der Nachbardörfer. „Warte ab, der Abend ist noch jung. Ich hole mir jetzt einen Punsch, um in Stimmung zu kommen“. „Das ist eine gute Idee, denn es wird schon langsam dunkel und auch kühl.“ „Jetzt knurrt mir ebenfalls der Magen, Vera! Sollen wir nicht in das Schiffsrestaurant gehen? Es soll sehr rustikal eingerichtet sein und nach dem Feuerwerk fahren wir mit dem Bus wieder heim.“ Das Restaurant ist nur wenige Gehminuten vom See entfernt, die Tür steht offen und es ist auch gut besetzt.

Die Freundinnen wollen sich gerade an einen freien Tisch setzen, da kommt schon die Kellnerin angerannt. Sie teilt ihnen mit, dass das Restaurant für eine geschlossene Gesellschaft reserviert worden sei. „Na toll“, erwidert Judith, „der Samstag ist heute eine richtige Enttäuschung.“ Während Vera noch diskutiert, kommt ein netter und ansehnlicher Herr von dieser Gesellschaft und mischt sich in das Gespräch zwischen Vera und der Kellnerin ein. Er schickt die Kellnerin weg und sagt zu Vera und Judith: „Erlauben Sie mir, dass ich Sie im Namen unserer Firma, die heute das ganze Restaurant reserviert hat, einlade?“ „Wie kommen wir zu dieser Ehre?“, fragt Judith an den Herrn gewandt. Er gibt zur Antwort: „Es wäre nicht zu entschuldigen, wenn zwei so schöne Frauen wegen unserer Firmenfeier aus dem Lokal verwiesen würden.“ „Sehr charmant“, antwortet Vera. „Und vielen Dank für die Einladung“, gibt Judith zur Antwort. „Mein Name ist Rudolf.“ – „Ich bin die Vera, meine Freundin heißt Judith.“ – „Sehr schöne Namen, sie passen zu euch. Ich nehme an, dass ihr sehr hungrig seid, aber vorher stelle ich euch noch meine Kollegen vor.“ „Mein Gott, sind das nette Menschen“, sagt Vera zu Judith, „wie die uns gleich aufnehmen, vor allem der Rudolf, das wäre mein Typ." Judith lacht. „Ehrlich gesagt habe ich noch gar nicht so weit gedacht, ob bei den vielen netten Herren einer mein Typ ist. Ich muss mich erst mal stärken, damit mein Hunger gestillt ist und ich einen klaren Gedanken fassen kann. … Was meinst du, Vera, die Leute stammen bestimmt aus Westdeutschland, oder?" Vera antwortet: „Da gibt es keine Zweifel, ich tippe auf das Rheinland. Wir können ja mal Rudolf fragen, wenn wir fertig gespeist haben."

Die Musik ist toll, alles Westmusik aus dem Plattenschrank. „Ich glaube, es wird heute doch noch ein lustiger und langer Abend, Vera. Hoffentlich verpassen wir nicht den letzten Bus." Nach dem Essen gehen Vera und Judith zur Bar. Jeder von den Gästen fängt gleich ein Gespräch an. „Wie heißt ihr und aus welchem Ort kommt ihr?" Judith beantwortet alle Fragen, aber gleich mit Gegenfragen. „Und aus welcher Gegend kommt ihr? Was macht eure Firma, die nur aus Männern besteht, hier in der schönen DDR?" „Die Firma ist eine Baufirma und kommt aus Niedersachsen. Wir Mitarbeiter sind alle aus verschiedenen Städten", gibt ein junger Mann zur Antwort. „Wir haben die Aufgabe, die DDR beim Bau eines Chemiewerks zu unterstützen. Das Projekt dauert ungefähr drei Jahre. Wir wohnen auch in Halle in einer Neubausiedlung. Wir könnten aber jede Woche mit dem Pass nach Hause fahren, da es eine Sonderreglung seitens der DDR und der BRD für uns Mitarbeiter gibt." „Sehr interessant", staunt Judith, „was es nicht alles gibt!"

„Vielleicht dürfen wir ja auch eines Tages bei euch als DDR-Bürger in der BRD arbeiten." Alle lachen darüber, wieso eigentlich? „Es ist alles möglich", sagt Rudolf. Veras Blicke sind nur auf einen Menschen gerichtet, beobachtet Judith, nämlich auf Rudolf. Sie gibt ihr das zu verstehen und Vera lacht. „Du merkst aber auch alles." Rudolf kommt auf Vera zu und fragt, ob sie tanzen möchte. Sie springt sofort von ihrem Barhocker, denn darauf hat sie sehnsüchtig gewartet. Die Musik spielt gerade den Song der Gruppe

ABBA, genau passend, um mit Rudolf zu tanzen. Judith amüsiert sich unterdessen mit Rudolfs Kollegen an der Bar. Hauptsächlich mit einem Herrn, der sich mit dem Namen Erich vorstellt, er redet wie ein Wasserfall, über alle möglichen Themen. Sie stellt ihm viele Fragen und er antwortet brav und korrekt. Jetzt fragt er sie: „Was machst du eigentlich beruflich, Judith?“ „Ich bin Bankangestellte und bearbeite Exportgeschäfte für das nicht sozialistische Ausland.“ „Das ist aber sehr interessant“, sagt Erich zu Judith. „Ich hole mir noch einen Drink, was möchtest du trinken, Judith?“ „Vielen Dank, Erich, mein Glas ist noch nicht leer.“ Eigentlich ist Erich ein netter, unterhaltsamer Mann. Von ihm kann man bestimmt viel lernen, was Lebensfragen angeht.

Partystimmung

Der kann aber ganz schön Alkohol schlucken, das ist nicht meine Welt. Mein Traummann muss wohl erst noch geboren oder gebacken werden, denkt sich Judith, und mit einem westdeutschen Mann gibt es hier keine Zukunft, sondern nur Probleme. Außerdem gehört die Bank in der DDR zum Staatsapparat und da darf kein Bankangestellter auch nur den geringsten Kontakt mit Personen aus den kapitalistischen Ländern haben. Eine Unterhaltung wäre schon ein schlimmes Delikt, man bekommt großen Ärger mit den Behörden und vor allem im Betrieb. Der Gedanke lässt Judith erschauern und plötzlich kommt in ihr eine gewisse Angst auf, denn erst letzte Woche hat sie das Schreiben über das Verbot von „Westkontakten" unterzeichnet. Das könnte ihr den Job kosten. Wo ist eigentlich Vera? Sie tanzt noch immer mit Rudolf. Es läuft auch tolle Musik, von sämtlichen Musikgruppen aus den USA und aus England. Die haben bestimmt ihre ganze Schallplattensammlung mitgebracht.

„Vera, wann fahren wir endlich nach Hause?" Während sie ungeduldig auf Veras Antwort wartet, sagt eine ruhige männliche Stimme zu ihr: „Ich möchte gern mit Ihnen tanzen, Judith." Sie schaut sich zu dem Herrn um und ist wie gelähmt. Wo kommt denn dieser schmucke, stattliche Mann her? Ist der etwa vom Himmel gefallen?! Woher weiß er ihren Namen? Sie kommt jedoch gar nicht weiter zum Nachdenken, er nimmt ihre Hand, geht mit ihr zur Tanzfläche und schlingt seine Hände um ihre Hüften und so schweben sie bei romantischer Musik von Simon & Garfunkel über die Tanzfläche. Es ist wie ein Stromschlag für Judith, so ein unerklärliches Gefühl und Kribbeln im Bauch, das hat sie schon seit vielen Jahren nicht mehr gespürt. Endlich fasst sie sich ein Herz und fragt: „Wer sind Sie? Hat Sie der liebe Gott geschickt? Woher kennen Sie meinen Namen?" Er lacht und antwortet: „Rudolf hat euch doch vorgestellt. Ich saß etwas im Hintergrund und deshalb haben Sie mich nicht gesehen. Mein Name ist John Clausen und ich gehöre auch zu dieser Firma aus Niedersachsen. Ich leite mit Rudolf dieses Projekt in Buna, das in drei Jahren fertiggestellt wird. – Ich finde, das Sie können wir weglassen, bei jungen Leuten ist das Du angebrachter und passt auch besser zu uns. – Ich habe schon den ganzen Abend keinen Blick von dir gelassen, denn deine Schönheit ist wie ein Gemälde, atemberaubend." Verlegen schaut Judith weg und bedankt sich. „Du schmeichelst mir." „Es ist kein Kompliment, Judith, schau dich im Spiegel an, es ist die Wahrheit. Ich gehöre nicht zu den Süßholzrasplern, vielmehr zu den Romantikern. – Du konntest mich nicht sehen, aber es war auch nicht zu überhören, wie Rudolf euch mit Namen vorgestellt hat." „Wieso hast du mich jetzt erst angesprochen?", will Judith wissen. „Das ist ganz einfach zu erklären, ich betrachte schöne Statuen oder Bilder immer erst von der Feme, bevor ich sie berühre." Judith lacht herzhaft und sagt zu John: „Das hast du sehr schön gesagt." „Außerdem hast du dich so intensiv mit Erich an der Bar unterhalten, da wollte ich nicht stören." „Der Erich interessiert mich gar nicht. Außerdem bin ich hier nicht auf Männerjagd, sondern nur, um ein wenig Freude und Spaß zu haben, wie ihr es alle hier tut", antwortet Judith. „Das habe ich erkannt, aber Erich denkt da ein klein wenig weiter, denn er sucht schon sehr lange eine Frau fürs Leben." „Da bin ich bestimmt nicht die Richtige", sagt Judith zu John. „Der passt doch gar nicht zu mir und außerdem lebe ich in einem anderen Staat." „Du hast dich lange mit ihm unterhalten, insofern bildet er sich wohl Interesse ein." „Das ist sein Problem", antwortet Judith. „Ich bin eben für jeden Menschen ein guter Zuhörer." John schlingt jetzt seine Arme noch fester um Judith. „Damit du mir nicht davonläufst." „Aber atmen muss ich schon noch können", gibt sie zur Antwort.

Vera hört gar nicht mehr auf, mit Rudolf zu tanzen. „Ich glaube, sie vergisst, dass wir unseren letzten Bus nicht verpassen dürfen." „Ich möchte nicht, dass du schon nach Hause fährst", antwortet

John. „Ich werde dich mit dem Taxi nach Hause bringen, wie es sich gehört. Jetzt trinken wir noch einen Champagner und tanzen zu schöner Musik. Ich möchte noch so viel von dir wissen", sagt John zu Judith. „Mir geht es ebenso", erwidert Judith. Er nimmt zärtlich ihre Hand und flüstert ihr ins Ohr: „Dann bin ich aber beruhigt, Engelchen. Der Abend hat für uns nämlich erst begonnen."

Vera hat schon zu tief ins Glas geschaut, wie es scheint, denn ihr lautes Lachen schallt im ganzen Lokal. Jetzt ist es schon fast 2.00 Uhr und der Gastwirt und das Personal scheinen auch nicht an Feierabend zu denken.

„Wir haben dem Gastwirt sehr viel Geld gegeben, um das Schiffsrestaurant zu reservieren, vor allem harte Währung." „Ja John, für die Westmark würde jeder Mensch im Sozialismus Überstunden machen, es ist traurig, aber wahr. Mit unserer Ostmark können wir keine allzu großen Sprünge machen, aber ich bin trotzdem zufrieden, denn Geld ist nicht alles auf der Welt und hungern müssen wir auch nicht." „Du bist sehr bescheiden, hast auch eine sehr saubere Einstellung zum Leben." „Danke John, so bin ich von meinen Eltern erzogen worden. Wir sind eine große Familie mit vier Geschwistern, da blieb uns nichts anderes übrig, als sparsam zu sein. Außerdem, in der Nachkriegszeit gab es in ganz Deutschland nicht viel zu essen." „Das stimmt, Judith. Meine Eltern hatten auch nichts zu beißen. Ich bin Jahrgang 1945, der Krieg war gerade vorbei, da herrschte die große Hungersnot." „Ich bin Jahrgang 1950, da wurde es mit der Versorgung schon etwas besser." „So Engelchen, jetzt möchte ich wieder mit dir tanzen und über schöne und fröhliche Dinge sprechen." Sie gehen zur Tanzfläche und John schmiegt sich während des Tanzes an Judith. Es ist ihr schon ein wenig unheimlich, aber die Musik und die Stimmung haben diese Atmosphäre geschaffen.

„Wo ist eigentlich Vera?", wundert sich Judith. „Sie wird mit Rudolf am See frische Luft schnappen", antwortet John. „Wir gehen auch mal raus, denn die Luft ist hier durch den Zigarettenrauch sehr schlecht und stickig." „Einverstanden."

Was ist denn hier los? Eine Menschenmenge hat sich am See versammelt, und das mitten in der Nacht?! Von Weitem hört John, wie jemand seinen Namen ruft. Es sind Rudolf und Vera, die ganz aufgeregt auf sie zueilen. „Was ist denn passiert?" „Stell dir vor, der Erich ist wieder durchgedreht und wollte sich im Süßen See das Leben nehmen. Dorfbewohner haben ihn noch rechtzeitig entdeckt und aus dem Wasser gezogen. Er wird jetzt ins Krankenhaus gebracht, wegen Unterkühlung, denn das Wasser hat gerade mal knapp 12 Grad." John und Rudolf stellen Überlegungen an. „Was hat ihn denn dazu getrieben? Wahrscheinlich hat ihm der Teufel Alkohol wieder den Verstand genommen." „Nein John, die Kollegen meinen, du hast ihm Judith ausgespannt." „Wie bitte?!", ruft John empört aus. „Seid ihr von allen guten Geistern verlassen? Ich kann mich nicht daran erinnern, Erich die Frau weggenommen zu haben. Er hat sich nur mit Judith an der Bar unterhalten, mehr nicht." „Sicher, John, aber er hat sich von der Unterhaltung mehr versprochen und dann bist du gekommen und hast sie zum Tanzen aufgefordert, so wurde es geschildert." „Rudolf, ich habe Julchen nur höflich gefragt, ob sie gern mit mir tanzen würde, mehr nicht." „Moment mal! Ich glaube, es geht hier allein um mich, da habe ich jetzt auch mal ein Wörtchen mitzureden", mischt sich Judith ein. „Ich habe mich mit Erich ganz normal an der Bar unterhalten, wie ich mich mit jedem anderen Menschen auch unterhalten würde. Dass er dabei in Träumereien verfällt und gleich an eine Partnerschaft denkt, nach den wenigen Stunden, ist allein sein Problem. Dieser Mann hat schwere Komplexe, was Frauen angeht. Das Thema Partnerschaft kam in unseren Gesprächen an der Bar überhaupt nicht vor, das ist auch gar nicht meine Art. Außerdem passt Erich schon wegen seines Alters und seines Alkoholkonsums überhaupt nicht zu mir." Vera stimmt ihrer Freundin zu, Julchen würde sich niemals mit Erich einlassen. „Das glaube ich auch nicht“, stimmt ihnen Rudolf zu. „Ich hoffe, er erholt sich wieder, denn ich muss die Geschäftsleitung in Bremen sowie die Ständige Vertretung in Bonn über das Missgeschick informieren. Verdammt, wieso macht er uns immer Ärger?“ „Du hast recht, Rudolf, da kommt auch schon die Polizei angefahren. Die müssen den ganzen Vorfall per Protokoll aufnehmen.“ „Ich erledige das alles“, antwortet Rudolf, „kümmere du dich um Judith und Vera, denn ich weiß nicht, wie lange das Ganze dauern wird.“

Judith ist ganz aufgeregt. „Ich habe keine Lust, den Polizeibeamten in die Arme zu laufen. Du weißt doch, wir als Bürger der DDR bekommen dann gleich Ärger mit den Staatsorganen und wenn ich auch noch Schuld an diesem ganzen Desaster habe, da ich ihn angeblich verschmäht habe, verschwinde ich lieber.“ „Ich glaube nicht, dass Rudolf dich da mit reinzieht und bei den Beamten deinen Namen erwähnt.“ „Ich hoffe, du hast recht, Vera, denn so gut kennst du Rudolf noch nicht.“ „Lass uns noch an die Bar gehen und eine Cola oder eine Tasse Kaffee trinken und dann fahren wir mit dem Taxi heim. Ich habe nämlich genug für heute.“

„Ich werde euch nach Hause bringen“, kommt eine Stimme aus der Dunkelheit. „Das ist John“, sagt Judith. Sie läuft auf ihn zu. Er küsst sie zart auf die Wange. „Du darfst mir nicht weglaufen, Judith. Ich möchte dich unbedingt wiedersehen und richtig kennenlernen und viel über dich und dein Leben wissen, aber nur wenn du es auch möchtest.“ „Natürlich will ich dich auch näher kennenlernen.“ „Ich habe schon ein Taxi bestellt, aber es kommt erst in 30 Minuten.“ „Wir haben viel Zeit“, antwortet Vera, „vielleicht kann dann Rudolf auch noch mitfahren.“ Sie hat den Satz noch nicht zu Ende gesprochen, da kommt er schon angelaufen. „Das ging aber schnell mit dem Protokoll“, sagt John. „Die Beamten wollten auch Feierabend machen und deshalb wurden auch keine großen Fragen gestellt, unser Glück, John. Als westdeutsche Bürger, die hier eine Funktion zu erfüllen haben und dann negativ auffallen, das wäre nicht gut für unser Image, es würde auch unser Projekt gefährden.“

„Da kommt unser Taxi", ruft Vera. „So, nun ab nach Halle-Süd, dort haben wir nämlich unsere Unterkunft", gibt Rudolf zur Antwort. „Ich wohne auch in Halle-Süd, und zwar in dem Neubauviertel." „Dann wohnen wir in unmittelbarer Nähe, liebste Vera." „Das finde ich super!", gibt Vera zur Antwort. „Leider habe ich nicht so viel Glück, denn meine Wohnung ist direkt in Halle-Mitte und es ist auch keine Neubauwohnung." „Das macht mir nichts aus, Judith, ich bringe dich bis vor deine Haustür, wie es sich gehört." „Vielen Dank, John, du bist sehr nett." „Wir können aber bei mir noch einen Kaffee oder Tee trinken", mischt sich Vera ein. „Einverstanden", gibt John zur Antwort. „Eigentlich bin ich sehr müde." „Liebe, süße Judith, du wirst schon wieder munter", antwortet ihr Rudolf.

Das Taxi hält vor Veras Haustür. Rudolf gibt dem Fahrer 50,00 Ostmark und alle steigen aus und gehen in Veras Wohnung. „Du hast eine sehr schöne Wohnung und vor allem ist sie sehr warm." „Ich habe Glück gehabt, denn meine erste Wohnung war in einem Abrisshaus und so bekamen wir alle eine Neubauwohnung." „Der Baustil ist überall sehr einheitlich, wir wohnen hier in einem Wohnblock, der deinem Haus gleicht", antwortet John. „Die Architekten dürfen ihre Kreativität und Ideen leider nicht ausleben. Hier wird nur nach Vorschrift der Partei gebaut." „Außerdem würden auch die finanziellen Mittel fehlen." „Das stimmt", gibt Judith zur Antwort. „Bei uns wird alles vom Staat vorgeschrieben und die denken sehr praktisch. Die Häuser mit Betonplatten lassen sich schneller hochziehen. Das heißt, jedes Jahr können viele Menschen ihre Neubauwohnungen beziehen. Ziel der DDR-Führung ist, bis 1990 keine Wohnungsnot mehr zu haben. Es ist nur sehr traurig, dass die älteren Häuser, Villen, Schlösser und Kirchen einfach zerfallen." „Es ist schon fast 4.00 Uhr früh und ich muss noch etwas schlafen." „In Ordnung, Judith, ich brauche heute auch noch ein wenig Schlaf. Wir gehen gleich los und halten unterwegs ein Taxi an. Auf Wiedersehen!" „Rudolf und Vera, wir hören voneinander." „Alles klar, Julchen, und guten Heimweg."

John nimmt Judiths Hand und sie laufen zur Hauptstraße in Richtung Innenstadt.

„Du hast einen kleinen Sohn? Wie alt ist denn dein kleiner Moritz?", fragt John. „Er ist sieben Jahre und geht schon zur Schule in die erste Klasse. Er ist dieses Wochenende bei seinem Vater." „Ich hoffe, du stellst ihn mir mal vor." „Sicher werde ich das tun, aber jetzt möchte ich erst mal dich näher kennenlernen." „Mir ist, als ob ich dich schon lange kenne, süße Judith." „Ich hoffe, du verstehst das, John, so schnell stelle ich meinem Moritz keinen neuen Freund vor. – Ich glaube, ein Taxi benötigen wir jetzt nicht mehr, denn es sind nur noch wenige Minuten bis zu meinem wunderschönen rustikalen Haus", lacht Judith.

Das Haus ist wirklich sehr alt, deshalb ist es sehr schade, dass die Fassade zerfällt und nichts mehr daran gemacht wird. Es fehlt einfach an Geld bei der Gebäudewirtschaft. Wären die Häuser wie früher weiter im privaten Besitz, dann würden sie bestimmt besser aussehen. Der Hausbesitzer dieses Hauses ist damals nach der Bodenreform in den Westen abgehauen. „Bei uns in Niedersachsen sind nostalgische Objekte oder alte Häuser sehr gefragt. Je älter das Haus, umso größer die Nachfrage, allerdings stehen viele alte Objekte unter Denkmalschutz, das heißt, man darf nicht ohne Erlaubnis das Objekt einfach umgestalten. Das entscheiden immer die Behörden vom Denkmalschutz." „Judith, darf ich dich heute zum Essen einladen?" „Ja John, aber erst gegen Abend, denn ich werde bestimmt bis Mittag schlafen." „Das werde ich mir auch vornehmen", antwortet John. „Ich hole dich dann so gegen 16.00 Uhr ab und warte in meinem Auto in der Seitenstraße. Es ist schlecht, vor deinem Haus zu parken." „Es wäre auch gar nicht gut, vor meiner Tür mit einem Westauto zu parken. Du weißt doch, die Leute reden viel." „Das ist mir eigentlich egal", antwortet John. „Aber mir nicht, denn ich muss hier leben", erwidert Judith. „Manche Dinge wecken bei den Menschen Neugier und Neid. Es ist hier nicht alles erlaubt und man kann schnell Ärger bekommen." „Wieso Ärger? Ich bin doch nicht der Teufel!" „Ich erkläre es dir bei unserem nächsten Wiedersehen. Unser sozialistisches System ist sehr schwierig." „Entschuldige, Julchen, dass es so schlimm ist, habe ich nicht gewusst. Wie komme ich jetzt am schnellsten nach Wohnstadt-Süd?" „Am Interhotel ist ein Taxistand", antwortet Judith. „Und wo ist dieses Hotel?" „Immer geradeaus, nur ein paar Minuten von hier, du kannst es nicht verfehlen." „Vielen Dank für den schönen Abend, Julchen. Ich freue mich, dich wiederzusehen." Er nimmt sie in den Arm und küsst sie sehr behutsam auf Stirn, Augen und Wangen. „Bis heute Nachmittag, ich freue mich auch, dich wiederzusehen", ruft sie ihm noch winkend zu.

Mein Gott, war der Abend aufregend!, denkt Judith. Was Vera wohl gerade macht? Sie liegt bestimmt schon lange im Bett und wie ich sie kenne, wird Rudolf ihr Gesellschaft leisten. Vom Typ und Charakter her ist Vera viel lockerer und hemmungsloser als Judith, vor allem was die Moral angeht. Wenn sie einen Mann trifft, der ihr gefällt, dann lässt sie ihn nicht so einfach gehen und kommt auch gleich zur Sache. Rudolf war auf Anhieb ihr Typ, obwohl er bestimmt 15 Jahre älter ist als sie, aber er hat dieses gewisse Etwas und sieht durch seine grau melierten Haare sehr welterfahren und interessant aus. John dagegen ist ein ganz anderer Typ. Er hat eine sportliche Figur, volles, dunkelblondes Haar, ein makelloses Gesicht und er riecht verdammt gut. Er könnte eigentlich sein Geld als Model für ein Herrenmagazin verdienen. Judith hat schon immer sehr großen Wert auf ein gutes, gepflegtes Aussehen gelegt. Für sie käme niemals ein Mann infrage, bei dem der Altersunterschied mehr als zehn Jahre beträgt. Bei John liegt sie alterstechnisch genau richtig, der Altersunterschied zwischen ihnen beträgt nur fünf Jahre.

Judith ist 26 und John 31, es passt alles wunderbar. Es gibt nur einen Haken: Er kommt aus dem anderen Teil Deutschlands.

Picknick im Grünen

Alle Personen, die aus dem Kapitalismus kommen, sind für die DDR Klassenfeinde. Wieso eigentlich? Letzte Woche musste sie noch ein Schriftstück unterzeichnen, dass sie keine Verbindung mit Bürgern aus dem nicht sozialistischen Ausland pflegt. Ich habe keine Lust, jetzt darüber nachzudenken, da es überhaupt nicht nachvollziehbar ist und mich deshalb nur wütend macht. Wir haben Handelsbeziehungen mit der BRD und bekommen Rohstoffe und weitere Dinge von Johns Staat, denkt Judith. Johns Firma ist ja auch hier, um in der DDR in Leuna ein Chemiewerk aufzubauen, wieso also Feinde?! Menschen, die uns helfen, werde ich niemals als unsere Feinde betrachten! So grübelt Judith, bis sie endlich fest einschläft. Es dauert nicht lange und schon wird sie wieder wach. Mein Gott, war das ein schöner Traum! Sie war mit John nach Hawaii geflogen, er trug sie auf Händen. Schade, es war nur ein Traum. Wie sagt ein Sprichwort? Träume sind Schäume – und schon schlummert sie wieder ein.

Es ist nicht zu überhören, ihr Magen knurrt vor Hunger. Jetzt muss ich aber aufstehen, es ist bestimmt schon Mittag, denkt Judith. Sie schaut auf die Uhr und stellt mit Erstaunen fest, dass es schon Nachmittag ist, 14.00 Uhr. Die Sonne scheint so herrlich, in zwei Stunden holt John sie ab. Sie läuft wie ein Sausewind ins Bad, duscht sich eiskalt ab und erledigt gründlich wie jeden Tag ihre Körperpflege. Danach schmiert sie sich ein Marmeladenbrot und trinkt nebenbei eine Tasse Kaffee, den sie sich schnell türkisch zubereitet hat. Beim Schminken merkt sie, dass ihre Hände vor Aufregung zittern und der Lidstrich nicht gleich perfekt gelungen ist. Jetzt nur noch ein dezentes, goldbraunes Make-up. Was ziehe ich eigentlich an? Am liebsten die leichte grüne Bluse und die schwarze Nadelcordhose. Es sieht gut aus und passt zu meinem dunklen Typ, denkt sie. Jetzt kann John kommen. Es dauert nicht lange und schon hört sie es läuten. Sie schaut aus dem Fenster, der schmucke John ist nicht zu übersehen. Er ist überpünktlich, denn eine ganze Stunde früher zu kommen, ist eine Leistung. „Du hast wohl noch nicht ausgeschlafen, Judith?", ruft er. „Doch John, ich komme gleich, ich brauche nur noch einen kleinen Moment." „Alles klar, Engelchen." Eigentlich mag sie keinen Stress, aber in diesem Fall sind es die Glückshormone oder, besser gesagt, die Schmetterlinge im Bauch, die Judith so durcheinandermachen. So ein starkes Gefühl hat sie noch nie so schnell bei einem Mann empfunden, zumal die erste Begegnung erst gestern gewesen ist. Ich hoffe, er fühlt ebenso, sinniert Judith. Sie hat schon oft Enttäuschungen mit Männern erlebt. Es waren meistens nur Strohfeuer.

„Du siehst zauberhaft aus! Wie Mona Lisa. Da gibt es ein Lied von einem Sänger aus Griechenland mit dem Titel Schön wie Mona Lisa. Ich spiele es dir im Auto vor." „Danke, du Schmeichler. Ich mag aber keine permanenten Komplimente", antwortet sie etwas genervt. John runzelt etwas die Stirn. „Es ist die Wahrheit; wenn ich etwas schön finde, egal ob es ein Bild, eine Blume oder eine Frau ist, dann muss ich es sagen. Du bist einfach umwerfend schön. – So, nun ab ins Auto und auf geht es in die Natur." „Wo fahren wir denn hin?" „Schau dich um, Schatz, auf dem hinteren Autositz habe ich einen Picknickkorb mit lauter feinen Sachen. Ich habe gedacht, den sonnigen Nachmittag in der Natur zu verbringen, ist viel schöner, als in einem verrauchten Lokal zu sitzen." Judith ist begeistert. „Am besten wir fahren irgendwo in den Wald, Richtung Harz, die Vögel singen uns beim Essen etwas vor. Das ist Romantik pur", sagt Judith. Sie liebt außergewöhnliche, spontane Entscheidungen. Schon rollt Johns Mercedes in Richtung Harz los. Sie beobachtet jeden seiner Gesichtszüge. Ich könnte schmelzen wie Wachs, wenn ich ihn nur anschaue, denkt sie. Alles passt perfekt, seine aufregende Art, die Kleidung, seine Ausstrahlung und der angenehme Duft. „Wieso riechen westdeutsche Männer so erfrischend gut?" „Es gibt im Westen unzählige Duschgels, mehr Parfümsorten mit verschiedenen Duftstoffen als hier im Osten." Sie sprechen über alle möglichen Dinge. Plötzlich unterbricht Judith das Gespräch und zeigt auf eine sehr schöne Wiese am Waldrand. „Dort können wir unser Picknick machen, ein kleiner Teich und eine gute Parkmöglichkeit für das Auto sind auch zu sehen. Ich hoffe, diese Wiese gehört keinem Privatmann." „In der DDR gibt es keine öffentlichen Wiesen als Privatbesitz", antwortet Judith. „Wir bleiben jetzt hier oder hast du noch keinen Hunger?" „Eigentlich knurrt mir auch der Magen", antwortet John und fährt die Waldlichtung an, wo er auch gleich das Auto abstellt. „Hilfst du mir, Judith?" „Selbstverständlich", gibt sie zur Antwort. „Du kannst die beiden Decken nehmen und ich trage den Korb, da er ziemlich schwer ist." „Was hast du denn alles eingepackt?" „Überraschung, Engelchen. Hier können wir bleiben, da kann uns auch keiner beim Essen zuschauen, denn die Sträucher sind dicht und der Rasen ist auch in einem trockenen und gepflegten Zustand." Sie legen die große Wolldecke auseinander und John holt auch noch eine hübsche karierte Tischdecke heraus. Jetzt fehlen nur noch Blumen. John sagt: „Ich muss noch die Gläser aus dem Auto holen." Er läuft zum Auto. Judith öffnet in der Zeit den Picknickkorb, um alles auf der Tischdecke zu richten. Mein Gott, sind das leckere Sachen: Schinken, Salami, Käse, etliche Brotsorten, Bananen, Apfelsinen und vieles mehr. Das alles erinnert sie an die Westpakete von Tante Lena, die ihnen immer an Weihnachten geschickt wurden, als sie noch Kinder waren. Sie kann sich gar nicht sattsehen an den vielen Köstlichkeiten, so bemerkt sie die Rückkehr von John gar nicht, erst als er ihr eine zarte rote Rose auf den Schoß legt. „So Schatz, hier hast du deine Blume. Du liebst doch Rosen." Sie kann es nicht fassen und sagt: „Du bist wohl ein Zauberkünstler!" „Hast du wirklich gedacht, ich komme zu unserem ersten Rendezvous ohne Blumen?" Ihr fehlen die Worte vor lauter Freude und Faszination. Mein Gott, so einen aufmerksamen Mann wünscht sich jede Frau. „Ich weiß gar nicht, wie ich dir danken soll." „Du brauchst mir nicht zu danken, für mich ist es wichtig, dass du dich freust, und jetzt wollen wir uns die Leckereien munden lassen." Er lässt den Sektkorken knallen und füllt die Gläser voll. „Auf was trinken wir?" „Wir stoßen natürlich auf die Gesundheit an, auch dass unsere Begegnung kein Traum, sondern Wirklichkeit ist." Er küsst sie zart auf die Wange und kurz auf den Mund. „Du glaubst nicht, John, wie wohl ich mich fühle." „Das will ich auch hoffen, es ist ein herrlicher Tag, 20 Grad Temperatur, sehr mild." Sie kostet jede Wurstsorte und lässt nichts aus, John freut sich über ihren guten Appetit. „Jetzt bin ich aber wirklich satt." „Ein wenig Ausruhen nach diesem deftigen Essen tut uns beiden gut. Trinken werde ich nur noch Orangensaft, denn hier ist doch die Nullpromille." „Das stimmt!", antwortet Judith erschrocken. „Keine Panik, das eine Glas wird in zwei Stunden in meinem Körper wieder abgebaut sein. Wir haben heute so viel Zeit und brauchen auch nicht gleich zurückzufahren."

Sie legen sich auf die Decke und kuscheln sich aneinander, John schläft sofort ein, Judith bleibt wach und betrachtet sein Gesicht. Plötzlich merkt sie, wie er mit seinen Augen blinzelt und zärtliche Worte zu ihr spricht. Judith lächelt. Der Tag ist so schön! John fängt an, zärtlich ihre Wangen zu streicheln. Wie ein Blitz ziehen seine Streicheleinheiten durch Judiths Körper. Sie rückt immer näher an seinen schönen Körper, presst sich fest an ihn. Er fängt an, mit seiner Zunge an ihrem Mund zu spielen, sie öffnet ihn leicht und so spielen beide Zungen voller Leidenschaft. John wird immer stürmischer, fängt an, ihre Bluse aufzuknöpfen. Als er ihre Brüste berührt, stöhnt Judith voller Leidenschaft auf. „Du willst es auch", sagt er und liebkost sie. „Ich bin ganz verrückt nach dir und deinem Körper." Sie öffnet sein Hemd und küsst seinen Oberkörper und dann öffnet sie seine Hose. Sie spürt seine Erregung. Keine Stelle lässt sie aus, ihn zu streicheln und zu küssen. John zieht Judiths letztes Kleidungsstück aus. Sie liegt jetzt vollkommen entblößt in seinen Armen, er betrachtet sie voller Hingabe. „Wie schön du bist! Es wäre eine Sünde, dich nicht zu lieben." Er streichelt und liebkost ihren ganzen Körper. Sie bewegen sich voller Hingabe, es ist ein fantastisches Gefühl, einander zu spüren.

„Ich will diese Liebe mit dir lange genießen.“ „Das will ich auch“, antwortet Judith. Sie küsst erneut seinen ganzen Körper. John keucht voller Liebeslust, legt Judith auf den Rücken und fängt erneut an, ihren ganzen Körper zu küssen. „Du machst mich wahnsinnig, ich möchte mit dir zusammen den Höhepunkt erleben, alles wäre perfekt.“ Sie drehen sich wieder auf den Rücken und bewegen sich ohne Pause immer stürmischer. Sie wiederholen die Liebkosungen, ohne zu merken, dass bereits mehrere Stunden vergangen sind, bis John auf einmal voller Leidenschaft ein Stöhnen von sich gibt. Es ist wie ein Vulkan, sie klammert sich fest an John. Sie können vor lauter Leidenschaft kaum noch atmen. „Es ist atemberaubend“, sagt Judith. „So eine Leidenschaft habe ich noch nie erlebt.“ Erschöpft liegen beide zusammengekuschelt auf jener Decke. „Du bist verdammt zärtlich, Engelchen.“ „Du auch, John. Es war wunderschön und ich erkenne mich nicht wieder“, antwortet Judith. „Du bist der erste Mann, der mich nach so kurzer Zeit verführt hat.“ Er lacht laut auf. „Du hast mich verführt! – Wir sind doch nicht im Kloster aufgewachsen. Wenn sich zwei Menschen zueinander hingezogen fühlen, sollten sie ihren Gefühlen freien Lauf lassen. Meine liebe süße Judith, glaubst du nicht an die Liebe auf den ersten Blick?“ Er nimmt sie wieder in seine Arme und küsst sie zärtlich, dabei deckt er sie mit einer leichten Decke zu. „Ich möchte auf keinen Fall, dass du dich erkältest, mein Schatz.“ „Du bist sehr lieb, Johnny, auch verdammt charmant.“ „Vielen Dank, Engelchen, dann passen wir zusammen.“ Sie fährt fort: „Ich fühle mich unwahrscheinlich stark zu dir hingezogen. – Jetzt müssen wir uns aber anziehen, denn es wird schon dunkel und ich möchte nach Hause.“

Sie ziehen sich an und packen die Reste des Proviants in den Picknickkorb. „Der Abend ist noch jung! Wir könnten noch ins Kino gehen.“ „Ich bin viel zu müde und möchte einfach nur ins

Bett. Wir sehen uns morgen wieder", antwortet Judith. „Das will ich auch hoffen, sonst sterbe ich vor Sehnsucht." Darauf küsst sie nochmals zärtlich seinen Mund, sodass er fast wieder verrückt wird. „Ich möchte heute Nacht bei dir bleiben und mit dir zusammen einschlafen. Bitte, schicke mich nicht fort", fleht John. Judith kann einfach nicht Nein sagen. „Ich werde dich nicht gehen lassen." Er hebt sie vor Freude hoch und Judith lächelt über seinen Humor. Sie packen alles schnell ins Auto und fahren Richtung Halle. Sie unterhalten sich nur über die Liebe und lachen über jeden Blödsinn. Immer wenn John ihre Hand nimmt, schlägt ihr Herz ganz aufgeregt. Die Zeit mit ihm vergeht viel zu schnell, schon stehen sie vor ihrem Haus. „Es ist besser, du fährst gleich weiter und parkst in einer Nebenstraße, hier darf man nicht parken." Er gibt also wieder Gas und befolgt Judiths Rat. „Für den Stern am Auto gibt es keine Garantie", sagt Judith zu John. „Es gibt bei uns viele Menschen, die solche Dinge stehlen und sammeln." „Das glaube ich nicht, dass ausgerechnet heute so ein Dieb an meinem Auto den Stern abmontiert."

Sie gehen die Holztreppe zur zweiten Etage hinauf, bis Judith an dem Türschild mit dem Namen Dreve steht. Sie schließt die Wohnungstür auf. Als John die Wohnung betritt und sich die Zimmer anschaut, sagt er voller Erstaunen zu Judith: „Deine Wohnung ist wirklich gemütlich." „Kein Luxus", antwortet Judith verbittert. „Du bist mein Luxus in dieser Wohnung, das reicht vollkommen. Gerade die einfache und vor allem geschmackvolle Einrichtung sprüht eine unglaubliche Gemütlichkeit und Wärme aus, das ist viel schöner als teure Luxusmöbel." „Die Toilette ist aber eine Etage tiefer im Treppenhaus, da war ich mit der Einrichtung nicht kreativ." „Dort muss ich jetzt sofort hin", antwortet John. Als er sich zur Toilette begibt, füllt Judith den Dampfkessel mit Wasser, um frischen Kaffee aufzubrühen. Es vergeht eine Weile, bis John von seinem Toilettenbesuch zurückkommt. „Ich habe noch die restlichen Lebensmittel aus dem Auto geholt. Sie sind für dich und deinen kleinen Moritz, er isst bestimmt auch gern leckere Sachen." „Vielen Dank, du bist so lieb", antwortet Judith. „Jetzt trinken wir noch Kaffee, ich habe ihn gerade frisch gekocht", sagt Judith zu John. Sie erzählen noch lange, bis ihnen vor Müdigkeit die Augen zufallen. „Jetzt will ich in deinen Armen einschlafen." „Wir gehen gleich ins Schlafzimmer, in meinem Bett ist es bequemer als auf der harten Couch." John nimmt Judith auf den Arm und trägt sie ins Bett. Sie lassen einander nicht los, bis zum nächsten Morgen.

„Es ist schon fast 9.00 Uhr·und die Sonne scheint so schön am Himmel", haucht es in Judiths Ohr. Sie öffnet ihre Augen und sagt: „Du bist wohl Frühaufsteher?" „Du hast es erraten, Liebes, mein Magen hat Hunger gemeldet und so habe ich mich gleich in deinem Bad frisch gemacht und das Frühstück für uns angerichtet. Allerdings habe ich den Kaffee türkisch gekocht, da ich keine Kaffeemaschine in deinem Küchenhaushalt gefunden habe." Judith lacht herzhaft. „Wir sind hier in einem sozialistischen Staat, da gibt es keine Westartikel", antwortet Judith. „Wieso Westartikel? Die Maschinen werden hier hergestellt, das weiß ich ganz genau." „Das stimmt, aber sie werden nur für den Export hergestellt und wir bekommen andere Dinge, wie zum Beispiel Rohstoffe oder auch Südfrüchte. Es gibt zwar Intershops, da darf man nur mit harter Währung bezahlen. Das ist schon alles eine ungerechte und diskriminierende Ostdemokratie. – So, jetzt aber raus aus den Federn, wir wollen doch noch etwas von dem schönen Tag haben."

Sie springt aus dem Bett und geht ins Bad, um sich abzuduschen und vor allem die Zähne zu putzen. Sie schminkt sich etwas, geht ins Wohnzimmer und gibt John einen flüchtigen Kuss. Er umschlingt sie sofort und erwidert den Kuss voller Leidenschaft. „Ich bin wieder verrückt nach dir, Engelchen." „Mir geht es genauso", antwortet Judith und schon beginnen wieder die leidenschaftlichen Küsse und zärtlichen Streicheleinheiten und er trägt sie erneut sanft ins Bett und so genießen beide die Gefühle und Zuneigung, die sie füreinander empfinden. Viel heißer als am Abend zuvor, ohne jegliche Hemmungen. „Es ist ein Wahnsinn, dich zu lieben und zu berühren, man ist dir vollständig ausgeliefert.“ Sie kann vor lauter Erschöpfung gar nicht antworten. „Es ist schon 11.00 Uhr, so spät habe ich noch nie mein Frühstück eingenommen“, sagt Judith zu John. „Dann hast du viel verpasst“, gibt er humorvoll zurück. Ihr Gesicht wird etwas ernst und sie fragt: „Du hast wohl oft solche leidenschaftlichen Beziehungen?“ Er lacht. „Jede Menge.“ Als er merkt, dass der Glanz aus ihren wunderschönen Rehaugen verschwindet und sie ihn voller Enttäuschung, gar traurig anschaut, sagt er rasch: „Was glaubst du eigentlich von mir? Ich bin doch kein Hengst. Glaubst du wirklich, dass ich jede Frau verführen kann? Eigentlich bin ich ein Romantiker und glaube noch fest an die Liebe.“ Völlig erleichtert schaut Judith ihn an und streichelt seine Hand. „So, jetzt fahren wir noch in die Natur hinaus.“ „Einverstanden“, antwortet Judith, „aber gegen Abend muss ich wieder hier sein, da Moritz nach Hause kommt.“ Sie räumen noch das Geschirr vom Tisch und bringen die zerwühlten Betten in Ordnung. Danach eilen sie aus der Wohnung in Richtung Parkplatz.

Von der Ferne sieht John, dass an seinem Mercedes etwas nicht stimmt. Der Stern wurde abgebrochen. „Ich habe dir schon gestern geraten, ihn abzumontieren“, kommentiert Judith. „Es gibt nun mal sehr viele Leute, die solche Artikel sammeln und dann auch vor Diebstahl nicht zurückschrecken. Alle Produkte, die aus kapitalistischen Staaten kommen, sind hier sehr gefragt. Wenn du jetzt eine Anzeige auf unbekannt bei der Polizei vornehmen willst, dann stellen die Beamten unangenehme Fragen und schon kann es möglich sein, dass ich auch ungewollt ins Visier der staatlichen Organe komme.“ „Wieso ist deine Angst vor der Polizei so groß, Judith? Bei uns im Westen haben die Ordnungshüter einen verdammt guten Ruf, sie sind dein Freund und Helfer.“ „Das verstehst du nicht.“ „Dann erkläre es mir.“ „Ich werde es dir irgendwann erzählen, aber nicht heute.“ „Du hast recht, wir wollen uns nicht den schönen Tag wegen eines Mercedessterns verderben lassen. Außerdem habe ich den Ärger mit Erich noch nicht verkraftet. Wer weiß, was uns von der Geschäftsleitung und von den Behörden der DDR noch erwartet. – So Julchen, wo fahren wir jetzt hin? Du kennst dich hier am besten aus." „Ich möchte gar nicht so weit weg, es ist schon Nachmittag und gegen Abend bringt mein Exmann Moritz nach Hause. Es gibt hier einen schönen Ausflugsort, und zwar an der schönen blauen Saale zur berühmten Burg Giebichenstein. Es ist nur eine Viertelstunde von hier."

John fährt los und Julchen beschreibt ihm den Weg bis zum Ziel. Er schaut sich die Saale an und sagt entsetzt: „Das nennst du blaues Wasser? Der Fluss stinkt nach Chemie – und wie das Wasser schäumt, als ob jemand Waschpulver in den Fluss geschüttet hat." „Ich habe das nur aus Spaß gesagt", erwidert Judith, „denn früher war der Fluss sehr sauber. Die Chemiewerke Buna und Leuna entsorgen ihre Abfälle in die Flüsse, dort, wo auch deine Firma drei Jahre eingesetzt ist." „Mein Gott, die Menschen werden hier bestimmt nicht uralt, wenn das alles so bleibt", sagt er voller Sorge. „An die schlechte Luft haben sich alle Menschen gewöhnt." „Das glaube ich nicht", antwortet John. Sie spazieren langsam in Richtung Burg und schauen sich von oben die schöne Brücke mit den Steinskulpturen an. Judith erklärt ihm die Gegend und auch die Geschichte von der Saline. In Halle wurde früher Salz gewonnen, deshalb auch der Begriff Halloren. „Es gibt auch Süßigkeiten mit dem Namen Hallorenkugeln, das sind die berühmten Pralinen von der Stadt Halle. Sie schmecken sehr gut, aber man bekommt sie ganz selten im Laden zu kaufen. Sie werden auch ins westliche Ausland exportiert und da bleibt für uns Ostbürger nicht viel übrig." „Wie ungerecht für euch, Liebling, das kann man sich bei uns im westlichen Teil Deutschlands gar nicht vorstellen." „Wir sind deswegen aber nicht unglücklich, wir haben uns daran gewöhnt und genießen trotzdem unser Leben, und verhungert ist hier auch noch kein Mensch." „Jetzt schauen wir uns die schöne Burg an, den Ausblick von dort oben über das ganze Saaletal möchte ich mir nicht entgehen lassen."

Sie laufen schnell los und Judith bekommt Seitenstechen vor lauter Anstrengung. John lacht. „Mit dir könnte ich keine Bergtour in die Alpen unternehmen." „Irrtum, wenn ich richtig trainiere, auch die richtigen Bergschuhe an den Füßen habe, dann mache ich dir noch was vor." „Ich nehme dich beim Wort", antwortet John. Endlich haben sie den höchsten Punkt der Burg erreicht. Der Ausblick ist wunderschön.

Altstadtbummel

Sie betrachten weiter die Gegend. Zwei Personen, die voller Konzentration die Landschaft malen, sind für John sehr interessant. „Das sind Studenten, die an der Universität Kunst studieren", erklärt Judith. „Die Burg Giebichenstein gehört zur Kunstakademie Halle und ist hauptsächlich eine Ausbildungsstätte."

Sie schauen noch eine Weile den angehenden Künstlern bei ihrer Arbeit zu. „Deine Stadt ist wunderschön, Judith! Es ist nur sehr schade, dass viele historische Bauten zerfallen." Sie schaut auf die Uhr. „Wir müssen jetzt unbedingt nach Hause, denn Moritz wird bald eintreffen." „Dein Wunsch ist mir Befehl, du zauberhaftes Wesen." Sie muss wieder über seine Sprüche lachen. Sie laufen im Temposchritt bis zum Auto. Als sie am Haus ankommen, ist es schon 19.00 Uhr. „John, wir müssen uns jetzt verabschieden", sagt sie, aber so leicht lässt er sich nicht abwimmeln. „Wann sehe ich dich wieder, Judith?" „Vielleicht am Mittwoch", gibt sie zur Antwort. „Das ist aber eine lange Zeit." Sie lächelt und bedankt sich noch mit einem kurzen Kuss für den schönen Tag.

Dann eilt sie die Treppe hinauf, bis sie vor ihrer Wohnungstür steht. Schnell schließt sie die Tür auf. Sie geht ins Bad und macht sich frisch von dem atemberaubenden Wochenende. Danach legt sie sich kurz auf die Couch, um sich etwas auszuruhen. Es dauert nur kurze Zeit, als es an der Tür klingelt, Judith springt auf und rennt zur Tür. Sie hört, wie Moritz die Treppenstufen hochspringt und Rolli noch mit ihm herumalbert, bis sie vor Judith stehen. Sie umarmt ihren Sohn, es sprudelt gleich wie ein Wasserfall aus ihm hervor. „Mama, wir waren im Zoo und gestern im Kino." „Wie hieß denn der Film?" „Die großen Abenteuer des Seefahrers Sindbad. Das war vielleicht spannend!" Rolli sagt zu Judith, es habe ihm sehr gefallen. „Ich möchte Moritz gern über die Pfingstfeiertage wieder abholen, falls es dir nichts ausmacht. Das wäre in fast drei Wochen, ich möchte ihn gern nach Finsterwalde in unser

Ferienhaus mitnehmen." „Was sagt deine Frau dazu?" „Sie hat keine Einwände, Moritz versteht sich auch mit seiner Halbschwester Maria sehr gut, außerdem liegt das Haus an einem kleinen See." Judith überlegt scharf und sagt zu Rolli: „Ich habe Angst, dass er in den See reinfällt." „Du brauchst dir keine Sorgen zu machen, wir passen sehr gut auf die Kinder auf. – So, jetzt muss ich gehen." Rolli verabschiedet sich von Moritz und Judith. Die Tür ist gerade ins Schloss gefallen, da klopft es an die Scheibe, sie schaut nach. Es ist erneut Rolli, er gibt ihr einen Brief und sagt, der habe vor ihrer Tür gelegen. „Vielen Dank und tschüss." Sie reißt ganz aufgeregt den Umschlag auf und liest die wenigen Zeilen, die von John verfasst sind:

Mein liebes Julchen,
ich möchte Dich unbedingt morgen wiedersehen und deshalb werde ich gegen Abend bei Dir klingeln. Ich habe große Sehnsucht nach Dir. Du wirst es nicht glauben, aber ich habe mich unsterblich in Dich verliebt. Es ist zwar unwahrscheinlich nach so kurzer Zeit, es ist aber die Wahrheit. Ich hoffe, dies beruht auf Gegenseitigkeit. Falls es Dir nicht recht ist, dann gehe ich sofort wieder weg. Also, bis morgen und tausend Küsse!

Dein verrückter John

Mein Gott, der Mann kann Gedanken lesen. Ihr Herz pocht wie verrückt. Ich bin doch auch in ihn verliebt, überlegt sie sich. Auf der einer Seite möchte ich ihn morgen wiedersehen, auf der anderen Seite geht mir das alles viel zu schnell. Wiederum läuft uns die Zeit davon, das Bauprojekt geht nur drei Jahre, was wird danach? Der Gedanke schmerzt Judith. Nein, darüber denke ich jetzt noch nicht nach. Es hat alles erst begonnen und ist verdammt schön, deshalb werde ich die Zeit und die Liebe mit John einfach genießen, mein Herz sagt Ja.

„So Moritz, ab in die Badewanne, dann wird zu Abend gegessen.“ „Ich habe aber schon mit Papa und Maria in der Gaststätte gespeist, deshalb habe ich keinen Hunger“, antwortet er direkt. „Wir richten jetzt deine Schulsachen für morgen, außerdem will ich noch deine Hausaufgaben sehen.“ Moritz gehorcht und zeigt seiner Mutter die Hausaufgaben, sie ist zufrieden. Sie bringt ihn ins Bett und liest ihm noch eine Geschichte vor. Er schläft sofort ein. Nun gehört der Abend ganz ihr allein.

Sie schaltet den Fernseher ein und macht es sich auf der Couch bequem. Sie schließt die Augen und lässt jedes Detail des aufregenden Wochenendes mit John in ihren Gedanken nochmals aufleben und schläft dabei fest ein. Das Rauschen am Fernsehapparat ist nicht zu überhören. Judith öffnet die Augen und schaut auf die Uhr. Es ist schon spät und die Uhr zeigt Mitternacht an. Sie geht ins Bad, putzt sich noch schnell die Zähne und verschwindet in ihrem Bett, schläft auch sofort ein.

Am nächsten Morgen, als der Wecker um 5.30 Uhr klingelt, fällt es ihr sehr schwer aufzustehen. Es ist nicht zu ändern, ich muss raus. Sie springt aus dem Bett, duscht sich kalt ab und ist sofort munter. Für Moritz werden die Schulbrote mit seiner Lieblingswurst und noch ein Apfel in seine Brottasche gesteckt. Judith weckt Moritz, aber der will einfach nicht aus den Federn. „Du musst in die Schule, bitte stehe jetzt auf, Schatz“, mahnt sie. Heute Abend wird sie dafür sorgen, dass er früher ins Bett geht. Moritz reibt sich die Augen und gehorcht endlich seiner Mutter. Er wäscht sich und putzt sich schnell die Zähne. Judith kocht in der Zeit für sich und Moritz eine Tasse Kakao und schmiert ihm ein Honigbrot. Jeden Tag holt ihn pünktlich sein Schulkamerad Marco ab, der nur zwei Häuser weiter wohnt. So schlendern sie jeden Tag zusammen in die Schule, die nur zwanzig Minuten vom Haus entfernt ist. Öffentliche Verkehrsmittel zu nutzen, das ist Gott sei Dank nicht notwendig. Das ist auch für Judith von Vorteil. Ihre Arbeitsstätte, die Außenhandelsbank, befindet sich ebenfalls nur wenige 15 Minuten von ihrem Wohnhaus entfernt. Sie schminkt sich dezent, danach eilt sie zu ihrer Arbeitsstätte. Auf dem Weg zur Bank kommt sie immer bei einem Lebensmittelgeschäft vorbei. Der Geschäftsinhaber Klaus, mit dem sie schon sehr viele Jahre befreundet ist, hat schon die frische Milch für sie bereitgestellt. Auch andere Lebensmittelprodukte, die in der DDR Mangelware sind, hebt er für Judith auf. Als Gegenleistung nimmt Judith täglich seine Tageseinnahmen in Empfang und zahlt sie bei ihrer Bank an der Kasse ein, so wäscht eine Hand die andere.

Es ist wieder Montag und jeder eilt zu seinem Arbeitsplatz, auch Judith. Sie legt großen Wert darauf, immer pünktlich zu sein. Als sie an ihren Schreibtisch eilt, kommt ihr schon Vera entgegen, sie schwärmt von Rudolf und dem herrlichen Wochenende. Judith muss sie etwas bändigen: „Wir plaudern in der Mittagspause, der Feind hört mit.“ Sie haben sich viel über das Wochenende zu erzählen, aber irgendwie hat Judith wieder die Realität eingeholt. Jeden Montag, 8.00 Uhr, wird in Anwesenheit aller Mitarbeiter der Bank politischer Unterricht durchgeführt sowie über die Weltpolitik diskutiert. Es wird auch immer wieder erwähnt, dass die Bank ein Staatsapparat ist und jeglicher Kontakt mit dem Klassenfeind verboten ist. Mein Gott, denkt Judith, und John will schon heute Abend wieder zu mir nach Hause kommen, dabei gilt ausgerechnet meine Sachbearbeitertätigkeit als streng geheim, da hauptsächlich Akkreditive und Überseegeschäfte für nicht sozialistische Länder von mir bearbeitet werden. Sie wird wieder unsicher, aber auch wütend.

Es ist endlich Mittagspause und Judith und Vera setzen sich in ein Eiscafé, das sich in der Nähe der Dienststelle befindet. Sie tauschen einander noch mal die Erlebnisse vom Wochenende aus, vor allem wie Erich ins Wasser ging, und das angeblich auch noch wegen Judith. „Er hatte zu viel Alkohol getrunken“, sagt Judith zu Vera. „Ich habe ihm nicht die geringsten Signale gegeben, dass ich Interesse an ihm habe. Du kennst ja meinen Geschmack in puncto

Männer." „Du hast recht, aber es war trotzdem ein sehr schönes Wochenende." „John will mich heute wiedersehen. Was meinst du, Vera?" „Rudolf kommt auch heute Abend zu mir. Du hast viel zu viel Angst, Judith, ich lasse mir jedenfalls nicht vorschreiben, mit wem ich meine Freizeit verbringe und welchen Freund ich in meiner Wohnung zu Gast habe." „Du hast ja so recht, Vera, aber wir brauchen es niemandem zu erzählen, außerdem weiß ich gar nicht, wie sich meine Liebe zu John entwickeln wird." Sie erzählen, bis die Mittagspause zu Ende ist. An der Tür steht schon der Filialleiter, der prüfend auf die Uhr schaut. „Sie haben Ihre Mittagspause um fünf Minuten überzogen!" „Wir bitten um Entschuldigung, es soll nicht wieder vorkommen", antwortet Judith höflich.

Als endlich der ersehnte Feierabend kommt, eilt Judith noch schnell in die Kaufhalle, um etwas für den Abend einzukaufen. Eigentlich hat Vera recht, jeder Mensch hat nur ein Leben und man sollte sich in seiner Gestaltung der Freizeit nicht von irgendwelchen Vorschriften des Staates beeinflussen lassen.

Moritz ist auch schon zu Hause und wartet ungeduldig auf seine Mutter. „Darf ich mit Marco noch Fußball spielen?" „Höchstens eine Stunde. Wir wollen pünktlich zu Abend essen, denn ich bekomme später noch Besuch", antwortet Judith. „Wer kommt denn, Mama?", fragt Moritz neugierig. „Es ist ein Kollege aus Leipzig." „Und was will der hier?" „Das weiß ich auch noch nicht", antwortet Judith. „Jetzt gehe endlich zu Marco, sonst wird aus einer Stunde nur noch eine halbe Stunde." Moritz gehorcht und klappt die Tür hinter sich zu.

Judith eilt voller Aufregung ins Bad, duscht sich kurz ab, zieht ein weißes T-Shirt und ihre einzige Jeans an. Ihre Cousine Erika hat sie mal vor vielen Jahren geschickt. Sie ist nicht mehr sehr neu, aber bei Jeans spielt das keine Rolle. Diese Hosen sind sehr gefragt im Sozialismus, das ist auch so ein Zeichen, dass viele Menschen zu der westlichen Welt neigen, vor allem bei Textilien, Zeitschriften und auch Lebensmitteln. Sie föhnt sich noch ihr nasses Haar.

Der Föhn hat so einen lauten Motor, dass sie die Klingel überhört, erst das Klopfen an der Tür nimmt sie wahr. Sie eilt und öffnet die Tür. „Guten Abend, schönste aller Frauen!“ Es ist John, der sie sehr früh überrascht. Judith bringt im ersten Moment kein Wort heraus. „Du bist schon da?“ „Ich habe es nicht länger ausgehalten, meine Sehnsucht war so groß.“ Er nimmt sie in den Arm und küsst sie zärtlich. „Soll ich wieder gehen, Judith?“ „Oh nein“, antwortet sie, „aber Moritz spielt noch im Hof, wir müssen noch Abendbrot essen.“ „Das ist doch kein Problem“, antwortet John, „wir essen gemeinsam.“ Eigentlich hat Judith ihren Sohn von John noch etwas fernhalten wollen, aber irgendwie freut sie sich jetzt, dass er schon bei ihr ist. „Was hast du denn in der großen Tasche, John?“ Er antwortet: „Das habe ich alles für dich und Moritz gekauft.“ Er packt die Tasche aus, es kommt eine Kaffeemaschine zum Vorschein, ein ferngesteuertes Auto und verschiedene Lebensmittel, Kaffee und mehrere Sorten Wein und Champagner. „Du bist verrückt, John, das möchte ich alles nicht haben. Du kannst mich nicht kaufen, das lässt mein Stolz nicht zu.“ Er sagt zornig zu Judith: „Ich habe es nicht nötig und auch nicht vor, dich zu kaufen!“ Judith bemerkt seine Enttäuschung und seinen Zorn. Sie entschuldigt sich: „Ich habe es nicht so gemeint.“ Er antwortet: „Wenn ich einen Menschen mag, dann bereite ich ihm gern Freude mit Geschenken. Außerdem möchte ich, dass ihr beide den gleichen Lebensstandard habt, wie ich es gewohnt bin.“ „Das hört sich sehr verlockend an, aber in einem Punkt wird dein Lebensstandard gezwungenermaßen eingeschränkt sein, denn du hast von unserem Staat für drei Jahre eine Neubauwohnung in Halle-Süd bekommen.“ „Meine Wohnung hat nicht den geringsten Komfort, das ist aber auch überhaupt nicht wichtig“, erwidert John. „Wie schon mal erwähnt, ihr seid mein Luxus in dieser Wohnung oder in dieser Bruchbude, wie du sie immer nennst.“ Judith lacht herzhaft über seine schmeichelnden Worte, aber er meint es ehrlich, und das zählt.

Es kommt ihr vor, als ob sie ihn schon viele Jahre kennen würde.

Sie geht auf ihn zu, umarmt ihn, während sie gleichzeitig seine Wangen streichelt, und flüstert: „Zauberhafter John.“ Er ist so erleichtert. „Du bist verdammt süß, Julchen“, sagt er und erwidert die Umarmung mit zärtlichen Küssen. Es dauert nicht lange, da schellt es wieder. „Das wird Moritz sein, er darf nie erfahren, dass du aus Westdeutschland kommst. Ich bekomme sonst sehr großen Ärger in der Schule, auch bei mir in der Firma.“ „Ich verstehe diese Welt nicht, Judith.“ „Es ist nun mal so. Ich werde dich über die Gesetze der DDR irgendwann einmal aufklären.“ „Ich mache doch gar nichts Kriminelles“, runzelt John die Stirn. „Im Gegenteil, ich helfe dem Sozialismus beim Bau eines Projektes.“ „Du hast ja so recht.“ Moritz kommt hereingestürmt und betrachtet den fremden Mann voller Neugier. „Wer bist du denn??“

„Ich bin John aus Leipzig und besuche deine Mama.“ „Das heißt nicht Mama, sondern Mami“, gibt er kess zurück. Judith mischt sich ein: „Du sagst jetzt schön Guten Abend zu John und dann gehst du dir die Hände waschen, damit wir zu Abend essen können.“ Moritz gehorcht nicht gleich, denn schon hat er das ferngesteuerte Auto erblickt, das John für ihn als Geschenk mitgebracht hat. Seine Begeisterung ist nicht zu übersehen, darüber freut sich John. Er fängt gleich an, die Steuerung des Autos zu erklären. „Du kannst gut mit Kindern umgehen.“ „Ich liebe Kinder sehr. Sie sind so lebendig und stecken voller Neugier, aber leider hat es bei mir noch nicht geklappt, da ich immer auf Reisen bin.“ Endlich wird Abendbrot gegessen und danach verschwindet Moritz ins Bad. Judith kontrolliert, ob er sich auch richtig die Zähne geputzt hat. Danach eilt er sofort in sein Bett und ruft noch von der Ferne: „John, kommst du morgen wieder?“ Er antwortet: „Wenn es deine Mami erlaubt!“ Judith antwortet kurz: „Vielleicht erlaube ich es.“

Es war ein anstrengender Tag, so schläft Moritz bald ein. Judith räumt den Tisch ab, John hilft ihr dabei. Jetzt haben sie wieder Zeit für sich. Er holt zwei Weingläser aus der Vitrine und füllt die Gläser mit Wein. Sie machen es sich auf der Couch gemütlich, tauschen Zärtlichkeiten aus und erzählen über ihr Leben. Die Zeit vergeht und John sagt: „Es ist schon sehr spät, ich gehe jetzt nach Hause, ich muss morgen sehr früh aufstehen.“ „Du kannst bei mir schlafen.“ „Nein Judith, das ist nicht gut, da ich die nötigen Sachen nicht dabeihabe. Ich komme morgen wieder, wenn du es erlaubst.“ „Einverstanden“, antwortet Judith. Er umarmt und küsst sie zärtlich zum Abschied. „Bis morgen, mein Schatz, und träume was Schönes von mir.“ Judith gibt zur Antwort: „Ich habe schon gestern von dir geträumt, du zauberhafter Mann.“ Er lacht. „Danke für das Kompliment.“ Die Tür klappt zu und Judith schreitet langsam ins Wohnzimmer zurück. Sie schaut noch mal aus dem Fenster, tatsächlich blickt John zum Fenster hoch und winkt ihr zu. Es ist wie Gedankenübertragung. Sie ruft ihm noch zu: „Fahr vorsichtig mit deinem Auto.“

Der Wecker klingelt pünktlich, aber weder Moritz noch Judith wollen aufstehen. Beide sind noch zu müde, die Arbeit ruft jedoch. Judith springt als Erste aus dem Bett. Sie geht ins Bad und wäscht sich mit eiskaltem Wasser. Sofort ist sie munter. Es fehlt die Zeit, um einen großen Kessel Wasser zu kochen. Sie bereitet das Frühstück für Moritz vor, dann geht er zur Schule und sie zu ihrer Arbeitsstelle. Es ist heute ein harter Tag bei der Bank. Es ist Ultimo, das heißt Monatsende, wo alle Exportbetriebe ihre Geschäfte noch im alten Monat abschließen möchten, um die Planzahlen zu erreichen. Judith ist sehr fleißig und versucht immer, alle Termine einzuhalten. Das wird auch immer mit schönen Geschenken von den verantwortlichen Betrieben belohnt. Sehr zum Neid mancher Kolleginnen, da viele leer ausgehen. Oft werden böse Intrigen gegen Judith geschmiedet. Ihr Selbstbewusstsein und ihre Stärke, die sie sich nach der Scheidung zugelegt hat, geben ihr die Kraft und die Fähigkeit, sich gegen solche Attacken zu wehren und vor allem über den Dingen zu stehen. Bei einem Vorfall, der schon eine Weile zurückliegt, hat sie bis heute keine Erklärung. Ein Exportauftrag mit sämtlichen geheimen Informationen wurde versehentlich an die Amsterdam-Rotterdam Bank geschickt. Die Sache wurde sehr hochgespielt, die holländische Bank hatte den Auftrag an ihre Außenhandelsbank zurückgeschickt, sonst wäre es gar nicht publik geworden. Für dieses Vergehen wurde Judith beschuldigt, da es ihr Zuständigkeitsbereich war.

Solche groben Fehler dürfen nicht passieren, da sämtliche Abkommen zwischen Kunden und Bank in jenen Verträgen dokumentiert sind, sie stehen unter strikter Geheimhaltung. Der Filialleiter nannte es einen groben Fehler, so wurden Judith einmalig 50,00 Mark vom Gehalt abgezogen. Das ist viel Geld für eine alleinerziehende Mutter. Außerdem wurde strengstens angeordnet, dass sämtliche Geschenke, die ein Sachbearbeiter von Exportbetrieben erhält, unverzüglich an den Filialleiter ausgehändigt werden. Diese Geschenke könnten entweder für eine Tombola zur Weihnachtsfeier gestiftet werden, das würde Judith noch gerecht finden. Leider wurde von etlichen Kollegen eine andere Variante vorgeschlagen: Jedes Quartal soll ein Mitarbeiter wegen guter Leistungen mit einem dieser Geschenke belohnt werden. Diese Variante erhält große Zustimmung, sehr zum Nachteil für Judith. Sie ist über diesen Vorschlag mehr als wütend, denn es sind hauptsächlich ihre Geschenke, die sie für ihren Fleiß und die Einhaltung der Termine von den Exportbetrieben als Dank bekommen hat. Bei den Quartalsbesten werden immer die gleichen Personen ausgewählt, vor allem diejenigen, die politisch mächtig überzeugt sind. Politik ist für Judith schon immer ein langweiliges, kaltes und graues Thema gewesen, deshalb beteiligt sie sich selten an solchen Veranstaltungen. Sie liebt die Schönheiten der Natur, überhaupt alles, was Spaß macht. Die gleiche Einstellung vertritt auch Vera, deshalb harmonieren die beiden in ihrer Freizeitgestaltung so gut miteinander.

Es ist heute wieder ein schöner Tag, sie kann es kaum erwarten, John wieder in die Arme zu schließen. So geht es auch Vera. „Ich bin so verrückt nach Rudolf!“ Judith reagiert etwas unruhig, sie sagt zu Vera: „Wir müssen vorsichtig sein, es ist verboten, jegliche Westkontakte zu pflegen." „Das ist mir egal, ich bin so glücklich!" Das ist eine große Schwäche von Vera, sie wird schnell leichtsinnig; wenn sie einmal verliebt ist, dann soll es am besten die ganze Welt erfahren. Wie oft ist sie schon mit ähnlichen Dingen beim Chef ins Fettnäpfchen getreten. „Du bist viel zu ängstlich, Judith!" „Ja, das stimmt", antwortet diese. „Ich genieße lieber alles mit einer gewissen Vorsicht, ich habe keine Lust, in Teufels Küche zu kommen. Ich halte meine Gefühle unter Kontrolle und rede nicht permanent darüber. Wenn diese Verbindung bekannt wird, kann das uns unseren Job kosten. Schweigen ist angesagt." Vera nickt und begreift endlich, dass Judith gar nicht so unrecht hat.

„Wie Rudolf mich im Bett verschlingt, da würde jede wie eine Bombe explodieren!" Judith hält sich den Bauch vor Lachen, sie schweigt lieber über ihre Gefühle. Heute ist ein ungemütliches Wetter und Judith muss noch etliche Einkäufe erledigen. Moritz ist schon zu Hause, er ist gerade dabei, seine Schularbeiten zu erledigen, aber nicht allein, denn John ist auch schon da und hilft ihm dabei. „Er ist ein sehr lieber Junge, du kannst stolz auf ihn sein." Judith geht auf John zu und umarmt ihn zaghaft. „Seid ihr jetzt ein Liebespaar?" Beiden verschlägt es die Sprache. „Ihr seid doch ein Liebespaar?", fragt Moritz. „Wie kommst du darauf?", rügt Judith ihren Sohn. Er antwortet: „Wenn ein Mann und eine Frau sich küssen, dann sind sie ein Liebespaar, das hat uns auch unsere Lehrerin gesagt." John nutzt die Gelegenheit und küsst Judith innig. „Moritz hat recht, wenn sich ein Mann und eine Frau küssen, dann sind sie eine Liebespaar." „Du Schlawiner!", faucht sie ihn an. „Wieso bist du schon so früh hier?" „Ich habe es nicht mehr ausgehalten vor Sehnsucht, deshalb habe ich etwas früher Feierabend gemacht. Heute waren auch die Herren von der Geschäftsleitung anwesend, sie haben sich die Baustelle angeschaut, gleichzeitig wurde der Vorfall mit Erich noch mal ausgewertet. Es wurde uns klargemacht, dass wir uns hier in diesem Staat nicht so frei bewegen können wie in anderen Ländern.“ „Das habe ich dir von Anfang an gesagt“, gibt Judith zur Antwort. „Wenn meine Chefs erfahren, dass ich mit einem Westbürger zusammen bin, das wäre ein Entlassungsgrund.“ John reagiert bestürzt. „Das heißt, ich darf eigentlich gar nicht hier sein? Wir leben doch nicht im Mittelalter.“ Judith lacht und sagt: „Ich lasse mir nicht alles verbieten und deshalb kannst du jeden Tag und jede Nacht bei mir sein.“ „Gott sei Dank, ich habe schon befürchtet, du schickst mich weg. Wir lassen nicht die Staatsorgane über unsere Freizeit und über unser Leben bestimmen, deshalb ziehe ich sofort bei dir ein.“ „Einverstanden, zauberhafter John, aber dein Auto stellst du bitte am Interhotel um die Ecke ab, da bleiben wir immer unentdeckt und haben unsere Ruhe. Das Hotel wird immer von vielen internationalen Gästen besucht. Es liegt nur 300 Meter von meinem Haus entfernt. Dein Mercedes wird zwischen den vielen Westautos überhaupt nicht auffallen.“ „Das weiß ich doch, das ist eine kluge Idee. Ich werde jetzt in die Wohnung fahren und sämtliche Sachen holen.“ Judith nickt. „Ich bin in einer Stunde wieder bei dir. Tschüss, Schatz.“ Er eilt zur Tür.

Moritz hat inzwischen seine Schularbeiten erledigt, jetzt will er gern den Fernsehapparat einschalten, um die Sendung mit der Maus nicht zu verpassen. Judith ist einverstanden, da es eine für Kinder lehrreiche Sendung ist. Manchmal, wenn es die Zeit erlaubt, schaut sich Judith ebenfalls diese Lach- und Sachgeschichten an. Sie erklärt ihrem Sohn auch viele Dinge, die er nicht versteht. Es vergeht eine Stunde, aber John kommt nicht. Sie schaut aus dem Fenster und ist ganz nervös. Es wird ihm doch nichts passiert sein. Um sich von ihren beunruhigenden Gedanken abzulenken, bereitet Judith das Abendessen vor, damit auch Moritz nicht so spät ins Bett kommt. Es sind inzwischen schon über zwei Stunden vergangen und keine Spur von John. Bei jedem Autogeräusch rennt sie zum Fenster und hält Ausschau. Als ihr Sohn mit dem Abendessen fertig ist, geht er nach der Abendwäsche auch gleich ins Bett. Judith legt immer sehr großen Wert auf die Zahnreinigung und kontrolliert deshalb stets seine Zähne.

Während sie sich die Nachrichten anschaut, klingelt es endlich an ihrer Tür. Es ist Gott sei Dank John, auch Rudolf ist dabei, vollgepackt betreten sie die Wohnung. „Ich habe mir große Sorgen gemacht!", schimpft Judith. „Leider gibt es in dem Haus kein Telefon, sonst hätte ich dich angerufen." „Telefon ist bei uns Luxus. Das hat so gut wie kein Privathaushalt", gibt sie zur Antwort. „Ich wollte auch nicht mit leeren Händen kommen und Rudolf hat mir geholfen." „Ich muss auch gleich wieder los, denn Vera wartet auf mich." John bedankt sich bei Rudolf und Judith bringt ihn noch bis zur Tür und sagt: „Gruß an Vera von mir." „Werde ich ausrichten", und schon läuft er die Treppe hinunter und Judith verriegelt die Tür.

John packt seine Sachen aus dem Koffer und den Taschen. Judith kommt aus dem Staunen nicht mehr heraus, denn zum Vorschein kommt ein Stereoradio, eine Unmenge an Musikkassetten, Lebensmittel, Kaffee und diverse Getränke. „Mein Vorrat ist jetzt aber langsam aufgebraucht. In zwei Wochen fahre ich wieder nach Hause, dann kann ich neue Lebensmittel mitbringen." „Es ist das Pfingstwochenende." „Das stimmt!", antwortet er. „Da gehe ich mit einigen Freunden nach Kiel zum Segeln. Das haben wir bereits letztes Jahr geplant und auch schon gebucht. Ich habe zu Hause ein Segelboot und das wird sehr wenig genutzt, da ich durch meinen Beruf so gut wie nie daheim bin." Judith hat Verständnis und überlegt, dass sie eigentlich mit Vera über Pfingsten auch mal einen Ausflug an die Ostsee unternehmen könnte, ganz spontan, ohne Vorbuchung. Moritz fährt Pfingsten mit seinen Vater sowieso nach Finsterwalde in dessen Wochenendhaus, alles würde perfekt klappen. Ich hoffe, Vera ist zu begeistern für solch eine spontane Reise; ich glaube aber schon, sie ist auch ein lebenslustiger Mensch, immer zu haben für irgendwelche verrückten Sachen, denkt Judith. Wismar ist eine wunderschöne Hafenstadt mit vielen Sehenswürdigkeiten. „Wo kann ich meine Sachen einräumen?" „Natürlich im Schrank", gibt sie John zur Antwort. Er packt seine Sachen aus und Judith räumt sie ordentlich im Schrank ein. Sie hat extra für ihn ein Fach frei gemacht. Alles duftet so frisch nach Seife. „Es sind die Duftstoffe aus dem Waschpulver", antwortet John. „Aber alles, was gut riecht, muss nicht immer gesund sein, da es chemische Stoffe sind." Sie könnte John stundenlang zuhören, er spricht ein so herrliches Hochdeutsch, ohne jeglichen Dialekt. Sie schmiegt sich an ihn. „Wir müssen jetzt meinen Einzug bei dir mit einem Glas Sekt feiern." Judith ist einverstanden und holt die Gläser aus dem Schrank. John lässt schon mal die Korken knallen. Judith kann ihr Glück mit John noch gar nicht richtig fassen. Es ist schon sehr lange her, als sie das letzte Mal Schmetterlinge im Bauch hatte.

Einem zauberhaften, atemberaubenden Mann zu begegnen, der aus dem anderen Teil Deutschlands kommt, war für Judith noch vor wenigen Tagen undenkbar. So hat sie sich schon immer ihren Traummann vorgestellt, und jetzt wohnt er bei ihr in dieser Altbauwohnung, ohne jeglichen Luxus. „Dein Fernsehapparat ist eine Katastrophe", gibt John zum Besten. „Das Bild ist sehr unscharf und der Ton darf eigentlich nicht so rauschen. Ich habe zu Hause noch einen neuen Fernsehapparat, den versuche ich über die Grenze zu schmuggeln. Es ist zwar verboten, elektronische Geräte in die DDR einzuführen, ich werde es aber dennoch versuchen, die Grenzer sind bisher sehr nett zu uns gewesen."

„Wir exportieren Unmengen an Produkten in die ganze Welt, als Gegenleistung bekommen wir Devisen oder Rohstoffe. Jeder VEB[1], der seine Warenprodukte ins Ausland verkauft, wird sehr genau und präzise durch einen Außenhandelsbetrieb kontrolliert. Sie wurden extra dafür geschaffen, also Doppelkontrolle durch die SED und Staatssicherheit." Für Judith ist dieser Job schon Routine. Sie versucht, die Termine einzuhalten, damit es keine unnötigen

---

1 Volkseigener Betrieb

Probleme und Ärger mit ihren Vorgesetzten gibt. Sie will, dass ihre Arbeit und Einsatzbereitschaft geschätzt und gut honoriert werden. Vera dagegen ist ein spontaner Typ, sie will immer mit dem Kopf durch die Wand und ist deshalb schon sehr oft mit dem Filialdirektor in Konflikt geraten. Letzte Woche ist sie einmal zu spät ins Büro gekommen; als der Chef sie höflich gefragt hat, wo sie herkomme, gab sie zur Antwort: „Aus dem Bett." Für diese unverschämte Antwort wurde sie mit einem Eintrag in ihrer Kaderakte getadelt.

Judith hat Vera schon mehrmals ermahnt, sich etwas zurückzuhalten, Chefs haben Macht und es gibt nur unnötigen Ärger. Vera ist es schon immer schwergefallen, sich unterzuordnen und sich bevormunden zu lassen, aber ohne Chef funktioniert nun mal eben keine Firma auf der ganzen Welt, das macht ihr Judith immer wieder klar. „Was macht Rudolf eigentlich an Pfingsten?", fragt Judith. Vera antwortet: „Er fährt mit John nach Hause." „Ich habe eine geniale Idee! Moritz fährt mit seinem Vater nach Finsterwalde, allein zu Hause herumzuhocken, ist mir zu langweilig. Wir könnten was Tolles unternehmen." Vera fragt: „Und was soll das sein?" „Wir könnten für ein paar Tage nach Wismar fahren. Es ist ein wunderschönes romantisches Hafenstädtchen und wir könnten noch einen Ausflug zur Insel Pöhl machen und viel frische Luft einatmen. Das wäre für unsere Gesundheit genau das Richtige und natürlich verbunden mit viel Spaß." Vera ist begeistert. „Und wo wollen wir wohnen?" „Natürlich im Hotel", antwortet Judith. „Wir suchen uns erst vor Ort ein Quartier." „Wann fahren wir los?" „Ich glaube, am Freitagabend fährt noch ein Schnellzug direkt nach Wismar, ohne dass wir umsteigen müssen. Du weißt doch, ich hatte mal vor etlichen Jahren einen Freund, der auf einem Handelsschiff zur See gefahren ist, als Zweiter Offizier. Das Schiff ist in dem Hafen von Wismar vor Anker gegangen, ich hatte ihn damals besucht, deshalb kenne ich mich ein wenig in dieser Stadt aus. Der Mann hieß Harry." Vera ist begeistert von diesem

Vorschlag: „Du hast immer so richtige Abenteuerideen.“ Judith seufzt und sagt zu Vera: „Ich möchte so gern mal die ganze Welt bereisen und auch andere Kulturen kennenlernen.“ Sie ist mit Rolli schon durch alle sozialistischen Länder gereist. Das schönste Erlebnis war Russland, die Reiseroute ging von Moskau weiter nach Sotschi, Pizunda, Suchumi und Batumi, direkt am Fuße der Kaukasusberge. Es war so faszinierend, dass sich Judith geschworen hat, irgendwann einmal auch noch andere Länder zu bereisen und weitere fremde Kulturen kennenzulernen.

John kommt heute etwas später nach Hause, er musste zusammen mit Rudolf länger arbeiten. Judith erzählt ihm gleich von ihrem geplanten Pfingstausflug mit Vera. „Ich hoffe, ihr macht dort keine Dummheiten“, gibt er zur Antwort. „Wenn zwei schöne Frauen allein verreisen, ist das doch bestimmt gefährlich.“ Judith lacht herzhaft. „Wir leben nicht im Wilden Westen. Hier in der DDR gibt es so gut wie keine Verbrechen. Jedenfalls habe ich noch nie was von Mord, Entführungen, Drogenproblemen und Vergewaltigungen gehört.“ „Wenn das stimmt, dann hat der Sozialismus etwas sehr Positives, aber das kann ich nicht glauben. Es gibt kein Land ohne Kriminalität. Bei uns im Westen ist die Kriminalstatistik sehr hoch, vor allem in den großen Städten wie Hamburg und Frankfurt.“ John ist überhaupt nicht begeistert von Judiths und Veras Reise an die Küste. „Du brauchst dir wirklich keine Sorgen zu machen, wir passen gut auf uns auf“, beruhigt Judith ihren John und küsst ihn zärtlich. Er umschlingt sie und flüstert ihr ins Ohr: „Ich mache mir aber Sorgen und ich habe Angst, dass du vielleicht einen anderen Mann triffst, der dir besser gefällt als meine Person, und ich dich an ihn verliere.“ „Das ist also der Grund? Du bist eifersüchtig, John?“ „Jedenfalls könnte ich verrückt werden, wenn dich schon ein anderer Mann anschaut.“ Judith reagiert etwas zornig: „Vertrauen ist sehr wichtig in einer Beziehung. Du gehst Pfingsten schließlich auch mit deinen Freunden segeln, da begegnet ihr bestimmt auch Frauen, aber das stört mich nicht. Ich weiß, dass du mich liebst, und da denke ich überhaupt nicht an Untreue. Wir wollen einfach nur ein wenig Spaß haben und vor allem frische Luft einatmen", gibt Judith ihrem geliebten John zu verstehen. „Die Stadt Halle hat den Ruf, nicht gerade die beste Luft zu haben. Meine Fenster muss ich jede Woche putzen, da die Scheiben immer von einer Rußschicht belegt werden." „Das stimmt, ich habe es auch schon gemerkt, die Luft ist hier sehr schwer, vor allem in Leuna." „Moritz hatte oft Bronchitis", gibt Judith zur Antwort, „aber er geht mit seinem Vater an Pfingsten nach Finsterwalde, dort ist die Luft besser."

Sie reden bis tief in die Nacht und lauschen dabei romantischer Musik. Als John plötzlich wie vom Blitz getroffen aufsteht, wundert sich Judith. „Ich habe es fast vergessen, ich habe dir heute etwas gekauft", er hält ihr den Mund zu, denn sie will wieder losschimpfen. Er holt seine Tasche, Judith schaut neugierig, was er wohl auspacken wird. Er gibt ihr eine große Plastiktüte, darauf steht ein Name: Madeleine. „Packe es selbst aus, Engelchen", sagt er. Sie kann es nicht fassen. Eine originale Designerjeans und dazu eine weich fließende, altrosa Bluse sowie etliche T-Shirts und für Moritz ebenfalls zwei kleine Kinderjeans, dazu etliche passende Pullis mit Motiven und einen Parker mit der deutschen BRD-Fahne am Ärmel. Sie probiert die ganzen Textilien an, alles passt wie maßgeschneidert. „Warum verwöhnst du mich so? Ich kann dich nicht so beschenken." „Das brauchst du auch nicht, ich habe bestimmt ein wenig mehr Geld als du, außerdem ist es für mich eine wahnsinnige Freude, euch mit Geschenken zu überschütten. Ich bin nun mal so, mein Engel. Hast du die Augen von deinem Sohn Moritz gesehen, wie sie leuchteten, als ich mit ihm das ferngesteuerte Auto in Bewegung gebracht habe? Deine Augen strahlen auch, aber du versuchst es zu verbergen, indem du sie schließt und danach mit mir schimpfst – ein verdammt kluges Ablenkungsmanöver." Judith kommt aus dem Staunen gar nicht mehr heraus, er hat sie durchschaut. Wie kann es möglich sein, dass dieser hinreißende Mann, der den Namen John Clausen trägt, mich schon so gut kennt? Sie fragt John: „Wieso kennst du mich so gut? Das kann doch niemals möglich sein, dass du meine Gedanken und Charaktereigenschaften schon so tief entschlüsseln kannst. Verfügst du etwa über Hellseherkräfte?“ John lächelt und antwortet: „Mein Vater war von Beruf Neurologe und hat mir schon als Kind sehr viel über das Fach beigebracht. Vor allem über gewisse Verhaltenseigenschaften bei Menschen. Das Thema hat mich damals sehr fasziniert, denn Menschen reagieren sehr unterschiedlich in bestimmten Situationen, aber das weiß jeder. Ich habe auch sehr viele Bücher über diese Thematik gelesen. Den Medizinerberuf wollte ich trotzdem nicht ergreifen, sehr zum Ärger meiner Eltern. Für diesen Beruf bin ich absolut nicht geboren, und weißt du warum? Ich habe erkannt, dass alle Mediziner verdammt hart sein müssen. Es ist nicht möglich, jedem Menschen zu helfen, so weit ist die Forschung in der Medizin nicht. Dass du, Julchen, ein lieber Mensch bist, das habe ich sofort nach unserem ersten Gespräch erkannt, das ist auch selten. Die Mehrzahl der gut aussehenden Menschen ist überheblich, arrogant und geldgierig, das ist nicht gut. Deshalb habe ich dich bei der Party erst beobachtet, bevor ich dich angesprochen habe. Du bist lieb und umwerfend schön, vor allem deine dunkelbraunen Mandelaugen sind so faszinierend und könnten jedem Mann den Verstand rauben. Aufregend ist aber auch deine Erhabenheit und deshalb habe ich mich so unsterblich in dich verliebt, dass es schon wehtut.“

Die Tränen in seinen Augen sind für Judith nicht zu übersehen. „Ich träume schon von einer ganzen Schar Kinder mit dir.“ Mit so vielen Liebesgeständnissen hat Judith niemals gerechnet, es verschlägt ihr regelrecht die Sprache. Sie umarmt ihn und sagt: „Mein zauberhafter John, ich fühle das Gleiche wie du, aber eine ganze Horde Kinder wollte ich eigentlich nicht mehr haben. Vielleicht drei oder vier“, und schon lachen beide wieder. „Wo hast du denn die vielen schönen Sachen gekauft?“, fragt Judith. „Ich war heute mit Rudolf in Westberlin, wir hatten dort dienstlich etwas zu erledigen. Danach haben wir noch einen Abstecher in die Einkaufsmeile am Kurfürstendamm gemacht. Rudolf benötigte für seine Armbanduhr noch Batterien. So habe ich gleich die Gelegenheit genutzt, um dir und Moritz etwas Schönes zu kaufen. Wir leben wie eine richtige Familie zusammen und deshalb bekommst du von mir auch einen Teil von meinen Lohn, den ich hier verdiene. Wir bekommen jeden Monat 2.000,00 DDR-Mark Spesen. Von meiner Firma bekommen wir unser volles Gehalt in Westmark. Also, Judith, ich bin kein armer Mann und deshalb will ich, dass ihr beide auch in vollen Zügen davon profitiert. Falls du sonst noch irgendwelche Wünsche hast, dann möchte ich, dass du es mich wissen lässt. Ich weiß, dass es viele Dinge in deinem Land nicht gibt, also, bloß keine Hemmungen. Mir liegt sehr viel daran, dass es euch gut geht. Außerdem möchte ich nie wieder hören, dass ich euch kaufen will, das ist für mich sehr verletzend." Judith ist gerührt von Johns Worten, vor allem von seiner Großzügigkeit. Sie geht auf ihn zu, küsst ihn voller Leidenschaft und spricht voller Sehnsucht: „Ich liebe dich auch von ganzem Herzen." „Ich werde jedem Menschen den Kampf ansagen, der unsere Liebe zu zerstören versucht. Wir lassen einander nicht mehr los", antwortet John. Er hebt sie auf seine Arme und trägt sie sanft aufs Bett. Sie lieben sich voller Sehnsucht und Leidenschaft, bis sie vor lauter Erschöpfung zusammengekuschelt einschlafen.

Vera kommt im Büro auf Judith zu. „Wie hast du das Wochenende mit John verbracht?" „Du wirst es nicht glauben, er ist schon bei mir eingezogen." „Ich fasse es nicht, letzte Woche hast du mir noch eine Predigt gehalten, dass wir vorsichtig sein müssen, und was höre ich jetzt? Du bist ja schneller als Rudolf und ich." „Es stimmt, Vera, aber meine Gefühle zu John sind so stark, dass ich jeden Tag mit ihm zusammen sein möchte. Deshalb bin ich trotzdem weiterhin vorsichtig und werde unsere Beziehung nicht an die große Glocke hängen." „Rudolf hat mir auch schon erzählt, dass John permanent von dir schwärmt und den Feierabend nicht erwarten kann, bloß um schnell wieder bei dir zu sein." Judith schmunzelt und sagt zu Vera: „Mir geht es ähnlich. Die Zeit will heute gar nicht vergehen und ich denke nur an ihn, ich sehne mich regelrecht nach John. Ich bin so verliebt, dass ich es mit Worten gar nicht beschreiben kann." Vera schaut Judith sehr ernst an. „Hoffentlich enttäuscht er dich nicht. Du bist schon oft von Männern enttäuscht worden. Rudolf und John sind nur drei Jahre hier, danach müssen sie wieder nach Westdeutschland, also für uns unerreichbar. Dann ist es vorbei mit der Romantik und wir sind wieder allein." Veras Worte schmerzen Judith so sehr, dass sie ihre Tränen nicht mehr zurückhalten kann. „Mein Gott, dass es dich so schlimm trifft, habe ich nicht erwartet, John hat dir tatsächlich total den Kopf verdreht. Bitte entschuldige meine harten Worte, ich wollte dir nicht wehtun." „Du hast ja recht, Vera, in drei Jahren müssen John und Rudolf wieder nach Niedersachsen und wir bleiben mit gebrochenen Herzen zurück."

Vera muss ganze Arbeit leisten, um Judith wieder zu beruhigen. Sie lenkt vom Thema ab und sagt zu ihr: „Hast du eigentlich schon Vorbereitungen getroffen für unsere Pfingsttour?" Judith schaut Vera überrascht an, und schon lächelt sie wieder. „Natürlich Vera, es ist alles organisiert. Der Zug fährt Freitag 18.00 Uhr ab und gegen Mitternacht sind wir in Wismar. Schlafen werden wir unter einer Brücke." Vera lacht. „Zum Glück ist dein Humor wieder zurückgekehrt. Ich werde es niemals zulassen, dass er durch Liebeskummer verloren geht. Ich mag Rudolf auch sehr, aber verliebt bin ich noch nicht, eher verrückt nach ihm. Ich genieße erst mal seine körperlichen Qualitäten, und die beherrscht er perfekt. Das Wort Liebe ist bei uns noch nicht gefallen. Er ist eben kein Romantiker, aber verdammt aufregend und fast fünfzehn

Jahre älter als ich." „Das stimmt, Vera, du hast sonst immer jüngere Männer, wieso diese Wende?" „Ich weiß es selber nicht, er ist eben überhaupt nicht langweilig", gibt sie zur Antwort. „Jedenfalls freue ich mich jeden Tag auf Rudolf, wir wollen heute zusammen nach Leipzig in einem schönen Restaurant essen gehen. Was machst du heute? Kommt John auch heute zu dir?" Judith lacht. „Ich habe doch erwähnt, dass er bereits bei mir eingezogen ist. Er ist meistens früher als ich da, noch bevor ich eintreffe." „Stimmt, Judith, das habe ich schon wieder vergessen. Ihr scheint diese Beziehung wirklich sehr ernst zu nehmen." „Ich werde es niemals zulassen, dass diese zuckersüße Liebe zerstört wird." „Das glaube ich dir gern, Judith, eine Kämpferin bist du schon immer gewesen, und ich hoffe, du gewinnst." „Ich glaube, unsere Mittagspause ist zu Ende. Wir müssen uns beeilen, sonst bekommen wir wieder Ärger mit unserem Chef", sagt Judith zu Vera. „Außerdem habe ich noch sehr viel Arbeit. Ich muss mich beeilen, zumal es wichtige Termingeschäfte sind. Sie müssen heute noch per Post an die ausländischen Banken verschickt werden. Vielleicht helfen mir noch meine netten Kolleginnen Tina und Bettina. Sie sind immer sehr hilfsbereit. Sie haben heute auch nicht so viel Arbeit." „Sicher", murmelt Vera, „die helfen dir ganz bestimmt, denn sie haben neulich deine Geschenke als Quartalsbeste bekommen, die eigentlich für dich am Schalter abgegeben wurden." „Es ist schon ärgerlich, aber nicht mehr zu ändern, da es vom Chef so geregelt wurde." Sie eilen zu ihrer Dienststelle und wie durch ein Wunder steht diesmal kein Chef an der Eingangstür, um die Kollegen zu rügen, die ihre Mittagspause überzogen haben.

Judith geht an ihren Schreibtisch und schon kommt Bettina, ihre Kollegin, angelaufen und überreicht ihr einen Zettel mit einer Telefonnummer. „Es war ein Herr am Apparat und er möchte, dass du bei Gelegenheit zurückrufst. Er hatte eine schöne, klare Stimme, ohne Dialekt, und war verdammt freundlich." „Dann wird er auch nicht aus unserer Gegend stammen", gibt Judith zur Antwort. Warum sind Frauen immer so neugierig? Judith beschleicht bereits eine gewisse Angst um ihre bittersüße Beziehung. Sie wählt jene Nummer und schon meldet sich ein Herr mit dem Namen Clausen. „Hallo Schatz, ist etwas passiert?" „Nein, mein Engel, ich wollte einfach nur deine Stimme hören und dir sagen, dass ich dich von ganzem Herzen liebe und mich nach dir sehne." „Mir geht es auch so, aber wir müssen uns noch ein paar Stunden gedulden, denn meine Arbeitszeit geht bis 16.30 Uhr, zauberhafter John." Er lacht. „Oh Julchen, das Wort zauberhaft passt viel besser zu dir!" „Das glaube ich nicht, du bist das Beste, was mir bisher über den Weg gelaufen ist. Ich muss jetzt weiterarbeiten, denn sonst bin ich gezwungen, Überstunden zu machen, das würde heißen, ich würde erst später heimkommen." „Das will ich natürlich nicht, also tschüss, bis heute Abend, ich habe dich lieb."

Sie legt den Hörer auf und schon kommt Betti angelaufen und fragt: „Wer war denn jener nette Herr am Telefon?" „Du bist ganz schön neugierig, es ist ein Bekannter aus Rostock, also eine Urlaubsbekanntschaft." „Sieht er auch so gut aus wie sich seine Stimme anhört?" „Ich werde dir demnächst ein Bild von ihm zeigen", antwortet Judith genervt. „Es war nicht zu überhören, dass er aus einer Gegend kommt, wo noch etwas Hochdeutsch gesprochen wird." „Kluges Köpfchen, Bettina, aber kannst du mir jetzt bitte bei meiner Arbeit helfen? Sonst muss ich heute etwas länger bleiben und das passt mir gar nicht." „Kein Problem, ich helfe dir sehr gern, letzte Woche hast du mir geholfen." Bettina ist wirklich eine nette und hilfsbereite Kollegin, nur etwas neugierig, denkt sich Judith und schon fängt Bettina wieder an, Fragen zu stellen. „Wie heißt denn dein Bekannter?" „Er heißt John und wohnt in Halle-Süd. Er ist drei Jahre in Halle auf Montage und arbeitet in Buna/Leuna, als Diplomingenieur. Er muss eine Projektgruppe betreuen, aber bitte frage mich jetzt nicht weiter. Sein Job interessiert mich nicht im Geringsten, da ich von seiner Tätigkeit sowieso keine Ahnung habe. Es ist nur ein flüchtiger Bekannter und ich weiß eigentlich so gut wie gar nichts von ihm", gibt Judith ihrer Kollegin Bettina zu verstehen. Innerlich denkt Judith: Ich lasse mich doch nicht über mein Privatleben aushorchen, das geht niemanden etwas an, zumal es eine verbotene Beziehung ist.

„Wie geht es eigentlich deinem Mann, Betti?“ Diese antwortet: „Er will kein Streifenpolizist mehr sein, sondern die höhere Laufbahn der Kriminalpolizei ansteuern. Es soll interessanter und vielseitiger sein und wird auch vom Gehalt her viel höher honoriert. Außerdem brauchen Beamte in dieser Funktion keine Uniformen zu tragen, sondern können ihre normalen Zivilsachen anziehen.“ „Das stimmt, die Kripo und die Staatssicherheit sind immer unauffällig und normal gekleidet. Ich hoffe nur, dass er sich bei dieser Tätigkeit nicht langweilen wird, zumal bei uns keine Verbrechen passieren. In der Zeitung habe ich jedenfalls noch nie von irgendwelchen kriminellen Straftaten gelesen.“ „Das stimmt, Judith, aber es wird mit Absicht viel verschwiegen, damit die Menschen hier ohne Angst leben können. Im Westen passieren jeden Tag Verbrechen und vor allem Drogendelikte.“ „Sicher, da können wir froh sein, im friedlichen Sozialismus zu leben“, gibt Judith etwas spitz zur Antwort. Bettina nickt mit voller Zufriedenheit. Innerlich, in Gedanken, hat Judith eine ganz andere Meinung, aber erst seitdem sie mit John liiert ist. Wenn der Westen so schlecht ist, wieso versuchen dann unzählige Menschen dorthin zu flüchten? Die Exportgeschäfte beweisen, wie schlecht die Versorgung in den Ostblockstaaten ist, alles wird in den Westen verkauft, als Gegenleistung bekommt ihr Staat angeblich Rohstoffe und Devisen. Wieso benötigt unser Staat zur Errichtung von Objekten westliche Firmen? Ich glaube, wir werden alle belogen, grübelt Judith.

Endlich ist die Arbeit geschafft, bis auf ein paar Kleinigkeiten. Judith bedankt sich bei Betti für ihre Unterstützung. Eigentlich hat sie im Allgemeinen ein gutes Verhältnis zu ihren Kollegen. Streitereien gibt es in ihrer Abteilung selten, obwohl der überwiegende Teil der Kollegen aus Frauen besteht. Es gibt schon hin und wieder mal einen Zickenkrieg, aber von Konflikten, die hauptsächlich andere Mitarbeiter betreffen, hat sich Judith immer ferngehalten.

Mit Betti hat sie damals ihre Ausbildung als Bankkauffrau absolviert und so kennt sie auch deren Schwächen und Stärken. Sie sind auch oft miteinander ins Kino und Theater gegangen.

Judith guckt auf die Uhr. Nur noch eine halbe Stunde, dann sehe ich John wieder! Veras Stimme ist nicht zu überhören, denn die ruft mit lauter Stimme: „Judith, ich wünsche dir einen schönen Feierabend und noch viel Spaß heute Abend." Ärgerlich erwidert sie den Gruß, denn alle Kollegen schauen sie mit neugierigen und fragenden Blicken an. „Oh, eine neue Liebe?" Judith sagt humorvoll: „Ihr braucht euch nicht auf eine Party zu freuen, denn bei mir wird es keine Hochzeit mehr geben. Gewisse Ereignisse oder Dinge im Leben, von denen ich enttäuscht bin, werde ich nicht mehr wiederholen. Außerdem bin ich mit meinem Nachnamen sehr zufrieden." „Man soll niemals nie sagen", kommt eine männliche Stimme aus dem Hintergrund. Es ist der Filialleiter, Herr Eisenmann, er hat zufällig alles mitgehört. „Sie haben recht, Herr Eisenmann", antwortet Judith, „aber ich halte einen Trauschein für unwichtig. Es ist sogar erwiesen, dass Paare, die nicht miteinander verheiratet sind, viel harmonischer miteinander umgehen und glücklicher sind." „Woher haben Sie denn diese unmoralische Weisheit? Sie schauen wohl zu viel Westfernsehen über wilde Ehen, Frau Dreve. Wir sind ein Arbeiter- und Bauernstaat, da werden die Ehen gefördert und vor allem der Zuwachs." „Meine Ehe hat mir jedenfalls nicht viel Freude bereitet, im Gegenteil, erst nach meiner Scheidung bin ich wieder richtig aufgeblüht." Herr Eisenmann runzelt die Stirn und gibt zur Antwort: „Das ist die Ausnahme, aber nicht die Regel in unserem Sozialismus. Sie hätten zusammen mit Ihrem damaligen Mann eine Ehe-Beratungsstelle aufsuchen sollen, das hat schon viele Menschen vor dem Scheidungsrichter bewahrt." „Bei uns gab es damals leider nichts mehr zu retten." Judith lenkt vom Thema ab, sie hat keine Lust auf so viel altmodisches Gerede. Der Mann hat doch überhaupt keine Ahnung von modernen Menschen, seine Menschenkenntnis reicht wohl kaum über seine alten, verknöcherten Parteigenossen der SED hinaus. Ein treuer Ehemann, das ist er sicherlich. Er ist überhaupt keine Schönheit und durch seine dicke Hornbrille wirkt er oft wie ein Fabelwesen. Die Menschen, die am meisten von Harmonie und der perfekten Ehe reden, betrügen ihre Partner am häufigsten. Am schlimmsten geht es bei den Staatsorganen zu, da gibt es nur wenige intakte Ehen, ausgelöst durch den vielen Alkoholkonsum bei dieser Behörde. Das hat neulich auch Betti erzählt, sie ist durch ihren Mann informiert. Allerdings wird so etwas auf höchster Ebene streng verheimlicht und auch vertuscht.

„Unsere Wismar-Reise rückt immer näher, nächste Woche ist schon Pfingsten und wir müssen uns noch Fahrkarten und Platzkarten besorgen", mahnt Judith. „Wir könnten morgen nach Feierabend schnell zum Bahnhof gehen", antwortet Vera. „Das ist keine so gute Idee, denn nach Feierabend ist großer Berufsverkehr und da müssen wir am Schalter mit hohen Warteschlangen rechnen." „Vorschlag: Ich wohne nicht weit vom Bahnhof entfernt, da kann ich die Karten gegen Abend besorgen, John kann mich begleiten", antwortet Judith. „Was kostet das alles?" „Ich weiß nicht, Vera, aber wir können später abrechnen." „Hast du denn so viel Geld dabei?" „Das habe ich nicht, aber ich werde morgen etwas Geld bei meiner Bank abheben", gibt Judith Vera zur Antwort. „Ich muss jetzt nach Hause, John kommt gleich. Ich wünsche dir mit Rudolf nochmals einen schönen Abend." „Das wünsche ich euch auch."

Judith tritt mit großen Schritten den Heimweg an und besorgt beim Bäcker noch frischen Kuchen. John ist noch nicht da und Moritz ist bei seinem Schulfreund. Sie erledigen ihre Hausaufgaben immer gemeinsam, das funktioniert gut. Sie duscht sich schnell, danach dekoriert sie voller Liebe den Kaffeetisch und bereitet die Kaffeemaschine vor.

Judith hat es sich auf der Couch bequem gemacht, sie wartet jetzt nur noch auf ihren John. Ihr Herz pocht wieder ganz aufgeregt und in ihrem Bauch flattert es nur so vor lauter Schmetterlingen. Mein Gott, ist das ein schönes Gefühl, auf einen Mann zu warten, der unsterblich in mich verliebt ist, aber ich bin es doch auch, sonst wäre ich nicht so aufgeregt, denkt sie. Er ist so schön und riecht so verdammt gut. Vor allem sein elegantes und liebenswertes Auftreten fasziniert Judith immer wieder aufs Neue.

Sie schläft kurz ein und wird durch das Schellen an der Tür wach. Es ist Moritz. „Ich habe mächtigen Hunger, Mama." Judith muss erst mal wieder zu sich kommen, denn in der kurzen Zeit, als sie schlief, hat sie von John geträumt. „Wieso hast du jetzt schon Hunger, Moritz?" „Es gab heute in der Schule nur Nudelsuppe, die hat überhaupt nicht geschmeckt." „Das ist aber schlimm, mein kleiner Kobold", antwortet Judith. „Wenn John kommt, dann trinken wir zusammen Kaffee und du bekommst deine große Tasse Kakao und Erdbeertorte. Du musst dir nur noch die Hände waschen." Sie hat es noch nicht ausgesprochen, da schellt die Klingel erneut.

Judith eilt umgehend an die Tür, um sie zu öffnen, es ist John. Er nimmt sie sofort in die Arme und begrüßt sie mit einem zärtlichen Kuss. „Entschuldige, mein Schatz, ich musste etwas länger arbeiten." „Das macht nichts, ich bin sowieso auf der Couch etwas eingeschlafen, du wirst es nicht glauben, ich habe einen kurzen schönen Traum von uns gehabt, er war so klar und deutlich." John schaut Judith an und sagt: „Erzählst du mir den Traum? Vor allem das Klare und Deutliche an diesem Traum." „Du hast wohl noch nie geträumt?" „Ich vergesse meine Träume immer ganz schnell, sie sind stets sehr verschwommen und durcheinander. – Mhmm, hier duftet es so gut nach frischem Kaffee." John ist begeistert über den appetitlich, schön dekorierten Tisch. „Erdbeertorte esse ich sehr gern." Und schon kommt Moritz angerannt und gibt ihm ebenfalls einen Begrüßungskuss. „Na, mein kleiner Kobold, wie war es in der Schule?" „Langweilig wie immer", gibt er zur Antwort. „Die Lehrer sind so blöd, sie geben uns immer so viel Hausaufgaben auf." John ermahnt Moritz: „Wenn du nicht fleißig lernst, dann kannst du niemals einen schönen Beruf lernen, dann bleibst du immer dumm und arm." „Was heißt arm?" „Du wirst niemals dein eigenes Geld verdienen, um dir schöne Dinge kaufen zu können." Moritz hört John aufmerksam zu und sagt: „Ich verspreche dir, fleißig in der Schule zu lernen, ich möchte eines Tages den Beruf Kapitän lernen." John lacht, nimmt ein Stück Erdbeertorte und legt es auf Moritz' Teller. Er will auch Judith ein Stück auf ihren Teller legen, aber sie lehnt ab. „Ich kann momentan nichts essen, mein Magen ist wie zugeschnürt." „Wieso, gab es Ärger in deinem Betrieb?", fragt er voller Sorge. „Es ist alles in Ordnung, mir geht es sehr gut. Wir könnten heute Abend noch etwas bummeln gehen und bei unserem Spaziergang am Bahnhof vorbeilaufen. Vera bat mich, die Fahrkarten für unseren Pfingstausflug nach Wismar zu kaufen. Der Bahnhof ist hier in der Nähe und abends sind keine großen Menschenmengen am Schalter." „Kein Problem", antwortet John, „ich kann nach der Kaffeestunde auch allein eure Fahrkarten kaufen und du versorgst in der Zeit Moritz, danach haben wir beide für uns Zeit. Wir könnten danach in Ruhe bummeln gehen, vielleicht noch in einer gemütlichen Kneipe ein Bier trinken. Vor allem erzähl mir deinen klaren und deutlichen Traum. Ich bin ganz neugierig darauf, ich kann es kaum erwarten zu erfahren, von wem dieser Traum handelt." Judith kann ein verschmitztes Lächeln nicht mehr verbergen und sagt: „Er handelt nur von uns, das ist eben das Problem. Du weißt doch, Träume werden meistens nicht wahr, denn sie sind nur Schäume, so lautet das Sprichwort." „Das stimmt nicht", schaltet sich Moritz ein. „Ich habe auch mal von einem schönen ferngesteuerten Spielzeugauto geträumt und nun hat mir John so ein Auto geschenkt, welches noch viel schöner als im Traum aussieht."

Es wird Zeit, die Hin- und Rückfahrkarten zu kaufen. Judith schreibt John alles auf einen Zettel, vor allem die Abfahrtzeiten und den Tag. „Bitte versuche, für diese Zugverbindungen jeweils zwei Platzkarten zu erwerben, da es sonst gut möglich sein kann, bis Wismar mehrere Stunden stehen zu müssen, das wäre furchtbar." „Kein Problem, mein Schatz, ich werde alles genau beachten." Er küsst Judith flüchtig. „Bis später", und weg ist er.

Judith räumt unterdessen das Geschirr vom Tisch ab und Moritz verschwindet in seinem Zimmer, um seine Schulsachen für den nächsten Tag zu richten. Sie spült das Geschirr und räumt es wieder ordentlich im Küchenschrank ein. Danach schminkt sie sich, föhnt ihre Haare und zieht ihre hellblaue Jeans und dazu eine zartgelbe Bluse an. Alles passt perfekt an ihrem Körper; durch ihre zierliche, schlanke Figur, ihre schönen geraden Beine, ihre wohlgeformten Brüste und auch den zu ihrer Linie passenden Po kann sie jedes modische Kleidungsstück tragen. Röcke, Kleider, egal ob kurz oder lang, sehen bei Judith ebenfalls sehr attraktiv aus. Bei Vera ist es ähnlich. Sie hat auch eine sehr schöne Figur und ist von ihrer Statur fast zehn Zentimeter größer als Judith, nur ihre fraulichen Rundungen sind sehr klein, aber das ist nicht so wichtig. Frauen mit kleinen Brüsten können diese Problemzonen durch entsprechende Büstenhalter beheben. Eigentlich könnte Vera ihr Geld leichter verdienen und als Model arbeiten, große dünne Frauen sind in der Modebranche sehr gefragt, auch in Ostdeutschland.

Es dauert nicht lange, als John mit den erworbenen Fahrkarten eintrifft. „Es hat alles geklappt und Platzkarten habe ich auch noch für euch bekommen." Judith bedankt sich und will ihm gleich das Geld geben. Er weist es zurück und sagt: „Ich schenke euch die Fahrkarten, aber ich hoffe, du denkst die ganze Fahrt an mich." Sie schmunzelt und flüstert ihm ins Ohr: „Weißt du eigentlich, dass ich permanent an dich denke? Ich kann mich manchmal gar nicht auf meine Arbeit konzentrieren." Er umfasst ihren Körper und antwortet: „Mir geht es auch so. Gegen jene starken Gefühle ist selbst der mächtigste Mensch machtlos. Ich habe schon versucht, während meiner Arbeit auf der Baustelle meine Gedanken nur der Firma zu widmen, da uns unser Job eine hohe Konzentration abverlangt. Es gelingt leider nicht immer, der beste Beweis war heute wieder. Ich habe dich auf deiner Arbeitsstelle angerufen und wollte nur mal kurz deine Stimme am Telefon hören. Hinterher habe ich mich gefragt, wieso tue ich das, wir sehen uns doch in ein paar Stunden. Es war die Sehnsucht, Judith, sie ist sehr schön, kann aber auch sehr schmerzen und den Verstand betäuben, falls sie unerfüllt bleibt. Wenn durch mangelhafte Aufmerksamkeit Unfälle in der Firma passieren würden, hätte das fatale Folgen für Rudolf und mich. Wir tragen die volle Verantwortung für dieses Projekt und die gesamte Abwicklung der Baustelle." „Du hast recht, John, wir müssen versuchen, zumindest beim Job abzuschalten. Vor allem dürfen wir keine Angst haben, dass der andere Partner verloren geht. Es ist verdammt schön, dass wir beide uns gefunden haben. An Abschied möchte ich jetzt nicht im Geringsten denken. Auf alle Fälle wollen wir diese Zeit genießen und uns von niemandem einschüchtern lassen." „Glaube mir, Julchen, so schnell wirst du mich nicht los." „Das will ich auch schwer hoffen. Wir müssen unsere Liebesbeziehung so gut es geht verheimlichen, nach dem alten Sprichwort: Schweigen ist Gold." „Das wird nicht so einfach sein, unsichtbar können wir uns noch nicht machen, mein Engel, dazu fehlen mir die Zauberkräfte." „Ich dachte, im Westen bekommt man alles zu kaufen? Vielleicht ist es möglich, bei einer Kräuterhexe eine Tarnkappe zu erwerben", und schon muss John über diesen Scherz herzhaft lachen. „Dein trockener Humor kommt so lustig rüber. Verstecken möchte ich mich mit dir auf keinen Fall, wir sind doch keine Verbrecher. Jetzt gehen wir noch etwas an die frische Frühlingsluft, dann bekommst du vielleicht Appetit und wir können noch irgendwo gemütlich etwas speisen."

Es ist ein sehr schöner, milder Abend. Judith schlendert mit John eng umschlungen, wie es sich für ein verliebtes Paar gehört, durch die Geschäftsstraßen der Stadt. Sie unterhalten sich über alle möglichen und unmöglichen Dinge. John bleibt plötzlich stehen und flüstert ihr ins Ohr: „Habe ich dir heute schon gesagt, dass du wieder süß wie ein Engel aussiehst?“ Judith schmunzelt und gibt ihm spontan zur Antwort: „Nein, mein Schatz, deine Komplimente habe ich heute schon sehr vermisst.“ Dabei schauen sie sich an und können ihr Lachen nicht verbergen. „Ach Julchen, deine Fröhlichkeit ist auch ein Erlebnis, ich könnte dir niemals böse sein. Es gibt viel zu wenig humorvolle und liebe Menschen.“ „Ich bringe gern Leute zum Lachen. Den Humor habe ich von meinem Vater geerbt. Wir sind eine Großfamilie, da ging es immer ganz schön laut und turbulent zu, auch verbunden mit viel Musik. Erzählst du mir etwas von deiner Familie?“ „Vorher möchte ich, dass du mir von deinem klaren und deutlichen Traum erzählst.“ Sie schaut John an und sagt: „Ich habe geträumt, wir sind auf einem Segelschiff mitten im Meer, ganz allein. Das Boot wurde ohne jegliche Hilfe allein von dir gesteuert, ich habe auf dem Deck im Liegestuhl gelegen. Was an dem Traum ungewöhnlich war, Moritz ist nicht dabei gewesen. Es lagen viele schöne Blumen auf dem Boden des Schiffes und sie vermehrten sich wie lebendige Wesen, durch das Gewicht drohte der Kahn zu sinken. Dann bin ich aufgewacht. – Vielleicht sollte ich mal zu einem Traumforscher gehen, ich träume nämlich oft eigenartige Dinge, die schwierig zu deuten sind“, sagt Judith zu John. „Du brauchst keine fremden Leute aufzusuchen, die dir deine Träume deuten. Sie wollen nur sehr viel Geld abzocken und haben eigentlich keine Ahnung. Sie sind gleichzusetzen mit den Kartenlesern oder Wahrsagerinnen. Sie erfinden irgendwas und du glaubst dann auch noch daran und machst dich verrückt. Es ist wissenschaftlich erwiesen, dass bestimmte Erlebnisse, Ängste und Sehnsüchte, die der Mensch erfahren hat, sich in seinen Träumen widerspiegeln und auch weiterverarbeitet werden. Das Hirn ist wie ein Computer, es speichert jeden Tag neue Erlebnisse des Menschen.“ Judith ist fasziniert, wie John ihr alles erklärt. „Du bist ein richtiger Philosoph, aber nun deute mal meinen Traum.“ „Dein Traum ist sehr leicht zu erklären, da er etwas mit Sehnsucht und Angst zu tun hat. Du fährst mit Vera ans Meer und ich fahre mit

Freunden segeln, das heißt, wir sind getrennt, aber dein Wunsch ist, mit mir zu segeln, und das kommt auf diese Art und Weise in deinem Traum zur Geltung. Es ist auch nicht ungewöhnlich, dass Moritz im Traum nicht erscheint. Dein Hirn hat gespeichert, dass er Pfingsten bei seinem Vater ist. Was die unzähligen Blumen auf dem Schiff bedeuten, kann ich nur vage erahnen. Es kann die Angst vor unserer Trennung sein und deshalb droht im Traum das Schiff zu sinken." Judith sieht John an. Sie ist begeistert über seine Traum-Theorie. „Du hast recht, ich würde die Feiertage lieber mit dir zusammen verbringen. Ich habe Angst, dass du nicht wiederkommst." Er antwortet: „Diese Unruhe ist unbegründet, mein Engel, ich werde ganz bestimmt wiederkommen, schon allein wegen dir und Moritz, und natürlich muss ich laut Vertrag meinen Job hier zu Ende bringen." Judith ist beruhigt. „Wieso kannst du so gut Träume erklären?" „Ich habe früher auch viel Unsinn geträumt, sogar Albträume haben mich schlimm gequält. Das war damals zu meiner Studentenzeit, da habe ich viele Bücher über Träume gelesen. Ich habe viele Vorträge über das Thema gehört, mich intensiv damit befasst. Ich hoffe, du bist mit meiner Theorie, was Träume angeht, zufrieden." Sie antwortet: „Oh ja, und wie ich das bin, meine innere Unruhe ist wie weggeblasen. – Ich habe jetzt tatsächlich Hunger bekommen und würde gern irgendwo etwas speisen." „Wo sollen wir einkehren?", fragt John. „Im Roten Ross, es ist nur fünf Minuten von hier entfernt, und das Essen ist auch ganz gut."

Sie laufen die Leipziger Straße entlang, bis sie an der Gaststätte Rotes Ross ankommen. Sie öffnen die Restauranttür und steuern auf den einzigen freien Tisch zu. Gerade wollen sie Platz nehmen, da kommt auch schon der Kellner angelaufen und sagt höflich: „Dieser Tisch ist leider reserviert!" Ohne lange zu diskutieren, schiebt John dem Kellner unauffällig 10,00 Westmark zu und schon ist der Tisch für Judith und John reserviert. „Das nennt man Bestechung im sauberen Sozialismus. Jeder Mensch ist käuflich, egal aus welchem Land er kommt", gibt er Judith zu verstehen.

John packt seine Sachen in den Koffer, er will unbedingt zusammen mit Rudolf den Donnerstag zur Heimreise nutzen. Judith schaut ihm beim Packen zu und sagt: „Ich habe extra noch einen Schlüssel für dich anfertigen lassen, damit du in meine Wohnung kommst, falls du früher von deinem Pfingstausflug zurück bist." „Ach Judith, ich habe dich so lieb und es ist so traurig, dass wir getrennt reisen müssen." Sie erwidert: „Das haben wir alles vorher gewusst, wir können das irgendwann mal nachholen. Außerdem habe ich diese Reise mit Vera auch schon lange geplant und ich freue mich darauf." „Ich hoffe, ihr bekommt ein schönes Hotel." Er gibt Judith noch 300,00 Ostmark für die Reise, damit sie sich mit Vera in einem anständigen Hotel einquartieren kann. Es ist für Judith wieder sehr peinlich, das Geld von John anzunehmen. Er merkt es auch sofort und sagt zu ihr: „Betrachte meine Finanzen endlich als unser gemeinsames Geld. Wir wohnen und leben zusammen wie Eheleute." Sie nickt und sagt: „Du hast recht." „Meine Kollegen betrachten das Ostgeld als Spielzeuggeld, denn sie bekommen es in den Geschäften überhaupt nicht los, da es nichts zu kaufen gibt." Judith fragt: „Was für Waren wollen deine Kollegen denn kaufen?" „Auf alle Fälle solche, die in der BRD auch für Westmark teuer sind, zum Beispiel Ferngläser aus Jenaer Glas oder gute Fotoapparate und Meissner Porzellane. Was auch von großem Interesse ist, sind die Modelleisenbahnen der Spur H0." Judith antwortet: „Du brauchst mir nur vorher eine Liste mit den gewünschten Artikeln zu geben und ich besorge diese Sachen für deine Kollegen." John ist erstaunt und fragt verwundert: „Du kannst diese Waren alle besorgen?" „Selbstverständlich", erwidert sie. „Oh Julchen, meine Kollegen werden dir sehr dankbar sein. Ich werde natürlich veranlassen, dass du für jede Bestellung noch extra ein sehr gutes Trinkgeld in Westmark bekommst. In der heutigen Zeit gibt es nichts für umsonst; es ist schließlich mit Arbeit und Zeit verbunden, diese Sachen zu besorgen, das muss belohnt werden. Es soll dir und Moritz an nichts fehlen, es ist schon schlimm genug, dass dieser sozialistische Staat euch in einem derart verfallenen, uralten Haus wohnen lässt." „Es ist schon eine Schande", antwortet Judith, „aber vielleicht bekomme ich irgendwann eine bessere Wohnung zugewiesen, denn den Antrag auf eine Neubauwohnung habe ich schon vor acht Jahren gestellt, aber es tut sich leider nichts."

Es ist so weit und so verabschieden sich John und Judith ganz herzlich voneinander und Moritz fragt: „Wann kommst du wieder, John?" „Nächste Woche bin ich wieder bei euch und meine nächsten freien Tage werde ich nur mit euch verbringen, falls es deine Mama erlaubt." Als Judith das Fenster öffnet, um John nochmals zu winken, bekommt sie plötzlich Angst. Der Tag wird kommen, wenn das Projekt in drei Jahren abgeschlossen ist, dann müssen alle Mitarbeiter der Firma das Land verlassen, das heißt Abschied von John auf unbestimmte Zeit. Der Gedanke schmerzt Judith. Diese Beziehung muss geheim gehalten werden, sonst bekomme ich großen Ärger, werde vielleicht noch meine Arbeitsstelle bei der Bank wegen Kontakten mit Bürgern aus feindlichen Länder verlieren. Sie grübelt noch eine Weile über dieses Thema, dann sagt sie ganz laut: „Zum Teufel mit solchen Verboten! Ich ganz allein bestimme, mit wem ich Freundschaften und Beziehungen eingehe, dadurch kommt niemand zu Schaden, wir leben doch nicht im Mittelalter!" Moritz kommt angerannt: „Was ist denn los, Mami?" „Nichts weiter, mein Schatz, ich habe gerade nur laut für mich gedacht", gibt sie Moritz zur Antwort. „Morgen ist der letzte Schultag vor den Pfingstferien und ich hoffe, du hast deine Hausaufgaben gemacht, sonst muss ich dich bei deinem Vater verpetzen." Moritz lacht über diese Worte, denn er weiß nur zu gut, dass seine Mami das niemals tun würde.

Der Pfingstausflug

Pünktlich auf die Minute um 18.00 Uhr treffen sich Judith und Vera vor dem Bahnhofsgebäude am Haupteingang. Jede ist nur mit einer Reisetasche und einem Rucksack bestückt. Der Zug kommt von Dresden und soll genau um 18.30 Uhr auf Bahnsteig 2 von Halle losfahren, also bleibt noch Zeit, um in Ruhe einen Kaffee zu trinken. „Hast du Moritz zu seinem Vater gebracht?“, fragt Vera. „Nein, er wurde von zu Hause abgeholt, sonst hätte ich das alles nicht geschafft.“ Nach der Kaffeepause schlendern beide langsam zum Bahnsteig und freuen sich, dass der Zug endlich angerollt kommt. Es sind sehr viele Fahrgäste, die das gleiche Ziel wie Judith und Vera haben, Richtung Norden. „Wir lassen erst alle Leute einsteigen, denn wir haben unsere festen Plätze im Nichtraucherabteil.“ „Das ist gut“, sagt Vera, „durch den Rauch würden unsere ganzen Sachen stinken.“ Endlich haben sie im Abteil ihre Plätze eingenommen und die Reisetaschen über den Sitzen verstaut. „Du bekommst noch Geld von mir, Judith.“ „Nicht nötig, John hat uns diese Bahntickets geschenkt. Außerdem hat er mir noch Geld gegeben, damit wir uns in einem anständigen Hotel einquartieren können.“ Vera ist erstaunt. „Rudolf ist nicht so großzügig, was Geld angeht. Er hat mir gestern noch eine Jeans im Intershop gekauft, aber das war auch schon alles.“ „Ich habe das von John niemals verlangt, dass er mich so verwöhnt. Er hat den Standpunkt, solange wir zusammen in meiner Wohnung leben, soll ich den gleichen Lebensstandard haben wie er.“ „Das ist eine positive Einstellung, das werde ich mal Rudolf sagen, denn er lebt auch bei mir“, sagt Vera prompt. Irgendwie fühlt sich Judith nicht wohl bei diesem Gespräch mit Vera. Es hört sich an, als ob bei ihr die materiellen Dinge mehr wiegen als die Liebe. Sie wechselt das Thema und sagt: „Wenn der Zug pünktlich ist, dann sind wir noch vor Mitternacht in Wismar. Hoffentlich bekommen wir noch ein Hotelzimmer, wenn nicht, dann schlafen wir am Strand oder auf der Parkbank." Und schon sind der Humor und die Kurzurlaubsstimmung bei den beiden Freundinnen wieder eingekehrt. Sie schauen sich während der Bahnfahrt immer wieder die verfallenen Städte und Orte an, an denen sie vorbeifahren. Sie stellen fest, dass die Landschaft sehr grau und öde aussieht, es gibt nur wenige Häuser, wo die Fassaden einigermaßen gepflegt aussehen. „Eigentlich liebe ich meine Heimat und meine Stadt, aber ein wenig bunter und lebendiger wäre nicht verkehrt." Vera antwortet: „Ich möchte nicht in der DDR alt werden. Rudolf hat erzählt, das Chemiewerk bläst seine gesamten Giftstoffe aus dem Schornstein, und das geschieht immer in der Nacht, wenn die Leute schlafen. Es soll unbemerkt bleiben, sonst könnten gewisse Unruhen unter der Bevölkerung entstehen." „Die Staatsorgane halten uns Menschen hier für ganz schön blöd", antwortet Judith. „Ich sehe es an meinen Fenstern in der Wohnung, wie viel Schmutz wir einatmen; wenn ich sie geputzt habe, sind die Scheiben spätestens nach einer Woche schon wieder mit schwarzem Ruß befallen."

Die nächste Station ist Schwerin, noch fast eine Stunde und das Hafenstädtchen Wismar ist erreicht. „Es ist schon fast 23.00 Uhr, hoffentlich bekommen wir noch ein gutes Hotelzimmer." Die Unterhaltung zwischen Vera und Judith wird unterbrochen, als die Tür von ihrem Abteil aufgeht und eine ganze Schar von Männern fragt, ob noch Plätze frei seien. Vera antwortet: „Selbstverständlich." Schnell ist eine Unterhaltung mit diesen Personen im Gange, da alle sehr aufgeschlossen sind. Sie erzählen, dass sie aus Berlin kommen und einem Fußballklub angehören. Sie sind von Sportkameraden des Vereins Wismar zu einem Freundschaftsspiel eingeladen. „Wir wohnen auf einem Campingplatz am Stadtrand von Wismar." „Wir müssen uns erst noch ein Quartier suchen, und das mitten in der Nacht", erzählt Vera. „Ihr seid ganz schön mutig, einfach so spontan zu verreisen", sagt einer der Klubkameraden. Der Zug fährt pünktlich um 23.45 Uhr in Wismar ein, sämtliche Fahrgäste stehen schon zum Ausstieg an der Ausgangstür. „Wir werden euch begleiten, bis ihr ein Hotelzimmer gefunden habt", sagt einer der netten Jungs mit Namen Uwe zu Vera und Judith. Die Stadt ist nicht gerade hell erleuchtet und wirkt darum düster, sodass es für Judith und Vera tatsächlich ein wenig unheimlich wäre, so allein auf Hotelsuche zu gehen. Also sind sie einverstanden und laufen los, bis das erste Hotel gesichtet wird.

Die Tür ist verschlossen und so klingelt Vera, bis ein Hotelangestellter öffnet. Die erste Frage nach einer Zimmerreservierung ist gleich negativ. So laufen Judith und Vera mit den gesamten Jungs des Fußballvereins zur nächsten Pension, aber auch die verneinen und geben an, kein Zimmer mehr frei zu haben. Das laute Lachen und Erzählen ist schon von Weitem hörbar, das hat die Hotelchefs vermutlich abgeschreckt. Jetzt ergreift Judith die Initiative und sagt: „Das nächste Hotel ist auf dem Marktplatz, und bevor ich die Klingel betätige, verschanzt ihr euch in der Seitenstraße. Es wäre doch gelacht, wenn wir für diese Nacht kein Zimmer mehr bekommen!" „Falls es aber doch nicht klappt, dann kommt ihr noch heute mit uns auf den Campingplatz mit. Wir rücken um euretwillen gern im Zelt zusammen, dann ist genug Platz zum Schlafen." „Ich glaube nicht, dass wir dann alle zum Schlafen kommen werden", sagt eine weitere Stimme aus dem Hintergrund. „Das ist Hubert, der macht immer solche Scherze", entschuldigt sich Uwe für ihn. Trotzdem wird über diesen Vorschlag wieder sehr herzlich gelacht. Als sie auf dem Marktplatz ankommen, ruft Judith den anderen zu: „Es wäre gut, wenn einer der Hotelangestellten nur mich allein sieht." Alle sind einverstanden und verschwinden in einer Nebenstraße, bevor Judith an der Eingangspforte des Hotels klingelt.

Es dauert nicht lange, da schaut ein Herr mit eigenartiger Kopfbedeckung aus dem oberen Fenster und ruft: „Was wünschen Sie?" Judith antwortet: „Ich brauche dringend eine Unterkunft für mich und meine Freundin, da wir sonst auf einer Parkbank übernachten müssen." „Einen kleinen Moment, ich komme runter", antwortet der Herr freundlich. Sie wartet eine Weile, dann öffnet sich die Tür. Judith kann jetzt auch die Kopfbedeckung des älteren Herrn erkennen. Es handelt sich um eine Nachtmütze, Judith erinnert sich sehr gut an solche Kopfbedeckungen. Ihr Opa hat sie auch immer getragen, da er eine Glatze hatte und die Schlafzimmer nie beheizt gewesen waren. Er fragt: „Wie lange möchten Sie das Zimmer buchen?“ Sie antwortet: „Ungefähr vier Tage.“ „Einverstanden, Sie bekommen das schönste Doppelzimmer mit Frühstück“, sagt er und gibt ihr den Schlüssel. „Die Buchungsanmeldung erledigen wir morgen.“ Judith bedankt sich ganz herzlich und rennt gleich zu Vera, die sich in der Nebenstraße mit den Männern vom Sportklub aufhält. Sie zeigt den Hotelschlüssel und alle klatschen vor Freude in die Hände, dass es mit der Unterkunft so spät in der Nacht geklappt hat. So verabschieden sich Vera und Judith von ihren lustigen Begleitern aus Berlin und wünschen ihnen viel Erfolg beim Freundschaftsspiel, das am nächsten Tag im Stadion von Wismar stattfindet. „Wenn ihr wollt, besucht uns beim Spiel“, ruft Uwe noch, „ihr seid jedenfalls herzlich eingeladen, vor allem zum Anfeuern.“ „Das können wir jetzt noch nicht versprechen, da wir sehr müde sind“, antworten Vera und Judith und bedanken sich nochmals für die nette Begleitung.

Sie eilen die Treppen hinauf bis zu der Etage, wo sich ihr Zimmer befindet. Es ist ein sehr langer Korridor, der Boden ist mit roten Filzteppichen ausgelegt und an den Wänden hängen lauter Seefahrtsbilder. Sie fangen beide an zu kichern, denn es sieht alles aus wie in einem Museum. Als sie ihr Zimmer aufschließen und das gemütliche und sehr saubere Zimmer mit den frisch bezogenen Betten sehen, sind sie sehr zufrieden. „Jetzt kann nichts mehr schiefgehen“, sagt Judith zu Vera, „wir können unsere paar freien Tage so richtig genießen.“

Es ist noch sehr früh am Morgen. Judith will sich gerade auf die andere Seite legen, um weiterzuschlafen. Sie blinzelt mit den

Augen, da ruft ihr Vera zu: „Du brauchst deine Augen gar nicht mehr zu schließen, denn ich habe Hunger auf ein gutes Frühstück. Außerdem sagt eine Bauernweisheit: Wer schon den Morgen verschläft, hat etwas Wunderbares vom Tag versäumt." Judith schaut auf die Uhr, es ist erst 8.00 Uhr. „Wir haben gerade mal fünf Stunden geschlafen und du bist schon munter wie ein Fisch?" Vera schaut etwas düster und antwortet: „Wir sind nicht zum Schlafen hier, sondern um Seeluft zu tanken, und das kann man nur an der frischen Seeluft." „Du hast recht, Vera", gibt Judith zur Antwort, „aber ich bin nun mal ein Langschläfer." „Aber bitte nicht hier in Wismar", murmelt Vera, „die Zeit ist viel zu kostbar, um sie hier zu verschlafen." Judith springt aus dem Bett in Richtung Bad und macht ihre Morgenwäsche.

Eine Stunde später sitzen beide am Frühstückstisch im Hotelrestaurant. Die Auswahl am Büfett ist nicht groß, aber die Wurst und der Käse sind sehr frisch und geschmackvoll zubereitet. Während sie sich mit vollem Genuss und Appetit das Frühstück munden lassen, wird auch gleich geplant, wie sie den ersten Tag in Wismar verbringen wollen. „Ein Stadtbummel wäre heute nicht schlecht", schlägt Vera vor, „da könnte man schauen, was Wismar zu bieten hat; eine Hafenrundfahrt wäre auch interessant." Judith ist sofort einverstanden und macht gleich für den nächsten Tag den Vorschlag, auf die Insel Pöhl zu fahren. „Diese Insel ist wunderschön und wenn das Wetter gut bleibt, können wir im Strandkorb bei frischer Luft ein Sonnenbad nehmen, falls schon welche am Strand aufgestellt sind." Während sich die beiden Frauen über ihre Ausflugspläne unterhalten, kommt eine Dame an den Tisch und begrüßt Judith und Vera sehr freundlich. „Ich bin die Chefin von diesem Hotel und wünsche Ihnen einen schönen Aufenthalt. Gleichzeitig möchte ich Sie bitten, den Anmeldebogen auszufüllen, ich muss jeden Gast innerhalb 24 Stunden bei den Behörden anmelden, da es das Gesetz so vorschreibt." Judith und Vera nicken höflich mit dem Kopf und bedanken sich für die nette Begrüßung. „Sofort nach dem Frühstück bekommen Sie den Anmeldebogen mit unseren Daten ausgefüllt. Was kostet eigentlich unser Zimmer?", fragt Judith. Die Hotelchefin antwortet: „Für euch, meine Damen, ist der Preis 14,00 Mark pro Nacht, mit Frühstück. Es ist noch der Vorsaisonpreis, hoffentlich kann ich euch damit eine Freude bereiten." Glücklich und froh geben Judith und Vera zur Antwort: „Wir sind sehr zufrieden", und bedanken sich nochmals ganz herzlich für die liebenswürdige Gastfreundschaft.

Nach dem Frühstück erledigen sie die Formalitäten und ziehen sich noch festes Schuhwerk an. Sie schlendern durch die Altstadt und bewundern die hübschen Fischerhäuschen mit den Reetdächern. „Ich werde John ein kleines Geschenk von hier mitnehmen." „Was willst du ihm denn kaufen?", fragt Vera verwundert. „Es soll ein Gegenstand sein, bei dem er sich immer an mich erinnert, falls wir mal getrennt werden." Der Gedanke schmerzt Judith sehr, aber sie wird gleich wieder von Vera abgelenkt. „An Trennung denke ich erst, wenn es so weit ist", antwortet Vera. „Vielleicht finde ich am Strand eine schöne Muschel oder einen hübschen Bernstein. Das ist auch ein schönes Mitbringsel von der Küste", gibt Judith ihrer Freundin zu verstehen. Sie laufen bis zum Hafen, auf einmal erinnert sich Judith an den Seemann Harry, einen früheren Freund, der beruflich mit dem Handelsschiff MS Insel Riems über sämtliche Weltmeere fuhr. Es lief damals in Wismar ein und Judith nahm sich die Zeit, ihn zu besuchen. Es war nur eine Urlaubsbekanntschaft, sie liegt schon mehr als sechs Jahre zurück. Er war ein interessanter, aber auch ein untreuer Mann, wie die meisten Seeleute, das hatte Judith gleich erkannt. Für solche Männer hatte sie kein Verständnis und so trennte sie sich von Harry. Er kontaktierte sie zwar noch mehrmals telefonisch über Rügen Radio, aber das Interesse war verloren, es war ihr auch total egal. Die einzige Erinnerung, die blieb, waren die vielen Ansichtskarten, die Harry ihr aus vielen fremden Häfen schickte.

Der Wind zerzaust den beiden Frauen das Haar, sodass es ihnen wild ins Gesicht fällt. Sie gehen von Geschäft zu Geschäft und schauen sich Modebekleidung und weitere Artikel an. Am Wasser wird der Wind zunehmend stärker, sodass ihnen die Baskenmützen vom Kopf fliegen. Sie haben große Mühe, sie wieder einzufangen. Vor einem urgemütlichen Fischrestaurant bleiben sie stehen und Vera bekommt durch den Bratfischduft großen Appetit. Auch Judith kann dem köstlichen Geruch nicht widerstehen. Sie gehen hinein, aber leider ist kein Tisch mehr frei, sie müssen mit einer langen Wartezeit rechnen. „Wir warten gern, bis ein Tisch mit zwei Plätzen frei ist", sagt Judith zu dem Kellner, „denn Ihre Fische duften so herrlich, dass unserer Magen regelrecht schmerzt vor Hunger." „Es lohnt sich, etwas Zeit zu opfern", antwortet der Kellner, „denn unsere Fische schmecken noch viel besser, als sie duften." So stehen sie wartend am Eingang neben der Flurgarderobe, darauf liegen auch drei Herrenhüte von Gästen. Auf einmal nimmt Vera einen Herrenhut und setzt ihn einfach auf Judiths kleinen Kopf, der darin natürlich vollkommen verschwindet. Die Gäste, die es zufällig sehen, finden es sehr amüsant, vor allem der Herr, dem der Hut gehört. Er hält sich vor Lachen seinen dicken Bauch. Judith findet es zunächst sehr peinlich, aber dann muss sie auch herzhaft über diese lustige Geste lachen, als sie sich mit dem Hut, der ihr viel zu groß ist, im Spiegel anschaut. Vera fallen öfter solche spontanen, humorvollen Einlagen ein, wenn sie Langeweile hat.

Das Warten auf zwei freie Plätze in einem Lokal ist bei knurrendem Magen schon eine Qual. Endlich ist es so weit und sie werden an einen Tisch am Fenster mit Blick zum Hafen platziert. „Die Wartezeit hat sich wirklich gelohnt", sagt Judith zu Vera, „denn bei einem derart wunderschönen Ausblick können wir uns die leckeren Fischgerichte, dazu einen milden Weißwein, so richtig schmecken lassen. – Was machen wir heute Abend?" „Vielleicht gibt es irgendwo eine Veranstaltung mit guter Musik." Sie fragen den Kellner, der antwortet: „Es gibt eine hübsche Seemannsklause mit viel Stimmung und schöner Seemannsmusik. Sie liegt direkt am Hafen und wird am Wochenende von sehr vielen einheimischen Leuten besucht, allerdings auch von Seeleuten, die in Wismar eingelaufen sind und für paar Tage vor Anker liegen. Falls solche Schiffe im Hafen liegen, würde ich euch raten, nicht diese Gaststätte zu betreten. Eure Schönheit würde den Matrosen den Verstand rauben, erst recht, wenn sie mehrere Monate auf See waren und ‚ausgehungert' sind. Die Frauen werden meistens als Freiwild betrachtet und können sich vor aufdringlichen Verehrern nicht retten. Es gab deshalb schon oft blutige Schlägereien unter den Matrosen. Heute liegen keine Handelsschiffe im Hafen, da könnt ihr ungestört einkehren, es wird euch gefallen. Es gibt aber noch ein anderes Lokal, es liegt etwas außerhalb von Wismar, und dort spielt heute ein Band mit flotter Rock- und Popmusik und auch Jazz soll dabei sein." „Wie heißt dieses Lokal?" „Seemöwe", antwortet der Kellner. „Der Bus fährt stündlich bis Mitternacht." Judith und Vera bedanken sich für die nette Auskunft.

Nach dem fürstlichen Mittagessen spazieren beide Freundinnen noch am Hafen entlang. Sie schauen sich gleich den Fahrplan der Pendlerschiffe an, die zur Insel Pöhl fahren. Zweimal am Tag setzt ein Fahrgastschiff zur Insel über, um 10.00 und um 13.00 Uhr. Sie überlegen, welche Zeit für sie am günstigsten ist. „Wir machen uns keinen Stress", sagt Judith, „wenn wir heute Abend ausgehen, dann sind wir morgen Vormittag bestimmt noch nicht fit, um neue Eindrücke zu gewinnen." Vera schüttelt den Kopf und fragt: „In welches Lokal sollen wir heute gehen?" „Natürlich in die Seemöwe." „Du glaubst doch nicht, dass ich in ein Seemannslokal gehe, das auch noch einen schlechten Ruf hat. Ich fahre lieber mit dem Bus in ein seriöses Lokal und auf dem Heimweg können wir uns ein Taxi nehmen." Vera ist mit Judiths Vorschlag einverstanden. „Allerdings müssen wir noch einen Friseur aufsuchen, da unsere Haare durch die Reise und den böigen Wind etwas gelitten haben."

Die beiden Freundinnen schlendern gemütlich durch die Stadt und halten Ausschau nach einem Friseursalon. „Vielleicht sollten wir Leute fragen, die sich hier in Wismar auskennen." „Du hast recht", antwortet Judith, „aber ich glaube, ich sehe schon von der Ferne einen Haarsalon." Sie laufen die Seestraße entlang zu diesem Geschäft und sind froh, dass er auch geöffnet hat. Ohne sich das Schaufenster anzuschauen, betreten sie das Geschäft und werden mit ungewöhnlich lautem Hundegebell empfangen. Sie stellen mit Entsetzen fest, dass sie sich in einem Hundesalon befinden. Sie können sich das Lachen nicht verkneifen, sodass die Angestellten sie verwundert anschauen und nach ihren Wünschen fragen. Judith versucht, sich zu fassen, und unterdrückt so gut es geht ihr Kichern. Um sich vor den Angestellten nicht bloßzustellen, fragt Judith höflich, ob sie nur bei bestimmten Hunderassen das Fell stutzen würden. Bei dieser Frage dreht sich Vera zum Fenster des Geschäftes und nimmt ihr Taschentuch zur Hand, denn sie kann ihre Lachtränen nicht mehr verbergen. Eine Angestellte gibt Judith zur Antwort, dass sie so ziemlich allen Hunderassen das Fell pflegen würden, allerdings würden sie für diese Dienstleistung immer eine vorherige Terminvereinbarung benötigen. Vera steht hinter Judith und hat sich wieder einigermaßen gefangen. Die Angestellten haben für das fröhliche Auftreten der Damen wenig Verständnis, da ihnen der Grund nicht bekannt ist. Judith und Vera bedanken sich höflich für die Auskunft und eilen aus dem Geschäft.

Draußen an der frischen Luft können sie ihrem herzhaften Lachen freien Lauf lassen. Sie laufen weiter die Straße entlang und tatsächlich stoßen sie endlich auf einen richtigen Friseursalon für Damen und Herren. Er hat noch geöffnet und beide können sich die Haare waschen und frisieren lassen. Eigentlich haben sie für heute genug erlebt, sind sich die beiden Freundinnen einig und laufen langsam zu ihrem Hotel zurück. Am Hoteleingang steht die nette Hotelchefin und begrüßt Judith und Vera freundlich. „Haben Sie sich die Stadt angeschaut?" „Wir haben viele Eindrücke von Wismar mit unserem Fotoapparat festgehalten", antwortet Judith. Sie erzählen, dass Wismar eine wunderschöne Stadt sei, und vor allem, dass sie am nächsten Tag einen Ausflug auf die Insel Poel unternehmen wollen. „Da kann ich euch ein paar Ausflugsbroschüren und zugleich Tipps für die Insel geben. Am besten ihr folgt mir gleich, denn morgen bin ich nicht im Hotel."

Judith und Vera begleiten die Dame, dabei kommt ihnen ein herrlicher Kaffeeduft entgegen. „Das riecht aber gut, wir könnten eigentlich noch ein Kännchen Kaffee trinken", schwärmt Vera genießerisch. „Vergessen Sie aber nicht, unsere frische, hausgemachte Obsttorte zu probieren", sagt die Chefin. „Darauf hätte ich auch große Lust", antwortet Judith, „dazu noch eine große Portion Sahne." „Denke aber bitte an deine Figur, du weißt, John mag keine dicken Frauen." Judith schmunzelt über diese Bemerkung von Vera und antwortet: „Ich mag auch keine dicken Männer, aber so weit lasse ich es niemals kommen, ich werde schon auf meine Figur aufpassen. Es wäre grausam, wenn John als Kosename Dickerchen zu mir sagen würde." Vera schmunzelt. Sie haben Glück und bekommen noch zwei Plätze im Restaurant, dabei blättern sie interessiert in den Ausflugsprospekten der Chefin, die viele Informationen über die Insel Poel sowie auch über andere Sehenswürdigkeiten rund um die Gegend von Wismar liefern. „Wir könnten auch mal nach Rostock fahren und dort eine Hafenrundfahrt machen, da gibt es mehrere Handelsschiffe und vielleicht auch das Segelschulschiff zu besichtigen. Der Hafen von Rostock ist viel größer als der von Wismar." Judiths Vorschläge bereiten Vera etwas Stress. „Du hast ganz schön viel Power in deinen Knochen." „Wir sind noch maximal zwei Tage hier, deshalb müssen wir die Zeit entsprechend gut nutzen", antwortet Judith. „Wir wollen doch unseren Freunden viel von Wismar berichten."

Während der gemütlichen Kaffeestunde blättern die Freundinnen sämtliche Prospekte zu den Sehenswürdigkeiten der Gegend durch. Sie notieren sich die genauen Abfahrtszeiten der Freizeitschiffe und ihre Anlegestellen, hauptsächlich die Fähre, die zur Insel Poel übersetzt. „Wenn wir viele Eindrücke von dieser Insel schöpfen wollen, dann müssen wir den ersten Abfahrtstermin der Fähre um 8.00 Uhr nutzen." Judith ist mit Veras Vorschlag einverstanden, obwohl ihr das frühe Aufstehen immer sehr schwerfällt. „Wir brauchen heute Abend ja nicht so spät ins Bett zu gehen, dann sind wir morgen fit und munter wie ein Fisch." „Tanzen gehen möchte ich heute Abend aber trotzdem gern", gibt Vera ihrer Freundin Judith zu verstehen. „Natürlich gehen wir aus, aber eben nicht so lange." Judith ist in Sachen organisieren und planen perfekt, auch sehr zuverlässig. Allerdings gab es auch Zeiten, wo bei ihrer Planung nicht alles ganz glattlief und das war für alle Betroffenen sehr nervig. Das liegt wahrscheinlich daran, dass sie im Monat September unter dem Sternzeichen Jungfrau geboren ist. Es heißt, Jungfrauen seien sehr ordnungsliebend, sie würden über ein klares Denken verfügen, auch in puncto Organisieren und Planen. Angeblich sollen diese Charaktereigenschaften bei einer gewissen Anzahl von Menschen mit dem Sternzeichen Jungfrau zutreffen. Das beste Beispiel ist Judith; sie selbst allerdings glaubt nicht an solche Weisheiten, die sich Astrologen ausgedacht haben. Sie sieht der Realität immer ins Auge und meint, es sei nur Zufall, wenn etwas wirklich eintrifft. Sie amüsiert sich auch über Leute, die extra zu Kartenlegerinnen gehen, um sich ihre Zukunft voraussagen zu lassen, und auch noch Geld dafür bezahlen. Eine solche Art von Geschäften ist in der DDR eigentlich verboten, aber wer hält sich schon daran?

Nach der gemütlichen Kaffeepause begeben sich Judith und Vera in ihr Hotelzimmer, um sich für den Abend etwas auszuruhen. „Wohin gehen wir nun tanzen?", fragt Vera nochmals. „Natürlich zur Seemöwe", antwortet Judith, „oder willst du den heutigen Abend wirklich in einer Seemannskneipe verbringen, wo liebeshungrige Seeleute sitzen und uns belästigen?" „Der Kellner hat aber gesagt, dass heute keine Schiffe im Hafen sind, und das bedeutet, es sind auch keine Seeleute hier, die uns ins Bett zerren wollen. Es sollen hauptsächlich Einheimische und Urlauber dieses Lokal besuchen." „Wenn du willst, besuchen wir heute Abend beide Lokale und schlagen somit zwei Fliegen mit einer Klappe." Vera ist einverstanden und so sind sich beide Freundinnen wieder einig.

Der Bus fährt pünktlich vom Hotel ab und schon nach einer halben Stunde treffen sie in dem Ort ein, wo sich das Lokal Seemöwe befindet. Die Musik ist schon von der Ferne zu hören und schon kommt richtige Partystimmung bei den beiden jungen Frauen auf. Die Klänge der Band heizen das Publikum so sehr an, dass die Menschen vor lauter Begeisterung von ihren Stühlen springen. Diese Musik ist ein Volltreffer und entspricht auch voll und ganz dem Geschmack von Judith und Vera. Sie suchen sich im Saal einen guten Platz aus, um alles genau zu verfolgen. „Wie heißt die Gruppe eigentlich?" „Keine Ahnung", antwortet Judith, „sie sollen aus Berlin stammen. Mich wundert nur, dass sie die Erlaubnis haben, westliche Musik zu spielen. Vielleicht hat unsere Regierung mitbekommen, dass sich die jungen Leute immer mehr nach westlichen Dingen orientieren, deshalb diese Großzügigkeit, was Musik angeht." „Das glaube ich nicht", antwortet Vera voller Misstrauen. „Die Staatsorgane überwachen alles rund um die Uhr und wenn einer ausflippt und ein falsches Wort sagt, dann verschwindet er einfach von der Bildfläche und keinem seiner Verwandten und Freunde ist der Aufenthaltsort bekannt." „Wieso erzählst du mir immer solche Schauermärchen?" „Es ist die Wahrheit, Judith, es wird nur alles verschwiegen. Lass dir mal von John ein paar Zeitschriften aus dem Westen besorgen, vor allem das Nachrichtenmagazin Der Spiegel. Es werden darin viele Dinge berichtet, die bei uns einfach verschwiegen werden. Es geht meistens um den Verstoß der Menschenrechte." „Das will ich alles gar nicht wissen", antwortet Judith.

Unterdessen haben noch weitere Gäste die freien Plätze am Tisch belegt und so wird die Unterhaltung der beiden Frauen unterbrochen. „Dürfen wir uns zu euch setzen?“, fragt einer der Gäste. „Selbstverständlich“, antworten beide Frauen wie aus einem Munde. „Wir müssten aber noch einige Stühle zum Tisch stellen. Wir sind nämlich mit acht Personen angereist.“ „Kein Problem“, erwidert Judith, „wir lieben Gesellschaft.“ So rücken alle etwas zusammen und schnell kommt eine richtig gute Stimmung am Tisch auf.

Während der Unterhaltung wird gleich bekannt, dass es sich um Medizinstudenten aus Greifswald handelt. So hat Judith sie nicht eingestuft, eher als Kunststudenten, da sie mit ihren langen Haaren und den zerzausten Vollbärten etwas verrückt aussehen. „Wir sind extra wegen der Band angereist, da uns die Musik sehr gefällt.“ „Wie heißt die Gruppe eigentlich?“ „Sie nennen sich Die Sputniks“, antwortet einer der Studenten. Die Musiker beginnen wieder zu spielen und schon sind alle dem Musikrausch verfallen; es ist unmöglich, auf die Fragen von Judith und Vera zu antworten, die Lautstärke macht die Ohren taub. Die ganzen Körper bewegen sich nach den flotten Gitarrenklängen. Die Freundinnen erzählen, dass sie aus Halle an der Saale kommen und spontan nach Wismar gereist sind, ohne eine Unterkunft zu haben. Das finden die Studenten mutig und gleichzeitig faszinierend. So viel Mut haben nur Frauen, die zu einer derartigen Abenteuerlust neigen. „Es ist eigentlich meine Freundin Judith, sie hat immer solche verrückten Einfälle“, erwidert Vera. „Ich schließe mich ihr stets an, zumal ich auch das Leben liebe und unwahrscheinlich gespannt auf Überraschungen bin.“ „Durch kurzfristige Entscheidungen haben wir schon sehr viel erlebt und unglaublich viel Spaß gehabt“, antwortet Judith. „Wir sind selbstbewusst und wissen ganz genau, was wir wollen.“ Während der Unterhaltung ist die Kellnerin an ihren Tisch gekommen und nimmt jetzt die Bestellwünsche entgegen. Die Studenten bestellen sich gleich zwei Flaschen Weinbrand und einen ganzen Kasten Bier. Das kann heiter werden, denken sich die beiden Freundinnen. „Eigentlich ist es unpassend, wenn wir jetzt Wein trinken“, sagt Vera zu Judith. So bestellen sie sich ebenfalls ein Bier, aus „Solidarität“ sozusagen.

Es dauert nicht lange, da kommt ein junger Mann und fordert Judith zum Tanzen auf. Sie willigt ein, obwohl sie sich ungern wie ein Teenager auf so einer Tanzfläche bewegt. Es kommt auch keine Unterhaltung zustande, die Lautstärke der Musik erstickt jedes Wort. Sie hat auch gar keine Lust, sich zu unterhalten, während des Tanzes überkommt sie eine große Sehnsucht nach John. Was er jetzt wohl macht? Ob er sich auch irgendwo amüsiert? Der Gedanke schmerzt Judith, aber schließlich ist sie auch in einem Tanzlokal, um Spaß zu haben, warum soll er es also nicht auch tun? Die Hauptsache er ist treu und denkt an mich. Judith spürt Eifersucht, eigentlich ist sie unbegründet. Endlich ist der Tanz beendet und der Mann bringt sie wieder an ihren Tisch zurück, wo schon ordentlich Stimmung herrscht. Veras Lachen mit dem schreienden Unterton ist nicht zu überhören, die Studenten sind schon etwas angeschlagen durch den Alkoholgenuss. Sie erzählen Witze und lustige Erlebnisse von ihrem Studentenleben. „Wie viele Semester habt ihr noch zu studieren?“ „Wir sind alle im letzten Semester und bereiten uns die nächsten Wochen auf sämtliche Prüfungen vor“, sagt einer der Studenten. „Wir haben noch bis Oktober Zeit und gehen in den Sommermonaten auf die Insel Rügen, dort arbeiten wir als Rettungsschwimmer, um richtig Energie zu tanken.“ „Das ist doch unmöglich, bei so einem Einsatz Kraft zu schöpfen. Am Tag sitzt ihr auf dem Rettungsturm und hofft, dass sich alle Badegäste korrekt verhalten und die Eltern auf ihre Kinder selbst aufpassen. Und abends ist Strandparty angesagt und da geht es bis morgens temperamentvoll zu.“ Die Studenten lachen und sagen zu Judith: „Du kennst dich wirklich sehr gut aus.“ „Ich habe vor zehn Jahren auch mal auf einem Zeltplatz bei Warnemünde als Rettungsschwimmerin gearbeitet. Es war für mich wie eine Auszeichnung, denn vier Wochen vom Betrieb freigestellt zu werden, um an der Ostseeküste eine Funktion auszuführen, war wie ein Treffer im Lotto. Ich hatte Glück, das Rettungsschwimmerpatent erworben zu haben. Bis heute bin ich eine Wasserratte geblieben. Es waren vier wunderschöne, aufregende Wochen auf dem Zeltplatz. Die Betreuer kamen aus verschiedenen Regionen und Berufsgruppen, hauptsächlich wurden angehende Mediziner als Rettungsschwimmer eingesetzt. Wir hatten alle unwahrscheinlich viel Spaß, zumal sich in dieser Zeit auch kein einziger Schwimmunfall ereignete." Alle hören Judith gespannt zu. Sie fragen, ob Vera damals auch dabei war. Die lacht und antwortet, dass sie absoluter Nichtschwimmer sei, also ganz das Gegenteil von Judith.

Die Unterhaltung wird unterbrochen, da die Musikband wieder anfängt zu spielen. Die Studenten heben ihre Gläser, prosten den Musikern zu und singen ganz laut mit. Es dauert nicht lange, da kommen zwei Herren an den Tisch und fordern sie auf, sich zu mäßigen. Als sie wieder gehen, sagt Vera zu Judith: „Das waren die Herren von der Staatssicherheit." „Das glaube ich nicht, die sahen aus wie normale Ordnungshüter in Zivil." Während beide so diskutieren, wird Judith erneut von dem gleichen Herrn zum Tanzen aufgefordert. Er fängt dieses Mal auch sofort ein Gespräch an. Sie hat wieder Mühe, seine Worte zu verstehen, und nickt immer nur mit dem Kopf. Endlich kommt auch Vera mit einem Herrn zur Tanzfläche, aber irgendwie kann der nicht tanzen, er wirbelt Vera so temperamentvoll über das Parkett, dass sie über sämtliche Füße stolpert. Dies empfinden andere Tanzpaare als sehr störend. Es kommt zu persönlichen Beleidigungen, irgendwie haben Judith und Vera keine Lust mehr auf die laute Musik und das verrückte Mitsingen der Leute. Sie haben nur ein Ziel: so schnell wie möglich das Tanzlokal zu verlassen, um ins Hotel zu fahren. „Wir könnten noch in die Seemannskneipe reinschauen und ein Bier trinken." „Das hatten wir sowieso geplant", antwortet Judith.

Sie bezahlen ihre Getränke bei der Bedienung und verabschieden sich von den Studenten. Einige von ihnen können gar keinen Gedanken mehr fassen, da sie schon zu viel Alkohol in sich hineingeschüttet haben. Für die beiden Freundinnen ist es unverständlich, dass man so viel saufen kann, noch dazu als angehende Götter in Weiß. Als sie gemütlich zum Ausgang laufen, ruft eine männliche Stimme: „Wieso geht ihr Schönen schon?" Judith blickt sich um, es ist der Herr, mit dem sie zweimal getanzt hat. Sie antwortet: „Wir sind sehr müde und haben morgen einen großen Ausflug zur Insel Poel geplant, es ist also frühes Aufstehen angesagt." „Das finde ich sehr schade", gibt er zur Antwort, „ich hätte Sie so gern näher kennengelernt." Judith antwortet höflich: „Vielleicht das nächste Mal", verabschiedet sich zügig und eilt in Richtung Ausgang. Vera hat den Saal schon verlassen und wartet draußen ungeduldig. „Wo bleibst du denn?", rügt sie Judith, „der Bus geht nämlich in zehn Minuten." „Das schaffen wir mit links, wenn wir schnell laufen", erwidert Judith und so eilen sie die Straße entlang und erreichen den Bus noch rechtzeitig. „Willst du wirklich noch in diese Seemannsklause?", fragt Vera. „Reinschauen kostet nichts", gibt Judith zur Antwort.

Als sie dort ankommen, gehen sie in das Lokal und stellen überrascht fest, dass dieses mit seiner Ausstattung und der gesamten Atmosphäre sehr große Gemütlichkeit ausstrahlt. „Wir hätten doch gleich den ganzen Abend hier verbringen sollen", stellen beide Freundinnen fest. Sie setzen sich an die Haifischbar und lassen den Abend mit einem Longdrink ausklingen.

Die Fähre legt pünktlich vom Hafen ab, um die Insel Poel anzusteuern. Judith und Vera haben sich gleich einen angenehmen Platz auf dem Deck mit guter Aussicht ergattert. Das Wetter spielt auch mit, da kein einziges Wölkchen am Himmel die Sonne verdeckt. So wird es bestimmt ein wunderschöner Tag werden. Die Überfahrt geht ungefähr zwei bis drei Stunden und so haben beide Freundinnen den ganzen Tag Zeit, die Insel zu erkunden. Verträumt beobachtet Judith jede einzelne Welle und atmet die saubere frische Luft auf dem Deck ein. Der Wind bläst durch ihr langes, dunkles Haar und zerzaust es vollkommen, aber das stört sie nicht. Bei jedem Boot, das an der Fähre vorbeisegelt, winkt sie den Menschen zu. Dabei bildet sich Judith ein, der Kapitän könnte ihr John sein. Schon im Kindesalter hatte sie einen Hang zum Wasser. Vor allem liebt sie den Zauber der Natur, dazu gehört das Meer an erster Stelle. Als Kind war sie Stammgast in der Leihbücherei und hat viele Bücher aus fremden Welten gelesen.

Vor lauter Träumereien hat Judith nicht bemerkt, dass Vera ihren Platz verlassen hat. Sicher wird sie das Schiff inspizieren oder etwas für ihr leibliches Wohl tun. Judith hat ins Schwarze getroffen, Vera steht am Schiffskiosk und ist gerade dabei, sich ein Fischbrötchen munden zu lassen. Wieso hat diese Frau immer so einen unbändigen Appetit?, denkt Judith. Das Frühstück im Hotel liegt doch erst eine Stunde zurück. Wahrscheinlich ist Veras Magen dehnbar wie der eines Elefanten. Vera ruft ihr zu: „Die Fischbrötchen sind so frisch und lecker, es wäre eine Sünde, sie nicht zu probieren." „Ich bin eigentlich noch satt vom Frühstück", gibt ihr Judith zu verstehen. „Es ist nicht der Hunger, sondern der unbändige Appetit." „Du hast recht, Vera, ich werde mich auch am Kiosk bedienen", und so holt sie sich ebenfalls einen Bratfisch. Vera hat recht, er schmeckt hervorragend, dazu noch ein Glas Bier und sie kommen schon angeheitert auf der Insel an. Falls bereits Strandkörbe aufgestellt sind, könnten sie sich von der Sonne etwas bräunen lassen.

Endlich sind sie auf der Insel Poel angekommen. Das Schiff hat noch nicht richtig angelegt, da eilen die Fahrgäste schon zur Ausstiegstreppe. Judith und Vera lassen sich Zeit, Stress und Hektik mögen sie überhaupt nicht, zumal sie den ganzen Tag Zeit haben. Als erstes Ziel wählen sie die Strandpromenade. Mit Erstaunen stellen sie fest, dass sehr viele Sonnenanbeter sich in den Strandkörben niedergelassen haben. Sie sind alle belegt, also nichts mit Bräunen. Sie laufen zum Jachthafen und schauen sich alles an, was für sie interessant ist. Die Segel- und Motorboote haben es Judith sehr angetan und so fließen ihre Gedanken wieder zu John. „Denkst du auch oft an Rudolf, so wie ich an John?“, fragt Judith ihre Freundin Vera. „Ich kann es gar nicht erwarten, wieder seine witzigen Sprüche zu hören“, gibt diese zur Antwort. „Wenn er heute im Hotel anrufen würde, dass er schon wieder in Halle ist, dann würde ich bestimmt sofort abreisen.“ „Also ist es mehr als nur ein Flirt.“ „Ich glaube schon, denn ich vermisse sein Lachen“, antwortet Vera. „Bei uns ist es Liebe auf den ersten Blick.“ „Das ist mir bekannt“, gibt Vera zur Antwort, „denn er soll permanent von dir schwärmen, hat mir jedenfalls Rudolf erzählt. Auch macht er sich schon Gedanken, wie es nach Beendigung des Projektes weitergehen soll.“ „So weit denke ich noch nicht, da ich lieber in der Gegenwart lebe.“ Innerlich macht sich Judith allerdings schon Gedanken. Was wird, wenn er fortgeht? „Eigentlich hasse ich verbotene Beziehungen“, gibt Judith Vera zu verstehen, „aber wer darf sich eigentlich das Recht herausnehmen, über mich zu verfügen und mir etwas zu verbieten?“ So sind Judith und Vera wieder bei dem gleichen Thema angelangt, über das sie theoretisch stundenlang diskutieren könnten.

Sie laufen weiter und schauen sich die Insel an, dabei entdecken sie ein Schild mit der Aufschrift „Großes Fischerfest am Pfingstsonntag“. „Das ist doch heute“, stellen die beiden Freundinnen fest. Sie beobachten, wie sich eine Horde Menschen in eine Richtung bewegt, und folgen ihnen. Es gibt auch einen Flohmarkt und so eilen Vera und Judith als Erstes auf den Trödelmarkt. Sie lassen keinen Verkaufsstand aus, aber es wird auch viel Gerümpel von den Einheimischen angeboten. Zum Beispiel uralte, abgetretene Schuhe, alte Truhen, wo man genau erkennen kann, dass der Holzwurm darin wütet, oder Großmutters von Motten zerfressenes Ballkleid. Sicherlich gibt es viele Sammler, die auch so etwas gern erwerben. So schlendern die Frauen langsam wieder in Richtung Ausgang.

Auf einmal entdeckt Judith an einem abgelegenen Stand wunderschöne Bernsteine und eine hübsche Spieluhr. Sie braucht nicht lange zu überlegen und entscheidet sich für beide Artikel. „Irgendetwas muss ich John mitnehmen, der Bernstein sieht wunderschön aus", sagt sie zu Vera. Die lacht nur und sagt: „John und Rudolf haben viel mehr Geld, als wir beide bei der Bank verdienen, deshalb kaufe ich nichts." Dass Vera so materiell veranlagt ist, kann Judith gar nicht verstehen. „Eine Kleinigkeit würde ich an deiner Stelle Rudolf schon schenken, er verwöhnt dich bestimmt auch." Vera reagiert nur mit einem kurzen Kopfnicken. Judith bezahlt ihre Ware und so schlendern sie langsam durch das gesamte Festgelände, um noch mehr Eindrücke zu sammeln. Es riecht überall nach frischem, leckerem Backfisch und Vera hätte sich am liebsten wieder an so einem Stand niedergelassen, aber Judith hindert sie daran. „Deine Gelüste sind schlimmer als bei einem ausgehungerten Wolf." Vera lacht und sagt zu Judith: „Du hast doch selber großen Appetit." Judith antwortet: „Das stimmt, aber ich beherrsche mich. Wir wollen heute Abend noch etwas in Wismar unternehmen." Sie laufen weiter bis zum Ausgang und steuern nochmals den wunderschönen Strand der Insel Poel an. Unglaublich, aber sie entdecken tatsächlich einen unbesetzten Strandkorb. Sie machen es sich darin bequem, um noch etwas Sonne zu tanken.

Die Zeit auf der Insel vergeht sehr schnell, zumal auch das Wetter wunderschön ist. Judith schließt die Augen und genießt die warmen Sonnenstrahlen auf ihrer Haut, dabei denkt sie immer wieder an John. Eigentlich ist sein richtiger Vorname Johannes, seine Freunde nennen ihn jedoch John, das findet er auch gut, da es nicht so heilig klingt. „Schade, dass es nicht möglich ist, unsere Freunde einfach mal per Telefon zu erreichen." Ein Gespräch nach dem Westen muss immer bei der Post angemeldet werden und dauert mitunter mehrere Stunden. „Wir werden überall kontrolliert", sagt Vera zornig. „Das glaube ich nicht", antwortet Judith, „es ist unser uraltes Telefonnetz.“ Vera ist etwas genervt über Judiths übermäßig positive Einstellung zum Sozialismus. „Glaube mir, liebe Vera, zwei meiner Schwestern arbeiten im Fernmeldeamt. Sie haben mir oft gesagt, dass die Leitungen derart veraltet sind, und defekte Leitungen werden nur zusammengeflickt. Es fehlt einfach an Geld und Devisen für solche Dinge.“

Während ihrer ernsten Unterhaltung ertönt eine Stimme: „Hallo, ihr Schönen! So trifft man sich wieder.“ Judith erkennt sofort den Mann, es ist ihr Tänzer von gestern. Er kommt auf sie zu, begrüßt beide Frauen höflich und setzt sich zu ihnen auf den Sand. „Eigentlich bin ich wegen des Flohmarkts hier“, sagt er. „Ich bin ein Liebhaber von uralten Möbeln und Uhren.“ Judith zeigt ihm die Spieluhr, die sie erworben hat. Er lacht und sagt: „Das ist nur eine kleine Spieluhr, meine Erwartungen gehen in Richtung ‚Omas Standuhr‘. „Ich hoffe, du findest etwas Passendes.“ Er beugt sich zu Judith und flüstert ihr ins Ohr: „Du kannst mich gern begleiten und mich beraten.“ Sie ist einverstanden. „In einer Stunde bin ich wieder zurück.“ Vera reagiert zufrieden. „Lasst euch nur Zeit.“

Er nimmt Judith bei der Hand und so laufen sie nochmals in Richtung Flohmarkt. „Wie heißt du eigentlich?“, fragt Judith. „Ich heiße Georg und du heißt Julia.“ „Nein, ich heiße Judith.“ Er lacht. „Der Name Julia passt viel besser zu deiner zierlichen Figur und zu deinen wunderschönen dunklen Augen. Du könntest perfekt in unserer Theatergruppe in dem Stück Romeo und Julia mitwirken. Natürlich als die schöne Julia.“ Sie lacht und sagt zu Georg: „Und du spielst bestimmt den Romeo.“ „Leider nicht, denn ich führe die Regie.“ Sie bedankt sich für sein Angebot. „Wie soll das denn funktionieren? Ich wohne in Halle an der Saale und bin nur wenige Tage als Urlauberin hier.“ „Das ist wirklich sehr schade“, antwortet Georg. „Ich glaube, es gibt keine uralten Uhren und Möbel hier“, lenkt Judith ab. Sie schauen sich weiter um und entdecken ein Zelt mit der Aufschrift: „Wir schauen in deine Zukunft“. „Da müssen wir unbedingt hineingehen“, sagt Georg zu Judith, „oder hast du

Angst, Julia?“ „Nein, aber ich halte nichts von solchen Märchenerzählern.“ Sie gehen trotzdem zusammen hinein und ein altes Mütterchen begrüßt sie sehr freundlich. Sie fragt: „Wem soll ich zuerst die Hand lesen?“ „Natürlich zuerst die Dame“, beeilt sich Georg zu sagen. Sie bittet Judith an ihren Tisch und zündet Kerzen an. Als sie Judith ganz tief in die Augen schaut, wird es dieser unheimlich. Die Alte nimmt behutsam Judiths Hand und schaut sich deren Handfläche an, bevor sie zu reden anfängt:

Du bist jung, sehr klug und hast schon eine gescheiterte Ehe hinter dir. Du lebst allein mit deinem kleinen Sohn, den du sehr liebst und behütest. Für eine neue feste Partnerschaft bist du noch nicht bereit. Ich sehe aber in deiner Hand, dass du wieder verliebt bist. Sie schaut Judith besorgt an. Diese Beziehung ist sehr glücklich, wird sich aber irgendwann tief greifend auf dein Leben auswirken. Es werden große Höhen und Tiefen auf dich zukommen, die ohne Kampf nicht zu bewältigen sind. Du nimmst an Stärke zu, um den Kampf zu gewinnen. Jeder Kampf ist aber auch mit Verlusten verbunden, das sehe ich an deiner Lebenslinie, sie spaltet sich in zwei Richtungen. Ein Schutzengel wird dich begleiten.

Judith ist von dieser Dame fasziniert, zumal sie noch nie so einer Sitzung beigewohnt hat. Woher hat sie die Informationen, dass ich einen Sohn und eine gescheiterte Ehe hinter mir habe? Das ist alles Zufall, redet sie sich ein. Georg schaut Judith an und fragt sie, ob sie wirklich in einen Mann verliebt sei. „Ich rede ungern über mein Privatleben“, gibt Judith ihm zur Antwort. „Vielleicht bin ich ja der Glückliche, du weißt es nur noch nicht.“ Judith amüsiert sich herzhaft über diese Worte von Georg. „Ich werde mir jetzt auch aus der Hand lesen lassen.“ Er setzt sich zu dieser Wahrsagerin, sie fängt an, ebenfalls viele Dinge über seine Zukunft vorauszusagen. Auch er werde sein Lebensglück finden und es würden ihm zwei Kinder geschenkt werden. Auch bei ihm liege eine unklare Stelle in der Lebenslinie, aber darüber gibt sie ihm keine weitere Auskunft.

„Was kostet der Spaß eigentlich?" Die Dame verlangt 100,00 Mark für diese zwei Sitzungen. Georg sagt zu Judith, dass er die Rechnung übernehme. „Es ist ein Geschenk von mir, auf dass du dich in Gedanken an die Insel Poel an mich erinnern mögest." Sie verabschieden sich von der netten alten Dame, die flüstert Judith noch ins Ohr, sie solle wachsam sein und sich ihre Freunde genau anschauen. Sie bedankt sich und verlässt vergnügt das Zelt. „Wir müssen jetzt wieder zurück, denn Vera wird bestimmt schon auf mich warten." Georg nickt. „Ich bringe dich schon rechtzeitig zurück."

Die Fähre geht erst in zwei Stunden und so laufen beide gemütlich den Strand entlang. Auf einmal bleibt Georg stehen. „Verdammt, ich habe etwas ins Auge bekommen, bestimmt ein Sandkorn, bitte hilf mir, Julia." Sie nimmt sofort ein Taschentuch und hilft Georg. Der nutzt sofort diese Gelegenheit, schlingt seine Arme um ihre schmalen Hüften und versucht, sie zu küssen. Sie wehrt sich vergebens, Georg ist stärker und lässt sie einfach nicht los. Sie fallen in den warmen Sand und Georg versucht mit aller Macht, sie voller Leidenschaft zu küssen, was ihm jedoch nicht gelingt. Judith merkt sofort, wie erregt er ist. Immer wieder flüstert er, dass er sie gern verführen möchte, es wäre so romantisch, sich am Strand zu lieben. Sie erschrickt und reagiert empört. „Du hast wohl nicht mehr alle Tassen im Schrank! Wenn du mich nicht sofort gehen lässt, dann schreie ich ganz laut um Hilfe." „Entschuldige Julia, du glaubst doch nicht wirklich, dass ich körperliche Liebe mit Gewalt erzwingen will? Ausgerechnet hier, am belebten Strand?!" Sie wirkt unsicher und sagt leise: „Dann gib mir bitte deine Hand und hilf mir hoch." Georg hilft ihr aus dem Sand und entschuldigt sich. „Ich wollte dich nur küssen, und ich habe gedacht, du wolltest es auch." „Irrtum", antwortet sie, „ich küsse nicht jeden Mann, den ich gerade mal bei einem Kurzurlaub kennengelernt habe." „Kann es sein, dass du sehr verklemmt bist, Julia?" „Ich glaube nicht", gibt sie zur Antwort, „außerdem verspüre ich nicht die geringste Lust, mit dir über solche Dinge zu reden. Du sollst auch wissen warum." „Ich bin ganz Ohr", antwortet Georg. „Ich habe vor ein paar Wochen einen Mann kennengelernt und du wirst es nicht glauben, ich denke jede Minute an ihn." „Warum ist er dann nicht hier?", fragt Georg verwundert. „Es kam etwas dazwischen und außerdem habe ich diese Reise mit Vera schon lange geplant." Er stellt weiter Fragen, zum Beispiel warum sie ihren Sohn nicht dabeihabe. Sie zuckt zusammen, denn diese Frage schmerzt sie sehr. „Du hast recht, Georg, meinen Sohn Moritz hätte ich mitnehmen können, aber sein Vater wollte mit ihm die Pfingstfeiertage in Finsterwalde verbringen. Da gibt es ein großes Kinderfest mit viel Spaß und vor allem sind dort auch Kinder in seinem Alter." Georg nickt verständnisvoll. „Das ist klar, hier hätte er keine Kinder zum Spielen." „Jetzt habe ich dir genug von meinem Privatleben erzählt", reagiert Judith genervt.

Da wartet auch schon voller Ungeduld Vera. Sie schimpft wie ein Rohrspatz. „Ich wollte schon eine Vermisstenanzeige aufgeben." Judith schmunzelt. „Das glaube ich dir gern, aber ich hatte gedacht, du wolltest dich etwas von der Sonne verwöhnen lassen." „Ich bin sogar eingeschlafen", antwortet Vera. „Dann ist doch alles in Ordnung." Judith erzählt ihr alles über den Besuch bei der Wahrsagerin. „Sie hat viele wahre Sachen aus meiner Hand lesen können, das verstehe ich nicht." „Wenn du nicht an solche Dinge glaubst, dann frage ich mich, wieso du diese Frau aufgesucht hast." „Es war Georg, der mich dazu überredet hat, und ich mache halt jeden Spaß mit." Vera schaut fragend zu Georg. Der nickt mit dem Kopf und antwortet: „Nicht für jeden Spaß ist Julia zu haben, sie übertreibt etwas." Sie laufen langsam zum Hafen und Georg verabschiedet sich von Judith und Vera und hofft, sie in Wismar vor der Abreise nochmals zu sehen. Er gibt Judith noch seine Adresse und küsst sie kurz auf beide Wangen. Dann geht er davon.

Vera reagiert erstaunt. „Der hat sich wohl in dich verguckt?" „Die Wahrsagerin hat aus meiner Hand lesen können, dass ich schwer verliebt bin. Georg hat sich doch tatsächlich eingebildet, er wäre dieser Mann, und wollte am abgelegenen Strand sogar Zärtlichkeiten mit mir austauschen. Ich habe deshalb sofort von meinem festen Freund aus Halle erzählt." Trotzdem macht sich Judith Gedanken und sagt zu Vera: „Es ist schon komisch, dass die fremde Frau viele wahre Dinge aus meiner Hand lesen konnte." „Es gibt wirklich Menschen, die viele Sachen voraussehen können." „So einen Quatsch will ich einfach nicht glauben, es ist bestimmt alles nur Zufall." Und trotzdem ist Judith beunruhigt. Vera ist froh, dass sie nicht bei jener Frau gewesen ist, sie ist leichtgläubiger und steigert sich viel intensiver in Prophezeiungen hinein. Sie liest auch immer ihr Tageshoroskop aus der Zeitung und manchmal treffen zufällige Ereignisse, mit denen Vera sich identifiziert, tatsächlich zu.

Die Fähre hat schon angelegt, nun geht es wieder ab nach Wismar. Morgen ist der letzte Tag in Wismar, vielleicht wäre Rostock noch ein gutes Ausflugsziel. Am frühen Abend sind die Freundinnen wieder in ihrem Hotel in Wismar angekommen. Sie plaudern noch über den schönen und gelungenen Tag. „Was wollte dieser Georg eigentlich von dir?", fragt Vera neugierig. „Ich weiß es nicht", antwortet Judith, „ich glaube, er wollte mich am Strand vernaschen, eigentlich unverschämt. Es gibt immer Männer, die nach irgendwelchen Abenteuern suchen. Er hat wohl gedacht, da wir ohne Begleitung reisen, sind wir ebenfalls auf Abenteuer aus." Vera reagiert amüsiert. „Da war er bei der kühlen Judith gerade richtig." „Das stimmt, solche Typen werden bei mir niemals eine Chance haben. Außerdem hat die Liebe mit John erst begonnen und sie ist zuckersüß, da interessieren mich keine anderen Männer." „Mit ihm hast du bestimmt gleich geschlafen", lacht die neugierige Vera. „Es war eine vollkommen andere Situation, die ich gar nicht beschreiben kann“, erwidert Judith. „Bei ihm habe ich sofort Schmetterlinge im Bauch gespürt. Du glaubst ja gar nicht, Vera, wie groß meine Sehnsucht nach ihm ist, und deshalb möchte ich jetzt auch das Thema wechseln.“

Morgen geht es nochmals auf Tour, und zwar nach Rostock und Warnemünde. Da sind sich beide Frauen wieder einig. Es fährt auch stündlich eine Bahn, so steht es jedenfalls auf dem Fahrplan geschrieben. Große Lust zum Ausgehen haben Judith und Vera heute nicht mehr, da sie durch das viele Laufen auf dieser Insel völlig erschöpft sind. Sie fragen die Hotelwirtin, wo ein gemütliches Lokal ist, da sie nur noch zu Abend speisen wollen. Sie nennt ihnen den Gasthof Zum Leuchtturm. „Dieser Gasthof ist ein Familienbetrieb und nur wenige Gehminuten vom Hotel entfernt. Er befindet sich in einer Seitenstraße, die Speisen sind immer sehr schmackhaft zubereitet.“ Sie bedanken sich bei der netten Hotelchefin. Danach gehen sie auf ihr Zimmer und ziehen sich ihre sportlichen Jeans an, bevor sie in Richtung Gaststätte losziehen.

Die Wirtin hat recht, es ist ein sehr schönes, ruhiges Lokal. Die Wände sind mit Seeleuten bemalt, die bei stürmischer See auf großem Fischfang sind. Mitten im Lokal befindet sich ein riesengroßes Aquarium, darin schwimmen wunderschöne exotische Zierfische. Sie bekommen sofort einen hübschen Tisch von der Kellnerin zugewiesen. Die Freundinnen schauen sich zufrieden an, jede bestellt ihre Lieblingsspeise und dazu eine große Schorle. Sie unterhalten sich über die bisher erlebten Ereignisse, zum Beispiel darüber, was wohl die Männer aus Berlin machen, die im gleichen Zug gesessen haben und wegen eines Freundschaftsspiels nach Wismar eingeladen wurden. Judith fragt Vera: „Ob sie wohl das Spiel mit der Fußballmannschaft Wismar gewonnen haben?“ Außerdem denkt Judith oft an die Wahrsagerin, die ihre Zukunft aus ihrer Hand gelesen hat. Allerdings, wie ihr Leben mit John weitergeht, das konnte die Frau Judith nicht sagen. „Es ist alles Quatsch und ich glaube nicht an Hellseher und Kartenleger, auch nicht an Handleser." Vera schmunzelt über ihre Freundin und fragt: „Wieso konnte sie dir dann genau sagen, dass du schwer verliebt bist und eine gescheiterte Ehe hinter dir hast?" „Das verstehe ich auch nicht, vielleicht hatten meine Augen einen bestimmten Glanz. Ein Mensch, der traurig und von Schmerzen gezeichnet ist, hat eine ganz andere Ausstrahlung als einer, der glücklich und verliebt ist." Zufrieden nickt Vera und fragt weiter: „Wieso konnte sie deine Scheidung aus der Hand lesen?" „Das ist reiner Zufall gewesen, vielleicht habe ich ja auch Georg etwas von meinem Exmann erzählt und er hat der Dame ein Zeichen gegeben. Sie hat auch gesagt, dass ich mir meine Freunde, ob männlich oder weiblich, unbedingt genau anschauen soll." Vera schaut Judith verwundert an und wechselt das Thema. „Mal sehen, was uns morgen am letzten Tag erwartet." „Jedenfalls soll das Wetter so schön wie heute werden", gibt Judith zur Antwort. Die Kellnerin serviert nach 15 Minuten Wartezeit die ausgesuchten Speisen und wünscht ihnen einen guten Appetit. So lassen Vera und Judith den Abend in Ruhe ausklingen und fallen todmüde ins Bett.

Tiefer Nebel liegt heute über der Stadt Rostock. Wegen der schlechten Sicht wird die Hafenrundfahrt verschoben oder muss vielleicht sogar leider gänzlich ausfallen. So prominieren die Freundinnen durch die Stadt und betrachten die sozialistische Mode in den Schaufenstern. Da heute Feiertag ist, haben die meisten Geschäfte geschlossen. Für Judith sind hauptsächlich die Spielzeug- und Kinderläden interessant, aber die haben heute ebenfalls geschlossen, nur ein etwas größerer alter Tante-Emma-Laden mit vielen Artikeln der Seefahrtsgeschichte und allem, was mit Wasser zu tun hat, ist geöffnet. Sie sucht noch ein passendes Ostseegeschenk für ihren Sohn Moritz und entdeckt in dem Laden ein sehr schönes Segelschiff mit dem Namen Santa Maria. Sie fragt Vera, ob ihr das Schiff gefalle. Die schüttelt nur den Kopf und sagt: „Warum willst du dich unnötig mit solchem Ballast abschleppen? Zu

Hause gibt es genug Spielsachen und außerdem hast du für Moritz schon eine Spieluhr gekauft." Sie hört nicht auf Vera und kauft das Schiff, das sorgfältig von der Verkäuferin eingepackt wird. Judith ist der Ansicht, wenn man die Feiertage schon ohne sein Kind verbringt, dann sollte man es wenigstens mit Geschenken überraschen. Es ist ein schönes Gefühl, die leuchtenden Kinderaugen von Moritz zu sehen, wenn er seine Geschenke auspackt. Sie hat noch nie eine mehrtägige Reise ohne ihren Sohn unternommen und deshalb soll er wenigstens ein schönes Geschenk bekommen.

Sie laufen quer durch die Stadt und fahren noch mit dem Bus nach Warnemünde. Vera ist ganz begeistert von dem hübschen Kurort. Sie kennt die Küstenregionen der DDR so gut wie gar nicht. Sie laufen die Mole entlang und sehen von der Ferne die große schwedische Fähre. Es muss ein Erlebnis sein, auf so einem riesigen Schiff nach Stockholm oder Göteborg zu reisen. „Leider können wir erst im Rentenalter diese Länder bereisen, falls du, liebe Judith, mit harten Devisen bestückt bist und Verwandte hast." „Womit wir wieder beim alten Thema wären", erwidert Judith. Sie laufen weiter bis zum Hotel Neptun und inspizieren genau die Inneneinrichtung, das Schwimmbad und auch den Gaststättenbereich. Sie fahren mit dem Fahrstuhl bis zum obersten Stockwerk, dort befindet sich auch eine sehr schöne Nachtbar, die von 21.00 Uhr bis 3.00 Uhr früh geöffnet hat. Hier würden Judith und Vera auch gern mal ihren Jahresurlaub verbringen. Sie beobachten die Gäste und ihre Vermutung bestätigt sich, es sind viele Gäste aus dem Auslandanwesend, aber was auch sehr deutlich zu sehen ist, viele Urlauber aus den staatlichen Organen der DDR sind ebenfalls hier, wie zum Beispiel die Leute der SED und von der Staatssicherheit; die sind überall, wo es nach Devisen riecht. Sie reden sich auch noch mit Genosse an, und das im Urlaub. Darüber amüsieren sich Judith und Vera so köstlich, dass ihnen vor Lachen die Tränen in die Augen schießen.

Es dauert nur eine kurze Zeit und sie werden von einem Herrn angesprochen, er fragt sie, ob sie Hotelgäste seien. Judith verneint höflich und antwortet, dass sie sich nur alles anschauen wollen. „Vielleicht kommen wir ja auch mal in den Genuss, unsere Ferien in diesem Hotel zu verbringen." Sie haben richtig vermutet, dieser Herr gehört zum Sicherheitspersonal des Hotels, er trägt das Symbol Neptun an seinem Hemdkragen. Er antwortet freundlich, dass sie mindestens zwei Jahre vorher reservieren müssten, die Zimmer seien das ganze Jahr restlos ausgebucht. Das Schwimmbad und die Bar könnten auch Gäste besuchen, die nicht im Hotel wohnen würden. Er redet wie ein Wasserfall, bietet Judith und Vera an, den heutigen Abend in der Bar zu verbringen, es seien noch wenige Plätze frei. „Leider ist es nicht möglich", antwortet Vera, „unser Hotel befindet sich in Wismar. Die Nacht im Strandkorb zu verbringen, wäre ein wenig zu kühl. Außerdem ist morgen unser Abreisetag und es geht wieder ab nach Hause." Sie bedanken sich bei dem Herrn und verabschieden sich lächelnd mit dem Satz: „In zwei Jahren sehen wir uns im Hotel Neptun wieder." „Hoffentlich!", sagt er und winkt Judith und Vera noch hinterher.

Sie wandern noch bis zu dem berühmten alten Strom und betrachten die alten Fischerboote. Gerade setzt die kleine Bootsfähre zum anderen Ufer über. Der Ort heißt Markgrafenheide, dort befindet sich der größte Zeltplatz der DDR. Judith war schon mehrmals mit Moritz auf diesem Zeltplatz und hat dort ihren Jahresurlaub verbracht. Sie sagt zu Vera: „Wir haben hier die lustigsten Strandpartys gefeiert und meine Freundin Angela aus Bützow habe ich hier kennengelernt. Sie wurde damals für vier Wochen dienstlich auf dem Zeltplatz als Oberkrankenschwester eingesetzt. Wegen eines Sonnenbrands wurde ich von ihr verarztet und so hat sich eine Freundschaft zwischen uns entwickelt. Sie hat dieses Jahr im Juli auch wieder einen Bungalow auf dem Zeltplatz gebucht und ich bin mit Moritz herzlich eingeladen. Ich habe ihr schon letztes Jahr sofort zugesagt, denn Ferienplätze am Meer sind in den Sommermonaten sehr schwer zu haben." „John wird sich darüber bestimmt nicht freuen", kommentiert Vera. „Wir sind froh, wieder an die Ostsee fahren zu können, schon wegen der guten Seeluft. Mit John habe ich noch gar nicht über Urlaub gesprochen, aber ich hoffe, er fährt mit uns mit", antwortet Judith. „Wenn er nach Italien oder Spanien fährt und uns mitnehmen kann, dann verzichte ich natürlich auf die Ostsee." Darüber muss Vera herzhaft lachen. Eigentlich findet Judith es eher zum Heulen und sie fängt mit Vera wieder zu diskutieren an. „Wieso dürfen wir nicht die Welt bereisen? Jeder Mensch hat doch nur ein einziges Leben!" „Diese Frage gehört unserer Staatsführung gestellt, aber tue es lieber nicht", sagt Vera zu Judith, „sonst wirst du bei den Herren der Staatssicherheit gleich als Mensch mit feindlichem Denken abgestempelt, und das hat bestimmt Konsequenzen."

Judith ist immer verunsichert, wenn Vera solche Dinge erzählt. Das Wetter ist wieder wunderschön. Der Nebel ist wie weggeblasen und sie überlegen, ob es sich noch lohnt, an einer Hafenrundfahrt teilzunehmen. Für Vera kein Thema, sie will auf alle Fälle eine geführte Rundfahrt mit dem Schiff mitmachen, also eilen sie erneut zum Hafen. Sie haben Glück, sie erreichen noch rechtzeitig die Barkasse und schon geht die Fahrt los. Sie sind erstaunt über die vielen Handelsschiffe aus der ganzen Welt. Auf einmal ruft Judith: „Schau Vera, dort liegt das Schiff mit dem Namen Insel Riems, auf diesem Handelsschiff war der Harry als Zweiter Offizier eingesetzt. Ich durfte mir damals das ganze Schiff von innen und außen anschauen." Vera ist ganz verwundert, dass sich Judith noch an diesen Mann erinnert, zumal es bereits viele Jahre zurückliegt. „Ich kann mich an viele Ereignisse erinnern, die mich bewegt haben. Sie sind einfach in meinem Hirn gespeichert", gibt sie der Freundin zu verstehen. Der Bootsführer erklärt alles sehr schön und lächelt dabei öfter Vera an. „Ich glaube, du gefällst dem Mann", beobachtet Judith. „Du kannst doch mal zurücklächeln, vielleicht fährt er uns dann mit dem Boot bis nach Wismar zurück." Vera lacht über Judiths Bemerkung und sagt: „Du bist ganz schön clever und denkst gleich an persönliche Vorteile." Sie befolgt Judiths Rat und erwidert das Lächeln des Bootsführers. Es dauert nicht lange, da kommt der Herr auf Vera zu und fragt, ob er sie nach der Rundfahrt zu einem Kaffee einladen dürfe. Vera schaut Judith an, die nickt zustimmend und sagt, dass sie gern mal zwei Stunden allein wäre. „Wir treffen uns am Bahnhof", und schon geht jede für zwei Stunden ihrer Wege.

Judith schaut sich nochmals die Geschäfte an und schlendert langsam zum Strand, dort setzt sie sich auf eine Bank. Sie beobachtet die Wellen und denkt an John und ihren kleinen Sohn Moritz. Sie freut sich unwahrscheinlich auf das Wiedersehen ihrer beiden Lieben, stellt auch fest, dass fünf Tage mit einer Freundin zu verreisen vollkommen ausreichen. Sie träumt von einer harmonischen Familie mit John. Ein kühler Wind lässt Judith aus ihrem kurzen Traum erwachen. Sie schaut auf die Uhr und stellt mit Entsetzen fest, dass es schon ziemlich spät ist. Sie springt auf und eilt in Richtung Bahnhof. Sie ist froh, denn Vera sowie ihr Verehrer warten schon am Eingang.

Sie rufen schon von der Ferne, dass sie sich Zeit lassen könne. Der letzte Bus nach Wismar ist leider schon abgefahren. Sie studieren den Zugfahrplan und werden auch gleich fündig. Gegen 22.00 Uhr fährt ein Zug in Richtung Wismar, allerdings müssen sie einmal umsteigen. „Das sind noch genau drei Stunden", sagt der nette Begleiter von Vera. „Meine Wohnung ist ganz in der Nähe, da können wir noch zusammen ein Glas Wein trinken." Vera stimmt sofort zu. Judith ist etwas verunsichert, denn zu fremden Männern in die Wohnung zu gehen, ist nicht ihr Ding. Sie wollen aber auch nicht die Zeit irgendwo in einer Wartehalle oder Gaststätte verbringen, also nehmen sie die Einladung an.

Es ist eine sehr schöne Neubauwohnung und auch sauber eingerichtet. Sie setzen sich auf die Couch, die sehr bequem ist. Der Verehrer von Vera verschwindet, um Wein aus dem Keller zu holen. Was die beiden Frauen wundert, es sind keine persönlichen

Dinge in der Wohnung, wie zum Beispiel Bilder von der Familie oder private Gegenstände. Sie wollen aber auch keine indiskreten Fragen stellen, schließlich kennen sie den Mann mit Namen Fred erst seit zwei Stunden. Vera erzählt Judith, dass sie in einer kleinen gemütlichen Kneipe einen Kaffee getrunken und ein wenig über die Schönheiten der DDR geplaudert haben. Er bewundert sie, dass sie mit so viel Energie geladen sind, was sich an ihrem Unternehmungsgeist zeige. „Es gibt sehr wenige Damen, die spontan, ohne eine Unterkunft gebucht zu haben, einfach so verreisen." Judith wird etwas unruhig und sagt zu Vera, sie solle nicht gleich so offen und vor allem nicht schlecht über ihren Staat reden. „Fremde Leute sollte man immer mit etwas Vorsicht genießen, sie könnten Stasispitzel sein." „Der Fred ist ein ganz netter Typ und er hat auch über viele Dinge, was unseren Staat angeht, geschimpft", antwortet Vera. „Außerdem fahren wir morgen nach Hause und dann sind die Bekanntschaften von hier Schnee von gestern." „Ich freue mich wahnsinnig auf Moritz und John", sagt Judith, auch Vera freut sich auf Rudolf und ihre beiden Kinder. Ihr Gespräch wird unterbrochen, als Fred mit zwei Flaschen Wein angelaufen kommt. „Du willst uns wohl betrunken machen", sagt Vera. „Wir haben noch nicht viel gegessen! Wenn wir jetzt auf leeren Magen Wein trinken, dann finden wir den Weg nach Wismar bestimmt nicht mehr." Fred lacht herzhaft und reagiert sofort auf die Äußerung von Vera. Er holt eine große Bratpfanne aus dem Schrank. „Ich lasse meine schönen Gäste doch nicht verhungern, ich hoffe, mit Rühreiern mit Speck, dazu knusprige Bratkartoffeln, euren Hunger stillen zu können. Ihr könnt auch hier übernachten, ich gehe in die obere Etage zu meinem Bruder. Er bewohnt mit seiner Familie eine Vierzimmerwohnung, da ist noch Platz für mich zum Schlafen." „Das ist sehr nett von dir", antwortet Vera, „aber morgen ist unser Abreisetag, da wollen wir uns nicht so abhetzen." Es dauert nicht lange und Fred serviert den Damen das deftige Menü, Vera poliert die Gläser und Judith schenkt den Wein ein.

Sie unterhalten sich über sämtliche Themen, machen Witze über den Staat und lachen gemeinsam. Die Zeit vergeht sehr schnell und die Freundinnen bedanken sich bei Fred ganz herzlich für den netten Abend, vor allem für das deftige Essen und den guten Tropfen Wein. Er begleitet die Damen noch bis zum Bahnhof, dann verabschiedet er sich sehr höflich und hofft auf eine erneute Begegnung, hauptsächlich mit Vera. Der Zug fährt pünktlich ab und hält in einem Vorort von Wismar, hier endet die Fahrt. Es gibt für diese Nacht keine Zugverbindung mehr nach Wismar, so stehen beide Frauen mitten in der Nacht ganz allein am Bahnhof – ratlos.

Sie entschließen sich, per Anhalter nach Wismar zu fahren. Sie haben Glück. Ein Pfarrer, der in diese Richtung fährt, nimmt Judith und Vera bis zu ihrem Hotel nach Wismar mit. Endlich, gegen 3.00 Uhr früh, kommen sie zu ihrer wohlverdienten Nachtruhe. Die Pfingstfeiertage neigen sich dem Ende zu und beide Frauen plaudern noch während der Heimfahrt über ihre Eindrücke von der wunderschönen Hafenstadt Wismar. Sie hatten verdammt großes Glück mit dem Wetter, immer nur Sonnenschein. Jetzt freuen sie sich wieder auf ihre vertraute Umgebung. Sie können es kaum erwarten, ihre Lieben zu Hause wiederzusehen. Wie sehr sehnt sich Judith nach ihren Liebsten! Sie reist zwar unwahrscheinlich gern, würde aber immer wieder nach Halle zurückkehren, wo all ihre Angehörigen leben. Am Wochenende bei den Eltern, da geht es immer sehr lustig zu. Vera schaut Judith an und fragt: „Wenn die Beziehung mit John wirklich ernst wird, dann wird es sein Wunsch sein, eines Tages mit dir zusammenzuleben, aber bestimmt nicht hier in der Zone." Judith lacht etwas verbittert und antwortet: „So weit voraus will ich nicht planen, auch nicht daran denken, was später wird. Abwarten! Ich lebe in der Gegenwart und unsere Liebe ist noch jung und keiner kann vorhersagen, wie sich alles entwickelt."

Pünktlich fährt der Zug auf Gleis 5 in ihrer Stadt ein. Die Freundinnen verabschieden sich rasch voneinander und jede eilt nach Hause. Judith benötigt nur 15 Minuten, bis sie ihre Wohnung erreicht hat. Als sie schon von der Ferne ihr schäbiges Haus sieht, ist sie bedient – und zugleich zornig. Sie nimmt sich fest vor, wieder mal das Wohnungsamt aufzusuchen, um endlich vom Staat eine Neubauwohnung genehmigt zu bekommen. Sie schließt die Wohnungstür auf und schon kommt ihr Moritz entgegen. „Du bist schon da, mein Schatz!", ruft Judith überrascht aus und umarmt ihn fest. Rolli, ihr Exmann, sagt: „Er wollte früher nach Hause, um dich zu überraschen, und da er sowieso seinen Schlüssel dabeihat, konnte ich ihm den Wunsch erfüllen." Sie nickt mit dem Kopf, aber irgendwie stört es sie schon, wenn Rolli sich das Recht nimmt, während ihrer Abwesenheit so selbstverständlich in ihre Wohnung zu gehen und sich dort aufzuhalten, als wären sie noch ein Paar. Sie gibt ihm dies spitz zu verstehen mit der Begründung, sie dürfe schließlich auch keinen Schritt in seine Wohnung tun, seine neue Frau mag nicht so viel Toleranz. Sie hat Moritz oft von Rollis Wohnung abgeholt und musste immer vor der Wohnungstür warten. Judith ist das vollkommen egal, Menschen sind vom Charakter her sehr verschieden.

Moritz fängt an, seine Erlebnisse zu erzählen, er redet wie ein Wasserfall. Es war sehr schön und alles hat viel Spaß gemacht, nur die Mami hat ihm gefehlt. Judith nimmt Moritz auf den Arm und drückt ihn fest. „Du hast mir auch gefehlt, ich werde nicht mehr ohne dich verreisen, mein Schatz. Dafür habe ich dir ein schönes Geschenk aus Wismar mitgebracht." Er schaut neugierig in die Reisetasche seiner Mutter und entdeckt das Segelschiff. Seine Augen fangen vor lauter Freude und Begeisterung an zu leuchten. „Damit können wir mit John an die Saale fahren und das Boot schwimmen lassen." Judith schüttelt den Kopf und antwortet: „Auf keinen Fall, die Saale ist so verschmutzt mit chemischen Giftstoffen, das schöne Schiff wäre sofort verseucht. Wir lassen es irgendwo an einem kleinen See oder Teich zu Wasser, aber jetzt wird Abendbrot gegessen, danach werden die Zähne geputzt und dann ab in die Koje."

Die Waschmaschine wurde schon angeheizt und Judith sortiert die Wäsche nach verschiedenen Pflegesymbolen. Sie ist sehr müde, aber die Hausarbeit will sie auf jeden Fall noch erledigen, egal, wie lange es dauert. Am nächsten Tag wird ihr John wiederkommen, es wird sehr viel zu erzählen geben. Sie kann das Wiedersehen mit ihm kaum erwarten, obwohl sie nur wenige Tage getrennt waren. In der Schule sind noch Pfingstferien, deshalb hat Judith sich noch zwei Tage freigenommen, davon einen Tag Urlaub und einen Haushaltstag, der jeder berufstätigen Mutter einmal im Monat zusteht. Das ist eigentlich eine großzügige und feine Sache von dem Staat DDR. Nach der Erledigung ihrer Hausarbeit schaut sie sich noch die Nachrichten im Fernsehen an, dabei fallen ihr vor Müdigkeit die Augen zu. Es ist zwar noch nicht spät, aber sie zieht es dennoch vor, schon ins Bett zu gehen, wo sie auch sofort einschläft.

Sie hat einen unruhigen Schlaf, denn ihr Wohnhaus befindet sich in einer lebhaften Gegend. Durch die Geräusche von der Straße hat Judith eigenartige Albträume, bei denen die Ereignisse ohne Zuordnung durcheinanderlaufen. Auf einmal hört sie Stimmen, die ihren Namen rufen: „Julchen wie geht es dir? Dein John ist wieder da!" Sie wälzt sich im Bett von einer Seite auf die andere, bis sie eine sehr angenehme Wärme am Hals spürt, die durch einen zarten Kuss ausgelöst wird. Sie öffnet schlagartig die Augen und sieht das Gesicht von John vor sich. „Nicht erschrecken, Engelchen!" „Ich träume wohl noch?!" „Es ist kein Traum, meine Sehnsucht nach euch war nicht mehr auszuhalten, deshalb bin ich früher hier." Sie umarmen sich innig vor lauter Freude, er trägt Judith ins Wohnzimmer, damit Moritz nicht wach wird. Dort küssen und liebkosen sie sich fast ohne Unterbrechung. Dann flüstert er ihr ins Ohr, dass er sein Gepäck noch aus dem Auto holen müsse. „Ich komme mit", sagt sie, „dann geht es schneller."

Sie kleidet sich schnell an und sie gehen gemeinsam zum Wagen. Durch das überraschende Wiedersehen ist Judith wieder putzmunter, so groß ist ihre Freude. Er öffnet den Kofferraum, damit sie schnell alles auspacken können. „Es ist gut, dass du deinen Mercedes dort geparkt hast, wo noch mehrere Westautos stehen." Judith staunt nicht schlecht, als sie die ganzen vollgepackten Tüten sieht. „Du kommst wirklich aus dem Schlaraffenland", sagt sie zu ihm. Er lacht verschmitzt. Sie verhalten sich sehr leise, damit keiner der Hausbewohner wach wird. Sie fängt gleich an, seine Sachen im Schrank einzuräumen. Er hat Judith und Moritz wieder mit deftigen Lebensmitteln, Getränken und vielen anderen Leckereien überrascht, die in der DDR nicht erschwinglich sind. Er räumt alles gleich in den Kühlschrank, die Konserven und der Schinken werden in der Vorratskammer gelagert. Außerdem hat er für Moritz Spielzeug und für Judith schöne modische Textilien dabei. „Du bist wirklich verrückt, es ist ein Traum, so verwöhnt zu werden." Als sie alles eingeräumt haben, öffnet John eine Flasche Sekt und füllt ihre Gläser, um mit Judith anzustoßen. Sie unterhalten sich bis in die Morgenstunden, erzählen sich alles, was jeder an den Feiertagen erlebt hat. Danach gehen beide zu Bett und schlafen in den Armen des anderen ein.

Am nächsten Morgen will Moritz seine Mutter wecken. Er traut seinen Augen nicht, als er sieht, dass John fest neben seiner Mutter im Bett schläft. Er schleicht sich leise aus dem Zimmer, damit keiner von ihnen aufwacht. Er will unbedingt das Segelboot ausprobieren und füllt die Badewanne mit Wasser. Als er das Boot schwimmen lässt, merkt er gar nicht, wie er durch das viele Wasser seiner Wellenspiele das Bad zum Überschwemmen gebracht hat. Rechtzeitig kommt seine Mutter und kann gerade noch Schlimmes verhindern. „Die unteren Mieter wären zornig, wenn aus der oberen Etage Wasser durch die Decke dringt", schimpft sie. Als John aus dem Schlafzimmer kommt und Moritz herzlich begrüßt, ist alles perfekt, und so sitzen sie wie eine Familie zusammen am Tisch und lassen sich das köstliche Frühstück schmecken.

Eine verbotene Liebe in der DDR

Jeden Tag genießen sie ihre Zweisamkeit in vollen Zügen, unternehmen viele Dinge, die Freude machen, gehen ins Kino und besuchen oft das Theater. Die Kollegen von der Bank freuen sich mit ihr, dass sie wieder in festen Händen ist. Sie blüht regelrecht auf und ist immer gut gelaunt, das stellt auch ihr Chef fest. Wie oft hat sie schon Enttäuschungen hinnehmen müssen, die sehr geschmerzt haben. Allerdings wissen ihre Kollegen nicht, dass es sich um einen Bürger aus Westdeutschland handelt. Durch ihre exklusive Bekleidung werden manchmal neugierige Fragen gestellt, ob sie wieder ein Paket aus dem Westen bekommen habe, aber darüber schweigt sich Judith aus. Sie ist der Meinung, ihr Privatleben gehe nur sie etwas an. Sie ignoriert jegliche Bemerkungen der Kollegen, die doch hin und wieder ein paar Worte fallen lassen bezüglich Westbekanntschaften. Ihrem Sohn Moritz hat sie fest eingetrichtert, dass John aus Leipzig komme. Nur einmal kommt sie in Bedrängnis, als beim Elternabend die Klassenlehrerin, Frau Schmude, Judith unter vier Augen mitteilt, dass Moritz von einem John schwärme, der einen weißen Mercedes fahre. Etwas erschrocken antwortet Judith: „Meine Verwandten aus Westdeutschland sind bei meinen Eltern zu Besuch, aber das geht niemanden etwas an." „Das geht uns schon etwas an", gibt die Lehrerin arrogant zurück, mit der Begründung: „Unsere Kinder werden in der Schule als Jungsozialisten erzogen, da haben Schwärmereien von Westwaren nichts zu suchen." Judiths Zorn über so viel leeres Hirn bei der Frau ist nicht zu übersehen, sie kann sich aber noch rechtzeitig beherrschen. Zu Hause setzt sie sich gleich mit Moritz zusammen und berichtet ihm von diesem Vorfall.

Sie sagt zu ihm: „Wenn jemand erfährt, dass John bei uns wohnt, dann muss er aus unserer Wohnung ausziehen." Moritz versteht die Welt nicht mehr und stellt seiner Mutter sämtliche Fragen, bis er endlich einigermaßen alles verstanden hat und auch einsichtig ist. Voller Unruhe merkt Judith, dass sich ihre Angst gleichzeitig in Wut umwandelt. Sie muss sogar ihren Sohn anlügen! Sie nimmt sich ganz fest vor, nur noch mit vertrauten Menschen über ihr Privatleben zu sprechen. Ihren Eltern und Geschwistern kann sie ihre Beziehung natürlich nicht verheimlichen. Ihre ältere Schwester findet das ganz schlimm, da sie eine sehr überzeugte DDR-Bürgerin ist, aber das interessiert Judith nicht im Geringsten. Die Eltern betrachten diese Beziehung auch mit Unruhe und Misstrauen, aber sie bewundern die schönen Sachen, mit denen Judith von John verwöhnt wird. Die übrigen Geschwister sind ebenfalls begeistert von den materiellen Dingen aus dem Westen. Manchmal reagiert Judith auf solche Äußerungen sehr verletzt und erklärt ihnen, dass sie nicht wegen der vielen Westgeschenke verliebt ist. An erster Stelle stehen bei ihr Charaktermerkmale wie Klugheit, Charme und vor allem muss das Herz am richtigen Fleck sein. Außerdem stehe John auf dem Standpunkt, dass Judith und Moritz den gleichen Lebensstandard haben sollten wie er, zumal sie auch wie Eheleute zusammenleben würden. „Eine sehr gute Einstellung von ihm", kommentiert ihr Bruder Bert, „es gibt Dutzende Männer, die ihre Partnerin ausnutzen und sogar von deren Geld leben."

Heute hat John seiner Judith eine Liste mit diversen Produkten gegeben, die sie für seine Mitarbeiter besorgen möchte, dazu hatte sie sich ja bereit erklärt – Artikel, die auch in Westdeutschland teuer sind, zum Beispiel Ferngläser, Fotoapparate, Modelleisenbahnen und Sonstiges. Er hatte sie schon letzten Monat gefragt, ob sie solche Dinge besorgen könne, natürlich würde sie für jedes erworbene Produkt auch belohnt. Seine Leute bekommen das viele Ostgeld nicht los, da sie zusätzlich noch Spesen für ihre Arbeit in der DDR erhalten. Es ist für Judith kein großer Zeitaufwand, sie kann diese Artikel ohne Probleme in der Mittagspause besorgen. Das Geschäft boomt, denn für jeden besorgten Artikel bekommt sie nicht nur den Warenwert bezahlt, sondern ihr wird auch noch zusätzlich zehn Prozent des Wertes in Westmark honoriert. Das hatte John mit seinen Mitarbeitern schon im Vorfeld abgeklärt, seine Judith soll für ihre Arbeit richtig belohnt werden. So wird sie, dank ihrem John, nebenbei noch eine kleine Geschäftsfrau und kann öfter im Intershop einkaufen gehen. Den Kollegen ihrer Bank bleibt nicht verborgen, dass Judith fast jeden Tag in der Mittagspause mit einer vollgepackten Tasche ins Büro kommt, in der sich ein Fernglas, ein Fotoapparat und auch Fremdsprachenbücher befinden. Sie fragen neugierig: „Wer bekommt diese Sachen?" Judith antwortet ehrlich: „Mein Freund John." Sie hat überhaupt kein schlechtes Gewissen, da derartige Geschäfte eigentlich nicht verboten sind. Als Judith Geburtstag hat, schreiben ihr die Kollegen außer Glückwünschen noch einen passenden Text auf die Karte:

Keiner hat in diesen Zeiten irgendwas zum Weiterleiten. Doch das Julchen kennt den Dreh, einmal um den großen Zeh, und schon kommt sie – ei der Daus – mit 'nem Fernglas aus dem Laden raus. Sprachen sprechen liegt ihr nicht, doch sie sagt uns ins Gesicht: „Die Bücher braucht Johnny, dieser Schlingel." Julchen bekommt andern Tingel. Doch wichtig für sie beide ist, dass man sich aus Liebe küsst. Drum prüft euch, eh' ihr euch verbindet, ob sich nicht doch noch was Bess'res findet.

So ist eindeutig zu erkennen, dass ihre Geschäfte bei den Kollegen aus der Abteilung gut bekannt sind, dies aber keine negativen Auswirkungen hat. Als Vera sie besucht, erzählt sie Judith, dass Rudolf auch den Wunsch geäußert hat, bestimmte Artikel zu besorgen, aber sie hat es gleich abgelehnt, mit der Begründung, ihr fehle die Zeit. So etwas ist ja auch jedem seine eigene Sache, Judith kann schlecht Nein sagen, außerdem macht es ihr Spaß.

Das Telefon klingelt. John ist am Apparat, er teilt Judith kurz mit, den Abend mit ihr in Leipzig im Hotel am Ring verbringen zu wollen, Vera und Rudolf fahren auch mit. „Es wird uns bestimmt sehr gut gefallen!“ Kollegen von John sind schon oft in dieser Tanzbar gewesen, es wird dort nur Westmusik von einer exklusiven Band gespielt. Sie ist sofort einverstanden und sucht gleich Vera auf, um ihr dies mitzuteilen. Die wurde aber bereits von Rudolf informiert und so überlegen sich die beiden Freundinnen, welche Kleidung für heute Abend angesagt ist.

Pünktlich am späten Nachmittag kommt ihr Schatz und umarmt seine Judith. Sie trinken gemeinsam Kaffee und erzählen einander, was der Tag so gebracht hat. Sie kann John stundenlang zuhören, wie er sich in seiner feinen Art in einem perfekten Deutsch ausdrückt, und wenn seine warmen Hände sie berühren, könnte sie wie Wachs dahinschmelzen. „Was machen wir in Leipzig?“, fragt sie neugierig. „Eigentlich sollte es eine Überraschung sein, allerdings habe ich es schon am Telefon erwähnt, wir gehen in ein Restaurant mit Namen Hotel am Ring, meine Kollegen sind schon öfter dort eingekehrt. Das Essen soll dort sehr schmackhaft sein und im Keller befindet sich eine urgemütliche Tanzbar, die auch über eine Musikband verfügt. Sie soll aus den Philippinen kommen und spielt fast originalgetreu die besten Hits aus dem Westen, sie hat auch ihr eigenes Showprogramm.“ Judith ist ganz begeistert. Sie fragt, welche Kleidung passend für den Abend wäre. Er antwortet: „Eigentlich ist es egal, du siehst in jedem Kleidungsstück auffallend schön aus, selbst wenn du in Lumpen eingehüllt wärst.“ Sie lacht und ruft: „Du Schmeichler, also kein langes Abendkleid, aber auch keine Jeans.“ Sie entscheidet sich für die schwarze Samtcordhose und die weiße, sehr modern geschnittene Seidenbluse.

Gegen 19.00 Uhr stehen sie vor dem Restaurant und werden auch gleich von einer gepflegten Dame des Hauses an einen Tisch für vier Personen platziert. Judith bleibt es nicht verborgen, dass Rudolf der Dame unauffällig einen Geldschein in die Hand geschmuggelt hat, den diese auch gleich unbemerkt in ihre Tasche verschwinden lässt. Judith schaut Rudolf etwas entsetzt an und fragt, wieso er das tue, es wurde doch noch gar keine Dienstleistung vollbracht. „Irrtum", antwortet er, „sie hat uns einen schönen und geschmackvoll dekorierten Tisch zugewiesen." „Das gibt es nirgendwo auf der Welt, dass es für gute Dienstleistungen kein Trinkgeld gibt", sagt auch John zu Judith. „Gerade hier in der DDR und auch in anderen Ostblockstaaten, wo es wegen Personalmangels an vielen Serviceleistungen fehlt, muss jeder etwas großzügig sein. Wir werden jetzt bestimmt gut bedient und an der Bar haben wir von der Dame auch schon einen Tisch reserviert bekommen." Zufrieden mit dieser Erklärung drückt sich Judith an John und flüstert ihm ins Ohr: „Du bist eben ein Weltmann und kennst dich in allen Lebenslagen aus." Um andere Kulturen zu erkunden, würde sie auch gern die ganze Welt bereisen, wenigstens kennt sie schon die sozialistischen Länder. John gibt ihr einen zarten Kuss und sagt: „Du hast schon eine Weltmacht wie Russland bereist, und das ist schon was ganz Besonderes, denn dieses Land kennen sehr wenige Menschen." „Das stimmt, es war eine aufregende und sehr interessante Reise, zumal dieses Land verdammt groß ist." Sie blättert in der Speisekarte und fragt John nebenbei, was sie sich an Speisen aussuchen sollte. Er schmunzelt und antwortet: „Das kannst nur du ganz allein entscheiden, mein Schatz. Dein Hungergefühl oder Appetit ist mir leider nicht bekannt." Vera studiert schon eine ganze Weile die Speisekarte und fängt mit ihrer Bestellung an. Eine Haifischflossensuppe als Vorspeise, als Hauptgericht ein deftiges Rumpsteak mit Kräuterbutter und Kartoffelbällchen und als Nachspeise wählt sie einen Fruchteisbecher mit viel Sahne aus. Für Judith kommt nur eine Kleinigkeit infrage, denn sie hat nicht so einen unbändigen Hunger wie ihre Freundin. Außerdem freut sie sich auf den anschließenden Besuch in der Tanzbar. Für Judith ist es, als würde sie in eine andere Welt eintauchen. John ist immer wieder aufs Neue beeindruckt, was für eine große Begeisterung bereits kleine Dinge bei seiner Liebsten auslösen. Sie ist so voller Leben, er kann sich an ihren leuchtenden, dunklen Augen gar nicht sattsehen, wenn er ihr eine Freude macht. Nach dem guten Essen begeben sich alle zur Bar.

Es herrscht, wie Rudolf bereits im Vorfeld erzählt hat, eine ganz fantastische Atmosphäre. „Deine Kollegen haben verdammt recht, es ist gemütlich hier und die Musik der Band, die sich mit Namen Philippinus nennt, spielt die Hits fast originalgetreu." Judith stellt außerdem fest, dass die meisten Gäste in der Bar Besucher aus Westdeutschland sind. Sie fragt John, woher seine Kollegen diese gute Adresse haben. „Das kann ich dir leider nicht sagen, aber vielleicht weiß Rudolf mehr." Der antwortet: „Mitarbeiter aus dem Werk haben schon mal in diesem Hotel gewohnt, sie haben uns diese gute Adresse von dem Lokal vermittelt, es waren deine Landsleute. Für sie ist es unverständlich, denn keiner von dem normalen Volk kann sich solche Lokalbesuche leisten, außer Leute von der Partei oder von der Staatssicherheit. Es werden immer Gäste aus den nicht sozialistischen Ländern bevorzugt. Es ist traurig, aber wahr, es ist wie überall, Geld regiert die Welt, so der Slogan." Dann beginnt das Showprogramm und die Gruppe präsentiert auf dem Parkett ihre exotischen Tänze aus der eigenen Heimat. Das Publikum ist begeistert, denn solche Tänze mit Bambusstöcken kennen viele nur aus Film und Fernsehen. Die beiden Freundinnen sind so glücklich, dass sie am liebsten die ganze Nacht in der Bar verweilen möchten. Leider ist morgen kein Feiertag und der Wecker wird pünktlich um 6.00 Uhr klingeln und um 7.00 Uhr beginnt für alle wieder der Arbeitsalltag.

Schon wieder ist Monatsende, alle Exportbetriebe wollen ihre Geschäfte termingerecht im Juni abschließen. Das ist immer eine Herausforderung für die Mitarbeiter der Bank, Überstunden sind wieder angesagt. Wenn doch bloß nicht diese große Hitze und diese Müdigkeit wären!, schnauft Judith. Sie hat noch mehrere, schwierige Akkreditive zu bearbeiten, davon auch etliche, die nach Iran und Irak gehen. Bei arabischen Ländern, auch Überseegeschäfte genannt, ist die Bearbeitung immer etwas komplizierter als bei Ländern in Europa. Jedes kleinste Detail der Vorschriften und sämtliche Zahlungsbedingungen in den Dokumenten müssen sehr genau geprüft werden. Die Dokumente müssen bei Seefracht in zwei Postsendungen aufgeteilt werden. Für eine korrekte Abwicklung dürfen nur gültige, signierte Versicherungspolicen und richtig frankierte Frachtbriefe, die immer im Original ausgestellt sein müssen, genommen werden. Für die Kontrolle der Staatsmacht DDR müssen die jeweiligen Durchschriften an die Zentrale DABA Berlin und noch extra an den zuständigen Außenhandelsbetrieb versandt werden. Es ist ein richtiger Papierkrieg, der höchste Priorität und Konzentration verlangt. So wird jedes Exportgeschäft von den Staatsorganen exakt geprüft, damit alles seine Richtigkeit hat. Es ist also unmöglich, dass Betriebe ihre Produkte schwarz ins Ausland verkaufen, denn auf die gesamte Außenhandelswirtschaft der DDR wird von den zuständigen Behörden ein scharfes Auge geworfen.

Für Judith ist es heute ein langer Tag, unmöglich, die viele Arbeit ohne Überstunden zu bewältigen, darüber ist auch John bestens informiert. Jeden Tag in der Mittagspause telefonieren sie miteinander und besprechen auch alles, was wichtig ist. Wenn er seine Arbeit in Buna/Leuna früher beendet, hilft er fleißig im Haushalt. Er beschäftigt sich mit Moritz und bereitet das Abendessen vor, welches immer mit großer Liebe angerichtet wird. Der Arbeitsstress des Tages gerät dann schnell in Vergessenheit und ist wie weggeblasen. So werden die Gefühle, die beide Liebenden füreinander empfinden, von Tag zu Tag stärker, auch die Geborgenheit, und sie wachsen immer mehr zusammen. Vor jedem Einschlafen kuscheln sie miteinander und plaudern noch bis spät in die Nacht hinein. Sie kann ihm gar nicht oft genug sagen, wie atemberaubend und schön sie das Leben mit ihm empfindet. „Ich werde dich niemals mehr loslassen, zauberhafter John“, sagt sie. Er küsst sie zärtlich und erwidert: „Ich möchte dich auch für immer an meiner Seite haben und vor allem möchte ich ein paar Kinder mit dir haben. Vorher geben wir uns in einer kleinen, romantischen Kirche auf einer Trauminsel noch das Jawort." Sie lachen herzhaft über ihre Träume, ohne auch nur die geringste Ahnung zu haben, dass ihnen diese Pläne eines Tages zum Verhängnis werden.

Diese Woche müssen Rudolf und John wieder nach Niedersachsen fahren, um den Stand der Baustelle mit der Geschäftsleitung zu besprechen. John verspricht Judith, alles Geschäftliche sehr schnell zu erledigen, er kennt ihre Unruhe nur zu gut. Mit viel Mühe erklärt er seinem Schatz, dass ihre Sorgen unnötig seien. „Ich komme wieder. Dein Geschenk, den schönen Bernstein aus Wismar, werde ich immer bewahren, er dient mir in jeder Hinsicht als Glücksbringer. Ich schaue ihn an und bilde mir ein, euch darin zu sehen, wie in einem Spiegel." Die schönen, romantischen Worte von John beruhigen Judith und so vergnügen sie sich noch den ganzen Abend.

Jedes Wochenende machen sie verschiedene Ausflüge. John möchte viele Orte und Städte der DDR kennenlernen. Die Stadt Dresden mit ihren Schlössern und Kirchen bewundert er sehr. Leider stellt er auch bei dieser Stadt mit Entsetzen den Zerfall der Bauten fest. Der Wörlitzer Park mit seiner Hängebrücke ist auch eine Sehenswürdigkeit wert.

Der Ausflug von Halle nach Potsdam ist ein sehr aufregender Tag für John und Judith. Sie fahren gemütlich die Autobahn entlang, bis John bemerkt, dass er die Ausfahrt verpasst hat, und so fahren sie auf der Transitstrecke, die in Richtung Westberlin führt. Für Judith ein Höllentrip. „Wir müssen unbedingt die nächste Ausfahrt finden", sagt sie ganz aufgeregt zu John. „Wenn die Staatsorgane uns beide kontrollieren, dann wissen sie anhand meines Ausweises, dass ich DDR-Bürgerin bin, dann legen sie uns Fluchtversuch zur Last. Das heißt, wir werden infolgedessen eingesperrt und psychisch brutal gefoltert." John kann ein herzhaftes

Lachen nicht unterdrücken, er beruhigt sein Julchen. „Du schaust dir zu viele Krimis im Fernsehen an, das regt enorm deine Fantasie an.“ Sie kann es nicht begreifen, dass John so ein Optimist ist. Es ist in den Medien weitverbreitet, dass Leute, die sich negativ gegen den Sozialismus äußern oder gar einen Fluchtversuch begehen, sofort verhaftet werden. Als John diese Worte von Judith hört, überkommt ihn erneut ein Schmunzeln. „Wie soll das denn funktionieren? Sie können doch nicht einfach unbescholtene Bürger einsperren?! Es ist doch klar, dass es niemals funktionieren würde, mit einem Mercedes die Sperranlagen der Berliner Mauer zu durchbrechen, die noch dazu als höchstbewachte Staatsgrenze dient. Außerdem ist es wohl jedem Autofahrer schon mal passiert, dass er in einer fremden Gegend die Orientierung verloren hat.“

Er hat den Satz noch nicht zu Ende gesprochen, da werden sie von einem Polizeiauto überholt und mit der Polizeikelle aufgefordert, am rechten Standstreifen anzuhalten. Judith ist kreidebleich vor Angst. John nimmt ganz fest ihre Hand und sagt: „Uns wird überhaupt nichts passieren.“ Er steuert sein Fahrzeug wie aufgefordert auf den rechten Fahrbahnstreifen der Autobahn und bringt es hinter dem Polizeiauto zum Halten. Zwei Beamte sitzen im Wagen, davon ist einer in Uniform und der zweite in Zivil gekleidet. Für Judith ist die Situation so unerträglich, dass sie vor lauter Angst schnell aus dem Mercedes aussteigen muss, um sich zu übergeben, nur Moritz sitzt brav auf der hinteren Sitzbank und beobachtet das ganze Geschehen. Der Polizist in Zivil registriert Judiths Unwohlsein und steigt sofort aus dem Dienstwagen, um ihr zu helfen. Er fragt höflich, ob er einen Arzt rufen solle, sie bedankt sich für die angebotene Hilfe und antwortet: „Es ist nur mein Magen, der etwas streikt, es geht gleich vorbei.“ Er bietet ihr noch einen Bonbon aus einer Schachtel an, mit dem Hinweis, dass dieser ihren Magen bestimmt beruhige und aufräume. Sie bedankt sich ganz höflich bei dem Beamten und läuft langsam zum Auto zurück. Unterdessen hat sich der uniformierte Polizist an

John gewandt und verlangt mit seinem herrlichen sächsischen Dialekt dessen gesamte Ausweis- und Fahrzeugpapiere. Er studiert alles ganz genau, danach läuft er mit Johns gesamten Papieren zu seinem Dienstwagen. Nach ungefähr zehn Minuten kommt er zurück und fängt mit seinen Belehrungen an. „Herr Clausen! Sie haben beim Führen Ihres Fahrzeuges gegen die Straßenverkehrsordnung der DDR verstoßen." John erwidert, dass er sich nicht vorstellen könne, irgendetwas bei der Autofahrt falsch gemacht zu haben. Der Beamte erwidert: „Die vorgeschriebene Geschwindigkeit wurde überschritten, laut Straßenverkehrsordnung der DDR, das kostet ein Verwarnungsgeld von 50,00 DM." John schüttelt den Kopf, denn er weiß ganz genau, dass er auf keinen Fall zu schnell gefahren ist. „Es ist sinnlos, mit uns zu diskutieren", mahnt der andere Beamte in Zivil. „Sie wollen doch bestimmt heute noch an Ihr Ziel kommen." John merkt sehr schnell, dass es besser ist, gegenüber den Sicherheitsorganen den Mund zu halten. Sie wollen den Menschen aus dem Kapitalismus tatsächlich ihre Macht demonstrieren, da ist ihnen jedes Mittel recht. Für John sind diese Menschen schwache, manipulierte Seelen, ohne jegliche Bildung. Er bezahlt diese angebliche Ordnungswidrigkeit und eilt schnell zu Judith, die immer noch etwas blass am Auto steht. Die Beamten wünschen noch eine gute Fahrt und fahren davon.

„Solche erbärmlichen Heuchler", sagt John zu Judith und sie nickt. „Ich glaube, wir müssen jetzt unseren Magen stärken", ruft er zu Moritz. Judith hat sich noch nicht ganz von dem Schreck erholt. Er startet sein Auto und fährt weiter Richtung Berlin, es gibt tatsächlich noch eine Ausfahrt, um in den Ostteil der Stadt zu kommen. Endlich haben sie die Stadt Berlin erreicht, gleich kommt die nächste Herausforderung: einen sicheren Parkplatz in der City zu finden. Es ist gut, dass Judith oft dienstlich in Berlin zu tun hat, so sind ihr einigermaßen gute Parkmöglichkeiten bekannt. Die Zentrale der Bank befindet sich Unter den Linden, da kennt sie eine Seitenstraße, wo auch ihre Berliner Kollegen parken. Es ist Sonntag und auch dienstfrei, also gute Vorrausetzungen, das Auto in dieser Straße abzustellen.

Sie zeigt John im Stadtplan die Straße, so ist es nicht schwer, den Weg zu finden. „Das ist ja ein richtiger Geheimtipp", sagt er zu Judith. In dieser großen Stadt ist es gerade am Wochenende so gut wie unmöglich, einen Parkplatz zu bekommen. Die zahlreichen Diplomaten und Westbürger, die sich mit ihren großen Limousinen durch die Straßen schlängeln, geben der Stadt ein wenig westliches Flair. Das verleiht Judith ein sicheres Gefühl, mit ihrem John unbeobachtet zu bleiben. Sie ist der Auffassung, in der großen, dicht bevölkerten Stadt würde Johns Mercedes nicht besonders auffallen. – Ein großer Irrtum, denn die optische Bewachung in jedem Winkel der Stadt Berlin ist technisch groß und modern ausgebaut, vor allem in der Gegend, wo sich die Botschaftsgebäude der Länder befinden. Auf dem Alexanderplatz wimmelt es ebenfalls von vielen Sicherheitsleuten in Zivil, die man durch ihre normale Kleidung leider nicht erkennen kann. Es posieren Gerüchte in der Stadt, mit dem Verdacht, dass sich auf der Spitze des Fernsehturms ein Spionagesender befinde, deshalb die hohe Anzahl an Polizei und Staatssicherheit.

„Vielleicht sind es auch nur Gerüchte", sagt John zu Judith und so bummeln sie durch die lebendige, quirlige Großstadt und suchen nach einem guten Speiselokal. Es ist so gut wie aussichtslos und allmählich verliert John die Geduld, da sein Magen mächtig knurrt. Moritz wird auch langsam unruhig, auch er hat mächtigen Hunger. An jedem Restaurant stehen viele Leute und warten auf einen freien Platz. John schaut Judith und Moritz an und macht ihnen einen ungewöhnlichen Vorschlag. „Ich werde mal kurz nach Westberlin fahren, um beim Chinesen für uns alle drei ein schmackhaftes Essen zu kaufen. Das Lokal liegt gleich hinter der Grenze, der Besitzer verkauft alle seine Speisen auch an Leute, die nicht im Lokal sitzen möchten, also Straßenverkauf. Es wird euch bestimmt schmecken, die Asiaten sind bekannt für ihre schmackhafte Küche." Judith lacht und erwidert mit einem Schauer von Ekel, dass die Chinesen auch Hunde essen! „Das stimmt", antwortet John, „aber das machen auch Leute anderer Länder, wie zum Beispiel die Schweizer, aber ich werde darauf achten und nur Geflügelfleisch kaufen." Das Visum von John hat an jeder Grenze seine Gültigkeit, eine Sonderreglung beider Staaten. Er kann, so oft er will, ohne Schwierigkeiten den Grenzübergang Berlin passieren. Er macht mit Judith noch einen Treffpunkt aus, wo sie sich in einer halben Stunde treffen wollen. Dann eilt er wie ein Sausewind davon.

Unterdessen schlendert Judith mit ihrem Sohn in Richtung Alexanderplatz. Moritz nervt seine Mutter mit der Bitte, unbedingt auf den Fernsehturm hochfahren zu wollen. Irgendwie reizt es sie auch, mal die Stadt von oben zu besichtigen. Sie gehen also zum Fernsehturm, haben auch großes Glück, in dem Fahrstuhl noch Platz zu bekommen.

Ein mulmiges Gefühl im Magen überkommt Judith wieder, sie spürt erneut Übelkeit in sich aufsteigen. Die fremden Leute im Fahrstuhl erkennen durch ihre Gesichtsblässe schnell den Zustand ihres Befindens und bieten ihre Hilfe an. Als sie oben ankommen, rennt sie sofort zur Toilette, aber sie hat nichts im Magen, was wohl auch der Grund ihrer Übelkeit ist. Ein netter Herr bietet ihr nach dem Toilettenbesuch eine Flasche Mineralwasser an und sie trinkt einen großen Schluck davon, danach geht es ihr wieder besser. Der Herr blickt zu Moritz und sagt zu ihm: „Vielleicht bekommst du bald ein kleines Schwesterchen oder Brüderchen geschenkt." Judith erschrickt angesichts der Bemerkung des Herrn. An eine mögliche Schwangerschaft hat sie nicht im Geringsten gedacht. Sie bedankt sich für das Wasser bei dem Herrn, der bei ihr eine große Unsicherheit ausgelöst hat. Sie beginnt intensiv zu rechnen, stellt immer wieder fest, dass die Pille immer pünktlich eingenommen wurde, ihre Periode auch nicht ausgeblieben ist. Erst auf der Autobahn war ihr unwohl geworden, was durch die plötzliche Kontrolle der Staatsorgane verursacht worden war. Sie kann sich gar nicht richtig an dem Ausblick von dem Fernsehturm erfreuen, so sehr beschäftigt sie die Bemerkung des fremden Mannes. So früh von John ein Baby zu bekommen, das würde momentan fatale Folgen haben, für alle Beteiligten. Sie kennen sich erst ein paar Monate und Judith möchte John noch richtig kennenlernen, auch seine kleinen Fehler und Schwächen will sie an ihm noch entdecken. So lieb und vollkommen, wie sie ihn bisher erlebt hat, das kann es doch in der Wirklichkeit gar nicht geben! Rudolf hat mal erwähnt, dass man John mit einem „Heiligen" vergleichen könne. Er sei nicht der Typ, der die Frauen öfter wechsle und sie benutze. Wenn er sich richtig in ein Mädchen verliebe, dann gehe er für sie durchs Feuer und kämpfe um sie wie ein Löwe. Auf einmal wird ihr wieder bewusst, dass es für Bankkaufleute ein Tabuthema ist, mit Bürgern aus dem Westen Kontakt zu pflegen. Wir sind nicht lediglich befreundet, schreit ihre innere Stimme, wir leben zusammen, wie Mann und Frau, wir sind beide glücklich verliebt! Die Sicherheitsorgane würden sie belehren, dass es kriminell sei, den Klassenfeind zu lieben.

Vor lauter Nachdenken hätte sie bald die Zeit vergessen, John wartet schon voller Ungeduld am ausgemachten Treffpunkt. „Wo bleibt ihr denn?! Das gute Essen wird ganz kalt!" Julchen küsst sanft seine Lippen und entschuldigt sich. Sie suchen sich eine Bank im Grünen, um in Ruhe ihre leckeren Speisen zu verzehren. „Es ist schon witzig", lacht Judith, „da fährst du mal kurz über die Grenze nach Westberlin und bringst uns leckere, chinesische Gerichte von einem Restaurant mit." „Es sind von hier nach Westberlin höchstens zwei Kilometer, aber schon eine totale andere Welt", antwortet John. Judith sagt: „Für uns sind solche Aktivitäten nicht denkbar, ich frage mich jeden Tag, warum eigentlich so viel Ungerechtigkeit auf dieser Welt herrscht." Moritz' Schmatzen ist nicht zu überhören. Judith ermahnt Moritz. John wundert sich über das nervöse Verhalten seiner Liebsten. Er fragt, ob es ihr nicht schmecke, sie antwortet, das Essen sei hervorragend. Moritz sagt zu John, dass es Mami im Fahrstuhl wieder sehr übel gewesen sei. Er sagt weiter zu John: „Die Leute haben gesagt, dass ich vielleicht ein Brüderchen oder Schwesterchen bekomme." John verschluckt sich bei diesem Satz und schaut Judith voller Neugier an. Sie lenkt sofort ein, da es nach ihrer Auffassung nicht möglich ist. „Wieso eigentlich nicht?" „Ich habe nachgerechnet, außerdem darf es einfach nicht sein", gibt sie John zur Antwort, „unserer ganze Liebe ist eigentlich verboten." Jetzt reagiert John sehr zornig. „Es gibt für alles einen Weg und eine Lösung. Ich liebe dich so sehr, dass ich manchmal nicht einschlafen kann, und du redest nur von Verboten. Ich wünsche mir so sehr ein Kind von dir!" Sie antwortet harsch: „Aber nicht so schnell." Er wird noch zorniger und sagt: „Manche Dinge kommen ganz unverhofft, man kann sie nicht einfach vom Tisch wischen und dann wieder hervorholen, wenn es der Plan erlaubt." Er beruhigt sich wieder und fragt Judith in einem sehr ruhigen, aber verdammt ernsten Ton: „Wieso bist du eigentlich mit mir zusammen?" Dieser Satz schmerzt und schlägt Judith wieder auf ihren empfindlichen Magen. Sie muss sich erneut übergeben. John überreicht ihr ein Tempotaschentuch. Sie schaut ihn mit ihren Rehaugen an. „Ich liebe dich ebenfalls sehr, aber ich habe auch große Angst, dich zu verlieren." Er schüttelt den Kopf und sagt mit einem traurigen Unterton: „Leider zweifele ich langsam daran." „Ich werde dir alles richtig erklären, bitte verstehe mich!" Für John ist der Tag gelaufen, er hat kein Verständnis dafür. Er packt alle Sachen zusammen und gibt zu verstehen, dass der Ausflug beendet sei, es gehe zurück nach Halle.

„Wir wollten uns doch eigentlich noch das Schloss Sanssouci von Friedrich dem Großen anschauen." Es liegt im Stadtteil Potsdam und ist ganz in der Nähe, deshalb wurde der Ausflug auch ursprünglich unternommen. John verneint diesen Wunsch, trotz ihrer Bitte. Er antwortet, dass ihm für den heutigen Tag die Lust auf Schlösser vergangen sei. Sie sagt in einem halb witzigen Ton: „Was kann denn der Alte Fritz dafür?“ John kann sich ein Lächeln nicht verkneifen und erwidert: „Das Anwesen von Friedrich dem Großen ist noch keinem Besucher davongelaufen.“ Sie respektiert seine Entscheidung, lehnt sich im Auto zurück und entspannt sich. Sie denkt nochmals über den Auslöser ihres Streites nach und stellt fest, dass er nicht über das elementarste Wissen verfügt, was die DDR-Gesetze und ihre Strukturen angeht. Sie überlegt, wie man es ihm so feinfühlig wie möglich beibringen kann, vor allem da die BRD immer ein Feindesland für die DDR bleiben wird. Da können noch so große Handelsverträge abgeschlossen werden, da wird sich nichts ändern. Er ist wirklich ein Heiliger, er glaubt tatsächlich, wenn sich Menschen aus verschiedenen Systemen lieben, gibt es keine Probleme und alles regelt sich von selbst. Da nützt auch die Unterzeichnung der „Schlussakte von Helsinki“ nichts, denn daraufhin wurde gleich ein neues Gesetz verfasst, dessen Inhalt wiederum zum Nachteil der eigenen Landsleute ist. Darin heißt es, dass Ausreiseanträge von Bürgern der DDR rechtswidrig und ungesetzlich sind.

Als sie in Halle ankommen, eilt John sehr schnell in Judiths Wohnung. Sie wundert sich und sucht das Gespräch mit ihm, zwei Stunden schweigen im Auto war für sie mehr als unerträglich. Er schaut sie an und gibt ihr zu verstehen, dass er in seine Wohnung fahren will, die er zusammen mit Rudolf zugewiesen bekommen hat, und dort allein sein möchte. Sie wird innerlich zornig und ist gleichzeitig verdammt traurig, aber sie beherrscht sich, indem sie ihre Tränen unterdrückt und voller Stolz sagt: „Johannes, lass dich nicht aufhalten.“ Mit so einer kalten Reaktion von seinem geliebten Engel hat er nicht gerechnet. Er geht zur Tür und lässt diese, ohne sich noch einmal nach ihr umzuschauen, zufallen.

Sie versteht die Welt nicht mehr und lässt ihren Tränen freien Lauf, bis Moritz zur Tür hereinkommt. Sie möchte nicht, dass er etwas von dem Streit mitbekommt. Als Erstes fragt er seine Mutter, wo John sei. Sie antwortet voller Wehmut: „Er musste dringend etwas erledigen und kommt bestimmt bald zurück." Ihr Herz verkrampft sich bei dem Gedanken, ihren Traummann John verloren zu haben. Judiths Tränen sind nicht mehr aufzuhalten, sodass es auch Moritz nicht verborgen bleibt, dass seine Mutter sehr traurig ist. Er fragt, ob ihr der Magen wieder schmerzt, sie nickt und antwortet, es gehe bald vorüber. Er richtet ganz allein seine Schulsachen für den nächsten Tag und Judith bereitet inzwischen das Abendessen vor. Moritz redet wie ein Wasserfall und schwärmt nochmals von dem schönen Tag in Berlin. Sie lächelt und sagt, beim nächsten Ausflug schauen wir uns noch das Schloss Sanssouci an. Johns Verhalten ist für Judith sehr zermürbend. Wieso streiten sie eigentlich über Dinge, die überhaupt noch nicht spruchreif sind? Er hat überhaupt keine Ahnung, was uns blüht, falls wirklich eine Schwangerschaft vorliegt, dann wäre es nicht mehr zu vermeiden, dass unsere Beziehung bei den Staatsorganen bekannt wird. Sie würde ihren Job bei der Bank verlieren und John würde sofort aus der DDR ausgewiesen werden. Sie rechnet erneut im Kalender nach und stellt wiederholt fest, dass es eigentlich unmöglich ist, schwanger zu sein. Ihre Übelkeit war durch die Angst vor den Sicherheitsorganen auf der Autobahn ausgelöst worden. Gott sei Dank hatten sie kein Interesse daran, Judiths Papiere zu kontrollieren.

Judith findet einfach keinen Schlaf, zu sehr grübelt sie noch über den Ausflug und den Streit mit John. Was war eigentlich der Grund und der Auslöser dafür? Es hatte doch alles so schön angefangen … Vielleicht hat er nur einen Grund gesucht, um die Beziehung zu beenden. Es gibt schließlich Dutzende schöne Frauen, die für einen Mann wie John alles tun würden, um ihn für sich zu gewinnen. Vielleicht hat er sich beim Pfingstausflug in Kiel schon in eine neue Frau verliebt und ist jetzt nur zu feige, es zu beichten, alles wurde inszeniert. Bei diesen Vermutungen bekommt Judith

Herzrasen. Das kann und darf nicht sein, so ein feiner und ehrlicher Mann wie John besitzt keine schmutzigen Charaktereigenschaften. Das ist nicht sein Niveau, mit Frauen zu spielen und zu lügen. So hat sie ihn eingeschätzt. Sollte sie sich doch geirrt haben, dann schwört sie sich, niemals mehr einem Mann zu vertrauen. Bei diesen Gedanken kullern die Tränen erneut, ihr Schluchzen wird immer lauter. Deshalb steht sie auf, um Moritz nicht zu wecken. Sie läuft ins Wohnzimmer und schenkt sich einen doppelten Schnaps ein, um endlich Schlaf zu finden. Um 5.00 Uhr früh ist die Nacht für sie vorbei. Puh, die Arbeit im Büro wird ohne Konzentration schwer zu bewältigen sein!

Am nächsten Morgen erschrickt Judith beim Anblick in den Spiegel, ihre Augen sind von den vielen Tränen sehr geschwollen. Am liebsten möchte sie zu Hause bleiben, aber es ist unmöglich, ihre Kollegen im Stich zu lassen, schon gar nicht wegen Liebeskummer. Dafür gibt es ein gutes Rezept, das sozialistische Motto heißt: Arbeit lenkt ab und bringt jeden Menschen auf andere Gedanken. Sie überlegt, wie sie die Schwellungen im Gesicht am schnellsten beheben kann. Sie hat vor längerer Zeit in einer Zeitschrift etwas über Hautpflege gelesen. Gurkenscheiben sollen da wahre Wunder wirken, vor allem bei Schwellungen und strapazierter Haut. Sie schneidet die letzte grüne Gurke in Scheiben und legt sie auf ihre Augen. Es ist nicht zu glauben, die Schwellungen sind tatsächlich nach zehn Minuten etwas zurückgegangen. So bekommt Judith noch einen schmalen und geraden Lidstrich zustande und kann ohne optische Spuren der Traurigkeit ins Büro gehen. Moritz schläft noch wie ein Murmeltier, er braucht erst zwei Stunden später zum Unterricht zu gehen. Sie richtet ihm noch das Frühstück und belegt seine Pausenbrote für die Schule. Danach eilt sie die Treppe hinunter, wäre fast gestürzt, wenn sie nicht jemand aufgefangen hätte.

Sie traut ihren Augen nicht, als sie sieht, dass es John ist, der sie in seinen Arme aufgefangen hat und jetzt flüstert: „Ohne Kuss lasse ich dich nicht gehen, Julchen.“ Sie fragt, ob er vom Himmel gefallen sei, er lächelt und entschuldigt sich flehend ob seines egoistischen Verhaltens. Er sagt, Rudolf habe ihm alles über die Gesetze und Verbote erzählt, die angeblich in der ganzen DDR herrschen. Judith wiederum ist enttäuscht, dass er sich erst von Rudolf über die ganzen Bestimmungen und Strukturen, die in der DDR herrschen, hat aufklären lassen. „Gestern wollte ich dir bei einem Glas Wein alles erzählen“, sagt Judith, „aber du bist ohne ein Wort davongelaufen.“ Er beichtet, dass er die ganze Nacht keinen Schlaf gefunden habe und auch Angst habe, sie zu verlieren. Judith erwähnt nicht mit einem Wort, dass sie die gleichen Ängste hatte und nur geweint hat. Innerlich fällt ihr aber ein Stein vom Herzen. Sie hat John richtig eingeschätzt. Sie ist froh, dass nun alles wieder gut ist und der Streit nur unnötige emotionale Schmerzen und Tränen verursacht hat. Er sagt, dass er heute nicht mehr in die Firma fahre, da er viel zu müde sei. Er werde sich um Moritz kümmern, zusammen mit ihm das Frühstück einnehmen, ihn danach zur Schule bringen, natürlich zu Fuß.

Er umarmt Judith, küsst sie stürmisch und flüstert ihr ins Ohr: „Meine Sehnsucht nach dir ist unerträglich.“ Sie wird bei diesen Worten und diesen Liebkosungen so schwach, dass sie sich von seiner Umarmung nicht lösen kann, jetzt ist alles egal, Ort und Zeit spielen keine Rolle mehr. So lieben sie sich voller Leidenschaft in einer Umgebung, die für Judith sehr ungewöhnlich ist. „Hoffentlich kommen jetzt keine Leute“, sagt sie leise zu John, doch es ist einfach nicht möglich, einen klaren Gedanken zu fassen, zu intensiv sind beide in ihrer leidenschaftlichen Liebe versunken. Erst später merken Judith und John, dass sie fast nackt auf dem Boden liegen, ihre Kleidung auf sämtlichen Treppenstufen verstreut. Als sie Stimmen im Hausflur hören, springen sie erschrocken auf und suchen ihre Sachen zusammen. Sie rennen wie Verfolgte die Treppe hoch und erreichen gerade noch rechtzeitig die Wohnung. Danach können sie ihr Lachen nicht mehr unterdrücken.

Judith schaut auf die Uhr, es ist nicht mehr zu vermeiden, zu spät ins Büro zu kommen. „Du kannst ihnen sagen, die Liebe im Treppenhaus hat dich aufgehalten, es gab auch keinen Ausweg, ihr zu entfliehen." Sie lächelt und flüstert: „Ich liebe dich, du verrückter Kerl." Er nimmt sie wieder fest in die Arme und schaut ihr dabei in ihre dunklen Augen, die vor Glück strahlen. Er flüstert ihr ins Ohr: „Du bist für mich wie ein Geschenk Gottes und dafür danke ich dir; dich zu verlieren, würde mir den Verstand rauben." Diese Worte bereiten Judith nicht nur Freude, sondern erneut mächtige Angst.

Sie eilt ins Büro, wo ihre Kollegen schon fleißig ihrer Arbeit nachgehen. Judith entschuldigt sich beim Chef wegen ihrer Verspätung und gibt an, den Wecker nicht gehört zu haben. Herr Eisenmann nimmt ihre Entschuldigung freundlich ohne Kommentar an. Sie ist so erleichtert, eine Abmahnung hätte sie aus der Fassung gebracht. Judith geht an ihren Arbeitsplatz, sortiert die Exportgeschäfte nach Terminen und beginnt gleich mit der Bearbeitung. Die Mittagspause verbringt sie wie jeden Tag mit Vera zusammen. Sie tauschen sich über ihre Erlebnisse vom Wochenende aus und schwärmen noch von der schönen Bar in Leipzig. Judith erzählt Vera von dem Ausflug in Berlin und von dem chinesischen Essen, das John innerhalb einer Stunde besorgt hatte. Vera hört ihr neugierig zu und sagt nur kurz angebunden, dass sie mit Rudolf den Bergzoo besucht hat und es wunderschön war, vor allem das Affenhaus. Weiterhin berichtet sie, dass er sein Segelboot nach Seeburg holen möchte und es im Süßen See zu Wasser lassen wolle. Er hat schon die Behörden gefragt und sie haben keine Einwände. Das nächste Wochenende werden sie nach Niedersachen fahren, John muss auch mitfahren. „Wir haben noch nicht über das nächste Wochenende gesprochen, so weit planen wir nicht voraus", erwidert Judith, etwas erregt. Sie mag es nicht, wenn ihre Freundin schon viel früher als sie über Informationen verfügt, die auch John betreffen. Sie möchte es lieber von ihm selbst erfahren, wann er in seine Heimat fahren muss. Sie überlegt, dabei fällt ihr ein, dass er tatsächlich letzte Woche diesbezüglich etwas erwähnt hat, aber der Zeitpunkt stand noch nicht fest. Falls die beiden Männer wirklich das nächste Wochenende nach Hause fahren, dann könnte sie die Zeit nutzen, mal wieder die Eltern zu besuchen.

„Das ist aber schade", reagiert Vera, „wir hätten doch mal wieder zu zweit schön ausgehen können." „Das können wir, denn gegen Abend sind wir wieder daheim", antwortet Judith. Vera nickt zufrieden. Die Mittagspause ist beendet und sie eilen wieder ins Büro. „Was macht ihr heute Abend?", fragt Vera ihre Freundin. Judiths Antwort fällt kurz aus: „Eigentlich ist Ausruhen angesagt. Das Wochenende war ganz schön anstrengend, durch einen kleinen Streit hatten wir wenig Schlaf." Vera kann es nicht glauben und voller Neugier will sie natürlich den Grund wissen. Judith antwortet kurz, dass dieser Streit total unnötig gewesen sei. „Eine Schwangerschaft, das wäre eine verdammt schlimme Situation und vor allem ein sehr großes Problem für euch beide." „Das ist mir bekannt", antwortet Judith, „und deshalb wird es nicht passieren." John ist sehr verliebt und das Verhältnis zwischen den beiden deutschen Staaten ist ihm irgendwie noch nicht so richtig bewusst. Rudolf hat an seinen Verstand appellieren müssen, um ihm klarzumachen, dass die Führung der DDR niemals zulassen wird, dass Frauen aus dem Osten wegen der Liebe zu Männern aus dem Westen einfach ausreisen. Sie stehen auf dem Standpunkt, jede Frau sollte sich in ihrem eigenen Land einen Partner suchen und eine Familie gründen. Es ist nicht zu begreifen, dass erwachsene Menschen vorgeschrieben bekommen, wo bzw. in wen sie sich zu verlieben haben. Das ist ja so ähnlich wie damals bei Hitler im Dritten Reich.

Das nächste Wochenende ist ein Familientreffen geplant, da will sie endlich ihre Eltern über ihren Freund John einweihen. Ein ungutes Gefühl macht sich bei Judith breit, denn der Vater ist Parteimitglied und ihre ältere Schwester und deren Mann sind sehr treue

DDR-Bürger, die auch einen Beruf haben, wo jegliche Westkontakte verboten sind. Judith respektiert alle Menschen, auch solche, die eine andere politische Linie verfolgen, aber sie hat ihren eigenen Kopf und ist der Meinung, dass ihr Privatleben niemanden etwas angeht. Sie dürfen als Bankkaufleute im Außenhandelsgeschäft auch keine Westkontakte pflegen, aber die Verantwortung trägt sie allein. Natürlich ist sie vorsichtig bei ihren Kollegen und spricht nicht darüber, allerdings lässt sie sich nicht mehr in ihr Privatleben reinreden. Sie wurde früher genug von ihrem geschiedenen Ehemann Rolli kontrolliert und bevormundet, wenngleich sie auch schöne Erlebnisse während ihrer gemeinsamen Ehe gehabt und all die sozialistischen Länder bereist haben. Am schönsten und erlebnisreichsten war die Rundreise quer durch Russland. An die vielen fremden Kulturen erinnert sich Judith sehr gern, vor allem an die faszinierende Stadt Moskau, die herrliche Landschaft rund um den Kaukasus und das Schwarze Meer. Sie haben alles mit zahlreichen Dias festgehalten.

Wie gern würde sie noch andere Länder wie Amerika und Kanada bereisen, schließlich hat jeder nur ein Leben. Was hat die DDR eigentlich an Kultur zu bieten, außer grauen Häuserfassaden und Flüssen, die vor lauter Verschmutzung schäumen und stinken? Dazu kommt noch die schwere Luft, die alle einatmen und durch die manche bereits an Bronchitis erkrankt sind. Hier vergammelt doch alles, dafür hängen überall gepflegte rote Transparente mit der Aufschrift: „Nichts ist schöner als der Sozialismus!“ – „Es lebe die Freiheit und der Sozialismus!“. Sie lassen sogar Kirchen und Häuser, die aus dem Mittelalter stammen, einfach verfallen oder das bisschen Kultur, das noch geblieben ist, abreißen. Es fehlen angeblich Devisen, um die Sanierungsarbeiten zu bezahlen, dafür werden Plattenbauten gebaut, die ähnlich wie Kasernen aussehen. Grünanlagen zwischen den Wohnblöcken sind eine Illusion oder werden von den Bewohnern selbst bepflanzt. Es gibt viele Architekten mit guten Ideen für Schönheit und kreatives Bauen, aber leider dürfen sie ihre Entwürfe nicht umsetzen, da sie nicht praktisch genug seien. Schon bei dem Gedanken bekommt Judith Wut auf ihren Staat und es wird ihr immer mehr bewusst, dass Kapitalismus freies Leben und Fortschritt ist. Wie gern würde sie ihr Leben in Freiheit verbringen, vor allem in einer Gegend, wo es noch gute Luft zum Atmen gibt. Sie will einfach mit Moritz ein schönes Leben genießen, wenn möglich natürlich mit John. Sie hat sich zwar vorgenommen, nie wieder eine Ehe einzugehen, aber mit John könnte sie sich ein harmonisches Leben sehr gut vorstellen. Jetzt ist aber Schluss mit Träumereien, nach Dienstschluss besorgt Judith noch die Ferngläser und Fotoapparate für Johns Kollegen. Als sie alles erledigt hat, eilt sie nach Hause, wo sie schon von ihren Lieben zur gemütlichen Kaffeerunde erwartet wird.

Familientreffen

Der Sonntag zeigt sich mal wieder von seiner schönsten Seite. Judith ist gerade dabei, alle nötigen Sachen für den Garten in einer kleinen Reisetasche zu verstauen. Ein Paket Kaffee und etliche Westartikel für ihre Eltern packt sie ebenfalls ein. Schon in den frühen Kinderjahren wurde ihr gelehrt, mit den Geschwistern zu teilen. Beim letzten Besuch hat Judith nur kurz ihren Freund John erwähnt, der Vater sieht die Dinge sehr skeptisch. Ihre Mutter dagegen, die auch sehr westlich eingestellt ist, freut sich zusammen mit Judith über ihre neue Liebe. Die Hauptsache, ihre Tochter ist glücklich und erlebt nicht wieder eine Enttäuschung.

Es ist immer ein schönes Ereignis, wenn die ganze Familie zusammen ist, jeder hat eine lustige Story zu erzählen. Es wird viel gelacht, aber auch über ernste Probleme geredet. Als Judith und Moritz den Garten betreten, sind schon alle Geschwister mit ihren Familien eingetroffen. Die ältere Schwester Rosi schaut Judith an und kann es sich nicht verkneifen, ihr eine Rüge wegen des späten Eintreffens zu erteilen – in einem Ton, der ähnlich wie der eines Kommandanten klingt. Judith nimmt es gelassen, sie lacht und erwidert in einem spaßigen Ton, dass Rosi es wohl nicht lassen könne, über sie zu bestimmen. Als sie Kinder waren, hatte Rosi immer die Aufgabe, bei Nichtanwesenheit der Eltern auf alle Geschwister aufzupassen und auch die Hausarbeit gerecht zu verteilen. Diese Geste hat sich bis heute tief in ihrem Gehirn eingeprägt.

Während alle gemütlich bei Kaffee und Kuchen sitzen, erzählt Judith von ihrem Freund John, den sie das nächste Mal der Familie vorstellen will. Es wäre besser gewesen, sie hätte das nicht erwähnt, die fröhliche Stimmung ist auf einmal wie weggeblasen. Ihre ältere Schwester und deren Mann reagieren in einem sehr aggressiven und scharfen Ton und sagen zu Judith, falls dieser westdeutsche Mann zu den Eltern komme, dann würden sie sofort wieder gehen. Das schmerzt Judith sehr, auch ihre Mutter, sie weiß, dass nur egoistische Menschen so reagieren, deshalb antwortet sie gereizt: „Der Besuch mit John zu den Eltern wird vorher angekündigt." Der Bruder Bert und ihre anderen zwei Geschwister geben dazu keinen Kommentar ab. Judith merkt schon, ihre ältere Schwester Rosi besitzt noch immer eine gewisse Macht in der Familie, die sie ausübt, um über private Dinge zu bestimmen. Der Mann von Rosi erklärt sehr ruhig, dass sie aus Berufsgründen nicht den geringsten Westkontakt haben dürften. Das Fernmeldeamt ist dem Ministerium der Staatssicherheit unterstellt, auch sein Arbeitgeber, die Gesellschaft für Sport und Technik, wo er als Bordmechaniker auf dem Flugplatz angestellt ist. Für Judith ist das verständlich, deshalb reagiert sie auch gelassen, ihr Schwager hat recht. Sie selber muss sich vorsehen, denn bei der Außenhandelsbank herrschen die gleichen Regeln. Der Bruder Bert fragt Judith, warum sie sich ausgerechnet einen Mann aus dem Westen ausgesucht habe. Bei dieser Frage muss sie sich an den Kopf greifen und antwortet zornig, dass sie gar nicht auf Männersuche gewesen sei. Es stehe jemandem auch nicht auf der Stirn geschrieben, ob er aus Ost- oder Westdeutschland komme. Die jüngste Schwester Eva sagt, dass man Leute aus dem Westen schon von der Ferne durch ihre Kleidung und ihren Geruch erkennen könne. Sie würden Aftershave mit erfrischenden Duftstoffen benutzen, die es in der DDR gar nicht gebe. Judith sagt ironisch: „John hat mich mit seinem atemberaubenden Körperduft total liebessüchtig gemacht. Einen Entzug diesbezüglich vorzunehmen, wäre aussichtslos." Darüber wird gelacht und die Stimmung im Garten ist wieder richtig gut. Nur Rosi gibt noch zum Besten, dass jede Droge, falls der Wille vorhanden sei, bekämpft werden könne.

Die Stimmung verbessert sich, als der Vater eine Flasche Rotwein öffnet und die Gläser füllt. Er möchte unbedingt, dass am Sonntag ein anderes Thema im Fokus steht. Er erwähnt nur noch kurz, sie solle sich die Sache mit ihrer Beziehung ganz genau überlegen, sonst kämen unweigerlich Probleme auf sie zu. Sie kann es nicht glauben und reagiert empört über diese klugen Ratschläge. Jetzt geht es ihr endlich wieder gut und schon mischen sich die lieben Verwandten ein, als wäre sie mit dem Teufel befreundet. Als es ihr nach der Scheidung schlecht ging, wurde sie von der Verwandtschaft allein gelassen, mit der Begründung, jeder sei selbst für sein Leben verantwortlich. Bei den Westartikeln, die Judith mitgebracht hat, ist hingegen keiner abgeneigt, alle lassen sich die Schwarzwälder Kirschtorte und den Kaffee vom „Feind“ voller Genuss schmecken. Ihr Verstand sagt, dass jeder sein eigenes Leben qualitativ so gestalten sollte, wie er es für richtig hält. Sie hat sich nach ihrer Scheidung geschworen, sich von keinem Menschen mehr in ihr Leben reinreden zulassen. Sie hat sich auch vorgenommen, in Anwesenheit ihrer Schwester Rosi nicht mehr über ihren Freund John zu reden.

Die anderen Geschwister sehen es mehr oder weniger locker, vor allem die jüngste Schwester Eva. Sie hat in ihrer angeheirateten Familie einen Schwager Fritz, der nach einer beruflichen Dienstreise, die in München stattfand, nicht wieder zurückgekommen ist. Nur den Dienstwagen hat er ordnungsgemäß an der Grenze abgestellt. Seine Frau Hilde und Sohn, die bei seinen Dienstreisen immer in Halle blieben, hatten von seinen Plänen nicht die geringste Ahnung. Er hatte seine Frau von München aus sofort angerufen und ihr mitgeteilt, dass er nicht mehr nach Halle zurückkomme, da er einen sehr guten Job bei einem Verlag angeboten bekommen habe. Für seine Familie zu Hause war es wie ein Schlag ins Gesicht und löste eine Tragödie aus. Fritz wies seine Frau Hilde am Telefon an, wie sie sich gegenüber den Staatsorganen in der DDR verhalten solle, auf alle Fälle müsse sie bei den Verhören der Staatsorgane stark bleiben. Er werde alles tun, damit die Familie so schnell wie möglich zusammengeführt werde. Judith kann sich noch ganz genau an dieses traurige Ereignis erinnern, da es erst zehn Monate zurückliegt und die Hochzeit von Eva und Horst gerade bevorstand. Fritz hofft auf Familienzusammenführung, denn die DDR hat auch die „Schlussakte von Helsinki“ unterzeichnet. Judith glaubt nicht, dass sie so schnell ausreisen dürfen. Es ist für die DDR-Macht eine Majestätsbeleidigung, wenn Auslandskader, die öfter in den Westen fahren dürfen, dieses Vertrauen der DDR verletzen. Sie werden als brutale Verräter angesehen, da gelten nur die eigenen Gesetze und nicht irgendwelche unterzeichnete Abkommen von Helsinki.

Jetzt herrscht richtige Stimmung im Garten, alle erzählen Witze und lachen miteinander. Judith hilft ihrer Mutter beim Geschirrspülen. Es ist nun bald Urlaubszeit und jeder schildert, was geplant ist. Bert fragt seine Schwester Judith, wo sie mit Moritz hinfährt. Sie antwortet kurz angebunden: „Auf einen Zeltplatz in der Nähe von Warnemünde.“ Ihre Freundin Angela aus Bützow hat dieses Jahr einen Ferienplatz von ihrem Krankenhaus bekommen. Sie stellen immer einen großen Wohnwagen mit Zelt auf dem Campingplatz auf. „Was macht dein Freund John in der Zeit?“ Diese Frage schmerzt Judith erneut und sie zuckt nur mit den Schultern, ohne eine Antwort zu geben. Sie wird sich hüten, nochmals irgendwelche Ereignisse zu erwähnen, die John und sie betreffen. Sie entfernt sich von der Kaffeerunde und widmet sich Moritz und Rosis Kindern, die sich schon tüchtig an Wippe und Schaukel zu schaffen machen. Die Zeit im Garten ist wieder sehr schnell vergangen und die Eltern und Geschwister machen sich langsam auf den Heimweg. Moritz wäre noch gern im Garten geblieben, denn vom Spielen mit mehreren Kindern kann er gar nicht genug bekommen. In zwei Wochen werden sie sich alle am gleichen Ort wiedersehen, falls das Wetter mitspielt. Judith gibt ihren Eltern noch einen Kuss und verabschiedet sich von ihren Geschwistern.

Nachdem sie Moritz versorgt hat, kommt auch schon Vera und holt sie für einen Kinobesuch ab. Sie wollen sich unbedingt den Film Meuterei auf der Bounty mit dem Schauspieler Marlon Brando anschauen. Er soll spannend, ja atemberaubend sein, vor allem sind Südseeschönheiten und wunderschöne Landschaften in dem Film zu sehen. Eine lange Menschenschlange steht an der Kasse, aber sie haben Glück und bekommen noch zwei Eintrittskarten.

Nach Filmende suchen die beiden Freundinnen noch ein kleines Lokal auf, um den Abend gemütlich mit einem Bierchen ausklingen zu lassen. Sie sind von dem Film, der sehr viele atemberaubende Landschaften zu bieten hat, sehr beeindruckt. So kommt ihr Fernweh nach der großen, weiten Welt erneut zum Ausdruck. Es kommen wieder die gleichen Fragen auf: Wieso bleiben uns schöne und fremde Kulturen verschlossen? Wieso sind für uns Menschen in den Ostblockländern ferne Reisen unerreichbar und nur im Fernsehen oder im Kino zu bewundern? Schon überkommt Judith wieder eine große Wut, weil sie erkennt, wie wenig jeder einzelne Mensch vom Leben in der DDR hat. Sie erzählt Vera, dass ihre Familie sich skeptisch über die Beziehung mit John geäußert hat. Vera schüttelt den Kopf und sagt: „Was geht das Privatleben eigentlich die Verwandtschaft an? Mit wem du als erwachsene Frau dein Bett teilst, ist allein deine Sache. Wieso mischen sich Menschen in das Leben anderer ein und wollen alles bestimmen?" Vera erzählt, dass ihre Verwandten letzte Woche ähnlich reagiert haben, vor allem ihre Brüder. Sie haben sich auch negativ über ihren Freund Rudolf geäußert, was nicht nur eine Unverschämtheit, sondern auch eine Anmaßung und Frechheit sei. „Meine ältere Schwester Rosi und ihr Ehemann haben Angst, sie denken, durch den Freund John seien Probleme in ihrem Betrieb vorprogrammiert."

Genau das ist der Zweck der Staatsführung: alle Menschen einzuschüchtern. Wer nicht ihrer Linie folgt, kommt schnell mit dem Gesetz in Konflikt, sie könnten sogar kriminalisiert werden. Das ist bekannt durch die Medien, auch gehen Gerüchte um, dass sämtliche Pakete und Briefpost aus dem Westen kontrolliert würden. Solche Machenschaften kann Judith nicht so recht glauben, es werden auch sehr viele Geschichten erfunden und in Umlauf gebracht. Nachdem die beiden Freundinnen ihr Bier fertig getrunken haben, begeben sie sich auf den Heimweg. Für Judith ist es nur ein Katzensprung bis zu ihrer Wohnung, Vera bleibt es nicht erspart, noch eine Weile auf ihre Straßenbahn zu warten.

Von Weitem sieht Judith, dass in ihrer Wohnung noch Licht brennt. Sie vermutet, dass Moritz die Lampe nicht ausgeschaltet hat. Als sie leise die Tür öffnet und ins Wohnzimmer eilt, staunt sie nicht schlecht. John liegt auf der Couch und schläft fest wie ein Murmeltier. Erstaunlich, denkt Judith, er wollte doch erst am nächsten Tag in Halle sein. Sie schaut sich um und sieht, dass der Esstisch mit vielen westlichen Artikeln beladen ist. Es kommt ihr vor, als würden die Feste Weihnachten, Ostern und Pfingsten auf einen Tag fallen. Sie ist darüber wieder sehr erfreut, aber Geschenke ohne einen feierlichen Anlass, daran muss sich Judith noch gewöhnen, denn das Gefühl, gekauft zu werden, ist für sie furchtbar. John hat ihr oft erklärt, dass es ihm ein Herzensanliegen sei, seine Liebsten zu verwöhnen.

Leise verlässt Judith das Wohnzimmer und geht ins Bad, um sich schnell zu duschen und vor allem die Zähne gründlich zu putzen. Auf gepflegte Zähne hat sie schon als Kind sehr großen Wert gelegt. Sie steht auf dem Standpunkt, zu einem gepflegten und schönen Menschen gehören auf alle Fälle schöne weiße Zähne. Sie sind wie ein Schmuckstück des Körpers, vergleichbar mit einer Perlenkette. Sie hat schon oft gut aussehende Kunden am Bankschalter bedient, doch wenn durch eine lustige Unterhaltung die ungepflegten Zähne zum Vorschein kamen, empfand sie einen gewissen Ekel gegenüber diesem Kunden. Sie mag es auch nicht, wenn Personen ihre Zähne mit lauter Goldecken bestücken lassen, um einen gewissen Wohlstand zu präsentieren. Als sie wieder ins Wohnzimmer kommt, schläft John noch immer wie ein Murmeltier. Sie beobachtet ihn eine Weile und streichelt dabei sanft über seinen Kopf und über sein Gesicht, aber er schlummert so fest, dass er diese zarten Gesten von Judith gar nicht bemerkt; sie will auch nicht, dass er wach wird.

So begutachtet sie seine Geschenke und Lebensmittel, die er von zu Hause mitgebracht hat. Sie sortiert die Waren und verstaut alle gleich im Kühlschrank. Dabei betrachtet sie immer wieder die Preise auf den Lebensmitteln und stellt mit Erstaunen fest, dass es ähnliche Sachen auch im Delikatessgeschäft in Halle zu kaufen gibt. Allerdings kosten diese Dinge das Zehnfache mehr als im Westen, zum Beispiel kostet der Weichkäse im Westen 1,69 DM, bei ihnen im Feinkostladen ist er für 12,20 Mark erhältlich. Sie vergleicht weiter die Preise von den Produkten und erkennt, dass die Menschen im Sozialismus durch ihre schwache Währung sehr große Nachteile haben – durch die Engpässe bei der Versorgung. Dafür herrschen hier Ruhe und Frieden, Arbeitslosigkeit ist ein Fremdwort in ihrem Staat. So versucht sich Judith immer selbst zu trösten. Nur aus dieser elenden Bruchbude von Wohnung will sie endlich raus. Nächste Woche wird sie erneut das Wohnungsamt aufsuchen, um den Leuten Druck zu machen, das nimmt sich Judith ganz fest vor.

Sie schaut auf die Uhr und stellt fest, dass es schon sehr spät ist. Sie geht nochmals zu ihrem schlafenden John und will ihn gerade mit einer Schlafdecke zudecken, da öffnet er wie aus heiterem Himmel die Augen, schaut seine Judith verschlafen an und umarmt sie. Er zieht sie gleich zu sich auf das Sofa und kann es nicht unterlassen, sie gleich mit Fragen zu überhäufen. „Wo hast du das Wochenende verbracht?"

Sie erzählt in kurzen Worten über ihren Familienbesuch und die Diskussionen. „Und abends war ein Kinobesuch mit Vera angesagt, der Film war toll. – Wieso bist du heute schon wieder in Halle? Ich habe erst den nächsten Tag mit dir gerechnet." Er antwortet, dass Rudolf den Termin bei der Geschäftsleitung allein wahrnehmen sollte. Laut Vorschrift ist es nicht zulässig, die Baustelle einen ganzen Tag ohne Aufsicht eines Vorgesetzten zu lassen. „Es kann immer etwas Unvorhersehbares passieren und so habe ich mich sofort bereit erklärt, nach Halle zurückzufahren.

Der tatsächliche Grund war natürlich, bei meinem zauberhaften Schatz zu sein.“ Sie küsst John zärtlich und so gehen sie endlich schlafen, die Nacht hat nur noch wenige Stunden und beide müssen am nächsten Tag bei ihrem Job fit sein. Sie unterhalten sich noch ein paar Minuten und schlafen dann wie jede Nacht zusammengekuschelt ein.

Der nächste Morgen verläuft wie alle Tage, John als Frühaufsteher steht wie immer als Erster auf und richtet in der Küche das Frühstück mit den vielen Leckereien, die er von zu Hause mitgebracht hat. Judith hat jeden Morgen das gleiche Problem mit dem Aufstehen, es fällt ihr immer verdammt schwer. Sie weckt Moritz, damit sie alle zusammen, wie eine Familie, frühstücken können.

Auf dem Wohnungsamt wird Judith wieder eiskalt von den Bediensteten abserviert, mit der Begründung, es handele sich bei ihrer Wohnungsfrage nicht um einen Notfall. Es gäbe unzählige Eheleute, die noch getrennt leben würden. Judith reagiert voller Wut und fragt, wie lange sie eigentlich warten müsse, um endlich eine Neubauwohnung zu bekommen. Sie machen ihr keine Hoffnung, da sie bereits über genügend Wohnraum verfüge, egal in welchem Zustand sich das Haus befinde. Judith geht niedergeschlagen aus dem Gebäude des Wohnungsamtes. Sie schlendert langsam in Richtung Turmstraße, wo sich ihre Wohnung in einem der zerfallenen Häuser befindet. Von der Ferne erkennt sie auch schon den geparkten Mercedes von John und schon ist ihre Traurigkeit verflogen. Das Leben wäre so perfekt und hätte viel mehr Qualität, wenn ihr der Staat eine menschenwürdige, schöne Wohnung zuweisen würde.

Ein herrlicher Kaffeeduft strömt aus ihrer Wohnung, als sie die Tür öffnet. Sie freut sich über John, der erneut mit großer Liebe den Kaffeetisch gedeckt hat. „Es ist so schön mit dir“, flüstert sie ihm ins Ohr, wie in einem Groschenroman, während sie sich umarmen. Sie erzählt ihm das Erlebnis beim Wohnungsamt, doch er zeigt dafür wenig Interesse. Sie wundert sich über so wenig Mitgefühl, zumal es nicht seine Art ist. Sie schaut fragend in seine Augen, er antwortet ganz ruhig und sehr ernst, dass jenes Projekt, falls die Termine eingehalten werden, schon in einem Jahr beendet sein wird. „Das heißt, meine liebe Judith, unser Visum für den Aufenthalt in der DDR wird dann auch aufgehoben." Sie reagiert darüber sehr erschrocken, denn seine Staatsbürgerschaft hat sie vollkommen verdrängt, auch seine wirkliche Funktion in der DDR. Jetzt hat er sie mit einem Schlag an diese Situation erinnert. Sie reagiert mit großer Traurigkeit, dass John Mühe hat, sie wieder zu beruhigen. Er erklärt ihr, dass jedes Leben aus mehreren Phasen bestehe, wenn diese überwunden seien, dann könne ihnen nichts mehr passieren. Sie versteht diese Worte von John überhaupt nicht, er versucht, es ihr zu erklären. „Ich lasse euch niemals hier zurück, das habe ich mir fest vorgenommen, deshalb interessiert mich dein Wohnungsproblem auch nicht." Sie schaut John fast spöttisch an und fragt: „Wie soll das denn funktionieren?" „Es ist ganz einfach zu erklären, es ist eine Aktion, die nicht ohne Hilfe einer Fluchtorganisation umzusetzen ist. Ich habe schon am Wochenende die ersten Kontakte aufgenommen, aber darüber muss ich noch schweigen." Judith reagiert empört, denn so eine Art von Flucht ist für sie vollkommen ausgeschlossen. Sie erklärt ihm, wie riskant so ein Fluchtversuch ist, wenn es nicht klappt, dann wird sie für fünf Jahre ins Gefängnis nach Bautzen eingesperrt. Das Sorgerecht bekommt Rolli oder das Heim. „Solche Phasen in meinem Leben möchte ich nicht erleben", erklärt sie John sehr ernst. Er antwortet, dass es sich um eine sichere Organisation handele und sie keine Angst zu haben brauche. Sie antwortet: „Es gibt für jegliche Art von Fluchtversuchen keine absolute Sicherheit, denn die Staatsorgane der DDR sind keine Schlafmützen, sondern verdammt gut ausgebildet und motivierte Menschen. Sie kennen die meisten Tricks der Fluchthelfer, sie sind verdammt auf der Hut, vor allem wenn es sich um illegalen Grenzübertritt handelt." John will sie unbedingt überzeugen. „Glaube mir, mein Engel, ich würde niemals etwas anpacken, was euch in Gefahr bringen könnte.“ Sie diskutieren noch stundenlang über das Thema, wie die Flucht eventuell vonstattengehen könnte. Die Instruktionen werden erst kurz vor Beginn der Aktion bekannt gegeben. „Es gibt bestimmt einen sicheren und legalen Weg, die DDR mit Moritz zu verlassen.“ „Ich kann es mir nicht vorstellen“, antwortet John sehr niedergeschlagen. „Ich möchte keine nach dem DDR-Gesetz strafrelevanten Sachen veranstalten, die uns unnötig in Gefahr bringen. Außerdem würden meine Angehörigen ebenfalls sehr darunter zu leiden haben. Sie würden von den Staatsorganen tyrannisiert und gequält, das würde meine Mutter nicht überleben.“ John ist entsetzt und traurig über Judiths Rücksicht auf alle ihre Angehörigen.

„Es geht um unser Leben und, ganz wichtig, auch um Moritz, er hat hier in diesem Staat keine Zukunft, außerdem ist eure Luft hier total vergiftet. Jeden Abend, wenn die Menschen schlafen, werden sämtliche Giftstoffe von den Werken Buna und Leuna durch die Schornsteine geblasen.“ Er kann es nicht glauben, dass die staatlichen Organe wegen gesetzeswidrigen Vorgehens ebenfalls die Angehörigen, die gar nichts damit zu tun haben, mit zur Verantwortung ziehen. „Die greifen bei gesetzeswidrigen Delikten auf jedes Druckmittel zurück“, antwortet Judith. „Das klingt alles so ähnlich wie damals in der Nazizeit“, sagt er zu Judith und schüttelt nur mit dem Kopf. Sie schaut ihren Liebsten an und stellt fest, dass er überhaupt keine Ahnung über die Methoden und Machenschaften der Staatssicherheit hat. Sie sagt, dass es in den Medien der BRD bekannt ist, wie sie mit Flüchtlingen und westlich orientierten Menschen vorgehen. Wer sich für den Kapitalismus interessiert, egal aus welchen Gründen, ist ein Staatsfeind und dieser Feind muss bekämpft werden, so lautet die Sprache der Herren. „Wir sind doch keine Feinde“, antwortet John, „wir lieben uns, sind sehr glücklich miteinander – und das soll kriminell sein?!“ „Ich habe gehört, dass jeder kriminalisiert wird, der sich mit dem

Feind einlässt.“ Er lacht herzhaft und sagt: „Dann ist der ganze Staat DDR kriminalisiert, er macht mit dem Feind Geschäfte.“ Sie lacht ebenfalls und antwortet, dass er sich mal an die zuständigen Stellen in der Bundesrepublik wenden und sein Anliegen dort vorbringen solle. Vielleicht gebe es eine Möglichkeit, legal aus der DDR auszureisen. „Das werde ich auf alle Fälle in Angriff nehmen“, sagt er zu Judith, „aber jetzt werden wir uns noch einen schönen Tag machen und in den Biergarten gehen.“

„Es sind noch vier Wochen und dann sind Sommerferien. Meine Freundin Angela aus Bützow hat uns an die Ostsee auf den Campingplatz in der Nähe von Warnemünde zu einem zweiwöchigen Camping eingeladen“, schwärmt Judith. Sie hofft, dass John mitfährt oder wenigstens für ein paar Tage Urlaub nimmt, um sie und Moritz zu besuchen. Er kann es leider noch nicht versprechen, da der Jahresurlaub für alle Mitarbeiter erst nach Beendigung und Fertigstellung der Baustelle von der Geschäftsleitung genehmigt wird. So wurde es vor Baubeginn vertraglich festgelegt und von allen Mitarbeitern unterzeichnet. Für viele Kollegen kam dies sehr gelegen, da sie nach Beendigung der Baustelle eine Fernreise, wie Australien oder Amerika, geplant haben. Judith fragt John nochmals, wann das Projekt laut Plan fertiggestellt werden soll. Er antwortet: „Es sind höchstens noch 15 Monate.“ Allein die Vorstellung, von John getrennt zu sein und seine Nähe nicht mehr zu spüren, ist für Judith furchtbar, und schon ist sie wieder den Tränen ganz nah. Sie versucht, jeden Gedanken, der mit dem Abschied von John zu tun hat, zu verdrängen. Dass der Tag kommen wird, ist leider nicht zu vermeiden und war auch vor Beginn ihrer Liebe bereits bekannt. Damals hat weder Judith noch John daran geglaubt, dass sich zwei Menschen auf den ersten Blick so unsterblich ineinander verlieben können. Das Leben bringt immer wieder neue Überraschungen, vor allem wenn es um starke Gefühle geht. Die kann man nicht einfach so abschütteln, schon gar nicht Judith, da sie schon als Kind sehr sensibel war.

Der Biergarten, der den Namen Krug zum grünen Kranze trägt, ist immer eine gute Adresse. Der Ausblick zur Saale und zur Burg Giebichenstein ist immer wieder sehr schön, eine wahre Augenweide. Dort lassen sich die Gäste bei netter Musik ein gutes Bier schmecken. Auch Judith und John genießen den frühen Abend bei milden Temperaturen im Freien. Johns Blicke wandern immer wieder zum Wasser der Saale. „Schau dir nur mal den Fluss an, er schäumt heute ganz extrem, vergleichbar mit einer Waschlauge. Außerdem bekomme ich den chemischen Geruch aus meiner Nase einfach nicht los." „Die Menschen, die hier leben, sind den Gestank gewöhnt, was auch für mich nichts Ungewöhnliches ist", gibt sie ihrem John zur Antwort. Dann lenkt sie ab und fragt, ob seine Kollegen wieder bestimmte Wünsche bezüglich diverser Ostartikel hätten. „Die bestellte Ware habe ich auf eine Liste geschrieben." Voller Neugier fragt sie, ob wieder Ferngläser auf dieser Liste stehen würden. Dieses Mal sind es auch Modelleisenbahnen (H0-spurig), Fotoapparate und etliche Bücher. „Es wird wieder ein gutes Geschäft für dich, mein Engel." Sie freut sich und sagt, dass sie sich dann ab sofort selbst mit diversen Produkten aus dem Westen aus dem Intershop eindecken wird. „Das schlag dir mal aus deinem süßen Kopf", erwidert John energisch, „bewahre das Geld besser für magere Zeiten auf. Es wird der Tag kommen, da wirst du diese Devisen ganz dringend benötigen." Sie schaut John verschmitzt an. „Du meinst, ich sollte es für den Fluchthelfer sparen." Entsetzt über diese Äußerung schaut John sie zornig an, denn er mag keine Witze über Dinge, die ihm verdammt ernst sind. „Illegaler Fluchtversuch nach dem Westen ist ein großes Risiko, das ist bekannt." „Deshalb mache ich auch Witze darüber", antwortet Judith, „weil das Verlassen meiner Heimat auf so eine Art und Weise einfach ein Tabuthema ist." John respektiert ihre Angst und sagt: „Ich werde mit Rudolf nächstes Jahr im September für ein neues Projekt in einer anderen Gegend eingesetzt." Judith versucht, das Thema zu wechseln, denn immer wenn die

Worte Trennung und Abschied fallen, wird ihr schwer ums Herz. Jeder Kummer und jeder Schmerz wirken sich gleich auf ihren Magen aus, der dann wie zugeschnürt ist und jegliche Mahlzeiten ablehnt. Genug geredet über das traurige Thema, sie schauen sich einander an und sind sich wieder auf Anhieb einig. So können sie den Abend im Biergarten noch sehr romantisch ausklingen lassen.

Als sie zu Hause ankommen, öffnet John den Kofferraum seines Autos und holt einen ganzen Stapel westlicher Zeitschriften heraus. „Die liegen schon eine ganze Woche versteckt in meinem Auto." Es ist zwar verboten, solche Lektüre auszuführen, aber wer hält sich schon daran? Voller Interesse schaut Judith auf den Stapel und überfliegt die Deckblätter. Es sind Zeitschriften von verschiedenen Verlagen, zum Beispiel Der Spiegel, Die Bunte, praline und Die Frau. Die Kosmetikzeitschrift Brigitte mit vielen Tipps will sie gleich anfangen zu lesen, da solche Zeitschriften bei der Bevölkerung in der DDR von großem Interesse sind. Er bittet Judith, diese Zeitschriften stets allein zu lesen und sie auf keinen Fall anderen Personen auszuhändigen. Es sind sehr interessante Themen, auch über die DDR, vor allem in dem Nachrichtenmagazin Der Spiegel und der Illustrierten Die Bunte. „Es sind hoch motivierte Journalisten, die um den ganzen Globus reisen und manchmal auch ihr Leben aufs Spiel setzen. Sie haben es sich zur Aufgabe gemacht, spannende und wichtige Ereignisse in der ganzen Welt einzufangen, um aktuelle Geschehnisse in der Öffentlichkeit zu dokumentieren. Deshalb sind diese Zeitschriften in der DDR verboten, weil die Berichterstattung auch öfter über die DDR handelt und vor allem der Wahrheit entspricht." Stundenlang könnte Judith ihrem John mit seinem feinen norddeutschen Dialekt zuhören, vor allem wenn er von dem anderen Teil Deutschlands erzählt und ihr diverse Tipps und Ratschläge gibt.

Heute ist wieder ein sehr hektischer Tag im Büro, die Dokumente liegen gestapelt auf dem Schreibtisch. Trotz der vielen Arbeit muss sich Herr Eisenmann die Zeit nehmen, jeden Montag mit der gesamten Belegschaft die geplante und vorgeschriebene politische Schulung durchzuführen. Er legt sehr großen Wert auf rege Beteiligung jedes Einzelnen. Es wird über die aktuellen Ereignisse in der Welt diskutiert und jeder soll seine Meinung darüber äußern. Bevor er mit der Schulung beginnt, stellt er eine neue Kollegin vor, die in der Abteilung „Sozialistisches Ausland" eingestellt wird, ihr Name ist Karla Janisch. Sie ist noch sehr jung und hat eine sympathische Ausstrahlung. Außerdem kündigt er an, dass im nächsten Monat eine weitere Person eingestellt wird. Sie kommt aus Berlin und wird seine Stellvertreterin. Es ist notwendig, da er oft unterwegs auf Geschäftsreise ist. Die Zentrale in Berlin hat dem Filialleiter diesbezüglich schon mehrmals Druck gemacht, er soll endlich einen Stellvertreter einstellen. Judith hält sich bei den Diskussionen stets sehr zurück. Sie liebt das Bunte, Schöne und Lebendige, aber das würde Herr Eisenmann vielleicht nicht verstehen. Andererseits berichtet er oft über seine ehemalige Arbeitsstelle in Jugoslawien. Er hat über viele Jahre in Belgrad als Attaché in der Botschaft der DDR gearbeitet. Manchmal erzählt er nebenbei von dem schönen Land, den gastfreundlichen Menschen und der atemberaubenden Landschaft.

Schon während er anfängt, von diesem Land zu erzählen, leuchten seine Augen. Es muss eine wunderschöne Zeit gewesen sein. Judith macht sich Gedanken, ob er innerlich vielleicht auch denkt, dass die Politik der grauen Betonköpfe vom Politbüro der DDR ihnen nur Lügen unterbreitet. Allerdings könnte er als Parteigenosse und Filialleiter der Außenhandelsbank sein tatsächliches Denken über die Partei niemals so offen zeigen. Er würde sofort seinen Job verlieren, es wäre vorbei mit seiner Karriere als leitender Angestellter. Während sich Judith bei den Diskussionen sehr im Hintergrund hält, reagiert Vera öfter sehr unbeherrscht, manchmal sogar unsachlich, sodass sie bereits wiederholt von Herrn Eisenmann abgemahnt wurde.

In der Mittagspause erzählt Vera, dass sie gemeinsam mit Rudolf die Sommerferien an den Masurischen Seenplatten in Polen verbringen will. Er hat sich schon nach einem guten Campingplatz direkt am See erkundigt. Urlauber aus den westlichen Ländern haben kaum Probleme, eine Aufenthaltsgenehmigung für Ostblockländer zu bekommen, da ihre Devisen immer sehr willkommen sind. Die Regierungen der gesamten Ostblockländer sind süchtig nach Devisen, allerdings müssen sich die Urlauber in der Zeit ihres Aufenthalts auch an die strengen Gesetze des Sozialismus halten. Judith wundert sich, John hatte ihr von der vereinbarten Urlaubssperre der gesamten Belegschaft berichtet. Sie erwähnt es nicht, da sie Veras Enttäuschung vermeiden will. „Dein Urlaub ist ja schon mit deiner Freundin aus Bützow verplant", meint Vera. Judith nickt mit dem Kopf und erwidert, dass John sie vielleicht ein paar Tage im Norden besuchen wird. Es gibt einige Hotels in Rostock-Warnemünde, zum Beispiel das große Neptun-Hotel. „Es war schon immer ein Traum von mir, ein ganzes Wochenende in diesem Luxushotel zu verbringen." Vera schüttelt den Kopf und sagt, dass in den Sommermonaten sämtliche Parteifunktionäre, auch hohe Offiziere der Staatssicherheit in dem Hotel ihren Urlaub verbringen. „Es soll überhaupt sehr streng bewacht werden, schon am Eingang wird jeder kontrolliert." „Da John mit der harten D-Mark bezahlen muss, wird alles wie geschmiert gehen." Vera lacht herzhaft. Sie erinnert Judith an die letzte Wismarreise, als sie von der Hotelchefin aufgefordert wurden, ihre Personalien auf dem Anmeldeformular auszufüllen, das hat alles seinen Grund. Ab sofort wissen die Staatsorgane, wo jeder Bürger seine Freizeit verbringt. Judith überlegt und stellt fest, dass Vera vollkommen recht hat. Sie erkennt ihre eigene Naivität.

Die neue Mitarbeiterin Karla wird intensiv von Vera eingearbeitet, sie sollen sich auch gegenseitig vertreten können, bei Ausfall wegen Krankheit oder Urlaub. So ist es nicht zu vermeiden, dass

Karla sich in der Mittagspause an die beiden Freundinnen hält. Es ist für Judith verständlich: Wenn eine neue Mitarbeiterin einer Kollegin zugeordnet wird, dann kümmert man sich auch in den Pausen um diese neue Mitarbeiterin. So ist es für Judith und Vera nicht mehr möglich, bei Anwesenheit von Karla so offen über ihre westdeutschen Freunde zu plaudern. Dies ändert sich, als Karla später offenlegt, dass sie mit einem Mann aus Jugoslawien befreundet sei, also nimmt sie es mit dem Sozialismus auch nicht so genau.

Nur noch wenige Tage, dann sind Ferien, Judith und Moritz können ihre Urlaubsreise antreten, was wiederum zwei Wochen Trennung von John bedeutet. Er hat ihr hoch und heilig versprochen, falls es mit seiner Baustelle in Leuna keine Probleme gibt, will er sie das letzte Wochenende in Warnemünde besuchen. Es wäre sehr schön, vor allem könnten sie sich den Strapazen der Bahn entziehen, da sie gemeinsam mit dem Auto nach Halle zurückfahren würden. Am letzten Schultag bekommt jedes Kind sein Abschlusszeugnis der absolvierten Klasse. Es wurde schon beim letzten Elternabend mit Freude bekannt gegeben, dass alle Schüler das Klassenziel erreicht haben. So werden sich die Kinder der Klasse 1a am ersten September vollzählig wiedersehen.

Beim Abendessen erzählt Judith von den vielen Bankgeschäften, die über ihren Schreibtisch laufen. Sie versteht nicht, weshalb die Iraner, überhaupt der Nahe Osten, so viele Produkte aus der DDR kaufen, vor allem chemische Stoffe, auch Maschinen. Es werden am häufigsten Inkassogeschäfte in VE abgerechnet. Außer Überseegeschäfte, die werden in Akkreditiven mit der Währung in US-Dollar laut Zahlungsbedingungen abgerechnet. John fragt Judith, was VE in der Handelssprache bedeutet. Sie antwortet, VE oder Clearing bedeutet „Verrechnung mit anderen Waren“. Der Kunde bekommt die bestellten Produkte und die DDR bekommt dafür andere Waren. Es kann auch passieren, dass die DDR ihre eigenen exportierten Waren wieder zurückkauft, allerdings viel billiger, das heißt in der Banksprache „Reexport". Je mehr Judith von ihrer Tätigkeit bei der Bank erzählt, umso deutlicher wird es für John, dass seine Liebste in einem Staatsapparat der DDR arbeitet. Sie gehört der Gruppierung der „Geheimnisträger" an und wird niemals die Chance haben, legal in den Westen auszureisen. John findet, das ist ein gutes Tauschgeschäft, denn er weiß genau, wie arm der ostdeutsche Markt an Rohstoffen ist, vor allem sollten die Supermärkte den Verbrauchern viel mehr gesunde Kost anbieten können. Man muss gute Beziehungen haben, um bei gewisser Mangelware auch etwas abzubekommen. John sagt: „Jetzt bin ich hier und werde euch, solange es möglich ist, mit sämtlichen Mangelprodukten versorgen. Dafür will ich auch keine permanenten Dankesreden, denn ich betrachte euch wie meine eigene Familie." Bei diesen Worten von John stehen Judith erneut die Tränen in den Augen, er hat es so rührend rübergebracht. Mein Gott, denkt Judith, dieser schöne Mann wurde mir vom Himmel geschickt! Ihre innere Unruhe und die schlaflosen Nächte wird sie einfach nicht los. Sie schaut ihren Liebsten traurig an und flüstert ihm leise ins Ohr: „Ist unsere Liebe wirklich das große Glück? Oder ist es vielleicht das größte Unglück, das uns jemals zustoßen konnte?" Entsetzt über diese Worte umarmt er seine Judith und hält sie ganz innig fest. „Unsere Begegnung darf niemals als Unglück betrachtet werden, der liebe Gott hat uns beide zusammengebracht, es liegt allein an uns, wie wir mit dem Glück umgehen. Ich werde euch auf alle Fälle in Warnemünde besuchen."

Der erste Urlaubstag beginnt mit Regenschauern, was aber nicht heißt, dass die ganzen zwei Wochen Urlaub verregnet sein müssen. Der Wetterbericht hat für die nächsten Tage sehr viel Sonnenschein vorausgesagt. Im Bahnhofsgebäude ertönt von Weitem Angelas Stimme, die laut den Namen von Judith und Moritz ruft und sie mit einem herzlichen Willkommensgruß in Bützow begrüßt. „Der Zug aus Halle hatte leider fast eine Stunde Verspätung", entschuldigt sich Judith nach der herzlichen Begrüßung der Freundin. So fahren sie gleich in ihre Wohnung, wo Angelas Mutter mit einem feinen Essen auf die Gäste wartet. „Der Campingwagen ist erst ab dem nächsten Tag für uns reserviert, so können wir noch einen schönen Tag in Bützow verbringen. Morgen fährt uns mein Bruder mit dem Auto auf den Campingplatz und wir haben keinen Stress", sagt Angela zu Judith. Eigentlich war es auch so geplant, denn Judith hatte im letzten Jahr ihre Freundin Angela nach Halle eingeladen und ihr die Stadt präsentiert. Angela war entsetzt über die Bruchbude, in der Judith und Moritz leben, aber auch begeistert über die vielen schönen Sehenswürdigkeiten, welche die Stadt Halle zu bieten hat. Jetzt übernimmt Angela die Rolle der Reiseführerin oder, besser ausgedrückt, die Funktion einer Botanikerin.

Bützow ist ein ländliches Gebiet und hat unwahrscheinlich viele schöne Sehenswürdigkeiten, was die Natur angeht, vor allem die gesunde Luft kann mit einer Industriestadt wie Halle gar nicht verglichen werden. Judith würde sofort mit ihr tauschen, denn es gibt für sie nichts Schöneres als saubere ländliche Luft und Natur. Für Angela ist es eher umgekehrt, sie würde sehr viel lieber in einer Großstadt wohnen, schon allein wegen des Warenangebots in den Geschäften. Die Großstädte werden viel besser beliefert als die Provinz. Sämtliche Freizeitvergnügen, Theater, Kino und Tanzlokale, was für junge Leute sehr wichtig ist, gibt es in ländlichen Gebieten wenig.

Am nächsten Tag fahren alle gemeinsam zum Zeltplatz in der Nähe des Kurorts Warnemünde. Moritz kann es gar nicht erwarten, am Ostseestrand zu spielen, vielleicht auch im Wasser zu planschen, falls es nicht zu kalt ist. Die beiden Frauen unterhalten sich über Dinge, die in ihrem Leben gerade von Bedeutung sind.

Für Angela steht das Krankenhaus an erster Stelle, den Beruf als

Oberschwester übt sie mit voller Leidenschaft aus. „Das verdient hohen Respekt, aber was ist mit deinem Privatleben, Angie?" „Ich habe zurzeit keinen Freund", erwidert Angela, „und deshalb ist die Arbeit für mich sehr wichtig und füllt mich aus. – Wie sieht es bei dir aus?" Judith stockt etwas und dann fängt sie an, wie ein Wasserfall über ihre große Liebe zu erzählen, die Johannes mit Vornamen heißt. Für Angela ist es ohne Zweifel eine Beziehung ohne Happy End, deshalb versucht sie, es Judith zu erklären. „Diese Liebe ist nicht gut und bringt nur Probleme, es war ein Fehler, sich mit diesem Mann einzulassen." Judith ist entsetzt über diese Worte von Angela und antwortet, dass sie noch nie so einen feinen Mann kennengelernt hat, der alle wünschenswerten Eigenschaften besitzt, zum Beispiel Wärme, Intelligenz und Schönheit. „Und er riecht so verdammt gut!" „Bei uns gibt es auch tolle Männer, glaube mir, Judith, warum denn immer in die Ferne schweifen?" „Wieso ist dir dann noch nie ein Mann mit diesen Charaktereigenschaften über den Weg gelaufen?", fragt Judith Angela. Judith merkt schnell, dass sie das Thema unbedingt abbrechen muss. Mein Gott, wie Angela redet! Sie ist eine richtige überzeugte und linientreue Staatsbürgerin der DDR. Wieso habe ich das nicht schon vorher gemerkt?, denkt Judith. Es ist also unmöglich, sie mit einem westdeutschen Freund zu überzeugen. Vor diesem Hintergrund wäre es nicht gut, wenn John sie besuchen käme, deshalb ruft sie ihn noch am gleichen Abend in seinem Büro in Halle an und schildert die ganze Angelegenheit; er hat wie immer sehr großes Verständnis für diese Situation. Es herrscht eben immer noch der Kalte Krieg zwischen BRD und DDR.

Die Vorhersage für das schöne Wetter in den nächsten Tagen bestätigt sich. Es wird jeden Tag wärmer, das Thermometer zeigt jetzt schon 28 Grad an. Die Ostsee hat sich durch die zunehmende Kraft der Sonne schnell auf 20 Grad erwärmt. Für viele Urlauber ist das Wasser aber trotzdem noch viel zu kalt. Judith und Angela sind abgehärtet, diese Temperaturen sind für richtige Schwimmer genau richtig, deshalb stürzen sie sich in die erfrischenden Fluten und schwimmen bis an die Bojen. Auch Angela hat damals im Ferienlager und in Kurheimen als Rettungsschwimmerin gedient. Nebenbei erzählt Judith ihrer Freundin Angela, dass ihr Freund John aus Westdeutschland sie vielleicht hier besuchen will. „Wir möchten unbedingt das letzte Urlaubswochenende im Neptun-Hotel verbringen, davon habe ich immer geträumt. Wir lassen dich tagsüber nicht allein und unternehmen alles gemeinsam." Angela ist es nicht so recht und sie antwortet: „Es ist nicht so einfach, ein Zimmer in diesem Hotel zu bekommen, da die Sommerferien begonnen haben. Es ist auch bekannt, dass im Sozialismus aus moralischen Gründen nur verheiratete Paare ein Hotelzimmer bewohnen dürfen." „Bei harten Devisen denkt keiner mehr an die strengen Auflagen, da zählt nur noch das Geld", erwidert Judith. „John muss nur mit seiner Landeswährung bezahlen und alles geht wie am Schnürchen." „Ich fasse es nicht, dass du so naiv bist!", reagiert Angela fast explosiv. „Die kassieren die Währung und observieren trotzdem jeden Gast aus dem Westen wegen Spionagetätigkeiten. Das Neptun-Hotel ist ziemlich bekannt für seine Überwachung, weil u. a. sehr viele Gäste aus den skandinavischen Ländern das Hotel besuchen. Letztes Jahr kamen auch viele prominente Politiker aus Hamburg und checkten im Neptun-Hotel ein. Jeder Gast wird in diesem Hotel beobachtet und überdies gefilmt, das hat alles seinen Grund. Wenn ihr euch als Paar präsentiert und ihnen bekannt wird, dass du Staatsbürgerin der DDR bist, dann läuten bei den Sicherheitsorganen die Alarmglocken. Sie werden euch rund um die Uhr beobachten und verfolgen. Du riskierst deinen Job bei der Bank und mit der Ruhe und deinem idyllischen Leben ist es in diesem Staat vorbei." „Woher bist du so gut informiert?", fragt Judith ihre Freundin. „Bist du vielleicht auch Genosse oder eine von denen?" Angela schüttelt den Kopf und sagt, dass ihr Bruder wegen Westmusik in den Fängen der Stasi war. Er spielt in einer Band und hatte die Auflagen nicht so richtig registriert und bei einer Tanzveranstaltung mehr Westmusik gespielt als erlaubt war. Es ist nur eine Kleinigkeit gewesen, aber die gesamte Musikband hatte sehr großen Ärger mit den Staatsorganen bekommen." Judith reagiert zornig und erklärt Angela, dass John das Zimmer allein für sich als Tourist buchen würde, so klug seien sie auch. „Ich bin wahnsinnig glücklich mit ihm, ein anderer Mann kommt für mich einfach nicht mehr infrage." Angela nickt bedrückt und zeigt etwas mehr Verständnis für Judiths Gefühle.

Sie versucht, Judith davon zu überzeugen, den Urlaub mit John in einem sozialistischen Ausland zu verbringen, da es dort nicht so riskant wäre und nicht so streng mit den Überprüfungen zuginge. „Mein Gott, was ist das nur für ein Verbrechen, einen Mann aus dem Westen zu lieben?!", fragt Judith. „Durch unsere Beziehung kommt kein einziger Mensch zu Schaden, es erinnert an die Geschichte von Romeo und Julia, aber so enden wollen wir nicht." „Der Kapitalismus ist nun mal unser Feind." „Aber nicht in meinen Augen", antwortet Judith, „dazu duftet er viel zu gut." „Die Substanzen dieser guten Düfte können auch giftig sein." Jetzt muss Angela über ihre eigenen Äußerungen schmunzeln. „Morgen gehen wir ganz groß aus, und zwar ins Neptun-Hotel", schlägt Judith vor. Ihre Freundin Angela ist sofort einverstanden, dann kann sich Judith ein eigenes Bild von dem Hotel mit seinem Überwachungssystem machen.

Es herrscht eine schöne und angenehme Atmosphäre in dem Hotel Neptun und das Lokal ist sehr edel und kreativ eingerichtet. Die beiden Freundinnen und Moritz haben Glück und bekommen, ohne vorher reserviert zu haben, einen schönen Tisch mit direktem Blick zur Mole. Eigentlich ist es verständlich, dass die meisten Urlauber nicht gern in dem Hotel, das sie bewohnen, zu Abend speisen. Sie besuchen lieber kleine gemütliche Fischerklausen, um fangfrischen Fisch zu speisen. Es gibt viele urgemütliche Seemannstavernen sowie auch ein besonderes Restaurant mit der Bezeichnung Teepott in Warnemünde. Trotzdem ist es verwunderlich, dass nur eine Mindestzahl von Urlaubern in dem Hotel verweilt, und das auch noch zur Ferienzeit. Angela beobachtet die vorbeigehenden Menschen und weist Judith dezent darauf hin, wer von ihnen zu den zivilen Staatsorganen gehört. Es ist eigentlich nicht zu übersehen, die Mehrzahl dieser Leute ist mit grauen Anzügen bekleidet und hat irgendwie die gleichen Gesichtszüge. Die beiden Freundinnen stehen etwas abseits, blicken permanent zu den Eingängen des Hotels und inspizieren jeden Gast. Sie verhalten sich sehr ruhig und versuchen, gegenüber den Gästen unauffällig zu wirken, aber es klappt nicht immer. Für Judith ist nun klar, sie kann auf keinen Fall mit John in diesem Hotel übernachten. Es war eine gute Idee, John anzurufen, um zu verhindern, dass er anreist, ihre Beziehung zu ihm wäre sofort aufgeflogen. Sie hatte ja auch nur mal testen wollen, wie Angie auf den Besuch von John reagiert hätte. Sie entdecken jetzt auch die installierten Kameras an den Türen, sogar die Deckenbeleuchtungen sind mit Kameras bestückt. „Wieso eigentlich so strenge Überwachungsmethoden? Wir leben doch in einem friedlichen Land?!" „Vielleicht sind die Zimmer auch mit Abhörgeräten und Kameras versehen, wie in einem Spionagefilm, alle Geräusche aus sämtlichen Zimmern werden aufgezeichnet." Darüber müssen die Frauen nun doch herzhaft lachen, an solche perversen Sachen glauben sie nun wirklich nicht.

Angela erklärt Judith, dass es an den Küsten im Winter viele Randale unter Jugendlichen und Urlaubern gibt. „Sie schrecken auch nicht vor Diebstahl zurück und wenn du dich mal richtig umschaust, gibt es viele Dinge, womit jeder Gast auch gern sein Haus oder seine Wohnung schmücken würde." Das kann Judith gut nachvollziehen, allein die Lampen sind ein Schmuckstück; die Dekoration auf den Tischen ist ebenfalls sehr ansprechend.

Es gibt auch Leute, die wertvolle Bestecke mitgehen lassen. „Das kommt mir sehr bekannt vor", gibt Judith zur Antwort. „Rolli hat auch schon mal zwei Gläser aus einem Restaurant mitgehen lassen, bei einem gemeinsamen Urlaub im Erzgebirge. Es war aber ein Notdiebstahl, denn uns fehlte in dem gebuchten Bungalow das notwendige Geschirr, vor allem Gläser." Während sie sich unterhalten, kommt die Kellnerin und nimmt die Bestellung auf. Es dauert nicht lange, bis sie ihre gewünschten Speisen bekommen. Das ist sehr ungewöhnlich, üblicherweise dauert es immer eine ganze Zeit lang, bis das Essen endlich serviert wird. Vielleicht liegt es an Moritz, er ist vor Hunger und Langeweile schon sehr unruhig geworden. Judith schaut auf die Uhr und ihr fällt ein, dass sie unbedingt noch mit John telefonieren will. Es gibt im Hotel mehrere Telefonkabinen mit Direktwahl für die ganze DDR, nur Gespräche ins Ausland müssen an der Rezeption angemeldet werden. „Ich versuche, John in seinem Büro auf der Baustelle in Buna zu erreichen", teilt sie Angela mit.

Sie eilt in eine freie Telefonzelle. Sie hat Glück, John ist noch in seinem Büro, so kann sie ihm nochmals kurz erklären, dass es mit dem Besuch im Neptun-Hotel eine Katastrophe gewesen wäre, mehr will Judith am Telefon nicht erzählen. John hat großes Verständnis und antwortet: „Alles klar, mein Engel, ich werde nach Hause fahren, auch noch frische Lebensmittel einkaufen. Nächste Woche sehen wir uns wieder, worauf ich mich wahnsinnig freue." „Mir geht es ebenso", antwortet Judith erleichtert und legt den Hörer auf.

Sie genießt noch mit Angela und Moritz die Urlaubstage, zumal auch das Wetter ganz wunderbar mitspielt.

Als Judith vor ihrer Wohnungstür steht, spürt sie, wie schnell ihr Herz vor lauter Aufregung rast. Dass ihr geliebter John bereits in der Wohnung ist, hat sie schon an seinem abgestellten Auto gesehen. Sie hat die Tür noch nicht richtig geöffnet, da kommt ihr

Schatz sofort aus dem Wohnzimmer gerannt und begrüßt sie mit einem wunderschönen Rosenstrauß. Er umarmt beide so herzlich, dass Judith gleich wieder die Tränen kullern. „Nicht weinen", tröstet John seine Judith, „wir sind doch wieder zusammen." Moritz schaut seine Mutter verwundert an und sagt ganz ernst: „Mami, du bist wie die dicke Carmen aus meiner Klasse, sie ist auch eine richtige Heulsuse." Bei dieser witzigen Äußerung von Moritz kann John sich ein Lachen nicht verkneifen, und schon sind Judiths Freudentränen verflogen. „Es ist so schön, euch wiederzuhaben." Moritz klammert sich fest an Johns Arme, die er gar nicht mehr loslassen will. Der Gedanke, eines Tages die beiden geliebten Menschen nicht mehr zu sehen, bereitet John ebenfalls Wehmut und Schmerz.

Moritz fängt gleich an, wie ein Wasserfall von seinen vielen Eindrücken zu erzählen, die er aus dem Urlaub mitgebracht hat. John hört ihm gespannt zu. Er erzählt ebenfalls, was sich in den zwei Wochen, hauptsächlich in seiner Firma, abgespielt hat. „Es ist sehr wahrscheinlich, dass das Projekt in Buna sehr viel früher fertiggestellt wird. Die Leute arbeiten schnell und leisten sehr viele Überstunden. Der Chef hat allen Kollegen bei vorzeitiger Fertigstellung der Baustelle eine Extraprämie versprochen." „Was heißt das?", fragt Judith, obwohl sie die Antwort weiß. Er unterbricht sie sofort, auf diese Frage möchte er auf keinen Fall antworten, da sein Herz bei dem Gedanken einer Trennung ebenfalls schmerzt. So wechselt er das Thema und fragt, wie es mit dem Hunger aussehe, er hat ein herrliches Menü gezaubert. „Bevor es kalt wird, fangen wir lieber mit dem Essen an." Es gibt als Vorspeise eine Thaisuppe, danach als Hauptgericht gebratene Putenbrust mit Reis und Gemüse und als Nachtisch gibt es noch eine gebackene Banane mit Vanilleeis und einem Schlag Sahne darauf.

Die Fröhlichkeit ist zurückgekehrt und Judith berichtet, wie der Urlaub war. Sie erzählt von den vielen kleinen Kameras im Neptun-Hotel, die angeblich wegen Randalierern oder Diebstahl angebracht wurden. „Du glaubst wirklich an solche Märchen?", fragt John. „Sie sind wegen der Gäste aus dem Feindesland angebracht. Glaube mir, Judith, wenn wir in diesem Hotel ein Wochenende zusammen verbracht hätten, wärst du im Visier der Staatssicherheit und deine berufliche Tätigkeit bei der Bank wäre in Gefahr. Ich habe letztes Wochenende einen ehemaligen Schulkameraden aufgesucht. Er arbeitet als Journalist bei dem Sender RIAS in Westberlin, er kennt sich sehr gut mit den Geheimdiensten in der DDR aus. Er hat mir unvorstellbare Dinge über das Regime, vor allem über die Staatssicherheit, erzählt, deren Arbeitsweise sehr intransparent und hoch professionell vonstattengeht. Zum Beispiel wird jeder Bundesbürger beim Abfertigen an der Grenze gefilmt und mit Fotos festgehalten. Kein einziger Bürger bekommt diese Überwachung zu spüren, was in der Fachsprache der Stasi „filtrieren" heißt. Das Neptun-Hotel, sowie auch andere Interhotels der DDR, ist ein beliebter Treffpunkt für Ost- und Westkontakte, da viele Verbindungen in jenen Einrichtungen geknüpft werden, das bedeutet viel Arbeit für die unsichtbare Geheimpolizei. Für Politiker aus dem Westen ist das Neptun-Hotel eine gute Adresse, um streng geheime Geschäfte abzuschließen." Jetzt geht Judith ein Licht auf. Sie berichtet, dass jenes Hotel gar nicht voll belegt war. „Wahrscheinlich wird die Überzahl der Zimmer für Gäste mit westlicher Währung freigehalten." Für Judith klingt das alles so unwirklich wie in einem James-Bond-Thriller.

Die Ferienzeit ist vorbei, für Moritz beginnt das neue Schuljahr, er kommt jetzt in die zweite Klasse. Bei der Außenhandelsbank hat sich nicht viel verändert, nur die Politikschulungen werden jetzt jeden Montag etwas mehr ausgedehnt. Es ist für Judith und Vera derart langweilig und nervig, wenn Herr Eisenmann von dem Parteitag und der hundertprozentigen Planerfüllung in den Großbetrieben erzählt. Manchmal fallen Vera sogar bei dem vielen Schmalzgerede die Augen zu, Judith kann sich nur schwer das

Schmunzeln verkneifen. Sie wurden oft aufgefordert, mehr Interesse und rege Beteiligung an den Diskussionen zu zeigen, aber ohne Erfolg.

„Wie habt ihr den Urlaub verbracht?“, fragt Judith ihre Freundin Vera. Die antwortet, dass Rudolf sein Boot am Süßen See hat, und so verbrachten sie ihre Sommerferien in Seeberg. Die Polenreise ist auf das kommende Jahr verschoben. Karla, jene neue Kollegin, erzählt, dass sie mit ihrer Schulfreundin in Bulgarien am Schwarzen Meer war. So schwärmt jeder von seinen aufregenden Urlaubseindrücken. „Was wünschst du dir eigentlich von John zu deinem Geburtstag nächste Woche?“, fragt Vera. Judith antwortet: „Eine Fahrkarte nach Hamburg oder auf die Insel Helgoland.“ Sie lachen herzhaft. „Da wirst du noch bis zum Rentenalter warten müssen, das sind noch dreieinhalb Jahrzehnte.“ Das findet Judith eigentlich nicht lustig, im Gegenteil, langsam verspürt sie einen Hass auf das gesamte Regime, der sich immer mehr in ihrem Kopf verfestigt. „Ich habe alle sozialistischen Länder bereist und irgendwann möchte ich die ganze Welt sehen, wieso verbietet ein kleiner Staat wie die DDR seinen Leuten das Reisen?“ „Das steht in den Sternen geschrieben“, antworten Karla und Vera. „Solche Reisen könnten wir mit unserer Ostwährung gar nicht bezahlen.“

Judith erzählt von dem Hotel in Warnemünde, vor allem davon, dass es total überwacht wird. Karla wundert sich und fragt, woher sie dieses Wissen habe. Sie antwortet: „Man benötigt nur gesunde Augen und einen klaren Blick, dann sieht man die eingebauten Kameras. Es gibt verschiedene Ausführungen, manche sehen wie kleine schwarze Druckknöpfe aus. Am Eingang sind große und bewegliche Objekte installiert.“ Ihre Freundin Angela hatte sie überhaupt erst darauf aufmerksam gemacht, allerdings mit der Begründung, sie würden zur Vorbeugung gegen Einbrüche und Randalierer dienen. „Deshalb habe ich auch John von dieser Reise abgeraten, denn er wollte eigentlich mit mir die letzten Urlaubstage im Neptun-Hotel verbringen." „Das war sehr klug von dir", antwortet Vera. „Wie planst du deine Feier nächste Woche?" Judith antwortet, dass dies die beste Gelegenheit sei, John endlich den Eltern und Geschwistern vorzustellen. „Meine Schwester Rosi wird auf alle Fälle nicht dabei sein, da sie keinen Kontakt mit Westbürgern haben darf." „Westprodukte wird sie bestimmt nicht abschlagen", sagt Vera daraufhin etwas zynisch. „Die roten überzeugten Parteibonzen halten bei solchen Produkten die Hände sogar richtig auf." „Es ist schon eine blöde Welt", sagt Judith, „aber es ist nicht zu ändern, ich respektiere ihre Einstellung." „Du bist eben ein guter Mensch und hoffentlich wird dir das von deinen Angehörigen auch alles mal gedankt." „Das hoffe ich", antwortet Judith. „Du weißt schon, dass die Arbeit von Rudolf und John bereits nächstes Jahr im Juni beendet ist?" Mit Entsetzen schaut Vera ihre Freundin an. „Nein, darüber weiß ich noch gar nichts. Rudolf hat mit mir noch nicht darüber gesprochen." „John hat es mir gestern Abend gebeichtet. Noch knapp zehn Monate, die werden sehr schnell vergehen", sagt Judith. „Ich war auch erschrocken, der Gedanke, wieder allein mit Moritz, ohne John, im Bett einzuschlafen, ist für mich verdammt schmerzhaft", und schon rollen wieder die Tränen. „Ich kann nicht bis heute Abend warten, ich rufe Rudolf gleich an." Vera eilt zum Telefon, sie hat Glück, er ist sofort am Apparat. „Ich kann jetzt nicht sprechen", antwortet Rudolf, „wir reden heute Abend über das Thema, ich muss gleich zu einer Besprechung."

Als Judith die Augen öffnet, strömt ihr wie jeden Morgen ein frischer Kaffeeduft entgegen. Moritz liegt auch nicht mehr in seinem Bett, obwohl heute Samstag ist. Eigentlich ist sie noch müde, aber dann kommen ihre beiden Männer und rufen: „Du willst doch nicht an deinem Geburtstag so lange im Bett liegen bleiben, oder?" Erst gratuliert Moritz seiner Mutter ganz herzlich und danach wünscht auch John ihr alles Liebe und Gute und umarmt sie wie immer zärtlich. Als sie ins Wohnzimmer kommt und den herrlich gedeckten Tisch sieht, ist Judith überwältigt. „Ich habe den Tisch zusammen mit John gedeckt", sagt Moritz und Judith lobt ihn sehr. „Nach dem Frühstück kannst du in Ruhe alle Geschenke auspacken, hoffentlich habe ich deinen Geschmack getroffen." Sie ist ganz aufgeregt vor Freude und will unbedingt die bunt verpackten Pakete öffnen, aber John wendet ein: „Erst wird in Ruhe das Frühstück eingenommen." Für Judith ist das Glück perfekt, ihre letzten Geburtstage sind immer ziemlich langweilig verlaufen.

„Mein Gott, ist das eine schöne Kette, und der passende goldene Ring dazu, was für ein Glanz!" Judith ist ganz überwältigt vor Freude und bedankt sich immer wieder bei ihrem John. Der möchte diese vielen Gesten des Dankes nicht immer wieder hören. Es ist für ihn selbstverständlich, seine große Liebe zu verwöhnen und mit Geschenken zu überschütten. „Es ist traurig genug, dass ihr eingesperrt in einem Staat lebt, in dem die Häuser immer mehr zerfallen." Es ist für John jedes Mal erschreckend, dass auch seine Judith mit ihrem kleinen Sohn Moritz in solch einem katastrophalen Haus wohnen muss. Er bekommt bei diesem Anblick eine wahnsinnige Wut, überlegt Tag und Nacht, wie er seine Judith überzeugen kann, aus diesem umweltvergifteten Staat zu flüchten, um ihr und Moritz eine bessere Zukunft zu bieten. Es muss doch irgendeinen Weg geben, diese Aktion ohne Schwierigkeiten und Gefahr umzusetzen. Er nimmt sich fest vor, noch mal diese Verbindungsperson, die sich in Flüchtlingsfragen auskennt, aufzusuchen.

Pünktlich um 16.00 Uhr erscheinen die Eltern und die Geschwister zum Kaffee. Sie begrüßen John mit einer ausgesprochenen Freundlichkeit, nicht ohne den Satz auszulassen: „Nett, Sie kennenzulernen!" – „Ganz meinerseits", erwidert John in seiner vornehmen und respektvollen Art.

Die Geschwister sind ganz entzückt über so viel Charme und

Freundlichkeit. Die Eltern von Judith verstehen sich auf Anhieb mit John, so verläuft der Geburtstag sehr harmonisch und lustig zugleich. Nur eine Sache war Judith sehr peinlich, als ihr Schwager schon nach kurzer Zeit über seine teure Plattensammlung berichtete. Sie wusste sofort, dass er jetzt einen Wunsch äußern würde. Ihre Vermutung bestätigte sich, schon nach kurzer Zeit fragte er John, ob es möglich sei, eine Langspielplatte von der Band The Rolling Stones zu besorgen. John nickte mit dem Kopf und antwortete mit einem verschmitzten Lächeln: „Besorgen kann ich sie nicht, aber käuflich erwerben." Er fragte, ob er über Devisen verfüge, jene Musikplatte von dieser Band koste mindestens 30,00 DM. Ihr Schwager verneinte und antwortete, dass er nur mit DDR-Mark zahlen könne. Judith wäre vor Scham am liebsten im Erdboden versunken, auch die Eltern schauten etwas zornig, Bettelgesten mögen sie nicht. John hat großes Verständnis für Menschen aus Ländern ohne Devisen, die jede Gelegenheit nutzen, um bestimmte Westartikel zu erwerben. Schwester Heide ist der Wunsch ihres Mannes eine Selbstverständlichkeit. Judith ist froh, dass ihre Eltern jetzt nicht mehr negativ über ihre Verbindung mit John denken.

Als Vera das Büro von Judith betritt, kann Judith an Veras Gesichtsausdruck sofort erkennen, dass Rudolf ebenfalls mit ihr über das Abnahmedatum des Projektes geredet hat. Vera sagt zu Judith, dass es furchtbar war, vor allem, wie selbstverständlich Rudolf erwähnt hat, dass nach der Fertigstellung des Projektes die Abreise in Richtung Heimat gehe. „Es war uns beiden bekannt, dass sie nach Beendigung der Arbeit wieder nach Hause fahren müssen", antwortet Judith mit einer melancholischen Stimme und Tränen in den Augen. In diesem Augenblick kommt Karla, die neue Mitarbeiterin, herein. Sie wechseln sofort das Thema. Es ist ihnen nicht recht, wenn die neue Mitarbeiterin alles über ihr Privatleben mitbekommt. Es sind nur noch zehn Monate und die werden sehr schnell vorbei sein. „Alles, was atemberaubend ist, geht zügig vorbei, das ist immer so", sagt Judith, „deshalb werden wir die Zeit, die uns bleibt, in vollen Zügen genießen. Zum Beispiel fahren wir morgen erneut nach Leipzig zu einem guten Essen, und danach ist wieder Tanzen angesagt." Vera nickt mit dem Kopf und sagt: „Wir sind natürlich auch dabei." Sie kann ihre Freundin sehr gut verstehen, auch ihr Herz schmerzte, als Rudolf sie über den vorzeitigen Terminabschluss und die Übergabe der Bauprojekte informiert hat.

Als Judith nach Hause kommt, ist Moritz schon fleißig dabei, seine Schulaufgaben zu erledigen. Er will unbedingt mit seinen Schulkameraden zum Pioniernachmittag gehen. Es wird ein Schachkurs angeboten, das interessiert Moritz und seinen Freund sehr. Judith hat keine Einwände, so kann sie in Ruhe ihren Hausputz erledigen. Sie ist froh, dass die Schule nur zwei Kilometer von ihrem Haus entfernt ist und die Gegend auch keine große Straßenverkehrsdichte aufweist. Als John kommt, trinken sie wie jeden Tag gemütlich Kaffee und berichten einander, was sich am Tag so ereignet hat. John hat immer so viele Dinge zu berichten, vor allem was auf seiner Baustelle in Buna alles so passiert. Wenn er von seinen vielen Auslandseinsätzen erzählt und dabei seine Fotosammlung zeigt, könnte Judith in Träume versinken. „Glaubst du mir jetzt endlich, dass ein Leben in diesem Land, wo auch noch die Hauptstadt Berlin von einer dicken Betonmauer umgeben ist, einfach unmöglich ist?" Judith antwortet: „Die Mauer ist eine Grenze, die angeblich vor feindlichen Angriffen schützen soll." Darüber muss John so herzhaft lachen, dass Judith ein wenig zornig reagiert; sie versucht, ihre Variante und Ansicht zu erklären. „Hier gammeln keine Drogenabhängigen auf den Straßen, Brücken und Bahnhöfen herum. Hier herrscht Zucht und Ordnung, mein Schatz!" „Na klar, mein Engel, wie im Dritten Reich bei der Gestapo und SS. Ich will euch auf alle Fälle hier raus haben, ich werde dich schon noch davon überzeugen. Das mit der Drogenabhängigkeit stimmt, aber das sind nur schwache und kranke Personengruppen. Du kannst dir selber aussuchen, in welcher Stadt oder in welchem Land du leben möchtest. Keine Versorgungsengpässe in den Geschäften, vor allem werdet ihr keine vergiftete Luft mehr einatmen müssen. Moritz wird seine Bronchitis hier niemals loswerden. Wie kann ein Staat, der sich in der ganzen Welt als menschenfreundlich bezeichnet, zulassen, dass eine fleißige und junge Frau mit ihrem kleinen Sohn seit vielen Jahren in solch einem zerfallenen Haus mit defekten Sanitär- und Elektroanlagen, wie man sie vor 40 Jahren hatte, wohnen lässt?!" „Da hast du recht!"

Die Tage und Wochen vergehen sehr schnell, bereits an den Blättern ist zu erkennen, dass der goldene Herbst begonnen hat. „Es wird nicht mehr lange dauern und der nasskalte Winter wird auch hier seinen Einzug halten", sagt Judith wehmütig zu John. „Dann ist eben viel Kuscheln angesagt, das ist auch sehr schön." Sofort nimmt er Judith in seine Arme. „Du darfst das, was von Mutter Natur gesteuert wird, nicht negativ beurteilen. Es kann in Europa nicht immer Sommer sein, das wäre auch total langweilig." „Das stimmt. Jede Jahreszeit hat ihre schönen Seiten, als Kinder haben wir jede Jahreszeit herbeigesehnt. Im Herbst wurden Kastanien gesammelt, jeder Schüler sollte aus dieser braunen Frucht irgendwelche Figuren zaubern, und wer am ideenreichsten war, wurde mit einer guten Note im Fach Biologie ausgezeichnet. In den Wintermonaten mit viel Schnee wurden vonseiten der Schulleitung viele Sportveranstaltungen organisiert. Außerdem war die Vorweihnachtszeit mit vielen Überraschungen verbunden. Die leckeren Düfte aus sämtlichen Backstuben haben dazu gedient, die Einstimmung auf das Fest so richtig zu versüßen." „Erzähle weiter, mein Engel, ich kann dir stundenlang zuhören, wenn du in deinem süßen Dialekt über die Zeit aus deiner Kindheit und Jugend plauderst. Deine Erzählungen sprudeln immer mit einer derart großen Begeisterung zu mir herüber, dass es eine Wonne ist." „Es war auch tatsächlich schön und wir haben unsere Freizeit nie sinnlos verbracht. Hier versucht jeder, dem anderen zu helfen, vor allem bei der Beschaffung irgendwelcher Konsumgüter, die hier Mangelware sind. Wenn unser Staat auch in den Besitz der Amerikaner gekommen wäre, hätte unser Leben auch mehr Qualität. Die Siegermächte vom Zweiten Weltkrieg waren sich einig, dass niemals wieder ein gesamtes Deutschland existieren soll, deshalb die Teilung und die Mauer. Es gab sogar mächtig viel Streit bei der Länderverteilung um Berlin." „Das stimmt", bestätigt John. Er erinnert sich an die Luftbrücke, wo Rosinenbomber ganz Berlin versorgt haben, eine Meisterleistung. „Du bist gut informiert, was deutsche Geschichte angeht", sagt John. Sie erwidert: „Meine Eltern waren Flüchtlinge aus Ostpreußen und haben durch den verlorenen Krieg ihre Heimat verloren, auch ihr Baby, mein Bruder, ist qualvoll verhungert. Sie haben uns oft diese grausamen Erlebnisse erzählt." John ist gerührt. „Das tut mir schrecklich leid, mein Engel, jeder Krieg bringt großes Leid über die Menschen, vor allem bei der Zivilbevölkerung."

„Der Wunsch meiner Eltern war immer, die Familie zusammenzuhalten." Johns Gesicht verfinstert sich etwas. „Hoffentlich ist dieser Zusammenhalt nicht gleichbedeutend mit Mitbestimmung über das Leben der eigenen Kinder, welche schon erwachsen sind. Du hast jetzt deine eigene Familie, dafür bist du ganz allein verantwortlich. Keiner hat das Recht, jemanden zu bevormunden und ihm vorzuschreiben, wie er sein Leben zu gestalten hat. Es kam mal ein interessanter politischer Bericht aus Amerika im Radio, dort wurde behauptet, dass die Menschen in der DDR als unverbraucht, klug und vor allem als sehr selbstsicher gelten. Es gebe keinen Wohlstand für das Volk, da der Russe die meisten Dinge für sich vereinnahme, aber sie seien glücklich und voller Zufriedenheit. Ihre Kinder würden anständig erzogen und bekämen mehr Zuneigung von ihren Eltern als in den Wohlstandsländern." „Sicher", sagt Judith, „schon im Kindergarten wird ihnen Zucht und Ordnung beigebracht, vor allem wird ein Maßstab gesetzt, alle als überzeugte sozialistische Bürger zu erziehen. Ich kann mich noch ganz genau daran erinnern, als meine Tante Lena aus Bonn mir zur Jugendweihe eine originale Bluejeans geschickt hat. Du glaubst nicht, John, wie stolz ich darauf war. Ich zog diese Hose natürlich auch im Schulunterricht an, nicht ohne Folgen. Ich bekam einen dicken Eintrag ins Klassenbuch und wurde vom Unterricht freigestellt. Der Lehrer sagte wortwörtlich: ‚Wer es nötig hat, im Sozialismus irgendwelche Niethosen vom Feind zu tragen, ist selbst eine Niete.'" „Dieser Mann hatte wirklich einen Dachschaden", stellt John fest, „ein Land mit Betonköpfen als Regierung kann niemals gut sein. Die Bezeichnung Kanalratten passt gut zu ihnen." Beim Abendessen erwähnt John, dass er mit Rudolf nach Bremen müsse, um geschäftliche Dinge zu erledigen. „Wir brauchen frische Lebensmittel", sagt Judith. „Ich weiß, deshalb will ich auch nach Hause fahren, um alles zu besorgen. Außerdem treffe ich mich nochmals mit einem Bekannten, der für den Sender RIAS arbeitet." Judith ahnt, um welche Verbindung es sich bei diesem Bekannten handelt, und wechselt sofort das Thema.

Wärmere Kleidungsstücke sind jetzt auch langsam angebracht. In zwei Wochen beginnt die Winterzeit, da kann es schon mal richtig kalt werden. Da fällt Judith eine Story ein, sie fängt gleich an, sie zu erzählen. „Vor 15 Jahren habe ich den letzten richtig kalten Winter in Halle erlebt. In einer Rodelgegend mit der Bezeichnung Galgenberg sind wir mit Klassenkameraden Schlitten gefahren. Die Ohren und Hände sind uns bald abgefroren, da hatten wir die Idee, Holz zu sammeln, um ein kleines Lagerfeuer zu machen, ein paar Jungens aus unserer Schule haben uns dabei geholfen. Wir wärmten hauptsächlich unsere kalten Hände am Feuer auf, das tat uns allen sehr gut. Auf einmal wurden wir von mindestens acht schwer bewaffneten Männern mit Hunden aufgeschreckt und umzingelt. Die haben sich überhaupt nicht vorgestellt und verlangten sofort unsere Ausweispapiere. Es war uns schnell klar, dass es sich um die Geheimpolizei handeln musste, da sie in Zivil erschienen. Wir besaßen mit zwölf Jahren nur einen Pionierausweis und diesen hatten wir gar nicht dabei. So wurde ich mit meiner Freundin in einen Pkw der Marke Lada platziert und zum Polizeirevier gefahren. Unsere männlichen Schulkameraden wurden mit unseren Schlitten auf einem Lkw abtransportiert, wie Schwerverbrecher." John fragt entsetzt, ob auch Handschellen angelegt worden seien. „Gott sei Dank nicht", gibt Judith lachend zur Antwort. „Wir wurden in einen Raum geführt und mussten warten. Nach einer Weile wurde mit jedem Einzelnen ein Gespräch geführt. Ich gab ehrlich zu Protokoll, dass wir durchgefroren gewesen seien und das Feuer uns aufgewärmt habe. Die Jungens seien Klassenkameraden und würden ebenfalls aus unserer Schule stammen. Einer der Polizisten stellte mir die Frage, ob die Jungens auch unter unseren Röcken Wärme gesucht hätten. Ich war so entsetzt über diese Frage, dass ich spontan eine Gegenfrage stellte: ‚Welche Röcke meinen Sie, Herr Leutnant? Wir sind doch mit dicken langen Hosen bekleidet!' Darauf wurde er knallrot vor Zorn und rügte mich, sodass ich verdammt große Angst bekam und kein Wort mehr gesagt habe. Dieses Erlebnis hat mich bis heute geprägt und deshalb habe ich von unseren Sicherheitsorganen irgendwie eine total negative Meinung." John erwidert: „Wer solche Fragen an zwölfjährige Mädchen stellt, neigt zu hundert Prozent zu solchen Fantasien und ist vielleicht ein Kinderschänder. Es gibt genug Männer, die bei den staatlichen Organen beruflich angestellt sind und zu solchen perversen Sexualdelikten neigen. Im sauberen Sozialismus werden solche Dinge verheimlicht und sogar vertuscht. Ich werde mal wieder Zeitschriften mitbringen, da kannst du alles selbst nachlesen, was unsere Journalisten aufgedeckt haben."

Am Wochenende will Judith mit Moritz unbedingt wieder ihre Eltern besuchen. Sie fühlt sich bei ihnen immer sehr wohl, außerdem kann sie dort ein warmes Bad nehmen, ohne den Ofen anzuheizen. Bei dem Gedanken erinnert sie sich an die Tante vom Wohnungsamt, die ihr keine Hoffnungen auf eine bessere Wohnung gemacht hat. Der Hass auf ihr Land, vor allem auf das System, verstärkt sich von Tag zu Tag und schlägt Judith aufs Gemüt.

Alles verläuft wie geplant, John fährt mit Rudolf nach Bremen und Judith verbringt mit Moritz das Wochenende bei ihren Eltern. Noch immer fühlt sie sich bei ihnen sehr geborgen, obwohl es jetzt schon zehn Jahre zurückliegt, als sie die Ehe mit Rolli einging und mit süßen 18 Jahren das Elternhaus verließ. Sie war noch viel zu jung und naiv, um den Alltag einer Ehe mit den ganzen schwierigen Aufgaben zu bewältigen. Bei den Schwiegereltern zu wohnen, war für Judith die Hölle, immer diese Kritik und Bevormundung. So wurde bei der ersten angebotenen Wohnung vom Amt nicht lange gezögert und sofort zugegriffen, egal in welchem Zustand sich das Haus befand. Rolli als geschickter Handwerker gelang es mit wenigen Mitteln, die Wohnung zu renovieren, um sie danach gemütlich und angenehm einzurichten. Es sollte nur eine Übergangswohnung werden, so die Worte der Beamtin. Wie das Leben so spielt, sind daraus nun fast acht Jahre geworden. Nach der Scheidung ist Rolli zu seiner Freundin in eine Neubauwohnung nach Halle-Neustadt gezogen. Zurückgeblieben in dieser Bruchbude sind Judith und Moritz, es war damals ein trauriges Ende.

„Der Kuchen schmeckt hervorragend, ebenso der Kaffee, der ganz bestimmt nicht aus unserer Kaufhalle stammt. Das schmeckt man gleich“, sagt Eva, Judiths jüngste Schwester. Gleich darauf fragt sie Judith, wo sich John gerade aufhalte. „Er ist nach Hause gefahren, um etliche Dinge zu erledigen“, antwortet Judith. „Wie lange dauert denn sein Arbeitsaufenthalt in der DDR noch? Eines Tages wird die Baustelle zu Ende sein und er wird das Land verlassen müssen.“ „Schlaues Köpfchen“, antwortet Judith ihrer Schwester gereizt. „Ich möchte mir jetzt noch keine Gedanken darüber machen und schon gar nicht darüber reden.“ Sie lenkt ab und fragt Horst, den Gatten von Eva: „Wie geht es deinem Schwager Fritz, der letztes Jahr geflüchtet ist und seine Frau Hilde und Sohn in Halle zurückgelassen hat?" Er antwortet, dass er sich in Dachau bei München niedergelassen und bei einem großen Verlag einen guten Job angenommen habe. Hilde, seine Frau, also die Schwester von ihm, und sein Sohn dürften demnächst in den Westen ausreisen.

Wie geht das so einfach?! Fritz war bei einer genehmigten Geschäftsreise im Westen geblieben, das ist für die Regierung der DDR schwerer Landesverrat. Es gibt eine Vereinbarung zwischen der Bundesrepublik und der DDR, dass bei Familienzusammenführung die Staaten verpflichtet sind, solche Verfahren großzügig und schnell abzuwickeln. Fritz verhandelt mit hohen Politikern und seine Frau Hilde mit dem Rechtsanwalt Vogel aus Berlin, dieser ist für Ost-West-Angelegenheiten zuständig. Diese Gesetze kann jeder Bürger in der Marktbücherei nachlesen, und zwar in der „Schlussakte von Helsinki". Sie wurde auch von der DDR unterzeichnet. Das hört sich alles so verdammt unkompliziert an, denkt Judith und es fällt ihr schwer, alles zu glauben, was Horst erzählt. Jedenfalls will sie John so schnell wie möglich von dieser Sache berichten, vielleicht ist das legale Ausreisen in den Westen ja gar nicht mehr so schwer. Von der „Schlussakte in Helsinki" hat sie schon oft in den Nachrichten gehört, aber was wirklich von den vielen Ländern beschlossen wurde, ist ihr nicht bekannt. Morgen will sie sofort Vera darüber informieren, damit sie gemeinsam die Bücherei aufsuchen können.

Nach einer Weile sagt Horst, dass in dieser Bücherei jeder Bürger registriert und durchleuchtet wird, wenn er solche Beschlüsse lesen will. „Welche Leute nehmen sich das Recht, solche Kontrollen durchzuführen?", fragt Judith entsetzt. „Es sind Leute der staatlichen Organe in Zivil, und die verbringen den ganzen Tag in dieser Bücherei." Das ist also der Haken, die Stasi ist dort präsent – und schon zerplatzt ihre Hoffnung wie eine Seifenblase. Die acht Monate, die John noch hier ist, will sie mit ihm unbeschwert genießen, weiter will sie nichts planen. Die Informationen ihres Schwagers Horst haben Judith in eine freudige Stimmung versetzt. Sie überlegt: Falls das alles der Wahrheit entspricht, dann haben meine Zukunftspläne mit John eine Chance. Warum sollte mich der Staat nicht zu einem Mann ausreisen lassen, den ich liebe?, denkt Judith. Es ist doch ein ganz normaler, naturbedingter Vorgang, dass Menschen sich lieben. Kein einziger Paragraf, selbst wenn er im Gesetzbuch verankert ist, kann diese gefühlsstarken Emotionen aus einem Menschen herausprügeln. Sicher, es ist ein Verlust für den Staat, gute Facharbeiter und auch promovierte Wissenschaftler zu verlieren, deshalb ist Judith noch sehr skeptisch. Erst einmal abwarten, wie sich die Dinge entwickeln, denn für die Familie wird es sehr schmerzhaft sein, aber daran ist jetzt wirklich noch nicht zu denken. Wie heißt die Devise? Niemals zu weit vorausplanen, sonst ist die Enttäuschung zu groß, falls Ziele und Pläne aus irgendwelchen Gründen wie Seifenblasen zerplatzen.

Als Judith sich von ihren Eltern verabschiedet, um nach Hause zu fahren, fragt ihre Mutter sie noch, wieso sie sich ausgerechnet in einen Mann aus dem Westen verliebt habe. „Es gibt so viele nette ostdeutsche Männer." Judith antwortet lächelnd: „Es stand leider nicht auf seiner Stirn geschrieben, aus welcher Gegend John und seine Kollegen kommen. Davon abgesehen ist er nicht nur schön und zauberhaft, sondern auch verdammt gut zu uns. – Vielen Dank für die vielen guten Ratschläge", sagt Judith abschließend zu ihren Eltern, „ich bin mir ganz sicher, den richtigen Weg gefunden zu haben, auch wenn er vielleicht sehr steinig werden kann." Judith hat vollstes Verständnis dafür, dass ihre Eltern so besorgt sind.

Am gleichen Abend besucht sie noch ihre Freundin Vera und erzählt ihr jene Neuigkeiten, die sie von ihrem Schwager Horst erfahren hat. Seine Schwester Hilde kann demnächst mit ihrem

Sohn nach Westdeutschland ausreisen, obwohl ihr Mann letztes Jahr als Auslandskader dienstlich in den Westen einreisen durfte und nicht wieder zurückgekehrt ist. Außerdem berichtet sie von jener Bibliothek, die sich am historischen Marktplatz befindet und über sämtliche Abkommen der Menschenrechte von In- und Ausland verfügt. Vera schaut ihre Freundin verblüfft an und fragt, was daran so interessant sei. Judith ist ganz aufgeregt und berichtet weiter, dass auch sämtliche Beschlüsse von Gipfeltreffen, bei denen auch die DDR präsent war, in dieser Bücherei nachzulesen sind. Zum Beispiel wurde 1975 in der „Schlussakte von Helsinki" ein interessanter Artikel verankert, der gewisse Menschenrechtsbestimmungen festgelegt hat. Beispielsweise, dass bei Bürgern aus sozialistischen Ländern gewisse Ausreisewünsche großzügig behandelt werden müssen. „Das heißt, Menschen können freizügiger in kapitalistische Länder ausreisen, vor allem wenn es um Familienzusammenführung geht." „Das glaube ich nicht", antwortet Vera, „da muss irgendwo ein Haken sein." Judith nickt und berichtet weiter, dass sich in diesem Gebäude angeblich sehr viele Staatssicherheitsleute befinden. „Da hast du die Antwort", sagt Vera, „das ist nämlich dieser Haken. Nur ein Fußtritt in diese Bücherei und wir werden registriert und überwacht, das hat schlimme Folgen für uns. Sie werden Nachforschungen anstellen, und so werden sie schnell erfahren, dass wir westdeutsche Freunde haben. Die Folgen kannst du dir dann ausmalen." Judith kann so viel Unmenschlichkeit gar nicht glauben, es ist doch alles so friedlich hier?!

Als John am späten Abend die Wohnungstür öffnet, eilt Judith ihm entgegen. Sie begrüßen sich wieder sehr herzlich, als ob sie sich eine Ewigkeit nicht mehr gesehen hätten. „Es waren doch nur zwei Tage, die uns getrennt haben, Engelchen." „Viel zu lange", flüstert Judith ihm zärtlich ins Ohr, wobei er immer wieder ihr schönes Gesicht streichelt. „Ich habe immer Angst, dass sie dich einfach aus heiterem Himmel nicht mehr einreisen lassen." „Warum sollten mich die DDR-Organe nicht mehr einreisen lassen? Wir sind doch keine Gangster, im Gegenteil, wir verhalten uns bei der Einreise gegenüber den Grenzorganen immer korrekt und freundlich." „Das Angstgefühl kommt daher, weil mir immer wieder der gewisse Artikel aus meinem Arbeitsvertrag bewusst wird, und zwar: ‚Wer als Angestellter bei der Deutschen Außenhandelsbank die Bekanntschaft mit Bürgern aus nicht sozialistischen Ländern pflegt, kann fristlos gekündigt werden.' Diese Erklärung müssen wir jeden Monat abzeichnen", erwähnt Judith. „Ich weiß", antwortet John, „darüber haben wir schon zu Beginn unserer Liebe gesprochen, aber wer hält sich schon an solche Verbote?" John tröstet Judith und sagt: „Du bist für mich nicht einfach nur eine Bekanntschaft, sondern meine große Liebe und die Traumfrau meines Lebens." „Das erkläre mal den Herren der Staatssicherheit", antwortet Judith, „und schon wirst du aus unserem Staat verbannt. Der Apparat verfügt über sehr viele geschulte Mitarbeiter, die über die verschiedensten Funktionen der Geheimpolizei Bescheid wissen, vor allem, was die Praktiken der Überwachung angeht. Neulich wurde dieses Thema im Fernsehen in der Sendung Kontrast ausführlich in einem Bericht dokumentiert. Die sitzen auf ihren Bürgern wie Hühner auf ihren Küken; und wenn jemand aus einem Feindesland versucht, Kontakte zu knüpfen, ist er sehr schnell in ihren Fängen und wird fortwährend beobachtet, ohne es überhaupt zu merken."

„Es sind jetzt noch sieben Monate, dann ist das Projekt im Werk abgeschlossen, bitte Judith, erinnere mich nicht immer daran, es ist alles traurig genug. Wir genießen die Zeit, die uns noch hier in deiner Geburtsstadt Halle bleibt, dann sehen wir weiter." Judith fragt, ob in Bremen alles geklappt habe und seine geschäftlichen Dinge erledigt seien. Er nickt und antwortet, dass es Neuigkeiten in Sachen Fluchthilfe gebe, allerdings sei es niemals eine hundertprozentige Sache. „Wir fahren am Wochenende zusammen nach

Berlin, dort bekommen wir von der zuständigen Person einzelne Instruktionen mitgeteilt." Judith schaut John an und erwidert, dass sie sehr gespannt darauf sei, aber bestimmt nicht darauf eingehe. „Sie schicken Menschen auf den Mond, warum soll ausgerechnet diese Sache nicht klappen? Wir lassen uns jede Einzelheit genau erklären, dann können wir immer noch entscheiden, ob dieser Weg, euch in den Westen zu bekommen, der richtige ist oder ob es doch zu gefährlich ist." Judith nickt und blickt zu Moritz hinüber. „Was soll so gefährlich sein?", fragt der. „Machen wir eine schöne Reise?" Sie lachen beide und John antwortet: „Wir fahren nächste Woche nach Berlin und dort besichtigen wir endlich mal das schöne Schloss, auch können wir den Fernsehturm hoch- und runterfahren."

Beim gemeinsamen Essen berichtet Judith von dem Artikel, in dem es um Menschenrechte und Reisefreiheit geht und der in der „Schlussakte von Helsinki" 1975 verankert ist. „Was heiß das?", fragt John. „Die DDR und etliche Ostblockländer sind auch dort präsent gewesen und haben ebenfalls diesen Beschluss unterzeichnet." „Es hat sich aber für euch Menschen nicht das Geringste geändert, da weiterhin viele Leute ihr Leben riskieren und den Versuch starten, illegal das Land zu verlassen." „Vielleicht sind denen die Beschlüsse nicht bekannt, denn auch ich habe erst jetzt von meinem Schwager darüber erfahren", erwidert Judith. Die ganze Nacht diskutieren Judith und John über die Risiken einer Flucht aus der DDR und blicken diesem Vorgehen voller Misstrauen entgegen.

Es hörte sich alles so gut und sicher an, was dieser Bekannte von John in Berlin geschildert hat, aber er konnte Judith dennoch nicht so recht überzeugen. Er schilderte nur grob die Vorgehensweise, die angeblich über die polnische Ostsee stattfinden soll. Genaue Details und Anweisungen solcher Aktionen werden immer erst kurz vor der Durchführung unter strikter Geheimhaltung bekannt gegeben. Die Kosten wären auch enorm hoch und lägen bei ungefähr 20.000 Westmark. Bei der geringsten Unsicherheit oder eventuellem Misstrauen würde der Plan sofort abgebrochen. Der Gedanke, Judith im Gefängnis und Moritz im Heim zu vermuten, wäre für John katastrophal. Die staatlichen Organe warten doch nur darauf, jeden Menschen, bei dem der geringste Verdacht auf Flucht besteht, einzusperren. Wahrscheinlich gibt es dafür eine große Auszeichnung, verbunden mit viel Geld und einer Beförderung in einen höheren Dienstgrad.

„Es muss auch einen anderen Weg geben", sagt Judith und blättert dabei in einer der vielen Zeitschriften, die John von zu Hause mitgebracht hat. Auf einmal stößt sie auf einen Artikel, die Überschrift lautet: „Bürgerhilfe Bunte". Diese setzt sich für DDR-Bürger ein, die legal ausreisen wollen. Sie liest immer wieder den Text, der besagt, dass sie auch permanent mit dem Bundesministerium zusammenarbeiten, sich für alle Leute im geteilten Deutschland einsetzen, vor allem wenn es sich um Familienzusammenführung handelt. Sie fährt fort, den Artikel zu lesen. Er beinhaltet, dass die Grenzsoldaten die Anweisung haben, Menschen bei Fluchtversuch zu erschießen. „Das glaube ich nicht!" Sie liest weiter, es wird auch berichtet, dass in den Gefängnissen der Staatssicherheit brutale Folterungen an sämtlichen politischen Häftlinge verübt werden. So mancher hat das nervlich nicht überstanden und ist daran gestorben. Wer sich nicht unterordnen will, wird so lange schikaniert, bis er selbst an sich Hand anlegt oder den Rest seines Lebens an den Folgeerscheinungen zu leiden hat. Es gibt sehr viele Eltern, die ihre Söhne heute noch suchen und einfach keine Informationen erhalten. „Mein Gott", sagt Judith, „wenn das alles stimmt, dann muss ich unbedingt hier raus, das sind ja Methoden wie zur Nazizeit im Dritten Reich." „Es ist erst mal wichtig, dass du eine gewisse Nervenstärke aufbaust, um dem Kampf mit der Staatssicherheit standzuhalten. So wirst du die Zeit bis zu deiner Ausreise mit Moritz ohne Schaden überstehen. Ich werde mich über die

Gesetze der innerdeutschen Beziehungen informieren und dann sehen wir weiter." Judith nickt verständig. Außerdem sagt John, dass sie unbedingt einen Brief an diese Bürgerhilfe Bunte in Bonn schreiben soll, er will ihn persönlich dort abgeben.

„Demnächst werde ich wieder nach Hause fahren, ich werde dir ein interessantes Buch von meinem Vater mitbringen, es handelt davon, wie jeder Mensch bei gefährlichen und schwierigen Situationen überleben kann. In diesem Buch werden Verhaltensregeln beschrieben, wie ein Mensch durch ein gewisses Körpertraining viel Kraft und vor allem starke Nerven aufbauen kann." Judith kann sich ein Lachen nicht verkneifen, sie fragt, ob sein Vater bei der Fremdenlegion gewesen sei. „Nein, mein Schatz, solche Vereine hat mein Vater niemals kennengelernt. Im Zweiten Weltkrieg diente er mit seiner Truppe in Nordafrika. Viele Kameraden sind nicht durch den Krieg gestorben, sondern an Tropenkrankheiten wie Malaria."

Nur noch wenige Wochen und das Jahr neigt sich dem Ende zu. Viele Menschen versuchen jetzt schon, Konsumgüter und Geschenke für die Weihnachtstage zu organisieren. Es ist jedes Mal eine Zerreißprobe, die gewünschten Artikel oder Lebensmittel zu bekommen, die für das Fest benötigt werden. Am schwierigsten ist der Erwerb von Südfrüchten, da diese erst kurz vor dem Fest verkauft werden. Wer Beziehungen in dieser Branche pflegt, hat großes Glück und kann viel Zeit sparen, die Warteschlangen sind immer sehr lang, und wer Pech hat, geht trotz langer Wartezeiten mit leeren Händen aus, da sie kurz vorher ausverkauft sind. Das Problem hat Judith Gott sei Dank nicht mehr, John besorgt sämtliche Lebensmittel, vor allem solche, die hier Mangelware sind. Auch bei der Außenhandelsbank geht es ab dem Monat Dezember hektisch zu, denn es ist wieder Ultimo, Überstunden sind nicht zu vermeiden. Jeder Exportbetrieb will noch im alten Jahr seine Geschäfte abwickeln, um den Jahresplan für das Jahr 1978 zu erfüllen, wie es die Medien in der DDR-Presse immer wieder lautstark betonen.

Für die Kollegen von John will Judith noch etliche Ferngläser und diverse Artikel besorgen, er hat die Menge der gewünschten Artikel auf einer Liste aufgeführt. Sie hat versprochen, alles noch rechtzeitig zu besorgen, außerdem freut sich Judith über den kleinen Nebenverdienst, den sie für jeden besorgten Artikel in harten Devisen zusätzlich bekommt. Anhand der Exportgeschäfte kann man gut erkennen, dass ihre Produkte in anderen Ländern auch sehr beliebt sind. Was Judith allerdings schon immer merkwürdig fand, dass der Betrieb Chemische Werke Buna in Halle Unmengen von chemischen Stoffen an sämtliche arabische Länder, wie zum Beispiel Iran und Irak, liefert und verkauft. Diese Geschäfte werden niemals als Inkasso, sondern immer als Akkreditive in US-Dollar abgewickelt. Was will der Nahe Osten mit den vielen Chemikalien? Diese Frage hat Judith schon oft bei den wöchentlichen Politschulungen gestellt. Es wurde damit begründet, dass sie ein rohstoffarmes Land seien und deshalb alles verkaufen würden, was ihnen gute Devisen einbringe, um die dringend benötigten Rohstoffe für ihr Land auf dem Weltmarkt einzukaufen. „Außerdem haben wir als Bank nicht das Recht, solche Fragen zu stellen, dafür sind die Außenhandelsbetriebe wie zum Beispiel der AHB Chemie Export/Import zuständig." Die Außenhandelsbank habe sich nur für die Abwicklung der Finanzen sowie für die Korrespondenz mit den ausländischen Banken zu interessieren.

Eigentlich ist der Winter für die Jahreszeit viel zu mild, das Thermometer zeigt 10 Grad plus und in drei Wochen beginnt das Weihnachtsfest. „Mir ist es sehr recht", sagt Judith zu Vera, „Kälte ist noch nie mein Ding gewesen, außerdem kann ich dadurch etliche Kohlen zum Heizen sparen und unsere Wasserleitungen und Toiletten frieren dieses Jahr ausnahmsweise mal nicht ein." „Nächste Woche bekomme ich nochmals 40 Zentner Briketts geliefert, die müssen wir selbst in den Keller transportieren." „Das macht mir nichts mehr aus, da ich mich auch an schmutzige Arbeit gewöhnt habe, seit ich in diesem Haus leben muss." Vera kann sich ein Lachen nicht verkneifen und erwidert, dass John bestimmt mithelfe, die Kohlen in den Keller zu tragen, schließlich würde er auch eine warme Wohnung mögen. „Er will sogar noch einen Kollegen mitbringen, der uns dabei hilft", antwortet Judith. „Dann ist doch alles geregelt", sagt Vera. Vera hat es gut, sie hat keine Wohnungssorgen mehr. Sie hat ein schönes Zuhause mit Fernwärme und immer warmes Wasser aus der Leitung, das ist wie eine zweite Haut und erhöht enorm die Lebensqualität. Judith nickt mit dem Kopf. „Du hast eben Glück gehabt."

„Wie war es eigentlich am Wochenende in Berlin?", fragt Vera und auch Karla, die sich zu den beiden Freundinnen hinzugesellt hat, blickt Judith interessiert an. „Es war sehr schön, da wir auch Potsdam und das schöne berühmte Schloss Friedrich des Großen besichtigt haben." Judith hat nicht die geringste Lust, über den wahren Grund ihres Berlinaufenthalts zu berichten, sie wechselt das Thema. „Was schenkst du eigentlich Rudolf zu Weihnachten?" Vera antwortet spontan: „Er ist mit mir wunschlos glücklich und verfügt schon über alles, was ein Mensch benötigt." „Ich habe John einen wunderschönen Diplomatenkoffer aus echtem schwarzem Leder mit integriertem Zahlenschloss gekauft. Seine Diensttasche sieht nicht mehr gut aus, so habe ich mir gedacht, es ist nicht nur etwas Nützliches, sondern gleichzeitig ein schönes Andenken von mir." Sofort mischt sich Karla in das Gespräch ein und sagt zu Judith, dass es im Westen bestimmt viel schönere Koffer zu kaufen gebe. „Das mag sein, aber ich kann im Westen nicht einkaufen gehen, deshalb glaube ich schon, dass er über einen Koffer aus Halle fasziniert ist. Eine gute Bekannte arbeitet als Verkäuferin in einem Geschäft, wo es sehr hochwertige und auch gute Artikel zu kaufen gibt, und sie hat den Koffer extra besorgt. John freut sich über jede Überraschung von mir, denn er betrachtet Geschenke immer symbolisch und niemals materiell. Zum Beispiel der schöne Bernstein aus Wismar, John sieht ihn gleichzeitig als Maskottchen und Glücksbringer. Er trägt ihn immer bei sich." „Mein Gott, wie romantisch", gibt Vera zum Besten, „ich werde auch darüber nachdenken, Rudolf irgendein romantisches Geschenk zu überreichen, das gleichzeitig eine ewige Erinnerung an Halle bleibt." Die Unterhaltung macht Judith wieder sehr traurig, bald kommt der große Abschiedstag …

Schneekatastrophe 1978/1979

„Ich glaube, unsere Mittagspause ist schon lange zu Ende“, ruft Karla. Geschwind eilen sie in Richtung Bankgebäude. Alle sitzen schon an ihrem Schreibtisch und wälzen Dokumente oder tippen bereits fleißig auf den Schreibmaschinen. Der Chef diskutiert gerade am Telefon mit einem Kollegen der Außenstelle Berlin und hat ihre Verspätung deshalb gar nicht bemerkt.

Das Weihnachtsfest rückt immer näher. John hat schon angekündigt, dass er das Fest zu Hause verbringen muss. Er hat Judith aber fest versprochen, Silvester mit ihr zusammen zu feiern. Er hat auch schon die Karten für die Party im Moritzburgkeller organisiert. Es soll eine rauschende Feier mit einem leckeren Büfett und vor allem mit einem großen, unterhaltsamen Programm geben. Manche westdeutsche Menschen glauben tatsächlich noch, dass die Menschen in Ostdeutschland am Hungertuch nagen. Es gibt zwar nicht viel Auswahl an Waren, aber jeder versucht, dem anderen beim Organisieren bestimmter Produkte zu helfen, nach der Devise, eine Hand wäscht die andere. Die restlichen Waren für Johns Kollegen hat Judith auch noch besorgt, es handelt sich erneut um sechs Ferngläser, zwei Fotoapparate, etliche Herrenarmbanduhren und zwei Vasen aus Meißner Porzellan. Für diese besorgten Sachen bekommt sie extra 300,00 Westmark als Belohnung. John bemerkt immer wieder, dass sie eine geschäftstüchtige Frau sei. „Du wirst im Westen große Karriere machen, dein Fleiß ist nicht zu übersehen.“ Sie bedankt sich für diese Feststellung und gibt ihm einen zärtlichen Kuss. „Ich hoffe, dass ich in einem Land mit einem kapitalistischen System gut zurechtkomme, aber erst muss ich dort sein.“ „Ich habe so ein ungutes Gefühl, dass es ein langer, steiniger Weg werden wird, vielleicht sollten wir uns noch mal mit dem Fluchthelfer treffen und uns Gedanken machen, ob eine Flucht möglicherweise doch die bessere Lösung ist.“ Judith lehnt diesen Vorschlag erneut strikt ab, sie weiß, was ihr und Moritz blüht, falls alles schiefgeht. Sogar ihre Eltern und Verwandten müssten mit schweren Konsequenzen und Schikanen im täglichen Leben und Beruf rechnen. „Du hast recht, Judith, du bist ein guter Mensch, fast zu vergleichen mit einer Heiligen. Immer nimmst du Rücksicht auf andere und denkst dabei viel zu wenig an dich und Moritz." „Die anderen sind meine Familie." John reagiert gelassen und kommentiert, dass sie sich mehr auf ihre eigene Familie als auf ihre Eltern und Geschwister konzentrieren müsse. „Du kannst deine Ziele niemals erreichen, wenn du immer Rücksicht nimmst, vor allem bleibst du so mit deiner eigenen Entwicklung stehen."

Sie überlegt und stellt fest, dass ihr geliebter John verdammt recht hat. Sie will ein freies und viel besseres Leben führen, mit Qualität und vor allem mit sauberer Luft. „Ich bin so wissbegierig und neugierig auf fremde Länder und andere Kulturen. In der grauen und schmutzigen DDR verblöden alle Menschen und werden auch noch krank." Moritz leidet schon lange an Hautausschlägen, die Judith mit Salben behandelt, auch die Bronchitis will einfach nicht richtig heilen, der Auslöser: vergiftete Luft. Sie verspricht John, alles daranzusetzen, mit Moritz nach Westdeutschland auszuwandern. Beide sind sich wieder einig und John ist sehr glücklich darüber; sein größter Wunsch ist, mit Judith und ihrem kleinen Sohn Moritz ein gemeinsames, glückliches Leben zu führen. „Es wäre gut, die Sprache Englisch in Wort und Schrift zu erlernen, dann steht dir die ganze Welt offen."

Als John seine Sachen in den Koffer packt und Judith ihm dabei voller Wehmut zuschaut, ist ihm sofort klar, welche Gedanken in ihrem Kopf umherschwirren. „Es sind nur wenige Tage, Engelchen", er umarmt und küsst sie herzlich. „In einer Woche, also einen Tag vor Silvester, bin ich wieder bei euch und dann werden wir gemeinsam in das neue Jahr 1979 starten." Sie beruhigt sich und deckt den Tisch, um das Abendessen zu servieren. Sie plaudern noch die halbe Nacht, trinken lieblichen Wein. „Ich muss mal schnell zur Toilette“, flüstert er plötzlich Judith ins Ohr. Als er nach einer kleinen Weile zurückkommt, überreicht er seinem geliebten Schatz ein kleines und ein etwas größeres Paket, das mit wunderschönem Geschenkpapier umhüllt ist. Er kann sich auch diesmal ein Lachen nicht verkneifen, Judiths dunkelbraune Augen, die immer voller Wärme sind und Exotik ausstrahlen, verfinstern sich etwas. Er lässt sie erst gar nicht zu Wort kommen. „Es sind nur Weihnachtsgeschenke für meine Liebsten. Ich möchte, dass sie erst an Heiligabend ausgepackt werden.“ Judith kann wieder ihre Tränen nicht unterdrücken, John schafft es mit seiner liebevollen Art immer wieder, sie zu entzücken. „Jetzt hör endlich auf zu heulen“, sagt er gerührt, „sonst fange ich auch noch damit an.“ „Es sind doch nur Freudentränen“, sagt Judith halb schluchzend. „Dann bin ich aber beruhigt. – Jetzt aber ab ins Bett, morgen muss ich sehr früh aufstehen, da seid ihr beiden noch im Tiefschlaf.“ Sie nickt und sagt: „Du kannst mich ruhig wecken.“ „Das weiß ich noch nicht“, gibt er ihr zu verstehen. Sie kuschelt sich zärtlich an ihn, danach schlafen sie ein.

Der Wecker klingelt und Judith stellt sofort fest, dass John nicht mehr im Bett liegt. Sie steht auf und – tatsächlich – er hat schon sehr früh die Wohnung verlassen. „Wieso habe ich nichts gehört?“, murmelt sie. Die alten Türen in der Wohnung sind beim Öffnen eigentlich nicht zu überhören, so laut sind die knarrenden Geräusche. Sie geht rasch ins Bad, um sich für ihren Job in der Bank fertig zu machen, danach weckt sie Moritz, um mit ihm gemeinsam das Frühstück einzunehmen. Plötzlich erblickt Judith auf dem Couchtisch einen Schreibblock, der auf der ersten Seite mit ein paar Zeilen beschriftet ist. Es ist Johns Schrift, er hat noch ein paar liebe Worte für das Weihnachtsfest geschrieben, der letzte Satz lautet: „Bleibt gesund und munter, vor allem pass gut auf dich und Moritz auf.“ Sie lächelt, während sie die Zeilen liest, und küsst den Zettel, es ist nur eine Woche, dann sind sie wieder zusammen. Sie eilt mit Moritz zur Tür, es ist schon sehr spät.

Im Büro ist nicht zu übersehen, dass der Tag schon in aller Frühe mit Hektik beginnt. Jeder einzelne Mitarbeiter hat mit seinem Arbeitsbereich zu kämpfen. Herr Eisenmann läuft wie ein aufgewühlter Professor hin und her. Es ist verständlich, denn die letzte Woche im alten Jahr herrscht bei jeder Bank das reinste Chaos. Jeder Exportbetrieb will mit guten Zahlen punkten und bei der Partei glänzen. Herr Eisenmann bekommt nicht nur von der Bankzentrale in Berlin Druck, auch von den Außenhandelsbetrieben „Export/Import". Sie sind eigentlich die Kontrolleure der Exportbetriebe. Für sie und die Kollegen heißt das wieder Überstunden leisten, aber jeder Mitarbeiter hat sich inzwischen daran gewöhnt.

Die Bank veranstaltet noch am letzten Arbeitstag eine kleine Weihnachtsfeier. Dies ist, wie jedes Jahr, als kleines Dankeschön für die gute Zusammenarbeit im Kollektiv gedacht. Der Besprechungsraum wird so gut es geht weihnachtlich geschmückt. Es ist immer sehr nett und jeder ist von der weihnachtlichen Gemütlichkeit und Harmonie angetan.

Herr Eisenmann hält natürlich wie jedes Jahr seine Rede, bei der er sich bei allen Mitarbeitern der Abteilung „Sektor Ausland" für die erfolgreiche Arbeit bedankt. Er hofft auf ein gutes Jahr 1979 sowie weiterhin auf viel Solidarität und freundschaftliche Verbundenheit mit den sozialistischen Bruderländern, ganz besonders zu der Sowjetunion. Vera schaut Judith etwas genervt an, es gelingt ihnen nicht ganz, ein Schmunzeln zu unterdrücken. „Immer das gleiche Gequake", murmelt Judith. Es ist immer alles zu politisch aufgezogen. Vera stimmt ihr zu. „Eigentlich möchte ich hier nicht alt werden", sagt Vera. „Wer möchte das schon?", erwidert Judith. Karla, die sich plötzlich dazugesellt hat, schimpft ebenfalls über den angeblich so wunderbaren Sozialismus. Judith schaut auf die Uhr. „Ich muss noch meinen bestellten Weihnachtsbaum beim Händler abholen." „Wann kommt John wieder?", fragt Vera etwas verwundert. „Natürlich am 30. Dezember mit deinem Rudolf." Vera nickt und sagt: „Vielleicht kommen sie schon einen Tag früher zurück, jedenfalls wollen sie es versuchen." „Das wäre fantastisch", antwortet Judith freudig, „da könnten wir in Ruhe das Jahr ausklingen lassen, ohne jegliche Hektik."

Judith verabschiedet sich vergnügt und wünscht jedem Kollegen ein frohes Fest, dann eilt sie zum Ausgang ihrer Dienststelle. Sie holt noch schnell den Christbaum und stellt fest, dass der nicht mehr sehr frisch ist, er hat schon etliche Nadeln verloren. Das Fest wird er noch durchstehen, denkt Judith und läuft langsam nach Hause. Moritz erwartet sie schon und mustert gleich den Baum. „Wo sind denn die bunten Kugeln?", ruft er. „Erst am Weihnachtsabend wird alles fertig geschmückt, und das ist erst in zwei Tagen", gibt Judith prompt zur Antwort. Beim Abendessen fragt Moritz, ob auch der Papa kommt. „Aber natürlich, mein Schatz, er hat dich doch jedes Jahr an Weihnachten besucht und ist auch bei der Bescherung immer dabei gewesen. Er wird allerdings nicht lange bleiben können, da er wieder nach Hause zu seiner Familie muss." Zufrieden kaut Moritz weiter an seinem Wurstbrot und geht danach ins Bad, um sich für die Nacht fertig zu machen.

Judith beginnt unterdessen, schon einen Teil der Geschenke zu verpacken. Die bunten Teller füllt sie mit feinen Süßigkeiten, die vor allem John aus dem Intershop besorgt hat. Den nächsten Tag bekommt sie nochmals 40 Zentner Briketts, die werden von den Lieferanten gleich in dem Keller getragen, das hat sie schon vor der Bestellung mit dem Kohlehandel abgeklärt. Es wartet auf Judith noch viel Arbeit bis zum Weihnachtsfest, allerdings werden die Festtage, wie jedes Jahr, hauptsächlich bei den Eltern verbracht. Es hat alles wunderbar geklappt, die netten Fahrer vom VEB Kohlehandel haben die 40 Zentner Briketts im Keller verstaut, so wurde auch gern ein ordentliches Trinkgeld überreicht. Nach dem Einkauf wurde der Weihnachtsschmuck ausgepackt, um den Christbaum zu schmücken. Während sie auf der Leiter steht, reicht Moritz ihr den vielfältigen Baumschmuck, eine Reihe bunter Kugeln und andere Christbaumartikel. Die schöne Musik im Hintergrund sorgt ebenfalls für eine vorweihnachtliche Stimmung.

So überkommt Judith, ohne es zu wollen, eine gewisse Melancholie, denn ihre Gedanken schweifen immer wieder zu John. Sein Zuhause ist zwar nur knapp 400 Kilometer von Halle entfernt, aber für sie eine unerreichbare Ferne. Wie schön wäre es, wenigstens über ein Telefon zu verfügen, um ein paar Worte mit ihm austauschen zu können. Auch das bleibt den „normalen" DDR-Bürgern verwehrt. Wer ein Telefon haben möchte, muss bestimmte Vorrausetzungen erfüllen, zum Beispiel eine wichtige berufliche Tätigkeit ausüben oder bei den staatlichen Organen mit einer bestimmten Funktion betraut sein. Meistens sind es dann Betriebstelefone, bei denen zwei Teilnehmer angeschlossen sind. Sie fühlt innerlich wieder Wut über den Staat in sich aufsteigen, aber keiner kann diese Situation ändern, sie haben alle Angst, den Mund aufzumachen. Sicher, es gibt auch Dinge, die nicht schlecht sind, zum Beispiel haben alle Menschen Arbeit, auch Frauen mit Kindern können nach langer Pause in ihrem Beruf zu jeder Zeit wieder einsteigen. Es gibt genügend Plätze in den Kindertagesstätten, das ist ein sehr positiver Punkt im Sozialismus. Dadurch sind die Frauen im Osten viel emanzipierter, auch selbstbewusster als in den westlichen Ländern. Der Baum ist endlich fertig geschmückt und sieht wunderschön aus, trotz fehlender Tannennadeln an ein paar Zweigen. Moritz freut sich mächtig auf den Weihnachtsabend, vor allem auf die Bescherung.

„Morgen, mein Schatz, kommt der Weihnachtsmann", sagt Judith zu Moritz, doch der lacht seine Mutter aus. „Es gibt keinen Weihnachtsmann, auch kein Christkind. Das ist ein Märchen." „Das ist richtig, aber du hast auch mal daran geglaubt, und es hat großen Spaß gemacht, deine leuchtenden Augen zu sehen", erwidert Judith ihrem Sohn. „Das stimmt, aber gewundert habe ich mich schon, er trug die gleichen Hausschuhe wie Opa." Judith kann sich das Lachen nicht verkneifen und stellt fest, dass ihr Sohn ein ganz witziger Bursche ist.

Nach dem Abendessen schaltet Judith den Fernsehapparat ein,

um sich die Nachrichten anzuschauen. Für die Weihnachtszeit wird Schnee angekündigt, hauptsächlich im Norden. Gestern soll in den westlichen Teilen das Thermometer schon auf minus 5 Grad gesunken sein. Als Moritz diese Nachricht vom Wintereinbruch hört, freut er sich, endlich mal wieder mit dem Schlitten rodeln gehen zu können. „Oh lieber Gott, der steht noch ganz neu verpackt auf dem Speicher", sagt Judith. „Es ist noch keine einzige Schneeflocke gefallen, wir wollen erst mal abwarten, ob der Winter wirklich auch bei uns in Halle seinen Einzug hält." Der letzte Winter in Halle mit viel Schnee liegt schon zwei Jahre zurück, „schneesicher" sind nur die Mittelgebirge wie Thüringen, Harz und das Erzgebirge. Moritz reibt sich die Augen und begibt sich ins Bett, auch Judith überkommt Müdigkeit, sodass sie sich ebenfalls ihren verdienten Schlaf gönnt.

Am nächsten Tag ist Weihnachten, das Fest der Liebe, Moritz ist schon ganz aufgeregt. Die Feiertage bei den Eltern sind immer sehr harmonisch. Die Bescherung am Weihnachtsabend ist stets voller Spannung, ob jeder das richtige Geschenk ausgewählt hat. Seit vielen Generationen in Judiths Familie wird zum Weihnachtsabend immer ein deftiges und köstliches Gericht von ihrer Mutter serviert, Kartoffelpüree und Bratwurst. Judith liebt ihre Familie, obwohl sie als Kinder von ihrem Vater immer sehr streng im Sinne sozialistischer Regeln erzogen wurden. Das Gefühl der Geborgenheit, das sie in ihrer Familie empfindet, wird hoffentlich niemals verloren gehen.

Der Tag wird kommen und ich werde mit Moritz in die westliche Welt eintauchen, um mit John, meiner großen Liebe, ein gemeinsames und glückliches Leben zu führen. … Das hört sich alles so einfach an, was für ein Träumer bin ich, denkt Judith. Der Weg bis zum Ziel wird bestimmt an meinen Nerven zehren, falls es überhaupt klappt. Die Bemerkung von ihrer Schwester, es müsse doch nicht ausgerechnet ein Mann aus dem Kapitalismus sein,

Halle habe genug schöne und kluge Männer, ärgert sie. Was für ein Schwachsinn, ich habe mich nun mal in John verliebt. Der Staat hat diese Leute für ein Großprojekt arrangiert, also muss auch mit solchen amourösen Bekanntschaften gerechnet werden. Es wäre ja wohl das Allerletzte, vorzuschreiben, wer mit wem befreundet sein darf, wie einst im Mittelalter.

Ihre Familie lässt oft Bemerkungen fallen, dass sie in große Schwierigkeiten geraten werde, auch Moritz könnte Ärger in der Schule bekommen. Diese Schauermärchen kann Judith nicht glauben, da sie schon etliche Jahre nicht mehr bei den Eltern lebt. Die anderen Geschwister haben ebenfalls ihre eigene Familie und leben in ihren eigenen vier Wänden. Judith sieht darüber hinweg, nimmt die Sticheleien von Rosi und deren Mann einfach nicht ernst. Sie hat ihr Leben schon immer selbst perfekt im Griff gehabt und weiß ganz genau, was für sie im Leben wichtig ist. Allerdings, wenn es um Westartikel geht, sind auch die überzeugten Genossen nicht abgeneigt, eigentlich ein Widerspruch.

Als plötzlich im Radio der Sender RIAS Berlin eine Warnmeldung über den plötzlichen Kälteeinbruch im Norden durchsagt, verklingen auf einmal alle Diskussionen, jeder hört aufmerksam zu. Ab morgen soll die Kälte über ganz Deutschland hereinbrechen, verbunden mit viel Schnee. Nur gut, dass noch rechtzeitig die Kohlen für ihre Bruchbude geliefert und gestapelt wurden. Es ist besser, heute schon mit Moritz nach Hause zu fahren, sonst ist die Wohnung zu sehr ausgekühlt, außerdem will John so schnell wie möglich nach Halle kommen. Ihre Mutter hat Verständnis und hilft ihr dabei, ihre Sachen richtig in den Taschen zu verstauen. Zur Haltestelle sind es ungefähr zehn Minuten zu Fuß; sie fühlt, wie kalt es geworden ist.

Zu Hause beginnt sie sofort, den Ofen zu beheizen, der auch ziemlich schnell das Wohnzimmer in eine sehr angenehme Wärme einhüllt. Als sie den Fernsehapparat einschaltet, werden schon die ersten Bilder über die katastrophalen Zustände von Schleswig-Holstein und Niedersachsen gezeigt. Bequem auf der Couch sitzend, schauen sich Moritz und Judith diese Bilder an. „Na klasse", sagt Judith zu Moritz, „dann wird John nicht zur Silvesterparty kommen, die ganzen Straßen von Niedersachsen sind zugeschneit, auch im östlichen Teil der Ostsee herrschen katastrophale Zustände." Sämtliche Schneefahrzeuge sind im Einsatz, viele Bauern kämpfen um ihr Vieh. Es wurden auch unzählige Unfälle mit Fahrzeugen gemeldet, vor allem bei den Bahnstrecken gibt es absolut kein Weiterkommen mehr. Die Weichen sind eingefroren, sämtliche Züge sind im Schnee stecken geblieben. Immer wieder kommt die Warnmeldung für die Bewohner in Norddeutschland, nicht ihre Häuser und Wohnungen zu verlassen. „Wir werden noch die Küche und das Bad beheizen." Moritz nickt mit dem Kopf und sagt: „Wir werden schon nicht erfrieren." Die Nacht verläuft für Judith sehr unruhig, ihre Gedanken sind bei John, ehe sie einschläft. Was soll sie nur machen? Manchmal kommen ihr Zweifel, ob das Risiko, in eine andere Welt auszuwandern, doch nicht zu groß ist.

Am nächsten Morgen, als sie beim Bäcker frische Brötchen holen will, sind alle Zweifel wieder verschwunden – die Brötchen waren schon ausverkauft! Sie läuft eine Straße weiter zum Konsummarkt, um wenigstens dort noch welche zu ergattern, sie hat Glück. Sie sind zwar nicht backofenfrisch wie beim Bäcker, aber man kann sie im Herd auf dem Grill aufbacken. Es ist ganz schön kalt geworden, es riecht schon nach Schnee, eilig läuft sie nach Hause. Moritz ist auch schon wach und während er im Bad mit seiner Morgenwäsche beschäftigt ist, deckt Judith den Tisch, um gemeinsam mit ihm das Frühstück einzunehmen. Er fragt laufend seine Mutter, wann John wiederkomme. Judith antwortet: „Eigentlich morgen, aber er wird mit seinem Auto gar nicht durch den vielen Schnee kommen." Sie schaltet das Radio ein, um weitere Meldungen über die Wetterlage in den nördlichen Gebieten zu hören. Es muss sehr schlimm sein, die Bauern sind ganz verzweifelt. „Morgen ist Silvester, dein Vater wird dich abholen, er möchte ein paar Tage mit dir zusammen verbringen."

Für Moritz keine Frage, denn er liebt seinen Vater ebenso wie seine Mutter. Außerdem sieht er dann auch seine Halbschwester wieder. Er ist gespannt, was sie an Spielzeug zu Weihnachten geschenkt bekommen hat. „Hoffentlich kommt der viele Schnee zu uns, da kann ich mit Papa und Marie rodeln gehen." „Vielleicht", antwortet Judith ihrem Sohn, „allerdings, bei den Schneemassen, wie es sie in Norddeutschland gibt, kann keiner im Schnee wirklichen Spaß haben, es ist sogar lebensgefährlich." Es ist verständlich, dass sich die Kinder danach sehnen, endlich mal wieder Schnee zu sehen. Während Judith die Wohnung aufräumt und danach das Mittagessen vorbereitet, klingelt ihre Nachbarin Sylke. Sie bringt für beide noch nachträglich ein kleines Weihnachtsgeschenk. Judith bietet ihr sofort eine Tasse Kaffee und ein großes Stück Stolle an.

Sie erzählen über die neusten Ereignisse, vor allem über das Schneechaos im Norden. Judith hat großes Vertrauen zu ihr, deshalb verheimlicht sie ihr auch nicht ihre große Liebe. Sylke zeigt großes Verständnis, zumal sie Judith noch nie so glücklich erlebt hat. Allerdings betont sie immer wieder, dass es mit John bestimmt keine Zukunft gebe. Jeder erzählt den gleichen Mist, woher will sie das eigentlich wissen? Judith versucht sofort, das Thema zu wechseln, und fragt: „Wo feiert ihr Silvester?" „Wir haben Freunde eingeladen, um ein wenig zu Hause zu feiern", antwortet Sylke, „du bist auch herzlich eingeladen." Judith winkt ab. „John kommt, wir wollen, falls er nicht mit seinem Auto im Schnee stecken bleibt, im Moritzburgkeller feiern." „Es soll im Norden ununterbrochen schneien, auch sehr chaotisch zugehen. Der östliche Teil im Norden ist auch schon betroffen", antwortet Sylke; sie hat gerade im Radio den Wetterbericht gehört. Als Judith aus dem Fenster schaut, sieht sie, wie dichte Schneeflocken vom Himmel rieseln. „Jetzt ist der Winter auch in unserer Stadt Halle angekommen, hoffentlich wird er nicht so schlimm wie im Norden." „Jetzt muss ich aber wirklich gehen", Sylke verabschiedet sich von Judith und Moritz und erwähnt noch mal, dass sie herzlich zu ihrer Silvesterfeier eingeladen sind, falls John doch nicht kommen sollte. Judith bedankt sich herzlich und begleitet sie noch zur Tür. „Bestelle auch Karl schöne Grüße von uns."

Als sie den Tisch für das Mittagessen deckt, schaltet sie den Fernsehapparat ein, um weitere Nachrichten über die Straßenverhältnisse zu erhalten. Mein Gott, Sylke hat recht, der Winter hat auch schon Ostdeutschland erreicht. Als sie aus dem Fenster schaut, haben Schneeflocken die grauen Straßen schon weiß bedeckt. Es sieht wunderschön aus, Moritz' Gesicht strahlt vor Freude über den Schnee, aber für Fahrzeuge ohne die richtigen Winterreifen ist es eine gefährliche Angelegenheit. „Hoffentlich hat dein Papa die richtigen Reifen auf seinem Trabant, er kommt noch heute, um dich abzuholen." Immer wieder macht sich Judith Sorgen um ihre Lieben, sie sind das Wichtigste in ihrem Leben. Ein Arzt hat mal zu ihr gesagt, sie solle nicht immer so große Angst vor Dingen haben, die noch gar nicht eingetreten sind, das verbrauche im Körper nur unnötige Energien. Es verursache Albträume und schade der eigenen Gesundheit. Das ist alles leicht gesagt – und schon denkt sie wieder an John: Hat er seinen Mercedes mit Winterreifen ausgestattet? Während Moritz und Judith die restliche Weihnachtsente verspeisen, verfolgt sie immer wieder im Fernsehen, wie die Menschen mit dem Schnee kämpfen, auch die Insel Rügen ist jetzt zum Katastrophengebiet erklärt worden.

Pünktlich auf die Minute kommt Rolli, um Moritz abzuholen. Sie packt noch ein paar warme Sachen für Moritz ein. Beim Abschied mahnt Judith, er solle bloß vorsichtig fahren. „Du brauchst dir wirklich keine Sorgen zu machen, meine Reifen sind für jeden harten Winter geeignet und Schneeketten habe ich auch dabei." Judith ist beruhigt. Sie gibt Moritz noch einen herzlichen Kuss und wünscht einen guten Rutsch ins neue Jahr. „Das gilt auch dir und deinem Freund John", antwortet Rolli seiner Exfrau. Sie schaut noch mal aus dem Fenster, um Moritz zu winken. Auf einmal überkommt Judith ein Gefühl der Einsamkeit, aber sie versucht, sich abzulenken, indem sie sich mit Hausarbeiten beschäftigt. Als sie alles erledigt hat, geht sie noch mal in den Keller, um Kohlen zu holen. Der Ofen darf nicht ausgehen, sonst kühlt die Wohnung sofort wieder aus. Wie schön haben es doch Leute in einer Neubauwohnung, da sie die Heizprobleme nicht haben und auch immer über warmes Wasser verfügen, wenn sie den Hahn aufdrehen. Der Gedanke macht sie wieder wütend, aber es ist leider nicht zu ändern. Als sie alles erledigt hat, legt sie sich auf ihre Couch, um ein wenig zu schlafen. Nebenbei läuft der Fernsehapparat mit einer Unterhaltungssendung, aber sie schaltet den Ton leise und schläft danach fest ein.

Sie weiß nicht, wie lange sie geschlummert hat, als sie durch einen ständigen Klingelton wach wird. Sie überlegt … es war bestimmt ein Traum, aber schon wieder ertönt ihre Wohnungsklingel – es ist doch kein Traum, John kommt! Sie springt wie eine Wilde vom Sofa und rennt zur Tür, um sie zu öffnen. Keine Spur von John, es sind ihre Schwester Eva und Schwager Horst. „Wir wollen dich zu den Eltern mitnehmen, um Silvester zu feiern, dein John kann bestimmt nicht kommen. Es schneit wie verrückt im Norden, die Straßen sind nicht mehr passierbar, bei den chaotischen Schneeverhältnissen ist kein Ende in Sicht. Das Chaos verlagert sich immer mehr in die östlichen Gebiete, deshalb ist es sinnlos, in deiner Wohnung zu bleiben." Sie willigt ein und sagt: „Du hast recht, Horst, es hat absolut keinen Sinn, hier auf John zu warten." Sie packt schnell ein paar Sachen zusammen, die sie benötigt, und so fahren sie gemeinsam mit Horsts Skoda zu den Eltern nach Trotha. Jetzt sind die Wetterverhältnisse richtig klar zu sehen, während der Fahrt werden die Schneeflocken immer dichter. Horst kann nur ganz langsam fahren. Die Sichtverhältnisse werden immer schlechter. Nach knapp zwei Stunden Fahrt haben sie das Elternhaus erreicht.

„Gott sei Dank seid ihr da!“, rufen die Eltern schon von Weitem. Soeben kam im Radio eine Warnmeldung für die Bevölkerung, wenn möglich, auf sämtliche Fahrzeuge zu verzichten, auch die Wohnungen nicht mehr zu verlassen. „Wir sind jedenfalls gesund angekommen“, gibt Horst selbstgefällig an, „ich bin nämlich ein perfekter Autofahrer.“ Daraufhin klopft ihm Judith kräftig auf die Schultern. In der Küche von Judiths Eltern riecht es wieder nach einem köstlichen, knusprigen Braten, vor allem Horst läuft das Wasser im Mund zusammen. Es gibt Schweinshaxe mit Kartoffelpüree, damit sie trinkfest sind. „Die gute Erdbeerbowle hat Vati ganz schön stark angesetzt.“ „Das ist gut, meine liebe Mutti“, antworten Eva und Judith, denn die Schwestern trinken gern süße und prickelnde Getränke. Judith holt aus ihrer Tasche zwei Flaschen französischen Sekt und Gebäck, den Sekt hatte sie noch im Intershop für Silvester gekauft. Während Eva den Tisch für das Silvesteressen deckt, klingelt es an der Wohnungstür der Eltern, es sind Rosi und ihr Mann. „Das ist aber eine Überraschung“, sagt Mutti, „mit euch habe ich gar nicht gerechnet, da ihr in Dessau Silvester feiern wolltet.“ „Sicher“, antwortet Rosi, „aber bei diesem Wetter fährt keiner mehr mit dem Auto, das wäre viel zu gefährlich.“ „Das stimmt“, antworten die Eltern. Jetzt fehlen nur noch Bert mit seiner Familie und Schwester Heide aus Halle-Neustadt, dann wäre die Familie komplett. Die Stimmung ist bereits vergnügt, denn der Vater füllt schon die Gläser für einen Begrüßungstrunk. „Ich kann noch nichts trinken, erst nach dem Essen“, sagt Judith, „sonst bin ich schon vor Mitternacht müde und erlebe nicht das neue Jahr.“ Eva erwidert das Gleiche, denn sie verträgt erst recht keinen Alkohol, schon gar nicht auf leeren Magen.

Als sich alle zum Essen an den Tisch platziert haben, klingelt das Telefon, es ist Heide, die ihren Besuch absagt, es fahren keine öffentlichen Verkehrsmittel mehr, da der Strom ausgeschaltet ist. „Das ist sehr schade", antwortet Mutti, „denn hier ist schon mächtige Partystimmung. Aber von Halle-Neustadt bist Trotha ist es eine ganz schöne Strecke, deshalb ist es besser, wenn ihr zu Hause bleibt." Sie wünscht Heide und deren Mann noch einen guten Rutsch ins neue Jahr und legt den Hörer auf. „Jetzt wird aber gegessen", sagt Rosi zu ihrer Mutti. Sie hat den Satz noch nicht ganz ausgesprochen, da geht das Licht aus. „Klasse", sagt Judith, „jetzt feiern wir bei Kerzenlicht ohne Musik und Fernsehen." „Dann machen wir halt unsere eigene Musik", erwidert Vati, „ich spiele auf meiner Trompete und ihr singt dazu." „Das wird lustig", sagt Eva, die gerade dabei ist, sämtliche Kerzen anzuzünden. „Nur gut, dass das Weihnachtsfest erst vor ein paar Tagen war und noch genügend Kerzen in der Wohnung sind", sagt Mutti. „Hoffentlich bleiben die Heizkörper warm und wir müssen den Silvesterabend nicht mit Wintermänteln verbringen. Zur Vorbeugung trinken wir einen richtigen Glühwein", sagt Vati und alle lachen.

Der Silvesterabend verläuft so richtig lustig und alle haben Spaß. Eine Stunde vor Mitternacht kommt auch der Strom wieder. „Unser Staat lässt doch seine Bürger und Genossen nicht ohne Strom ins neue Jahr rutschen wegen ein paar Zentimeter Schnee", scherzt Vati. Pünktlich um 24.00 Uhr werden die Gläser mit französischem Sekt gefüllt. Es wird angestoßen und alle beglückwünschen sich mit Tränen in den Augen auf ein neues gesundes und friedliches Jahr. Judith heult wie ein Schlosshund, denn sie muss an ihren John denken. „Sicher wird er auch bei seinen Eltern feiern und an dich denken", sagen alle mitfühlend. „Wir wollten den Übergang ins Jahr 1979 zusammen verbringen", weint Judith. „Es ist nicht gut, so lange vorauszuplanen, das geht meistens schief und dann ist man nur enttäuscht", tröstet Rosi und Eva sagt: „Jetzt wird richtig gefeiert und nicht geheult."

Als Judith am nächsten Tag nach Hause kommt, stehen etliche Hausbewohner im Treppenhaus und diskutieren über ein großes Problem. Judith ahnt es, die Wasserleitungen sind wieder zugefroren, wie jeden Winter, wenn der Frost kommt. Einer von ihnen hält schon die Lötlampe bereit und will damit die Rohre mit Gewalt auftauen. Nach Judiths Erfahrung ein großer Fehler, sie können durch zu schnelles Auftauen mit offenem Feuer platzen. Außerdem könnte dadurch auch noch ein Brand ausgelöst werden und das Chaos wäre perfekt. Sie versucht, dies allen Hausbewohnern zu erklären, aber keiner hört auf sie. Es ist auch verständlich, ohne jegliche Wasservorräte ist jeder Mensch aufgeschmissen. So geht sie in ihre Wohnung und hat nur noch einen Gedanken: den Ofen anzuheizen. Als sie den Fernsehapparat einschalten will, stellt sie sofort fest, dass in der Wohnung auch kein Strom vorhanden ist. Sämtliche Kerzen legt sie schon mal für den Abend bereit, aber noch ist es einigermaßen hell. Gott sei Dank besitzt sie noch ein Kofferradio, das mit Batterien betrieben wird. Sie schaltet es auch gleich an. Die Nachrichten berichten weiter über die katastrophale Wetterlage in Deutschland, es ist auch noch kein Ende in Sicht. Die Einsatzkräfte, sogar die Armee, sind rund um die Uhr in vollem Einsatz.

Teil 2
Die Jahre 1979 bis 1980
Achterbahn der Gefühle

Gott sei Dank ist der Strom wieder eingeschaltet, so kann Judith ihre Hausarbeit verrichten. Morgen beginnt der erste Arbeitstag im neuen Jahr und sie hofft, dass John heute aus Niedersachsen kommt, falls die Straßen wieder einigermaßen passierbar sind. Sie braucht einfach seine Nähe, seine Körperwärme und vor allem seine Zärtlichkeit, eine ganze Woche kein Lebenszeichen von ihm, das schmerzt schon im Herzen. Am späten Nachmittag liefert Rolli den gemeinsamen Sohn Moritz ab. Er erzählt, dass sie den ganzen Silvesterabend ohne Strom und Heizung verbracht haben; die Sektflaschen hatte er auf dem Balkon abgestellt und vollkommen vergessen. Erst kurz vor Mitternacht war es ihm wieder eingefallen, aber da war es bereits zu spät, der Sekt war gefroren und so konnten sie nur mit Limonade und Bier auf das neue Jahr anstoßen.

Judith lacht herzhaft und sagt, dass bei den Eltern die Lage ähnlich war, nur die Heizungen sind warm geblieben. So brauchte wenigstens keiner zu frieren, auf das neue Jahr konnten sie getrost anstoßen, mit leicht gekühltem Champagner. Moritz redet wieder wie ein Wasserfall und erzählt von seinen Erlebnissen im Wald. „Es lag sehr viel Schnee, sodass wir einen großen Schneemann bauen konnten, allerdings haben wir als Nase nur eine Kartoffel gefunden." „Wieso?", fragt Judith verwundert. „Es gab im Wald keine Möhren", antwortet Moritz und verzieht sein Gesicht zu einer Grimasse. „Die alte Kartoffel haben wir nur zufällig gefunden", erklärt Rolli, „sie stand ihm ganz gut." Judith ist immer wieder erfreut, dass Rolli seinen Sohn auch sehr vergöttert und liebt. Rolli hat es wieder eilig. Er verabschiedet sich von seinem Sohn und seiner Exfrau und läuft zu seinem Trabant, wo die Scheiben in der kurzen Zeit schon wieder zugefroren sind. Er versucht, sie wieder freizumachen, aber das ist nicht so einfach. Mein Gott, denkt Judith und blickt nochmals aus dem Fenster, so eine Kälte hatten wir in Halle schon etliche Jahre nicht mehr. Hoffentlich müssen wir morgen im Bankgebäude nicht frieren, das wäre furchtbar.

„Was sollen wir nur machen, wenn das Wasser aus der Leitung nicht wiederkommt?“, ruft Moritz und blickt seine Mutter sorgenvoll an. „Keine Sorge, Schatz, zum Waschen und Zähneputzen haben wir noch reichlich im Kessel.“ Sie geht ins Bad, um sich davon zu überzeugen, dass die gewisse Wassermenge tatsächlich vorhanden ist. Glück gehabt, es reicht gerade noch für eine Katzenwäsche, ungefähr zehn Liter sind noch verfügbar. Innerlich bekommt Judith wieder eine verdammte Wut im Bauch und schimpft über diese chaotischen Zustände im Haus, die fast jedes Jahr im Winter auftreten. Sie läuft zur Toilette und stellt fest, dass Gott sei Dank wenigstens die Wasserspülung funktioniert, trotz Minusgrade in diesem Raum, sogar Eisblumen zieren die Fensterscheiben. Falls jemand sein Geschäft verrichten will, darf er sich dafür nicht viel Zeit lassen, sonst kann man sich schnell eine Unterkühlung zuziehen.

Empfindliche Menschen leiden ganz besonders unter solchen schlimmen Zuständen im Haus. Wer noch nicht abgehärtet ist, kann sich sehr schnell eine Erkältung in dieser Bruchbude in der Turmstraße zuziehen. Als Judith ihre Hausbewohnerin Sylke im oberen Stockwerk aufsucht und an ihrer Wohnungstür klingelt, öffnet Ehemann Karl die Tür. Auch sie sind über den Zustand im Haus verzweifelt, vor allem über die zugefrorenen Wasserleitungen. „Wir müssen Nägel mit Köpfen machen“, sagt er spontan zu den beiden Frauen, „es gibt nur eine Möglichkeit, die Lage mit den Rohren in den Griff zu bekommen, nämlich Wärme.“ „Das wissen wir auch“, lachen beide, „aber woher die Wärme nehmen?“ „Ein Glück, dass die Gasleitungen noch nicht betroffen sind“, antwortet Karl. „Wir versuchen es mit warmen Tüchern und Decken, um die Rohre aufzutauen, vielleicht haben wir Erfolg.“ So beteiligen sich

Judith und Sylke mit an dieser Aktion und suchen sämtliche alte Handtücher, um diese eine Weile ins aufgewärmte Wasser zu legen und danach die vereisten Rohre zu umwickeln. Die Stromsperre ist wieder aufgehoben, so können sie auch noch ein zusätzliches Heizgerät an die Rohre stellen, das verkürzt den Auftauprozess. Andere Hausbewohner kümmern sich um die Lichtverhältnisse und leuchten mit Taschenlampen und Kerzen. Eine unheimliche Angelegenheit, wie leicht könnte durch offenes Feuer ein Brand ausgelöst werden. Am späten Abend sind die Rohre endlich vom Eis befreit, ohne jegliche Schäden. Mit Stolz und Zufriedenheit für ihre geleistete Arbeit kann jeder Bewohner wieder seiner normalen Hausarbeit nachgehen, das Wasser fließt wieder normal aus der Leitung.

Judith, Sylke und Karl gönnen sich bei einer Flasche Sekt noch eine Plauderstunde in deren Wohnung. So kommt schnell wieder gute Stimmung auf und die viele Arbeit am Feiertag ist schnell vergessen. „Es wäre furchtbar, wenn John kommt und kein Strom und Wasser vorhanden ist, wie peinlich!“, sagt Judith zu Karl und Sylke, doch Karl reagiert sehr sozialistisch und macht Judith klar, dass im Westen noch ganz andere Dinge den Alltag beherrschen. Zum Beispiel müssten sehr viele obdachlose Menschen unter Brücken und überhaupt auf der Straße leben. „Vielleicht lieben sie die frische Luft“, antwortet Judith und ist gleichzeitig entsetzt über ihre eigenen Worte, die so schwachsinnig sind. „Solange nicht bekannt ist, warum diese Menschen auf der Straße und unter Brücken leben, werde ich mir kein Urteil erlauben“, fügt sie schnell hinzu. „Wer immer fleißig seiner Arbeit nachgeht, muss sein Nachtlager bestimmt nicht unter einer Brücke aufschlagen.“ „Das stimmt“, sagt Karl, „aber es soll sehr schwer sein, Arbeit zu finden. Die Arbeitslosigkeit beherrscht den Westen, glaube mir, Judith.“ Sie nickt nur sanft mit dem Kopf, verabschiedet sich und geht in ihre Wohnung, um sich ins Bett zu begeben.

Als der Wecker klingelt, fällt es Judith verdammt schwer, aufzustehen; trotz warmer Daunenbettdecke spürt sie, dass es hundekalt im Zimmer ist. Sie schaut sofort zu Moritz hinüber und sieht, dass er sich ebenfalls gut zugedeckt hat und wie ein Murmeltier schläft. Wie sehr hat sie gehofft, dass John noch um Mitternacht einträfe, aber keine Spur von ihm. Sie schaltet das Radio an, beginnt, wie jeden Morgen, ihre üblichen Gymnastikübungen, um fit zu bleiben. Vorher geht sie noch zum Fenster, um es zu öffnen, doch die eiskalte Luft, die ihr entgegenschlägt, lässt ihren Atem fast erstarren. Nach wenigen Minuten schließt sie das Fenster wieder und bewundert noch die vielen Eisblumen, welche die Fensterscheiben zieren. Sie eilt in die Küche, um den Gasherd einzuschalten. Allerdings, durch offene brennende Gasflammen Räume zu beheizen, ist nicht vorteilhaft und auch nicht gesund, da es eine feuchte Wärme ist. Das Thermometer draußen zeigt minus 15 Grad, und im Schlafzimmer sind es gerade mal plus 3 Grad. Eigentlich eine Zumutung, in solch einem unterkühlten Raum zu schlafen, ohne jegliche Heizungsgeräte. Deshalb legt Judith eine Stunde, bevor sie zu Bett geht, immer eine Wärmflasche ins Bett. Auch elektrische Heizgeräte nützen nichts in dieser Wohnung, die Stromleitungen sind total veraltet und die Sicherungen fliegen öfter raus. Es kam sogar schon mal eine Stichflamme aus dem Stromkasten, so gefährlich lebt man in dieser Wohnung.

Ihre Traurigkeit ist nicht zu übersehen, irgendwie hatte sie gehofft, dass John noch diese Nacht einträfe. Moritz fragt erneut: „Wo bleibt John nur?“ Sie lenkt sich ab, indem sie sich für die Arbeit stylt. Im Radio melden die Medien, dass sich die Lage auf den Straßen allmählich entspanne, auch der Verkehr rolle wieder einigermaßen. Es geht aber nur mit Winterreifen und in manchen Gegenden ist ohne Schneeketten absolut kein Vorwärtskommen. Für Moritz hat sie noch schnell das Frühstück gerichtet, denn er hat noch Ferien. Ihre Freundin Sylke, die im gleichen Haus wohnt, kümmert sich liebevoll um ihn. Trotz alledem ist er mit seinen fast neun Jahren sehr selbstständig, deshalb macht sie sich keine unnötigen Sorgen. Sie schaut auf die Uhr und merkt, dass es Zeit wird zu gehen.

Im Büro begrüßt sie alle Kollegen und wünscht alles Gute für das Jahr 1979. Als Vera auf sie zukommt, tauschen sie gleich miteinander aus. Judith fragt ihre Freundin, ob sie wenigstens ein Lebenszeichen von Rudolf gehört habe. Vera schüttelt den Kopf und sagt, dass auch sie nicht wisse, wann er komme, vielleicht … gar nicht mehr. „Das glaubst aber auch nur du", erwidert Judith zornig, und schon füllen sich ihre Augen mit Tränen. Im gleichen Moment kommt Herr Eisenmann und fragt, ob die Damen nichts zu tun hätten. Nach dieser Aufforderung gehen beide an ihren Arbeitsplatz, um sich ihrem jeweiligen Aufgabengebiet zu widmen.

Karla fragt Judith, wie die Silvesterparty gewesen sei. „Es ist schon alles sehr traurig", antwortet Judith, „das Wetter hat uns einen dicken Strich durch die Rechnung gemacht, gegen Mutter Natur sind wir alle machtlos." „Die Fernsehbilder haben gezeigt, was die Schneemassen alles so angerichtet haben. Auch der Moritzburgkeller war ohne Strom und Heizung, die sind nämlich ebenfalls ausgefallen." „Woher weiß du das?", fragt Judith Karla. Karla antwortet, dass ihre Nachbarin ebenfalls Karten für die Party im Moritzburgkeller hatte. Die Gäste tanzten alle mit dicken Wollmänteln und hauten sich mit Wodka und Longdrinks voll, wärmten sich also von innen. Auch eine gute Idee, aber das wäre nichts für uns gewesen, denkt Judith und schmunzelt.

Herr Eisenmann beobachtet den ganzen Arbeitsablauf im Büro und versucht auch etwas zu helfen. Der Dokumentenberg ist bei normaler Arbeitszeit nicht zu bewältigen, aber die Termine müssen trotzdem eingehalten werden. Für alle Kollegen ist wieder Mehrarbeit angesagt. Kein Problem für Judith und Vera, so können sie sich etwas ablenken und denken nicht ständig an ihre Männer, die wegen des plötzlichen Wintereinbruchs mit enormem Schneefall bestimmt noch irgendwo feststecken. Vielleicht treffen sie ja heute Abend ein, aber die Arbeit auf der Baustelle ist bestimmt nicht möglich, deshalb kann es gut sein, dass alle Mitarbeiter der Firma noch verlängerten Urlaub bekommen. Wieso hat John nicht versucht, ein Telegramm zu schreiben oder bei den Eltern anzurufen? Sie verfügen über ein Telefon. Allerdings ist es ein Diensttelefon, darauf Gespräche aus dem Westen zu empfangen, wäre nicht gut. Auf keinen Fall will Judith den Eltern durch ihren Westfreund Ärger bereiten. Schon spürt sie wieder einen gewissen Hass, der wie ein Blitz durch ihren gesamten Körper zuckt. Diese Verbote sind ihr früher nie so richtig aufgefallen, aber da hatte sie auch noch keinen Freund aus dem anderen Teil Deutschlands. In der Mittagspause begeben sich die meisten Kollegen nach draußen, um die kalte Winterluft zu genießen. Am liebsten würde Judith mal schnell nach Hause eilen, um zu schauen, ob wenigstens Post von John im Briefkasten liegt, Vera hält sie jedoch davon ab.

„Wieso träumen wir immer von Männern, mit denen es sowieso keine Zukunft gibt? Schon verrückt“, sagt Vera etwas genervt und auch sehr verbittert. „Das ist Schwachsinn“, antwortet Judith, „für jedes Problem gibt es eine Lösung, außerdem kann kein Mensch seine Gefühle unterdrücken. Wer weiß, was für schöne Dinge wir noch mit John und Rudolf erleben.“ Mit etwas Humor singt Judith: „Ich liebe verbotene Früchte, die schmecken verdammt süß.“ „Sie können aber auch sehr große Magenschmerzen verursachen“, gibt Vera prompt zurück. Sie diskutieren über alle möglichen und auch unmöglichen Dinge, sodass sie ihre Pause wieder etwas überzogen haben. Im Sauseschritt eilen sie an ihre Dienststelle.

Als Judith gerade versucht, den Dokumentenberg zu sortieren, wird sie plötzlich von der Sekretärin aufgefordert, mal kurz ins Büro des Filialleiters zu kommen. Was will der wohl von mir? Bestimmt fragt er, ob ich heute länger arbeiten kann oder ob ich die Pause wieder etwas überzogen habe. Sie schaut Betti an, doch die schüttelt nur den Kopf und sagt: „Keine Ahnung, was er von dir will.“ Als sie das Büro betritt und das ernste Gesicht von Herrn Eisenmann sieht, ahnt sie gleich, irgendwas stimmt hier nicht. Er fordert sie auf, Platz zu nehmen, was Judith auch tut. Die erste Frage ist bitter. „Haben Sie Kontakt zu westdeutschen Bürgern?“ Sie antwortet selbstbewusst mit einem lauten „Nein“. „Diese Frage wurde mir vor langer Zeit schon mal gestellt, darauf habe ich ehrlich geantwortet.“ „Wirklich ehrlich, Frau Dreve?“ Er schaut sie prüfend an. Judith nickt mit dem Kopf und sagt leise: „Herr Eisenmann, ich pflege keinen Kontakt zu Menschen aus feindlichen Ländern.“

Sie spürt gleich eine gewisse Hitze im Kopf, aber sie hat sich vollkommen im Griff. Wieso stellt der Chef ausgerechnet heute solche Fragen, mitten im Ultimo?! Sie stecken bis zum Hals in Arbeit!

Sie verlässt das Zimmer und geht wieder an ihren Arbeitsplatz. Sie konzentriert sich nur auf ihre Arbeit. Ihre Freundin Vera will gleich alles wissen, doch Judith winkt ab und gibt ihr zu verstehen, es war nicht wichtig. Auch Karlas Neugier, was wohl der Eisenmann von ihr wollte, ist nicht zu übersehen. Judith signalisiert den beiden, dass sie jetzt ihre Arbeit bewältigen muss, da es sonst ein sehr langer Arbeitstag wird. Sie möchte wenigstens vor 18.00 Uhr zu Hause sein.

Die Uhr zeigt schon fast 17.00 Uhr, der anstrengende Arbeitstag in der Bank ist allen Kollegen im Gesicht anzusehen. Judith hat nur ein Ziel: so schnell wie möglich nach Hause zu eilen. Unterwegs geht sie noch zum Bäcker, um ein einigermaßen frisches Brot zu ergattern, sie hat Glück, wundert sich, dass auch noch Brötchen und Kuchen zu verkaufen sind. Sie fragt die Verkäuferin, wieso es am späten Nachmittag noch so ein großes Angebot an Backwaren gibt, die Dame antwortet, Kollegen hätten wegen der Kälte eine Sonderschicht geleistet. Sie plaudern noch eine Weile über die Ereignisse der letzten Tage und den katastrophalen Wintereinbruch. Sie verabschiedet sich und denkt, jetzt aber schnell heim, denn der Ofen muss noch beheizt werden.

Als sie von der Ferne ihr Haus erblickt, sieht sie die Beleuchtung im Wohnzimmer, obwohl sich Moritz bei ihrer Freundin Sylke in der oberen Etage aufhält. Als sie die Wohnungstür aufschließen will, klemmt das verdammte Türschloss wieder, sie will gerade die Klingel betätigen, da geht wie durch ein Wunder die Tür auf. Judith stockt der Atem. Ich träume doch nicht etwa? „Nein, mein Engel, es ist wahr, ich komme direkt aus dem verschneiten Chaos Niedersachsen." Sie umarmen und küssen sich ohne Pause, als ob er von einer langen, großen Reise kommt. Schon wieder fließen Freudentränen. „Nicht weinen, ich bin doch jetzt da." Er versucht, seine aufgewühlte Judith abzulenken, und fragt gleich nach Moritz. Sie antwortet schluchzend, er sei bei Sylke. Es dauert noch eine Weile, bis sich die beiden Liebenden beruhigt haben, erst jetzt sieht Judith den herrlichen Rosenstrauß in der Vase. „Mein Gott, wie kann es möglich sein, in so einem strengen Winter meine Lieblingsblumen zu bekommen? Und wie sie duften, einfach herrlich!" „Das war nicht so schwer, jedenfalls weniger schwer als deinen Ofen zu beheizen", antwortet John, „denn ich habe lange nach dem Kellerschlüssel gesucht." Erst jetzt bemerkt Judith, im Wohnzimmer herrscht bereits eine gemütliche Wärme. „Ich habe dir und Moritz noch viel mehr mitgebracht, aber das liegt alles noch im Auto." „Wo steht dein Auto?" John lächelt. „Das steht am Interhotel." Sie wundert sich und fragt, wieso er es dort abgestellt hat. „Der Straßendienst war gerade im Einsatz und hat die Straße vom Schnee befreit, die Polizei war auch präsent und hat zugeschaut", antwortet John. „Deshalb wollte ich mit meinem Mercedes nicht Aufmerksamkeit erregen, denn das wäre sehr unklug gewesen." „Das stimmt", sagt Judith, „du wärst sofort ausgefragt und kontrolliert worden." „Es sind nur wenige Meter von deinem Haus, es ist kein Problem, das Auto zu holen. Jetzt ist es schon dunkel und wir können die Sachen zusammen auspacken, ohne neugierige Blicke der Leute zu riskieren." Als John sein Auto holen will, erscheint Moritz im Hausflur.

Er kann es nicht fassen, dass der Freund seiner Mutter plötzlich wie ein Geist vor ihm steht. Die Freude ist so groß, dass es ihm fast die Sprache verschlägt. Sie umarmen sich und unzählige Fragen folgen. „Mama hat gesagt, du kommst wahrscheinlich gar nicht wieder." „Das hat sie wirklich gesagt?" Moritz nickt und John runzelt etwas die Stirn. Er erwidert: „Dann hat sie sich Gott sei Dank geirrt. Ich werde immer versuchen, wiederzukommen, wenn es möglich ist. Ich habe euch sehr vermisst und mir ebenfalls große Sorgen gemacht. Der plötzliche Wintereinbruch und der viele Schnee auf den Straßen, da gab es einfach kein Durchkommen. Gegen die Natur anzukämpfen, ist verdammt schwer und so gut wie aussichtslos." Moritz schaut verständig und fragt, wo er jetzt noch so spät hingehen wolle. John antwortet: „Ich muss nur mein Auto holen und du kannst mich begleiten." So laufen beide Richtung Parkplatz und fahren das Auto in eine Seitenstraße nahe dem Wohnhaus.

Judith hat es irgendwie geahnt, John hat den ganzen Kofferraum mit Geschenken und Lebensmitteln vollgeladen. Sie hilft John zusammen mit Moritz beim Ausladen, damit ihnen noch genug Zeit bleibt, um gemeinsam den Abend zu genießen. „Warum sind diese wunderschönen Dinge nicht in der DDR zu bekommen?" Diese Frage stellt Moritz immer wieder. Es ist glasklar, sie leben einfach im falschen Land.

Für John hat Judith einen Aktenkoffer aus hochwertigem Leder und eine Herrenkette als Weihnachtsgeschenk ausgesucht. An dieser Kette soll er den kleinen Bernstein verankern, den ihm Judith letztes Jahr aus Wismar mitgebracht hat. Er soll hauptsächlich als Glücksbringer dienen, vor allem ihre Liebe symbolisieren. Ein wenig Aberglaube und Hoffnung gehören zu jedem Leben; was die Zukunft dann wirklich bringt, steht in den Sternen geschrieben. Jetzt erinnert sich Judith wieder an jene Wahrsagerin beim Volksfest in Wismar. Sie hat angeblich vieles aus ihrer Hand lesen können, aber Judith hält nichts davon. Trotzdem, es war sehr interessant und spannend, denn es handelte sich um eine richtige Zigeunerin aus Ungarn. Deren so eindringliche Blicke konnte auch Vera nicht vergessen und wie sie erzählte, dass Judith immer wachsam sein solle. Hauptsächlich beim Umgang mit nahestehenden Menschen, denen sie großes Vertrauen schenke, nicht alle wären so ehrlich, wie sie sich präsentierten. Damals grübelte Judith, was sie damit nur meinte. Ihr Lebensweg würde nicht immer gerade verlaufen, sondern auch steinig sein. Was die Liebe betreffe, da zögerte die Alte oder, besser gesagt, Judith hatte genug von dem Geschwätz dieser Fremden und wollte nichts mehr wissen.

John ist nochmals zum Auto gegangen, weil er etwas Wichtiges vergessen hatte. Kurze Zeit später kam er mit einem Reiseprospekt zurück. Er zeigt Judith darin ein hübsches Hotel vom Plattensee in Ungarn. „Dort soll unser Urlaub im Sommer stattfinden, wenn alles klappt. Wir werden wie eine richtige Familie den Urlaub genießen." „Das wäre wunderbar", sagt Judith voller Freude. „Aber ich brauche ein Visum für dieses Land." John erwidert, dass er ebenfalls eine Aufenthaltsgenehmigung für Ungarn beantragen müsse. „Nach Beendigung der Projektabwicklung wird auch mein Visum für die DDR nicht mehr verlängert, alles muss neu beantragt werden." Es ist für Moritz eines der schönsten Geschenke. „Wir müssen die Aufenthaltsgenehmigung und die Flugtickets nach Budapest so schnell wie möglich beantragen." „Wir haben noch viel Zeit, bis es so weit ist."

Der Monat Mai hat begonnen, für Judith und Vera ist klar, dass der Abschied von den geliebten Freunden immer näher rückt. Für beide Frauen steht fest, sie wollen auf keinen Fall in dem maroden und vor allem eingesperrten Staat DDR alt werden. John hat eine Adresse aus der Illustrierten Die Bunte mitgebracht, die Institution heißt Bürgerhilfe. Sie soll sich für ausreisewillige DDR-Bürger einsetzen. John legt Judith nahe, diese Stelle unbedingt zu kontaktieren. „Außerdem werden wir noch einen Brief an den Bundesminister für innerdeutsche Beziehungen, Dr. Franke, schreiben, vielleicht kann der auch helfen." „Wie soll das alles funktionieren?", fragt Judith. „Ich kann doch keine Post an diese Stelle nach Bonn schicken. Die wird ganz bestimmt von der Staatssicherheit kontrolliert." John lacht. „Natürlich nicht, wir werden diese Briefe aufsetzen und du musst auf alle Fälle noch eine Geburtsurkunde von dir und Moritz besorgen. Außerdem werde ich Kopien von deiner Ausbildung als Bankerin mitnehmen. Versuche, die Zeugnisse in deiner Dienststelle zu kopieren." „Das ist nicht einfach, die Sekretärin ist immer im Büro, wo unser Kopierer steht. – Ich lasse mir etwas einfallen", antwortet Judith und John nickt. „Ich werde alles mitnehmen und an dieser Stelle sämtliche Papiere und Schriftstücke persönlich abgeben."

Judith ist einverstanden, ohne Probleme besorgt sie die Urkunden bei der zuständigen Behörde in Halle, mit der Begründung, sie seien verloren gegangen. Der Beamte schaute sie nur etwas verwundert an, Judith konnte sich aber glaubwürdig herausreden. Die Zeugnisse konnte Judith auch ohne Probleme bei der Bank kopieren, der Chef war gerade auf Dienstreise. Seine Sekretärin nutzt solche Gelegenheiten immer, um längere Mittagspausen zu machen. So konnte Judith unbehelligt die Dokumente kopieren, ohne dabei erwischt zu werden.

Den ganzen Abend schreibt sie ihre Beweggründe auf, um vielleicht bald legal aus der ungeliebten DDR ausreisen zu können. Die lebenswichtigen Briefe mit Judiths Unterlagen werden in eine Hülle gesteckt, danach in einem großen DIN-A4-Umschlag versiegelt. Sie schaut John an. „Wo willst du diesen Umschlag verstauen?" Es kann passieren, dass ausgerechnet bei seiner Heimreise eine richtig strenge Kontrolle durchgeführt wird. „Keine Sorge, mein Schatz, dort, wo ich diesen Umschlag verstecke, werden die Zollbeamten bestimmt nicht schauen." „Ich hoffe, es geht alles gut!" „Das wird es, so streng sind die Leute nicht an der Grenze, im Gegenteil, sie haben uns immer freundlich behandelt." Judith antwortet mit Misstrauen: „Sie haben euch auch gebraucht für das Projekt im Chemiewerk Buna, jetzt ist die Baustelle beendet. Sie werden froh sein, dass viele westdeutsche Bürger wieder ausreisen müssen. Den Staatsorganen der DDR ist nicht entgangen, dass viele von euch eine ostdeutsche Freundin haben." „Du hast recht, Judith, einer von denen hat mir mal gesagt, es wird Zeit, dass ihr alle wieder abhaut. Ich habe dann höflich gefragt: ‚Wieso?' Er gab mir zur Antwort, dass die westdeutschen Männer den schönsten Frauen aus Halle den Kopf verdreht hätten." Judith schaut John erschrocken an. „Vielleicht werden wir schon observiert." „Das kann nicht sein", erwidert John, „dann hättest du niemals ein Visum nach Ungarn genehmigt bekommen." „Das stimmt", antwortet Judith. John greift zur Weinflasche, um nochmals die Gläser zu füllen. „Es sind noch sechs Wochen, dann treffen wir uns in Budapest und verbringen einen wunderschönen Urlaub." Er küsst seine geliebte Judith und sagt: „Es wird alles gut."

Der Arbeitstag bei der Bank verläuft wie immer normal, in der Mittagspause besorgt Judith für Johns Kollegen weitere bestellte Waren. Den Kollegen von der Bank sind schon lange die Geschäfte von Judith aufgefallen, aber keiner kam bisher auf die Idee, Judith zu verraten. Sie haben ihre Geschäftstüchtigkeit sogar auf einer Geburtstagkarte verankert. Im Großen und Ganzen ist das Klima unter den Kollegen sehr harmonisch und kollegial. Neid unter den Kollegen ist eher die Ausnahme, nur bei Geschenken von Exportbetrieben gab es mal böses Blut, da nicht jeder Mitarbeiter von diesen Geschenken profitierte. Jetzt werden die Sachen immer beim Filialleiter abgegeben und das Thema hat sich erledigt.

Vera fragt Judith, ob sie sich zum Essen im Restaurant Rotes Ross treffen wollen. Judith ist einverstanden, zumal sie mal wieder von Frau zu Frau plaudern möchte. „Kein Problem", antwortet Judith, „nächste Woche fahren John und Rudolf für zwei Tage nach Hause, um Sachen einzukaufen, da passt es gut." „Karla will bestimmt auch mitgehen", sagt Vera, aber Judith winkt ab und antwortet: „Es gibt viel zu besprechen, Karla muss über bestimmte Dinge nicht Bescheid wissen."

Alles verläuft wie geplant, Judith sortiert ihre Reiseunterlagen für Ungarn, auch die Flugtickets sind schon eingetroffen, am 15. Juli, 14.00 Uhr, geht es mit der Maschine IL-18 von Leipzig nach Budapest. Das Hotel hat John schon vor Wochen ausgesucht und gebucht, es soll in der Nähe der Thermalbäder liegen. Es werden bestimmt zwei wunderschöne Wochen und die Staatssicherheit hat sicherlich keine Ahnung von ihren Urlaubsplänen, sonst hätte Judith wohl niemals von der zuständigen Behörde ein Visum bekommen.

„Wir müssen aber trotzdem vorsichtig sein, es wäre gut, wenn auch deine Familie nichts über unseren gemeinsamen Urlaub weiß", sagt John. „Ich werde es keinem Menschen erzählen", antwortet Judith. Auch Moritz darf nichts wissen, denn Kinder plaudern gern. „Ach John, ich freue mich, aber gleichzeitig überkommt mich auch eine wahnsinnige Traurigkeit. Nächsten Monat ist das Projekt zu Ende und dann heißt es Abschied nehmen. Ich hoffe, dass ich mit Moritz bald ausreisen kann und wir für immer zusammen sein können." John schmunzelt verbittert. „Momentan sind es zwei Träume, aber glaube mir, eines Tages wird daraus Realität. Wir werden heiraten und noch viele Kinder bekommen, wir müssen nur fest daran glauben." Judith umarmt John zärtlich und streichelt seine Wangen. „Ich werde niemals einen anderen Mann heiraten, falls ich dich doch nicht bekommen sollte." Für John sind die Worte aus Judiths Mund sehr schmerzhaft, er wechselt das Thema. Nach dem Abendessen blättert Judith in ein paar Zeitschriften und John schreibt noch an einem Bericht für seinen Chef in Bremen, denn der will gerade jetzt, wo das Projekt so gut wie abgeschlossen ist, über jedes Detail informiert sein. Die Übergabe des Bauabschnittes an die staatlichen Organe der DDR erfolgt schon in drei Wochen. Es ist immer eine spannende Sache und alle hoffen, dass die Übergabe gut über die Bühne geht und die Abnahme des Bauabschnittes an das zuständige Amt der DDR zur vollsten Zufriedenheit erfolgt. Für Rudolf und John, die als Projektleiter die gesamte Verantwortung für das Bauunternehmen hatten, ist es immer eine Bestätigung, erfolgreich und gewissenhaft gearbeitet zu haben. Für Judith und Vera ist klar, dass die staatlichen DDR-Organe der Bauwirtschaft keine Mängel feststellen werden. Das Dauervisum der westdeutschen Mitarbeiter läuft aus und sie werden die Heimreise antreten müssen, auch Rudolf und John.

Im Restaurant Rotes Ross unterhalten sich Vera und Judith über ihre Zukunftspläne. Sie erzählen sich von ihren jeweiligen Urlaubszielen im Juli. Vera zeigt die Prospekte von den Masurischen Seen in Polen. Es muss herrlich sein! „Und wo wohnt ihr?", fragt Judith. „Rudolf wird mit seinem Campingwagen kommen, zumal er unbedingt sein Boot mitnehmen will, darin werden wir wohnen. Es wird sehr romantisch – mitten in der wilden Natur." „Bei uns ist auch alles perfekt, die Ungarnreise ist genehmigt und John hat auch schon das Hotel gebucht. Vielleicht machen wir noch einen Abstecher zum Plattensee, zumal ich eine Wasserratte bin, dort soll die Natur auch sehr schön sein", antwortet Judith. Die Frauen reden bis in die späte Nacht hinein von ihren Träumen vom Westen. Judith verschweigt Vera ihre Vorhaben bei der Bürgerhilfe in Bonn, sie sagt auch kein einziges Wort von dem aufgesetzten Brief an den Bundesminister Dr. Franke in Bonn, den John mitgenommen hat. Es ist nicht gut, über solche Dinge zu reden, denn es ist eine gefährliche, nach DDR-Gesetz auch eine strafbare Handlung, sich an westdeutsche Institutionen zu wenden. Solche Schriftwechsel werden leicht als Spionage der DDR gewertet, falls die Staatssicherheit etwas davon spitzbekommt. Es wäre mit fatalen Folgen zu rechnen, sogar mit Gefängnis! Das Risiko ist für Judith zu hoch, deshalb schweigt sie.

Mit Moritz hat sie auch nicht über ihr Vorhaben gesprochen, das hat alles noch Zeit. Flucht kommt für sie sowieso nicht infrage, auch für Vera mit ihren zwei Kindern ist das ein Tabuthema, vollkommen ausgeschlossen. „Die ‚Schlussakte von Helsinki' sagt aus, dass auch DDR-Bürger legal auswandern können, das haben wir doch in der Bücherei gelesen", diskutieren die Frauen. „Es führt kein Weg daran vorbei, dass wir den Ausreiseantrag nur im eigenen Land stellen können." „Dann stelle bitte sofort einen Antrag", sagt Judith zu Vera, „du wirst sehen, was passiert. – Wenn John und Rudolf wieder für immer im Westen sind, dann müssen wir uns ganz viele Informationen einholen, wie das alles unkompliziert über die Bühne geht." Vera schaut Judith etwas spöttisch an und fragt: „Bei wem willst du eigentlich nachfragen?" „Wir müssen vor allem Leute kontaktieren, die bereits einen Ausreiseantrag gestellt haben. Wir begegnen jeden Tag Leuten, die wir fragen könnten." Vera nickt und sagt: „Du hast recht, im oberen Stockwerk der Bank Abteilung ‚Forderungsverwaltung' kommen immer viele Leute und holen sich aus irgendeinem Grund einen Stempel, das sind bestimmt Ausreisewillige." „Wir müssen unbedingt herausbekommen, ob es sich dabei auch um kapitalistische Länder handelt. Wir könnten mal die Frau Voigt fragen, sie arbeitet in dieser Abteilung." „Eine gute Idee", erwidert Vera, „das werde ich demnächst in Angriff nehmen." Die Uhr zeigt schon Mitternacht. Vera ruft den Kellner, um die Rechnung zu bezahlen. Judith begleitet Vera zur Haltestelle, wo diese noch auf die Bahn warten muss, danach eilt sie selbst nach Hause.

Abschied von John

Schon seit Tagen merkt Moritz, dass irgendetwas nicht stimmt. John packt jeden Tag sämtliche Sachen in Reisetaschen ein. Auch sein großer Koffer, der immer in der Abstellkammer verstaut wurde, steht jetzt im Schlafzimmer. Er fragt, warum er die ganzen Sachen einpackt, vor allem, wozu er den großen Koffer braucht. John schaut Moritz an und kann seine Tränen nur mühevoll verbergen. „Weißt du, mein Schatz, ich muss doch Geld verdienen, meine Arbeit in Halle geht jetzt zu Ende. Ich habe einen Beruf, der mich immer wieder aufs Neue zwingt, in andere Städte oder ferne Länder zu reisen, um dort zu arbeiten. Es ist so wie bei den Seefahrern, die müssen ihre geladene Fracht auch immer mit ihren Schiffen in die Häfen ferner Länder befördern, und da dauert es manchmal Monate, ehe sie wieder zu Hause bei ihren Familien sind. So ähnlich geht es meiner Firma, sie hat ihren Auftrag hier erfüllt. Jetzt warten neue wichtige Aufgaben auf mich, die meisten Kollegen sind bereits abgereist."

Moritz ist zufrieden mit Johns Erklärung und konzentriert sich wieder auf seine Schulaufgaben. Judith bereitet gerade das Abendessen vor, es ist der vorletzte Abend mit John, aber sie weiß, dass sie bald in Ungarn wieder vereint sein werden, um gemeinsam den Urlaub zu verbringen. Hoffentlich klappt alles wie geplant, aber sie braucht sich keine Sorgen zu machen, es ist alles bestens organisiert. Die Briefe an die Bürgerhilfe und an den Bundesminister hat John bei der letzten Heimreise, ohne kontrolliert zu werden, weitergeleitet, das beruhigt sie.

Den ganzen Abend plaudert John von fernen Ländern, die er gern mit Judith und Moritz bereisen will, zum Beispiel Italien, Griechenland und Spanien. „Dort ist das Mittelmeer so glasklar, dass du die Fische beobachten kannst, auch viele Delfine, die jedes Schiff verfolgen, es ist einfach zauberhaft!" Judith kann gar nicht genug von den fernen Ländern hören. „Warum können DDR-Bürger solche Länder nicht bereisen?“ „Ich glaube, das liegt auch an eurem wertlosen Geld“, antwortet John. „Ich arbeite auch hart für mein Geld, aber viel kann ich dafür nicht kaufen.“ Um ein Gehalt von 700,00 Ostmark zu erhalten, muss Judith den ganzen Monat als qualifizierte Fachkraft fast zehn Stunden arbeiten, es ist ein Hungerlohn. Der Sozialismus ist nicht gerecht, sondern brutal, zumal die westdeutschen Banker den dreifachen Lohn erhalten, für die gleiche Arbeit und natürlich in harter Währung. Darum will Judith auf keinen Fall mit Moritz in der DDR alt werden. „Deshalb werden wir kämpfen, mein Schatz, ohne Kampf kein Sieg.“ „Jawohl“, antwortet Judith verschmitzt und küsst John. „Ganz richtig, ohne Kampf kein Sieg“, bestätigt sie. Nach diesem Leitspruch sind schon im Mittelalter sämtliche Könige und Kaiser in den Krieg gezogen. „Es ist schon spät, Judith, wir müssen früh raus, ich habe noch vieles zu erledigen“, sagt John und so gehen beide zu Bett. Judith kuschelt sich wie jede Nacht fest in Johns Arme.

Der Schlaf hält nicht lange an, sie wird wieder von schlimmen Albträumen wach. Dieses Mal war es ihre Familie, die im Traum von ihrem Vorhaben, in den Westen auszuwandern, bestens informiert war und versuchen wollte, sie zurückzuhalten. Viel schlimmer noch, ihr sollte das Sorgerecht für Moritz entzogen werden. John wird auch wach und fragt Judith, was los sei. Sie antwortet: „Es war Gott sei Dank nur ein böser Traum.“ Er hält sie ganz fest und beide schlafen wieder tief ein, bis zum Morgen. Als der Wecker klingelt, ist Judith wie gerädert und will gar nicht aufstehen. Sie erzählt John kurz den Traum. Er antwortet: „Das ist die Angst, die dich im Unterbewusstsein quält, aber du darfst keine Angst haben, sonst haben wir schon verloren.“

Es hat Gott sei Dank geklappt, Judith hat für den nächsten Tag von ihrem Chef den Haushaltstag bestätigt bekommen und kann freimachen. Es wäre auch unmöglich gewesen, einen klaren Gedanken bei der Arbeit zu fassen. So kann sie mit John das letzte Mal in ihrer Wohnung das Frühstück einnehmen, bevor er für immer seine Heimreise nach Westdeutschland antreten wird. Sie werden ein letztes Mal den ganzen Urlaub genauestens durchsprechen.

Der Abschied wird sehr traurig werden. Bestimmt werden auch Tränen fließen. Ich muss mich unbedingt zusammenreißen, denkt Judith, denn Moritz wird es kaum verstehen und nur unnötige, komplizierte Fragen stellen. Wieso habe ich mich ausgerechnet in einen Mann verliebt, der für unser System des Sozialismus zum Feindbild gehört? Es ist makaber, aber das Regime denkt so idiotisch und brutal. Für Vera wird der Abschied von Rudolf erst nach dem gemeinsamen Urlaub richtig stattfinden, sie werden von Halle gleich nach Polen fahren. Rudolf war schon bei der letzten Rückreise nach Halle mit seinem Campingwagen und Boot eingereist. Er hatte auch keine Probleme mit Visum und Behörden, so können auch sie, ohne jegliche Bedenken, die Reise antreten. Den Brief an die Bürgerhilfe in Bonn hat John bei seinem letzten Heimbesuch schon abgeschickt, vielleicht können die ja etwas bewegen und Judith und Moritz aus der DDR herausholen. Große Hoffnungen macht sich zwar Judith nicht, aber es muss alles versucht werden, um eine Ausreise zu bewirken. Ihren Eltern und Geschwistern hat sie von ihrem Vorhaben noch kein Wort erzählt, es wäre auch viel zu früh.

Judith geht zum Bäcker und holt frische Brötchen, um das letzte Frühstück mit ihrem geliebten John einzunehmen. Moritz hat schon gespeist, er muss heute sehr früh zum Unterricht. Das ist auch gut so, er würde es nicht verstehen, dass John für immer in seine Heimat ausreisen muss. Zusammen mit seinem Klassenkameraden, der ihn gerade abholt, will er gleich losziehen, doch Judith ruft ihn zurück und sagt: „Bitte verabschiede dich herzlich von John." Moritz gehorcht und gibt John einen Kuss, ohne zu bemerken, dass aus dessen Augen Tränen rollen. Judith begleitet Moritz schnell zur Tür, sie hat Angst, dass sonst noch unnötige Fragen gestellt werden könnten.

Während sich John schon mal am Tisch platziert, um das Frühstück einzunehmen, legt Judith ihre Lieblingskassette im Kassettenrekorder ein. Sie schauen sich nur an, keiner bekommt einen Bissen von den knusprigen Brötchen herunter. Als dann noch ein romantisches Liebeslied ertönt, können Judith und John die Tränen nicht mehr unterdrücken. Sie heulen wie ein Paar Schlosshunde, doch dann fasst sich John. „Wir werden in drei Wochen in Budapest wieder zusammen sein. Ich rufe dich jeden Tag im Büro an, allerdings müssen wir verschlüsselt sprechen. Die Diensttelefone werden bestimmt bei der Bank abgehört. Außerdem schreiben wir uns ganz viele Briefe." Er küsst seine geliebte Judith immer wieder. „Wir schaffen das!" Und Judith flüstert ihm zärtlich ins Ohr: „Wenn ich dich verliere, werde ich niemals mehr heiraten und auch keine Familie mehr gründen." „Du musst ganz fest an unsere zwei Träume glauben", antwortet John, „dann wird alles gut. Du kennst sie doch noch? Der erste Traum ist, dass ihr beide es schafft, die DDR unversehrt zu verlassen, und der zweite und natürlich auch der schönste Traum, wir werden in der Kirche heiraten und endlich eine Familie sein. Außerdem möchte ich mit dir noch viele Kinder haben." Judith lächelt und flüstert: „Höchstens noch zwei Kinder", und schon lachen beide wieder herzlich. Als John die Koffer schnappt und Judith nochmals zärtlich in seine Arme nimmt, fließen erneut Tränen. „Ich werde jetzt nach Leuna fahren, danach komme ich nochmals kurz vorbei und werde dir einen Briefumschlag mit dem restlichen DDR-Geld in den Briefkasten werfen. Pass bitte gut auf dich auf", und schon eilt er davon.

Die Tränen hören nicht auf zu fließen, immer wieder fragt sich Judith: Warum muss gerade mir das passieren? Sie legt sich auf ihre Couch, um ein wenig Ruhe zu finden, sie weint so lange, bis sie vor Müdigkeit einschläft. Als sie durch ein Motorengeräusch aufwacht, springt sie sofort ans Fenster. Es ist John, der ihr noch mal mit einem Briefumschlag zuwinkt. Sofort steigen ihr wieder Tränen in die Augen, aber sie beruhigt sich schnell und eilt sogleich zu ihrem Briefkasten, um den Brief von John zu holen. Die alte Nachbarin, Frau Semrau, die im unteren Stockwerk eine Wohnung hat, steht auch gerade an den Briefkästen, um ihre Zeitung zu holen. Als Judith ihren Briefkasten aufschließt, ist sie entsetzt, kein Brief von John ist darin, nur ihre Zeitung. Sie schaut ihre Nachbarin an und fragt verzweifelt: „Wer hat meinen Brief aus meinem Kasten gestohlen?“ Frau Semrau lacht nur und sagt: „Das weiß ich doch nicht!“ „Auf alle Fälle werde ich zur Polizei gehen und Anzeige erstatten“, erwidert Judith. „Sie werden sich nur selber Schaden zufügen und kein Glück haben, da Ihr Freund ein westdeutscher Mann ist.“ Voller Zorn schreit Judith die Frau an: „Selbst wenn ich mit einem ganzen Heer von Chinesen befreundet wäre, geht das keinen Menschen etwas an!“ „Sie leben im Sozialismus und da müssen Sie schon die Regeln unseres Staates einhalten“, antwortet Frau Semrau ironisch. Dieses elende Kommunistenweib hat bestimmt meinen Brief gestohlen, mein Gott, hoffentlich hat John in diesem Brief nichts von unserem Vorhaben erwähnt, denkt sie.

Diese Frau muss gesehen haben, dass John einen Brief in den Kasten geworfen hat, alle anderen Mieter sind auf ihrer Arbeit. Judiths Zorn ist so heftig, dass sie sich nun doch auf den Weg zum zuständigen Abschnittsbevollmächtigten macht. Sie will diese Frau unbedingt wegen Postdiebstahls anzeigen. Er hat sein Büro in einer Seitenstraße, nicht weit von Judiths Haus entfernt. Diese Beamten sind für bestimmte Wohnabschnitte zuständig, damit das Polizeirevier Halle entlastet wird. Als sie klingelt und der Wachmeister die Tür öffnet, erzählt sie ihm sofort von dem Diebstahl, er aber antwortet: „Ich habe jetzt Urlaub; da niemandem körperlicher Schaden zugefügt wurde, können wir die Anzeige auch in drei Wochen aufnehmen. Haben Sie Zeugen für diese Beschuldigung?“ Judith ist entsetzt und geht wütend nach Hause. Sie nimmt eine Beruhigungstablette und legt sich erneut auf die Couch, wo sie schließlich einschläft.

Als Moritz sie wach rüttelt und fragt: „Mama, bist du krank?“, antwortet Judith, noch ganz benommen von der Schlaftablette: „Nein, mein Schatz, ich war nur schrecklich müde und kaputt.“ Sie springt sofort auf und geht in die Küche, um etwas Leckeres für Moritz zu kochen. Es ist schon später Nachmittag und für den morgigen Tag muss Judith noch die Sachen für die Schule und ihre Arbeit richten. Noch drei Wochen, dann fahren wir in den Urlaub nach Ungarn, denkt Judith. Die Flugtickets werden Gott sei Dank nicht mit der Post geschickt, die kann sie persönlich im Reisebüro abholen. Das Visum ist zum Glück auch genehmigt und per Post ohne Probleme angekommen. Sie grübelt, wie sie das Problem mit dem Briefkasten lösen kann, damit so etwas nicht mehr passiert. Sie geht zu ihrer Freundin Sylke, die im gleichen Haus wohnt, und erzählt ihr alles über den Diebstahl des Briefes. Karl, Sylkes Ehemann, hört ihr zu. „Du brauchst unbedingt einen neuen, sicheren Briefkasten, ich werde dir dabei helfen“, sagt er. „Ich kenne einen Freund, der dir einen besorgen kann, nur einen Tipp gebe ich dir: Du darfst keine Anzeige gegen diese Frau Semrau vornehmen, das geht verdammt in die Hose.“ Judith wundert sich und fragt ganz verblüfft: „Wieso?“ „Mein Gott, bist du naiv, man soll keine schlafenden Hunde wecken. Bis jetzt hast du ohne Probleme deine Beziehung mit John genießen, auch verheimlichen können.“ Judith schaut Karl und Sylke verwundert an und spürt wieder Zorn in sich aufsteigen, der aber komischerweise gleich wieder verschwindet. „Ihr habt recht, ich habe vor lauter Liebe zu John alles total verdrängt: dass ich in einem Staatsapparat eingebunden bin, wo jegliche Kontakte zum Klassenfeind verboten sind. Es wäre ein Entlassungsgrund – und von was soll ich dann meinen Lebensunterhalt bestreiten?“ Traurig verlässt Judith die Wohnung ihrer Freunde und schaut nach Moritz. Er liegt wie immer auf dem Teppich und spielt mit seiner Sammlung Matchboxautos. So einen lieben und ruhigen Sohn wünschen sich bestimmt viele alleinerziehende Mütter, denkt Judith und eine Woge tiefer Liebe und Dankbarkeit durchströmt sie.

Der nächste Tag im Büro verläuft normal und Gott sei Dank ohne Stress, es ist auch kein Monatsende. Der geplante Urlaub ist vom Chef genehmigt worden. Jetzt muss noch auf das gewisse Telefonat von John gewartet werden, damit er Judith bestimmte Informationen übermitteln kann. Zum Beispiel, wo sich das Hotel in Budapest befindet, falls sie sich am Flughafen in Budapest verfehlen. Er muss auf alle Fälle verschlüsselt reden, man weiß nicht, ob die Telefonate abgehört und aufgezeichnet werden. Vera ist schon gestern mit Rudolf in den Urlaub abgereist, bei den beiden ist alles gut gegangen. Die Masurischen Seenplatten in Polen sollen ein Naturparadies sein und sie werden die letzten Wochen noch mal so richtig genießen. Ich gönne es ihnen, denkt Judith.

Sie überlegt, welche Dinge sie noch besorgen muss. Ungarn ist für die Ostdeutschen schon fast wie der Westen. Jedenfalls soll es dort nicht so viele Engpässe bestimmter Produkte geben wie in der DDR. Die Sonne soll auch den ganzen Tag scheinen und es gibt dort viele Thermalbäder. Wahrscheinlich wird es noch an den Plattensee gehen, aber das würde erst vor Ort entschieden, hat John gesagt. Ob Herr Eisenmann, der Filialleiter, immer noch so freundlich wäre, wenn ihm bekannt wäre, mit wem ich meinen Jahresurlaub verbringe? Er ist doch angeblich ein überzeugter Parteigenosse. Trotzdem erzählt er sehr oft, wie schön die Landschaft in Jugoslawien sei, vor allem die Berge und Schluchten, die herrliche Adria mit ihrem glasklaren Wasser … Judith kann immer stundenlang zuhören, wenn Leute über fremde Welten und andere Kulturen berichten. Falls ich es eines Tages schaffen sollte und in den Westen ausreisen darf, dann möchte ich auch die ganze Welt bereisen, das Leben ist viel zu kurz, um für immer in diesem kleinen, von der Welt abgeschnittenen, zerfallenen Staat DDR zu leben. Man denke nur an die schäumende Saale, die von Chemikalien nur so wimmelt, dass nicht mal ein panzerstarkes Tier in diesem Gewässer überleben würde.

Diese ständigen Gedanken bringen Judith oft zur Verzweiflung.

Es ist aber nun mal nicht zu ändern. Jetzt wird sich auf den bevorstehenden Ungarnurlaub gefreut, denkt sie. Karla fragt, ob sie gemeinsam die Mittagspause verbringen wollen. „Na klar!" So kommt Judith schnell wieder auf andere Gedanken. Sie laufen in die Stadt und plaudern über alles, was gerade interessant ist. Aus ihren Gesprächen kann Judith herauszuhören, dass Karla auch gern in Westdeutschland leben würde, aber sie könnte niemals ihre Eltern zurücklassen. „Ich liebe auch meine Familie und meine Geschwister", erwidert Judith, „aber man kann doch nicht ein ganzes Leben Rücksicht nehmen, man hat doch ebenso Anspruch auf sein eigenes Leben. Auch Moritz soll mal ein besseres Leben haben. Er leidet ständig an Bronchitis, diese kommt von der verschmutzten Luft. Wer nur an seine Ursprungsfamilie denkt, kann sich niemals weiterentwickeln und bleibt irgendwann auf der Strecke. In einem anderen Land oder in einer anderen Stadt zu leben, heißt doch nicht, dass man sich für immer von seiner Familie trennt, man ist doch nicht aus der Welt." Karla bestätigt diese Erkenntnis, aber so richtig überzeugt ist sie nicht. „Falls der Tag kommt und du mit Moritz ausreisen darfst, dann lassen die Staatsorgane dich bestimmt niemals mehr nach Halle einreisen." Darüber will sich Judith erst Gedanken machen, wenn es eines Tage so weit ist; sie weiß, es gibt auch andere Möglichkeiten, sich zu treffen.

Es hat alles geklappt, der Anruf kam nach der Mittagspause und so konnte alles noch mal besprochen werden. Das Hotel liegt mitten in der Stadt von Budapest und die Flugzeiten konnten auch am Telefon übermittelt werden. Gott sei Dank hat keiner von den Kollegen bemerkt, dass es ein Westgespräch war. Judith ist ganz aufgeregt und überlegt noch, welche Besorgungen sie noch machen muss. Sie eilt nach Hause, um Moritz alles zu berichten, doch der liegt auf der Couch und schläft. Als Judith bemerkt, dass er hohes Fieber hat, erschrickt sie. Sie rennt schnell zum Telefon, um einen Arzt zu rufen, der auch bald kommt. Er stellt fest, dass er unter einer akuten Bronchitis leidet, und verschreibt gleich die richtigen Medikamente. Judith wird deshalb auch gleich von der Arbeit freigestellt und kann Moritz pflegen. Sie teilt dem Arzt mit, dass sie in einer Woche nach Ungarn reisen wollten. Er beruhigt sie und sagt, bis dahin sei er wieder einigermaßen gesund, denn diese Medikamente seien hochwertig und würden sofort helfen. So ist es auch, nach knapp fünf Tagen ist Moritz wieder putzmunter und freut sich auch auf den bevorstehenden Urlaub. Jetzt muss er noch mal in die Schule, denn es ist der letzte Schultag und die Zeugnisse werden an alle Schüler überreicht. Moritz ist stolz, er hat gute Zensuren, Gesamtnote „Zwei", im September kommt er in die dritte Klasse.

Jetzt wird es langsam Zeit, die notwendigen Sachen zu richten, damit nichts vergessen wird, die Papiere und Flugtickets verstaut Judith gleich in ihrer Handtasche. „Wir müssen noch zu Oma und Opa fahren und uns verabschieden", sagt sie zu Moritz.

Am nächsten Tag ist alles für den Urlaub gepackt, die Koffer stehen griffbereit im Schlafzimmer. Der Abschied bei den Eltern war kurz, aber herzlich, denn sie muss noch die Fahrkarten für den Zug zum Flughafen nach Leipzig-Schkeuditz besorgen. Der Flug geht erst um 14.00 Uhr nach Malev und so haben beide am nächsten Tag noch genügend Zeit, um alles in Ruhe angehen zu lassen. Rolli kommt auch noch mal vorbei, um sich von seinem Sohn zu verabschieden und gute Erholung zu wünschen. Judith hat ihm verschwiegen, dass sie gemeinsam mit John die Urlaubstage verbringen werden, aber das geht auch keinen etwas an. Am nächsten Tag, als sie gerade losgehen wollen, schellt es an der Tür. Judith eilt sofort hin und wundert sich, es ist ihre liebe Mutti. „Ist etwas passiert?", fragt Judith etwas erschrocken, aber ihre Mutter lacht nur und gibt zur Antwort: „Ich kann doch meine Tochter und mein Enkelkind nicht mit dem schweren Gepäck allein zum Flughafen reisen lassen. Ich werde euch begleiten, auch warten, bis der Flieger mit euch abgeflogen ist, erst dann habe ich meine innere Ruhe." „Du bist die beste Mutti und Omi auf der ganzen Welt", antwortet Judith. „Das will ich auch hoffen." Sie schnappt sich die Reisetasche, nimmt Moritz bei der Hand und so laufen sie alle zusammen zum Bahnhof. Er liegt nur 20 Minuten von Judiths Wohnhaus entfernt, allerdings müssen sie noch eine Brücke mit ungefähr 30 Treppenstufen überwinden. Wir hätten auch ein Taxi nehmen können, aber so weit habe ich gar nicht gedacht, überlegt Judith. Überdies ist es immer verdammt schwer, ein Taxi zu bekommen, manchmal ist auch gar kein Verlass auf diesen Verein.

Es hat alles geklappt, der Zug fährt pünktlich ab und sie kommen rechtzeitig am Flughafen an. Moritz ist ganz aufgeregt und beobachtet jeden Flieger, der gerade von Fluglotsen auf das Startfeld gerollt wird. „Wir können uns einen Kaffee genehmigen, wir haben noch genug Zeit, außerdem kannst du dann den Start unserer Maschine aus dem Restaurant gut beobachten", sagt Judith zu ihrer Mutter. Sie haben Glück und bekommen einen guten Platz im Lokal, direkt am Fenster. Von hier aus kann der Start jeder Maschine verfolgt werden.

Urlaub in Budapest

Der Flug nach Budapest-Malev wird pünktlich aufgerufen. An der Pass- und Zollkontrolle hat alles gut geklappt, es wurden von den zuständigen Beamten keine dummen Fragen gestellt. Die Aufregung hat sich auf Judiths Magen gelegt. Vielleicht ist mir auch der Kaffee nicht bekommen, er hat irgendwie eigenartig geschmeckt, denkt sie. Als die Maschine zur Startbahn gerollt wird, schließt Judith kurz die Augen und überlegt, wie lange es her ist, als sie das letzte Mal in einem Flieger saß. Zehn Jahre ist es her, als sie damals mit ihrem Exmann Rolli ihre Flitterwochen in Bulgarien am Schwarzen Meer verbrachte. Es war die gleiche Propellermaschine IL-18, mit der sie damals nach Varna geflogen sind. Ein Jahr später sind sie mit einer Düsenmaschine IL-62 nach Russland gereist. Es war auch ein großes Erlebnis, zumal es eine vierwöchige Rundreise quer durch dieses große Land war. Mein Gott, irgendwann mal die ganze Welt bereisen, was für ein Traum!, denkt Judith. Als die Maschine abhebt, verspürt Judith einen Druck in der Magengegend und greift zur Tüte, die im Vordersitz in der Netztasche liegt, und übergibt sich. Moritz ist entsetzt und kann es nicht fassen, dass es seiner Mutter so schlecht geht. „Was ist mit dir los?“, fragt er ganz verwundert. „Es ist gleich vorbei, mir geht es jetzt wieder besser.“ Es stinkt aber gewaltig und er hält sich die Nase zu. Es kommt sofort eine Flugbegleiterin und nimmt Judith die Tüte mit dem Erbrochenen ab, sie gibt ihr noch ein Erfrischungstuch sowie ein Pfefferminzbonbon. Judith bedankt sich für die nette Hilfe. Die Flugbegleiterin nickt nur und antwortet, es sei für sie selbstverständlich, da es schließlich ihr Job verlange. „Noch eine Stunde, dann landen wir.“

Für Moritz ist dieser Flug ein derart großartiges Erlebnis, dass er gar nicht auf die Worte seiner Mutter reagiert. Seine neugierigen Blicke gleiten aus dem kleinen, runden Fenster, keine Wolke darf ihm entgehen. Hoffentlich hat bei John auch alles gut geklappt und er holt uns pünktlich vom Flughafen in Budapest ab. Während diese Gedanken ständig in Judiths Kopf kreisen, sucht sie in ihrer Handtasche hektisch nach dem Zettel, auf dem sie nach dem letzten Telefonat mit John den Hotelnamen notiert hat. Es soll etwas außerhalb der Stadt liegen, aber sehr schön und komfortabel sein. Die Thermalbäder sind in der Nähe, überhaupt soll Budapest sehr viele Sehenswürdigkeiten zu bieten haben. Judith kann es kaum erwarten, ihren geliebten John in die Arme zu schließen und ganze zwei Wochen mit ihm den Urlaub zu verbringen, wie eine richtige Familie. Ihre Sehnsucht nach seiner Liebe und nach seinen Zärtlichkeiten ist so groß, dass ihre Magenschmerzen vergessen sind. Sie wird aus ihren Träumereien herausgerissen, als die Stewardess sie auffordert, den Gurt für die bevorstehende Landung anzulegen. Sie blickt zu Moritz hinüber, doch der hat seinen Gurt schon selbst, ohne Hilfe, angelegt. Sie lobt ihn und legt ihren eigenen Gurt an, aber da bemerkt sie schon wieder den Druck in ihrer Magengegend. Die Maschine schaukelt so schlimm, dass Judith wieder zur Tüte greifen muss.

Endlich hat die Maschine die Rollbahn erreicht, alle Passagiere klatschen. Der Kapitän ordnet durch den Lautsprecher an, die Gurte erst dann zu lösen, wenn die Maschine ihre Position erreicht hat. Die Stewardess kommt und nimmt Judith wieder die Tüte ab. Sie fragt freundlich, ob es ihr erster Flug gewesen sei. Judith antwortet mit einem leichten Kopfschütteln. „Ich bin schon mal vor vielen Jahren geflogen, aber da ging es mir eigentlich gut. Heute habe ich wahrscheinlich einen schlechten Tag erwischt, sonst habe ich nicht so einen empfindlichen Magen." Die Stewardess lächelt und wünscht Judith mit ihrem Sohn noch einen schönen Urlaub in Ungarn.

„Wir lassen erst die Leute aussteigen", flüstert Judith ihrem Sohn Moritz zu; irgendwie fühlt sie sich noch nicht wohl und die Aufregung, endlich ihren geliebten John wieder in die Arme zu schließen, ist groß. Hoffentlich hat auch bei ihm alles gut geklappt und er holt sie beide wie am Telefon vereinbart am Flughafenausgang ab. Diese Gedanken kreisen Judith immer wieder durch den Kopf. Auf alle Fälle muss sie vorher noch einen Waschraum aufsuchen, um sich frisch zu machen, durch ihre Übelkeit fühlt sie sich körperlich unrein.

Der erste Schritt aus dem Flieger ist wie ein körperlicher Hieb, es herrscht eine unglaubliche Hitze und Schwüle in Budapest. Etliche Passagiere, die Probleme mit dem Kreislauf haben, bekommen dies gleich zu spüren. Sie schnappen wie Kaulquappen nach Luft. Judith packt Moritz am Arm, um die Passkontrolle zu passieren und anschließend zu der Halle zu gelangen, in der die Gepäckausgabe erfolgt.

Alles hat perfekt geklappt, nur John ist noch nicht zu sehen. Er wird schon noch auftauchen, beruhigt sich Judith und kauft ein paar erfrischende Getränke. Gott sei Dank, es gibt genug Sitzbänke am Flughafenausgang. Sie beobachtet die Menschen und muss dabei immer wieder schmunzeln über manche Typen, die mit schnellen Schritten an ihr vorbeieilen. Sie wird aus ihren Gedanken gerissen, als Moritz voller Ungeduld nörgelt und fragt, wie lange sie noch warten müssten. Er ist müde, es war ein anstrengender Tag für ihn. „Wir werden noch eine halbe Stunde warten, dann fahren wir mit dem Taxi in die Stadt." Moritz nickt und gibt sich für den Moment zufrieden. Langsam wird auch Judith unruhig, es war doch alles so gut geplant, John wollte sie abholen, aber keine Spur weit und breit von ihm. Mit der Uhrzeit hat auch alles gut geklappt, die Maschine ist pünktlich gelandet. Vielleicht hat er eine Panne mit seinem Auto oder Probleme an der Grenze. Judith wird von den schlimmsten Gedanken gequält, aber sie bleibt ruhig und schaut noch mal auf ihren Zettel, auf dem sie den Hotelnamen von dem Hotel in Budapest notiert hat.

„Es hat keinen Sinn, noch länger zu warten", sagt sie zu Moritz, „wir werden uns jetzt ein Taxi nehmen und ins Hotel fahren." Als sie zum Taxistand kommen, traut sie ihren Augen nicht. Es ist auch durch die lange Menschenschlange hindurch nicht zu übersehen, dass andere Fluggäste ebenfalls ein Taxi benötigen. Das bedeutet mindestens eine Stunde Wartezeit, schätzt Judith, daran geht leider kein Weg vorbei. Sie irrt, es geht ziemlich schnell, zumal mehrere Autos im Einsatz sind, und so können sie bereits nach einer Viertelstunde Wartezeit das Gepäck ins Auto verstauen. Sie bittet den Fahrer um einen Moment Geduld, denn Moritz muss nochmals dringend zur Toilette. „Kein Problem", gibt der Fahrer zu verstehen. Er lächelt Judith schmachtend an und sagt: „Auf so eine schöne Frau warte ich sehr gern." Sie reagiert nicht darauf und eilt mit ihrem Sohn zum Flughafengebäude. „Beeil dich!", sagt sie zu Moritz. In diesem Moment ertönt eine Ansage durch den Lautsprecher. „Frau Judith und Moritz Dreve werden dringend gebeten, sich am Informationsschalter der Flughalle einzufinden." Sie erschrickt und ruft: „Moritz, bitte komm schnell raus, ich glaube, unsere Namen wurden aufgerufen, vielleicht ist es John!" Sie rennen zum Infoschalter. Judith sieht von Weitem, dass ein eleganter Mann ebenfalls im Sauseschritt auf sie zukommt. Es ist tatsächlich ihr geliebter John und die Freude ist so groß, dass beiden die Worte fehlen vor lauter Umarmungen und heißen Küssen. „Endlich sind wir wieder vereint, ich habe schon gedacht, es ist etwas passiert." „Mich haben auch die schlimmsten Gedanken gequält", antwortet Judith. „Wir warten schon fast drei Stunden und keine Spur von dir." „Mir wurden bei der Auskunft falsche Zeiten angegeben", antwortet John, „ich bin heute schon sehr früh in Budapest angekommen. – Was ist mit eurem Gepäck geschehen?" „Oh Gott", antwortet Judith, „es ist im Taxi verstaut, das habe ich vollkommen vergessen." Der Fahrer ist sehr zornig und lächelt gar nicht mehr nett. Judith erklärt ihm alles und John gibt ihm noch ein gutes Trinkgeld, bevor sie das Gepäck in Johns Mercedes umlagern.

0h „Jetzt beginnt unser wohlverdienter Urlaub", sagt John und

Judith nickt überglücklich. Er erzählt, dass er ein wunderschönes Hotel ausgesucht hat, mit Blick zur Donau und zum Parlament. „Die Formalitäten sind auch schon erledigt, es gab keine Probleme. Moritz bewohnt ein Zimmer für sich allein und hat auch Zugang zu unserem Raum. Wir sind jetzt das Ehepaar Clausen und können das auch schon üben, bis wir wirklich für immer ein Paar und eine Familie sind." „Das hat dir bestimmt wieder ein paar Scheine gekostet", sagt Judith. „Das Leben ist nun mal nicht immer ehrlich und dass sich Menschen für ein paar Scheine harter Währung bestechen lassen, ist normal. Es wäre in unserer derzeitigen Lage sonst schwierig, einen schönen Urlaub zu verbringen." „Stimmt!", antwortet Judith, „es ist wirklich eine traurige Welt." „Ich trage jeden Tag deinen Glückbringer bei mir, den wunderschönen Bernstein aus Wismar. Bis jetzt hat er uns Glück gebracht, auch habe ich deinen Brief an die Bürgerhilfe in Bonn weitergeleitet. Es ist aber fraglich, ob diese Leute für uns etwas in Bewegung setzen können. Beim Bundesministerium, das ich ebenfalls aufgesucht habe, wurde mir leider die Hoffnung genommen, dich jemals heiraten zu können. Sie haben sogar ausdrücklich an mich appelliert, die Finger von dir zu lassen." Judith schaut John ganz entsetzt an und fragt: „Wieso?" „Der Staat wird dich niemals ausreisen lassen, der Grund: deine berufliche Tätigkeit in einem Staatsapparat. Sie werden dich quälen und fertigmachen, vielleicht auch noch Moritz in die Mangel nehmen. Ich glaube, wir müssen uns noch mal über andere Möglichkeiten Gedanken machen." „Du meinst illegale Flucht", Judith will einfach nichts davon wissen. „Es ist einfach ein zu großes Risiko", gibt sie John zu verstehen. John nickt und sagt: „Jetzt genießen wir erst einmal unseren Urlaub und lassen das Thema vorerst ruhen."

Endlich sind sie im Hotel angekommen, John hatte recht, es ist ein sehr schönes Hotel, sogar die Liebfrauenkirche ist zu sehen. Sie beziehen ihre Zimmer, die sehr komfortabel eingerichtet sind. Das große Bad ist für Judith mehr als Luxus. Moritz hat die ganze

Fahrt geschlafen und ist gar nicht gut gelaunt, als er geweckt wird. „Ich habe Hunger und Durst, ich will endlich was essen und trinken", jammert er. John nimmt ihn auf den Arm und telefoniert mit dem Hotelservice. „Bitte eine große Aufschnittplatte, Brot, frisches Obst, Tee, Kaffee, Cola und eine Flasche Rotwein. Es ist dir bestimmt recht, auf dem Zimmer zu speisen." Für Judith keine Frage, sie ist von der langen Reise noch ziemlich erschöpft. Als Erstes werden wir uns unter die Dusche begeben", sagt John zu Moritz, „und deine Mama kann, bis das Essen serviert wird, die Koffer auspacken." Sie küsst John und macht sich daran, die ganzen Sachen aus dem Reisegepäck in die Schränke zu verstauen. Als es an der Tür schellt, staunt Judith nicht schlecht, drei Kellner servieren leckere Speisen und Getränke auf einem Servierwagen. Ein wunderschöner Rosenstrauß, dessen frischer Duft das ganze Zimmer erfüllt, schmückt den Tisch. Sie bedankt sich bei dem Personal und gibt jedem ein gutes Trinkgeld, allerdings in der ungarischen Währung Forint.

Sie deckt sofort den Tisch und schaut nach ihren beiden Männern im Bad. Sie haben sich gerade die Bademäntel übergezogen und folgen Judith ins Zimmer. „Mein Gott, sieht das gut aus!", ruft John aus und alle lassen sich mit Appetit die herrlichen Speisen und Getränke munden. „Manchmal habe ich das Gefühl, wir sind schon im Westen, alles ist so perfekt", sagt Judith. „Das ist nicht ganz richtig", antwortet John, „bei uns werden die Hotels nach Sternen klassifiziert. Es gibt auch ganz miserable Pensionen und Unterkünfte, je nach Geldbeutel. Auch in der freien Marktwirtschaft ist nicht alles so glanzvoll."

Während Judith alles erklärt bekommt, eilt er zum Schrank und holt die Geschenke für Moritz und Judith aus seiner Reisetasche. Moritz jubelt, zwanzig kleine Matchboxautos sind in der Verpackung und für Judith hat er einen wunderschönen goldenen Ring mit drei Diamanten anfertigen lassen. „Du bist verrückt, John, er sieht aus wie ein Verlobungsring …" „Das will ich auch hoffen, denn du sollst endlich begreifen, dass wir zusammengehören." „Daran habe ich nie gezweifelt", antwortet Judith. „Für dich habe ich leider nur eine Kleinigkeit", sagt sie und überreicht John eine kleine Schachtel. Er öffnet sie behutsam und ist entzückt von den hübschen Manschettenknöpfen, zumal der Name von Judith darin eingraviert ist. Sie küssen und umarmen sich immer wieder, auch Moritz schmiegt sich an John. Als Judith auf die Uhr schaut, die schon 22.00 Uhr anzeigt, ermahnt sie Moritz, es ist Zeit fürs Bett. Ohne Widerrede geht er ins Bad, putzt seine Zähne und verschwindet in seinem Zimmer. Als beide später nach ihm schauen, schläft er schon wie ein Murmeltier. „Es war wirklich ein anstrengender Tag", sagt John, „aber der köstliche Wein wird noch getrunken." Judith antwortet mit einem zärtlichen Kuss, bis Mitternacht feiern sie ihr Wiedersehen. Dann übermannt auch sie die Müdigkeit und sie schlafen ein.

Durch ein schwaches Klopfen an der Tür wird Judith wach. Sie eilt zur Tür und fragt: „Wer ist da bitte?" „Der Zimmerservice, wir möchten das Geschirr abholen. Möchten Sie morgen das Frühstück im Restaurant einnehmen?" Sie öffnet die Tür und antwortet: „Ab morgen werden wir im Lokal speisen. Das war heute eine Ausnahme, wir sind so erschöpft von der Reise gewesen." Das Personal räumt das Geschirr und alle übrig gebliebenen Speisen auf den Servierwagen. Sie wünschen Judith noch eine angenehme Nachtruhe und verlassen das Zimmer.

Der nächste Tag verspricht viel Sonnenschein und so können sie nach dem Frühstück mit ihrer Tagesplanung beginnen. Als Erstes wird die romantische St.-Stephans-Basilika besichtigt. Der Altar mit dem wunderschönen Mosaik und den Freskenarbeiten begeistert John. Die Kuppel der Kirche in der Nähe der berühmten Kettenbrücke soll 96 Meter hoch sein. Moritz kommt aus dem Staunen gar nicht mehr heraus. „Du bist ein fantastischer Reiseführer, sicher hast du Budapest schon mal bereist." „Nein", antwortet John, „ich habe sehr viel über Ungarn und die Hauptstadt gelesen. Eigentlich heißt der eine Stadtteil Buda und der andere Pest. – Als Nächstes schauen wir uns die Liebfrauenkirche auf dem Schlossberg im Burgviertel an." Der Blick vom Burgpalast auf Budapest ist atemberaubend. Prinz Eugen von Savoyen war einer der Helden der ungarischen Geschichte und deshalb wird er am Eingang des Schlosses mit einem Denkmal geehrt. „Ich habe großen Durst", jammert Moritz, „es ist so verdammt heiß!" „Du hast recht, wir werden uns jetzt irgendwo etwas zu trinken holen und auch eine Kleinigkeit speisen", sagt John.

Sie finden ein kleines, hübsches Restaurant, dessen Garten durch die vielen Zitronenbäume viel Schatten spendet. Sie bekommen sofort einen Tisch mit herrlichem Blick auf die Donau, dazu schöne ungarische Zigeunerklänge, es macht den ersten Urlaubstag perfekt. „In der DDR ist es nicht möglich, in einem hübschen und ansprechenden Restaurant ohne Reservierung einen Tisch zu bekommen." „Auch bei uns im Westen müssen in manchen Restaurants Plätze reserviert werden, vor allem wenn das Lokal einen sehr guten Ruf hat", erklärt John.

Nachdem sie sich gestärkt haben, besichtigen sie noch die Fischerbastei und schlendern durch sämtliche Markthallen. Feurige Paprika, pikante Salami und Tokajerwein, da läuft jedem das Wasser im Mund zusammen. Die Händler tragen alle ungarische Trachten, je nach Stand und Region. Was Judith auffällt, die Kleidung wird von vielen jungen Frauen in den Farben Rot und Weiß getragen. John blättert im Reiseführer, worin auch die Farben der Trachten beschrieben werden. Für junge Frauen symbolisiert die Farbe Rot Gesundheit und Jugend. Die Farbe Weiß bedeutet Reinheit und Unschuld. „Ab sofort werden wir nur noch Kleidung mit diesen Farben tragen." „Das passt nicht mehr zu uns", antwortet John mit einem herzhaften Lachen. „Wir sind zwar noch jung, aber nicht mehr unschuldig."

Den ganzen Tag laufen sie durch die hübschen Gassen und Judith kommt gar nicht mehr aus dem Schwärmen heraus. Eine Bootsfahrt auf der Donau steht noch an. John fragt Moritz, ob er noch Lust darauf habe. Moritz jubelt, denn Wasser und Boote sind für Kinder immer ein Hauch von Abenteuer. Für Judith ist die Hitze unerträglich und sie würde am liebsten ins Schwimmbad gehen, um sich abzukühlen. „Du kannst heute Abend noch ein paar Bahnen im Hotelschwimmbad schwimmen", sagt John. „Stimmt!", antwortet Judith, „ich habe gar nicht mehr daran gedacht, dass unser Hotel über einen Pool verfügt." „Morgen werden wir den ganzen Tag ins Thermalbad gehen. Es soll eine der schönsten Bäderarchitekturen sein, das wird für uns bestimmt ein großes Erlebnis."

Die Bootsfahrt, die drei Stunden geht, ist für jeden Passagier ein einmaliges Ereignis. Viele Touristen filmen das Parlament und die Kettenbrücke, welche die Millionenstadt in zwei Hälften, Buda und Pest, teilt. Auch John lässt seinen Fotoapparat andauernd klicken. „Es ist einfach eine ganz andere Welt", schwärmt Judith, „vor allem die Natur, gar nicht zu vergleichen mit der schmutzigen Stadt Halle." „Es freut mich, dass es euch gefällt; morgen werden wir dann den ganzen Tag das Thermalbad genießen, das wird bestimmt auch sehr schön." „Ganz bestimmt", antwortet Judith, „wir sind ausgesprochene Wasserratten."

Als sie wieder im Hotel ankommen, essen sie zu Abend, gleich danach geht Moritz auf sein Zimmer, seine Müdigkeit ist nicht zu übersehen. „Sollen wir uns noch die Stadt bei Nacht anschauen?" Judith ist sofort einverstanden, die vielen Eindrücke des Tages haben sie überhaupt nicht müde gemacht. Sie laufen in die Altstadt und entdecken eine hübsche Taverne, dort trinken sie Erlauer Stierblut, das ist der typische ungarische Wein, er ist ganz schön hochprozentig.

„Ich möchte jetzt mit dir schlafen", flüstert John und küsst sie zärtlich. Sie lächelt und antwortet: „Ich habe auch Sehnsucht nach dir." Sie begleichen die Rechnung und laufen eng umschlungen durch einen kleinen Park. Dort küssen sie sich voller Leidenschaft. Sie lassen sich auf einer Parkbank nieder, die dicht umgeben ist von Bäumen und Sträuchern. John öffnet ihre Bluse und ihren BH, küsst zärtlich ihre Brüste und lässt seine Hände über ihren Slip gleiten, Judith stöhnt voller Lust und Sehnsucht. Als er anfängt, ihren ganzen Körper zu küssen, beginnt Judith auch, sein Hemd und seine Hose zu öffnen und seinen ganzen Körper zu küssen. Sie ist sonst immer etwas gehemmt, wenn es um Liebesspiele an außergewöhnlichen Orten geht. Aber dieses Mal kann sie ihr großes Verlangen nach John nicht unterdrücken. Sie lieben sich voller Leidenschaft im Park und danach im Hotel, sie können einfach nicht genug voneinander bekommen.

Am nächsten Morgen brummt beiden der Kopf. „Was ist nur mit uns passiert?“ „Ich glaube, der Wein ist schuld, er hat unseren Verstand benebelt.“ John lacht über diese Bemerkung von Judith. „Aber es war atemberaubend schön und ich könnte alles noch mal wiederholen“, sagt Judith. „Ich liebe dich so sehr“, gibt er zur Antwort und küsst Judith. „Ich liebe dich auch.“

Wie besprochen, verbringen sie den Tag gemeinsam im Thermalbad. Auch das kleine romantische Städtchen Szentendre, das am Rande von Budapest liegt und viele verwinkelte Gassen, zahlreiche Galerien und viele hübsche Läden hat, ist für Judith, Moritz und John einen Besuch wert. Die Tage vergehen viel zu schnell und Judith überkommt wieder eine innerliche Melancholie und Angst. Der Abschied rückt immer näher, aber davon will John noch nichts wissen. „Wir werden auch noch ein paar Tage am Plattensee verbringen, falls du einverstanden bist. Es ist nur zwei Autostunden von hier entfernt.“ „Natürlich“, stimmt Judith voller Begeisterung zu, „aber wo werden wir wohnen?“ „Lass dich überraschen, mein Engel.“

Nach fast drei Stunden Autofahrt sind sie endlich am Balaton angekommen. John steuert genau auf ein kleines Anwesen zu, welches genau am Wasser liegt. Judith wundert sich, denn es sieht aus wie ein Privathaus. John hat den Motor seines Autos noch nicht abgestellt, da kommt auch schon ein sympathischer Herr mittleren Alters aus dem Haus gerannt. „Hallo Josef, alter Junge!“, begrüßt John den Mann und sie umarmen sich. „Das sind meine Liebsten, Judith und ihr kleiner Sohn Moritz.“ „Sehr angenehm. Sie sind noch schöner, als mir berichtet wurde“, sagt Josef zu Judith. „Kein Wunder, dass Sie meinem besten Freund den Kopf verdreht haben.“ Judith bedankt sich für das Kompliment, aber wer ist dieser Mann und wieso kennt er John? Sie traut sich noch nicht zu fragen, da Josef sie gleich ins Haus begleitet, um ihnen ihre Zimmer zu zeigen. Es ist urgemütlich, allerdings wenig Luxus, denn das Bad und die Toiletten befinden sich außerhalb des Flures. Kein Problem, denkt Judith, zumal der Ausblick von der Terrasse, die direkt am Wasser liegt, sensationell ist. Ein kleines Boot liegt auch am Steg, es ist inklusive für alle Urlauber. Judith ist begeistert von dem Urlaubsdomizil. „Jeden Morgen vor dem Frühstück werde ich ein paar Bahnen schwimmen.“ „Es freut mich, dass es dir gefällt“, sagt John, „ich weiß ja nur zu gut, dass du eine Wasserratte bist.“ Judith küsst John voller Dankbarkeit, immer wieder flüstert sie: „Ich liebe dich.“

Wo steckt eigentlich Moritz? Ein Schreck überkommt Judith und sie läuft ins Haus, aber kein Moritz weit und breit. Wo steckt er nur? Sie rufen ganz laut seinen Namen, auch Josef kommt gleich angelaufen und hilft bei der Suche. „Er wird wohl die Gegend erkunden, mit neun Jahren ist jeder Bub neugierig“, sagt er, aber das tröstet Judith und John überhaupt nicht. Nach zwei Stunden verzweifelter Suche will Judith die Polizei informieren, da sehen sie plötzlich Moritz aus dem Nachbarhaus kommen. Er ist ganz aufgeregt, weint und lässt John und Judith gar nicht zu Wort kommen. „Ich habe zugeschaut, wie die Köpfe von den Gänsen abgeschlagen wurden, es war schrecklich.“ „Ach du meine Güte“, sagt Judith zu John, „wenn Moritz so etwas sieht, dann wird er überhaupt nicht mehr schlafen können, er ist doch so tierlieb." Josef beruhigt alle und sagt: „Die Nachbarn haben heute großes Schlachtfest, erkläre das bitte mal Moritz." Josef hat selbst Enkelkinder und kann deshalb auch mit Moritz sehr gut umgehen. Er tröstet ihn, nimmt ihn bei der Hand und verschwindet mindestens für eine Stunde mit ihm. Judith traut ihren Augen nicht, als sie wieder zurückkommen. Moritz lacht herzhaft, als ob gar nichts geschehen wäre. „Sie sind ein Genie, Josef", sagt Judith. „Nein, ich kann nur sehr gut mit Kindern umgehen, ich habe selbst drei Enkelkinder", gibt er zur Antwort. „Sie leben in der Schweiz und besuchen mich zweimal im Jahr."

Das Anwesen ist wirklich eine große Überraschung, vor allem die herrliche Lage, umgeben von reiner Natur. „Du bist so zauberhaft, John!", immer wieder küsst Judith ihren Liebsten und schmiegt sich an ihn. „Was verbindet dich eigentlich mit Josef?" John schaut Judith an und erzählt, dass er einer seiner besten Mitarbeiter in der Firma war. Sein Fleiß und seine Zuverlässigkeit als Polier waren einmalig. Seine Frau war gebürtige Hamburgerin und ist nach Antritt seines wohlverdienten Ruhestands nach kurzer, schwerer Krankheit verstorben. Von diesem schweren Schicksalsschlag hat er sich nie richtig erholt. So hat er damals den Entschluss gefasst, wieder zu seinen Wurzeln nach Ungarn zurückzukehren, um das Anwesen seiner Vorfahren zu übernehmen. Seine Kinder sind ihre eigenen Wege gegangen, was auch vollkommen normal ist. Gemäß der Lebensweisheit: Wenn die Kinder klein sind, gib ihnen Wurzeln, wenn sie groß sind, gib ihnen Flügel. Allerdings sollen auch sie niemals vergessen, wo ihre Wurzeln sind. Er hatte einst wegen seiner Frau Ungarn verlassen, wie das Leben nun mal so spielt. Wer immer Rücksicht auf seine Ursprungsfamilie nimmt, hat eigentlich keine Zukunft, auch kein eigenes Leben. Wie rührend diese Geschichte und, vor allem, wie recht er hat, denkt Judith. Aus solchen Geschichten schöpft Judith erneut Stärke. Sie will unbedingt mit John zusammenbleiben, die ganze Welt bereisen, Hochzeit, auch Kinder sind auf alle Fälle geplant. Es ist sicher, dass es bis dahin noch ein langer Weg sein wird. Egal, denkt Judith, jetzt genießen wir noch die wenigen Tage in Siofok und lassen unsere zwei Träume vorerst ruhen.

Als Josef zum Abendessen ruft, sind alle wieder in richtiger Urlaubsstimmung. Wie lecker er alles angerichtet hat und der köstlichen Wein dazu – einfach ein Genuss. Moritz trinkt seine Cola und kann auch davon nicht genug bekommen. Gulasch nach Josefs Rezept ist für alle ein Gedicht. So geht der erste Urlaubstag am Plattensee zu Ende. Judith hat noch nicht genug, sie stürzt sich nochmals in die Fluten, um ein paar Runden zu schwimmen. John wartet mit einem Badetuch am Steg. Er ist keine Wasserratte, obwohl er ursprünglich aus dem Norden stammt, sehr unverständlich für Judith. Dafür liebt er die Sportarten Tennis, Segeln, Fußball und Wandern.

Der nächste Tag beginnt wieder mit viel Sonnenschein, das Thermometer zeigt schon am frühen Morgen 29 Grad. Das Frühstück wird auf der Terrasse eingenommen. Josef hat schon sehr zeitig das Haus verlassen, er muss noch seinen kleinen landwirtschaftlichen Betrieb bewirtschaften. Außerdem will er John und seine junge Familie einige Zeit ungestört lassen.

Die Tage am Plattensee vergehen viel zu schnell, je näher der Abschied rückt, umso häufiger wird das Thema Flucht oder Ausreise wieder erwähnt. Moritz ist schon hellhörig geworden und fragt seine Mutter, was John mit Flucht und Ausreise eigentlich meint. „Es ist nichts", lenkt sie sofort ab, „wir wollen jetzt mit dem Schiff nach Balatonfüred fahren. Es ist eine hübsche Stadt mit vielen tollen Sehenswürdigkeiten." Das wirkt, Moritz gibt Ruhe.

„Wir müssen vorsichtig mit solchen Gesprächen sein", rügt sie John, „denn Moritz versteht noch nicht alles. Ein falsches Wort bei seinen Klassenkameraden in der Schule kann uns zum Verhängnis werden." „Es hat doch bisher alles so wunderbar geklappt, deine Post ist immer angekommen und das Visum für Ungarn haben wir auch ohne Probleme bekommen. Es ist ein positives Zeichen, dass wir noch nicht bei den Behörden aufgefallen sind." „So muss es auch noch eine Weile bleiben, zumal ich das Weihnachtsfest mit dir in Halle verbringen möchte." John schaut Judith verwundert an und fragt: „Verrate mir, wer meinen Brief mit dem Geld aus deinem Briefkasten gestohlen hat." „Keine Ahnung", antwortet Judith, „bestimmt die Mieterin unter mir, da bin ich sogar ziemlich sicher. Es gibt keine Beweise und deshalb kann ich nichts weiter tun." „Ich hoffe, du liegst mit deiner Vermutung richtig, mein Schatz", erwidert John skeptisch.

So verbringen sie ihre letzte Urlaubswoche am See und genießen jede einzelne Minute. Dann kommt der letzte Tag, sie fahren nochmals nach Budapest. Den ganzen Tag gehen sie spazieren. Für den Abend hat John in einem sehr romantischen Restaurant an der Donau einen Tisch reserviert, der vom Personal wunderschön dekoriert wurde. Judith ist überwältigt und schon heult sie wieder. John versteht es, sie zu trösten, obwohl auch er den Tränen nahe ist.

Am nächsten Tag wird beim Frühstück kaum ein Wort gesprochen. Judith bekommt keinen Bissen hinunter. Dafür hat Moritz einen gesegneten Appetit. Er freut sich, bald wieder im Flieger zu sitzen und die Landschaft von oben bewundern zu können. Die ganze Fahrt bis zum Flughafen wird nur geweint. John sagt: „Ich werde dir sofort schreiben und Weihnachten sehen wir uns wieder." „Vielleicht sollte ich noch mal an den Bundesminister schreiben", schlägt Judith vor, aber John ist davon überhaupt nicht begeistert. „Wie soll dieser Brief befördert werden? Bring dich bitte nicht in Gefahr!" Diese Worte betont er immer wieder. Er begleitet sie noch bis zum Schalter, um die Koffer auf das Band zu heben. Nach dem Einchecken nimmt John seine geliebte Judith voller Wehmut in seine Arme und küsst sie voller Leidenschaft. Er wartet, bis die Maschine aufgerufen wird, dann nimmt er seine Kamera und verfolgt den Start, bis der Flieger nicht mehr zu sehen ist.

Alltag in der DDR

Der Alltag hat alle schnell wieder eingeholt. Das neue Schuljahr für die Kinder hat begonnen sowie auch das Arbeitsleben bei der Bank. Alle Kollegen sind wieder vollzählig von ihrem Urlaub zurückgekehrt. Die meisten Kollegen haben den Urlaub an der Ostsee oder im Erzgebirge verbracht. Karla ist nicht verreist, sie hat stattdessen jeden Tag einen Ausflug unternommen. Vera ist von ihrem Urlaub begeistert und erzählt verzückt, wie herrlich die Gegend der Masurischen Seenplatte ist. „Wir haben einen sehr schönen, gepflegten Campingplatz bekommen, direkt am Wasser, mit Bootssteg. Ich fühlte mich schon wie eine westdeutsche Bürgerin. Jeder dachte, wir würden direkt aus Niedersachsen kommen, den Glauben haben wir den Leuten gelassen." Das ist das wahre Gesicht des Sozialismus, für harte Währung wird alles akzeptiert. Judith unterbricht Vera: „Herr Eisenmann hat alle Kollegen aufgefordert, zur Montagsbesprechung zu kommen. Wir reden in der Pause oder nach Dienstschluss weiter, dann erzähle ich dir auch von unserem Urlaub in Ungarn."

Es hat sich nichts geändert, zuerst findet die übliche Begrüßung des Filialleiters statt und danach folgt der Politunterricht oder, besser gesagt, die wöchentliche Gehirnwäsche. Er belehrt die Mitarbeiter, wie sie alles noch besser machen könnten, um sämtliche Exportgeschäfte vollkommen termingerecht zu erfüllen. Das Wichtigste jedoch ist die Vorstellung einer neuen leitenden Mitarbeiterin. Sie heißt Frau Nora, ist Genossin, hat in der Sowjetunion Finanzwirtschaft studiert, danach in Berlin in der Hauptzentrale gearbeitet. Sie wird den Filialleiter bei gewissen Arbeiten unterstützen, auch die Vertretung bei seiner Abwesenheit sein Judith und Vera werfen sich Blicke zu und flüstern: „Noch so ein Kommunistenweib, das kann heiter werden." Frau Nora tut allerdings sehr freundlich und gibt zu verstehen, dass sie sich sehr bemühen werde, eine gute Chefin zu sein. Wir lassen uns überraschen, denkt

Judith, eine derart übersteigerte Freundlichkeit kann nichts Gutes heißen. Aber es ist nicht zu ändern, sie müssen sich unterordnen.

In der Mittagpause gibt es nur ein Thema unter den Kollegen: Wer ist diese Frau Nora? Wieso wird sie Herrn Eisenmann zugewiesen? Es ist ungewöhnlich, von der Hauptzentrale Berlin nach Halle versetzt zu werden. Es werden die schlimmsten Dinge spekuliert, aber Judith und Vera ist diese Frau vollkommen egal. Sie haben andere Pläne im Kopf und wollen eines Tages sowieso ihre Zelte in Halle abbrechen. „Wir können nach Dienstschluss noch einen Kaffee trinken gehen", schlägt Vera vor. Judith ist einverstanden. Es ist nicht immer gut, am Arbeitsplatz zu plaudern, dort hören immer viele Ohren mit. „Mir wäre lieber, du kommst heute Abend zu mir, denn ich muss mich noch um Moritz kümmern." Für Vera ist dies kein Problem, sie selbst hat noch ihre Oma mit im Haus wohnen. Diese versorgt immer Veras Söhne und kümmert sich um sie, dadurch ist Vera in vieler Hinsicht entlastet.

Als Judith ihren Briefkasten öffnet und ihre Zeitung entnehmen will, fällt ihr ein Brief in die Hände. Absender: Bürgerhilfe Bonn. Sie eilt in ihre Wohnung und vergisst sogar, Moritz zu begrüßen. Aufgeregt reißt sie den Umschlag auf und liest die folgenden Zeilen:

Sehr geehrte Frau Dreve,

wir werden versuchen, Ihnen zu helfen, und haben das Bundesministerium für innerdeutsche Beziehungen in Kenntnis gesetzt. Sie bekommen von uns Bescheid, falls wir Neuigkeiten diesbezüglich haben.

Mit freundlichen Grüßen
Ihre Mona Voss
Bürgerhilfe Bonn

Judith macht Luftsprünge und umarmt Moritz, doch der versteht ihre Freude nicht. Sie erklärt ihm, dass sie bestimmt bald für immer mit John zusammen sein werden. Er ist auch darüber begeistert und fragt, wann dies sein wird. „Keine Ahnung“, antwortet Judith, „bestimmt dauert es noch eine ganze Weile. Auf alle Fälle verbringt er die Weihnachtszeit bei uns.“

Als Vera eintrifft, gibt sie ihr als Erstes den Brief zu lesen, die schaut verwundert, Briefe von westdeutschen Institutionen werden immer abgefangen und kontrolliert. Wahrscheinlich ging er der Post durch die Urlaubszeit durch die Lappen. „Es ist ein Beweis dafür, dass wir überhaupt nicht im Visier der Staatssicherheit sind und meine Angst eigentlich immer umsonst ist.“ „Es ist alles möglich“, antwortet Vera, „wenn der Antrag auf Ausreise gestellt wird, dann wirst du schon sehen, was passiert.“ „Dazu habe ich noch nicht den geringsten Mut, ich will für John ein Visum für die Weihnachtszeit beantragen, er möchte in dieser Zeit mit uns zusammen feiern.“ „Falls du den Besuchsantrag auf deinen Namen stellst, bekommst du bestimmt großen Ärger und verlierst deine Arbeitsstelle bei der Bank.“ Judith glaubt nicht an böse Geister. Es hat bisher alles so gut geklappt, der Urlaub in Ungarn, auch die Zeit in Halle, als sie noch zusammengelebt haben. Veras Bedenken sind ihr momentan egal, sie ist viel zu beglückt ob des Briefes aus Bonn.

Bis Mitternacht erzählen sie über ihre Urlaubserlebnisse, vor allem, wie schön Ungarn und die masurischen Seenlandschaften in Polen sind. Als Judith nochmals die Gläser mit Wein füllt, erwähnt Vera, dass sie nächste Woche nach Berlin reist, um die Ständige Vertretung der BRD aufzusuchen. Judith ist schockiert und versucht, sie davon abzuhalten. Sie weiß genau, dass jeder Bürger, der sich auch nur in der Nähe des Gebäudes aufhält, kontrolliert wird. Sie erzählt Vera von ihrem letzten Berlinausflug mit John, als sie sich das Gebäude und auch andere Botschaften von der Ferne angeschaut haben. Die Ständige Vertretung wird hauptsächlich von der Polizei bewacht; jeder, der sie betritt, muss seine

Ausweispapiere vorzeigen. Vera schaut auf die Uhr und sagt zu Judith: „Wir werden sehen, wie alles kommt, aber jetzt muss ich mich auf den Weg nach Hause machen, sonst bekomme ich die letzte Bahn nicht mehr." „Falls du sie verpasst, kommst du zurück, du kannst auf meiner Couch schlafen." „Nein, ich brauche mein eigenes Bett", antwortet Vera.

Am Wochenende ist wieder Familientreffen bei den Eltern geplant, alle Geschwister mit Kindern sind anwesend. Judith freut sich, jeder berichtet und plaudert über irgendwelche Ereignisse vom Berufsleben oder von Urlaubserlebnissen. Judith kann diesmal viel berichten und alle hören ihr gespannt zu.

Da platzt Judiths Bruder Bert auf einmal heraus: „Wir haben schon gedacht, wir würden dich nie wiedersehen." „Was soll das denn heißen? Der Flieger ist sicher gelandet und abhauen werde ich niemals, schon gar nicht illegal", gibt Judith deutlich zu verstehen. „Es gibt für euch keine Zukunft", schaltet sich ihre ältere Schwester ein, „auch die Eltern glauben an keine feste Zweisamkeit mit John." „Warum macht ihr euch immer so viele Gedanken um mein Leben? Ich bin ein erwachsener Mensch und weiß, was richtig und falsch für mich ist", antwortet Judith. Solche Diskussionen sind so was von nervig, sie hat absolut keine Lust mehr, mit der Familie über ihre Beziehung mit John zu reden.

Sie nimmt sich ein Stück Erdbeertorte und eine Tasse Kaffee und erzählt von ihrer neuen Chefin, die aus Berlin nach Halle versetzt wurde. Auch Bert plaudert über seinen Betrieb, wie toll der Absatz von Schokolade für das Ausland boomt. Darüber weiß Judith sehr gut Bescheid, sie bearbeitet alle halleschen Betriebe, die ihre Produkte ins Ausland exportieren. Das ist auch einer der Gründe, warum Judith nicht mehr im Sozialismus leben will. „Es wird alles ins Ausland verkauft, während bei uns die Läden leer sind." „So schlimm ist es auch wieder nicht", schaltet sich Judiths Vater ein, „verhungern muss hier niemand." „Das stimmt, aber das Leben ist so kurz und besteht nicht nur aus Mahlzeiten." „Vollkommen richtig", sagt Schwager Horst. Seine Schwester lebt seit einem Jahr mit ihrem Mann, der damals von einer Dienstreise in den Westen nicht mehr zurückgekommen ist, in Bayern. Trotz Verrats gegenüber der DDR durften seine Frau und sein Sohn ein Jahr später ausreisen. Sie haben sich innerhalb von zwei Jahren ein wunderschönes Heim aufgebaut und reisen nun um die ganze Welt.

Judith erzählt von Veras und Rudolfs Campingurlaub in Polen. „Sie gaben sich als westdeutsche Touristen aus und wurden deshalb wie Götter behandelt. In Ungarn erging es uns ähnlich, für Westgeld rollen sie dir sogar den roten Teppich aus." Alle lachen in der Runde, obwohl es eigentlich traurig ist, jeder von ihnen muss für sein Geld hart arbeiten. Langsam neigt sich der Tag seinem Ende zu und jeder in der Runde hilft, den Tisch abzuräumen. Rosi spült noch schnell das Geschirr ab und Judith poliert die Gläser. Die anderen Geschwister helfen den Eltern beim Einräumen der Gartenmöbel und so ist alles sehr schnell erledigt. Judith verabschiedet sich von allen und eilt mit Moritz zur Haltestelle. Sie hat Glück, es kommt gleich die richtige Bahn und so sind sie in 30 Minuten zu Hause. Sie ist froh, nichts von dem Brief aus Bonn erwähnt zu haben, zumal ihre Familie bestimmt viele Fragen gestellt hätte.

Da John jetzt nicht mehr da ist, verbringt Judith ihre meiste freie Zeit damit, Briefe zu schreiben. Sie schildert alles, was sie am Tag erlebt. John schickt ihr fast jeden Monat Pakete, unter anderem Sachen, die sie an Bekannte verkaufen kann. Er schreibt, dass er demnächst auf einer Baustelle Nähe Frankfurt/Main als Projektleiter eingesetzt wird. Er hat sich auch schon ein Postfach einrichten lassen, wohin Judith ihre Briefe an ihn zustellen kann. Eigentlich hat bis jetzt alles ohne Probleme geklappt, es besteht auch nicht der Verdacht, dass ihre Post kontrolliert wird. Die Pakete von John sind bisher auch noch nie kontrolliert worden, den

Inhalt hat er immer laut Vorschrift auf einer Liste aufgeführt, es hat nie etwas gefehlt. Wer hat aber damals den Brief mit dem Geld entwendet, den John am Abreisetag persönlich in den Briefkasten geworfen hat? Es kann nur ein Hausbewohner gewesen sein, der dies beobachtet hat. Gott sei Dank haben ihr ihre Nachbarn, Sylke und Karl, einen neuen Briefkasten besorgt und diesen auch gleich an der Hauswand angebracht. Für Judith sind die beiden echte, hilfsbereite und zuverlässige Freunde. Die meiste Freizeit verbringt sie allerdings mit Karla und Vera. Mit Sylke besucht sie oft das Schwimmbad oder sie gehen gemeinsam ins Kino.

Vera kündigt an, dass sie nächste Woche ein verlängertes Wochenende macht und zwei Tage Urlaub beantragt, wegen Handwerkern im Haus. „Außerdem kommt Rudolf noch mal zu Besuch nach Halle. Er hat in einem Reisebüro als Gast der Leipziger Herbstmesse über das Wochenende ein Zimmer im Interhotel Halle gebucht. Er wird das Hotelzimmer natürlich nicht benutzen, da er bei mir wohnt." Judith schaut Vera etwas besorgt an und sagt: „Den Schlüssel für das Zimmer muss er aber abholen und sich anmelden." „So schlau ist Rudolf auch", lächelt Vera, „außerdem werden wir dort unser Frühstück einnehmen und dich laden wir am Sonntagmorgen ein." Judith ist darüber erfreut, dann kann sie gleich noch einen Brief an John schreiben und ihn Rudolf mitgeben. „Er wird auch dienstlich in Frankfurt am Main eingesetzt", sagt Vera, „um die Baustelle mit John zwei Jahre zu leiten. Sie sind froh darüber, denn sie bekommen die gleichen Mitarbeiter zugewiesen, die auch in Halle-Buna gearbeitet haben. Die richtigen Kollegen im Job zu haben, ist immer sehr wichtig, die Arbeit macht mit zuverlässigen Mitarbeitern mehr Spaß. Wir haben auch keine Probleme mit den Leuten bei der Bank und der Chef ist auch in Ordnung. Was allerdings Frau Nora angeht, werden wir bestimmt noch eine Überraschung erleben." „Das glaube ich nicht", entgegnet Judith, „sie ist doch sehr freundlich. Wir werden uns einfach immer ruhig im Hintergrund halten, dann fallen wir nicht auf und haben unsere Ruhe." „Du bist immer so optimistisch", sagt Vera. „Das ist gut fürs Gemüt und für die Nerven." Kein Tag vergeht, an dem sich Judith nicht über ihre gemeinsame Ausreise mit Moritz Gedanken macht.

Die erste Arbeitswoche vergeht schnell. Frau Nora hat sich anhand der Kaderakte schon ein Bild von jedem Kollegen gemacht. Bei ihrer ersten wöchentlichen Politikschulung kommen sich alle Kollegen wie Schüler vor. Sie stellt allgemeine politische Fragen und fordert die Mitarbeiter auch gleich auf, diese zu beantworten. Karla muss als Erste etwas über die Planwirtschaft der DDR erzählen. Es war eine leichte Frage, zumal auf allen Plakaten in den Betrieben die Planzahlen der Wirtschaft stehen, die erfüllt werden sollen. Jeder Betrieb in der DDR protzt am Werktor mit seinem Erfolg in großen roten Lettern. Mag sein, dass der Export gut läuft und erfolgreich ist, aber im eigenen Land sind die Häuser verfallen und in den Läden bekommt jeder nur das Nötigste. Fachwerkhäuser werden zum Abriss freigegeben, damit Betonblöcke gebaut werden können. Als Vera dies äußert, wird sie mit einem grimmigen Blick von Frau Nora gestraft. Judith stößt Vera kurz in die Seite, damit sie den Mund hält und sich nicht weiter unbeliebt macht.

In der Mittagpause wird nur geschimpft über Frau Nora. und Vera und Karla lassen kein gutes Haar an ihr. Judith macht sich ihr eigenes Bild. „Vielleicht ist sie ja von der Stasi in unsere Filiale eingeschleust worden?" Möglicherweise ist Herr Eisenmann von den oberen Chefs in Berlin als zu westlich eingestuft worden. Ursache: sein über viele Jahre dauernder Diensteinsatz in Jugoslawien, er schwärmt noch heute von diesem schönen Land. Wahrscheinlich hatte er dort Freundschaften geknüpft und wurde in den eigenen Reihen verraten. Es ist zwar ein neutrales Land, geht aber mehr in die westliche Richtung. „Du könntest recht haben", antwortet Vera, und auch Karla stimmt Judiths Vermutung zu.

Am Abend schreibt Judith noch einen Brief an John, am nächsten

Tag werden Rudolf und Vera sie zum Frühstück abholen. Pünktlich um 8.00 klingelt es an der Tür, als Judith öffnet, begrüßen sich alle herzlich. Rudolf überreicht Judith gleich ein Paket und küsst sie auf beide Wangen. „Ich soll euch ganz herzlich von John grüßen." Sie kann ihre Tränen nicht verbergen. „Das Weihnachtsfest wollen wir zusammen verbringen." „Ich weiß", antwortet Rudolf, „ich hoffe, dass es klappt." „Es ist bis heute alles gut gegangen, es wird auch weiterhin nichts schiefgehen." „Ich bewundere deinen starken Optimismus", lacht Vera. „Aber jetzt lasst uns losgehen, Moritz hat bestimmt auch großen Hunger."

Das Frühstückbüfett ist der Hammer, so viel Auswahl gibt es in keinem Restaurant. Sämtliche Wurstsorten, Schinken, Käse, auch Rühreier mit Speck. Rudolf hat als Erstes Champagner in die Gläser gefüllt, auch Moritz darf mal einen Schluck kosten. Er will aber lieber Kakao trinken. „Morgen können wir nochmals hier frühstücken", sagt Vera zu Judith, „denn Rudolf muss schon sehr früh losfahren." „Super, dann werde ich später arbeiten gehen, ich lasse mir irgendeinen Grund einfallen", gibt ihr Judith zur Antwort. „Es wäre schade, die Gutscheine für so ein herrliches Frühstückbüfett verfallen zu lassen." Für Messebesucher legen sich die Interhotels mächtig ins Zeug. An nichts hat es gefehlt.

Am nächsten Morgen begleitet Judith ihren Sohn noch schnell auf dem Weg zur Schule, danach eilt sie ins Interhotel, wo Vera schon ungeduldig auf sie wartet. „Ich muss erst noch Herrn Eisenmann anrufen und ihm mitteilen, dass ich heute später ins Büro komme", sagt Judith und eilt gleich zur Telefonzelle. Das Telefongespräch ist sehr kurz, so können sie gleich das Restaurant aufsuchen. „Was hast du als Grund angegeben?", fragt Vera. „Einen Wasserrohrbruch, alles stehe unter Wasser." Beide lachen herzhaft über diese Lüge. Die Kellnerin kontrolliert die Gutscheine, bevor sie Judith und Vera nach ihren Wünschen fragt. „Kaffee oder Tee?" Sie lassen sich all die Köstlichkeiten noch mal so richtig munden und plaudern hauptsächlich über die Zukunft. Der Traum, eines Tages im Westen zu leben, ist immer das Hauptthema.

„Ich werde jetzt langsam handeln“, sagt Vera, „die Zeit vergeht, ich werde immer älter.“ „Was hast du vor?“, fragt Judith. „Natürlich einen Ausreiseantrag bei der Behörde Abteilung ‚Inneres‘ stellen.“ „Den Schritt kann ich noch nicht machen“, antwortet Judith. „Wir wollen dieses Jahr das Weihnachtsfest hier zusammen verbringen, für John muss ein Visum beantragt werden. Ich brauche einfach noch die Zeit, um vieles vorzubereiten, ich habe keine Lust, im Knast zu landen.“ „Du wirst doch nicht auf deinen Namen ein Besuchsvisum für John beantragen?!“ „Natürlich werde ich das tun“, erwidert Judith, „wenn es abgelehnt wird, habe ich noch mehr Ausreisegründe. – Was willst du eigentlich als Beweggründe für eine Ausreise angeben? Du hast eine Neubauwohnung, die immer schön warm ist, deine Oma wohnt nebenan in einer gleichwertigen, schönen Wohnung. Verwandte in Westdeutschland hast du ebenfalls nicht. Rudolf kannst du auch nicht als Grund angeben, er ist noch verheiratet. Eine Scheidung ist mit sehr hohen Kosten verbunden und kann unter Umständen Jahre dauern, falls die Ehefrau nicht mitspielt.“ „Ich weiß, es hört sich alles ohne Zukunft mit Rudolf an, trotzdem will ich mein restliches Leben nicht in der Zone verbringen.“ Judith schaut Vera mitleidig an und flüstert: „Das tut bestimmt sehr weh.“ „Sicher“, antwortet Vera, „aber ich bin sehr selbstbewusst, auch ein lebensfroher Typ, deshalb glaube ich fest daran, eines Tages mit meinen Söhnen und der Oma ausreisen zu können. Welche Schwierigkeiten ich auch immer werde überwinden müssen, auch du wirst es nicht leicht haben. Wir werden beide bestimmt große Probleme bekommen, der Staat lässt DDR-Bürger nicht so einfach ausreisen.“ „Ich glaube fest an John, er wird auf uns warten“, gibt Judith ihrer Freundin zu verstehen. „Wir wollen eine richtige Familie und auch noch Kinder haben, deshalb wird John der Hauptgrund sein, den Staat zu verlassen.“ Sie reden noch lange über dieses spannungsgeladene Thema, dann muss Judith ins Büro, sonst droht Ärger. Vera hat noch zwei Tage Urlaub und einen gesetzlichen Haushaltstag.

Als Judith ins Büro kommt, wird sie von ihren Kollegen freundlich begrüßt und es folgen gleich Fragen. „Wie hoch ist der Wasserschaden?“ „Er hat sich in Grenzen gehalten, nur im Bad stand das Wasser“, antwortet sie spontan. Keiner bemerkt ihre Lüge, nur Karla schmunzelt, sie weiß über den tatsächlichen Grund Bescheid. Herr Eisenmann nimmt ihre Entschuldigung an, fordert allerdings, die Fehlstunden nachzuholen. Kein Problem, auf ihrem Schreibtisch wartet viel Büroarbeit, sie kann ihre Fehlzeit also noch am gleichen Tag nacharbeiten.

Als sie mit Karla in die Mittagspause geht, erzählt Judith ihr, wie köstlich das Frühstück war. „Es hat an nichts gefehlt, alles war perfekt angerichtet. Die meisten Speisen stammten bestimmt aus dem westlichen Ausland, sogar der Käse war original aus Holland. Es kann sich natürlich auch um DDR-Ware gehandelt haben, die ganzen Lebensmittelbetriebe exportieren auch die feinsten Sachen ins Ausland, nur unsere Läden bekommen den Abfall.“ Karla sagt, dass sie auch gern im Westen leben wolle, und erzählt über ihren Onkel aus Bad Godesberg. Er arbeitet dort bei der Deutschen Bundesbank, hat sogar eine leitende Stellung. Judith schaut Karla an und fragt: „Wieso hast du noch nie von deiner westlichen Verwandtschaft erzählt?“ „Es ist der Bruder meines Vaters. Er hat vor dem Mauerbau die DDR verlassen, was für meine Oma sehr schlimm war. Ein Jahr später ist sie an den Folgen einer schweren Krankheit gestorben. Mein Vater ist selbst nicht gesund, hat auch sehr darunter gelitten. Deshalb ist der Kontakt über viele Jahre abgebrochen. Seit einem Jahr bekommen wir zur Weihnachtszeit wieder Post von ihm und seiner Familie.“ Judith ist ob dieser traurigen Familiengeschichte sehr gerührt. Sie sagt, dass er bestimmt einen Grund gehabt habe, das Land zu verlassen. „Keine Ahnung“, antwortet Karla, „ich war damals erst ein Jahr alt, als das alles passiert ist." Vor lauter Erzählen haben beide Frauen erneut die Mittagpause überzogen, so eilen sie hurtig ins Büro.

Es war ein langer und anstrengender Tag im Büro, trotzdem muss Judith immer noch an die rührende Familiengeschichte von Karla denken. Wie wird ihre eigene Familie leiden, wenn der Tag ihrer Ausreise mit Moritz kommt? Es steht jedoch fest, sie sehnt sich nach einer anderen Welt. Liebe kennt keine Grenzen, hinter dem Horizont geht es nun mal weiter – dies würde Judith am liebsten jedem begreiflich machen. Sie weiß, dass ihre Schwester Rosi die DDR liebt, deshalb wird diese ihre Entscheidung niemals verstehen. Sie bewohnt mit ihrer Familie auch eine sehr schöne Wohnung, deshalb respektiert Judith Rosis Einstellung zum Staat DDR.

Als Vera am nächsten Tag nicht zur Arbeit erscheint, macht sich Judith Sorgen. Sie hat kein Wort darüber verloren, dass sie vielleicht doch noch einen Urlaubstag in Anspruch nimmt. Sie wollte auch nicht Frau Nora fragen, es ist erst 10.00 Uhr morgens, ihre Abwesenheit wurde bislang nur von ihren Kollegen bemerkt.

Jetzt ist Handelsenglisch angesagt, Herr Eisenmann hat sich zum Ziel gesetzt, mit den Mitarbeitern der Abteilung NSW („Nichtsozialistisches Wirtschaftsgebiet") regelmäßig die Englischkenntnisse aufzufrischen. Es macht allen viel Spaß und ist äußerst nützlich bei der Arbeit. Die Exportaufträge sind hauptsächlich in Englisch ausgestellt, so kann jeder die Dokumente, die er bearbeiten muss, selbst übersetzen. Dadurch wird auch der Chef entlastet und kann sich seinen hauptsächlichen Tätigkeiten bei der Bank widmen.

Tatsächlich hat Vera den Wecker nicht gehört und ist erst jetzt im Büro eingetroffen. Anstatt sich erst bei ihrem Vorgesetzten zu entschuldigen, sucht sie gleich ihren Arbeitsplatz auf, tut so, als wäre alles normal. Judith will sie begrüßen, aber Herr Eisenmann kommt ihr zuvor. Er fragt Vera ob, sie nichts zu sagen habe, die verneint mit einem kurzen Kopfschütteln. „Sie müssen mir doch sagen können, wo sie herkommen?!" Vera schaut ihren Chef etwas spöttisch an und antwortet: „Aus dem Bett, ich habe verschlafen." Frau Nora kommt dazu und verlangt für diese freche Antwort Veras sofortige Entlassung. So geschieht es auch, Vera muss ihre Sachen packen und wird zum Ausgang begleitet. Für alle Kollegen ist dieses Ereignis ein Schock, für Judith und etliche Mitarbeiterinnen ist dieser harte Entschluss unbegreiflich. Noch am gleichen Tag wird die gesamte Belegschaft ins Besprechungszimmer zitiert. Der Filialleiter gibt bekannt, dass Frau Westerland nicht mehr in ihrer Bank angestellt sei. Um den Fragen der Kollegen auszuweichen, nennt er als Grund den Verstoß gegen die Bankregeln sowie unzureichende Arbeitsleistung. Karla flüstert Judith ins Ohr: „Das stimmt nicht, sie hat ihre Arbeit immer gut gemacht." Da ist irgendetwas faul, grübelt Judith, ich muss gleich nach der Arbeit zu ihr fahren. Nur eine Frage stellt Judith dem Chef: „Wie soll sie ohne Arbeit ihre Kinder ernähren?" Frau Nora gibt gleich zur Antwort: „Die DDR ist ein Arbeiter- und Bauernstaat, da bekommt jeder gemäß seiner Bildung und Qualifikation eine Stellung in einem Betrieb zugewiesen."

In der Mittagspause gibt es nur ein Thema unter den Kollegen: Veras Entlassung. Einige der Mitarbeiter äußern sich auch negativ über Veras Verhalten, sie sei selber schuld, entlassen worden zu sein. Für Judith ist es keine Frage, da hat jemand geplaudert und erzählt, dass Vera mit Rudolf, einem westdeutschen Bürger, im Urlaub war. Sie glaubt allerdings nicht, dass es jemand von den Kollegen war, so schlecht schätzt sie ihre Kollegen nicht ein. Sie war ebenfalls mit John im Urlaub, das haben auch ein paar Kollegen gewusst. Es sind alles nur Vermutungen, die Sache wird sich früher oder später aufklären.

Den ganzen Abend verweilt Judith bei Vera; jetzt hat sie auch eine Vermutung in Bezug auf den Grund für deren Rausschmiss. Vera erzählt, dass sie nach Berlin gereist ist, sie hat gleich die Gelegenheit genutzt, um die Ständige Vertretung in Berlin aufzusuchen. Sie wurde natürlich beim Verlassen des Gebäudes von den Behörden der DDR kontrolliert, allerdings wurden keine Fragen gestellt. „Was hast du nun davon gehabt?" „Es war sehr lehrreich", antwortet Vera, „wir müssen hier in der DDR einen Antrag auf Ausreise stellen, natürlich auch richtige Beweggründe haben. Die Beamten in der Vertretung sind sehr nett gewesen, haben mir aber keine Hoffnungen gemacht. Nur wer Verwandtschaft im Westen hat, kann auf Familienzusammenführung hoffen, dafür ist der Anwalt Richard Vogler zuständig." Judith schreibt sich gleich die Adresse dieser Person auf, vielleicht kann sie eines Tages Herrn Voglers Hilfe gebrauchen. Es braucht richtige und überlegte Vorbereitungen für diesen Schritt, das hat Judith erkannt. Sie fragt Vera, ob sie schon einen neuen Job in Aussicht habe. „Natürlich", antwortet Vera, „die Entlassung war schon lange eiskalt geplant gewesen. Morgen muss ich mich in der Kaderleitung der Stadtreinigung melden." Für Judith ist das wie ein Schlag ins Gesicht! Wie soll denn dort ihre Tätigkeit aussehen? „Du sollst dort als Müllfrau angestellt werden?!" Vera lacht etwas gequält und antwortet: „Keine Ahnung, was mich dort erwartet." „Morgen ruft mich John an, da werde ich ihm sofort über deine Situation berichten, damit auch Rudolf informiert ist." „Ich habe schon einen Brief an ihn geschrieben und alles geschildert", antwortet Vera. „Die Post geht immer lange, wenn der Brief noch kontrolliert wird, dauert die Zustellung bestimmt zwei Wochen, oder er kommt überhaupt nicht an."

Die ganze Nacht kann Judith kein Auge zudrücken, zumal ihr jetzt noch klarer wird, dass die ganze Ausreiseaktion kein Zuckerschlecken werden wird. Sie will auch nicht, dass die Staatsorgane ihre Eltern und Geschwister ebenfalls schikanieren, dazu liebt sie alle zu sehr. Sie muss alles noch mal in Ruhe mit John besprechen, sofern dieser Weihnachten zu Besuch kommen darf. Nächsten Monat wird ein Besuchsvisum gestellt, so lange muss ich mich aus brenzligen Diskussionen raushalten. Diese Gedanken kreisen Judith die halbe Nacht im Kopf herum, bis sie endlich einschläft.

Der nächste Tag verläuft im Büro sehr ruhig, kein Mitarbeiter hat den Mut, noch mal den Namen Vera zu erwähnen, zu groß ist bei jedem die Angst. Der Anruf von John erfolgt pünktlich im Büro, wie ausgemacht. Judith berichtet ihm von dem Vorfall mit Vera, allerdings in etwas verschlüsselter Form. Er reagiert sehr erschüttert und sagt zu Judith: „Hoffentlich lassen sie mich Weihnachten einreisen.“ „Es hat bisher alles gut funktioniert und deine Briefe habe ich auch immer erhalten, dein Besuch muss einfach klappen“, flüstert Judith voller Sehnsucht ins Telefon.

Zwei Monate später

Lena ist auch eine nette Kollegin von Judith, sie kann es nicht verstehen, dass Judith das Visum für John auf ihren Namen beantragt hat. „Das war bisher alles kein Problem“, antwortet Judith, „die Beamten haben sehr nett reagiert, ich hoffe, es wird genehmigt. Ich habe John als langjährigen Bekannten und guten Freund angegeben, weitere Fragen wurden gar nicht gestellt.“ Sie schaut Lena an. „Wer hätte denn sonst das Visum beantragen sollen?“ Lena antwortet spontan: „Mein Mann oder eine andere Person hätte es bestimmt für dich getan; du bringst dich in Gefahr, verlierst vielleicht auch noch deinen Arbeitsplatz.“ Für Judith kein Thema. „Ich habe nichts Unrechtes getan, sondern nur eine Besuchserlaubnis für einen Mann beantragt, den ich über alles liebe.“ „Klingt verdammt naiv. Ich hoffe, er darf einreisen.“ „Schließlich hat er auch für die DDR gearbeitet.“ „Ich wünsche es dir von Herzen“, erwidert Lena, „aber glaube nicht, dass alles ohne Probleme über die Bühne gehen wird.“ „Ich will nicht mehr darüber reden.“ Lena respektiert Judiths Wunsch und wechselt das Thema.

„Ich wollte dich sowieso fragen, ob Moritz Lust hat, Theater zu spielen. Meine Nachbarin arbeitet im Theater und hat schon meinen Sohn Torsten als Kleindarsteller angeworben. Sie suchen im Landestheater Halle dringend noch weitere Kinderdarsteller und Komparsen." Judith ist begeistert über dieses Angebot; Theaterluft zu schnuppern, ist schon immer ein Traum von ihr gewesen. Sie ist überzeugt, dass Moritz sofort zusagen wird. Es wäre überdies eine gute Abwechslung in ihrer Freizeitgestaltung, allerdings werden die Proben auch viel Zeit in Anspruch nehmen.

Schon am nächsten Tag stellt Judith ihren Sohn im Theater vor, er wird sofort für das Schauspiel Wilhelm Tell arrangiert, auch sie wird vom Intendanten gefragt, ob sie nebenbei gern als Komparsin arbeiten würde. Sofort sagt sie zu und so werden die Personalien für den Vertrag aufgenommen. Schon am Wochenende gehen die Proben los, Moritz macht es riesigen Spaß und für die Schauspieler ist es eine große Herausforderung, mit Kindern zu arbeiten. Außerdem werden alle Laiendarsteller je nach Rolle honoriert, das ist ein zusätzlicher Grund, diesem Hobby mit Freude und Spaß nachzugehen. Die Proben für die Kinder finden hauptsächlich am späten Nachmittag und an den Wochenenden statt. So wird Moritz von den ungeliebten Pionierstunden, die immer nachmittags stattfinden, befreit. Kultur und Sport werden in der DDR Gott sei Dank sehr gefördert. Durch das neue Hobby kann Judith auch mal von negativen Dingen abschalten. Die Arbeit mit Schauspielern hinter den Kulissen ist immer sehr interessant.

Das Büro in Veras neuer Arbeitsstelle ist ganz nett eingerichtet, obwohl der Betrieb Stadtreinigung einen schlechten Ruf hat. Dort sind auch ehemalige kriminelle Strafgefangene eingestellt, um sie wieder in der Gesellschaft einzugliedern. Doch denen steht ihre Vergangenheit nicht im Gesicht geschrieben, deshalb stört Vera ihre Herkunft nicht. Sie wird von den neuen Kollegen freundlich behandelt, auch in ihren Job wird sie gut eingewiesen. Es ist ein

Arbeitsgebiet, das sie zwar geistig überhaupt nicht ausfüllt, aber genau das spornt sie an. Sie will so schnell wie möglich einen offiziellen Ausreiseantrag stellen. Damit will sich Judith noch Zeit lassen, zumal sie den Brief von der Bürgerhilfe aus Bonn noch John zeigen will. Hoffentlich bekommt er die Besuchserlaubnis, dieser Gedanke belastet Judith jeden Tag. Er war sehr traurig über Veras Entlassung, deshalb glaubt er nicht mehr an eine Einreise in die DDR. Wie konnte Vera auch nur die Ständige Vertretung der BRD in Berlin aufsuchen, die doch bekanntlich streng von den Behörden bewacht wird! Das kann keiner verstehen. Rudolf will sich demnächst mit Vera in Polen treffen, um nochmals alles, was wichtig ist, zu besprechen. Für Judith gibt es nur ein Ziel: Alles muss genau überlegt und geplant sein, denn eine einzige unüberlegte Handlung kann fatale Folgen haben.

Der Alltag hat alle wieder eingeholt. Jeden zweiten Tag schreibt Judith einen Brief an John. Auch er ist ein fleißiger Schreiber und schickt regelmäßig Pakete mit Kleidungsstücken, manche von ihnen verkauft sie. Für seine alte, aber gut erhaltene Lederjacke hat sie 500,00 Ostmark bekommen. Sie legt das Geld beiseite, falls sie auch mal ihren Job bei der Bank verlieren sollte. Es ist sicher, dass Mitarbeiter, die Westkontakte pflegen, als nicht tragbar für eine Tätigkeit in einem Staatsapparat gelten; wenn dann auch noch bekannt wird, dass DDR-Bürger Kontakte zu Institutionen von westlichen Ländern haben, kann dies nach Paragraf 216 mit fünf Jahren Gefängnis bestraft werden. So steht es in den Gesetzblättern der DDR. Vera bekommt 100,00 Mark weniger Gehalt bei der Stadtwirtschaft, das ist mehr als diskriminierend. Wie sie ihre Familie mit weniger Geld durchbringen soll, interessiert den Staat überhaupt nicht. Zum Glück hat sie noch ihre Oma und wird auch finanziell von dieser unterstützt, obwohl sie nur eine bescheidene Rente bekommt. Wer sich nicht an die Regeln der DDR hält, bekommt dies durch drakonische Methoden zu spüren. Judith wird immer mehr bewusst, dass der Weg, den sie mit Moritz gehen will, sehr gefährlich sein wird. Der Jobverlust von Vera ist wahrscheinlich noch harmlos und markiert erst den Anfang vieler Drangsalierungen; was danach folgt, steht in den Sternen. Auf keinen Fall werde ich meinen Plan mit John aufgeben, das schwöre ich!, denkt Judith, als sie wieder einmal von einem Albtraum erwacht. Es soll in Berlin einen Anwalt mit Namen Vogel geben. Er soll Leute vertreten, die in den Westen wollen, allerdings nur bei Familienzusammenführung.

Es ist schon eigenartig, dass Frau Nora bekannt ist, dass Judith damals mit ihrem heutigen Exmann sämtliche Ostblockländer bereist hat. Schließlich sind es schon fast zehn Jahre her, als diese Reisen unternommen wurden. Bei der wöchentlichen Besprechung wird der Vorschlag unterbreitet, einen Diavortrag zu veranstalten, hauptsächlich über die Landschaften der Sowjetunion. Es war damals für die 18-jährige Judith eines ihrer größten Erlebnisse. Die Länder Bulgarien und Rumänien waren schon sehr beeindruckend, und die Sowjetunion mit ihren Städten Moskau, Leningrad, auch die gesamte Schwarzmeerküste am Fuße des verschneiten Kaukasus waren ein atemberaubendes Ereignis. Judith erklärt sich mit dem Vorschlag sofort einverstanden, zumal sie gern über ihre Urlaubserlebnisse erzählt. Die gesamte Belegschaft hält diesen Diavortrag für einen der besten Vorschläge von Frau Nora. So wird für die nächste Woche der Termin festgelegt, allerdings erst nach Dienstschluss.

Um den späten Nachmittag etwas festlich zu gestalten, werden Getränke und belegte Brötchen vorbereitet. Den Diaprojektor und die Leinwand besorgt Herr Eisenmann, so kann nichts schiefgehen. Judith prüft nochmals jedes einzelne Bild und sortiert auch diejenigen aus, die ihr zu privat sind. Die Feste mit dem Bankteam verlaufen immer sehr harmonisch, auch werden jegliche politische Themen außen vor gelassen. Dass alle Kollegen neugierig auf diese Bilder sind, liegt daran, dass die meisten Menschen eine gewisse Sehnsucht nach der fremden Welt verspüren. Für diese Reisen hatte Rolli Tag und Nacht gearbeitet, auch Judith hatte von ihrem wenigen Ausbildungsgeld etwas gespart. Moritz wurde erst zwei Jahre später geboren, im August 1970. Mit einem Kleinkind wären alle diese Reisen gar nicht möglich gewesen. So vergeht die Zeit, denkt Judith. Die Scheidung mit Rolli liegt nun schon fünf Jahre zurück.

Sie eilt nach Hause, sie will mit Karla und Sylke noch ins Kino gehen. Als sie ihren Briefkasten öffnet, um die Zeitung zu entnehmen, fällt ein Briefumschlag heraus. Der Absender: Polizeipräsidium Halle. Judith bekommt sofort starkes Herzklopfen. Sie rennt die Treppe bis zu ihrer Wohnungstür hoch und begrüßt Moritz mit einem flüchtigen Kuss. Sie öffnet den Brief und stößt einen Freudenschrei aus, sodass Moritz sie ganz erschrocken anschaut. „Was ist denn los, Mama?“ „Was los ist? Die Besuchserlaubnis für John ist genehmigt, wir können in zwei Monaten alle zusammen das Weihnachtsfest verbringen!“ Moritz freut sich auch darüber, aber für Judith ist es ein großes Geschenk. Vera und Lena hatten gesagt, er würde niemals eine private Einreise genehmigt bekommen. Sie haben sich alle geirrt, denkt Judith, man muss nur mutig und selbstbewusst sein. Jetzt müssen die Unterlagen schnellstens an John geschickt werden, damit alles seine Richtigkeit hat. Er hatte selbst nicht mehr daran geglaubt, nach Halle einreisen zu dürfen, umso größer wird jetzt seine Freude sein.

Die Proben für das Theaterstück Wilhelm Tell laufen auf Hochtouren und so verbringen Judith, Lena und ihre Söhne die meiste Zeit im Landestheater Halle. Es ist sehr interessant, gewissen Schauspielern bei der Arbeit zuzuschauen. Hilmar Eichhorn spielt den bösen Landvogt, Peter Sodann und Katrin Saß sind ebenfalls für Hauptrollen eingeteilt. Sie haben auch schon in DEFA-Filmen mitgespielt und sind bekannte Schauspieler. Sie gehen sehr nett mit den Kindern um. Sie beschäftigen sich liebevoll mit den Rollen, die den Kindern zugeteilt wurden, und lernen gemeinsam die Texte auswendig. Lena und Judith bekommen Komparsenrollen zugeteilt, allerdings ohne Text. Sie sind als Marktfrauen eingeteilt und bekommen auch die entsprechenden Kostüme hierfür. Sie brauchen nur über die Bühne zu laufen, aber auch das muss genau geprobt werden. Moritz, der seine Schulkameraden oft mit seinem Humor unterhält, passt als Kinderdarsteller hervorragend in die Theaterwelt. Der Intendant mag seine Lebhaftigkeit, vor allem die schnelle Auffassungsgabe, er plant mit ihm schon weitere Projekte. Alle mitwirkenden Kinder und Komparsen bekommen je nach Probe und Vorstellung eine angemessene Gage ausgezahlt. Für die Kinder ist dies eine doppelte Herausforderung, zumal sie dadurch ihr Taschengeld aufbessern können. Allerdings dürfen dadurch die Leistungen in der Schule nicht nachlassen, die Schularbeiten müssen immer exakt erledigt sein, bevor das Theater aufgesucht wird. Der Intendant organisiert die Proben mit den Komparsen und Kindern meistens am späten Nachmittag oder an bestimmten Wochenenden.

Bei ihrem nächsten Telefonat mit John berichtet Judith über ihre neue Freizeitgestaltung. John reagiert sehr positiv darauf. „Vielleicht werden bei dir noch verborgene Talente entdeckt“, scherzt er, „vergiss aber nicht das Vorhaben, die Ausreise.“ Es stimmt, daran hatte sie momentan gar nicht mehr gedacht. „Ich werde alles tun, um eines Tages mit dir zusammenzuleben, aber ich brauche noch gewisse Informationen für den nächsten Schritt“, antwortet sie. „Wir werden darüber reden, wenn ich nach Halle komme“, flüstert John ins Telefon. Auf einmal ist das Gespräch unterbrochen. Judith ruft gleich Irene an, die Telefonistin in der Zentrale, aber die kann keine neue Verbindung mit John herstellen. „Die Leitungen sind überlastet, wir versuchen es morgen noch mal“, sagt sie. Also beruhigt sich Judith wieder. Es ist sowieso immer ein Akt, eine telefonische Verbindung nach Westdeutschland zu bekommen. Viele Stunden hat Judith schon bei der Post verbracht, auch umgekehrt ist es eine Katastrophe. Es ist aber nicht bekannt, warum das Telefonnetz so schlecht funktioniert. Ich muss mal Schwesterherz Rosi fragen, denkt Judith. Rosi arbeitet als Fernmeldemechanikerin im Amt.

Am nächsten Tag sucht sie gleich die Telefonzentrale auf und gibt Irene die Telefonnummer von John, doch Irene reagiert etwas verstört. „Das ist doch eine westdeutsche Nummer?!“ Judith wird rot und spürt auch gleich ihre eigene Unsicherheit. „Das kann ich auf keinen Fall tun“, erwidert Irene empört, „jede Auslandsverbindung muss beim Fernamt angemeldet werden, das kann viele Stunden dauern. Privatgespräche ins Ausland anzumelden, ist streng untersagt, das kann mir den Job kosten.“ Judith schaut Irene enttäuscht und erschrocken an, sie hatte ihr nicht erzählt, dass John ein westdeutscher Bürger ist. „Alle Gespräche aus dem kapitalistischen Ausland muss ich eigentlich dem Filialleiter durchstellen. Ich drücke mal ein Auge zu und werde sie weiterhin an dich weiterleiten, das bleibt aber unter uns.“ Daraufhin gibt Judith ihrer verständnisvollen Kollegin Irene einen Kuss auf die Wange und bedankt sich herzlich. Am nächsten Tag schenkt sie ihr ein Paket Westkaffee und Schokolade für dieses Vertrauen und Entgegenkommen. „Das war nicht nötig“, sagt Irene, bedankt sich aber trotzdem für Judiths Großzügigkeit. So wäscht eine Hand die andere. Hauptsache, kein einziger Kollege von der Bank bekommt mit, dass John aus der BRD anruft.

So geschieht alles in größter Verschwiegenheit, Irene verbindet die Gespräche weiterhin zu Judith. Von der BRD aus können bei verschiedenen Städten, darunter zählt auch die Stadt Halle-Saale, die Rufnummern direkt durchgewählt werden, allerdings hat John auch schon Stunden damit verbracht, den gewünschten Kontakt zu bekommen. Das Telefonnetz in der DDR soll sehr veraltet sein, so zumindest hat es Rosi immer geschildert, wahrscheinlich noch eine Anlage vom Dritten Reich. Alles zerfällt in den Städten, auch die Straßen sind in einem schlimmen Zustand. Es gibt nichts mehr, woran sich Judith hier erfreuen könnte, manchmal hat sie sogar das Gefühl, in einer rußig grauen Welt voller Gestank zu leben. An manchen Tagen sieht man vor lauter Smog keine Sonne und Moritz hat oft mit seiner Bronchitis und auch mit Hautausschlag zu kämpfen. Der Arzt hat Judith mal vor längerer Zeit empfohlen, an die Ostsee zu ziehen. Als ob das so einfach wäre! Schon in schmutzigen Städten gibt es keine normalen Wohnungen, und an der klaren Ostseeluft schon gar nicht. Sie hat bereits vor sechs Jahren mit dem Gedanken gespielt, von Halle wegzuziehen, um in einer schadstofffreien Gegend zu wohnen, aber es gab keine Möglichkeit, guten Wohnraum zu bekommen. Jetzt hat sich durch ihre Liebe zu John alles geändert. Sie wird darum kämpfen, in einer schönen und freien Welt leben zu können. Das wird auch einer der Gründe sein, den sie als Ausreisegrund in ihrem Antrag angeben wird. Jetzt werden erst mal die Diabilder sortiert, schon morgen soll der Vortrag im Betrieb stattfinden. So richtig Lust dazu hat Judith allerdings nicht, da ihre Freundin Vera nicht dabei ist.

Alle Kollegen sind eingetroffen und das Büfett ist auch lecker angerichtet. Jeder hat sich beim Organisieren Mühe gegeben, auch Getränke gibt es reichlich. Während Herr Eisenmann den Projektor aufstellt, haben Lena und die Sekretärin dafür gesorgt, die Leinwand so anzubringen, dass jeder eine gute Sicht hat. Nun kann es losgehen. Judith zeigt als Erstes die Bilder aus Bulgarien und Rumänien. Als sie die Bilder von der Sowjetunion zeigt, kommen alle Kollegen ins Schwärmen und Träumen. Die Stadt Sotschi liegt nicht nur am Schwarzen Meer, sondern ist auch umgeben von der Gebirgskette des Kaukasus. „Es war mein schönster Urlaub“, kommentiert Judith, „ich kam mir vor wie im Paradies.“

Nach dem Vortrag bedienen sich alle am Büfett und plaudern noch lange über die schönen Bilder. Frau Nora meint, dass wir gar keine westlichen Länder bräuchten, unsere Bruderländer hätten so schöne Urlaubsgebiete. Judith hat schon zwei Gläser Sekt getrunken und merkt gar nicht, dass sie schon leicht beschwipst ist. Sie schaut zu ihrer Chefin und antwortet etwas lallend: „Ich würde wahnsinnig gern mal durch Amerika und Kanada reisen, um noch mehr Landschaften zu sehen und Eindrücke von der Welt zu gewinnen." Nach dieser Äußerung werden die Gesichtszüge von Frau Nora etwas grimmig, aber sie wird von Herrn Eisenmann durch ein Gespräch abgelenkt. Obwohl Lena und Karla auch den Sozialismus hassen und mit Judith einer Meinung sind, halten sie sich mit westlichen Äußerungen zurück. Judith füllt sich ein Glas Sekt ein und nimmt sich noch ein belegtes Brötchen vom Büfett. Alle bedanken sich bei Judith für den schönen Nachmittag und so klingt das gemeinsame Zusammensein aus. Lena und Karla helfen ihr noch, die Bilder einzupacken, danach gehen alle nach Hause.

Moritz sitzt gemütlich vor dem Fernsehapparat und schaut sich einen Film an. Er hat natürlich den Westkanal eingestellt, das kann Judith sofort erkennen. Die Serie Der Mann in den Bergen gibt es nicht im Ostfernsehen, auch nicht die Serien Fred Feuerstein und Lassy. Er soll diese Sender ruhig schauen, wenn es ihm Spaß macht, so kann er gleich auf die westliche Welt vorbereitet werden. Die Hauptsache, er spricht nicht mit seinen Schulkameraden darüber, sonst gibt es Ärger. Bei dem letzten Elternabend wurde von dem Klassenlehrer, Herrn Schäfer, erwähnt, dass sich alle Kinder viel über westliche Filme unterhalten würden. „Wir sollten sie mal den schwarzen Kanal mit dem Moderator Karl-Eduard von Schnitzler anschauen lassen", sagte er. Darüber empörte sich der Vater eines Schülers so sehr, dass er den Raum verlassen wollte. „Ich werde meinem Sohn verbieten, sich so einen Hetzsender anzuschauen", echauffierte er sich, „das ist doch die absolute Volksverdummung!" Für Judith war es wie Balsam auf der Seele, dass endlich mal jemand den Mut hatte, die Wahrheit zu sagen. Der Lehrer reagierte sehr ruhig und kam gleich zum nächsten Punkt.

Weihnachtszeit 1979

Bis zum Weihnachtsfest ist noch viel zu tun, die Wohnung soll noch mal renoviert werden. Durch Beziehungen hat Judith für das Wohnzimmer und Schlafzimmer schöne helle Tapeten bekommen. Sie hat zwar erst vor zwei Jahren renoviert, aber durch die Kohleöfen in den Zimmern werden die Wände und Decken ziemlich schnell wegen des Qualms dunkel. Sie erhält große Hilfe von ihren lieben Nachbarn Sylke und deren Mann Karl. An einem Wochenende wird die ganze Wohnung einschließlich Küche fertig tapeziert sowie die Decken gestrichen. Karl ist durch seine handwerklichen Fähigkeiten ein richtiger Künstler. Seine Arbeiten werden immer sehr sauber und korrekt gemeistert. Nachdem auch die schönen weißen Gardinen an den Fenstern drapiert wurden, strahlt die ganze Wohnung eine angenehme Gemütlichkeit aus. „Jetzt kann das Weihnachtsfest kommen, auch dein Schatz John", sagt Sylke. „Ich kann es kaum erwarten", antwortet Judith, „er ist ein wunderbarer Mensch." „Das glaube ich dir gern, aber er lebt in Westdeutschland, und das kann für dich und Moritz ein echtes Problem werden." Judith geht auf diese Worte nicht mehr ein, es nervt, sie wechseln das Thema. Sie will mit Karl und Sylke nicht über den bevorstehenden Ausreiseantrag sprechen, trotz der guten Harmonie und hilfsbereiten Nachbarschaft. Als Dankeschön für ihre Hilfe lädt Judith die beiden im Interhotel zu einem sehr feinen Essen ein, Geld für geleistete Arbeit ist unter Freunden grundsätzlich ein Tabuthema.

Im Betrieb herrscht zu Jahresende – wie alle Jahre – die gleiche Situation, sehr viel Stress und es gibt sehr viele Exportgeschäfte zu bearbeiten. Jeder Betrieb will seinen Plan erfüllen und die Bank trägt die Hauptverantwortung für deren Ziele. Es rieselt zur Belohnung natürlich wieder viele Geschenke von den Betrieben, die von Herrn Eisenmann gleich in Gewahrsam genommen werden.

Darüber ärgert sich Judith jedes Jahr, sie bearbeitet die Unterlagen von Betrieben, die sehr großzügig mit Weihnachtsgeschenken sind. Letztes Jahr wurden die Geschenke noch für die Weihnachtstombola genommen, das war noch einigermaßen gerecht. Dieses Jahr sind die Sachen für hervorragende politische Leistungen an bestimmte Kollegen überreicht worden.

Die Weihnachtseinkäufe in überfüllten Kaufhäusern sind wie immer eine nervige Angelegenheit. Apfelsinen und Bananen gibt es nur unter dem Ladentisch, verbunden mit langen Warteschlangen. Darüber braucht sich Judith jedoch keine Sorgen zu machen, John hat bereits angekündigt, dass er sehr viele Südfrüchte mitbringen wird. Judith schenkt ihm ein wunderschönes, sehr teures Hemd aus dem Exquisitladen. Moritz bekommt wieder viele Teile für seine elektrische Eisenbahn, auch interessante Bücher.

Vera hat sich ganz gut in ihrem neuen Betrieb eingelebt, mit einigen Kollegen kommt sie einigermaßen gut zurecht. Sie will im Januar einen Ausreiseantrag stellen, das hat sie Judith bei ihrem letzten Besuch angekündigt. „Mir kann nichts mehr passieren und meine Söhne wissen auch schon Bescheid, sie werden darüber schweigen.“ Judith ist sehr gespannt, wie die zuständigen Behörden darauf reagieren werden. Von der Bürgerhilfe in Bonn hat sie nichts mehr gehört, obwohl sie fest versprochen haben zu helfen. Jetzt wird auf Johns Besuch gewartet, dann werden nochmals alle wichtigen Schritte besprochen. Judith ist so in Gedanken vertieft, dass sie den Klingelton an der Tür gar nicht gehört hat, aber Moritz eilt zur Tür und öffnet sie. „Oma!“, ruft er und umarmt seine Großmutter stürmisch vor Freude, auch Judith empfängt ihre Mutter herzlich. Sie liebt ihre Mutter sehr, überhaupt liebt Judith ihre ganze Familie von ganzem Herzen. Judiths Mutter hat selbst gebackenen Kuchen mitgebracht, der wie immer sehr lecker schmeckt.

Während sich Judith und Moritz den Kuchen munden lassen,

erzählt Judiths Mutter, dass sie ab Januar Rentnerin sei und einen Reisepass für Westdeutschland beantragen könne. Judith ist erfreut über diese Nachricht, sie weiß, dass ihre Mutter noch nie weit gereist ist. „Ich werde auf alle Fälle zu Tante Lina nach Hamburg reisen auch deine Cousine Ruth aus Heidelberg hat uns eingeladen. Sie ist die Tochter von meinem Bruder, also von deinem Onkel. Er ist leider durch eine schwere Krankheit vor vielen Jahren verstorben." Judith schaut ihre Mutter verwundert an, sie hat noch nie so ausführlich von ihrer Verwandtschaft berichtet. Sie fragt, wieso sie jetzt erst darüber erzähle und wie der Kontakt zustande gekommen sei. „Ganz einfach, dein Vater war damals Berufsmusiker bei Musikcorps Halle, so wurden wir gezwungen, den Kontakt zur westlichen Verwandtschaft sofort abzubrechen. Auch dein Vater hat noch eine Schwester in Bonn, er wurde von der Armee gezwungen, die Verbindung abzubrechen. Es fiel ihm nicht schwer, sie soll sich angeblich mit Amerikanern eingelassen haben. Viele Jahre später hat sich ihre Tochter Brigitte, also auch eine Cousine von dir, ebenfalls in einen amerikanischen Offizier verliebt, sie soll ihn sogar geheiratet haben. Sie ist dann mit ihm nach Dallas ausgewandert. Nach einem Jahr, 1964, plagte sie allerdings das Heimweh und sie reiste nach Bonn zurück. Einen Monat später wurde sie auf einer Autobahn überrollt. Diese Tragödie ist bis heute noch nicht aufgeklärt." „Wieso konnte dieses Unglück passieren?" „In der Bildzeitung stand, nachts dürfe man nicht auf der Autobahn spazieren gehen. Deine Oma durfte zu ihrer Beerdigung reisen. Vielleicht war der Geheimdienst für diesen Unfall verantwortlich, das wird immer ein Geheimnis bleiben." Judith ist von dieser ergreifenden Geschichte gerührt. Wer sollte Interesse für das Ableben ihrer Cousine gehabt haben? Aber vielleicht war es ja doch ein Unfall.

Warum hat sie diese Geschichte erst jetzt erfahren? Bestimmt sind alle zur Verschwiegenheit verdonnert worden. Jetzt konzentriert sich Judith auf die Weihnachtsvorbereitungen und fährt zum Marktplatz, wo der Christbaumverkauf begonnen hat. Wie jedes Jahr bildet sich rund um den Verkauf der Bäume eine lange Menschenschlange. Judith entscheidet sich für eine gut gewachsene Kiefer, sie hat eine längere Lebensdauer als Tannenbäume. Südfrüchte und Nüsse hat sie schon gestern von einem Gemüsehändler ergattert. Auch die Geschenke sind alle so weit gekauft, sie müssen nur noch schön verpackt werden. Am meisten freut sich Judith auf den bevorstehenden Besuch von ihrem geliebten John, aber noch müssen zwei Tage vergehen, bis er eintrifft. Am Telefon hat er Judith kurz mitgeteilt, dass er sehr früh losfahren werde.

Heute findet noch die übliche Weihnachtsfeier für alle Bankangestellten statt, sie wird in einer gepflegten Gaststätte stattfinden. Die meisten Kollegen empfinden es als ungerecht, dass die Tombola abgeschafft wurde. Zwar sind alle Mitarbeiter für ihre Tätigkeiten und ihren Fleiß gelobt worden, über ein Geschenk hätten sie sich jedoch mehr gefreut, als diese langweiligen Worte zu hören. Man kann spüren, dass sich das Arbeitsklima in der Bank verändert hat, schuld daran ist Frau Nora, die neue Chefin. Die Besprechungen finden jetzt zweimal in der Woche statt und die Themen werden immer langweiliger. Meistens wird über die Planwirtschaft diskutiert, was nichts mit der Bankarbeit zu tun hat. Judith hat einmal eine negative Bemerkung geäußert, schon wurde sie von ihrer Chefin verdonnert, einen Bericht über das Nationaleinkommen der DDR zu schreiben. Zunächst hatte sie sich geweigert; in der Folge war sie gezwungen, sich vor der Konfliktkommission zu rechtfertigen. Seitdem hält sich Judith strikt zurück und befolgt so gut es geht jede Anweisung. Herr Eisenmann ist zwar immer noch der Filialleiter, aber seine Unsicherheit gegenüber jener Frau wird immer größer.

Ansonsten verläuft die Weihnachtsfeier sehr harmonisch, die Tische sind festlich mit schönen Kerzen geschmückt. Judith, Karla und Lena haben sich gleich einen guten Platz gesichert. Das Büfett, das mit köstlichen Speisen angerichtet wurde, sieht sehr appetitlich aus. Die Getränke werden natürlich von dem Servicepersonal serviert, jeder kann sich für den Wert von 20,00 Mark Wein oder Bier bestellen. Zur Eröffnung der Feier drückt auch Herr Eisenmann mit ein paar netten Worten seinen Dank an alle Mitarbeiter aus, die an einem erfolgreichen Jahr1979 mitgewirkt haben. Er wünscht allen anwesenden Kollegen wunderschöne Feiertage, Gesundheit und einen guten Start für das Jahr 1980.

Als Judith von ihren letzten Weihnachtseinkäufen nach Hause kommt, pocht ihr Herz wild, in wenigen Stunden müsste John eintreffen. Hoffentlich hat alles an der Grenze geklappt, zumal die Grenzkontrollen das Gepäck immer sehr genau kontrollieren. Morgen ist Heiligabend, da wird auch der Baum aufgestellt und John wird beim Schmücken auf alle Fälle behilflich sein. Für Moritz ist das Weihnachtsfest immer sehr aufregend, vor allem wenn die Geschenke ausgepackt werden. Gestern war die Premiere des Schauspiels Wilhelm Tell, davon schwärmt Moritz den ganzen Tag, es war ein großer Erfolg. Der Beifall des Publikums war so groß, dass sich jeder Schauspieler immer und immer wieder verbeugen musste. Für Moritz ein derart großes Erlebnis, er kann die nächste Vorstellung kaum erwarten.

Endlich ist der geliebte John eingetroffen und die Freude ist wieder so groß, als ob Weihnachten, Ostern und Pfingsten zusammenfallen. Bei der Begrüßung fließen wieder unzählige Tränen, bei John ist es diesmal schlimmer als bei Judith. Er erzählt, dass er an der Grenze zwei Stunden festgehalten wurde, richtige Schikane. „Das gesamte Auto haben diese Idioten gefilzt; als sie noch ein paar Zeitschriften gefunden haben, wurde ich mit dummen Fragen richtiggehend verhört." „Jetzt bist du hier und wir werden unsere kostbare Zeit so richtig schön genießen." „Oh ja, das werden wir“, bestätigt John. Als Erstes erzählt Moritz von seiner erfolgreichen Vorstellung im Theater. John hört ihm gespannt zu. „Du wirst bestimmt mal ein großer Schauspieler. Aber erst muss deine Schule mit Erfolg abgeschlossen sein, da hast du noch viele Jahre Zeit. Um einen Ausbildungsplatz an der Schauspielschule zu bekommen, müssen deine Noten vor allem in den Fächern Deutsch und Literatur sehr gut sein.“ „Da bin ich gut“, antwortet Moritz, „sonst hätten die mich gar nicht als Kinderdarsteller genommen.“ „So, genug solcher Träumereien“, unterbricht Judith, „jetzt möchte ich mich mal mit John unterhalten.“ Sie zeigt ihm den Brief von der Bürgerhilfe Bunte. John wirft einen kritischen Blick auf das Schreiben. „Der Verlag Bunte arbeitet nicht mit dem Bundesministerium zusammen, ich habe mich bereits erkundigt, sonst hätten die sich noch mal gemeldet. Du kannst erneut einen Brief an den Bundesminister Franke schreiben und ihn um Hilfe bitten, vielleicht kann er etwas für dich tun.“

Als es an der Tür klingelt, staunt Judith nicht schlecht. Ihre Nachbarin Sylke überreicht ihr das Hausbuch mit dem Hinweis, John müsse seine Personalien sowie den Zeitraum seines Aufenthalts eintragen. Sie nimmt das Buch in Empfang und antwortet: „Wieso habt ihr den Hausmeisterjob übernommen?“ „Das hat sich letzte Woche spontan ergeben“, antwortet Sylke und eilt wieder in ihre Wohnung. Als Judith John das Buch überreicht, gibt sie ihm gleich zu verstehen, niemals mit irgendwelchen Hausbewohnern über ihr Vorhaben erzählt zu haben. „Ich rede mit keinem Menschen über meine Ausreise nach Westdeutschland, auch nicht mit meinen Verwandten“, sagt sie. „Woher wissen meine Nachbarn, dass du schon in meiner Wohnung eingetroffen bist?“, überlegt sie. „Vielleicht haben sie dein Auto gesehen? – Stimmt! Das wird es sein.“

Am nächsten Tag ist volles Programm. John schmückt mit Moritz den Christbaum und zaubert auch gleich noch ein paar wunderschöne Weihnachtskugeln aus seinem Koffer hervor. „Du denkst aber auch an alles, letztes Jahr sind viele Kugeln zu Bruch gegangen.“ „Das habe ich mir gedacht“, antwortet John, „außerdem hat euer Weihnachtsschmuck nicht die Qualität wie bei uns.“ Judith schaut auf das Schild der Verpackung und lacht herzhaft. Made in DDR, steht darauf. „Es wird bei uns hergestellt und bei euch verkauft. Alles, was Qualität hat, wird gegen harte Devisen exportiert, sogar der Weihnachtsschmuck. Für das eigene Volk bleiben nur die Abfälle, so ist der Sozialismus. Die Staatsführung lebt bestimmt in Saus und Braus und bedient sich großzügig an diversen Westartikeln.“ Wütend begibt sich Judith in die Küche und bereitet das Abendessen vor. Es gibt wie jedes Jahr Bratwurst, Kartoffelpüree und Sauerkraut, danach folgt die Bescherung.

Alles läuft wie geplant, das Essen hat allen sehr gut geschmeckt, der Abwasch wird auch schnell gemeinsam erledigt. Vor allem Moritz kann die Bescherung kaum erwarten, er wird wieder reichlich mit Geschenken überschüttet. Viele Teile für seine elektrische Eisenbahn, spannende Bücher, Süßigkeiten und Modellautos hat er von John und seiner Mutter bekommen. Seiner großen Liebe hat John wie immer hauptsächlich Kleidung, Schmuck und Kosmetikartikel geschenkt. „Es ist für mich immer wieder eine große Wonne, euch zu beschenken“, betont John, „eure Freude und eure Dankbarkeit sind einfach überwältigend!“ So klingt der Weihnachtsabend voller Harmonie und Gemütlichkeit mit einem guten Wein aus.

Am ersten Feiertag haben sich die Eltern angekündigt, der Tag verläuft sehr schön und ruhig. John stößt bei Judiths Eltern mit seiner feinen und geselligen Art auf große Sympathie. Als Judiths Vater aber nach etlichen Gläsern Schnaps die Frage stellt, wie es mit der Beziehung weitergehen soll, schweigen alle. Judith lenkt sofort ab und erzählt von den herrlichen Erlebnissen in Ungarn und wie überaus schön dieses Land sei.

So vergeht auch der erste Weihnachtfeiertag, jetzt bleiben nur noch drei Tage, dann muss John seine Heimreise antreten. Schon allein der Gedanke daran ist ein Grauen und Schmerz für alle. Den Silvesterball wird Judith mit Vera, Karla und ihrer Nachbarin Sylke und deren Mann verbringen. Diese haben die Karten für den Silvesterball besorgt, ohne Vitamin B ist so etwas so gut wie aussichtslos. Moritz wird beide Tage bei seinem Vater Rolli verbringen, er freut sich immer wieder, auch Zeit mit seiner Halbschwester zu verbringen. Den zweiten Weihnachtstag halten sich Judith und John hauptsächlich in der Wohnung auf, bis in die späte Nacht plaudern sie miteinander und lieben sich. „Morgen müssen wir unbedingt einen Brief über dein Anliegen an den Bundesminister aufsetzen, ich werde ihn dann mitnehmen und weiterleiten." Judith ist mit jedem Schritt einverstanden, der sie ihrer Ausreise mit Moritz näher bringen könnte.

Als Rolli am nächsten Tag seinen Sohn abholt, herrscht bereits eine trübselige Stimmung. John muss sich jetzt von Moritz verabschieden, denn bis zum Neujahr wird dieser bei seinem Vater bleiben. So wird er die Abreise von John nicht mitbekommen. Durch seine Halbschwester Mona wird er zum Glück abgelenkt sein. So verläuft der Abschied ohne jegliche Fragen. Moritz zeigt seiner Halbschwester voller Stolz seine elektrische Eisenbahn, auch die anderen Geschenke. „Jetzt müssen wir aber losgehen", mahnt Rolli, „bei uns gibt es auch noch eine schöne Überraschung." Moritz und Mona folgen ihrem Vater. Judith und John begleiten beide Kinder bis zum Auto. „Wie wird eigentlich dein Exmann Rolli reagieren, falls er über dein Vorhaben erfährt?" Judith schaut John an. „Erst wenn es so weit ist, wird darüber gesprochen. Auf alle Fälle müssen wir jetzt mal anfangen, den Brief an den Bundesminister aufzusetzen." Es dauert nicht lange, das Schriftstück zu schreiben, es werden alle Beweggründe aufgeschlüsselt, es klingt wie ein Hilferuf, mit der Bitte, unbedingt zu helfen. Judith sucht verzweifelt einen passenden neutralen Briefumschlag, kann aber keinen finden. Sie hat nur rosa Briefpapier und Umschläge. „Du brauchst nicht weiterzusuchen“, sagt John, „ich werde diesen Brief an die zuständige Behörde in Bonn sowieso selbst übergeben. Neutrale Umschläge habe ich zu Hause genug.“

Judith ist zufrieden, so verbringen sie den Rest des Tages mit einem ausgiebigen Spaziergang, anschließend kehren sie noch in einem kleinen Café ein. „Ich hoffe, wir werden nächsten Sommer bei mir verbringen oder in Italien.“ Für Judith klingt das ziemlich unwahrscheinlich, sie macht den Vorschlag, zu Pfingsten nochmals nach Ungarn zu reisen. Visum und Flüge zu beantragen, das klappt bestimmt wieder reibungslos. „Das ist eine gute Idee“, antwortet John, „bis dahin habe ich vielleicht auch schon Antwort auf deinen Brief vom Bundesministerium. Eigentlich dürfte nichts schiefgehen. Das Abkommen von Helsinki ist schon lange von der DDR unterzeichnet worden und ist rechtskräftig.“ „Alle Länder müssen sich doch an die Menschenrechte halten“, wirft Judith ein. „Du hast vollkommen recht“, antwortet John, „ich selbst glaube an keine Wunder. Es fallen noch immer Schüsse an der Grenze, wenn alles so leicht wäre, würde niemand mehr einen Fluchtversuch riskieren, sondern alle würden nur noch Ausreiseanträge stellen.“ Diese Worte von John klingen plausibel, aber Judith will von Flucht einfach nichts wissen, sie würde ihre ganze Familie in Mitleidenschaft ziehen, auch ihre Eltern würden leiden. Sie reden den ganzen Abend über ihre Träume von der großen, weiten Welt. Beiden graut es wiederum vor dem bevorstehenden Abschied. „Ich werde niemals einen anderen Mann heiraten, falls ich dich verliere.“ „Du wirst mich niemals verlieren, das schwöre ich“, antwortet John, „wir gehören einfach zusammen.“

Zwei Monate später

Die Mittagspause nutzt Judith erneut, um für den Pfingsturlaub

Flüge nach Budapest zu buchen. Der Pfingsturlaub wurde ihr von Herrn Eisenmann sofort genehmigt. Es sind leider nur eine Woche Ferien, aber ohne Moritz möchte Judith nicht auf Reisen gehen, niemals. Auch das Visum für die Reise wurde beantragt, jetzt heißt es wieder abwarten. Jede Woche schreibt sie Briefe an John, berichtet ihm über jede Neuigkeit und überhaupt über alles, was so in Halle geschieht. Auch sie bekommt regelmäßig die schönsten Liebeszeilen von ihrem Schatz, auch Pakete gefüllt mit Mangelware. Allerdings wird neuerdings, wie Judith bemerkt, jedes Paket kontrolliert und auch deklariert, dass bestimmte Waren und Modehefte eingezogen wurden. Das erste Mal fühlt Judith eine innere Unruhe und hegt Misstrauen gegenüber den Behörden. Werden vielleicht auch ihre Briefe kontrolliert? Sie nimmt sich vor, ihre Schwester Rosi aufzusuchen und ihr die abgestempelten Briefumschläge von John zu zeigen. Rosi bestätigt zurückhaltend Judiths Vermutung. Sie sei aber nicht ganz sicher, da sie nicht bei der Briefzustellung, sondern als Fernmeldetechnikerin arbeite. Außerdem betont sie erneut: „Es ist nicht gut, dein Leben wegen eines Mannes, mit dem du niemals eine Zukunft haben wirst, aufs Spiel zu setzen.“ Diese Worte von Rosi kommen für Judith immer verletzend rüber. Sie erwidert nichts darauf, es würde nur zu harten Diskussionen kommen. Als dann noch Rosis Mann eintrifft, wechseln sie sofort das Thema. Auf dem Heimweg grübelt Judith noch lange über die Worte ihrer Schwester nach und eine gewisse Angst macht sich in ihr breit. Woher will Rosi eigentlich über mein Vorhaben Bescheid wissen? Ist sie etwa Hellseherin? Ihr ist noch nicht danach, nach Hause zu gehen, also besucht sie ihre Freundin Vera.

Es gibt Neuigkeiten, Vera hat tatsächlich den ersten Ausreiseantrag bei den Behörden gestellt, Abteilung „Inneres“. Sie erzählt, dass er abgelehnt wurde. Der Bedienstete hatte vor ihren Augen das Stück Papier mit einem höhnischen Lachen zerrissen. „Was willst du jetzt tun?“, fragt Judith erschüttert. „Nächste Woche bekommt der Idiot den nächsten Antrag von mir, denn jetzt gibt es kein Zurück mehr." Sie schaut Judith an und fragt: „Wann willst du deinen ersten Antrag stellen?" „Ich warte noch auf ein paar Informationen von John, dann sehen wir weiter." „Du bist DDR-Bürgerin, wenn du den Staat verlassen willst, bleibt dir nur eine Wahl: ebenfalls einen Ausreiseantrag zu stellen. Bei meinem Besuch in der Ständigen Vertretung in Berlin wurde mir auch mitgeteilt, dass es nur im eigenen Land möglich sei, einen Ausreiseantrag zu stellen." Das leuchtet Judith alles ein, aber sie will auf keinen Fall unüberlegt handeln. Außerdem fahren ihre Eltern demnächst nach Lübeck zu Tante Lenchen, auch Cousine Ruth aus Heidelberg hat die Eltern herzlich eingeladen.

Für Moritz ist das Theater sein größtes Hobby geworden, zweimal in der Woche hat er eine Vorstellung. Das hat auch seine Vorteile, so braucht sich Judith keine Sorgen zu machen, wenn er nicht zu Hause ist. Nun haben die Proben für das nächste Projekt begonnen, es ist eine Oper. Judith und ihre Kollegin Lena sind wieder als Komparsinnen eingeteilt. Auch mit Karla verbringt sie jetzt viel ihre Freizeit. Sie gehen oft ins Kino, manchmal auch in einem guten Lokal speisen. Für Tanzbars hat Judith überhaupt keinen Sinn mehr, mit fremden Männern zu tanzen ist für sie reizlos geworden. Sie schreibt lieber seitenlange Briefe an ihren geliebten John und träumt von einer freien Welt.

So vergehen Tage, Wochen, aber immer noch keine Spur von einer Zusage für das beantragte einwöchige Visum nach Ungarn. Wieso arbeiten die Behörden bei einem Kurzurlaub so langsam? Letztes Jahr wurde das Visum für den zweiwöchigen Urlaub nach Ungarn innerhalb von vier Wochen bestätigt. Jetzt sind schon verflixte sechs Wochen vergangen. Judith wird langsam ungeduldig, denn ihre Flugtickets liegen seit letzter Woche im Reisebüro zur Abholung bereit. Sie sucht nochmals die Behörden auf, wird aber mit der Begründung abserviert, die Bearbeitung der Reiseunterlagen sei wegen Personalmangels noch in Arbeit. Judith verlässt frustriert das Gebäude und blickt nochmals von der Straße auf die Fenster jenes Amtsgebäudes. Sie ist verwundert, dass ausgerechnet die beiden Bediensteten, die gerade noch über Personalmangel klagten, gemütlich am Fenster stehen und ihr nachblicken.

Nach Dienstschluss eilt Judith schnell nach Hause, die 40 Zentner Kohlen, die sie bestellt hat, sind einfach vor ihre Haustür geschüttet worden. Das heißt für Judith ganze Arbeit und so fängt sie an, jeden verfügbaren Kohleneimer mit den Briketts zu stapeln und in den Keller zu schleppen. Genau fünf Stunden dauert die ganze Aktion. Als Judith diese Schwerstarbeit beendet hat, sieht sie selbst aus wie ein Brikett. Moritz sagt zu seiner Mutter: „Du siehst aus, als ob du Kohlen gegessen hättest." „Das habe ich alles für dich getan, damit du im nächsten Winter nicht frierst. Ich muss jetzt unbedingt in die Badewanne, der Kohlestaub klebt sogar in den Haaren, und das ist verdammt ekelhaft." Sie beheizt den Badeofen mit Holz und verbringt den Rest des Abends in der Badewanne. Drei Wannenbäder hat Judith benötigt, um den ganzen Körper sauber zu bekommen, danach ist sie vor lauter Müdigkeit ins Bett gefallen. Moritz hat sich an dem Abend allein versorgt. Mit seinen fast zehn Jahren ist er schon sehr selbstständig, damit entlastet er seine Mutter enorm.

Am Wochenende besucht Judith ihre Eltern, behutsam will sie ihnen über ihre Ausreisepläne in die BRD berichten. Sie ist gespannt, wie sie reagieren werden. Bestimmt nicht erfreut, sondern sehr traurig, ahnt sie …Genauso ist es dann auch. Sie gibt ihren Eltern zu verstehen, dass John der Mann ist, mit dem sie ein gemeinsames Leben verbringen möchte, ein anderer Mann kommt für sie nicht infrage. Ihre Eltern reagieren nicht glücklich und stellen gleich die Frage, wie das alles funktionieren soll. „Ich werde einen Ausreiseantrag stellen, den Zeitpunkt weiß ich noch nicht", antwortet Judith. „Wir wollen uns Pfingsten in Budapest treffen und noch mal alles genau durchplanen." „Glaube bloß nicht, dass es einfach sein wird", gibt ihr der Vater zu verstehen. „Sie werden dich in die Mangel nehmen und deinen Job bei der Bank verlierst du bestimmt auch. Außerdem bringst du auch deine Familie in Gefahr, das ist ein hoher Preis." „Ich bringe niemanden in Gefahr! Es geht um mein Leben", antwortet Judith, „da kann ich keine Rücksicht nehmen. Überdies will ich die DDR wegen meiner großen Liebe verlassen, und nicht wegen politischer Gründe. Außerdem habe ich es satt, eingesperrt zu sein und bis zu meinem Lebensende in einer Bruchbude zu wohnen, das ist eine Strafe." „Dein John hat dich ganz schön geimpft", sagt Judiths Vater. „Du bist eine erwachsene Frau, wir wünschen dir alles Glück der Erde." Judith ist zufrieden und gleichzeitig erleichtert, diesbezüglich von den Eltern keinen Druck zu bekommen.

Auf einmal beginnt Judiths Mutter zu erzählen, wie sie damals den schrecklichen Krieg überlebt und auf der Flucht vor den Russen gelitten haben. „Dein Bruder Friedrich ist mit einem Jahr gestorben, er wäre heute 36 Jahre alt geworden. Die Russen haben unseren Track überfallen und sämtliche Lebensmittel beschlagnahmt. Es war schrecklich, dein Vater war verwundet und lag in Oschatz im Lazarett, welches von den Russen umstellt war. Er konnte flüchten, seine Trompete hat ihm das Leben gerettet. Er gab sich als Dorfmusiker aus, so konnte er der bevorstehenden Gefangenschaft nach Sibirien entfliehen." „Mein Gott, ist das eine rührende Geschichte, aber wieso habt ihr nie darüber gesprochen?" „Kein Mensch, der den Krieg überlebt hat, möchte all das Schreckliche wieder aufleben lassen. Man will es lieber verdrängen", antwortet Judiths Vater. „Es gab zu viel Leid, deine zwei Onkel, also meine Brüder, sind im blutjungen Alter von 17 und 18 Jahren im Krieg gefallen. Oma konnte bis zu ihrem Tod nie darüber sprechen, so groß war der Schmerz. Wir können nur hoffen, dass es auf deutschem Boden nie wieder Krieg gibt." „Es gibt aber immer noch den Kalten Krieg zwischen Ost- und Westländern", wendet Judith ein. „John sagt, dass es nur eine Frage der Zeit ist, bis es wieder knallt." „Wie kommt er denn auf so was?", fragt Judiths Vater. Sie antwortet: „Er ist mit einem Journalisten befreundet, der ihm oft berichtet, wie sich die Russen und Amerikaner gegenseitig provozieren." „Das stimmt, wenn es erneut zu einem Krieg kommt, dann werden Nuklearwaffen eingesetzt, das wäre für die Menschheit das Ende."

Endlich wissen die Eltern von ihrem Vorhaben, vor allem – das ist Judith wichtig – haben sie Verständnis gezeigt. Judith fällt ein Stein vom Herzen. Sie fährt erleichtert nach Hause, damit sich Moritz auf seine bevorstehende Mathematikarbeit vorbereiten kann. Es ist klar, wie schwer eines Tages der Abschied von ihrer Familie sein wird, aber jeder muss irgendwann seinen eigenen Weg gehen. Man kann nicht sein ganzes Leben in seiner Geburtsstadt verbringen, die auch noch die höchste Luftverschmutzung hat, schon allein durch Buna und Leuna, das Industriegebiet von Bitterfeld kommt auch noch dazu. Es hat nicht den geringsten Sinn, mir meine Pläne auszureden. Mit John die Welt zu bereisen und ein freier Mensch zu sein, das sind meine größten Träume, denkt sie. In einer Wohngegend zu leben, umgeben von Natur und klarer Luft, das erhöht die Lebensqualität enorm. Am liebsten möchte Judith sofort den Antrag stellen, aber sie muss sich vorher noch mal mit John in Budapest besprechen, er wollte den Brief an den Bundesminister persönlich zustellen.

Am nächsten Tag in der Mittagspause holt Judith ihre Flugtickets im Reisebüro ab. Die Bezahlung von 390,00 Ostmark erfolgt per Scheck. Karla fragt, ob das Visum schon genehmigt wurde. „Keine Ahnung", antwortet Judith. „Es sind noch knapp vier Wochen, bis wir die Reise antreten, es bleibt also noch genügend Zeit. Außerdem gibt es keinen Grund, uns nicht reisen zu lassen, ich habe doch nichts ausgefressen." Karla lacht. „Das stimmt, letztes Jahr habt ihr auch keine Probleme gehabt." Judith schaut auf die Uhr, die Mittagspause ist vorbei. Sie laufen schnell Richtung Bankgebäude. Als sie ankommen, wartet Herr Eisenmann schon ungeduldig auf die beiden Frauen, er rügt sie wegen fünf Minuten Verspätung. Kurz vor Feierabend bekommt Judith einen Anruf vom Chef, er möchte sie in seinem Büro sprechen. Sie folgt dieser Aufforderung und geht in sein Büro, Frau Nora ist ebenfalls anwesend.

Was wollen die von mir?, denkt Judith, aber schon wird ihr die Frage gestellt, ob sie Westkontakte pflege. Judith spürt ihr Herz rasen, so erschrocken ist sie über diese Frage, die ihr erneut gestellt wird. Und täglich grüßt das Murmeltier! Sie antwortet ziemlich selbstbewusst mit einem lauten „Nein!". Prüfend schauen sie beide Vorgesetzten an und belehren sie über nicht erwünschte Westkontakte, sonst drohe die Entlassung bei der Bank. Das Gefühl der Unterdrückung hat Judith noch nie so stark wahrgenommen wie in diesem Moment. Sie darf nach dem Gespräch wieder an ihren Arbeitsplatz, wird aber aufgefordert, noch eine Erklärung zu unterschreiben, die immer das Gleiche beinhaltet. Westkontakte zu pflegen würde eine sofortige Entlassung zur Folge haben. Sie unterschreibt, ohne sich über irgendwelche Konsequenzen Gedanken zu machen. Sie verspürt jetzt innerlich nicht nur Hass, sondern auch eine immer größer werdende Stärke, Energie und Selbstbewusstsein.

Der große Schock

Jeden Tag eilt Judith nach Hause, in der Hoffnung, endlich das Visum für Ungarn aus dem Briefkasten zu holen. Vergebens, weder Post von den Behörden noch von John. Seit zwei Wochen hat sie keinen Brief mehr von ihm erhalten. Sie wird langsam unruhig, zumal es nur noch zwei Wochen bis zum Reiseantritt sind. Am nächsten Tag ist ein Schreiben von der Post im Kasten, es liegt eine Paketsendung zur Abholung bereit. Es ist ein Paket von John, dessen Inhalt von den Behörden kontrolliert wurde. Es wurde alles durchwühlt und auch gewisse Sachen entnommen. Zum Beispiel Modezeitschriften sowie weitere diverse Artikel, die angeblich nicht erlaubt sind, wurden beschlagnahmt. Auch des Päckchen Kaffee wurde kontrolliert, die Verschlusskappe schließt nicht mehr, der köstliche Kaffee rieselt heraus. Auch das Obst sieht aus, als ob es gegen die Wand geworfen wurde. Zum Glück sind die Bekleidungsstücke – ein hochwertiger Rock, dazu eine passende Seidenbluse – nicht zu Schaden gekommen, auch die Sachen für Moritz nicht. Sie durchkramt das ganze Paket, John schreibt sonst immer noch ein paar nette Zeilen auf dem Inhaltsverzeichnis, diesmal keine lieben Worte. Was ist auf einmal los?, wundert sich Judith. Wir haben uns nicht auffällig benommen und auch niemandem etwas getan?! Mit irgendeiner Vertrauensperson muss ich jetzt reden.

Sie macht sie sich auf den Weg zu ihrer Freundin Vera und berichtet ihr von dem Vorfall. Die schüttelt nur mit dem Kopf und sagt: „Ich glaube, die Stasi hat euch im Visier.“ „Das glaube ich nicht“, erwidert Judith, „wir haben nichts Auffälliges getan.“ „Was ist aus dem Brief von der Bürgerhilfe geworden? Der erste ist durch Glück durchgekommen, aber vielleicht haben sie dir erneut geschrieben und er wurde von der Post abgefangen?“ Vera hat recht, die Bürgerhilfe wollte nochmals schreiben, allerdings hatte John das abgeklärt. Wenn westdeutsche Behörden

Briefe an Bürger der DDR zusenden, kann dies als Spionageakt gesehen werden, so steht es auch im Gesetzblatt der DDR. Judith muss darüber mächtig lachen, sie hat nur ein Ziel: irgendwann die DDR verlassen zu können. „Was ist eigentlich mit deinem Ausreiseantrag geworden?", fragt sie die Freundin. Vera antwortet: „Ich habe erneut einen eingereicht, auch dieser wurde abgelehnt, mir wurde sogar gedroht. Jetzt werde ich vier Wochen abwarten und dann wieder einen Antrag abgeben." „Ach Vera", sagt Judith voller Sorge, „glaubst du, wir werden es eines Tages in die Freiheit schaffen?" „Auf alle Fälle, wir müssen nur fest daran glauben." Sie schenkt Judith noch ein Glas Wein ein, mit den Worten: „Und darauf trinken wir!"

Die kommenden Tage am Arbeitsplatz verlaufen normal, Herr Eisenmann zeigt sich wieder freundlich gegenüber Judith. Er lobt sogar ihren Fleiß und ihre Einsatzbereitschaft bei der Vertretung einer Kollegin, die wegen Krankheit ausgefallen ist. Arbeit ist die beste Medizin, um sich abzulenken. Judith hat schon über zwei Wochen keine lieben Zeilen von ihrem Schatz John erhalten. Auch kein Telefongespräch ist seit längerer Zeit mehr zustande gekommen, vielleicht Verrat von der Telefonistin Irene? Judith ist unsicher, momentan verdächtigt sie jeden. Sie setzt sich am Abend hin und schreibt erneut einen Brief, in dem sie John ihre Traurigkeit mitteilt. Zwei Wochen keine einzige Zeile mehr von ihrem Liebsten zu bekommen, ist sehr hart und tut verdammt weh. Außerdem ist noch immer kein Bescheid für das beantragte Visum eingetroffen, aber es sind noch zwei Wochen bis zum Reiseantritt, es bleibt also noch etwas Zeit. Die wichtigsten Dinge wurden beim letzten Telefonat vor vier Wochen bis ins kleinste Detail ausführlich besprochen. Es kann also nichts schiefgehen, zumal die Tickets vom Reisebüro bereits zugestellt wurden.

Judith ist wieder voller Optimismus und schlendert zum Briefkasten, um ihren Brief an John einzuwerfen. Unterwegs trifft sie ihre Nachbarin, mit der sie sich noch eine ganze Weile unterhält, allerdings erwähnt sie kein Wort über ihren Kurztrip nach Ungarn. Sie hat inzwischen schon gelernt, weniger über ihr Privatleben zu reden. Jetzt fällt ihr auch wieder die Erklärung von Herrn Eisenmann ein, die sie, ohne zu überlegen, unterschrieben hat. Meine Westbeziehungen sind bestimmt nicht bei der Geschäftsleitung bekannt, also keine unnötigen Gedanken machen. Sie eilt nach Hause und kontrolliert noch die Hausaufgaben von Moritz, bevor sie zusammen zu Abend essen. Sie unterschreibt seine Note „Zwei", die er bei der geschriebenen Mathematikarbeit bekommen hat, und lobt ihn dafür. Seinen Eintrag von der Klassenlehrerin hat er seiner Mutter eigentlich nicht zeigen wollen; als Judith jedoch fragt, ob es sonst noch was Besonderes in der Schule gebe, kann er nicht lügen. Er legt das Hausaufgabenheft hin und Judith liest die Zeilen. Moritz wird gerügt, als einziger Schüler der Klasse immer ohne Pionierkleidung zum Fahnenappell zu erscheinen; falls dies noch mal vorkomme, werde der Schuldirektor darüber informiert. „Oh Gott", sagt Judith, „hast du vielleicht etwas über John erzählt?" „Niemals", antwortet Moritz, „ich bin doch nicht blöd. Ich weiß, dass John aus Westdeutschland kommt, aber er ist nicht unser Feind." „Auf keinen Fall!", antwortet Judith. Sie erklärt ihrem Sohn die ganze Sachlage. Sie mahnt Moritz, an den bestimmten Tagen immer die vorgeschriebene Pionierkleidung zu tragen. „Wir müssen unauffällig bleiben, sonst bekommen wir Ärger in unserem Leben." Für Moritz keine Frage, er liebt John wie seinen eigenen Vater und freut sich riesig auf den gemeinsamen Pfingsturlaub in Budapest.

Bis zur Reise sind es jetzt nur noch zehn Tage und Judith wartet noch immer auf das Visum mit der Genehmigung von den zuständigen Behörden. Nach Dienstschluss bummelt sie zusammen mit Karla durch die Stadt, um noch einige Sachen für den Urlaub zu besorgen. Sie kommen an dem einzigen und bekannten Exquisitladen vorbei, der öfter mal schöne, hochwertige Kleidung hat. Heute muss so ein Tag sein, denn die Menschenmenge ist nicht zu übersehen. Sie fragt die Leute, was heute Besonderes angeboten wird. „Cordjeans und T-Shirts aus England", antwortet eine Dame. Karla bleibt spontan stehen und stellt sich in der Reihe an, auch Judith ist nicht abgeneigt. Vielleicht findet sie noch ein paar schöne Sachen für Budapest. Es geht relativ schnell, die Sachen sehen wirklich sehr mondän aus. Judith kauft eine schöne Bluse, dazu eine passende schwarze Cordhose. Jeder darf nur zwei Teile kaufen, um zu vermeiden, dass viele Kunden leer ausgehen. Bei Bekleidungsstücken aus westlichen Ländern ist der Ansturm immer sehr groß.

Voller Zufriedenheit kehren Karla und Judith noch in einem Restaurant ein, um sich zu stärken. Sie schauen sich nochmals die schönen erworbenen Sachen an, trinken dabei eine Flasche Rotwein. Zum Glück ist Moritz heute bei seinem Vater, seine Halbschwester feiert ihren vierten Geburtstag. Als Judith nach Hause kommt und die Zeitung aus dem Briefkasten holt, fällt ihr ein Brief von den Behörden in die Hände. Sie eilt in die Wohnung, um ihn gleich zu öffnen. Endlich!, denkt sie, aber in dem Brief steckt kein Visum, sondern nur ein Schreiben mit zwei Sätzen:

Nach genauer Prüfung können wir Ihnen das Visum für die Einreise nach Ungarn nicht erteilen. Wir sind nicht verpflichtet, diese Entscheidung zu begründen.

Mehrmals liest sie diese Zeilen, bis ihr schließlich klar wird, dass der Pfingsturlaub nach Budapest geplatzt ist. Sie überlegt und stellt sich die Frage: Warum? Am nächsten Tag geht sie zur Polizei und sucht die zuständige Dienststelle auf. Sie müssen mir schon den Grund sagen und mir dabei ins Gesicht schauen, denkt sie wutentbrannt. Sie hat Pech: Genauso wie es in dem Brief steht, so wird sie auch hier eiskalt abserviert. Allerdings könne sie ihre Flugtickets ohne finanziellen Verlust beim Reisebüro zurückgeben, sagt eine Bedienstete freundlich. „Danke", erwidert Judith mit weinerlicher Stimme, „aber das ist kein Trost für mich." Als sie ihren Kolleginnen Lena und Karla den ganzen Vorfall erzählt, ist deren erste Reaktion: „Klar, du hast damals für John eine Einreise in die DDR beantragt, jetzt wissen alle Bescheid, das war ein leichtsinniger Fehler." Judith fängt an zu weinen und überlegt, wie sie John am schnellsten eine Nachricht übermitteln kann. Sie telefoniert mit ihrer Schwester Rosi, zumal die sich am besten bei der Post auskennt. „Am besten du gibst ein Telegramm auf, das geht am schnellsten", ertönt Rosis Stimme kurz angebunden durchs Telefon.

Als Judith ihre Flugtickets im Reisebüro abgibt, kann sie ihre Tränen nicht mehr zurückhalten. Die Angestellte schaut sie voller Mitgefühl an und überreicht ihr sogar ein Taschentuch. Sie erzählt: „Auch ich wollte mal nach Rumänien reisen, um Freunde aus Österreich zu treffen. Dieses Visum wurde auch von den Behörden abgelehnt, aber wir haben uns dann immer in Prag oder Polen getroffen, da sind außer dem Personalausweis keine Einreisepapiere notwendig." Das ist eine gute Idee und wäre eine Alternative, denkt Judith, jetzt muss ich so schnell wie möglich das Telegramm aufgeben. Sie kann überhaupt keinen klaren Gedanken fassen, da der Urlaub für diesen Zeitraum auch schon von Herrn Eisenmann unterzeichnet wurde. Am Abend schreibt Judith nochmals einen Brief an John, aber selbst nach Polen oder in die CSSR auszuweichen, wäre viel zu kurzfristig, Bürger aus kapitalistischen Ländern müssen für Ostblockländer eine Einreiseerlaubnis beantragen. Sie muss also wohl oder übel den geplanten Urlaub für die Pfingstfeiertage absagen. Herr Eisenmann wundert sich, stellt aber keine unangenehmen Fragen. Es ist ihm sogar recht, die Abteilung ist ziemlich unterbesetzt, zwei Mitarbeiter sind kurzfristig durch Krankheit ausgefallen.

Das Wochenende verbringen Judith und Moritz bei ihren Eltern im Garten. Das Wetter soll schön werden, so kann gleich eine Grillparty starten. Die Geschwister haben sich auch mit ihren Kindern angekündigt. Es ist immer sehr lustig, keiner verspürt Langeweile, zu Streitereien kommt es auch nie. So intakte und harmonische Familien gibt es nur noch selten, darüber sind vor allem die Eltern sehr glücklich. Allerdings will Judith nichts über den geplatzten Pfingsturlaub erzählen. Dieses Thema würde nur Unruhe in die Familie bringen und wieder kritische Fragen aufwerfen, dazu hat Judith absolut keinen Bock. Schon denkt sie wieder an ihren geliebten John, den letzten Brief von ihm hat sie vor drei Wochen erhalten. Dafür hat er ihr ein sehr schönes Paket geschickt, allerdings war keine einzige Zeile dabei, das ist für John untypisch. Wie wird er auf das Telegramm reagieren? Bestimmt sehr traurig. Für den Sommerurlaub müssen wir auf alle Fälle neu planen, Polen wäre bestimmt eine gute Alternative, diese Gedanken kreisen permanent durch Judiths Kopf. Sie überlegt, irgendwann nach Berlin zu reisen, um sich wenigstens dort mal mit John zu treffen. Ob nur Westberliner ein Tagesvisum bekommen, ist Judith leider nicht bekannt. So vergeht ein Tag nach dem anderen, nur im Garten der Eltern findet Judith eine gewisse Ruhe und Entspannung. Eva und Horst erzählen, dass sie ihren Urlaub in Boltenhagen an der Ostsee verbringen wollen. Die Verkehrsbetriebe verfügen dort über eine schöne Bungalowanlage, direkt am Strand. „Wir haben dort für 14 Tage im Monat Juli ein Objekt bekommen. Wenn du Lust hast, kannst du mit Moritz mitfahren, auch Eva wäre begeistert. Das Objekt verfügt über zwei Räume, also genug Platz für uns alle. Jeder hat seinen eigenen Schlafraum und wir kommen uns nicht gegenseitig ins Gehege." Das hört sich wirklich gut an, schließlich hat sie noch keine Pläne für der Sommerurlaub.

Auf keinen Fall will Judith den Rest ihres Lebens im Sozialismus der DDR verbringen. Es gibt da noch eine ganz andere Welt, eine

Welt ohne Verbote, vor allem die große Freiheit. Sie erhofft sich nach wie vor Hilfe von westdeutschen Behörden, aber wie soll das alles funktionieren? John hat schon bei seinem letzten Besuch geäußert, dass sie unbedingt einen Ausreiseantrag im eigenen Land stellen solle. Das ist ihr auch bekannt, aber irgendwie hat sie das Gefühl, noch nicht genügend vorbereitet zu sein. Vielleicht hat der Bundesminister Franke schon auf ihren Brief geantwortet und gewisse Informationen an John weitergeleitet. Diese Gedanken lassen Judith einfach nicht los, dazu kommt noch die abgelehnte Reise nach Ungarn. Sie kann keinen klaren Gedanken mehr fassen und wartet immer noch voller Sehnsucht auf Post von John. Das Telegramm wird er bestimmt schon längst empfangen haben, aber weshalb ruft er sie nicht im Büro an? Um sich Gewissheit zu verschaffen, fragt sie nochmals die Telefonistin Irene, aber die schüttelt nur mit dem Kopf und antwortet: „Es sind in den letzten Wochen keine privaten Gespräche für dich gekommen." Irene merkt, dass Judith sehr enttäuscht über ihre Antwort ist, und verspricht, Gespräche für sie gegebenenfalls sofort durchzustellen. Judith bedankt sich und geht wieder an ihren Arbeitsplatz, wo sie auch schon von ihrem Chef vermisst wurde. Zwei Akkreditive nach Übersee liegen zur nochmaligen Bearbeitung auf ihrem Schreibtisch. Auf einem Zettel wurden Fehler von Herrn Eisenmann kurz dokumentiert mit dem Hinweis um sofortige Erledigung. Sie legt sich mit Tempo ins Zeug, um diese Überseegeschäfte fehlerfrei zu bearbeiten, damit der Termin noch rechtzeitig eingehalten werden kann. Momentan fühlt sich Judith sehr überfordert, allerdings dürfen jetzt keine Fehler bei der Arbeit auftreten. Das wäre nach den ganzen Ereignissen ein äußerst ungünstiger Zeitpunkt. Sie macht wie immer Überstunden, danach eilt sie nach Hause.

Moritz ist schon seit einiger Zeit zu Hause und schaut sich einen Tierbericht im Fernsehen an. Auf dem Tisch liegt endlich der ersehnte Brief von John. „Ich habe schon die Post aus dem

Briefkasten geholt", sagt Moritz und fährt übergangslos fort: „Unsere Schule ist in der Zeitung abgebildet." Tatsächlich, ein großes Bild, dazu ein Artikel über den weiteren Ausbau dieser Schule. Die Sporthalle soll vergrößert und modernisiert werden, dazu wird ein neues Gebäude errichtet, hauptsächlich für Kinder der ersten bis vierten Schulklasse mit Hausaufgabenbetreuung. Es ist für berufstätige Eltern eine sehr große Entlastung, auch Judith findet diese Idee gut. Für Moritz kommt diese Einrichtung allerdings nicht mehr infrage, er ist durch sein Hobby im Theater gut aufgehoben. Außerdem kommt er dieses Jahr in die fünfte Klasse und fällt dann sowieso nicht mehr unter diese Altersgruppe.

Als Judith auf den Briefumschlag schaut, wird sie etwas unsicher, bekommt auch Herzrasen. Sie öffnet den Brief und liest die Zeilen, dabei schaut sie auf Moritz, der seine Mutter genau beobachtet. „Was ist los, Mama?" Sie liest den Brief nochmals und merkt gar nicht, wie sie am ganzen Körper zittert. „Mama, was ist los?", fragt ihr Sohn erneut besorgt. Er klammert sich ganz fest an sie. Sie fängt sich langsam und antwortet: „Es ist nichts, mein Schatz, John will mit uns nichts mehr zu tun haben." Es ist ein eiskalter Abschiedsbrief, wahrscheinlich hat er eine andere Frau kennengelernt. „Das glaube ich nicht", sagt Moritz, „er war doch immer gut und lieb zu uns." „Das stimmt", antwortet Judith, „deshalb kann ich es auch nicht so richtig glauben", und fängt an zu weinen. Auch Moritz kullern die Tränen. Judith sagt: „Nein, ich lasse es einfach nicht zu, unsere Beziehung mit einem Abschiedsbrief zu beenden. Das ist auch gar nicht seine Art." Was ist passiert? Die ganze Nacht liegt Judith wach im Bett, manchmal schläft sie kurz ein, wird allerdings von schlimmen Träumen geplagt. Ich muss wissen, was mit John passiert ist, wieso er mir so einen Brief schreibt. Wir hatten so viele Pläne. Ich verstehe die Welt nicht mehr.

Am nächsten Morgen hat Judith nur ein Ziel: das Postamt aufzusuchen, um ein Telefonat mit John zu führen. Seine Nummer bewahrt sie immer in ihrem Notizbuch auf. Sie will das Postamt nicht verlassen, bevor eine Verbindung zustande kommt, selbst wenn es den ganzen Tag dauert. Als der Wecker klingelt, springt sie aus dem Bett und geht ins Bad, um sich frisch zu machen. Im Spiegel ist der Schock noch klar zu erkennen, die Blässe im Gesicht, vor allem die tiefen Augenringe, ausgelöst durch die vielen Tränen, die sie die ganze Nacht vergossen hat. Moritz hat sich Gott sei Dank wieder beruhigt, er hat gut geschlafen. Sie will nicht, dass auch er darunter leidet, deshalb lenkt sie ihn mit anderen Themen ab. „Wann ist die nächste Premiere für das Stück Die Bürger von Calais? Schon ist er wieder in seinem Element und antwortet begeistert: „In drei Wochen." Das wusste Judith bereits, da sie auch in diesem Stück mitwirkt, als Komparsin, aber diese Frage sollte ja auch nur als Ablenkung dienen. Sie ist beruhigt, dass Moritz auch noch an anderen Dingen viel Freude und Spaß hat, deshalb will sie den Namen John in seiner Gegenwart nicht mehr erwähnen. Allerdings muss sie ihm noch erklären, dass der Pfingsturlaub nach Ungarn geplatzt ist, aber das hat bis heute Abend Zeit. Sie packt noch seine Schulbrote in den Schulranzen, auch sein Sportzeug darf er nicht vergessen, sonst bekommt er wie letzte Woche mächtigen Ärger. Er verabschiedet sich rasch von seiner Mutter, sein Schulfreund. wartet bereits ungeduldig an der Haustür. Unterdessen überlegt sich Judith eine Ausrede für das heutige Fernbleiben von der Arbeit. Vielleicht kommt es ja im Postamt zu einer schnellen Telefonverbindung mit John und alles klärt sich als Missverständnis auf.

Das Postamt am Bahnhof liegt nicht weit von Judiths Wohnung entfernt, sie kann es pünktlich zur Öffnungszeit aufsuchen. Sofort geht sie zum zuständigen Schalter und meldet das Gespräch an. Die Beamtin erwähnt mit unfreundlicher Stimme, dass bei Verbindungen für Ferngespräche ins kapitalistische Ausland mit langen Wartezeiten zu rechnen sei. Judith appelliert auf die Dringlichkeit dieser Verbindung und schaut dabei die Bedienstete flehend an. Diese holt ein Formular aus ihrem Schreibtisch und verlangt von Judith, dieses auszufüllen und auch den Grund der Dringlichkeit anzugeben. Für Judith kein Problem, es wird alles ausgefüllt, was an Fragen verlangt wird, auch wenn es Lügen sind. Sie wundert sich selber, wie leicht ihr das fällt, und gibt an, das Gespräch sei eine dringende familiäre Angelegenheit. Eigentlich stimmt das ja auch, John gehört zu ihrem Leben, sie wollten sogar heiraten, gemeinsame Kinder haben. Bei diesen Gedanken kullern wieder dicke Tränen. Schlagartig wird sie in die Realität zurückgeholt, als sie von der Beamtin aufgefordert wird, im Besucherraum zu warten. „Falls es zu einer Verbindung kommt, werden Sie sofort aufgerufen." Judith bedankt sich und geht in den Warteraum.

Sie hat Glück, es gibt nur noch einen freien Stuhl, allerdings mit defekter Rückenlehne. Mein Gott, mit so vielen Menschen am frühen Morgen habe ich nicht gerechnet! Sie alle wollen telefonieren?! Judith schaut sich die Runde an, hauptsächlich ältere Leute sind anwesend. Es bleibt ihr nicht verborgen, wie sie ständig von zwei Männern mit Lederjacken beobachtet wird. Jetzt sind schon drei Stunden vergangen, noch keine Verbindung ist zustande gekommen. Sie begibt sich in eine Telefonzelle, um sich wenigstens auf der Arbeitsstelle für den heutigen Tag zu entschuldigen. Sie klagt über Magenschmerzen, ihr Chef ist darüber überhaupt nicht begeistert, er verlangt, einen Arzt aufzusuchen. Judith geht wieder in den Besucherraum zurück. Es vergehen weitere Stunden und nichts tut sich. Es sind auch fast keine Leute mehr im Raum, da wird plötzlich der Name Frau Dreve aufgerufen. Sie rennt zu dem zuständigen Schalter, bekommt von der Dame aber nur die Information, dass leider keine Verbindung möglich sei.

Judith ist darüber sehr enttäuscht und begibt sich heulend nach Hause. Sie verspürt nicht die geringste Lust, nach der langen Wartezeit in dem stickigen Postamt jetzt noch einen Arzt aufzusuchen. Sie beschließt, den nächsten Tag wieder ins Büro zu gehen und für den heutigen Fehltag einen Urlaubstag zu nehmen. Sie kann das Verhalten von John einfach nicht begreifen, schreibt ihm nochmals einen langen Brief. Sie hofft immer noch auf eine klare und genaue Erklärung, vor allem will sie den wahren Grund wissen. Sie kann nicht glauben, was er geschrieben hat, zum Beispiel: „Die DDR ist ein sicheres, schönes Land mit vielen schönen Männern, du wirst dein Lebensglück bestimmt schnell finden. In einem westlichen Land wirst du nur unglücklich werden …" Das können doch nicht seine Worte sein?! So weint sich Judith erneut in den Schlaf und wird erst am frühen Morgen wach.

Herr Eisenmann reagiert sehr friedlich und akzeptiert Judiths Entschuldigung. Sie geht an ihren Arbeitsplatz, wo Karla und Lena bereits auf sie warten. „Was war denn gestern los?" „Mir ging es wirklich sehr schlecht", antwortet sie den beiden Freundinnen, „aber das erzähle ich euch in der Mittagspause." „Deine Augen sind noch ganz geschwollen", stellt Lena fest, „als ob du die ganze Nacht geweint hast." „Wir reden in der Pause", wiederholt Judith. Sie will nicht, dass andere Kollegen auch ihren Kummer mitbekommen. Jetzt will sie sich nur auf die Arbeit konzentrieren, das ist die beste Ablenkung und funktioniert auch ganz gut.

In der Pause erzählt sie Karla und Vera alles, was geschehen ist, dass sie den ganzen Tag auf dem Postamt saß, um ein Gespräch mit John anzumelden. „Hat aber nicht geklappt. Der ganze Tag war umsonst." Lena schüttelt nur mit dem Kopf und sagt: „Hättest du damals bloß nicht das Visum für John beantragt, so ist nun die Staatssicherheit über deine Kontakte mit einem Westbürger total informiert." Judith reagiert empört. „John ist nicht nur ein Westbürger, sondern meine große Liebe, wir hatten große Pläne." Und wieder kullern die Tränen. Was ist nur in John gefahren, einen derartig brutalen Abschiedsbrief zu schreiben? John hat Dinge geschrieben, die sie einfach nicht fassen und verstehen kann. Eine Welt ist für sie zusammengebrochen, diese Enttäuschung wird sie bestimmt nie verkraften. Lena schaut Judith voller Mitleid an und sagt: „Die Männer sind doch alle gleich, vielleicht hat er sich in eine neue Frau verliebt?“ Dieser Gedanke schmerzt Judith, er macht aber keinen Sinn, nur wütend. „Was willst du jetzt tun?“, fragt Karla. Judith zuckt mit den Schultern. „Keine Ahnung. Erst muss ich wieder zu mir finden, um einen klaren Kopf zu bekommen. Wahrscheinlich werde ich gemeinsam mit meiner Schwester Eva und ihrer Familie in Urlaub fahren, nach Boltenhagen. Sie haben mir beim letzten Familientreffen angeboten, dorthin mitzukommen, wegen John hatte ich abgelehnt.“ „Ich glaube, unsere Pause ist zu Ende.“ So schlendern alle drei Frauen zurück zu ihrem Arbeitsplatz.

Das Wochenende verbringen Judith und Moritz bei ihren Eltern. Judith berichtet gleich über das abgelehnte Visum, auch über den Abschiedsbrief. Ihre Mutter ist darüber sehr verwundert, allerdings hatte sie es nicht als positiv empfunden, dass Judith mit einem Mann aus der BRD liiert war, es war ein Risiko. Ihre ältere Schwester reagiert gelassen, auch irgendwie erleichtert. Sie gibt Judith nur zu verstehen: „Du wirst es überleben, eine Zukunft mit einem Westbürger ist so gut wie eine Illusion. Bei uns gibt es genug junge Männer, außerdem hätten wir wegen euch auch irgendwann Ärger bekommen.“ Judith ist über diese Reaktion erschüttert, sie hat mehr Mitgefühl erwartet, stattdessen nur Egoismus. Das hat sie ihrer Schwester Rosi gar nicht zugetraut. Menschen sind sehr verschieden.

Sommer 1980

Den Namen John und das Wort Ausreise will Judith nicht mehr erwähnen, auch wenn sie fast jeden Tag an ihre große Liebe denkt. Die Eltern fahren demnächst nach Neustadt bei Lübeck, zu Tante Lenchen. Als sie wieder nach Hause kommen, wird geschwärmt, wie schön und sauber diese Stadt sei. Das große Angebot sämtlicher Warengüter brauchen sie gar nicht zu erwähnen, das ist jedem in der DDR bekannt. Judith und Moritz haben sich für die Ostseereise mit Judiths Schwester und deren Familie entschieden.

Die Fahrt nach Boltenhagen ist ziemlich anstrengend, drei Mal Umsteigen im Zug. Gott sei Dank konnte Evas Mann Judiths Gepäck noch in seinem Auto verstauen, es war noch Platz im Kofferraum. Fünf Personen im Auto, das wäre allerdings nicht gut gewesen bei einer so langen Fahrt. So fahren Judith und Moritz mit der Bahn, schließlich bekommt jeder DDR-Bürger für die Mitgliedschaft beim Freien Deutschen Gewerkschaftsbund (FDGB) eine Ermäßigung von 50 % auf sämtliche Fahrscheine – auch etwas Positives, was sich der Staat ausgedacht hat.

In Wismar angekommen, warten Horst und sein Sohn Kevin am Bahnausgang, um Judith und Moritz abzuholen. Er erzählt, dass sie schon vor drei Stunden im Urlaubsort angekommen seien. Eva richtet schon den Bungalow ein und bezieht alle Betten. „Sehr schön", antwortet Judith und ist froh, ihren Liebeskummer mal kurz vergessen zu können. „Das Wetter sieht gut aus, vielleicht können wir heute noch einen Abstecher zum Strand machen." Horst antwortet: „Die Ostsee soll allerdings nur 18 Grad haben, das ist viel zu kalt zum Schwimmen."

In der Anlage angekommen, wartet Eva schon ungeduldig und zeigt ihrer Schwester und Moritz voller Stolz die Urlaubsunterkunft. Der Bungalow ist sehr groß und verfügt über zwei Schlafräume mit insgesamt fünf Betten, zwei Schränken und einem Tisch mit vier Stühlen. Vor dem Bungalow befindet sich noch eine Sitzbank. Judith entscheidet sich für den Raum mit einem Doppelstockbett und Einzelbett. Moritz und Kevin können sich das Doppelstockbett teilen. „Wenn die Kinder bei mir schlafen, habt ihr als frisch gebackenes Ehepaar eure Ruhe." Moritz kann mit seinem kleinen Cousin Kevin gut umgehen. Den Vorschlag finden Eva und Horst sehr gut. Sie helfen Judith auch gleich, die Sachen aus dem Koffer zu packen, um sie in die Schränke zu verstauen. Danach sucht Judith die Duschräume und Toiletten auf, sie stellt fest, die Anlage hat viel Ähnlichkeit mit einem Ferienlager. Es gibt einen Aufenthaltsraum mit Fernsehapparat sowie eine Küche mit zwei großen Kühlschränken. Sie können von allen Urlaubern in der Anlage genutzt werden. Insgesamt verfügt die Anlage über acht Bungalows, alle sind voll belegt, 40 Urlauber der Verkehrsbetriebe verbringen hier also ihren Urlaub.

Die Anlage hat nichts mit Luxus zu tun – egal, als DDR-Bürger einen Ostseeplatz zu bekommen, ist schon ein Glückstreffer. Natürlich, der Urlaub im letzten Jahr in Ungarn ist ein Unterschied wie Tag und Nacht, nicht zu vergleichen. Schon allein das Hotel, ein wahrer Traum. Leider gehört das jetzt der Vergangenheit an, es schmerzt verdammt. Judith fängt wieder an zu weinen, sie will es einfach nicht wahrhaben, dass ihre große Liebe einfach Schluss gemacht hat. „Das ist nicht seine Art, ohne mit mir ein einziges Wort gewechselt zu haben, niemals!" Horst und Eva trösten sie und fragen: „Was willst du jetzt tun?" Die Ausreise nach dem Westen, mit John ein neues Leben beginnen – alles ist wie eine Seifenblase zerplatzt. „Momentan kann ich noch keinen klaren Gedanken fassen, deshalb will ich jetzt nicht mehr darüber reden. Wir wollen nun einen schönen Urlaub miteinander verbringen, nur so kann ich mich von meinem Liebeskummer erholen." „Das stimmt", sagt Eva. „Wir müssen jetzt unbedingt einkaufen gehen, damit wir wenigstens das Abendessen und Frühstück gesichert haben. Danach geht es zum Strand, wir werden zwei Strandkörbe für die 14 Tage mieten." So vergeht der erste Urlaubstag, alle sind todmüde von der langen Fahrt, besonders die Kinder.

Am nächsten Morgen ist Kevin der Erste, der alle wach macht. Er krabbelt zu Moritz ins Bett, der noch wie ein Murmeltier schläft. Es ist nicht zu ändern, Judith erbarmt sich, steht als Erste auf, um sich zu duschen, danach will sie frische Brötchen besorgen. Sie ist die Erste im Waschraum, so kann sie sich unbeobachtet ihrer Körperpflege widmen. Gott sei Dank hat sie in letzter Minute noch den Bademantel eingepackt, der Waschraum befindet sich am Ende der Bungalowanlage. Es ist wirklich wie im Ferienlager, stellt Judith fest und erinnert sich an das Ferienlager in Prora bei Binz. Dort ging es richtig militärisch zu, trotzdem war es für alle Jugendliche ein richtiges Abenteuer. Moritz wird im August auch zwei Wochen nach Röbel an den Müritzsee ins Ferienlager fahren, welches alle Jahre von der Staatsbank organisiert wird. Er war schon letztes Jahr dort, es hat ihm sehr gut gefallen. Schon die Unterkunft war ein Erlebnis, sie haben in Zelten geschlafen, die wie zur Indianerzeit aufgebaut wurden. So wurden die Fantasie und die Abenteuerlust der Kinder geweckt.

Beim Bäcker hat sich noch keine Menschenschlange angesammelt, so kann Judith so viel Brötchen und Brot kaufen, wie sie will. Als sie wieder in die Anlage kommt und den Bungalow betritt, sind Eva und Horst auch schon aufgestanden. Der Kaffee duftet herrlich, Eva hat schon fleißig den Tisch gedeckt. Es ist ein angenehmer Morgen, alle sind ausgeschlafen und deshalb auch gut gelaunt. Horst überreicht Judith noch nebenbei ein Formular, welches sie ausgefüllt mit Ausweis an den Leiter der Anlage, Herrn Holk, abgeben soll. „Er will dich persönlich kennenlernen, wir haben dich entschuldigt." „Was will der Mann von mir?" Horst erklärt, dass es bei mitgereisten Familienangehörigen Pflicht sei, seine Personalien zu hinterlegen, auch wegen der Kurtaxe.

Als Judith den Lagerleiter aufsucht, empfängt dieser sie sehr freundlich, stellt auch keine lästigen Fragen. Er erzählt mehr von sich, dass er jedes Jahr diese Anlage betreue. Der Vorteil sei, dass so auch seine Familie immer in den Genuss komme, die Ferien am Meer zu verbringen. Es ist schon traurig, dass nicht jeder das Glück hat, einen Platz an der Ostsee zu bekommen. „Frau Dreve, Ihr Sohn Moritz leidet an schwerer Bronchitis, deshalb ist eine Ostseereise für seine Atemwege die beste Medizin." Herr Holk erwähnt noch, es sei sehr schade, dass sie nicht an die Nordsee reisen könnten, dort solle das Klima für die Atemwege noch besser sein. Judith schaut verblüfft, denn er trägt ein Parteiabzeichen am Hemd. „Ich bin leider noch nie an der Nordsee gewesen", antwortet Judith, „deshalb kann ich nichts über das Klima dort sagen." Auf einmal verspürt sie durch das Gespräch mit Herrn Holk große Sehnsucht nach John. Er wollte ihr nicht nur all die Nordseeinseln zeigen, sondern auch die ganze Welt. Was soll ich nur tun? Ich möchte so gern wissen, was ihn dazu bewegt hat, mir solche Zeilen zu schreiben. Das Gefühl, eingesperrt zu sein, hat sie noch nie so stark gespürt wie in den letzten Wochen. Erst wurde das Visum für Ungarn abgelehnt, dann dieser eiskalte Abschiedsbrief.

Als sie alle beim Mittagessen sitzen, fragt Horst nebenbei: „Wie war es bei Herrn Holk?" „Ich habe nur das Formular abgegeben und mich sehr nett mit ihm unterhalten", antwortet Judith. Den Rest des Tages verbringen alle am Strand, trotz des vielen Seetangs. Horst beschließt, zusammen mit anderen Urlaubern den Strand von den stinkenden Pflanzen zu reinigen. – Es ist ein Kraftakt, aber es hat sich gelohnt, jetzt können die Kinder wieder unbeschwert im Sand spielen. Judith stürzt sich in die Fluten und schwimmt eine halbe Stunde ohne Unterbrechung. Sie ist eine der wenigen, die öfter ins Meer schwimmen gehen, für die meisten Urlauber ist die Wassertemperatur von 19 Grad noch viel zu kalt.

„Heute Abend möchte ich mal ein deftiges Steak mit Bratkartoffeln essen", sagt Horst; Judith und Eva sind sofort einverstanden. Sie kaufen alle Zutaten, die für das Essen benötigt werden. In der Gemeinschaftsküche bereiten die zwei Schwestern alles vor, es riecht verdammt lecker. Im Aufenthaltsraum deckt Eva einen freien Tisch und schaltet das Fernsehgerät ein. Ostprogramm wollen sie nicht sehen, sie stellt das Westprogramm ein. Später kommen noch andere Urlauber in den Aufenthaltsraum, sie wollen mit ihren Kindern Brettspiele spielen. Keiner kümmert sich um die Fernsehprogramme, nur Herr Holk, der später den Raum betreten hat, erkennt gleich, dass der westliche Kanal eingestellt wurde. Daraufhin hält er eine kurze Ansprache. Er sagt höflich: „Ich möchte mir Ärger mit den Behörden ersparen, deshalb bitte ich, nur die Ostkanäle einzuschalten. Der Aufenthaltsraum ist eine gemeinschaftliche Einrichtung der Ferienanlage und deshalb gelten in diesem Raum auch bestimmte Regeln."

„Unser ganzes Leben in der DDR wird von Verboten und Regeln bestimmt", sagt Judith. „Das fängt schon im Kindergarten an, setzt sich später in der Schule und in der Universität fort und gipfelt schließlich im Berufsleben." Horst nickt und sagt: „Deshalb ist mein Schwager auch in den Westen abgehauen. Er lebt heute mit seiner Familie in Bayern wie eine Made im Speck." Was Judith damals sehr schockiert hat, dass er seine Frau und sein Kind zurückgelassen hat. Allerdings durfte sie kurze Zeit später mit ihrem gemeinsamen Sohn zu ihrem Mann, der sich eine neue Existenz aufgebaut hatte, ausreisen. „Seit 1974 gibt es ein Gesetz, welches die Familienzusammenführung beinhaltet", erklärt Horst. „Die DDR war bei der Unterzeichnung dabei." „Dieses Abkommen ist mir bekannt, nämlich die ‚Schlussakte von Helsinki'", antwortet Judith. „Dein Schwager hat aber das Vertrauen der DDR missbraucht, er durfte als Auslandskader regelmäßig beruflich nach Westdeutschland reisen und blieb einfach dort. So eine Aktion gilt für einen sozialistischen Staat als ‚Verrat', solche Personen werden bestimmt weiterhin verfolgt. Eigentlich rächen sich die Behörden bei den zurückgebliebenen Familienangehörigen, aber deine

Schwester und dein Neffe durften schon nach einem Jahr ausreisen. Diese Großzügigkeit ist für mich heute noch ein Rätsel, auch wenn ich es allen Beteiligten gönne. Die meisten unterzeichneten Abkommen werden von der DDR gar nicht eingehalten oder von eigenen neuen Gesetzen wieder zunichtegemacht."

Eva macht den Vorschlag, jetzt nach dem guten Essen einen ausgiebigen Strandspaziergang zu machen, um wenigstens ein paar Kalorien zu verbrennen. Während alle zum Strand laufen, wundert sich Eva darüber, dass sie die einzigen Leute am Strand sind. Doch dann entdeckt Judith ein Schild und liest: „Ab 19.00 Uhr ist der Strand nicht mehr zu betreten!" Sie laufen trotzdem alle weiter, am Ende des Strandes können sie durch die Lichter der Schiffe die Lübecker Bucht sehen. Horst hat sein Fernglas dabei, jeder von ihnen schaut mal durch das Glas. „Mein Gott", sagt Judith, „es sieht so nah aus, man könnte denken, die Segelboote wären nur einen Kilometer von uns entfernt." Durch das Rauschen der Ostseewellen bemerken sie nicht die Grenzbeamten, die gerade ihren Streifendienst absolvieren und sie jetzt auffordern, den Strand zu verlassen. Vorher verlangen sie noch die Ausweispapiere und schreiben sich alle Personalien auf. „Es ist immer das Gleiche, sogar im Urlaub werden wir kontrolliert", sagt Judith erbost. Auf dem Rückweg werfen alle noch mal einen Blick zum Meer; die hellen Scheinwerfer, die nicht nur den ganzen Strand, sondern auch das Meer in kurzen Zeitabständen beleuchten, sind nicht zu übersehen. „Wer soll hier schon abhauen?! Das kann überhaupt nicht funktionieren, die Bewachung ist viel zu stark!", sagt Horst. „Es ist mal einem Ehepaar gelungen, mit einem Schlauchboot zu fliehen", sagt Judith.

Die Tage in Boltenhagen vergehen sehr schnell und das Thermometer zeigt geradezu sommerliche Temperaturen. Die Kinder sind überhaupt nicht mehr aus dem Meer zu bekommen. Als Eva den Vorschlag macht, am nächsten Tag einen Ausflug nach Wismar zu machen, sind alle einverstanden. „Es gibt dort einen Fischmarkt, vielleicht werden auch Hafenrundfahrten angeboten", sagt Judith. Sie erzählt, wie sie damals mit Vera dort ein paar Tage verbracht hat. „Wir haben unwahrscheinlich viel Spaß gehabt, vor allem die Bootstour zur Insel Poel war ein lustiges Erlebnis." Sie schwelgt in Erinnerungen, wie sie am Strand nach Bernsteinen gesucht haben, auch an jene Wahrsagerin bei dem Volksfest erinnert sich Judith, sie konnte angeblich die Zukunft voraussagen. Auf einmal fällt es ihr wie Schuppen von den Augen: Diese Frau konnte tatsächlich in ihrer Hand lesen und hat ihre Enttäuschung in Sachen Liebe vorausgesagt! Auch sprach sie von Dingen, die ihr Leben bestimmen würden, falls sie stark sei. Was genau sie damit gemeint hat, weiß Judith bis heute nicht, sie hält Wahrsagerinnen eigentlich für Spinner und Märchenerzähler. „Trotzdem", sagt Eva, „hat diese Frau recht gehabt, sie hat das Ende mit deinem Liebsten vorausgesagt." „Das ist alles nur Zufall", widerspricht Horst, „aber es gibt wirklich Leute, die fest daran glauben, wie zum Beispiel meine liebe Frau." Alle lachen und Eva gibt ihrem Mann einen leichten Klaps auf den Hintern.

So, jetzt wird noch etwas Sport getrieben! So verbringen alle den restlichen Abend in der Anlage mit Tischtennisspielen, wo sie sich mit anderen Urlaubern abwechseln. Der Abend hat noch mehr zu bieten, Judith hat bei Herrn Holk Karten für eine Veranstaltung im Kurhaus organisiert. Es geht um einen Diavortrag über die Erforschung der Weltmeere, der von einem Professor der Tiefseeforschung vorgetragen wird. Er soll bei sämtlichen Expeditionen dabei gewesen sein, und das ist für Judith mehr als interessant. Auch Moritz will diese Veranstaltung auf keinen Fall verpassen, so geht es den meisten Urlaubern. Leider ist Kevin noch zu klein, aber ohne Aufsicht kann er in der Anlage nicht sich selbst überlassen werden, das wäre nicht gut. Horst verzichtet gern, im Fernsehen übertragen sie zur gleichen Zeit ein Fußballspiel. So können alle den Abend ohne Probleme genießen. Das Kurhaus ist ganz in der Nähe und gut zu Fuß erreichbar. Allerdings, mit hohen Absatzschuhen zu laufen, ist sehr anstrengend, und Sportschuhe wollen die Frauen nicht anziehen. Horst erbarmt sich und fährt alle zum Kurhaus. Er wundert sich über die vielen Leute, die unbedingt noch Karten ergattern wollen. „Das ist ein eindeutiges Zeichen, dass die Mehrzahl der Menschen große Sehnsucht nach der großen, weiten Welt hat", sagt Judith. „Ich hoffe, der Professor erzählt nicht nur von den Weltmeeren, sondern auch von vielen Ländern." „Wie heißt dieser Wissenschaftler eigentlich?", fragt Eva. Judith zuckt mit den Schultern. „Keine Ahnung."

Das war wirklich ein atemberaubender Vortrag, nicht nur für Judith und Eva, alle Urlauber waren begeistert. Einige Gäste stellten dem Professor im Anschluss noch viele Fragen. Zum Beispiel, wieso man einen Vulkanausbruch nicht genau ausrechnen kann, das Gleiche gilt für ein Erdbeben. Der Vesuv war einer der schlimmsten Ausbrüche und kann zu jeder Zeit wieder ausbrechen, er schläft nur. Das heißt, kein Vulkanologe kann sagen, wann er für die Menschheit wieder bedrohlich wird. Judith gehen hauptsächlich die Bilder von den Hawaii-Inseln nicht mehr aus dem Kopf. „Dieses herrliche Stück Erde möchte ich mal bereisen", schwärmt sie. „Wer möchte das nicht?", antwortet Eva.

Voller Wehmut denkt sie an John, der ihr immer wieder beteuert hat, nur sie zu lieben und keine andere Frau. Ihre Hochzeit wollten sie auf den Malediven oder auf Mauritius verbringen, bis ans Lebensende wollten sie miteinander vereint sein. Wie oft hatten sie Sternschnuppen vom Himmel fallen sehen und immer wieder in ihren Träumen geschwelgt, sie hatten von einer gemeinsamen Zukunft in Hamburg oder auf einer Nordseeinsel geträumt, wo sie zusammen ein Haus bauen wollten. Sie liebt das Meer und die gute, klare Luft, auch für Moritz wäre es gut gewesen. Seine Bronchitis wird durch die schlechte Luft in Halle überhaupt nicht richtig auskuriert, langsam wird sie schon chronisch. Nein, denkt

Judith, weil John mir einen Abschiedsbrief geschrieben hat, soll ich jetzt in diesem Staat DDR versauern? Das kommt überhaupt nicht infrage, ich habe genug Verwandte, die in Westdeutschland leben. Auch wenn die ganze Familie denkt, das Kapitel „Ausreise" wäre abgeschlossen, für Judith steht jetzt fest, sie wird trotzdem mit Moritz gehen. Auf alle Fälle muss John irgendwie kontaktiert werden; so einen kalten Brief zu schreiben, das ist niemals seine Art. Nein, das war nicht John, nur Bestien können mit den Gefühlen anderer spielen, aber nicht so ein Heiliger wie John. Seine Pläne waren so ehrlich und perfekt, auch beim letzten Besuch hatte er gedrängelt, erneut einen Brief an den Bundesminister Franke zu schreiben, den er dann auch nach Bonn weitergeleitet hat.

Der Urlaub in Boltenhagen hat Judith Kraft gegeben, über viele Dinge nachzudenken. Sie empfand den Ort und die Anlage als äußerst idyllisch, trotz fehlendem Luxus. Mit Eva und Horst verlief auch alles sehr harmonisch, Streit gab es überhaupt nicht. Den letzten Abend verbringen alle in einer gemütlichen Gaststätte bei einem deftigen Essen, Horst hat rechtzeitig einen Tisch reservieren lassen. Am nächsten Tag müssen alle Urlauber die Anlage bis 10.00 Uhr verlassen haben. Die nächsten Feriengäste werden gegen 12.00 Uhr erwartet. Trotz Hektik verabschiedet sich Herr Holk von jedem einzelnen Feriengast.

Langsam erholt sich Judith von ihrem Liebeskummer. Wie gern hätte sie mit John über seine Beweggründe gesprochen! Briefe zu schreiben, hat keinen Zweck mehr, es kommt keine Antwort zurück, auch Telefongespräche nach dem Westen anzumelden, erweist sich als sinnlos. In einer eingesperrten Welt zu leben, die grau und verschmutzt ist, das möchte sie nicht mehr mit Moritz. Ihre Freundin Vera hat schon den fünften Ausreiseantrag gestellt, auch der wurde wieder abgelehnt. „Wenn du keinen Antrag stellst, hast du nie eine Chance, nach Westdeutschland zu kommen", sagt Vera immer wieder zu Judith. „Das ist mit bekannt, ich brauche noch Zeit, um gewisse Vorbereitungen zu treffen. – Meine Eltern reisen demnächst nach Heidelberg, um Verwandte zu besuchen." „Sie könnten doch dort versuchen, mit John Kontakt aufzunehmen." „Das habe ich auch schon gedacht", antwortet Judith. „Ich möchte sie aber auf keinen Fall als Vermittler in meine Angelegenheit hineinziehen, das ist ganz allein meine Sache. – Du hast auch schon lange nichts mehr von Rudolf gehört, vielleicht haben sich die beiden in Bezug auf das Ende abgesprochen." „Keine Ahnung", antwortet Vera voller Wehmut, „er hat mir nie Hoffnungen gemacht, schon wegen des großen Altersunterschiedes, was für mich eigentlich kein Thema war. Wir haben auch nie Zukunftspläne geschmiedet, so wie das bei euch der Fall war. Deshalb ist der Schmerz bei mir nicht so groß wie bei dir, liebes Julchen." Nach diesen Worten fließen bei Judith wieder bittere Tränen. Unter Schluchzen fragt sie Vera: „Warum willst du trotzdem ausreisen? Verwandte hast du keine im Westen." „Stimmt! Ich hasse den Sozialismus, diese verdammte Bevormundung vom Staat und von Vorgesetzten im Betrieb. Schon allein die Entlassung bei der Bank ist für mich ein Grund, den Staat zu verlassen. Meine Arbeitsleistung ist immer gut gewesen, hat mir auch Spaß gemacht." „Das stimmt", antwortet Judith, „aber wenigstens hast du eine schöne Neubauwohnung, was ich nicht habe. Das ist jetzt einer der wichtigsten Punkte, die ich in meinem Ausreiseantrag aufführen werde." „Dann stelle endlich einen Ausreiseantrag bei den Behörden", fordert Vera Judith auf, „du verlierst durch dein Zögern nur unnötig kostbare Zeit." „Du hast recht", antwortet Judith, „ich will erst noch ein paar Informationen einholen. Am Sonntag ist mein Geburtstag, den werde ich bei diesem schönen Wetter mit meiner Familie im Garten feiern. Das ist eine gute Gelegenheit, mit meiner Familie darüber zu sprechen."

Sie alle denken, dass dieses Thema durch den Abschiedsbrief für immer erledigt sei. Ob ihre Familie Verständnis dafür haben wird, weiß Judith nicht, sie lässt sich einfach überraschen. Dieses machthaberische System kann sie nicht länger festhalten, auch wenn es bedeutet, dass sie ihre Heimat verlassen muss. Sie will mit Moritz ein schönes, freies Leben, vor allem in einer schadstofffreien Gegend.

Herbst 1980

Es ist nicht mehr zu ändern, Judith muss ihre große Liebe John vergessen, auch wenn es schwerfällt. Sie heftet die ganzen Liebesbriefe in einem Hefter ab und verstaut sie in einem Schrank. Das Leben muss auch ohne John weitergehen. Sie verbringt viel Zeit mit Vera und Karla. Sie gehen öfter ins Restaurant, manchmal gehen sie auch in die Interhotelbar tanzen. Sie lernen wieder nette Leute kennen und haben viel Spaß. Mehr will Judith auch gar nicht, eine neue Beziehung kommt für sie nicht infrage. Sie hat nur noch ein Ziel: unbedingt in die Bundesrepublik auszureisen. Neulich hat sie ein Ehepaar in der Wechselstelle der Bank getroffen, das demnächst ausreisen darf. Sie nahm all ihren Mut zusammen und fing ein Gespräch mit ihnen an. Sie waren sehr nett und beantworteten Judith viele Fragen. Sie teilten ihr sogar die Adresse eines Anwaltes mit, der für die Abwicklung der Ausreise in die BRD zuständig ist. Er heißt Jürgen Vogel und führt seine Kanzlei in Berlin, sie gaben ihr sogar den Tipp, eine westdeutsche Botschaft entweder in Ungarn, Rumänien oder in der CSSR aufzusuchen. Dort bekomme sie alle Informationen, die für eine Ausreise notwendig seien. Allerdings solle sie immer die Augen offen halten, sie dürfe sich nicht von den staatlichen Organen erwischen lassen. Dass diese Leute so offen über ihre Ausreise sprachen, liegt daran, dass sie ihre Ausreisepapiere bereits vollständig von den Behörden erhalten hatten, schon in der folgenden Nacht durften sie ausreisen. Judith bedankte sich aufs Herzlichste und wünschte dem netten Ehepaar eine schöne Reise und alles Gute für die Zukunft in der neuen Welt. Sie bedankten sich ihrerseits und wünschten auch Judith viel Glück und Erfolg im weiteren Leben, vor allem wünschten sie ihr, die BRD auch eines Tages als ihre neue Heimat ansehen zu können.

Noch am gleichen Abend schrieb Judith einen langen Brief an

den Anwalt Vogel mit der Bitte, ihr bei der Ausreise zu helfen. Es vergingen nur fünf Tage, bis Judith Antwort von ihm erhielt. Es waren nur zwei Zeilen:

Sehr geehrte Frau Dreve,

kann leider nicht helfen.
Hochachtungsvoll

Jürgen Vogel

Tief enttäuscht über seine Zeilen ging Judith in die Küche, um wenigstens ein leckeres Essen für ihren Sohn Moritz zu kochen.

Seine Freizeit verbringt Moritz hauptsächlich im Theater, Vorstellungen finden mehrmals in der Woche statt. Auch Judith muss die nächsten Wochen wieder zu Proben erscheinen. Nur gut, dass Moritz noch keine Ahnung von den Plänen seiner Mutter hat, es wäre jetzt noch viel zu früh, mit ihm darüber zu sprechen. Er fragt noch oft, warum John nicht mehr kommt und weshalb die Reise nach Budapest nicht geklappt hat. Er ist erst zehn Jahre alt, so kann Judith ihn immer mit leichten Antworten vertrösten. Trotzdem spürt er die Traurigkeit seiner Mutter, aber Judith bringt es einfach noch nicht übers Herz, ihm die ganze Wahrheit zu erzählen. Das liegt daran, dass sie erst selbst den Schmerz verarbeiten muss, und das kann noch lange dauern.

Das Gespräch mit dem netten Ehepaar geht Judith einfach nicht aus dem Sinn. Sie durften einfach die DDR verlassen, ohne jegliche Schwierigkeiten. Es muss also doch noch „sanfte" Möglichkeiten geben, das Land legal und ohne Probleme zu verlassen.

Judith stöbert nochmals in ihren alten Westzeitschriften, die John damals mitgebracht hat, tatsächlich entdeckt sie in einem Spiegel-Magazin die Adresse von der westdeutschen Botschaft in Prag. Sofort eilt sie in eine Buchhandlung, um einen Stadtplan von

Prag zu kaufen, aber leider ohne Erfolg. Als sie den Laden verlässt, um noch ein paar Einkäufe zu erledigen, hört sie ihren Namen rufen. Es ist Karla, die gerade dabei ist, ein Geburtstagsgeschenk für ihre Mutter zu suchen. Judith fragt, ob sie mit ihr nach Hause zum Abendessen kommen möchte. Karla nimmt die Einladung gern an. Judith erzählt ihr gleich von ihren Plänen, zumal Karla für sie nicht nur eine Kollegin, sondern auch eine Freundin und Vertrauensperson geworden ist, wie Vera und Lena. Karla fragt: „Wann willst du nach Prag fahren?" „Nächsten Monat", antwortet Judith, „es sind Herbstferien und Moritz kommt auf alle Fälle mit, schon wegen der geplatzten Pfingstreise nach Budapest." „Ich komme auch mit", antwortet Karla, „ich will auch nicht mehr den Rest meines Lebens im Sozialismus leben." Judith wundert sich über Karlas Entschluss und freut sich. „Wir müssen uns erst mal schlaumachen, in welchem Stadtteil von Prag die Botschaft liegt, vor allem, ob das Gebäude bewacht wird. Vorher müssen wir uns noch eine preisgünstige Unterkunft suchen, aber das können wir im Reisebüro erfragen."

Judith ist irgendwie froh, je mehr Verbündete sie hat, umso mutiger wird sie und umso leichter wird die ganze Aktion. „Was sind deine Beweggründe?", fragt Judith. Karla antwortet: „Ich habe keine Lust, noch zehn Jahre mit meinem Bruder in einem Zimmer zu schlafen. Ich habe vor fünf Jahren einen Wohnungsantrag gestellt, ich wurde immer mit der Begründung abgewimmelt, ohne Trauschein keine Aussicht auf einen eigenen Wohnraum." „Das kenne ich", antwortet Judith, „ich habe auch zwei Jahre bei den Schwiegereltern gewohnt. Erst als Moritz geboren wurde, haben wir diese Bruchbude hier bekommen. Das ist auch einer meiner Hauptgründe, diesem Staat endlich den Rücken zu kehren."

Eine preisgünstige Unterkunft in Prag zu bekommen, ist überhaupt nicht schwer. Die Angestellte im Reisebüro hat Judith und Karla einen Campingplatz empfohlen, der sich am Randgebiet von Prag befindet. Die Quartiere sollen große Campingfässer sein, welche auch mit Strom und Heizung versorgt werden. Sie befinden sich in der Ortschaft Kbely, in einer sehr ruhigen und idyllischen Lage. Es gibt eine sehr gute Verbindung mit der Straßenbahn, diesen Ort zu erreichen. Der Campingplatz befindet sich nur wenige Gehminuten von der Haltestelle entfernt. Für beide Freundinnen keine Frage, sie buchen die Reise nach Prag sofort für vier Tage, nur die Fahrkarten wollen sie erst eine Woche vorher kaufen. Judith möchte eine Strecke mit dem Flugzeug fliegen, schon allein wegen Moritz. Es starten aber nur von Berlin-Schönefeld Flüge nach Prag, das wäre ein wenig umständlich. Sie lassen sich nochmals im Reisebüro beraten. Judith ist fest entschlossen, dann eben die Rückreise von Prag per Flug zu buchen. Karla ist einverstanden und so buchen sie gleich die Tickets, die Fahrkarten für die Hinreise brauchen sie dann nur noch am Bahnhofsschalter zu lösen. Jetzt ist alles perfekt und die Reise kann losgehen. Sie genehmigen sich in einem Restaurant noch einen kleinen Imbiss und sprechen nochmals über den Ablauf der Reise. Konkrete Unternehmungen in Prag möchte Judith noch nicht planen, erst mal will sie sich einen Überblick über die Lage der Botschaft verschaffen und auskundschaften, welche Verkehrsmittel benötigt werden. Sie hofft, dass dieses Gebäude nicht bewacht wird, es wäre gegen alle Pläne. Die Adresse hat Judith noch aus der Westzeitschrift Bunte, sie hat sie aber auch auswendig gelernt, so kann nichts schiefgehen. Sie wundert sich aber trotzdem, dass Karla so kurz entschlossen ebenfalls in der Bundesrepublik leben möchte.

Als Judith nach Hause kommt, berichtet sie Moritz über die bevorstehende Reise nach Prag. Die Freude bei ihm ist natürlich groß. „Sehen wir dann John wieder?“ Diese Frage schmerzt Judith so sehr, dass sie nur mit großer Mühe ihre Tränen zurückhalten kann. „Nein, mein Schatz“, antwortet sie, „er muss leider arbeiten.“ Warum diese Lügen? Moritz war doch dabei, als sie den Abschiedsbrief las. Irgendwie kann sie immer noch nicht glauben, dass er einfach so, ohne jeglichen Grund, Schluss gemacht hat. Was ist nur passiert? Er hat mein ganzes Leben verändert, wenn ich ihn nicht kennengelernt hätte, wäre ich niemals auf die Idee gekommen, nach dem Westen ausreisen zu wollen. Egal, er hat mir viel Wissen von der anderen Seite Deutschlands vermittelt, auch die Augen geöffnet, dass die Lebenserwartung in der DDR durch die große Luftverschmutzung sehr niedrig ist. Ich ziehe jetzt die ganze Aktion durch, egal, welche Konsequenzen mich erwarten. Ich werde auf alle Fälle diesen Schritt mit Moritz gehen, denkt Judith. Auf die Familie kann keine Rücksicht genommen werden, hier geht es nicht nur um ihr Leben, sondern auch um die Zukunft von Moritz. Auf einmal fühlt sich Judith wieder stark und voller Energie, alles in ihr schreit regelrecht nach Leben. Ich will raus, ich werde kämpfen wie ein Löwe, und ich werde John finden!

Reise nach Prag

Die Fahrt nach Prag ist durch die überfüllten Abteile eine reine Katastrophe, einen Sitzplatz zu bekommen, ist unmöglich. Es sind Herbstferien, so reisen viele DDR-Bürger auch in das benachbarte Land CSSR. „Ich hoffe, sie haben nicht das gleiche Vorhaben wie wir", flüstert Judith zu Karla. Die lacht und antwortet: „Das wäre natürlich lustig." Als sich die Beamten der Passkontrolle durch die Menschenmassen durchwühlen und jetzt auch bei Judith und Karla angekommen sind, lautet ihre erste Frage: „Wohin geht Ihre Reise?" „Nach Prag", antwortet Judith. Die Beamten prüfen immer wieder die Ausweise und schauen dabei auf eine mitgeführte Liste. Auf einmal verspürt Judith ein ungutes Gefühl und ihr Herz schlägt immer schneller. Dann wünscht einer der Beamten eine gute Reise und gibt den Frauen ihre Ausweispapiere wieder zurück. „Oh Gott, was war das denn für eine Nummer?", fragt Karla. „Keine Ahnung", antwortet Judith, „sie wollten sich bestimmt nur wichtigtun."

Jetzt ist es nur noch eine Stunde Fahrt, dann sind sie in der Goldenen Stadt Prag. Karla sagt: „Als Erstes brauchen wir Fahrscheine für die Fahrt nach Kbely, danach müssen wir unbedingt ein Restaurant ausfindig machen, um uns noch zu stärken. Auf dem Campingplatz bekommen wir um diese Zeit bestimmt keine Verköstigung mehr." Endlich rollt der Zug im Bahnhof von Prag ein und alle Reisenden drängeln sich wieder am Türausgang des Zuges. „Wir lassen erst mal die Menschenmassen aussteigen", sagt Judith, „wir haben schließlich keine Eile." Es war eine anstrengende Fahrt, fast sieben Stunden auf den Koffern sitzend. „Wir können von Glück reden, Tickets für den Rückflug bekommen zu haben, dort hat wenigstens jeder seinen Sitzplatz, das war eine gute Entscheidung." Karla nickt müde.

Der Bahnhof von Prag ist sehr sauber und Judith entdeckt auch gleich ein kleines Restaurant im Gebäude. Sie stärken sich mit Prager Schinken und frischem Weißbrot, das sehr lecker schmeckt. Moritz kann vor lauter Appetit gar nicht genug bekommen. Danach besorgen sie sich noch die Fahrscheine für die zuständige Bahn in Richtung Campingplatz. Als sie sich alle zum Ausgang begeben, entdeckt Karla den Stadtplan von Prag. Er befindet sich in einer großen eingerichteten Glasvitrine, also nicht zu übersehen. Die beiden Freundinnen sind sich einig, am nächsten Tag die Ortschaft der Botschaft der BRD ausfindig zu machen. Das gilt auch für viele andere interessante und schöne Sehenswürdigkeiten. Nicht umsonst wird Prag als die Goldene Stadt an der Moldau bezeichnet. Viele Künstler leben in dieser Stadt und halten auf der Karlsbrücke ihre Eindrücke auf Gemälden fest. Knapp eine Stunde geht die Fahrt vom Bahnhof bis nach Kbely. Dort werden sie auch schon voller Ungeduld von dem zuständigen Chef des Campingplatzes erwartet.

Die Campingfässer sind nicht gerade fein eingerichtet, nur zwei Feldbetten mit Strohmatratzen und eine Kommode. Es riecht ziemlich muffig, zumal keine richtigen Fenster zum Lüften vorhanden sind. Das Bettzeug ist sehr klamm, für Judiths Geschmack ziemlich ekelhaft. Wer weiß, wer vorher dieses Quartier benutzt hat, vielleicht ein paar verlauste Penner! Karla lacht über Judiths Bemerkungen, nur Moritz findet die Anlage „total cool“. „Im Ferienlager haben wir auch so ähnlich gewohnt und es hat großen Spaß gemacht.“ „Wir sind aber nicht im Ferienlager, sondern in Prag auf einem angeblich feinen Campingplatz – laut Prospekt vom Reisebüro“, erwidert Karla genervt. Der Verwalter der Anlage hat die Enttäuschung der beiden Frauen sofort erkannt und macht folgendes Angebot: „Ich kann Ihnen alternativ einen Bungalow mit vier Betten inklusive Heizung anbieten.“ Judith stimmt sofort zu und so besichtigten sie das neue Quartier und sind auch gleich begeistert. Es ist schön warm, kein muffiger Geruch und die

Betten sind sehr sauber. Eine kleine Kochnische mit Kühlschrank ist ebenfalls vorhanden. Die Toilette und die Dusche befinden sich im Vorraum. „Das nehmen wir“, sagt Judith prompt, „aber was kostet diese Umbuchung?“ Der Chef schaut sehr freundlich und antwortet: „Da es sowieso frei ist und auch keine Gäste mehr gebucht haben, erlasse ich euch den Zuschlag.“ Judith ist so erfreut über diese Großzügigkeit, dass sie den Mann voller Dankbarkeit umarmt.

Sie beziehen schnell das Quartier und Moritz macht sich umgehend fürs Bett fertig, seine Müdigkeit ist nicht zu übersehen. Er liest noch ein paar Seiten in seinem Buch, dann ist er auch schon fest eingeschlafen. Die beiden Freundinnen trinken noch ein Glas Wein und studieren die Karte von Prag. Sie planen für den nächsten Tag, die Stadt zu besichtigen und auch das Botschaftsgelände der BRD aufzusuchen. „Wir werden nichts übereilen“, sagt Judith, „vor allem müssen wir die Augen offen halten. Es kann sein, dass alle Leute, die sich diesem Gebäude nähern, beobachtet werden, jedenfalls ist es in Berlin so.“ Karla nickt und sagt: „Ich glaube, wir müssen mit der Metro fahren, der Zugang der Bahnsteige soll sich am Wenzelplatz befinden, also mitten in der Stadt von Prag.“ „Wir werden ein paar Leute fragen und uns als BRD-Bürger ausgeben, die ihren Pass verloren haben.“ Karla ist ein ruhiger Typ, meistens nimmt sie alle Vorschläge an, die von Judith kommen, ohne zu diskutieren. „Jetzt will ich nur noch duschen und dann auch endlich schlafen“, sagt sie gähnend zu Judith. „Du hast recht, morgen ist auch noch ein Tag, außerdem wollen wir viele Sehenswürdigkeiten dieser schönen Stadt besuchen.“

So neigt sich der Tag dem Ende zu. Judith ist heilfroh, dass bis jetzt alles so gut geklappt hat, vor allem die Grenzkontrollen. Sie notiert noch kurz auf einen Zettel, was für den nächsten Tag an Lebensmitteln benötigt wird. Danach geht sie ins Bad zum Duschen, um sich ebenfalls für die Nachtruhe fertig zu machen. Schlaf findet Judith jedoch lange nicht, permanent muss sie an ihren geliebten John denken. Sie hatten zwei große Träume, diese sind nun wie eine Seifenblase geplatzt. Die Frage, was geschehen ist, quält sie ununterbrochen.

Am nächsten Tag nach dem Frühstück wird wie geplant in die Stadt gefahren. Gott sei Dank scheint die Sonne, es ist überhaupt ein sehr schöner Herbsttag. Als sie die Karlsbrücke erreicht haben, staunen sie über die vielen Künstler, die damit beschäftigt sind, die Landschaft von der Brücke aus zu malen. Die Brücke ist mit zwei Türmen versehen und soll zu den ältesten Steinbrücken Europas zählen. Es ist auch eine tolle Aussicht, der Blick auf die Goldene Stadt Prag, vor allem die wunderschöne Moldau, die durch die Stadt fließt, sie verschönert noch das ganze Flair. Durch den Herbst mit seinen bunten Blättern erstrahlt die Stadt tatsächlich in einem Hauch von Gold. Judith lässt es sich nicht nehmen, ein kleines Bild von einem der Künstler zu kaufen. Sie verhandelt mit ihm und bekommt das Bild für einen günstigen Preis. „So habe ich ein Andenken von Prag." Karla ist noch am Überlegen, kann sich aber für keines der Bilder entscheiden.

Als nächstes Ausflugziel wird der Berg Hradschin mit dem St.-Veits-Dom und dem Goldenen Gässchen aufgesucht. „Ich glaube, dort in der Nähe befindet sich auch die Botschaft der BRD", sagt Karla. Sie zeigt Judith die Karte von Prag, der Hradschin ist nicht weit von der Straße Vlasska entfernt. „Wir müssen auf alle Fälle mit der Metro fahren, um auf den Hradschin zu kommen, so steht es im Reiseführer." Judith studiert nochmals die Karte und gibt Karla vollkommen recht. „Am besten wir fahren jetzt ins Zentrum zu der berühmten Aposteluhr, auch Astronomische Uhr genannt." Moritz ist begeistert, auch sehr viele Touristen aus Österreich und Jugoslawien halten sich mit ihren Fotoapparaten vor dieser Uhr auf. Moritz verspürt großen Hunger und auch Karla und Judith möchten gern zu Mittag essen, es ist schon Mittagszeit. Es ist nicht schwer, ein preisgünstiges Lokal zu finden. Der Kellner platziert sie an einen netten Tisch und empfiehlt auch gleich die Spezialität des Hauses.

Der Prager Schinken ist einfach eine einmalige Delikatesse, dazu einen schmackhaften Kartoffelsalat und ein deftiges Bier, einfach köstlich. Nach dem Essen geht die Fahrt weiter bis zum Wenzelplatz. Es ist der Boulevard von Prag, umgeben von Hotels, Restaurants, Kaffeestuben und Dutzenden Geschäften. Von diesem Ort aus ist jedes Ausflugsziel leicht erreichbar, die Metrohaltestelle befindet sich ebenfalls in der Nähe, allerdings gehen die Rolltreppen ziemlich steil abwärts. Zum Abschluss machen sie noch einen zweistündigen Bootsausflug auf der Moldau. Durch diese Fahrt kann das wunderschöne Panorama der Stadt erst so richtig bewundert werden. Es geht vorbei an den Prager Burgen, dem Rudolfinum, der Karlsbrücke und dem großen Theater von Prag. Für einen Augenblick kann Judith ihre Bruchbude, die sie schon seit zehn Jahren mit Moritz bewohnt, vergessen. Auch Karla und Moritz sind begeistert von den vielen schönen Sehenswürdigkeiten der Stadt. Am Abend planen Judith und Karla noch einen Discobesuch in der Stadt. Sie informieren sich bei dem Chef der Anlage, wo ein nettes und angenehmes Tanzlokal ist. Er nennt ein Hotel mit Namen Olympic, welches jedes Wochenende nicht nur gute Speisen serviert, sondern auch Tanzveranstaltungen für seine Gäste anbietet. Es ist ein internationales Hotel und sehr vornehm. Außerdem liegt es in der Nähe der Campinganlage, genau richtig für Judith und Karla. Moritz kann natürlich nicht mit, aber er hat etliche Bücher zum Lesen dabei, so beschäftigt er sich ohne Probleme selbst. Im Aufenthaltsraum steht zwar für die Gäste ein Fernsehapparat zur Verfügung, allerdings leider ohne deutsche Sender.

Es stimmt, das Hotel macht einen guten Eindruck und ist nach nur zwei Stationen mit der Straßenbahn erreichbar. Die Tanzbar befindet sich im zehnten Stock und ist sehr gemütlich. Die beiden Frauen werden an einen Tisch mit noch anderen Gästen platziert.

An der Sprache ist gleich zu erkennen, dass diese zwei Damen und drei Herren aus der Schweiz kommen. Sie sind sehr elegant gekleidet und sprechen deutsch und französisch. Sie begrüßen Judith und Karla sehr freundlich und so kommt sofort ein Kontakt zustande. „Wir kommen aus Zürich“, erwähnt einer der Herren und erzählt sogleich den Grund, weshalb sie in Prag seien. „Wir wollen den Grund herausfinden, ob die Stadt wirklich den Namen Goldene Stadt an der Moldau verdient hat.“ Judith schaut den Herrn an und fragt gespannt: „Und – hat sie es verdient?“ „Es ist eine herrliche Stadt, vor allem die Karlsbrücke, wo auch viele Künstler ihr Talent mit ihrer Malkunst unter Beweis stellen und präsentieren.“

Es ist für Judith schnell zu erkennen, dass diese Leute aus Zürich ebenfalls etwas mit Kunst zu tun haben. Nach reichlichem Wein- und Bierkonsum wird bei jedem Einzelnen die Zunge locker. Als die Schweizer erfahren, dass Judith und Karla DDR-Bürgerinnen sind, werden noch mehr Fragen gestellt. Vor allem wird darüber gesprochen, dass bei Fluchtversuch auf Menschen geschossen wird, auch die Versorgung der Menschen soll sehr mangelhaft sein. „Das stimmt“, antwortet Judith, „aber verhungern brauchen wir noch nicht. Die berühmte Schweizer Schokolade bekommen wir natürlich in keinem Geschäft zu kaufen.“ Alle lachen herzlich und so klingt der gemütliche Abend langsam aus.

Als die Freundinnen beim Kellner ihre Rechnung bezahlen, sagt einer der Schweizer, der mit Namen Franz heißt: „Ich habe noch eine Überraschung für euch, bitte habt noch einen kleinen Moment Geduld.“ Karla schaut schon nervös auf ihre Uhr. „Wir verpassen unsere letzte Bahn.“ „Wir kommen schon irgendwie auf den Campingplatz, jetzt will ich unbedingt noch wissen, was für eine Überraschung Franz hat“, erwidert Judith. Da kommt er auch schon zurück. Er packt aus einem Beutel eine riesengroße Tafel Schokolade aus. „Das ist echte Schweizer Schokolade.“ Er reißt die Verpackung der Schokolade auf und bietet Judith und Karla jeweils nur ein kleines Stück an, danach packt er sie wieder ein. Judith kann sich das Lachen nicht verkneifen. Das war also die große Überraschung, ein kleines Stück Schokolade aus der Schweiz. Den ganzen Heimweg lachen die beiden Freundinnen über so viel Geiz der Schweizer.

Wegen eines Stücks Schweizer Schokolade die Bahn zu verpassen, ist schon ärgerlich. „Ich möchte wirklich mal wissen, was für eine Vorstellung die Menschen in der Schweiz von dem Lebensstil der DDR-Bürger haben." Karla erwidert: „Ich glaube, in deren Geschichtsbüchern kommt die DDR gar nicht vor." „Jedenfalls sind die Schweizer bekannt dafür, große Bankgeschäfte in der ganzen Welt abzuwickeln und sich dabei strikt an das Bankgeheimnis zu halten. Jeder Millionär hat in der Schweiz ein Bankkonto, vor allem wird in den Schweizer Banken auch viel Schwarzgeld von der Mafia deponiert. Keine Bank auf der Welt ist so verschwiegen wie die Banken in der Schweiz. Das hat mir damals John erzählt, vielleicht haben Honecker und Co ihre Konten auch dort." Endlich kommt noch eine Straßenbahn und so erreichen Judith und Karla schließlich ihr Quartier.

Am nächsten Tag soll wie geplant die Botschaft aufgesucht werden, sie liegt in der Nähe des Hradschin, das haben die beiden Freundinnen anhand des Stadtplans schnell herausgefunden. Nach dem Frühstück geht es los in Richtung Stadt. Am Wenzelplatz angekommen, geht es gleich in Richtung U-Bahn-Station. Es ist für Moritz ein richtiges Erlebnis, die Rolltreppen gehen sehr steil und ziemlich schnell nach unten, also nichts für Frauen mit hohen Absatzschuhen. Für Judith eine ziemlich unheimliche Situation – unzählige Menschen, die ebenfalls mit der Metro fahren wollen, da kann schon mal schnell jemand verloren gehen. Sie hält Moritz ganz fest an der Hand und achtet gleichzeitig auf die Rolltreppe, um nicht zu stolpern. Sie erinnert sich an ihre Russlandrundreise vor zehn Jahren, dort gab es in Moskau eine ähnliche U-Bahn, die Rolltreppen gingen noch viel steiler nach unten.

Judith hatte sich damals strikt geweigert, mit dieser Bahn zu fahren, es gab deshalb den ersten großen Ehekrach. Heute hat sie ihre Angst überwunden und kein Problem mit solchen Rolltreppen.

Es dauert nur wenige Minuten, als die U-Bahn, die in Richtung Hradschin fährt, angesaust kommt. Sie hält nur so lange am Bahnsteig, bis jeder Gast eingestiegen ist, dann braust sie wieder los. Fast 30 Minuten braucht die Bahn bis zum Bestimmungsort, irgendwie verspürt Judith eine innere Unruhe. Nur bei Karla ist überhaupt keine Angst zu erkennen, voller Elan steuert sie einen Passanten an und fragt nach der Straße, wo sich die Botschaft der BRD befindet. Dieser schmunzelt und zeigt den Frauen den Weg, stellt aber gleichzeitig die Frage: „Was verschlägt euch in diese Gegend?" Judith reagiert schnell und antwortet: „Wir wollen nur Freunde besuchen." – „Ich glaube, er hat eine Ahnung", sagt Judith zu Karla. Nach einer Weile drehen sie sich nochmals um, jener Passant ist spurlos verschwunden. „Eigentlich möchte ich Moritz nicht dabeihaben, wenn wir wirklich schon heute die Botschaft betreten." Karla schaut Judith an und fragt: „Weshalb sind wir eigentlich nach Prag gefahren?" „Natürlich müssen wir in diese Botschaft gehen, es darf aber nicht überstürzt gehandelt werden. Es ist wichtig, erst mal die Lage genau zu inspizieren: Wird dieses Gebäude von Staatsdienern bewacht und wann sind die Besuchszeiten?" Karla ist einverstanden und so laufen alle in jene Richtung.

Bereits von der Ferne sehen sie das Gebäude, ein Schloss wie im Märchen, welches in einer wunderschönen Gartenanlage eingebettet ist. Vor allem sind weit und breit keine Personen oder Touristen zu sehen, Judith atmet auf, hier können sie unbeschwert ohne jegliche Kontrolle durch das Eisentor schreiten. Sie schauen auf das Schild, auch keine Öffnungszeiten sind zu sehen. Es ist schnell klar, die Botschaft ist Tag und Nacht für ihre Bürger geöffnet. „Jetzt wissen wir Bescheid und kennen den Ort", sagt

Judith. „Es ist besser, zu Hause nochmals alles genau durchzuplanen, auch welche Unterlagen wir mitnehmen, zum Beispiel die Geburtsurkunden, Zeugnisse von unserer Schule und Ausbildung. Außerdem will ich den Brief aus Bonn von der Bürgerhilfe mitnehmen, damit die Beamten schon über meine Aktivitäten informiert sind.“ Karla schaut Judith an und antwortet: „Der Brief muss aber gut versteckt werden.“

Langsam langweilt sich Moritz und jammert: „Wann geht es endlich weiter? Außerdem habe ich Hunger.“ Auch Karla verspürt ein Knurren im Magen. Sie entfernen sich von dem Gebäude und laufen durch romantische Gassen in Richtung Hradschin. Sie entdecken ein hübsches kleines Restaurant, auch der leckere Prager Schinken mit frischem Toastbrot und Salat wird auf der Speisekarte angeboten. Nach der kleinen Stärkung besuchen alle noch sämtliche Sehenswürdigkeiten der Stadt, bis der Abend einbricht und die Füße schmerzen. Sie kaufen für den Abend noch ein paar Lebensmittel und Getränke, bevor sie wieder ihr Quartier aufsuchen. „Es ist unser letzter Abend“, erwähnt Karla, „ich möchte das Nachtleben von Prag noch mal so richtig genießen.“ „Ich auch“, antwortet Judith, „aber wir haben nur noch wenige tschechische Kronen. Die Fahrt zum Flughafen mit dem Taxi müssen wir auch noch einkalkulieren. Am besten wir machen mal Kassensturz und legen alle Scheine auf dem Tisch.“ Karla hat noch ungefähr 500 Kronen und Judith 800 Kronen zur Verfügung, das sind insgesamt 70,00 Ostmark. Das müsste reichen, zumal die Rechnung für das Quartier schon in Halle bezahlt wurde. Die Fahrt mit dem Taxi zum Flughafen wird höchstens 400 Kronen kosten. „Ich hoffe, es liegt kein Rechenfehler vor“, sagt Judith und so entschließen sich die beiden Frauen, noch in die Stadt zum Wenzelplatz zu fahren.

An der Bushaltestelle kommt zufällig ein Auto vorbei und Judith winkt wie eine Tramperin. Es ist wie ein Wunder, der nette Herr hält tatsächlich an und fragt, wo die Damen hinwollen. „Zum

Wenzelplatz“, antwortet Judith. „Kein Problem“, erwidert der Herr, „in diese Richtung will ich auch.“ Während der Fahrt erzählt der Mann, er komme aus Österreich und habe geschäftlich in Prag zu tun. Er fragt die Frauen, was sie an der Stadt Prag am meisten fasziniere. „Die ganze Stadt ist faszinierend“, antwortet Judith. „Die wunderschönen Kirchen, die kleinen romantischen Gassen, das lebendige Leben in dieser Stadt mit ihren vielen Künstlern.“ „Übrigens heiße ich Emil, falls ihr heute noch kein Programm habt, kann ich euch das Hotel Ambassador empfehlen. Es verfügt über eine gemütliche Tanzbar, aber das ist noch nicht alles, um Mitternacht beginnt immer eine atemberaubende Show für die Gäste.“ Judith und Karla bedanken sich für diese Empfehlung sowie für die Mitfahrgelegenheit. Emil hält sein Auto direkt vor jenem Hotel an, so müssen die beiden Frauen keine Fußstrecke mehr zurücklegen und steuern direkt auf den Hoteleingang zu. „Wieso sind wir eigentlich nicht gleich vom ersten Tag an auf die Idee gekommen, per Anhalter zu fahren? Wir hätten jede Menge Geld gespart.“ „Das stimmt“, antwortet Judith, „es ist aber immer eine gefährliche Sache; nicht alle Menschen sind so nett wie Emil.“

Der Eintritt kostet umgerechnet 7,00 Ostmark, die Getränke sind natürlich extra. Judith ist ganz besorgt und murmelt zu Karla: „Hoffentlich nehmen die keine Wucherpreise bei den Getränken, sonst haben wir morgen kein Geld mehr, um mit dem Taxi zum Flughafen zu fahren.“ „Keine Sorge, ich habe noch 500 Kronen.“ „Ich nur noch 400“, sagt Judith, „also insgesamt 900 Kronen. Für den Abend können wir höchstens 500 Kronen verjubeln.“ Der Kellner platziert die Damen an einem Tisch, der für vier Personen bestimmt ist. Judith studiert gleich die Karte und stellt fest, dass es hier keine Sorte Wein gibt, die sich die beiden Freundinnen leisten können. Das Bier ist allerdings sehr preisgünstig und so wird eben das schmackhafte dunkle Bier bestellt.

Es dauert nicht lange, bis die Musik zum Tanz aufspielt, leider ist das Lokal nur mit Pärchen besetzt. „Ich habe sowieso keine Lust zum Tanzen", sagt Judith. „Ich auch nicht", erwidert Karla. Sie beobachten die Gäste und stellen fest, dass kein einziger Gast aus Deutschland kommt. Als die Show beginnt, füllt sich auf einmal das Lokal und der Kellner platziert zwei gut aussehende Herren an Judiths und Karlas Tisch. Gott sei Dank werden sie gleich mit einem netten „Grüß Gott!" auf Bayrisch begrüßt. Judith ist begeistert, zumal es westdeutsche Gäste sind. „Die Damen trinken gern Bier?", fragt einer der Herren. „Bestimmt kommen Sie auch aus einer Gegend, wo sehr viel Bier getrunken wird." „Wir kommen aus der DDR, wer dort ein gutes Bier trinken will, braucht gewisse Beziehungen." „Eigentlich bin ich gar kein Biertrinker", sagt Judith, „aber der Wein liegt nicht in unserer Preiskategorie. Leider dürfen wir nur einen bestimmten Betrag Ostgeld in Kronen umtauschen, was für Leute aus dem Osten immer bitter und diskriminierend ist." Durch die beiden Herren aus München ist der langweilige Abend gerettet, anstatt Bier wird Champagner getrunken, viel geplaudert und gelacht. Auch das Taxi für die Fahrt zum Campingplatz wird von den Herren spendiert, sehr zur Freude der beiden Freundinnen.

Der Rückflug geht pünktlich und der Flieger landet ohne Verspätung in Berlin-Schönefeld. Während Karla und Moritz auf das Gepäck warten, informiert sich Judith nach einer Zugverbindung in Richtung Halle. Sie haben Glück, in einer Stunde fährt ein Schnellzug direkt in ihre Heimatstadt.

Während der ganzen Fahrt planen sie schon den nächsten Trip nach Prag, er soll in drei Monaten stattfinden. „Auf alle Fälle fliegen wir wieder, aber wir werden auf keinen Fall mehr auf diesem Campingplatz übernachten!", da sind sich Judith und Karla auf Anhieb einig. „Es gibt viele Hotels am Wenzelplatz, bestimmt ist auch ein preisgünstiges dabei. Wir müssen versuchen, noch mehr Kronen zu tauschen." „Da lasse ich mir etwas einfallen", sagt Judith. „Als Bankangestellte können wir mehr Geld im Ausland wechseln, vielleicht fragen wir mal ein paar Kollegen oder Freunde, die für uns zum Schein eine Reise in die CSSR buchen." „Das stimmt", antwortet Karla, „aber wer käme da infrage?" „Wir haben bis dahin noch drei Monate Zeit, um uns einen richtigen Plan zurechtzulegen. Wir müssen uns auf den Besuch in der Botschaft richtig vorbereiten."

Als der Zug in Halle einfährt, merkt jeder Fahrgast die schwere Luft in der Nase, Moritz bekommt gleich wieder einen Hustenanfall. „Bloß raus aus diesem Gebäude", schimpft Judith, „sonst ersticken wir noch alle!" Seit seinem zweiten Lebensjahr erkrankt Moritz permanent an Bronchitis, auch seine Haut leidet unter den Folgen der schlimmen Umweltverschmutzung. Jede Woche müssen die Fenster geputzt werden, manchmal auch täglich. Wenn der Wind ungünstig liegt, wird schwarzer Ruß von den Chemiegebieten Bitterfeld, Buna und Leuna nach Halle und Umgebung geweht, manchmal ist die Sonne vor lauter schmutzigem Nebel gar nicht zu sehen.

„Ich hoffe, dir hat die Stadt Prag gefallen", sagt Judith zu ihrem Sohn. „Es war ganz nett, aber in Budapest mit John war es viel schöner, auch viel wärmer." Judith schmerzt diese Antwort von Moritz, zumal er verdammt recht hat. Sie kann einfach nicht aufhören, an John zu denken, so sehr hat sie noch keinen Mann geliebt. Schon überkommt sie abermals heftige Wehmut, am liebsten möchte sie losheulen und gleich wieder nach Prag fahren, um endlich Hilfe von der westdeutschen Botschaft zu bekommen. Jetzt steht erst einmal das Weihnachtsfest vor der Tür und das ist für Judith und Moritz ein Familienfest voller Harmonie. Allerdings werden bestimmt wieder Fragen gestellt, was die Ausreise angeht. Niemals wird sie sich ihr Vorhaben ausreden lassen; ihre Verwandten denken bestimmt, durch den Abschiedsbrief hätte sich alles erledigt. Ein Irrtum! John hat ihr damals ganz klar die Augen geöffnet. Diese ganze Propaganda von Planerfüllung und tollem Sozialismus und der Slogan Es lebe die deutsch-sowjetische Freundschaft – für Judith nur noch ein Albtraum.

Der Alltag hat Judith und Moritz schnell eingeholt, die Schule hat wieder begonnen. Auch die Theaterproben für Moritz sind in vollem Gange, das Stück wird zur Weihnachtszeit aufgeführt. Auch Judith hat wieder ein Angebot als Komparsin bekommen, aber diesmal für einen DEFA-Film, der Titel lautet: Das Fahrrad. Er wird in Halle gedreht und handelt von einer etwas schwierigen Beziehung zweier sich liebender Menschen in der DDR. Für dieses Projekt werden viele Statisten gesucht, es gibt viele Bewerber. Auch Vera, Karla und Lena hat Judith vermittelt, sie werden am kommenden Sonntag ebenfalls beim Casting dabei sein, es soll in einer Gaststätte im Zentrum von Halle stattfinden. Was soll aber Moritz in dieser Zeit machen? Kinder dürfen bei diesem Event leider nicht dabei sein, so steht es jedenfalls auf dieser Einladung. Sie kontaktiert ihre befreundete Nachbarin Sylke mit der Bitte, ob sie an diesem Tag auf Moritz aufpassen könne. Sylke ist sofort einverstanden, das Problem ist für Judith also gelöst. In der Filiale der Bank sind die Dreharbeiten für den Film ein großes Gesprächsthema. Die mitwirkenden Kollegen sind vor allem auf die Rollenverteilung der einzelnen Komparsen gespannt. Es ist schon interessant mitzuerleben, wie Szenen für einen Film überhaupt gedreht werden. Als Kind träumte Judith von einer Schauspiel- oder Tanzkarriere; es kommt oft anders im Leben.

Pünktlich um 6.00 Uhr sind sämtliche eingeladenen Personen in dieser Gaststätte eingetroffen, ein regelrechter Massenandrang. Für Judith sind derart viele Menschen auf engem Raum der pure Stress. Am liebsten hätte sie den Raum wieder verlassen, sie wird aber von Lena zurückgehalten. Sie drängeln sich durch den ganzen Saal und finden schließlich noch Platz an einem Tisch für vier Personen. Es dauert nicht lange, da betritt der Regisseur den Raum und begrüßt alle Anwesenden. Er gibt bekannt, sofort mit der Rollenverteilung zu beginnen, da die Zeit sehr knapp angesetzt ist. Er beginnt gleich mit der Auswahl, endlich hat er mit seinen zwei Assistentinnen auch den Tisch von Judith erreicht. Er schaut alle vier Damen intensiv an, sein Blick bleibt an Judith haften. Er fragt sie höflich: „Trauen Sie sich eine etwas größere Statistenrolle zu?“ Sie ist völlig überrascht, antwortet, ohne zu zögern, mit einem selbstverständlichen „Ja“. „Natürlich wird Ihnen hierfür ein höheres Honorar gezahlt.“ Das ist für Judith gar nicht so wichtig, dabei sein ist alles. Sie wird von einer der beiden Assistentinnen in einen Nebenraum geführt, der gleichzeitig für die Maske der Darsteller dient. Wenig später kommt noch ein junger Mann hinzu, der Judith auch sehr höflich begrüßt. Er wurde ebenfalls von dem Regisseur ausgesucht, er soll in der Szene den Partner oder Freund von Judith darstellen. Die ausgesuchten Komparsen werden nun in einen weiteren Raum geführt, der als kleines gemütliches Café dient, in dem auch die Filmkameras aufgestellt sind.

Die Angestellten des Filmteams laufen nervös durch den Raum. Sie versuchen, sämtliche Kameras in Position zu bringen, während die Elektriker noch mit der Beleuchtung zu kämpfen haben. Judith wird mit dem Herrn an einen gedeckten Tisch platziert. Hier sollen auch die Hauptdarsteller sitzen, Judith bekommt jede Einzelheit von dem Intendanten erklärt. Bevor die Dreharbeiten beginnen, werden alle Mitwirkenden von der Maskenbildnerin für die Szene geschminkt. Judith ist sehr aufgeregt, jede Geste, die sie erklärt bekommt, soll authentisch wirken.

Es hat alles wunderbar geklappt, nur wenige Szenen wurden mehrmals mit der Filmklappe wiederholt. Für einen nicht gelernten Schauspieler eine gute Leistung, es hat allen Komparsen großen Spaß gemacht. Die ganzen Dreharbeiten gehen bis spätabends, das Honorar wird auch gleich ausgezahlt. Der Film soll im Februar 1981 in allen Kinos der DDR ausgestrahlt werden, so hat es jedenfalls der Regisseur erwähnt.

Zu Hause angekommen, warten Moritz und Sylke schon ungeduldig auf sie. „Es tut mir sehr leid, ich hätte niemals gedacht, dass diese Dreharbeiten den ganzen Tag in Anspruch nehmen." Als kleines Dankeschön lädt Judith für den kommenden Sonntag alle zu einem feinen Essen ein. „Das ist eine tolle Idee", antwortet Karl, der später dazugekommen ist. Er gibt auch gleich seinen Wunsch zu verstehen: „Aber nur ein Gericht mit deinen selbst gemachten Thüringer Klößen." „Selbstverständlich", antwortet Judith. Sie erzählt, was sie am heutigen Tag alles bei den Dreharbeiten erlebt hat. „Es ist schon interessant, mal live mitzuerleben, wie ein Spielfilm entsteht. Meine Szene spielte sich in einem Café ab, sie wurde fünfmal gedreht, bis sie im Kasten war. Mir wurde immer wieder ein neues Stück Torte zum Verzehr hingestellt. Jede Bewegung und jede Geste, sogar wie ich die Kuchengabel zu führen habe, wurde geprobt. Bei der fünften Klappe war der Regisseur dann endlich mit der Szene zufrieden, allerdings kann ich vorerst keine Sahnetorte mehr sehen." „Das glaube ich dir gern", erwidert Sylke, „falls noch mal Statisten für einen Film gesucht werden, möchte ich auch gern dabei sein." „Versprochen, ich werde euch darüber informieren." Nachdem Judith ihren Nachbarn noch einen schönen Abend gewünscht hat, bedankt sie sich nochmals für die liebe Betreuung ihres Sohnes.

Am nächsten Tag im Büro gibt es unter den Kollegen nur ein Thema: wie spannend Dreharbeiten für einen Film sind. Die Handlung des Films Das Fahrrad ist allerdings komplett auf den Sozialismus und die angeblich wunderschöne DDR abgestimmt, also nichts für Klassenfeinde. Egal, allen Beteiligten hat es richtig Spaß gemacht und Judith konnte mal abschalten und wieder fröhlich sein.

Niemals möchte Judith den Rest ihres Lebens in einem eingesperrten Land zubringen, wo jeder Mensch durch eine Gehirnwäsche verblödet wird. John hatte damals immer wieder gesagt: „Kein einziger Mensch, der fleißig seinem Job nachgeht, lebt in der BRD in einem zerfallenden Haus." Im Westen hat jeder Angestellte bei der Bank oder in einem Industriebetrieb ein gutes Gehalt und kann sich die meisten Wünsche erfüllen. Klar, der Weg dorthin wird nicht einfach sein. Außerdem, bei null anzufangen, ist ebenfalls eine große Herausforderung. Wird sich auch ihr Sohn Moritz in dem fremden System zurechtfinden? Diese Gedanken plagen Judith Tag und Nacht, aber noch ist es ein Traum bis zu ihrem Ziel. Es muss alles gut organisiert werden, deshalb planen Karla und Judith nach den Weihnachtsfesttagen, erneut nach Prag zu reisen, um unbedingt die Botschaft der BRD zu betreten. Normalerweise werden solche Aktionen in der DDR, ähnlich wie versuchte Flucht, mit Gefängnis bestraft, so steht es jedenfalls im Gesetzbuch.

Zum Jahresende ist wieder volles Programm bei der Bank, die Inkassogeschäfte stapeln sich auf Judiths Schreibtisch, auch viele Akkreditive nach Übersee, deren Bearbeitung immer sehr kompliziert ist. Länder aus dem Nahen Osten haben erneut große Mengen Chemikalien aus dem Chemiewerk gekauft. Was wollen diese Länder mit solchen giftigen Stoffen? Diese Frage beschäftigt Judith immer wieder bei der Bearbeitung solcher Geschäfte. Solche Fragen zu stellen, ist nicht erlaubt, Begründung: Die Bank ist nur für die finanzielle Abwicklung zuständig; die Geschäfte selbst werden immer über den Außenhandelsbetrieb vorgenommen. Die Tätigkeit als Hauptsachbearbeiterin macht Judith sehr viel Spaß, zumal der Kontakt mit den Mitarbeitern der Exportbetriebe sehr interessant und für den Job äußerst wichtig ist. Überstunden sind am Monatsende keine Ausnahme, jeder Mitarbeiter hält sich strikt an diese Vorschriften. Allerdings wird die Mehrarbeit nicht bezahlt, sondern als Freizeit angerechnet. Das stellt für keinen Kollegen ein Problem dar, jeder Mitarbeiter genießt seine Freizeit, zumal sich die Urlaubstage im Jahr nur auf 18 Tage plus einen Haushaltstag pro Monat beschränken. So geht das Jahr 1980 zu Ende, das

Fest der Liebe verbringt Judith wie alle Jahre bei ihren Eltern, die Geschenke sind bereits alle eingepackt …

Das Thema John beziehungsweise Auswanderung in die BRD hat sich für Judiths Eltern und ihre Geschwister eigentlich erledigt, bis Judith beim Abendessen erwähnt, den Rest ihres Lebens mit Moritz in Westdeutschland verbringen zu wollen. Alle schauen sie entsetzt an. „Wohin willst du denn gehen, Judith?“ „Das weiß ich noch nicht, im Norden ist gute Luft, das wäre auch für Moritz gesund.“ Ihre Schwester Rosi und ihr Bruder Bert schmunzeln bei dieser Äußerung. „Als Kind bist du schon eine Träumerin gewesen, wolltest Prinzessin Lydia aus England werden.“ Ein großes Gelächter bricht aus, Judith nimmt diese Bemerkung sowie die allgemeine Belustigung überhaupt nicht ernst. Im Gegenteil, je mehr über ihr Vorhaben gezweifelt und gelästert wird, umso mehr wird ihr Wunsch, in Freiheit zu leben, gestärkt.

Teil 3
Januar 1981

Das neue Jahr hat begonnen und der alte Trott im Berufsleben geht genauso weiter wie bisher. Der Volkswirtschaftsplan wurde wie jedes Jahr in der DDR hundertprozentig erfüllt. An jedem Betriebstor hängen große Transparente, wie erfolgreich der Sozialismus die Planerfüllung für das Jahr 1980 bewältigt hat. Solche Lügen sind für Judith einfach nicht mehr zu ertragen, die Luftverschmutzung wird immer unerträglicher. Jede Woche muss Judith die Fenster putzen, der hartnäckige Ruß aus den Kraft- und Kohlewerken Bitterfeld wird durch die Windlage überall in den Ortschaften verteilt. Auch Moritz leidet erneut an Bronchitis. Die Ärzte haben Judith unbedingt geraten, ihren Wohnsitz an die Ostsee zu verlegen, aber wie soll das funktionieren? Es gibt keine ordentlichen Wohnungen, schon gar nicht in Urlaubsregionen. Der Kinderarzt schaut Judith voller Mitgefühl an, der Wohnungsmarkt ist ein trauriger Akt. „Es gibt noch andere Möglichkeiten, dieser verschmutzten Luft zu entkommen!“ Dem Arzt ist sofort klar, was Judith mit dieser Äußerung ausdrücken will, hält sich aber mit einem Kommentar zurück. Er gibt Judith noch ein Rezept und verabschiedet sich mit einem Lächeln. „Ich wünsche Ihnen einen schönen Tag sowie überhaupt alles erdenklich Gute.“ Judith hat sofort begriffen, der Arzt ist auf ihrer Seite.

Sie eilt mit Moritz in Richtung Wohnung, dort erlebt sie eine neue Überraschung, die Wasserleitungen sind wie jedes Jahr bei Frost zugefroren. Gott sei Dank ist ihre Nachbarin anwesend, ihre Leitungen funktionieren noch. Sie hilft Judith, sämtliche Eimer mit Wasser zu füllen, damit wenigstens Wasser zum Waschen vorhanden ist. Sie versucht, einen Klempner zu erreichen, der kann ihr jedoch nicht versprechen, die vereisten Leitungen aufzutauen. Jedes Jahr die gleiche Tragödie in den Wintermonaten, manchmal fragt sich Judith, wie lange sie diesen ganzen Zustand noch aushalten kann. Würdevolle Wohnverhältnisse sind doch das heiligste Gut eines jeden Menschen, der den ganzen Tag fleißig arbeitet. Diesen Satz hat sie sehr oft von John gehört, jeden Tag wurde sie von seinen Worten motiviert, dass es solche Zustände im Westen nicht gebe. Nein, denkt Judith, auch wenn meine Verwandtschaft sich über mein Vorhaben lustig macht, ich werde es schaffen, irgendwann aus diesem Zustand und System rauszukommen. Vera hat schon den Mut gehabt und einen Ausreiseantrag gestellt. Allerdings wird sie immer von den zuständigen Behörden abgelehnt, von einem Bediensteten der Abteilung wurde ihr sogar gedroht.

Für den kommenden Freitag planen Vera, Karla und Judith einen schönen Tanzabend im Interhotel. Es klappt, ohne lange Wartezeiten werden sie von dem Kellner an einen schönen Tisch in einer gemütlichen Ecke geführt. Er überreicht auch gleich jeder Dame eine Speisekarte, sodass sich die Freundinnen in Ruhe ihre gewünschten Speisen aussuchen können. „So einen Service gab es hier noch nie", gibt Vera zum Besten, „man könnte sich bald wie im Westen fühlen." „So etwas darfst du nicht so laut sagen", mahnt Judith, „es ist eine Provokation." „Deine Angst kann einen manchmal ganz schön nerven!" „Es ist keine Angst, aber man soll nicht Dinge heraufbeschwören, ich möchte einfach keinen unnötigen Ärger. – Was ist eigentlich mit deinem letzten Ausreiseantrag geworden, den du gestellt hast?" Vera schaut Judith an und schüttelt nur den Kopf. „Dieser Kasper hat ihn wieder abgelehnt und mir gleich mit schlimmen Dingen gedroht. Sollte ich weitere Anträge stellen, habe dies schlimme Folgen für mich und meine Familie." „Was willst du jetzt tun, Vera?", fragt Judith. „Die ganze Ausreisesache erst mal ruhen lassen, um in drei Monaten einen neuen Antrag zu stellen." „Sehr vernünftig", kommentiert Judith, „das würde ich auch so angehen." „Wann wollt ihr eigentlich einen Ausreiseantrag stellen? Das mit der Botschaft in Prag könnt ihr euch sparen, ohne gestellten Ausreiseantrag in der DDR geht gar nichts." „Das stimmt", bestätigen Karla und Judith und Judith fährt fort: „Aber noch ein paar Informationen einzuholen, um dieses Vorhaben zu verwirklichen, ist niemals verkehrt. Im Februar werden wir erneut nach Prag reisen, allerdings ohne Moritz, er bleibt das Wochenende bei seinem Vater. Jetzt haben wir alles inspiziert und wissen, wo sich das Gebäude befindet und wie es am schnellsten zu erreichen ist." „Da bin ich aber mal gespannt, welche Ratschläge ihr bekommt." Als der Kellner die Speisen serviert, konzentrieren sich die Freundinnen nur auf das köstliche Essen und lassen es sich mit einem guten roten Wein schmecken. Das Thema Ausreise ist erst mal vom Tisch, zumal es noch viele andere Dinge zu erzählen gibt.

In der Bar ist es noch ziemlich leer, aber dafür gibt es westliche Musik, ein Genuss für die Ohren, überhaupt spielt die Kapelle sehr gut. „Am besten wir setzen uns gleich an die Bar", sagt Judith, „dort kann man alles besser überblicken." Es dauert nicht lange, da füllt sich der Raum hauptsächlich mit männlichen Personen. Auch sie zieht es gleich auf die Barhocker und es fällt den Frauen nicht schwer, gleich mit ihnen in Kontakt zu kommen. Einer der Herren fordert Judith höflich zum Tanz auf, sie willigt ein. Es ist ein großer attraktiver Mann mit einer längeren blonden Mähne, die auch Judith gefällt. Allerdings wird ihr wieder schwer ums Herz und sie spürt Wehmut in sich aufsteigen, unwillkürlich muss sie an John denken. Ihre Traurigkeit legt sich während des Tanzes wie ein schwerer Mantel um sie und schon stellt sie sich wieder die Frage: Warum? Was ist geschehen?

Der Tanz verläuft ruhig und ohne große Worte, auch gibt es nichts an seiner Tanzweise zu kritisieren. Judith kann es nicht lassen, ihm die Frage zu stellen, wo er so gut tanzen gelernt hat. Er lacht und antwortet: „Bei uns im Saarland gibt es eine gute Tanzschule." Judith wird hellhörig. Er ist aus dem Westen, schwirrt es ihr gleich durch den Kopf, das hätte ich nicht gedacht! Seine Schuhe und seine Kleidung sehen ziemlich ostdeutsch aus, aber wahrscheinlich gibt es auch westdeutsche Männer, die sich gern bei ihnen einkleiden, zumal sie bei der Einreise 25,00 DM pro Tag in Ostmark umtauschen müssen. Sie stellt ihm viele Fragen, die er ihr auch gleich richtig beantwortet. So kommen für Judith keine Zweifel auf, dass dieser Herr tatsächlich aus Westdeutschland kommt.

Den ganzen Abend verbringen die drei Freundinnen in der Bar. Es kommt keine Langeweile auf, da viel gelacht wird. Auch Judith empfindet die Unterhaltung mit ihrem Tänzer, der sich mit Namen Richard Gröbers vorgestellt hat, als sehr angenehm. „Wir sehen uns doch wieder?", fragt er und Judith ist sofort einverstanden, und zwar aus einem bestimmten Grund. Bei der Verabschiedung gibt er Judith einen kleinen Kuss auf beide Wangen. „Tschüss Ritchi", erwidert Judith etwas beschwipst zu ihrem Tänzer, das klingt besser als Richard. Er lacht. „Vergiss bitte nicht unser Treffen nächste Woche." Judith nickt. „Keine Angst, ich werde pünktlich sein." Vera und Karla wundern sich über Judiths Verhalten. „Das ging aber schnell mit deiner männlichen Verabredung." „Das hat alles seinen Grund, er kommt aus Saarbrücken und kann uns vielleicht für unser Vorhaben nützlich sein." „Das nennt man Berechnung." „Mich nochmals zu verlieben, käme niemals infrage, erst muss ich den tatsächlichen Grund für das plötzliche Ende unserer Liebe mit John erfahren." Zu tief sitzt der Schmerz noch in Judiths Herzen.

In zwei Wochen, geht es in die westdeutsche Botschaft, das haben sich Karla und Judith fest vorgenommen. Gewisse Vorbereitungen müssen noch getätigt werden, zum Beispiel die Flüge buchen. Leider gehen immer noch keine Flieger von Leipzig nach Prag, sondern nur von Berlin-Schönefeld aus. Egal, sagen sich Karla und Judith, mit dem Schnellzug bis nach Berlin sind es knapp zwei Stunden. Mit Rolli wurde auch bereits abgesprochen, dass er sich in dieser Zeit um seinen Sohn Moritz kümmert, allerdings hat Judith niemals den Grund ihrer Abwesenheit genannt. Das Gleiche gilt auch für ihre Eltern und Geschwister, es wäre viel zu früh, alle unnötig in Aufregung zu versetzen, zumal sie denken, dass durch das Ende der Beziehung mit John eine Ausreise in den Westen eine Utopie ist. „Niemals werde ich den Rest meines Lebens in diesem Land DDR verbringen. Die Politiker sind nicht mal fähig, ihren Bürgern eine menschenwürdige Wohnung zu verschaffen, eingeschlossen die gesamte Versorgung. Alle guten Waren werden gegen Devisen ins Ausland verscheuert und im eigenen Land bekommen die Menschen so gut wie gar nichts." Durch John wurden Judith ganz klar die Augen geöffnet.

Wie geplant trifft sich Judith mit Richard, der sie gleich mit zwei Kinokarten überrascht. Eigentlich mag sie keine Kinobesuche mit einem fremden Mann, lieber wäre sie in ein Lokal gegangen, um sich nett zu unterhalten. Egal, der Film heißt: Die drei Musketiere und ist neu verfilmt worden, anschließend wird auch noch Zeit sein, sich nett zu unterhalten. Ein Gefühl von Zuneigung, wie sie es bei ihrer ersten Begegnung mit John empfunden hat, verspürt sie jedenfalls nicht im Geringsten. Ihre Pläne, dem grauen Staat zu entfliehen, sind jetzt viel wichtiger als irgendwelche Affären mit fremden Männern. Außerdem hat sich Judith geschworen, niemals mehr eine feste Beziehung einzugehen, die Enttäuschung über ihre verlorene Liebe ist zu groß und einfach nicht zu erklären.

Nach dem Kinobesuch suchen sie noch ein kleines Bistro auf, um ein Glas Wein zu trinken. Die Unterhaltung ist recht angenehm, nur in einer Sache wundert sich Judith, dass er auf die gestellten Fragen nur zögerlich antwortet. Ansonsten verläuft der Abend sehr harmonisch und Richard bringt Judith in seinem beigefarbenen Opel brav nach Hause. Schon am nächsten Tag will er sich erneut mit Judith treffen, aber sie lehnt ab, sie ist mit Karla verabredet, um die letzten Vorbereitungen für die erneute Reise nach Prag zu besprechen. „Wir können uns auch in der Mittagpause sehen, ich hole dich von deiner Dienststelle ab“, bietet Richard an. Judith ist einverstanden. Er gibt ihr zum Abschied noch einen leichten Kuss auf die Wange und saust mit seinem Auto davon. Die halbe Nacht grübelt Judith darüber nach, was für Geschäfte diesem Mann einen Aufenthalt in Halle ermöglichen. Es gab nur ein Projekt, das von westdeutschen Firmen abgewickelt wurde, und das war im Chemiewerk Buna/Leuna, an dem auch John beteiligt war. Die meisten Außenhandelsgeschäfte mit Geschäftspartnern werden zur Frühjahrsmesse in Leipzig getätigt. Auf alle Fälle ist Vorsicht angesagt, kein Wort und schon gar keine Details dürfen fremden Menschen preisgegeben werden.

Der nächste Tag bei der Bank verläuft ohne besondere Vorkommnisse, Judith und Karla besprechen in der Mittagspause genaue Einzelheiten über den Verlauf ihrer geplanten Reise nach Prag. Mit welcher Bahn sie zum Flughafen Berlin-Schönefeld anreisen werden, muss erst noch laut Fahrplan erkundet werden. Die Unterkunft werden sie sich erst bei ihrer Ankunft suchen, wenn möglich im Zentrum der Stadt nahe einer Metrohaltestelle. Nach Dienstschluss begibt sich Judith zum Bahnhof. Sie studiert die Abfahrtstafel und findet auch gleich den passenden Schnellzug. Er geht morgens genau um 7.00 Uhr und trifft um 9.00 Uhr am Flughafen ein. „Da haben wir noch genügend Zeit für den Flug nach Prag“, berichtet sie am nächsten Tag ihrer Freundin Karla. Karla zeigt sich darüber zufrieden, nebenbei stellt sie noch die Frage: „Wie war das Treffen mit Richard?“ „Wir sind nur im Kino gewesen und anschließend in einem kleinen Bistro, also nichts Besonderes.“ Karla lacht über diese Antwort. „Ist wohl kein wohlhabender westdeutscher Mann, zumal seine Schuhe eindeutig Ostschuhe waren.“ „Es gibt auch im Westen Menschen, die sparsam mit ihrem Geld umgehen. Das ist mir so was von egal“, antwortet Judith ihrer Freundin. „Am Wochenende geht es nach Prag, das ist für mich sehr wichtig“, fügt sie noch hinzu. „Für mich auch“, erwidert Karla.

Februar 1981

Pünktlich um 6.30 Uhr stehen beide Freundinnen am Bahnsteig, wo der Zug nach Berlin-Schönefeld abfahren soll. Sie schauen noch mal auf den Fahrplan und müssen mit Erschrecken feststellen, dass ausgerechnet dieser Zug nur von Montag bis Donnerstag nach Berlin fährt. Karla ist sauer auf Judith. „Wieso hast du nicht auf die Symbole der Tafel geachtet?" Judith hat es schwer, Karla wieder zu beruhigen. Sie schauen sich erneut den Fahrplan an, erst zwei Stunden später fährt ein Zug nach Berlin, unmöglich, den Flieger noch rechtzeitig zu bekommen. „Wir müssen es trotzdem versuchen", beharrt Judith, „vielleicht geht noch ein anderer Flug nach Prag." Sie laufen zur Bahngaststätte, um sich bis zur Abfahrt des Zuges wenigstens noch ein Frühstück zu genehmigen. Der Kaffee schmeckt furchtbar und die Brötchen sind auch nicht frisch. „In Prag werden wir wieder den deftigen Schinken mit frischem Salat essen", sagt Judith. „Falls wir heute noch in dieser Stadt ankommen", erwidert Karla. So richtig ist ihr Zorn noch nicht abgeklungen.

Gott sei Dank ist der nächste Zug wenigstens pünktlich, er ist auch nicht voll besetzt, nur wenige Fahrgäste steigen zu. „Wir könnten es noch schaffen, den gebuchten Flug zu bekommen, falls der Zug tatsächlich nur zwei Stunden bis nach Berlin braucht." Judith schaut nochmals auf die Flugtickets. „Also, um 12.45 Uhr geht der Flieger und um 12.00 Uhr sind wir, wenn alles gut geht, in Berlin-Schönefeld. Manchmal warten Fluggesellschaften sogar auf ihre Passagiere." „Mach dir keine falschen Hoffnungen", erwidert Karla, „vom Bahnhof bis zum Flughafen sind es mit dem Taxi noch mindestens 30 Minuten." „Es stimmt, realistisch gesehen haben wir keine Chance, vielleicht geht noch ein Flug nach Prag? Wenn nicht, machen wir uns ein paar schöne Tage in Berlin." Karla ist über diesen Vorschlag nicht begeistert, zumal somit der Plan, endlich die Botschaft in Prag aufzusuchen, wieder ins Wasser fallen würde.

Der Zug trifft pünktlich in Berlin an, gleich ein Taxi zu bekommen, ist auch nicht schwer. So fahren die beiden Freundinnen in Richtung Flughafen Berlin-Schönefeld. Sie kommen erst nach 12.00 Uhr an, der Flieger ist leider weg. Sie laufen niedergeschlagen zur Information und erzählen der Dame vom Flughafenpersonal den Grund für den verpassten Flug. Die nette Angestellte bringt Karla und Judith großes Mitgefühl entgegen und verlangt ihre Tickets. Sie schaut gleich in die Flugpläne und greift sofort zum Telefon. Nach einem kurzen Gespräch gibt sie den beiden Frauen den positiven Bescheid, zwei Plätze für die 17.00-Uhr-Maschine seien noch zu haben, allerdings entstünden für die Umbuchung 60,00 Mark Kosten. Das ist Judith und Karla egal, sie bedanken sich ganz herzlich bei der netten Angestellten. Hauptsache, sie kommen noch heute in Prag an, auch wenn es erst gegen Abend sein wird. Allerdings muss noch ein Quartier gesucht werden, aber darüber wird sich erst vor Ort Gedanken gemacht.

Nach knapp einer Stunde landet die Maschine in Prag, es ist bereits dunkel. Gott sei Dank stehen Stadtbusse bereit, um sämtliche Passagiere in die Stadt zu fahren. Direkt am Wenzelplatz steigen Judith und Karla aus und erblicken auch gleich das Hotel mit dem Namen Ambassador. Sie rechnen nochmals ihre Finanzen durch, bevor sie sich in diesem Hotel nach einem Doppelzimmer erkundigen. Der Angestellte der Rezeption schaut in seinem Reservierungsbuch nach und tatsächlich ist noch ein für Judith und Karla preisgünstiges Zimmer frei. Er händigt ihnen sogleich den Schlüssel aus, so eilen beide Frauen mit Freude zum Fahrstuhl und suchen sofort das Zimmer auf, das auf der dritten Etage liegt. Es ist ein gemütliches sauberes Zimmer mit Innentoilette und Waschbecken und frischen Handtüchern. Die Dusche befindet sich im Hausflur und wird leider von mehreren Gästen benutzt. Egal, Hauptsache sie haben ein Bett zum Schlafen, welches mit blütenweißer Bettwäsche bezogen ist. Trotz Müdigkeit wollen beide noch mal das Nachtleben von Prag erkunden, zumal auch ihr Magen vor Hunger knurrt.

Sie suchen ein Bistro auf, das zufälligerweise gerade den leckeren Prager Schinken mit frischem Salat im Angebot hat. Der Wenzelplatz ist voller Leben und aus jeder Ecke ertönt Musik. Die Müdigkeit ist schnell verflogen und so suchen sie noch eine Nachtbar nahe ihrem Hotel auf, um den Abend dort ausklingen zu lassen. Es ist sehr gemütlich, zumal auch ein zauberhaftes Showprogramm angeboten wird. Sie bestellen Wein und etwas Gebäck und amüsieren sich über verrückt gekleidete Personen, die als Komiker auftreten. Für den bevorstehenden Besuch in der Botschaft wird jedes Detail nochmals genau geplant. „Wir werden jetzt zahlen", sagt Judith, „es ist wichtig, einen klaren Kopf zu behalten." Sie winken dem Kellner zu und verlangen die Rechnung. Nach wenigen Minuten präsentiert er ihnen auf einem kleinen Teller mit Serviette die Rechnung. Sie schauen auf den Betrag und können es nicht fassen: Das bisschen soll umgerechnet fast 150,00 Mark gekostet haben?! „Das kann nicht sein, so viel Geld haben wir gar nicht mehr!", schreit Judith erschrocken. „Wir haben nur einen kleinen Snack gegessen und Wein getrunken!" Sie diskutieren sehr laut mit dem Kellner, sodass am Nebentisch zwei Herren aufmerksam werden und den Kellner zu sich rufen. Als der Kellner wieder zurückkommt, schütten Judith und Karla das ganze Geld aus ihrem Geldbeutel auf den Tisch. Der Kellner nimmt das Geld ohne Worte und wünscht den Damen noch eine gute Nacht. „Die haben uns beschissen", schimpft Karla, „der Wein ist der billigste gewesen, die haben auch keine Preise angegeben." „Wahrscheinlich sind wir in der teuersten Nachtbar von Prag gelandet, nur gut, dass wir hier nicht zu Abend gegessen haben." „Ich glaube, die Herren am Nebentisch hatten Mitleid mit uns und haben einen Teil unserer Rechnung bezahlt. Deshalb habe ich nicht mein ganzes Geld ausgehändigt." „Sehr klug von dir", antwortet Judith.

Trotzdem ist es peinlich, eine Rechnung nicht bezahlen zu können; wie der hohe Betrag zustande gekommen ist, bleibt ein Rätsel. Voller Scham eilen die beiden Frauen aus dem Lokal, um so schnell wie möglich ins Hotel zu kommen. „Wir müssen uns jetzt auf den Besuch in der Botschaft konzentrieren, alles andere ist unwichtig." Nichtsdestoweniger versteht Judith nicht, wieso der Rechnungsbeleg nicht ausgehändigt wurde.

Am nächsten Morgen geht es gleich nach dem Frühstück zur Metro, wobei schon allein die steilen Rolltreppen bei Judith und Karla mächtiges Bauchweh auslösen. Während der gesamten Fahrt wird kein einziges Wort gesprochen, zu hoch ist die Spannung angesichts ihres Vorhabens. „Ich glaube, wir werden beobachtet", flüstert Judith in Karlas Ohr und zeigt unauffällig auf zwei Herren. „Falls sie mit uns an der gleichen Haltestelle aussteigen, werden wir nicht gleich den Weg zur Botschaft gehen." Es wäre auch zu riskant, feindliche Einrichtungen aufzusuchen, für DDR-Bürger eine große Straftat. Karla akzeptiert Judiths Vorschlag, tatsächlich steigen die beiden Herren an dem gleichen Ort aus. Beide Frauen laufen, ohne sich umzuschauen, die Straße entlang. Nach zehn Minuten erblicken sie ein kleines Bistro und stürmen hinein. Schon bald bemerken sie, dass von den Herren jede Spur fehlt. Gott sei Dank! Jede Angst ist verflogen, jetzt geht es in Richtung Botschaft.

Am Tor angekommen, müssen sie feststellen, dass die Botschaft geschlossen ist. Sie erblicken eine Klingel mit der Aufschrift: „Nur im Notfall!" Judith ist unsicher, aber Karla sagt: „Es ist ein Notfall, deshalb sind wir hier", und drückt, ohne zu zögern, auf die Klingel. Es dauert nicht lange, schon öffnet sich das Tor und ein Herr mit grau meliertem Haar empfängt die Damen mit der Frage: „Was kann ich für Sie tun?" Judith ist so aufgeregt, dass es ihr erst mal die Sprache verschlägt. Karla dagegen beginnt gleich, aufgeschlossen und mit fester Stimme das gemeinsame Vorhaben zu schildern. Der Herr schaut die Damen prüfend an und antwortet: „Leider ist der Attaché für solche Angelegenheiten nicht anwesend, ich werde aber sofort Kontakt mit ihm aufnehmen. Es wäre nett, wenn Sie in zwei Stunden wieder vorbeikommen könnten, Sie können aber auch in einem unserer Warteräume warten." „Nein", antworten Judith und Karla höflich, „wir kommen in zwei Stunden wieder vorbei." Der Herr begleitet die Damen bis zum Tor. „Also bis später, meine Damen."

Die ganze Aufregung ist auf einmal wie verflogen, Judith ist ihrer Freundin Karla sehr froh und dankbar, dass sie in der Lage war, dem Herrn an der Pforte alles ruhig und sachlich zu erklären. „So viel Selbstbewusstsein habe ich dir, liebe Karla, gar nicht zugetraut", sagt sie. „Es ist eben immer wichtig, die Nerven zu behalten, vor allem die Angst abzuschütteln." Von irgendwelchen Männern der Staatssicherheit verfolgt zu werden, war Gott sei Dank nur Einbildung, trotzdem sitzt immer noch eine gewisse Unruhe in Judiths Knochen und lässt sie nervös erscheinen.

Nach einem zweistündigen Spaziergang steuern beide Frauen erneut in Richtung westdeutsche Botschaft. Der nette Herr an der Pforte hat sie schon erwartet und führt sie in einen größeren Raum, der mit Möbeln aus schwerem Holz eingerichtet ist und sehr gemütlich wirkt. Das sind sicherlich sehr hochwertige Stücke, sie stammen bestimmt noch aus der Kaiserzeit, selbst die Vorhänge an den Fenstern erinnern an historische Filme aus dem 18. Jahrhundert. Es dauert nicht lange, da betritt ein sehr gut aussehender Herr das Zimmer und begrüßt Judith und Karla mit einem „Grüß Gott". „Mein Name ist Schäfer, ich bin schon über das Anliegen Ihres Besuches unterrichtet worden. Sie wollen gern die DDR verlassen, deshalb gebe ich Ihnen jetzt ein paar Formulare, die Sie bitte wahrheitsgetreu mit Ihren Beweggründen ausfüllen." Eine junge Dame, die auch zum Botschaftspersonal gehört, stellt zwei Flaschen Mineralwasser und Gläser auf den Tisch. Judith bedankt sich ganz herzlich und fängt sofort an, die Formulare zu studieren.

Karla hat schon angefangen, fleißig zu schreiben, um jede Frage so gut es geht schriftlich zu beantworten. Judith liest sich erst alles genau durch, bevor sie mit dem Schreiben anfängt. Der erste Bogen des Formulars beinhaltet Fragen über Geburt, Wohnort, Beruf, Firma und Familienstand, sogar Vorstrafen in der DDR müssen angegeben werden. Es ist alles ziemlich leicht zu beantworten, so ist der erste Bogen recht schnell ausgefüllt. Auf dem nächsten Bogen des Formulars wird nach Verwandten und deren Familiengrad im Westen gefragt. Jetzt kommen die wichtigsten Punkte des Fragebogens, nämlich die Beweggründe, warum sie den Staat DDR verlassen wollen. Diese Fragen müssen sehr detailliert und präzise geschildert werden, was aber kein Problem für die beiden Freundinnen ist. Wie regelrechte Schreibkünstler lassen sie keinen Punkt der Unzufriedenheit und Unterdrückung des Systems aus. Der Hass auf den Staat DDR ist bei Judith so groß, dass sie gar nicht mehr aufhört zu schreiben, so viele Beweggründe fallen ihr noch ein. Der Attaché beobachtet jede Geste der beiden Frauen und bewundert ihren Mut, wie er später zum Ausdruck bringt. Nach über zwei Stunden sind Judith und Karla endlich mit Schreiben fertig und überreichen Herrn Schäfer die Formulare. Er nimmt sich ausgiebig Zeit, um die Formulare genau zu studieren und sich danach mit beiden Frauen intensiv zu unterhalten.

„Sie wollen die DDR also legal verlassen?“ Beide Freundinnen nicken zur gleichen Zeit mit den Köpfen. „Als Staatsbürgerinnen der DDR müssen Sie auch dort, an Ihrem zuständigen Wohnort, den Antrag auf Ausreise in die BRD stellen, daran geht leider kein Weg vorbei. Wenn Sie das Land illegal verlassen wollen, dann müssen Sie natürlich hier in dieser Botschaft bleiben, damit hatte ich eigentlich gerechnet.“ „Oh nein“, erwidert Judith, „wir haben doch Familie in der DDR und wollen nicht, dass sie wegen uns Schwierigkeiten bekommen, außerdem habe ich meinen Sohn nicht dabei.“ „Das kann ich sehr gut verstehen“, erwidert Herr Schäfer, „es ist aber trotzdem eine gute Idee, dass Sie hierhergekommen sind. Ich werde Ihre Fragebögen nach Bonn an das Bundesministerium für innerdeutsche Beziehungen weiterleiten, so sind Sie schon als Ausreisewillige für die Bundesrepublik registriert. Ich muss Ihnen auch mitteilen, dass der Antrag auf Ausreise nach Westdeutschland für Sie nicht ohne Konsequenzen bleiben wird. Sie werden große Schwierigkeiten mit Ihren Behörden bekommen, auch werden Sie nach der Antragstellung Ihren Arbeitsplatz verlieren. Sie sind bei der Außenhandelsbank Berlin angestellt, diese Institution ist ein Staatsapparat der DDR, was bedeutet, Sie gehören zu der Berufsgruppe der Geheimnisträger. Sie müssen mit Schikanen rechnen und noch vielem mehr. Wenn Sie stark sind, könnten Sie diese Hürden überstehen, aber es wird ein sehr steiniger Weg werden." Judith läuft ein kalter Schauer über den Rücken, aber sie bleibt standhaft und antwortet Herrn Schäfer ruhig und gelassen: „Wir haben die nötige Kraft und werden dies alles überstehen." Karla reagiert ähnlich wie Judith. „Ich werde Ihnen noch meine Visitenkarte geben. Wenn Sie den Ausreiseantrag gestellt haben, wäre es sehr wichtig, mich telefonisch über alle negativen Vorfälle zu informieren. Ich glaube sogar, Sie können von der DDR nach Prag direkt mit der Vorwahl durchwählen."

Den ganzen Nachmittag verweilen Judith und Karla in der Botschaft, irgendwie fühlen sie sich schon wir Bürger aus der BRD. Sie bedanken sich ganz herzlich bei Herrn Schäfer, er wünscht den beiden Frauen viel Glück und Erfolg. So verlassen beide Freundinnen das Gebäude und laufen in zügigen Schritten zur Metro. Das Gepäck haben sie an der Hotelrezeption abgegeben, zumal der Flieger erst gegen Abend startet. Alles hat wunderbar geklappt, den ganzen Weg bis zum Flughafen reden sie nur über diese aufregende Begegnung in der Botschaft. „Was hast du eigentlich alles für Beweggründe angegeben?" „Natürlich alles, was wir durchgesprochen haben", antwortet Judith. „Selbstverständlich nur die Wahrheit und alles, was mich wirklich an diesem Scheißstaat stört. Das System ist wirklich eine Diktatur, wenn ich John nicht kennengelernt hätte, der mir überhaupt erst mal die Augen geöffnet hat, wäre ich vielleicht gar nicht auf die Idee gekommen, den Staat verlassen zu wollen." Nach diesen Worten spürt Judith wieder den Liebesschmerz in ihrem Herzen und sie fragt sich erneut: Wieso hat er mir so einen schlimmen Brief geschrieben? Karla schaut Judith an: „Die Männer sind alle gleich, erst große Liebesversprechen und dann machen sie eiskalt den Rückzieher." „Ich kann es immer noch nicht glauben, was geschehen ist, schon deshalb will ich eines Tages den tatsächlichen Grund für das Ende unserer Liebe erfahren." „Das kann aber noch lange dauern", erwidert Karla, „erst müssen wir den Ausreiseantrag stellen, dann werden wir weitersehen, was auf uns zukommt. Irgendwie müssen wir auch unsere Familien einweihen." Auch dieser Gedanke schmerzt Judith extrem, sie liebt ihre Eltern und Geschwister sehr. Trotzdem, es gibt jetzt keinen Rückzieher mehr, sie wird nicht aus der Welt sein und Rolli, der Vater von Moritz, wird auch Verständnis dafür haben. Jetzt geht es erst mal wieder heim nach Halle, danach werden sie weitersehen.

Judith verabredet sich mit Richard und trifft zufällig ihre Freundin Chris mit deren Ehemann. Sie stellt Richard als guten Bekannten aus dem Saarland vor, ohne dass große Worte ausgetauscht werden, das wundert Judith. „Wir müssen dringend zur Chorprobe", sagt Chris, „aber ich rufe dich morgen im Büro an." Judith nickt. Richard stellt auch keine Fragen, wer diese Leute waren. Irgendwie war Chris komisch, das wundert Judith, aber vielleicht hatte sie ja wirklich keine Zeit oder sie hatte Zoff mit ihrem Mann. „Wohin gehen wir?", fragt sie Richard. „Ich schlage vor in das Café am Thälmannplatz, dort hat man die beste Aussicht." Judith ist einverstanden, obwohl ihr dieses Café eigentlich gar nicht zusagt.

Sie erzählt Richard von dem Besuch in Prag, auch über ihren Wunsch, eines Tages in die BRD ausreisen zu können. „Ich glaube, so eine Ausreise-Aktion geht nie so leicht vonstatten", sagt Richard. „Selbst Botschaften anderer Länder können nur ihre eigenen Leute vertreten." „Ich werde auf alle Fälle demnächst einen Ausreiseantrag stellen, dann sehe ich weiter. Es wäre gut, wenn du mir Briefe weiterleiten könntest, falls es Probleme gibt." „Natürlich werde ich dir helfen", antwortet Richard, „aber was willst du eigentlich im Westen?" Diese Frage verunsichert Judith auf einmal. „Was ich dort will? Mich entfalten, ein freies Leben in gesunder Luft verbringen, das ist doch was." „Bei uns im Saarland ist die Luft auch nicht gut, es gibt auch wahnsinnig viele Arbeitslose." „Wieso redest du so schlecht von deinem Land?" Diese Frage von Judith macht Richard unsicher. Gleich erzählt er von schönen Reisen, wie herrlich die Atlantikküste in Frankreich ist, wo er angeblich ständig im Urlaub ist. Auch Italien sei ein herrliches Urlaubsland, mit vielen köstlichen Weinsorten, vor allem die schmackhaften Pizzas seien lecker. „Dort macht Urlaub wirklich Spaß und ist auch ein Erlebnis."

Judith hat sich wieder beruhigt, im Grunde genommen ist ihr Richards Haltung völlig gleichgültig; ihre Zeit mit einem Mann zu verbringen, der den Westen schlechtredet, das kann sie gar nicht gebrauchen. Außerdem hätte sie sich ohnehin niemals in Richard verlieben können, er ist in seiner Art das absolute Gegenteil von John. Vielleicht kann er mir als Kontaktperson nützlich sein, denkt Judith. Das ist zwar nicht die feine englische Art, aber irgendwie muss man nach jedem Strohhalm greifen. „An was denkst du gerade?", fragt Richard. Judith antwortet kurz: „Ich will jetzt heimgehen, ich muss morgen schon sehr früh anfangen." Richard ist einverstanden und bringt sie brav nach Hause. Vor der Tür umarmt er Judith und versucht, sie leidenschaftlich zu küssen, sie lehnt dies strikt ab, enttäuscht verabschiedet sich Richard von Judith. Irgendwie hat sie überhaupt keine Lust auf neue Liebesbeziehungen, ihr ist jetzt nur ein Ziel wichtig: so schnell wie möglich mit Moritz nach dem Westen auszureisen. Wann sie den Antrag stellen wird, weiß sie noch nicht, aber nach dem Besuch in der Botschaft will auch Karla nicht mehr so lange warten. Vera hat schon mehrere Ausreiseanträge gestellt, allerdings wurden bisher alle eiskalt von den zuständigen Beamten abgelehnt, aber auch sie gibt nicht auf.

Am nächsten Morgen klingelt bei Judith schon sehr zeitig das Telefon im Büro. Chris ist an der Strippe. Sie kommt gleich zum Punkt und fragt Judith: „Wer war dieser Mann an deiner Seite?" Judith antwortet arglos: „Ein Geschäftsmann aus dem Saarland." „Ach mein liebes Julchen, warum bist du immer so naiv und leichtgläubig? Weißt du, wer dieser Mann wirklich ist?" „Sag es mir bitte, mach es nicht so spannend", antwortet Judith erregt. „Dieser Mann an deiner Seite ist ein Stasioffizier, sogar aus der oberen Etage. Sein Vater ist der Chef vom Ministerium der Staatssicherheit in Halle." Judith stockt der Atem, so erschrocken ist sie über diese Information. „Bist du ganz sicher?", fragt Judith ganz aufgeregt. „Ganz sicher, er ist ständiger Gast in den Kirchengemeinden und schnüffelt dort herum, verhört auch Kirchengänger."

Nach diesem Gespräch mit Chris läuft Judith gleich zur Toilette und muss sich übergeben, so sehr hat sie diese Nachricht von Chris erschüttert. Mein Gott, und ich habe ihm alles von dem Besuch in der Botschaft erzählt!, wird Judith schlagartig klar. Es klopft an der Toilettentür. „Geht es dir nicht gut?" Es ist Karlas Stimme. „Es ist alles in Ordnung", antwortet Judith, „mein Magen streikt nur etwas." Nach zehn Minuten verlässt sie die Toilette, geht wieder an ihren Arbeitsplatz und sortiert ihre Inkassogeschäfte und Akkreditive nach Terminen. In der Mittagspause erzählt sie Karla die Neuigkeit über Richards tatsächliche Identität. Karla schaut Judith an und sagt: „Das habe ich irgendwie geahnt, denn seine Schuhe und seine Kleidung sahen so gar nicht westlich aus. Dafür sein Opel mit Kennzeichen aus dem Saarland, aber Stasileute können regelmäßig nach dem Westen reisen, als Tarnung fahren sie oft Westautos." „Ich hoffe nur, dass wir jetzt keine Schwierigkeiten bekommen, denn unsere Aktivitäten, feindliche Einrichtungen aufzusuchen, sind nach dem DDR-Strafgesetzbuch verboten und können schlimmstenfalls zu Haftstrafen führen." „Jetzt male mal bloß nicht den Teufel an die Wand", beruhigt sie Karla. „Bis jetzt ist alles gut gelaufen und wir werden noch in den nächsten Monaten den Antrag auf Ausreise nach Westdeutschland stellen." „Auf alle Fälle werde ich Richard zur Rede stellen, aber meine Wohnung darf er nicht mehr betreten."

Am nächsten Tag schellt es an Judiths Tür. Richard steht davor und will sie zum Essen ausführen. Sie lehnt selbstverständlich ab und gibt zur Begründung: „Stasileute sind für mich ein rotes Tuch, du hast mich nur benutzt." Nach diesen Worten knallt sie ihm eiskalt die Wohnungstür vor der Nase zu. Sie hört ihn noch rufen: „Lass uns bitte vernünftig miteinander reden, Judith!" Er klopft und schellt nochmals, aber Judith reagiert nicht und geht zu Moritz ins Wohnzimmer. Moritz fragt natürlich, wer dieser Mann gewesen sei und was er von seiner Mutter gewollt habe. Judith lenkt ab und schaut sich stattdessen Moritz' Deutscharbeit an.

Mai 1981

Die letzten Wochen sind sehr schnell vergangen, von weiteren Aktivitäten haben die beiden Freundinnen Abstand genommen. Sie wollen noch die Urlaubszeit abwarten, da sie von ihrer Dienststelle einen Ferienplatz in Berlin-Rahnsdorf bekommen haben. Es soll ein wunderschönes Gästehaus mit eigener Küche direkt am Müggelsee sein. Dieses Gebäude dient hauptsächlich für Schulungen und Seminare von Angestellten der Außenhandelsbank. In den Sommermonaten wird dieses Gebäude als Urlaubsdomizil angeboten. Judith und Karla haben Glück, jenes Angebot von ihrem Filialleiter Herrn Eisenmann bekommen zu haben. Der Grund: Mütter mit schulpflichtigen Kindern werden bei Ferienplätzen immer bevorzugt behandelt, was eine positive Sache in dem sonst hässlichen Sozialismus ist. Außerdem fährt Moritz auch noch ins Kinderferienlager nach Thüringen, was auch von der Bank organisiert wird. Das ist für alle Kinder immer ein großes Erlebnis, Freundschaften mit Kindern aus anderen Städten werden geknüpft, wie sich auch Judith noch erinnern kann. Sie ist bis zu ihrem 14. Lebensjahr ins Ferienlager gereist, es ging meistens nach Prora auf Rügen. Dort wurde auch den Kindern das Schießen gelehrt, es war eine Art vormilitärische Ausbildung, wurde aber nicht ernst genommen. Regeln wie Pünktlichkeit zum Fahnenappell wurden auch nicht immer eingehalten. Das Lager wurde von der Armee streng bewacht, nur Kinder, deren Eltern beruflich bei der Armee, beim Zentralkomitee (ZK) oder bei der Staatssicherheit angestellt waren, konnten in diesem Feriendomizil ihre Ferien verbringen. Der Vater von Judith war damals als Musiker bei Musikcorps Halle im Dienst. Als Kind war jeder mit kleinen Dingen und Geschenken vollkommen zufrieden, keiner sehnte sich nach dem Goldenen Westen, wo angeblich der böse Feind lebt. Diese Dinge wurden den Kindern überall und immer wieder aufs Neue gelehrt. Judith hat schon damals nicht an solche

Schauermärchen geglaubt, sie freute sich über jedes Paket von ihrer Tante Lenchen aus dem Westen, dessen Inhalt sie immer wieder aufs Neue überraschte. Schon allein der fruchtige Duft, der aus dem Westpaket strömte, faszinierte Judith, so gut konnten Feinde nicht riechen. Die stationierten Russen und angeblichen Befreier der DDR hingegen stanken bestialisch nach Alkohol, Tabak und Schweiß.

Auf alle Fälle wollen Judith und Karla vor den Ferien nochmals nach Prag fahren, um weitere Briefe weiterleiten zu lassen, zum Beispiel die an das Bundesministerium für innerdeutsche Beziehungen. Es muss ganz sicher sein, dass sie auch schon in dieser westdeutschen Institution registriert sind, bevor der offizielle Ausreiseantrag in der DDR gestellt wird. So werden sie vielleicht von irgendwelchen Schikanen einigermaßen verschont, die ihnen sonst bevorstehen. Auch John war damals schon aktiv gewesen und hatte sich in Bonn über eine Ausreise von der DDR nach dem Westen schlaugemacht, leider ohne eine positive Antwort von den zuständigen Bediensteten zu erhalten. Das hatte schon damals beiden Kopfschmerzen bereitet. Wenn DDR-Bürger in einem Staatsapparat beruflich tätig sind, ist eine Ausreise so gut wie aussichtslos. Sie wollten trotzdem kämpfen, aber nun hatte John einen Rückzieher gemacht, was für Judith immer noch nicht zu fassen ist – und schon fließen wieder die Tränen.

Durch das Klingeln an der Tür wird sie abgelenkt, natürlich hat Moritz wieder seinen Schlüssel vergessen. „Du kannst froh sein, dass ich schon zu Hause bin“, schimpft Judith, aber Moritz eilt nur in sein Zimmer, um schnell seine Schularbeiten zu erledigen. Er hat heute wieder einen großen Auftritt im Theater, nämlich ein neues Casting für ein Musical, das zum Jahresende Premiere haben soll. Es ist eine amerikanische Geschichte und handelt von der Westernzeit, der Held heißt Buffalo Bill. Moritz ist ganz aufgeregt, denn er will auf alle Fälle von Herrn Winter, dem Regisseur, für eine Rolle ausgesucht werden. „Dann ziehe dich am besten schon mal amerikanisch an, zum Beispiel deine Jeans und das blaue T-Shirt mit der Aufschrift New York." Moritz befolgt den Rat seiner Mutter und kleidet sich für den bevorstehenden Auftritt entsprechend an, dann saust er los. Judith ist froh, dass er seine Freude am Theaterspielen entdeckt hat. So ist er auch für die ungeliebten Pioniernachmittage in der Schule freigestellt. Der Grund: seine fast täglichen Proben – dies konnte Judith bei dem Klassenlehrer durchsetzen. Er tut schließlich was für die Gesellschaft. Theaterbesuche gehören wie alle Kulturveranstaltungen zur sozialistischen Freizeitgestaltung. Wie froh ist Judith darüber, dass sie die Lehrer davon überzeugen konnte.

Gegen Abend kommt Moritz freudestrahlend nach Hause und berichtet seiner Mutter: „Herr Winter, der Regisseur, hat durch meine Westkleidung als Ersten mich ausgesucht. Er hat gesagt, ich sehe wie ein kleiner Amerikaner aus, deshalb passe ich perfekt in das Musical." „Habe ich doch gesagt", erwidert Judith, „die passende Kleidung kann Wunder wirken. Falls das nächste Theaterstück in Bayern spielt, dann schicke ich dich mit Lederhose und Karohemd zum Casting." „Ach Mama, ab nächster Woche starten die ersten Proben für das Stück. Es spielt im Wilden Westen und heißt Annie Get Your Gun." „Aha", antwortet Judith, „zum Fasching hast du dir immer ein Indianerkostüm ausgesucht. Vielleicht bekommst du ja in dem Stück eine ähnliche Rolle."

An manchen Tagen finden die Proben für das Musical auch vormittags statt, deshalb führt kein Weg daran vorbei, Moritz häufig von der Schule freizustellen. Das ist kein Problem, zumal er gute schulische Leistungen vorweist und seine Schulfreunde den Schulstoff für ihn mitschreiben. So kann er am Nachmittag alles in Ruhe nachholen. Es ist schon großzügig, dass das Lehrpersonal, auch der Schuldirektor, bei kulturellen und sportlichen Ereignissen keine Einwände gegen den Schulausfall aktiver Kinder hat. Allerdings ist Judith auf der Hut und kontrolliert regelmäßig Moritz' Hausaufgaben, damit seine schulischen Leistungen auf keinen Fall nachlassen.

Die erste Theaterprobe ist für Moritz ziemlich enttäuschend. Von wegen Indianerkostüm, er hat die Rolle der Tochter der Hauptdarstellerin Annie bekommen, so hat es der Intendant Herr Winter entschieden. „Du hast ein Mädchengesicht, auch deine langen Haare passen zu dieser Rolle." Moritz sagt kein Wort, Hauptsache er kann in diesem Musical mitwirken. So sieht es auch Judith und tröstet Moritz mit den Worten: „Schauspieler müssen in der Lage sein, jede Rolle zu spielen, egal um welche Charaktere es sich handelt." Moritz nickt mit dem Kopf und antwortet: „Du hast vollkommen recht."

Schon im Herbst soll die Premiere stattfinden, deshalb wird nun jeden Tag geprobt. Für die Kinder wurde die Zeit diesmal auf die Nachmittage und die Abende gelegt, damit der Schulausfall nicht so hoch ist. Judith freut sich, dass ihr Sohn so viel Freude an dieser Freizeitbeschäftigung hat. An manchen Wochenenden spielt er Schach mit seinen Freunden, was ihm auch großen Spaß macht. Für diesen Denksport hat er sogar schon einen Preis bei den Schulmeisterschaften bekommen. So ist Moritz voll beschäftigt und Judith kann sich vollkommen auf das Vorhaben konzentrieren, in den Westen auszureisen. Im September wollen Karla und Judith den Ausreiseantrag stellen, so hat es der Botschaftsmitarbeiter in Prag erklärt. Nur mit einer offiziellen Antragstellung im eigenen Land kann etwas bewegt werden, das steht fest. Ich bin stark genug für diese Entscheidung, sagt sich Judith, auch die Staatssicherheit macht mir keine Angst. Außerdem will ich John finden und unbedingt wissen, welche Gründe ihn dazu bewegt haben, diesen Abschiedsbrief zu schreiben. Bei Vera sind fast neun Monate vergangen, seit sie ihren ersten Ausreiseantrag bei der Abteilung „Inneres“ eingereicht hat. Auf alle Fälle will Judith mal wieder Vera besuchen. Wie weit Veras Aussicht auf eine tatsächliche Ausreise wohl noch entfernt ist? Soviel Judith weiß, hat Vera bereits ihren zehnten Antrag gestellt.

Als Judith nach Dienstschluss noch einige Einkäufe erledigt und darum etwas später in ihre Wohnung zurückkehrt, hat Moritz wie immer die Zeitung und Post bereits aus dem Briefkasten geholt. Ihr fällt sofort ein Briefumschlag mit dem Absender Polizeipräsidium Halle in die Hände. Sie öffnet den Umschlag und liest die wenigen Zeilen auf dem Stück Papier:

Sie werden aufgefordert, am Montag, dem 25. Mai 1981, um 16.00 Uhr wegen Klärung eines Sachverhalts in unserem Gebäude, Zimmer 13, pünktlich zu erscheinen.

Als Judith diese Zeilen liest, läuft ihr ein eiskalter Schauer über den Rücken. Ihr erster Gedanke ist: Was wollen diese Leute jetzt schon von mir? Immer wieder liest sie die wenigen Zeilen, auf alle Fälle will sie ihren Sohn Moritz zu dieser Anhörung mitnehmen.

Am nächsten Tag erzählt sie Karla von dieser Vorladung beim Polizeirevier, auch Karla wundert sich darüber. „Lass dich überraschen“, sagt sie zu ihrer Freundin, „es wird schon nichts Schlimmes sein, sonst hätte ich auch eine Vorladung.“ Eigentlich hat Judith mehr Mitgefühl von Karla erwartet. Enttäuscht geht sie an ihren Schreibtisch und bearbeitet noch mit größter Konzentration etliche Bankgeschäfte. Die Arbeit füllt Judith sehr aus und macht ihr auch großen Spaß. Überstunden sind öfter an der Tagesordnung, aber dafür kann jeder Mitarbeiter an irgendeinem Tag freinehmen, was auch sein Gutes hat. Herr Eisenmann ist eigentlich ein sehr großzügiger, feiner Chef, vor allem ist er gerecht. Am Abend sucht Judith ihre Freundin Vera auf, die wundert sich ebenfalls über diese Vorladung. „Lass dich überraschen“, beschwichtigt sie Judith, „vielleicht ist es nur eine Routinebefragung und alles klärt sich zum Positiven auf. Falls sie allerdings über die Botschaftsbesuche Bescheid wissen, kannst du natürlich großen Ärger bekommen.“ „Karla hat keine Vorladung bekommen, also kann dies eigentlich nicht der Grund sein“, erwidert Judith. „Das stimmt natürlich“, antwortet Vera, „deshalb lass dich einfach überraschen.“

Der Besuch bei Vera hat Judith sehr beruhigt. Jetzt glaubt sie auch, dass diese Vorladung nur eine belanglose Befragung von irgendwelchen Personen sein wird und mit einer Ausreise nach dem Westen gar nichts zu tun hat. Noch ist der Antrag in der DDR nicht gestellt und von den Aktivitäten in Prag dürfte ihnen auch nichts bekannt sein. Aber was ist mit Richard? Er hatte sich als Westdeutscher aus dem Saarland ausgegeben; falls er wirklich bei der Stasi arbeitet, so wie es Chris gesagt hat, dann hat sie ein echtes Problem. Wie konnte ich nur so leichtsinnig sein? Fremden Menschen voreilig zu vertrauen, ist immer eine große Gefahr, denkt Judith voller Reue.

Klärung eines Sachverhalts

Am Sonntag fährt Judith mit Moritz zu ihren Eltern nach Trotha, es ist erneut Familientreffen bei den Eltern angesagt. Die Geschwister sind auch dabei und so wird wieder über Gott und die Welt geplaudert und viel gelacht. Judith spricht abermals über ihre Ausreise nach dem Westen – kein Thema, das bei ihrer Familie gut ankommt; vor allem ihre ältere Schwester Rosi und deren Mann können es nicht lassen, sie weiterhin auszulachen. Auch ihre Eltern stellen immer wieder die gleiche Frage: „Was willst du in dieser Fremde? Wo willst du denn überhaupt hin? An deinen Sohn denkst du überhaupt nicht, zerstöre bloß nicht sein Leben." „Gerade wegen Moritz will ich aus diesem verschmutzten Staat raus", gibt Judith zur Antwort. „Deine angeblich große Liebe John hat mit dir einfach aus heiterem Himmel Schluss gemacht, trotzdem hast du immer noch diese Flausen im Kopf. Träume weiter." Diese Worte sind für Judith ein Stich ins Herz, am liebsten würde sie mit Moritz wieder heimfahren. Sie nimmt sich jedoch zusammen und denkt bei sich: Ja, auch wegen John will ich unbedingt aus dem Staat DDR raus! Sie will ihn unbedingt aufsuchen, ihm sämtliche Fragen stellen, was wirklich passiert ist. Judith wird klar, dass es am besten ist, ihr Vorhaben gar nicht mehr in der Familie zu erwähnen. Von ihrer bevorstehenden Vorladung am nächsten Tag sagt sie kein Wort, es würde die Eltern nur unnötig beunruhigen.

Als sie am nächsten Tag mit Moritz das Polizeirevier aufsucht, meldet sie sich an der Pforte an. Ein Bediensteter kontrolliert ihre Personalien und fordert sie auf, in der dritten Etage das Zimmer mit der Nummer, die auf der Vorladung vermerkt ist, aufzusuchen. Sie staunt selbst über ihre Ruhe, eigentlich ist sie wahnsinnig neugierig darauf, was diese uniformierten Herren von ihr wollen. Mit dem Fahrstuhl im dritten Stock angekommen, klopft sie sanft an besagte Tür. Diese wird kurz darauf von einem Herrn mit gepflegtem Aussehen ohne Uniform geöffnet. Er begrüßt sie freundlich. „Sie sind Frau Judith Dreve und das ist Ihr Sohn Moritz?“ Judith antwortet mit einem kurzen Ja. „Bitte nehmen Sie an diesem Tisch Platz.“ Judith befolgt seine Anweisungen und setzt sich mit Moritz auf zwei gepolsterte Stühle. Er schaut Judith an. Seine erste Frage lautet: „Sie wissen, warum Sie hier sind?“ Judith schüttelt erschrocken den Kopf und antwortet: „Ich habe keine Ahnung!“ Als der Mann sie weiterhin prüfend anschaut und sich als Leutnant der Staatssicherheit mit dem Namen Kohler vorstellt, ist für Judith alles klar, sie wird jetzt verhört. Die zweite Frage lautet: „Wie kann es möglich sein, dass Sie und Ihr Sohn beim Bundesministerium der BRD registriert sind?“ Judith zuckt mit den Schultern und überlegt ganz genau, was sie als Nächstes sagen wird.

„Ich habe keine Ahnung, wovon Sie reden“, gibt Judith dem Stasioffizier zur Antwort. Seine Gesichtszüge verändern sich schlagartig, prüfend blickt er Judith an. Seine Freundlichkeit ist mit einem Mal verschwunden. Judith ist klar, irgendeine Geschichte muss sie sich jetzt ausdenken. Sie fängt an zu erzählen, dass sie mit einem Mann aus Westdeutschland befreundet war und deshalb nach Westdeutschland ausreisen wollte. „Wir wollten in Niedersachsen ein gemeinsames Leben beginnen, leider hat sich alles zerschlagen. Wahrscheinlich hat er damals alles in die Wege geleitet, um eine schnelle Ausreise für mich und meinen Sohn zu ermöglichen.“ „Wie kann ein westdeutscher Mann über eine DDR-Bürgerin entscheiden? Mit welchem Recht?“ Judith stellt sich total unwissend und antwortet: „Ich hatte keine Ahnung von dieser Aktion meines damaligen Freundes.“ Der Herr schaut Judith prüfend an. „Sie wissen, Frau Dreve, dass Unwissenheit nicht vor Strafe schützt. Die Gesetze der DDR beinhalten, dass jegliche Kontaktaufnahme mit westdeutschen Institutionen streng verboten ist, sogar mit Gefängnis bestraft werden kann.“

Judith erschrickt über diese Belehrung und hat nur noch einen Gedanken: Wie kann ich diesen Stasimenschen davon überzeugen, meine erlogene Geschichte einigermaßen zu glauben? Den Brief an den Bundesminister hat sie damals John mitgegeben, von diesem Brief dürfte den Behörden also nichts bekannt sein, auch von dem Besuch in der Prager Botschaft hat er nichts erwähnt. „Ich habe wirklich keine Ahnung, was alles nach DDR-Gesetz erlaubt und verboten ist", lügt Judith so überzeugend wie möglich. Sie will nur eines erreichen: dass der Mann ihre Lügengeschichte glaubt. „Sie arbeiten in einem Staatsapparat und wollen mir erzählen, dass Sie unsere Gesetze nicht kennen?" „So ist es", antwortet Judith, „ich habe mich noch nie für Politik interessiert, ich liebe schöne, bunte Dinge und mich interessieren ferne Reisen." „Wegen dieses Mannes wollten Sie Ihr schönes und sicheres Leben in der DDR zerstören?" „Ich habe diesen Mann sehr geliebt, auf seiner Stirn stand nicht, dass er aus einem Feindesland kommt. Für mich sind alle Menschen gleich, und Gefühle sind manchmal stärker als der Verstand." Der Beamte lächelt und schaut Judith wieder freundlich an. „Sie sind eine sehr schöne Frau, die Männer müssen Ihnen doch zu Füßen liegen, wieso haben Sie sich an einen westdeutschen Mann weggeworfen?" Diese Frage schockiert Judith, niemals würde sie sich an einen Mann vergeuden, den sie nicht liebt. Dieser Stasimensch hat doch nicht mehr alle Tassen im Schrank, denkt sie und gibt deshalb gar keine Antwort auf diese beleidigende Frage.

„Warum ist die Beziehung mit Herrn Clausen eigentlich beendet?" Judith wird zornig. Was geht das diesen Menschen an? Sie beißt sich auf die Zunge und antwortet etwas ironisch: „Es gibt keine Zukunft mit Menschen aus zwei verschiedenen Systemen." „Sehr vernünftig", antwortet der Stasioffizier und wirkt über den Verlauf des Gespräches mit Judith äußerst zufrieden. Er schaut noch Moritz an, der ganz brav auf seinem Stuhl sitzt und sich kaum rührt. Erst als der Mann ihm ein Stück Schokolade überreicht, bedankt er sich höflich. „Ich habe gehört, du bist ein kleiner Künstler und spielst regelmäßig am Landestheater in unserer

Stadt? Das macht dir bestimmt sehr viel Spaß." „Oh ja", antwortet Moritz voller Begeisterung, „bald ist Premiere für ein neues Stück, es ist ein Musical und heißt Annie Get Your Gun, es spielt in Amerika." Daraufhin kneift Judith Moritz in den Arm, damit er nicht weiter voller Begeisterung über Amerika redet. „Das Stück werde ich mir natürlich anschauen", gibt der Stasioffizier freundlich zu verstehen, „als Kind habe ich auch gern Indianer gespielt." Darüber kann Judith nur schmunzeln. Der sieht schon von Natur wie ein Indianer aus, fehlen nur noch die bunten Federn auf dem Kopf, denkt sie. Erneut gibt der Beamte Judith zu verstehen, sehr froh über ihre Einsicht zu sein, niemals in die BRD auszuwandern.

Der hat überhaupt keine Ahnung, wie groß ihre Liebe zu John ist, jeden Tag denkt sie an diese schöne Zeit mit ihm, stellt sich immer wieder die gleichen Fragen: Was ist nur geschehen? Warum dieser Abschiedsbrief? Allein dies bestärkt Judith immer wieder aufs Neue, endlich mit diesem erbärmlichen Staat zu brechen. Die Versorgungsverhältnisse sind mehr als katastrophal. Das Allerschlimmste aber ist die enorme Luftverschmutzung. Kein Monat vergeht, in dem Moritz nicht an einer Bronchitis leidet, auch sein Ausschlag zwischen den Fingern kommt von der total verpesteten Luft. Wie oft hatte John darüber berichtet, dass nachts in Buna/Leuna die Schadstoffe aus den Schornsteinen abgelassen werden. Die Saale schäumt und stinkt von Tag zu Tag mehr. Wir werden hier gnadenlos vergiftet und die Krankheiten werden von den Behörden einfach verschwiegen. Eigentlich hätte ich diese Punkte dem Stasioffizier aufzählen müssen, aber das wäre für ihn natürlich ein Affront gegenüber dem Staat DDR gewesen, deshalb ist es gut, geschwiegen zu haben. So schmerzhaft es für Judith auch sein wird, eines Tages ihre Familie und ihre Freunde zurückzulassen, es gibt kein Zurück mehr; nach dem Urlaub wird der Ausreiseantrag bei den Behörden gestellt, egal, was passiert. Diese Gedanken kreisen Judith Tag und Nacht im Kopf herum, nicht einmal dieses Verhör schreckt sie von ihrem Vorhaben ab. Wieso hat er eigentlich den Nachnamen von John gewusst? Ich habe ihn nicht erwähnt! Und wieso hat Karla keine Vorladung bekommen? Auch das begreift Judith nicht, zumal sie ständig mit ihr zusammen ist.

Den ganzen Nachhauseweg fragt Moritz seine Mutter, was dieser Mann eigentlich wollte. „Nur ein paar Auskünfte wegen John, weil er ein Bürger aus Westdeutschland ist, und solche Bekanntschaften sind nach DDR-Gesetz verboten." „Deshalb hat John den Brief geschrieben und kommt nicht mehr?" Diese Frage schmerzt Judith aufs Neue, sie bleibt aber ruhig und antwortet mit einem kurzen Ja auf diese Frage. Das ganze Verhör hat genau zwei Stunden gedauert und ging eigentlich ziemlich glimpflich aus. Judith staunt selber über ihre vollkommene Ruhe, mit der sie dem Stasioffizier entgegengetreten ist. Er hat noch nicht mal gemerkt, wie perfekt sie gelogen hat. Als Exportsachbearbeiterin bei der Bank keine Ahnung von DDR-Gesetzen, darüber muss Judith jetzt mächtig schmunzeln. Jede Woche montags bekommen alle Kollegen bei Herrn Eisenmann Politunterricht, eine sogenannte Gehirnwäsche. Außerdem hat sie damals mit Vera in der Marktbücherei alle Gesetze und Abkommen, die vonseiten der DDR unterzeichnet wurden, sehr genau studiert, auch die „Schlussakte von Helsinki".

Noch am gleichen Abend schellt es und Karla steht vor der Tür. „Ich muss unbedingt wissen, ob alles gut ausgegangen ist." „Komm herein", fordert Judith sie auf, „wir essen gerade Abendbrot. Es ist so weit alles in Ordnung, nur einen Punkt verstehe ich nicht: Wieso bist du nicht von den Behörden vorgeladen worden?" „Keine Ahnung", erwidert Karla, „vielleicht hat Richard dich verraten, dem hast du ziemlich viel ausgeplaudert." „Das kann natürlich sein, aber von den Reisen nach Prag zur Botschaft hat der Stasioffizier überhaupt nichts erwähnt. Ich habe mich natürlich saudumm angestellt, dass dies alles mein damaliger Freund John Clausen in die Wege geleitet hat." „Auf alle Fälle müssen wir sofort nach unserem Urlaub den Ausreiseantrag stellen, sonst leben wir noch in hundert Jahren in dem Staat DDR", erwidert Karla. So hatte es auch der Herr von der Botschaft erläutert, erinnert sich Judith. „Einverstanden, wir erstellen jetzt ein Konzept und gehen noch mal alle Beweggründe aufs Gründlichste durch. Als Datum setzen wir den 15.09.1981 fest, ohne Wenn und Aber." „Das ist ein guter Vorschlag", stimmt Karla zu und fragt sogleich: „Wo sollen wir die Anträge schreiben?" „Natürlich bei mir zu Hause", antwortet Judith. „Vorher werde ich noch mit meinen Eltern und Geschwistern sprechen, damit sie nicht geschockt sind." Karla nickt und sagt: „Das wird ein schlimmer Akt, ich hoffe, dass meine Mutter keinen Nervenzusammenbruch erleidet." „Hast du mit ihr noch nie darüber gesprochen?", wundert sich Judith. „Niemals", antwortet Karla, „nur mit meinem Bruder und Vater, aber ich glaube, sie haben gar nicht so richtig daran geglaubt." „Am besten wir reden mit niemandem darüber, alles Weitere regelt sich bestimmt von selbst. Wir werden sonst nur von unnötigen Kommentaren überschüttet, und das können wir überhaupt nicht gebrauchen." „Das ist vollkommen richtig", antwortet Karla. – Nach dem alten Sprichwort: Reden ist Silber, Schweigen ist Gold.

Die Methoden der Staatssicherheit sind sehr gut bekannt; wenn ein Familienmitglied gegen den Staat ist, müssen auch sämtliche Angehörige unter die Lupe genommen werden. Dieser Gedanke quält Judith erneut, aber sie muss endlich an ihr eigenes Leben und an das Leben von Moritz denken. Es gibt in einem Staat, der von einer Mauer und von Stacheldraht umgeben ist, einfach keine Zukunft für die Menschen, die darin leben. In den Läden gibt es nur das Nötigste zu kaufen und schöne Wohnungen gibt es auch nur für bestimmte Leute. Wofür arbeite ich eigentlich ganze 49 Stunden in der Woche? Nein, denkt Judith, ich habe nur ein Leben und es soll sich gelohnt haben, dass ich die Liebe von John erleben durfte. Wie oft hat er mir die Augen geöffnet und mir erzählt, wie schön es ist, in einem freien Land zu leben, die ganze Welt bereisen zu können – das ist echte Lebensqualität! Nur im Westen kann man seinen Horizont erweitern und sich seine Träume erfüllen. Ich will meine Träume, die John und ich uns ausgemalt haben, nicht nur träumen, sondern auch in die Tat umsetzen. Und schon kullern Judith erneut die Tränen über die Wangen, sie kann einfach nicht glauben, dass ihre große Liebe wie eine Seifenblase zerplatzt ist. Sie will kämpfen wie ein Löwe.

„Haben Sie Ihre Dokumente in die Unterschriftenmappe für Herrn Eisenmann bereitgelegt?" Judith erschrickt über die Stimme im Hintergrund, zu sehr war sie in ihren Träumen versunken. „Ich bin bald so weit", gibt sie Frau Nora zu verstehen, „ich muss nochmals prüfen, ob ich meine Unterschrift auf alle Geschäfte geleistet habe." „Dann aber Tempo", erwidert Frau Nora, „Sie hängen heute mit der Zeit etwas hinterher." Judith entschuldigt sich höflich. „Mir ist heute etwas unwohl, ich werde mich aber ins Zeug legen, damit der Bote die Dokumente noch rechtzeitig zur Post mitnehmen kann." Zufrieden kehrt Frau Nora Judith den Rücken. Judith schafft es noch zur rechten Zeit, ihre bearbeiteten Dokumente Herrn Eisenmann, dem Filialleiter, zur Unterschrift zu übergeben. Er beanstandet keine Fehler, es ist also alles in Ordnung.

Urlaub in Berlin-Rahnsdorf – Juli 1981

Endlich sind Ferien! Sämtliche Klassenkameraden, auch Moritz, haben ihre Zeugnisse in Empfang genommen. Sie sind allesamt in die nächsthöhere Klasse versetzt worden, sehr zur Zufriedenheit des Klassenlehrers. „Wir sehen uns dann alle im neuen Schuljahr wieder, darüber bin ich sehr glücklich", gibt er den Kindern voller Stolz zu verstehen. „Jetzt wünsche ich euch erst einmal wunderschöne Ferien und kommt alle gesund wieder!" Moritz hat einigermaßen gute Noten und ist damit ganz glücklich. Auch Judith ist zufrieden und froh, dass er trotz seiner vielen Theaterproben die Schule nicht vernachlässigt hat. Noch eine große Probe ist für das Musical angesagt, es ist die Generalprobe, und die erfolgt erst nach den Ferien im September. Danach kommt die große Premiere, darauf freut sich Moritz schon riesig, ebenso Judith. Der Vorverkauf der Eintrittskarten soll alle Rekorde gebrochen haben, sie sind schon so gut wie ausverkauft. Judith konnte gerade noch rechtzeitig von dem Intendanten zwei Karten für sich reservieren lassen.

Jetzt freut sie sich erst mal auf den wohlverdienten Urlaub in Rahnsdorf und hofft auf sehr viel Sonnenschein. Das Ferienheim liegt, umgeben von Wäldern, nahe am Müggelsee und soll sehr komfortabel sein. Auch Karla freut sich, dass sie den Urlaub in Rahnsdorf, den sie gemeinsam mit Judith bei Herrn Eisenmann beantragt hat, kurzfristig von der Gewerkschaft zugeteilt bekommen hat. Durch Moritz sind sie Gott sei Dank bevorzugt behandelt worden. Die Koffer sind gepackt, auch die Fahrscheine mit Platzkarten wurden rechtzeitig gelöst. Von den Eltern hat sie sich schon letztes Wochenende verabschiedet; egal, wie kurz eine Reise dauert, ohne Tschüss zu sagen, geht Judith niemals auf Reisen. Auch Moritz hat sich von seinem Vater verabschiedet; dieser kam extra vorbei, um seinem Sohn noch ein kleines Taschengeld und ein Geschenk für den Urlaub mitzugeben. Judith schmunzelt, einen Schwimmring braucht Moritz nun tatsächlich nicht mehr. Wahrscheinlich ist Rolli nicht bekannt, dass Moritz schon im Kindergarten das Schwimmabzeichen erworben hat. Das hat Judith sehr gefördert, zumal sie häufig mit ihm ans Meer reist. Wie oft hat sie schon Kinder aus dem Wasser gezogen, die kurz vor dem Ertrinken waren! Schon deshalb hat sie dafür gesorgt, dass ihr Sohn mit drei Jahren das Schwimmen erlernte. Es war nicht einfach, zumal Moritz riesengroße Angst vor großen Mengen Wasser hatte. Es dauerte aber nur eine kurze Zeit, bis er diesen Zustand überwunden hat, dank der gut geschulten Schwimmlehrer.

Pünktlich um 7.30 Uhr treffen sich Karla, Moritz und Judith am Hauptbahnhof. Der Schnellzug nach Berlin rollt auf dem Bahnsteig 1 ein. Judith schaut gleich auf ihre Platzkarten. Sie müssen in den Wagen Nummer 5 einsteigen. Der Zug kommt aus Dresden und ist von unzähligen Fahrgästen besetzt. Es ist verdammt anstrengend, die Koffer durch den Gang bis zum Abteil zu schieben und dabei auch noch auf Moritz zu achten. Endlich haben sie ihr Abteil erreicht, leider sitzen schon vier männliche Fahrgäste auf ihren Plätzen. Das fehlt uns noch!, denkt Judith. Sie zeigt höflich ihre Platzkarten, auch einer der Herren zeigt stolz seine Karte. „Sie sind im falschen Wagen“, stellt Judith fest und zeigt dem Herrn die Wagennummer seiner Platzkarte. „Sie müssen im nächsten Wagen einsteigen, wenn Sie zu Ihrem Abteil kommen wollen.“ Er schaut seine Platzkarte nochmals prüfend an. „Sie haben recht, schöne Frau, wir haben uns geirrt, bitte entschuldigen Sie.“ „Kein Problem“, antwortet Judith, nur Karla und Moritz sind etwas genervt.

Endlich können sie die Koffer verstauen und Platz nehmen, und schon rollt der Zug los in Richtung Berlin. „Es wird bestimmt ein schöner Urlaub, vor allem in einem komfortablen Ferienheim der Bank unterzukommen, ist wirklich ein Glückstreffer. Wenn der Vorstand der Bank in Berlin auch nur die geringste Ahnung hätte, dass wir bald den Ausreiseantrag nach der BRD stellen werden, wäre uns der Ferienplatz niemals zugeteilt worden." „Wir werden bestimmt unseren Job verlieren", sagt Karla. „Das kann tatsächlich passieren", erwidert Judith, „damit müssen wir nun mal eben rechnen. Aber wir finden bestimmt in einem anderen Betrieb einen Job, bis wir eines Tages ausreisen dürfen." „Das kann aber sehr lange dauern", antwortet Karla, „vielleicht kommen wir auch in den Knast!" „Das glaube ich niemals", sagt Judith genervt, „wir sind doch keine Verbrecher, wir wollen nur legal aus der DDR raus. – Jetzt machen wir erst mal Urlaub und genießen zwei schöne und angenehme Wochen in Rahnsdorf. Berlin ist eine richtige Partystadt, lebendig und aufregend. In den Abendstunden geht dort die Post ab, gar kein Vergleich zu Halle. Außerdem ist das Warenangebot viel größer als in anderen Städten, sogar Jeans aus dem Westen soll es ab und zu in Exquisitläden geben." „Wir lassen alles auf uns zukommen, jetzt müssen wir erst mal an unserem Urlaubsort ankommen", antwortet Karla. „Du hast recht", antwortet Judith, „das Wetter muss auch mitspielen, um sehr viel unternehmen zu können. Jedenfalls sollen nach dem Wetterbericht die nächsten Tage wunderschön und warm werden. Das heißt, Schwimmen im Müggelsee steht bei schönem Wetter ganz oben auf dem Tagesplan." Karla nickt, auch Moritz freut sich schon darauf, in einem See zu baden, der direkt im Wald liegt. An Sonnenschutzmittel und Mückenschutzmittel hat Judith auch gedacht. In Rahnsdorf gibt es bestimmt keine Geschäfte, um diverse Artikel einkaufen zu können.

Pünktlich in Berlin angelangt, informieren sich Judith und Karla bei einem Bediensteten der Bahn, wo es eine Busverbindung zu ihrem Ferienort gibt. Sie haben Glück, die Bushaltestelle liegt nicht weit vom Bahnhofsgebäude entfernt, die Abfahrt nach Rahnsdorf soll in zehn Minuten erfolgen. Die Fahrt soll nur eine halbe Stunde dauern, so können sich alle freuen, bald in ihrem Urlaubsdomizil einzutreffen.

Endlich sind sie angekommen, es ist noch nicht mal 12.00 Uhr mittags. Judith hofft, dass nach Erhalt der Zimmerschlüssel auch gleich ein warmes Mittagessen serviert wird. Moritz jammert seit einer Stunde, dass ihm der Magen knurrt, er ist ein richtiger kleiner Nimmersatt. Der Heimleiter begrüßt alle Urlauber sehr freundlich und beginnt gleich damit aufzuzählen, welche Regeln in diesem Ferienheim zu beachten sind. Hauptsächlich weist er auf die Hausordnung in diesem Hause hin. Es dürfen keine fremden Leute das Heim betreten und schon gar nicht mit auf die Zimmer genommen werden. Die Mahlzeiten müssen pünktlich eingehalten werden, welche durch die Hausglocke angekündigt werden. Nach der Schlüsselübergabe schaut der Heimleiter Judith und Karla prüfend an, er betont klar und deutlich, keine Urlausbekanntschaften dürfen dieses Ferienheim betreten. Judith schmunzelt und stellt gleich die Frage: „Sehen wir etwa wie ausgehungerte Partyhasen aus? Wir wollen uns hier erholen und nicht auf unserem Zimmer Party machen, das können wir in Berlin tun, falls uns danach zumute ist." „Dann haben wir uns ja gut verstanden, meine Damen", antwortet der Leiter. „In einer Stunde sind bestimmt alle Feriengäste eingetroffen, erst dann gibt es eine warme Mahlzeit." Judith und Karla bedanken sich für diese Informationen und der Heimleiter eilt mit einem kurzen Tschüss davon.

Das Zimmer ist ganz nett eingerichtet, ein Doppelbett, ein Einzelbett, ein Tisch, vier Stühle und ein großer Schrank. Auch ein kleiner Balkon mit Blick auf die herrliche Natur ist vorhanden. „Hier kann man es aushalten", schwärmt Karla. In den Nachrichten ist ein mächtiges Wetterhoch angekündigt worden. „Jetzt werden die Koffer ausgepackt, dann schauen wir uns mal die Gegend rund um Rahnsdorf an." Karla nickt. „Erst brauche ich die warme Mahlzeit." Die Glocke, die vor jeder Mahlzeit läutet, ist nicht zu überhören. Im Speisesaal wird von dem Heimleiter nochmals erklärt, dass jeder Gast während seines Urlaubsaufenthaltes immer an dem gleichen, ihm zugewiesenen Tisch seine Mahlzeiten einnimmt. Judith, Karla und Moritz sitzen an einem Sechsertisch, wo sie auch schon von einem älteren, sehr netten Ehepaar aus Erfurt mit der Frage begrüßt werden: „Haben Sie eine gute Reise gehabt?" „Alles verlief reibungslos", antwortet Judith, „wir kommen aus Halle an der Saale, nicht so weit entfernt von Berlin."

Das Essen war köstlich, es gab eine deftige Bohnensuppe mit Rauchfleisch, so wie es Judith von zu Hause kennt. Auch Moritz hat ordentlich zugeschlagen und freut sich jetzt noch auf die Nachspeise, Pudding soll es geben. Die Küche wird von sehr guten, ausgebildeten Köchen betrieben, zumal dieses Haus regelmäßig von Gästen frequentiert wird, auch außerhalb der Ferienzeit. Es hat sich gelohnt, einen Antrag auf diesen Ferienplatz zu stellen, denkt Judith. Schließlich ist die Verpflegung das Wichtigste für einen gelungenen Urlaub, natürlich spielen auch die Gegend und das Wetter eine große Rolle. Bis jetzt kann sich keiner beklagen, die Sonne scheint und das Thermometer zeigt 25 Grad, richtiges Badewetter. „Wir können uns ja schon mal ein wenig die Gegend anschauen, am besten wir erkunden, wo der kürzeste Weg zum Müggelsee führt", schlägt Judith vor.

Das ist ein guter Vorschlag, ein wenig Bewegung nach dem Essen tut sicherlich allen sehr gut. Nur Moritz hat keine Lust, er möchte lieber mit den Kindern, die auch in dem Ferienheim wohnen, irgendetwas anderes unternehmen. Judith ist einverstanden, zumal hier alles sehr gut überschaubar ist. „In zwei Stunden sind wir wieder da, danach packen wir unsere Sachen aus dem Koffer", sagt sie zu Moritz. So laufen Karla und Judith auf einem Pfad mitten durch den Wald, er soll direkt zum See führen. Mindestens zwei Kilometer sind sie schon gelaufen, bis sie an eine Bushaltestelle kommen. Sie studieren den Fahrplan und stellen fest, dass alle 30 Minuten ein Bus in die Hauptstadt Berlin fährt. „Das ist ja toll", jubelt Judith, „da können wir oft abends in die Stadt fahren und ausgehen. Hier ist doch nichts los, nur im Heim vor dem

Fernsehapparat sitzen ist was für Rentner." „Das sehe ich auch so", sagt Karla, „in Berlin geht wenigstens die Post ab, am Wochenende ist überall was los. Es sind nur 40 Minuten bis zum Alexanderplatz, allerdings hält der Bus an jedem Dorf, aber das ist normal und darf uns nicht stören." „Mich stört es nicht", sagt Judith, „wir sind im Urlaub an keine festen Zeiten gebunden, außer bei den Mahlzeiten, und selbst die können wir einen Tag vorher abbestellen, falls wir mal einen längeren Ausflug planen."

Nach 15 Minuten haben sie den See erreicht und stellen fest, dass es gar keinen Zugang gibt, alles ist mit dichtem Gestrüpp verwildert. Sie gehen weiter den Weg entlang und kommen schließlich nach fast einer ganzen Stunde an eine öffentliche Badeeinrichtung des Müggelsees. Leider gibt es keinen Zutritt ohne Badeticket oder Saisonkarte. Judith fragt den Kassierer höflich, ob sie sich die Einrichtung erst mal ohne Eintritt anschauen dürfen. Er antwortet sehr unfreundlich: „Wo leben wir denn? Wir sind doch kein Wohlfahrtsbüro!" Typisch Berliner, denken die beiden Freundinnen, eingebildet bis dorthinaus. „Vielen Dank für Ihre Freundlichkeit", erwidert Judith, „wir wollten nur mal einen Blick auf die Anlage werfen, wir wollten sie nicht besetzen." Völlig verblüfft schaut der Kassierer Judith an, mit so viel Schlagfertigkeit hat er nicht gerechnet.

Sie laufen weiter den Waldweg entlang und stoßen direkt auf einen kleinen Gasthof mit Biergarten. „Dort werden wir erst mal ein großes Bier trinken, mir hängt vor lauter Durst schon die Zunge aus dem Mund", klagt Karla. Sie steuern gleich auf den ersten freien Tisch zu und lassen sich dort nieder. Es dauert nur eine Minute, bis der Kellner kommt und sie auf das Reservierungsschild, das auf der Mitte des Tisches steht, aufmerksam macht. „Wir wollen nur ein kleines Bier trinken", sagt Judith, „danach werden wir das Lokal sofort wieder verlassen." Nach einem kurzen Blick auf seine Uhr sagt der Kellner: „Höchstens eine halbe Stunde." Er nimmt sofort die Bestellung der Freundinnen auf und bringt auch ohne lange Wartezeit das frisch gezapfte Bier. „So etwas gibt es im Westen bestimmt nicht“, sagt Judith zornig, „sogar um zwei Plätze im Biergarten muss man als Gast betteln.“ Nach 15 Minuten bezahlen sie ihr Bier, bedanken sich nochmals höflich für die Großzügigkeit und verschwinden schon fast fluchtartig aus dieser Wirtschaft. Auch Karla hat die Nase gestrichen voll und erwähnt immer öfter, dass nach dem Urlaub sofort ein Ausreiseantrag gestellt werden muss. „Wir dürfen keine Zeit mehr verlieren“, bestätigt Judith. „Wir müssen unbedingt nochmals nach Prag in die Botschaft fahren, um diesen Schritt anzukündigen. Es kann nämlich passieren, dass unsere Ausweise eingezogen werden, dann ist es auch mit weiteren Reisen nach Prag vorbei.“ Das glaubt Karla zwar nicht, aber sie ist trotzdem einverstanden. „Moritz fährt im August zwei Wochen ins Ferienlager, da können wir nochmals Prag einplanen.“

Im Ferienheim werden die ganzen Sachen aus dem Koffer gepackt. Der Schrank ist groß genug, um alle Klamotten zu verstauen, jeder hat sein eigenes Fach, auch in der Kommode, die neben dem großen Schrank steht, ist viel Platz für diverse Sachen vorhanden. Moritz ist noch im Aufenthaltsraum und spielt mit einem Urlaubsgast eifrig Schach. Bei diesem Spiel lässt er sich ungern ablenken, da er immer gewinnen will. So ist es auch, er hat tatsächlich den erwachsenen Urlaubsgast mit einem eindeutigen Schachmatt besiegt. Dieser spricht gleich Judith an und schwärmt, wie gut Moritz Schach beherrsche. Er könne durchaus bei den Schachmeisterschaften antreten, aber das möchte Judith auf keinen Fall. Sie unterhält sich noch lange mit dem Mann und erzählt ihm, dass Moritz aktiver Kinderdarsteller im Landestheater Halle sei, was sehr viel Zeit in Anspruch nehme, sodass für andere Dinge leider keine Zeit mehr bleibe. „Das ist aber sehr schade, solche Talente wie Moritz müssen doch gefördert werden.“ Das klingt für Judith wieder sehr nach Sozialismus, um des lieben Friedens willen antwortet sie einfach: „Was die Freizeitgestaltung oder den

Sport angeht, überlasse ich dies ganz allein meinem Sohn." „Das ist aber keine gute Einstellung, Eltern sollten immer daran interessiert sein, die Talente ihrer Kinder zu fördern." Was will dieser fremde Mann eigentlich?, denkt Judith leicht verärgert, soll er sich doch um seine eigenen Kinder kümmern! Zugegeben, sie ist schon sehr stolz, dass Moritz ein so hervorragender Schachspieler ist. Es ist ein Denksport, bei dem das logische Denken gefördert wird. Im Westen wird sie natürlich dafür sorgen, dass er weiterhin für dieses königliche Brettspiel Interesse zeigt.

Am nächsten Tag geht es gleich nach dem Frühstück wie geplant zum Strandbad. Die Feriengäste erwartet eine richtige Massenwanderung zum Müggelsee. Es ist sehr warm, jeder Urlauber möchte das schöne Wetter zum Relaxen genießen. Erst jetzt sehen Karla und Judith, wie romantisch dieser hübsche kleine Ort Rahnsdorf ist, umgeben von sehr viel Wald. Wildschweine soll es in dieser Gegend auch geben, sie sollen aber Menschen meiden, solange sie sich nicht von ihnen bedroht fühlen. Auf eine Begegnung mit solchen Wildtieren können Judith und Karla allerdings gern verzichten, deshalb schauen sie beim Laufen stets aufmerksam in alle Richtungen.

Im Strandbad ist es gar nicht leicht, einen freien Liegeplatz zu finden, aber sie haben Glück und entdecken hinter einem Baum eine sehr schöne Rasenfläche. Sie packen sofort ihre Decke und ihre Badeutensilien aus, auch ein Brunchpaket haben sie noch rechtzeitig beim Küchenchef bestellen können. Wenn Urlaubsgäste schon im Vorhinein wissen, dass sie am nächsten Tag wegen eines Tagesausfluges nicht zum Mittagessen erscheinen können, ist es möglich, am Abend beim Küchenchef ein Verpflegungspaket zu bestellen. Umkleidekabinen gibt es in diesem Strandbad auch, so können sich die Frauen ungehemmt ihre Badesachen anziehen. Judith eilt als ausgesprochene Wasserratte als Erste zum See, um ihre Bahnen zu schwimmen. Die Wassertemperaturen sind durch das warme Klima in den letzten Tagen sehr angenehm. Sie schwimmt ohne Pause eine ganze Stunde lang; sie wäre sogar noch länger geschwommen, aber sie sieht, dass Moritz nach ihr Ausschau hält. Also schwimmt sie wieder zurück zum Ufer des Sees, wo ihr Sohn schon ungeduldig mit einem Ball auf sie wartet. Leider ist er nicht so ein Badefreund wie Judith, obwohl er sehr gut schwimmen kann. Ihre Freundin Karla liegt wie immer in der prallen Sonne und liest ein paar Urlaubszeitschriften von der Umgebung rund um Berlin. Am nächsten Tag wollen sie sich mal die Hauptstadt anschauen, vor allem das Brandenburger Tor und die Mauer; alles an einem Tag zu besichtigen, ist nicht möglich. Schon erinnert sie sich voller Wehmut an den Ausflug nach Berlin mit John. Mein Gott, war das ein schöner Tag! Wieder stellt sich Judith die Frage: Warum? Warum? Warum? Er hatte sogar konkrete Fluchtpläne! Irgendwann werde ich den Grund erfahren! Das sagt sich Judith immer wieder. Egal, wie lange es dauern wird! Durch die Rufe von Karla wird Judith aus ihren schmerzhaften Gedanken herausgerissen. Sie eilt zu ihr hin und sieht, wie das Brunchpaket behutsam geöffnet wird. Sehr lecker, all diese Speisen, ein großes Lob für den Koch! Auch Moritz lässt sich die Mahlzeit fürstlich schmecken.

Eigentlich ist der Urlaub perfekt, nur eine Sache stört die Frauen gewaltig: Der Heimleiter nimmt sich regelmäßig das Recht und kontrolliert, ohne an die Tür zu klopfen, ihr Urlaubszimmer. „Das ist eine Unverschämtheit!“, faucht Judith, zumal sie noch nicht mal fertig angekleidet sind. „Wir sind hier doch nicht beim Militär!“ Er reagiert nicht auf das Fluchen der Frauen, lässt seinen Blick rund um das Zimmer gleiten, schaut sogar unter die Betten. „Irgendetwas stimmt hier nicht“, sagt Judith zu Karla, „ich bekomme einfach das Gefühl nicht los, kontrolliert zu werden.“ „Mit deiner Vermutung hast du vielleicht gar nicht mal so unrecht, er glaubt wahrscheinlich, wir nehmen fremde Urlauber mit aufs Zimmer und verstecken die Männer unter den Betten oder im Schrank." Darüber müssen beide Frauen herzhaft lachen. Moritz findet das Verhalten des Heimleiters auch merkwürdig und stimmt in das Lachen mit ein. Ohne sich nochmals umzuschauen, verlässt er das Zimmer und knallt die Tür zu.

Für den Abend machen sich die beiden Frauen für das Dorffest fertig, vorher wird natürlich noch das Abendmahl mit den anderen Urlaubsgästen eingenommen. Sie sind eigentlich alle sehr nett und fragen gleich, wohin sie ausgehen wollen. „Es soll im Ort eine Tanzveranstaltung geben, mal schauen, wie es wird", antwortet Judith. Sie nutzt die Gelegenheit und fragt andere Gäste, ob sie auf ihren Zimmern auch regelmäßig Besuch vom Heimleiter bekommen. Sie schauen Judith entsetzt an und fragen sie, warum er das tun soll. „Keine Ahnung, diese Frage stellen wir uns ebenso. Egal, wir werden uns den Urlaub durch irgendwelche Kontrollen der Heimleitung nicht verderben lassen." „So würden wir das auch sehen", antworten einige Urlaubsgäste. Nach dem Abendessen bestellt Judith für den nächsten Tag beim Koch wieder ein Brunchpaket. Moritz gibt sie noch die Anweisung, spätestens um 22.00 Uhr ins Bett zu gehen. Er antwortet: „Versprochen Mama, ich schaue mir nur noch den Indianerfilm im Fernsehen an." Es ist gar nicht so einfach, mit den hohen Absatzschuhen bis zur Bushaltestelle zu laufen. Der Gehweg ist ganz schön holprig, aber es ist früh am Abend und ziemlich hell. „Das nächste Mal nehmen wir uns unbedingt bequeme Schuhe mit." Karla lacht und erwidert: „Auf dem Rückweg können wir die Schuhe ausziehen und barfuß laufen."

Mit so vielen tanzfreudigen Leuten vor dem Lokal hat keiner gerechnet. Sie reihen sich in die Menschenschlange ein, um Karten zu erwerben. Karla und Judith sind allerdings recht enttäuscht, als sie feststellen, dass es sich hauptsächlich um ältere Ehepaare, auch wenig gut gekleidete Leute handelt. „Ich glaube, wir sind hier am falschen Ort, dafür gebe ich kein Geld aus.“ „Das sehe ich auch so“, antwortet Judith. „Wir suchen uns eine kleine Weinstube oder fahren gleich nach Berlin.“ „Einverstanden“, antwortet Karla, und so geht es wieder zurück zur Bushaltestelle und tatsächlich kommt auch gleich der Bus. Der Fahrer fängt gleich ein Gespräch mit den beiden Damen an, zumal keine weiteren Fahrgäste in den Bus eingestiegen sind.

„Wo soll es denn hingehen, meine Damen?“, fragt der Busfahrer neugierig. „Eigentlich wollten wir in einem hübschen Lokal einen schönen Tanzabend verbringen. Dieses Lokal in Rahnsdorf war eher etwas für ältere Urlauber, also nichts für uns.“ Er lacht und fragt: „Was wollt ihr denn erleben?“ Karla antwortet: „Natürlich tolle Musik und Publikum mit Niveau.“ „Ich kenne einen seriösen Klub in Köpenick, dort werdet ihr bestimmt Spaß haben und auch zu der gewünschten Musik kommen. Allerdings wird nicht jedem Gast Zutritt in diesem Klub gewährt, aber ich bin mir sicher, dass es bei euch hübschen Damen keine Probleme geben wird.“ Judith ist begeistert von diesem Vorschlag, auch Karla hat keine Einwände. „Ihr steigt direkt im Ortsteil Köpenick aus, das Haus, wo sich der Klub befindet, ist nur zehn Minuten von der Haltestelle entfernt. Ich schreibe euch noch die genaue Adresse auf.“ Er erwähnt noch, dass es ein privater Klub sei und deshalb kein öffentliches Schild an dem Haus angebracht sei. „Solche Privatklubs gibt es nur in Großstädten, hauptsächlich in Berlin und Umgebung.“ „Es ist aber kein Bordell?“ „Um Himmels willen“, antwortet der Fahrer, „es ist ein sehr seriöser Klub mit vielen netten und intelligenten Menschen. Aber bitte denkt daran, dass die letzte Verbindung mit dem Bus nach Rahnsdorf nach Fahrplan so gegen 00.00 Uhr geht.“ „Darüber machen wir uns erst Gedanken, wenn es so weit ist. Irgendwie kommen wir immer heim“, sagt Judith. „Jetzt schauen wir uns erst mal den feinen Klub an, dann sehen wir weiter.“ Nach 15 Minuten Fahrzeit sind sie endlich in dem Ort angekommen. Die Adresse und den Weg hat der nette Fahrer auf einen Zettel gekritzelt. „Also dann, viel Spaß!“, ruft er den Damen noch zu. Sie bedanken sich sehr herzlich für den interessanten Tipp.

Es dauert nur wenige Minuten und schon sind sie, wie auf dem Zettel beschrieben, an jenem Haus angekommen. Es sieht von außen sehr alt aus, ähnlich wie ein Museum, aber irgendwie gemütlich. Selbst die Klingel wirkt wie aus den Zeiten des Alten Fritz. Es dauert nicht lange, bis ihnen die Tür geöffnet wird, ein sehr großer und stämmiger Herr tritt in Erscheinung. „Was führt euch zu uns?“ „Wir wollen einen schönen Tanzabend verbringen und Ihre Adresse wurde uns empfohlen.“ „Aha, wie heißt der Vermittler?“, fragt der Einlasser. „Keine Ahnung“, antwortet Judith, „er hat uns im Bus befördert. Wir sind Urlauber aus Rahnsdorf.“ „Das kann nur Olaf gewesen sein. Er ist Busfahrer und auch oft Gast bei uns, also dann, hereinspaziert, meine Damen, herzlich willkommen in unserem Klub Babylon.“ Als sie den Raum betreten, sind beide Frauen überrascht über diese urgemütliche Einrichtung. Auch die Musik trifft voll den Geschmack von Judith und Karla. Das Outfit der Gäste ist recht unterschiedlich, manche sind sehr verrückt gekleidet, auch extrem geschminkt, sie sind allerdings nicht in der Überzahl. Die meisten Leute machen einen sehr netten und seriösen Eindruck.

Es dauert nicht lange, bis sich ein paar Gäste zu den beiden Frauen an den Tisch gesellen und ein Gespräch anfangen. „Woher kommt ihr und was treibt euch in unseren Klub?“ Karla berichtet von dem Tanzabend in Rahnsdorf, der absolut nichts für sie war. Lauter ältere Urlaubspaare waren dort anwesend und die Dorfkapelle war der letzte Schrei gewesen. „Bei euch ist wenigstens eine gute Stimmung, vor allem die tolle westliche Musik ist der Hammer.“ „Mein Name ist Fritz – und wie heißen die schönen Damen?“ „Ich bin Judith, meine Freundin heißt Karla, wir haben hier einen Urlaubsplatz durch unseren Betrieb bekommen.“ „Der

Klub wird kaum von Urlaubsgästen besucht", sagt Fritz, „ich habe gehört, dass euch ein guter Bekannter auf unseren Klub aufmerksam gemacht hat. Nun, ihr Süßen, dann wünsche ich euch für den heutigen Abend viel Spaß und sehr gute Unterhaltung."

„So stelle ich mir Klubs im Westen vor", sagt Judith zu Karla. „Schau mal an die Wände, nur Poster von Künstlern aus Amerika und England." Judith und Karla fühlen sich in dieser stimmungsvollen Atmosphäre sauwohl. Keiner der Männer wird anzüglich oder redet dummes Zeug. Judith fragt Fritz: „Welchen Berufen gehen die Klubbesucher hier in der Regel nach?" „Es sind Akademiker, Künstler, Fotografen, auch Handwerker zählen zu unseren Stammgästen. Ihr könnt euch auch in unser Gästebuch eintragen, mit ein paar Worten." „Gerne", sagt Judith, „hier ist es einfach toll!" „Das freut mich wirklich", sagt Fritz und bittet Judith zum Tanz. Leider kann er überhaupt nicht tanzen und tritt Judith laufend auf die Füße, er entschuldigt sich permanent. „Ich glaube, wir gehen lieber an die Bar, das Tanzbein zu schwingen wurde mir nie richtig gelehrt." „Das kann doch jeder normale Mensch lernen." „Natürlich", antwortet Fritz, „aber es macht mir keinen Spaß. Dafür bin ich in anderen Dingen talentierter, zum Beispiel treibe ich sehr viel Sport." Judith erfährt, dass Fritz von Beruf Bildhauer ist, deshalb auch sehr wenig Freizeit hat. Zwei Ehen sind deshalb schon gescheitert, seine einzige Tochter hat sich auch schon von ihm abgewandt. Judith könnte sich stundenlang mit Fritz unterhalten, aber die Uhr zeigt schon 24.00 Uhr an. „Wir müssen langsam aufbrechen", sagt Judith, „wir verpassen sonst den letzten Bus!" Karla hat überhaupt keine Lust, den Klub zu verlassen, die Stimmung ist viel zu gut. „Wir können auch mit einem Taxi nach Rahnsdorf zurückfahren", schlägt sie vor. Judith willigt ein. So bleiben die Frauen noch im Klub und genießen gemeinsam den Abend. Mit dem Taxi fahren sie später ins Ferienquartier zurück. Als sie nachts gegen 3.00 Uhr die Haustür aufschließen, hören sie fremde Geräusche, tatsächlich huscht eine Gestalt durch einen der

Flurgänge und verschwindet lautlos. Durch die Dunkelheit war es einfach nicht möglich, die Person zu erkennen. Es kann sich nur um den Heimleiter handeln, er ist bestimmt beauftragt worden, jeden Feriengast zu überwachen. Ein beklemmendes Gefühl überfällt beide Frauen.

Die Urlaubstage vergehen wie im Fluge, auch werden die Urlauber mit herrlichem Wetter verwöhnt, das freut alle sehr. Die meiste Zeit verbringen Judith, Karla und Moritz am Badesee, auch der Ausflug nach Berlin ist sehr lohnenswert. In dieser lebendigen Stadt ist immer was los, leider ist sie durch diese schreckliche Mauer geteilt. Wie gern hätte Judith auch den westlichen Teil von Berlin kennengelernt! John hat damals gesagt: „Eine Mauer durch eine Stadt zu ziehen, überhaupt ein ganzes Volk mit Sicherheitsgrenzen abzuschirmen, das ist Diktatur." Durch den Anblick dieser Mauer wird der Wille der beiden Frauen noch mehr gestärkt, endlich den Ausreiseantrag in die BRD zu stellen. „Wir müssen auf alle Fälle nochmals nach Prag reisen, um die Botschaft aufzusuchen", sagt Judith. „Das erste Wochenende im August würde sich hierfür gut eignen, da ist Moritz im Feriencamp." „Das ist gut", erwidert Karla, „da können wir in deiner Wohnung ungestört die Anträge schreiben, eine Kopie davon geben wir in der Botschaft ab." „Das hätte ich sowieso vorgeschlagen, aber wo sollen wir die Anträge kopieren? In der Bank ist es zu gefährlich, allerdings, wenn alle in der Mittagspause sind, könnten wir es riskieren." „Da muss einer von uns Schmiere stehen", antwortet Karla. „Bis dahin ist noch etwas Zeit, vielleicht fallen uns noch andere Möglichkeiten ein." „Wahrscheinlich werden wir sowieso unseren Arbeitsplatz verlieren, von daher ist es eigentlich egal, wenn wir erwischt werden." Das sieht Judith nicht so, zumal es strafbar ist, irgendwelche Geräte zu benutzen, die absolut nichts mit der Bankarbeit zu tun haben. „Vielleicht werden wir am Ende noch als Spione abgestempelt und nach Paragraf 19 des DDR-Strafgesetzbuches eingesperrt." „Deine Angst und deine Fantasie sind manchmal nicht zu ertragen", faucht Karla, „aber vielleicht hast du gar nicht so unrecht. Wir nehmen die Anträge mit nach Prag und lassen sie von einem Botschaftsangestellten kopieren, das ist die sicherste Alternative." „Einverstanden", antwortet Judith, „aber jetzt genießen wir noch die wenigen Tage in Rahnsdorf und beschäftigen uns mit anderen Dingen."

„Heute ist im Dorf Kinoabend angesagt, es läuft der Film von der schwedischen Popgruppe ABBA, den können wir uns anschauen, die Gruppe ist Weltspitze und jeder ihrer Hits ein Erfolg." „Alles klar", murmelt Karla. Auch Moritz hat Interesse und will unbedingt mit zu dieser Kinovorstellung. „In Ordnung", stimmt Judith zu, „sicherlich werden auch noch andere Kinder mitgehen. Und morgen können wir ausschlafen, Frühstück gibt es erst ab 9.00 Uhr." Nach dem Abendessen spielen Judith und Karla noch eine Runde Minigolf; Moritz spielt wie immer Schach mit einem Urlaubsgast. Der Film beginnt erst um 20.00 Uhr, so haben sie noch fast zwei Stunden Zeit, um jegliche Freizeitaktivitäten, die das Heim anbietet, zu nutzen. Der Heimleiter ist natürlich auch immer dabei; Judith bekommt einfach nicht das Gefühl los, andauernd von diesem unsympathischen Mann beobachtet zu werden. Vielleicht hat er ja Anweisung von der Staatssicherheit, jeden Schritt von ihnen zu dokumentieren.

Der Ausreiseantrag

Der Urlaub in Rahnsdorf ist vorbei, der Alltag hat alle wieder eingeholt. Moritz hat noch Ferien und freut sich auf das bevorstehende zweiwöchige Feriencamp in Thüringen bei Oberhof. Letztes Jahr war er in Röbel am großen Müritzsee, dort hat es ihm sehr gut gefallen. Die Kinder freuen sich immer, mal ohne Eltern zu verreisen, zumal auch sehr viele Aktivitäten angeboten werden. Auch Judith ist in ihrer Jugend sehr gern in solche Lager gefahren. Sie hatten dort stets sehr viel Spaß, vor allem stand immer viel Sport auf dem Programm. Das ist jetzt schon lange her. Sie erinnert sich an das Schullager der Jungen Patrioten in Breege auf der Insel Rügen. Es war ein Lager der Gesellschaft für Sport und Technik, deshalb wurden viele sportliche Aktivitäten unternommen. Alles wurde im Sinne des Sozialismus organisiert, das hat aber keinen Jugendlichen gestört. Freizeitgestaltung am Meer und Spaß mit gleich gesinnten Jugendlichen aus der ganzen DDR überwogen den ganzen Schwachsinn, wie zum Beispiel das Antreten zum Fahnenappell.

Judith bereitet sich für den nächsten Arbeitstag vor, die meisten Kollegen sind ebenfalls aus ihrem Urlaubsdomizil zurück. Eigentlich geht sie sehr gern ihrem Job nach; eigenes Geld zu verdienen mit einer Tätigkeit, die großen Spaß macht, ist sehr wichtig für sie. Wer weiß, wie lange sie diesen Job noch ausführen darf, spätestens nach der Antragstellung wird die knallharte Entlassung kommen. Egal, das wird sie alles hinnehmen, verhungern werden sie bestimmt nicht. In der DDR ist es Pflicht, dass jeder Bürger einer Arbeit nachgeht, um seinen Unterhalt zu verdienen, das steht im Gesetzbuch. Was für eine Arbeit ihr mal zugewiesen wird, steht in den Sternen. Der Bedienstete in der Botschaft hat allerdings etwas von „Berufsverbot in der DDR“ erwähnt, davon sind hauptsächlich Personen betroffen, die einen Antrag auf Ausreise in die BRD gestellt haben. Wie heißt wieder das Sprichwort? Abwarten und Tee trinken. Ein wenig erspartes Geld hat Judith noch auf ihrem Konto; um den monatlichen Unterhalt zu bestreiten, würde es allerdings höchstens für zwei Monate reichen. Wenn Moritz aus dem Camp zurückkommt, wird der Ausreiseantrag an das Bundesministerium für innerdeutsche Beziehungen geschickt.

Das kommende Wochenende planen Judith und Karla, erneut nach Prag zu reisen, die Botschaft soll eine Kopie des Ausreiseantrages an das Bundesministerium nach Bonn weiterleiten. „Wo verstecken wir die Entwürfe? In der Reisetasche ist es zu gefährlich." „Das denke ich auch", sagt Karla, „ich lasse mir etwas einfallen. Es gibt im Grunde genommen nur zwei Wege, die Papiere zu verstecken, entweder am Körper oder in der Handtasche, die wir ganz normal auf die Ablage abstellen, wo sie jeder sehen kann." „Das ist eine gute Idee, alles, was offensichtlich ist, wirkt nicht verdächtig." So sind sich die beiden Frauen einig – damit wäre also auch dieses Problem gelöst. Jetzt hat sie erst mal wieder der Berufsstress eingeholt, viele Exportgeschäfte liegen auf dem Schreibtisch. Herr Eisenmann hat geäußert, alle Mitarbeiter seien aus dem Urlaub zurück, sodass er nun mit ihrer aller Arbeitseinsatz rechne. Diese Bemerkung vonseiten des Chefs verunsichert Judith, zumal er sie als Kollegin schon über viele Jahre kennt. Er wird doch nicht bereits eine Vorahnung von ihrer bevorstehenden Aktion haben? Unsicher schaut sie auf ihren Dokumentenstapel auf dem Schreibtisch und stürzt sich konzentriert in ihre Arbeit. Das Wochenende geht es nach Prag, die darauffolgende Woche kommt Moritz aus seinem Feriencamp zurück und dann heißt es, den Antrag per Post an das Bundesministerium für innerdeutsche Beziehungen abschicken. Welche Konsequenzen danach auf Karla und Judith zukommen, steht in den Sternen, darüber wollen sich beide noch keine Gedanken machen. Bei Vera lief alles wie üblich, ihre Anträge, die sie vor einem Jahr gestellt hatte, wurden permanent abgelehnt. Allerdings konnte sie ihren Job bei der Stadtwirtschaft, der völlig unter ihrer Qualifikation liegt, behalten. Dafür wurde sie schon vorher von der Bank entlassen, den Grund hierfür hat sie bis heute nicht erfahren.

Vera diskutiert öfter mit Judith darüber, warum sie ständig nach Prag fahren, das bringe doch alles nichts. Für Judith ist eine richtige Vorbereitung für diesen Schritt aber sehr wichtig. Es sind schon sehr viele Menschen wegen eines Ausreiseantrages eingesperrt worden. „So sind wir wenigstens schon beim Bundesministerium in Bonn registriert." Ob dies gewisse Vorteile bringt, um nicht bestraft zu werden, ist ungewiss. Jedenfalls wollen Karla und Judith nicht mehr warten, zumal die Zeit vergeht, und als Großmütter wollen sie nicht im Westen ankommen.

Der traurigste Akt steht beiden Freundinnen noch bevor: die Familie über ihr Vorhaben einzuweihen. Karla jammert jetzt schon, ihre Mutter wird das niemals verstehen, da sie außer einem Onkel in Bad Godesberg sonst keine Verwandten im Westen hat. Außerdem besteht auch gar kein Kontakt zu diesem Onkel. Bei Judith sieht alles etwas positiver aus, sie hat mehrere Tanten und Cousinen in Hamburg, Lübeck, Heidelberg und Offenburg. Ihre Mutter wurde oft nach Heidelberg zu ihrer Nichte eingeladen, es hat ihr dort immer sehr gut gefallen. Die Gegend ist wunderschön, vor allem die Bergstraße, das Heidelberger Schloss, auch der Neckar, wo in den warmen Monaten schöne Schiffsreisen angeboten werden, davon schwärmt sie oft. Es ist schon ein Elend, dass Westreisen für DDR-Bürger erst im Rentenalter erlaubt sind, allerdings gilt auch das nur für diejenigen, die dort Verwandtschaft haben.

Schon dieser Gedanke motiviert Judith erneut, endlich aus diesem grauen Staat auszureisen. Außerdem vergeht kein Tag, an dem sie nicht an ihre große Liebe John denkt. Sie will unbedingt wissen, was ihn dazu bewegt hat, einen Abschiedsbrief zu schreiben. Irgendwann wird sich alles aufklären, daran glaubt Judith felsenfest, diese Hoffnung gibt sie niemals auf. Jetzt geht es nochmals nach Prag, um den Herren von der Botschaft mitzuteilen, dass sie in den nächsten Tagen den geplanten Ausreiseantrag stellen werden. Es ergibt keinen Sinn, noch länger zu warten, das wäre nur verlorene Zeit. Bei Vera wurde der dritte Antrag, den sie an die Behörden gestellt hat, erneut eiskalt abgelehnt.

In Prag verläuft alles wie geplant, der nette zuständige Bedienstete der Botschaft gibt Judith und Karla nochmals seine Telefonnummer, um alles, was den beiden Frauen nach der Antragstellung widerfährt, im Detail zu erfahren.

Moritz ist wieder aus seinem Feriencamp zurück und schon beginnt das neue Schuljahr. Die Premiere des Musicals Annie Get Your Gun im Landestheater Halle findet am kommenden Samstag statt. Die Karten sind restlos ausverkauft, Judith hat schon lange vorher Karten reservieren lassen. Sie war bei der Generalprobe dabei und ist total begeistert von dem Westernstück. Das ganze Bühnenbild, welches das wilde Amerika zeigt, sowie die passenden Kostüme der Darsteller – eine wahre Sensation! Der Intendant hat eine Meisterleistung vollbracht, er wird auch von allen Seiten sehr gelobt. Moritz' Mädchenkostüm passt wunderbar zu ihm, wenngleich er in dem Stück lieber ein Junge geblieben wäre. Judith und auch die anderen Schauspieler sagen zu ihm: „Du siehst hübscher als ein richtiges Mädchen aus, das Laufen muss allerdings unbedingt noch geübt werden. Deine Schritte sind zu groß." Auch der Intendant kritisiert Moritz: „Bitte sanfte Schritte machen, auch ein wenig mit dem Hintern wackeln ist nicht verkehrt." Eine Schauspielerin widmet sich sofort Moritz, um mit ihm nochmals den Laufgang zu üben. Bis zur Premiere am Samstag muss alles perfekt sein.

Die Aufregung und das Lampenfieber vor Beginn der Vorstellung sind jedem Schauspieler im Gesicht geschrieben. Auch Judith ist ganz nervös, dass Moritz alles richtig macht. Wird er seine Rolle als Mädchen fehlerfrei spielen? Es hat sich herumgesprochen, dass ausgerechnet bei dieser Premiere hochrangige Politiker, Presse und Journalisten als Zuschauer vertreten sein werden. Eigentlich nicht verwunderlich, so ein fantastisches westliches Musical wird schließlich nicht alle Tage aufgeführt. Die Proben haben fast acht Monate gedauert, vor allem das gesamte Bühnenbild, das so zauberhaft echt wirkt, hat bestimmt viel Geld verschlungen. Es hat sich gelohnt, ein regelrechtes Kunstwerk der Bühnenbildner. Allerdings ist vor wenigen Monaten den Schauspielern zu Ohren gekommen, dass Herr Winter Ärger mit der Staatsmacht bekommen hat, wegen Kritik am Sozialismus. Seine Theaterstücke werden von den zuständigen Kulturleuten stets extrem streng geprüft und zensiert. Man muss immer damit rechnen, dass es unter Kollegen oder sogar unter Freunden Verräter gibt, die den einen oder anderen ans Messer liefern, um selbst Vorteile zu bekommen. Es hat nicht viel gefehlt für ein Berufsverbot, soll aber glimpflich ausgegangen sein. Für Judith ist so ein Verrat unvorstellbar, Herr Winter ist doch ein sehr netter und feiner Mann, der seinen Beruf über alles liebt und auch mit seinen Kollegen sehr respektvoll umgeht. Jetzt geht es los, Bühne frei für das amerikanische Musical Annie Get Your Gun.

Das Musical ist ein enormer Erfolg, das Publikum hört gar nicht mehr auf zu applaudieren. Immer wieder verbeugen sich die Schauspieler, auch Moritz und die anderen Kinderdarsteller freuen sich und genießen die Jubelrufe der Zuschauer, wie kleine Profis. Dann kommt Herr Winter auf die Bühne sowie sämtliche Angestellte, die hinter der Bühne an dem Projekt mitgewirkt haben. Jeder bekommt von sämtlichen Funktionären Glückwünsche und Blumen überreicht. Die Jubelrufe der Zuschauer hören überhaupt nicht mehr auf. Für Judith war das Musical eines der besten, die sie jemals im Theater gesehen hat. Auch Vera und Karla sind begeistert und klatschen ununterbrochen. Das Ballett mit dem perfekten Indianertanz war der absolute Höhepunkt dieses Musicals.

Es ist schon fast 23.00 Uhr, Zeit, um mit Moritz den Heimweg anzutreten. Sie wartet mit Vera und Karla am Theaterausgang der

Angestellten. Endlich kommt Moritz mit den anderen Kindern. „Wie gut war ich? Bin ich richtig wie ein Mädchen gelaufen?", fragt er seine Mutter. „Du bist perfekt gewesen", antworten Vera und Karla, auch Judith lobt ihren Sohn den ganzen Heimweg entlang. „Es war wirklich wunderschön und ich werde mir dieses Event bestimmt nochmals anschauen." Die Spielzeit für Annie Get Your Gun ist auf vier Monate angesetzt, vorerst drei Aufführungen in der Woche. Die Kinder bekommen für jede Vorstellung 30,00 Mark. Eine schöne Gage, schließlich haben sie ihre Arbeit sehr gut gemacht. Eigentlich ist Kinderarbeit bis zum 16. Lebensjahr verboten, aber im Theater- und Filmgeschäft wird eine Ausnahme gemacht, es zählt unter „kulturelle Freizeitgestaltung".

Moritz fällt todmüde ins Bett, auch Judith ist sehr müde, es dauert nicht lange, bis auch sie eingeschlafen ist. Der Sonntag ist mit Karla verplant, sie wollen ihre Ausreiseanträge nochmals durchgehen, am Montag werden sie per Post abgeschickt. Irgendwie hat Judith plötzlich ein eigenartiges Gefühl, aber es gibt jetzt kein Zurück mehr. Wie ihre Familie auf ihr Vorgehen reagieren wird, kann sie sich an allen zehn Fingern abzählen. Was willst du in dieser fremden Welt? Wo willst du überhaupt hin? Jeder Mensch hat nur ein Leben, auf ewig in seiner Geburtsstadt zu leben, das ist für Judith überhaupt nicht mehr nachvollziehbar, zu neugierig ist sie auf das Leben. Wie oft hatte John von dem Goldenen Westen erzählt; jeder Mensch, der über die entsprechenden Mittel verfüge, könne die ganze Welt bereisen und seinen Wohnort selbst bestimmen, hatte er gesagt. In der grauen, verschmutzten DDR will sie nicht mehr eingesperrt sein. Immer öfter wird Judith von Ärzten empfohlen, mit Moritz so oft wie möglich an die Ostsee zu reisen, seine permanente Bronchitis könne sonst eines Tages chronisch werden.

Die Zeit vergeht, es ist wieder Ultimo bei der Bank, also viel Arbeit. Wie heißt der Titel der US-amerikanischen Filmkomödie so schön? Und täglich grüßt das Murmeltier. Voller Konzentration bearbeitet Judith jedes Dokument, die Exportbetriebe wollen pünktlich ihre Kunden im Ausland beliefern. Belohnt wird Judith weiterhin mit Geschenken von etlichen Lieferbetrieben, brav werden sie dem Filialleiter überreicht. Auch Karla hat mit ihrer Büroarbeit zu kämpfen, eine Mittagpause gönnen sich die beiden Freundinnen trotzdem. Die Pause wird wie besprochen genutzt, um endlich die Ausreiseanträge an die zuständige Behörde zu versenden, per Einschreiben. Die Poststelle befindet sich zum Glück nur zehn Minuten vom Bankgebäude entfernt.

Pünktlich um 12.00 Uhr verlassen die Freundinnen das Bankgebäude und laufen Richtung Hauptpost. „Wollen wir noch einen Kaffee oder besser einen Schnaps trinken gehen?" Karla schaut Judith nach dieser Frage ganz verwundert an. „Du trinkst doch keine harten Sachen! Bist wohl aufgeregt? Oder hast du Angst?" Judith zögert noch. „Auf zum Schalter, es sind gerade keine Kunden anwesend." „Wir möchten bitte diese Briefe per Einschreiben aufgeben", sagt Karla. „Kein Problem", antwortet die Dame vom Amt. Nach Erledigung bekommen Judith und Karla von der Postangestellten noch eine Quittung als Nachweis für den Postversand ihrer Briefe. „So, liebe Judith, nun ist die Tat vollbracht, mal sehen, was alles auf uns zukommt. Jetzt beginnt der Ernst des Lebens, aber so wie es Vera geschildert hat, werden die Behörden die Anträge bestimmt ablehnen." „Dann stellen wir erneut einen Antrag", murmelt Judith, „und zwar so lange, bis er genehmigt wird. Eines Tages dürfen wir ausreisen, so steht es jedenfalls in der ‚Schlussakte von Helsinki', die alle Ostländer unterzeichnet haben."

Langsam schlendern Judith und Karla in Richtung Bankgebäude zurück, beim Bäcker kaufen sie sich ein paar Berliner. An einem Kiosk trinken sie noch einen Kaffee, der wie immer ekelhaft schmeckt. Im Büro essen sie ihre Berliner, sie erwähnen kein Wort über die abgeschickten Anträge. Jede widmet sich wieder ihrer Arbeit, als ob nichts geschehen wäre. Judith ist immer noch etwas überrascht über Karlas Verhalten, Karla hat dieses Mal mehr Mut gezeigt als sie selbst, dabei war sie früher immer viel ängstlicher und wollte eigentlich gar nicht im Westen leben. Auf alle Fälle ist Judith froh, nicht allein ihr Vorhaben durchstehen zu müssen. Je mehr Verbündete sie hat, umso leichter lässt sich diese Sache durchziehen. Mal sehen, wann die erste Vorladung kommt, vielleicht schon die nächsten Tage.

Am Abend verläuft alles normal, Moritz erzählt von seiner bevorstehenden Deutscharbeit. „Ich hoffe, du hast dich richtig vorbereitet", ermahnt Judith ihren Sohn. „Natürlich", antwortet Moritz, „ich möchte doch als Kinderschauspieler auch ein guter Schüler sein." Diese Antwort beruhigt Judith. Sie ist glücklich, keine Probleme mit ihrem Sohn Moritz zu haben.

Heute ist erneut ein hektischer Arbeitstag. Die meisten Kollegen sind völlig gestresst und spielen verrückt. Nur Judith und Karla sind die Ruhe selbst und arbeiten ihre Dokumentenberge vom Schreibtisch nach und nach ab. Vielleicht liegt es auch daran, dass es eventuell der letzte Ultimo für die beiden Freundinnen bei der Deutschen Außenhandelsbank sein wird. Der Verlust des Arbeitsplatzes wird Judith sehr schmerzen, da sie schon 13 Jahre als Bankerin arbeitet. Egal, das Leben kann nur besser werden; je mehr sie an John denkt, umso mehr wächst in ihr die Stärke, alle Schikanen durchzustehen. Sie werden bestimmt demnächst von den Staatsorganen erwartet. Auf alle Fälle muss sie ihren Exmann Rolli, die Eltern und die Geschwister informieren. Hoffentlich macht Moritz' Vater keine Schwierigkeiten, aber Judith ist optimistisch, sie glaubt fest daran, keine zusätzlichen Probleme zu bekommen. Schließlich ist ihr nach der Scheidung gerichtlich das Sorgerecht zugesprochen worden. Sie hat gegenüber Rolli schon mal Andeutungen bezüglich einer Ausreise in den Westen gemacht, aber irgendwie hat der nach der Trennung von John gar nicht mehr daran geglaubt. Keiner weiß, wie viele Jahre es dauern wird, bis man legal ausreisen kann, es wird nicht einfach werden.

Im Büro verhält sich Herr Eisenmann noch ziemlich normal. Wenn die Anträge den Behörden zugestellt werden, dann wird der Betrieb auf jeden Fall informiert werden. Meistens dauert die Reaktion der Staatssicherheit bei Antragstellern höchstens drei Tage. Bei Vera hat die Vorladung nur zwei Tage gedauert und das Gespräch, in dem ihr mitgeteilt wurde, dass der Antrag auf Ausreise abgelehnt wird, war in nur fünf Minuten beendet. Vor ihren Augen hatte der Bedienstete den Antrag zerrissen und ihr sogar gedroht, mit dem Kommentar: „Es ist sinnlos, weitere Ausreiseanträge zu stellen." Vera ließ sich aber nicht unterkriegen, sie stellte erneut einen Antrag, allerdings ohne positive Reaktion. Judith und Karla wollen sich überraschen lassen. Ob die Behörden mit den gleichen Methoden wie bei Vera vorgehen werden? Abwarten, erst gestern sind die Briefe abgeschickt worden.

Herr Eisenmann hat wie immer am Monatsende eine herrliche Torte für alle Mitarbeiter spendiert. Seine Frau hat sie voller Liebe gebacken und in der Mittagspause vorbeigebracht. Es werden mehrere Tische zusammengestellt, damit die Kollegen alle zusammensitzen können. Wie üblich wird eine Rede gehalten, bei der Herr Eisenmann sich für den Fleiß aller Mitarbeiter bedankt. Auch Frau Nora, die Stellvertreterin des Filialleiters, muss wie gewohnt stets ihren sozialistischen Kommentar abgeben: wie gut es uns allen hier gehe, vor allem gebe es keine Kriminalität. „Dann braucht unser Staat also gar keine Polizeibeamte?", kann sich Judith die Frage nicht verkneifen. „Es gibt viele Verkehrsdelikte, die unsere Polizei zu bearbeiten hat, auch Familienstreite werden von denen geschlichtet", faucht Frau Nora Judith an. Diese Frau kann mit ihren sinnlosen Kommentaren aber auch allen Kollegen den Appetit verderben, dabei ist die Torte so köstlich.

Auch der nächste Tag bei der Bank verläuft ohne jegliche Probleme für Judith und Karla, also ganz normal. Herr Eisenmann lobt nochmals alle Kollegen für ihren gewissenhaften Ultimo-Einsatz. Jetzt kann jeder Mitarbeiter wieder seinen gewohnten Arbeitstag angehen, ohne Überstunden. Zehn Überstunden haben sich bei Judith angesammelt. „Vielleicht kann ich heute etwas früher gehen, ich muss unbedingt zum Friseur", sagt sie zu ihrer Abteilungsleiterin Iris. „Ich habe keine Einwände", antwortet diese. Auch Karla nutzt den Tag, um Überstunden abzubauen.

Moritz ist von der Schule heimgekommen und gerade dabei, seine Hausaufgaben zu erledigen. „Heute Abend ist wieder Vorstellung, ich muss mich beeilen." „Das stimmt", antwortet Judith. Abholen braucht sie ihn nicht, die Maskenbildnerin vom Theater wohnt in einer Nebenstraße, sie begleitet Moritz immer nach jeder Vorstellung nach Hause. Als Judith den Briefkasten aufschließt, entdeckt sie nicht nur die Zeitung, sondern auch eine Karte vom Bundesministerium für innerdeutsche Beziehungen. Der Text ist wieder der gleiche wie damals, ohne jegliche Anrede.

Sie werden gebeten, wegen Klärung eines Sachverhalts am 5. Oktober 1981, 10 Uhr, in Zimmer 12 zu erscheinen.

Judiths Herz pocht wie verrückt, jetzt geht es los! Ob Karla auch eine Vorladung bekommen hat? Am liebsten würde Judith sofort zu Karla fahren, aber sie hat einen Friseurtermin, den sie nicht versäumen möchte. Außerdem wohnt Karla noch bei ihren Eltern, es wäre also unmöglich, sich in Ruhe mit ihr zu unterhalten. Nun gut, der Vorladungstermin steht erst in zwei Tagen an, bis dahin kann sie ihre Freundin immer noch danach fragen.

Tatsächlich, auch Karla hat eine Vorladung bekommen, sogar an genau demselben Tag und zur selben Uhrzeit wie Judith. Sie macht aber einen ziemlich ruhigen Eindruck, was Judith sehr verwundert. Sie hat überhaupt keine Angst, wie kann das nur sein? Sie fragt Karla, wie es ihr gelinge, so vollkommen ruhig zu sein. Karla antwortet: „Wir haben doch alles sehr gut geplant, selbst für den Fall, dass es uns an den Kragen geht." Das stimmt, denkt Judith, erst mal abwarten, was auf uns zukommt. Im Büro scheint kein einziger Kollege etwas zu ahnen, allerdings hat Judith das Gefühl, von Frau Nora andauernd beobachtet zu werden. Auch Herr Eisenmann hält sich oft im Großraumbüro auf, was eigentlich untypisch ist. „Ich werde an diesem Tag auf alle Fälle einen Urlaubstag nehmen", sagt Judith. „Eine kluge Entscheidung", erwidert Karla. „Wir haben noch genug Urlaubstage, und wenn es hart auf hart kommt, werden wir entlassen." So hatte es ihnen jedenfalls der Bedienstete der westdeutschen Botschaft nahegebracht. Es gibt sehr viele Antragsteller, denen sogar ein richtiges Berufsverbot ausgesprochen wird. Keine Tätigkeit mehr auszuführen, heißt, kein Geld zu verdienen, das wäre für Judith und Karla sehr schlimm. „Es wird schon irgendwie gehen, verhungern lassen die uns bestimmt nicht." „Ein wenig Ersparnisse habe ich noch", sagt Judith, „damit komme ich aber nicht weit." Auch Karla hat keine Lust, den Eltern wieder auf der Tasche zu liegen. Ihre Mutter war von Anfang an dagegen, einen Ausreiseantrag zu stellen, sie hat auch gar nicht so richtig daran geglaubt, die Schuld gibt sie natürlich Judith.

Pünktlich treffen sich Judith und Karla am Eingang der Behörde und gehen gemeinsam in das Gebäude. Sie trauen ihren Augen nicht: Im Vorraum sitzt Herr Eisenmann, er blättert in einem dicken Ordner. Er begrüßt die beiden Frauen sehr kalt und ohne jeglichen Blickkontakt. „Das ist kein gutes Zeichen!", raunt Judith Karla zu, die darauf nur kurz mit dem Kopf nickt. Es verstreicht nur eine Minute, als Herr Eisenmann von einem jungen Mann höflich aufgefordert wird, den Raum zu betreten. „Sie müssen sich noch ein wenig gedulden", sagt der Mann zu den Damen. Judith und Karla schauen einander nur an und fragen sich, was der Beamte wohl von Herrn Eisenmann will. „Ich glaube, er hat unsere Kaderakten in seinem Ordner", sagt Karla, „die werden bestimmt ausschlachten, ob wir noch arbeiten dürfen." Genau 15 Minuten dauert es, bis die beiden Frauen den Raum betreten dürfen.

„Ich möchte mich kurz vorstellen, mein Name ist Hehn, Oberstleutnant in dieser Behörde." Dann kommt seine erste Frage: „Sie wissen, warum Sie hier sind?" Beide Frauen nicken mit dem Kopf und antworten fast wie aus einem Munde: „Bestimmt wegen unserer Ausreiseanträge in die Bundesrepublik." „Sie haben recht, Sie können sich diesen Wunsch für immer aus dem Kopf schlagen. Was haben Sie sich überhaupt dabei gedacht? Diese Anträge werden ohne jegliche Begründung abgelehnt, außerdem haben Sie sich damit geschadet. In Ihrem Beruf als Bankkauffrau bei der Außenhandelsbank, die ein Staatsapparat der DDR ist, dürfen Sie selbstverständlich mit sofortiger Wirkung nicht mehr arbeiten, das wäre gegen unser Grundgesetz." Herr Eisenmann stimmt dem Beamten heftig nickend zu und begründet diese Tat als nicht mehr tragbar in seiner Filiale. Für Judith und Karla ist das keine Überraschung, sie haben schließlich damit gerechnet. Zum Abschluss des Gesprächs fordert Herr Eisenmann seine beiden Kolleginnen auf, am nächsten Tag nochmals bei der Bank vorbeizukommen, um ihre persönlichen Sachen aus dem Schreibtisch auszuräumen sowie noch gewisse Dinge zu klären. Judith fragt höflich, ob sie überhaupt wieder arbeiten dürften. „Natürlich", antwortet Herr Hehn, „wir kümmern uns darum, welche Tätigkeit Sie in Zukunft ausüben werden." Er verabschiedet sich von den Damen und betont nochmals: „Ihre Anträge sind ohne jegliche Begründung abgelehnt, Sie haben über unser Gespräch strikt zu schweigen."

Ohne sich noch mal umzuschauen, verlassen Judith und Karla erleichtert das Gebäude. „Die erste Hürde haben wir geschafft, mal sehen, was für einen Job wir angeboten bekommen." „Also, Scheißhäuser putze ich nicht", antwortet Judith wütend, „überhaupt werde ich niedrige Tätigkeiten eiskalt ablehnen." „Wir müssen noch die Botschaft anrufen, sie wollen über alle negativen Details informiert werden." „Was mich ärgert", sagt Judith, immer noch wütend, „dass wir voller Elan noch den Ultimo meistern durften. Ich hoffe, dass unser Resturlaub und auch die Überstunden noch an uns ausgezahlt werden.“ „Das glaube ich schon“, antwortet Karla, „geleistete Arbeit nicht zu bezahlen, wäre Betrug und Ausbeutung.“

Die ganze Nacht hat Judith kein Auge zugemacht, ihre Gedanken schweifen ununterbrochen zu John, den sie immer noch liebt; es vergeht kein Tag, an dem sie nicht ständig an ihn denkt. Eigentlich ist es diese große Liebe, die sie bewogen hat, diesen Schritt zu gehen. Unzählige Briefe hat sie geschrieben, um endlich eine ehrliche Antwort für sein Verhalten zu erhalten, aber es kommen leider keine Reaktionen mehr. „Jetzt muss ich alles ganz allein durchziehen, meine Kraft wird mich nicht im Stich lassen.“

Auf dem Weg zur Bank begegnet sie ihrem Nachbarn Karl, der gerade aus dem Krankenhaus kommt. „Ich bin Vater einer ganz süßen Tochter geworden“, sagt er Judith voller Stolz. „Heute Abend werden wir darauf ein Glas Sekt trinken, hoffentlich bist du zu Hause.“ „Klar“, antwortet Judith, „ich habe dir auch viel zu berichten.“ Sie eilt weiter in Richtung Bankgebäude und sieht Karla vor dem Eingang stehen. „Du traust dich wohl nicht rein?“ Karla schaut Judith an und antwortet: „Es ist besser, wir gehen zusammen in die Höhle des Löwen.“ Irgendwie ist es doch ein schmerzhaftes Gefühl für Judith, fast zwölf Jahre hat sie bei dieser Bank gearbeitet. Bei Karla sind es nur drei Jahre, deshalb sieht sie es lockerer.

Im Büro grüßt Judith höflich die Kollegen, aber kein Einziger reagiert auf ihren Gruß. Sie neigen alle ihre Köpfe zum Schreibtisch und wirken wie Marionetten. Auf dem Weg zu ihrem Schreibtisch kommt die Sekretärin von Herrn Eisenmann auf Judith zu, lächelt und begrüßt sie höflich. „Du sollst bitte zum Chef kommen, nachdem du deine persönlichen Sachen aus deinem Schreibtisch ausgeräumt hast." „Alles klar, ich werde mich beeilen", gibt Judith Betti zu verstehen.

Genau zehn Minuten hat alles gedauert, ohne Verabschiedung eilt sie in das Büro des Filialleiters. Er ist noch nicht anwesend, aber Ilse, die Abteilungsleiterin, sitzt schon im Zimmer. „Was willst du denn hier?", fragt Judith. „Keine Ahnung", antwortet Ilse, „es ist mir auch unangenehm, mit dir allein in diesem Raum zu sein." Daraufhin kann sich Judith das Lachen nicht verkneifen. „Meine liebe Ilse, ich habe nur einen Ausreiseantrag gestellt und nicht die Pest am Körper, ich habe auch keine Straftat begangen." „Der Wunsch, zum Klassenfeind auswandern zu wollen, ist in unserem Sozialismus eine Straftat." In dem Moment kommt Herr Eisenmann ins Zimmer, worüber Judith sehr froh ist. Diskussionen zu führen mit Leuten, die blind durchs Leben gehen und ausgerechnet Judith das Leben erklären wollen, darauf kann sie gern verzichten. Es gibt leider sehr viele Menschen mit einer derartigen Gehirnwäsche, die meisten sind Parteimitglieder der SED und reden einander auch mit Genosse an.

Herr Eisenmann übergibt Judith ein paar Adressen von Betrieben, bei denen sie in den nächsten Tagen unbedingt vorsprechen soll. „Was wird mit meinem Resturlaub und mit meinen Überstunden?" „Sie müssen sich ein neues Konto bei der Sparkasse eröffnen lassen, Ihr Konto bei uns muss leider aufgelöst werden, es gilt nur für Bankangestellte unserer Filiale. Es wird dann alles auf Ihr neu eröffnetes Konto bei der Sparkasse überwiesen. Bitte teilen Sie uns so schnell wie möglich Ihre neue Bankverbindung mit. Wir werden einen Aufhebungsvertrag ausstellen, zumal dies im Hinblick auf Bewerbungen in einem neuen Betrieb vorteilhafter ist als eine fristlose Entlassung."

Der neue Arbeitsplatz

Die Anschriften der Betriebe, die Herr Eisenmann Judith ausgehändigt hat, sind der absolute Hammer. Eine Wäscherei, eine Kleiderfabrik und ein Schweinebetrieb am Randgebiet von Halle stehen auf dem Zettel zur Auswahl. Für Judith eine vollkommene Lachnummer. Ich werde mir selbst einen Job suchen, denkt sie, nach dem Motto: Selbst ist die Frau. Auch Karla soll sich um einen neuen Arbeitsplatz kümmern, allerdings hat sie keine Adressen von irgendeinem Betrieb bekommen. „Wir gehen jetzt selbst auf Arbeitssuche, ich habe mir schon aus der Wochenpost sämtliche Adressen von Betrieben notiert, die dringend Bürokräfte suchen." Karla hält Judiths Vorschlag für eine sehr gute Idee. „Als Erstes brauchen wir jedoch eine neue Bankverbindung, dann kann es losgehen."

Der Morgen ist sehr verregnet, trotzdem steht Karla pünktlich um 8.00 Uhr vor Judiths Haustür. Ein neues Konto bei der Sparkasse zu eröffnen, geht relativ schnell. „Die Kleiderfabrik, die auf dem Zettel steht, werden wir uns mal anschauen, zumal sie in der Nähe der Sparkasse liegt. Außerdem wäre es interessant zu erfahren, was für einen Job wir dort angeboten bekommen", meint Judith. Karla verhält sich ziemlich ruhig, aber auch sie ist neugierig, wie sie dort von dem zuständigen Kaderleiter empfangen werden. Es ist schon lustig, sie müssen durch sämtliche Produktionshallen laufen, bis sie das Büro des Personalleiters erreicht haben. Es geht noch über eine halb zerfallene Treppe, die zum Hinterhof führt. Ein kleines, graues Gebäude kommt zum Vorschein, dort soll sich laut Auskunft des Pförtners das Personalbüro befinden. Judith und Karla steuern gezielt auf die Tür zu, wo sie auch schon von einer ungepflegten Frau, die mit einer Kittelschürze bekleidet ist, empfangen werden. „Wir möchten gern den Kaderleiter sprechen", sagt Karla. „Da sind Sie bei mir genau richtig", antwortet die

Frau, ohne ihren Namen zu nennen. Sie fragt auch gleich hektisch nach dem Grund des Besuches. „Wir suchen eine neue Tätigkeit als Bürokauffrau." „Wo haben Sie denn vorher gearbeitet?" „Bei der Außenhandelsbank", antwortet Judith, „leider sind wir fristlos entlassen worden." „Darf ich nach dem Grund fragen?" „Wir haben einen Ausreiseantrag nach der BRD gestellt, der natürlich von den zuständigen Behörden abgelehnt wurde." „Das tut mir leid, meine Damen, solche Leute, die gegen unseren Staat sind, können wir nicht einstellen, außerdem brauchen wir keine Büroleute. Bei uns erledigt jeder Beschäftigte sämtliche Arbeiten und packt auch überall da mit an, wo es Engpässe gibt, zum Beispiel bei der Reinigung unserer Räumlichkeiten." „Vielen Dank", antwortet Judith. Es war eine große Fehlentscheidung, diesen Betrieb aufgesucht zu haben. So schnell haben Judith und Karla noch nie das Weite gesucht. In so einem Saustall arbeiten bestimmt nur Chaoten, die nichts im Kopf haben.

Judith entdeckt auf dem Weg zur Straßenbahn eine weitere Firma. Das Schild, auf dem in großen Lettern steht: STRASSEN-, BRÜCKEN- UND TIEFBAUKOMBINAT, ist nicht zu übersehen. Es ist ein sehr großes, gepflegtes, sechsstöckiges Haus. Sogar eine Stellenausschreibung ist in einer Glasvitrine am Eingangstor zu sehen. „Mein Gott, die suchen ja dringend Sachbearbeiter für Ökonomie", sagt Judith. „Lass uns versuchen, einen Termin beim Kaderleiter zu bekommen." Karla ist zwar nicht besonders überzeugt davon, hier möglicherweise eine Stelle zu bekommen, aber sie stimmt Judith dennoch zu. „Auf keinen Fall wird der Grund unserer Entlassung erwähnt, das hat keinen Sinn." Karla sieht das genauso.

Sie haben großes Glück, der Personalchef ist noch im Büro und empfängt Judith und Karla sehr freundlich. „Euch hat der Himmel geschickt, meine Damen, ich brauche ganz dringend zwei Sachbearbeiterinnen für unsere Großbaustellen." Judiths Augen leuchten vor Freude, sie erwähnt auch gleich, dass sie sofort mit der Tätigkeit anfangen können. „Das wundert mich, wieso braucht ihr bei eurer alten Dienststelle nicht zu kündigen?“ „Wir sind wegen Westverwandtschaft, die wir verschwiegen haben, entlassen worden. Bei Angestellten der Bank sind solche Verbindungen nicht erwünscht.“ Der Kaderleiter schaut die Damen prüfend an und antwortet gleich: „Das ist bei uns kein Thema, es ist uns nicht wichtig. Ich muss aber trotzdem ihre Kaderakte anfordern, bitte geben Sie mir Ihre Namen und die Anschrift Ihrer Bank. Morgen ab 14.00 Uhr können Sie mich anrufen, Sie bekommen dann von mir Bescheid, ob wir Sie einstellen können.“ Er gibt Karla und Judith seine Telefonnummer und verabschiedet sich mit dem Satz: „Bis bald, meine Damen.“ Nach dem Verlassen des Gebäudes gibt es nur noch ein Thema: Hoffentlich steht der Entlassungsgrund nicht in der Personalakte. „Wir werden es morgen am Donnerstag erfahren“, sagt Karla. „Wie hieß eigentlich der Mann?“ „Ich glaube Fischer, so steht es an seiner Tür“, antwortet Judith etwas niedergeschlagen. „Ich werde die ganze Nacht bestimmt kein Auge zutun, aber vielleicht haben wir Glück und können schon am Montag auf unserem neuen Arbeitsplatz die Tätigkeit als Sachbearbeiterinnen für Ökonomie beginnen.“ „Das wäre zu schön, um wahr zu sein“, murmelt Karla vor sich hin.

Zu Hause wartet schon Moritz auf seine Mutter, da er wieder eine Vorstellung im Theater hat. „Ich koche uns schnell eine Kleinigkeit, dann bringe ich dich ins Theater.“ Judith überlegt, was sie ihrem Sohn schnell zubereiten kann. „Hast du Appetit auf Pfannkuchen mit Apfelmus?“ Keine Frage, das ist sein Lieblingsgericht. Judith hingegen bekommt keinen einzigen Bissen herunter, zu aufgeregt ist sie noch von dem nervenaufreibenden Tag. Hoffentlich geht alles gut mit dem neuen Job, lange werden ihre Geldreserven nicht mehr reichen. Moritz hat nur seine Theatervorstellung im Kopf, er ahnt die Sorgen seiner Mutter nicht im Geringsten. Sie will noch niemanden damit belasten, auch ihre Familie nicht; erst wenn es mit einem neuen Job geklappt hat, möchte sie mit ihrer Familie über ihre neue Arbeitssituation sprechen.

Schon wieder wird Judith von einem Albtraum wach, immer öfter erscheint John in diesen Träumen. Er wird niemals glauben, dass die Ausreise beantragt ist. Es wird bestimmt sehr lange dauern, bis Judiths Wunsch nach Freiheit erfüllt wird. Der zuständige Beamte, der neben an einem unangenehmen Körpergeruch auch noch an schlechten Zähnen litt, hatte ihren Antrag mit hämischer Freude abgelehnt. „Jetzt müssen wir erst mal Herrn Fischer anrufen und ihn fragen, ob es mit dem Job klappt." Karla hat Judith pünktlich abgeholt. Jetzt heißt es, eine Telefonzelle aufzusuchen, die hoffentlich nicht defekt ist. Am klügsten wäre es, die Hauptpost aufzusuchen. dort sind die Telefonapparate intakt.

Judith wählt die Nummer von Herrn Fischer, es dauert nur wenige Sekunden, bis die Verbindung zustande kommt. „Guten Tag, Herr Fischer, wir möchten uns heute bei Ihnen melden, um die Gewissheit zu haben, am Montag die zwei Posten als Sachbearbeiterinnen antreten zu können." „Hallo Frau Dreve, ich habe schon auf Ihren Anruf gewartet, es ist alles in Ordnung, wir freuen uns, Sie als neue Mitarbeiterinnen in unserem Betrieb begrüßen zu können." Judith fällt ein Stein vom Herzen. Sie antwortet: „Etwas anderes haben wir auch gar nicht erwartet." Herr Fischer erwähnt noch, unbedingt Passbilder anfertigen zu lassen, sie würden für einen Betriebsausweis benötigt. „Melden Sie sich am Montag gegen 8.00 Uhr in meinem Büro, sämtliche Details müssen noch besprochen werden, vor allem, welches Gehalt Sie für Ihre Tätigkeit bekommen, das ist ein wichtiger Punkt, auch der Arbeitsvertrag muss noch unterzeichnet werden. Danach werden Sie von mir an Ihren jeweiligen Arbeitsplatz gebracht." Judith bedankt sich und sagt, dass sie sich auf den neuen Arbeitsplatz sehr freuen.

Als Judith den Hörer aufgelegt hat, wird sie gleich von Karla mit

Fragen bombardiert. „Es hat alles geklappt", antwortet Judith, „wir können am Montag mit unserem neuen Job anfangen, wir müssen uns nur noch Passbilder für unseren Dienstausweis anfertigen lassen. Herr Fischer wird uns persönlich auf die Großbaustellen fahren und uns die neuen Kollegen vorstellen. Sämtliche Details sowie unser Monatsgehalt bekommen wir am Montag mitgeteilt." Karla ist auch erleichtert und glücklich. „Wir müssen so schnell wie möglich zum Fotografen, damit wir noch heute die Passbilder abholen können." Sie haben Glück, der Fotograf hat nicht viel zu tun, so können die beiden Freundinnen gleich auf ihre entwickelten Passbilder warten.

Mit einen Cafébesuch geht auch dieser Tag zu Ende und Judith hofft, dass jetzt etwas Ruhe in ihr Leben einkehrt. Nur ein Gedanke verunsichert die Frauen: Wieso stand ihr Entlassungsgrund nicht in der Kaderakte? Judith vermutet, die Staatssicherheit und auch Herr Eisenmann haben niemals mit ihrer eigenen Jobsuche gerechnet. Es ist sicher nur eine Frage der Zeit, bis die neuen Chefs Besuch von den staatlichen Organen bekommen und über ihren Entlassungsgrund bei der Außenhandelsbank informiert werden. Dann weiß Herr Fischer, dass sie gelogen haben.

Der Elternbesuch am Sonntag war nicht gerade harmonisch, zumal Judiths Eltern schon von Rosi über Judiths Ausreiseantrag und ihre Entlassung bei der Bank informiert wurden. Mein Gott, denkt Judith, wieso wurden ausgerechnet ihre Schwester und ihr Schwager von der Staatssicherheit damit konfrontiert? Das geht doch keinen Menschen etwas an! Auch nicht Familienangehörige! Jedenfalls hat sie von ihrer Mutter erfahren, dass Rosis Ehemann nicht mehr mit Judith in Kontakt treten darf, das heißt: keine Feiern mehr mit der kompletten Familie. „Kann ich nicht ändern", sagt Judith, „mein Entschluss steht fest." „Wo willst du denn hingehen, wenn es mal so weit ist?" „Ich habe noch keine Ahnung, aber wenn es so weit ist, werde ich es euch mitteilen. Der Antrag ist erst mal abgelehnt worden, ich werde aber bald einen neuen stellen." „Mach dich doch nicht unglücklich, denkst du denn in keiner Weise an deinen Sohn?" „Gerade an Moritz denke ich, er soll endlich in einer Welt leben, wo die Luft noch nicht so verschmutzt ist wie in unserer Stadt. Jeden Monat hat er Bronchitis und sein Hautausschlag verheilt auch nicht. Ich will endlich selber über solche wichtigen Dinge entscheiden und ein freies Leben führen", antwortet Judith ihren Eltern. „Am Montag beginne ich einen neuen Job auf einer Großbaustelle am Randgebiet von Halle. Es ist eine neue Herausforderung, ich bin gespannt und freue mich irgendwie auch darauf."

Diese Worte von Judith beruhigen ihre Mutter zwar etwas, trotzdem kullern schon Tränen über ihr Gesicht. „Wir sind doch immer eine harmonische Familie gewesen und jetzt wird sich durch deinen Ausreiseantrag alles ändern." „Es bleibt alles so, wie es bisher war, nichts wird sich ändern", antwortet Judith. „Ich werde euch immer lieben, aber jeder ist für sein eigenes Leben verantwortlich. Außerdem habe ich erkannt, dass es hier im Sozialismus keine Zukunft gibt. Verdammt", schimpft Judith, „was ist daran so unnormal? Wie viele Menschen ziehen in eine andere Stadt!" „Das ist überhaupt kein Vergleich", antwortet Judiths Vater. „Wenn ihr beide eines Tages tatsächlich in die BRD ausreisen könnt, dann gibt es kein Zurück mehr. Der Staat DDR wird euch niemals mehr zu einem Besuch nach Halle einreisen lassen. Es ist für einen sozialistischen Staat die höchste Beleidigung, wenn Menschen, die hier zur Schule gegangen sind und hier ausgebildet wurden, auf einmal westlich orientiert sind."

Für Judith sind diese Worte unverständlich, sie möchte unverzüglich das Thema wechseln. Sie erzählt von ihrem Einstellungstermin bei Herrn Fischer und davon, wie nett sie aufgenommen wurden. Das Gehalt soll in etwa das gleiche sein wie bei der Bank, sogar Fahrgeld soll es monatlich geben. „Am Montag wird uns der Kaderleiter die Arbeitsverträge überreichen und uns alles bis ins kleinste Detail erklären." „Hoffentlich geht wirklich alles gut und du verlierst nicht auch noch den neuen Job", sorgt sich Judiths Mutter. „Noch wissen die nichts von dem gestellten Ausreiseantrag. Ich lasse mich überraschen", antwortet Judith, „aber ich sehe das alles locker und mache mir keinen Stress mehr." Innerlich macht sich Judith schon Gedanken, aber das braucht niemand zu wissen, noch ist es nicht so weit.

Pünktlich um 8.00 Uhr stehen Judith und Karla vor dem Personalbüro und werden auch schon von Herrn Fischer höflich hereingebeten. „So, meine Damen, hier überreiche ich Ihnen den Arbeitsvertrag, bitte lesen Sie ihn genau durch, bevor Sie ihn unterzeichnen." Judith und Karla überreichen ihre Passbilder, die auf den Dienstausweis eingestanzt werden. Herr Fischer erklärt noch, dass sie auf verschiedenen Baustellen eingesetzt werden. Da Karla ihren Wohnort auf der Silberhöhe-Halle hat und eine der Baustellen sich in der Nähe befindet, äußert sie den Wunsch, dort eingesetzt zu werden. Judith würde gern auf der Großbaustelle in Halle-Ammendorf eingesetzt zu werden, da sie diese Baustelle mit der Straßenbahn unbeschwert erreichen kann. Herr Fischer hatte die Stellenverteilung zwar umgekehrt geplant, als er jedoch die Gründe der Damen prüft, hat er großes Verständnis und auch keine Einwände. Es ist schon wichtig, dass für jeden Angestellten im Betrieb seine Arbeitsstelle leicht und ohne Umstände erreichbar ist, auf Pünktlichkeit wird ebenfalls großen Wert gelegt. Das Gehalt ist ähnlich wie bei der Bank, nur Karla wurde eine Lohnstufe niedriger eingestuft, da sie etliche Berufsjahre weniger aufweist als Judith. Es ist eine gerechte Handhabung; auch Mitgliedschaft bei der Partei und bei der Gesellschaft für Deutsch-Sowjetische Freundschaft ist in diesem Betrieb keine Pflicht. Eine Erleichterung für beide Frauen, endlich diesen politischen Druck loszuwerden. Der Arbeitsvertrag wird so schnell wie möglich unterschrieben, so kann Herr Fischer ihn gleich in der neuen Kaderakte abheften.

Er greift zum Telefon, um den jeweiligen Bauleitern mitzuteilen, dass er in spätestens einer Stunde die neuen Mitarbeiterinnen vorstellen wird. „So, meine Damen, noch können Sie gemütlich einen Kaffee trinken, danach bringe ich Sie mit dem Dienstwagen an Ihren jeweiligen Arbeitsplatz." Im Dienstausweis steht Sachbearbeiterin für Ökonomie, das heißt, sämtliche Büroarbeiten, die auf einer Großbaustelle anfallen, müssen von den Sachbearbeitern bewältigt werden. Zum Beispiel die Anwesenheit der Bauarbeiter durch den zuständigen Meister überprüfen, Protokolle eines erschlossenen Projektes schreiben, Materialscheine ausstellen und buchen. Außerdem fallen einmal im Monat die Löhne und Gehälter der gesamten Belegschaft auf der Baustelle an. Einmal jährlich wird eine Inventur auf den Baustellen durchgeführt, auch die Kantineninventur zählt darunter. Es ist schon ein sehr großes Arbeitsgebiet, Langeweile wird es nicht geben.

„Es hört sich alles sehr interessant an", kommentiert Judith. „Am wichtigsten für eine gute Bewältigung eines neuen Arbeitsgebietes in einem Betrieb ist immer eine gründliche Einweisung und Schulung der Kollegen." „Darüber brauchen Sie sich keine Sorgen zu machen, es sind alles sehr nette und junge Kollegen." Für Judith ist ein fremdes Arbeitsgebiet wie ein neuer Prozess in ihrem Leben. Sie war schon in ihrer Jugend immer sehr neugierig auf andersartige, interessante Dinge. Vielleicht wird sie hier auch Arbeitsprozesse kennenlernen, die eines Tages im Westen bei einer Bewerbung von großem Vorteil sein werden. Je mehr man an Bildung vorweisen kann, umso größer ist die Chance, einen guten Job in der BRD zu bekommen. „So, meine Damen, nun habe ich genug Instruktionen gegeben, jetzt fahre ich Sie zu Ihrem neuen Arbeitsplatz."

Es gibt einen sehr freundlichen und lockeren Empfang von den neuen Kollegen auf der Oberbauleitung. Judith hat sogar einen schönen Blumenstrauß auf ihren zukünftigen Schreibtisch gestellt bekommen, sie wird auch gleich von Herrn Carsten, ihrem neuen Chef, der die Baustelle leitet, sehr herzlich begrüßt. Ihr enger Mitarbeiter, ein älterer Herr mit Namen Herr Kunth, sitzt am Schreibtisch gegenüber von Judith. Er macht einen sehr warmen, sympathischen und freundlichen Eindruck auf Judith. Es folgen noch weitere Kollegen, die es sich nicht nehmen lassen, die neue Mitarbeiterin zu begrüßen. Vier Bauleiter, sechs Meister und der Architekt der Bauleitung haben alle ihr Büro in dieser Raumzelle. Es sind mehrere Gebäude auf dieser Baustelle, die alle aus Raumzellen in unterschiedlichen Größen bestehen. Sie sind alle modern und mit dem nötigen Inventar ausgestattet. Was Judith sehr angenehm findet, ist, dass sich die Kantine im gleichen Gebäude wie Judiths Büro befindet, täglich werden warme Speisen angeboten. Personalleiter Fischer verabschiedet sich mit den Worten: „Seid freundlich mit der neuen Mitarbeiterin Frau Dreve und arbeitet sie vor allem intensiv in ihr neues Arbeitsgebiet ein." Jetzt wird auch noch Karla zu ihrem neuen Arbeitsplatz hingefahren, der sich nur wenige Kilometer von der Baustelle befindet. Auch sie wird sehr herzlich von ihren neuen Mitarbeitern empfangen.

Herr Kunth begeht als Erstes mit Judith sämtliche Baubereiche und erklärt: „Unsere Bauleitung ist für Erdbau und Erschließung zuständig." Auch welche Aufgaben sie bewältigen muss, wird zugleich in einer Kurzfassung erklärt. Es hört sich alles sehr vielseitig und interessant an. Bisher hat Judith dank ihrer raschen Auffassungsgabe immer alles ohne Probleme sehr schnell gelernt. Interessant ist vor allem, wie Bauvorhaben erschlossen werden, bevor etwas auf dem Boden gebaut wird. Auch das Materiallager gehört zu Judiths Aufgabengebiet. Jeder Meister, der Material benötigt, muss sich immer bei dem Sachbearbeiter melden, damit ein Materialschein ausgestellt wird. Sie werden gesammelt und am Monatsende an die EDV-Zentrale Halle weitergeleitet und am Computer erfasst. Am Monatsende wird von dieser EDV-Zentrale eine EDV-Liste ausgedruckt. Sie dient zur Prüfung der gesamten benötigten Materialien des Monats, welche vom Oberbauleiter Herrn Carsten immer geprüft wird. Es ist ein sehr interessantes Arbeitsgebiet, auf das Judith sich bereits freut.

Wie lange sie ihren neuen Job ausüben darf, steht in den Sternen. Die Betriebsleitung wird bestimmt bald den wahren Grund erfahren, weshalb sie von der Bank geflogen sind. Sich jetzt darüber Gedanken zu machen, ist jedoch noch viel zu früh, allerdings wäre es total falsch gewesen, den Kaderleiter mit der Wahrheit zu konfrontieren. Auf keinen Fall hätten sie diesen Job bekommen, da ist sich Judith ganz sicher. Die Staatssicherheit ist niemals auf die Idee gekommen, dass die beiden Frauen sämtliche Betriebe aufsuchen würden, um einen geeigneten Job zu finden, der auch ihrer Qualifikation entspricht. Natürlich kann es passieren, dass es wieder zu einer Entlassung kommt. Die Staatsmacht kontrolliert jede Person, vor allem Klassenfeinde, die dem Staat den Rücken kehren wollen. Ich bin stark und werde es auch bleiben, keiner wird mich kleinkriegen, das schwört sich Judith. Sie hofft, dass Karla den gleichen Standpunkt vertritt und sich nicht von den Holzköpfen zermürben lässt.

Es ist ein sehr schöner Arbeitsplatz und alle Kollegen zeigen sich äußerst hilfsbereit, vor allem Herr Kunth, mit dem Judith das Büro teilt. Er hat sie schon intensiv in das neue Arbeitsgebiet eingewiesen, welches Judith sehr umfangreich vorkommt. Sie schreibt sich sämtliche Abläufe auf, damit sie nicht immer die gleichen Fragen stellen muss. So kann sie alles immer schön nachlesen. Zu Hause studiert sie nochmals die einzelnen Arbeitsabläufe, umso schneller wird sie in ihrer Tätigkeit Sicherheit erlangen. Dank ihrer großen Belastbarkeit hat sie schon immer ihre gestellten Arbeitsaufgaben schnell und fehlerfrei gemeistert. Die Kantine wird von Helga, der guten Seele der Bauleitung, bewirtschaftet. Sie besorgt nur die frischen Lebensmittel, die warme Küche zur Mittagszeit wird von einer Großküche angeliefert. So haben alle Mitarbeiter, die auf dieser Baustelle arbeiten und auch angestellt sind, jeden

Tag eine warme Mahlzeit. Hier kann ich es aushalten bis zur Ausreise, denkt Judith.

Hauptsächlich von männlichen Kollegen umgeben zu sein, ist eine vollkommen neue Herausforderung. Die ersten Reparaturrechnungen liegen schon auf Judiths Schreibtisch, sie müssen den richtigen Konten zugeordnet werden. Eine weitere tägliche Aufgabe besteht darin, Materialscheine auszustellen. Die Anwesenheit der Arbeiter und Angestellten zu überprüfen, ist eine der wichtigsten Aufgaben von Judith, damit zum Monatsende die korrekte Lohnabrechnung erfolgen kann. Sie wird unterstützt von den zuständigen Meistern, auch ihr Kollege Herr Kunth ist sehr hilfsbereit. Er ist ein sehr lebenslustiger Herr, 60 Jahre alt, hat aber noch nicht die geringste Lust, seine Rente anzutreten. Er spricht überhaupt keinen halleschen Dialekt, wird auch der Advokat der Oberbauleitung genannt. Er soll schon oft Leute aus einer kniffligen Lage herausgeholt haben. Er kann Briefe in einem derart hohen Beamtendeutsch schreiben und formulieren, ein wahrer Künstler. Er erzählt Judith, dass er gebürtiger Hamburger sei und vor dem Mauerbau mit seiner Familie in die DDR übergesiedelt sei. Für Judith ein Schock, hoffentlich ist das kein Stasimensch? Wie kann es sein, von einer der schönsten Städte der BRD in ein System auszuwandern, wo die Menschen eingesperrt sind? Für Judith unerklärlich, sie kann es sich nicht verkneifen, ihm diese Frage zu stellen.

„Es ist eine lange Geschichte, meine Frau hat mir diesen Schritt bis heute nicht verziehen. Dass die DDR eine Mauer baut und die Grenzen dicht macht, hat damals kein Mensch geahnt." Trotzdem versteht Judith den Sinn nicht. „Hamburg ist doch bestimmt viel schöner als die graue Industriestadt Halle." „Das stimmt, die Stadt wurde uns damals zugeordnet." Es ist schon irgendwie merkwürdig, denkt Judith, ich will in den Westen auswandern und jetzt sitze ich hier im Büro mit einem ehemaligen BRD-Bürger, der mit seiner Familie in die DDR gezogen ist. Sie konzentriert sich wieder auf ihre Arbeit, aber irgendwie lässt sie der Gedanke nicht los, wieso es Menschen gibt, die lieber in Unfreiheit leben wollen. Herr Kunth lächelt Judith an. „Ich werde Ihnen eines Tages den wahren Grund erzählen, ich bin mir ganz sicher, Sie werden mich verstehen." „Vielleicht!", antwortet Judith. Ihre Neugier, was für Gründe Menschen zu diesem Schritt bewegt haben, ist jetzt schon geweckt.

Die Arbeit macht Judith sehr viel Spaß, auch Karla ist mit ihrem neuen Arbeitsplatz und den Kollegen vollkommen zufrieden. Jetzt heißt es nur noch abwarten, ob alles ruhig bleibt. Es ist der dritte Arbeitstag, noch keiner von den Leuten der Staatssicherheit hat sich bei den Vorgesetzten gemeldet. Es geht sehr lustig und lebendig in der Oberbauleitung zu. Es ist eben doch ein ganz anderes Gefühl, mit Männern zu arbeiten. Alle sind sehr hilfsbereit und haben immer ein nettes Wort für Judith übrig. Sie hofft, dass alles so harmonisch bleibt, aber so richtig glaubt sie noch nicht daran. Es ist bestimmt nur eine Frage der Zeit, dann wird auch hier der Hammerschlag kommen.

Ihre Vermutung bestätigt sich, schon am nächsten Tag, vor der Mittagpause, bekommt sie von ihrem Chef, Herrn Carsten, einen Brief überreicht. Der Absender: Straßen-, Brücken- und Tiefbaukombinat Halle – Betriebsleitung. Sie öffnet das Schriftstück, es ist eine Vorladung vom Betriebsdirektor Herrn Heller, schon am nächsten Tag um 9.00 Uhr soll sie erscheinen. Es dauert nicht lange, da bekommt sie einen Anruf von Karla. Sie hat den gleichen Brief von ihrem Bauleiter überreicht bekommen, allerdings ist ihr Gespräch eine halbe Stunde später anberaumt. „Wir werden bestimmt wieder entlassen, schon allein weil wir sie belogen haben." „Das glaube ich nicht", antwortet Judith, „die Staatssicherheit hat uns damals bei der Vernehmung extra darauf hingewiesen, mit keinem über unseren Ausreiseantrag zu sprechen, das haben wir befolgt." „Du hast recht", antwortet Karla, „hoffentlich sehen die Herren das auch so." „Ich habe noch viel zu tun", lenkt Judith ab, „wir sehen uns morgen im Betrieb."

Negative Vermutungen kann sie jetzt überhaupt nicht gebrauchen, zumal sie gerade von Herrn Kunth in Kontobewegungen bestimmter Kostenrechnungen eingewiesen wird. Auch fertiggestellte Bauabschnitte soll sie protokollieren, was zu den interessantesten Aufgabengebieten gehört. Herr Kunth merkt, dass bei ihr eine gewisse Unruhe aufgetreten ist. „Ich glaube, wir machen Schluss für heute, Sie haben schon genug geleistet." Sie ist sehr froh darüber und hat nur einen Gedanken: schnell heimkommen. „Der Brief ist wohl nicht angenehm?", fragt Herr Kunth nebenbei. „Alles in Ordnung", antwortet Judith, „meine Freundin und ich müssen nur noch Kleinigkeiten erledigen, außerdem bekommen wir noch unseren Betriebsausweis ausgehändigt." „Und ich habe schon gedacht, ihr habt euren alten Arbeitgeber, die Bank, überfallen." Darüber muss Judith herzhaft lachen. „Sie sind ein ganz schlauer Fuchs!" „Nein", antwortet Herr Kunth, „das bin ich bestimmt nicht, ich habe nur verdammt gute Menschenkenntnis." Er wünscht Judith zum Abschied noch einen schönen Feierabend mit dem Spruch: „Es wird nichts so heiß gegessen, wie es gekocht wird." Manchmal hat sie das Gefühl, dass Herr Kunth Gedanken lesen kann. Sie eilt nach Hause, Moritz wartet schon voller Ungeduld. „Ich habe dir heute ein fürstliches Mahl mitgebracht. Es gibt Schnitzel mit Blumenkohl." Sie packt den Thermobehälter aus, den Frau Schmidt von der Kantine gefüllt hat. So hat Moritz jeden Tag sein warmes Mittagessen, ohne dass Judith kochen muss, dafür bezahlt sie im Monat 25,00 Mark.

Pünktlich um 9.00 Uhr steht Judith vor der Tür des Direktors und wird auch gleich von der Sekretärin höflich empfangen. Herr Heller erwartet sie im Besprechungsraum am anderen Ende des Flurs. Als sie den Raum betritt, traut sie ihre Augen nicht, mindestens 15 männliche Personen sitzen an einem langen Tisch. Welche Funktion diese Herren haben, ist für Judith kein Geheimnis, dafür hat sie einen Blick. Mindestens die Hälfte ist vom Ministerium der Staatssicherheit und der Rest die Geschäftsleitung vom Straßen-Brücken-Tiefbau. Judith begrüßt die Herren höflich und platziert sich gleich am anderen Ende des Tisches. Die Befragung geht gleich los, so wie erwartet. „Wieso haben Sie uns vor der Einstellung über den Entlassungsgrund bei der Bank belogen?" Ohne zu zögern, antwortet Judith: „Wir wurden ausdrücklich darauf hingewiesen, über unsere Antragstellung zu schweigen." Herr Heller schaut Judith verblüfft an und fragt: „Wieso schweigen? Dieser Antrag wurde von den staatlichen Behörden knallhart abgelehnt." Es werden noch unzählige weitere Fragen gestellt, die Judith sehr selbstbewusst beantwortet. Zum Abschluss des Gespräches sagt Herr Heller, dass Judith ihren Arbeitsplatz behalten kann und nicht entlassen wird. Das ist eine gute Botschaft, allerdings äußert einer der Staatssicherheitsbeamten noch die Bemerkung: „Wir werden uns bei Ihren Vorgesetzten regelmäßig über Ihr Verhalten in der Bauleitung erkundigen." „Kein Problem", antwortet Judith, „ich bin keine Kriminelle und arbeite auch sehr gern." „Wer mit dem Gedanken spielt, zum Feind übersiedeln zu wollen, ist für uns kein normaler Bürger." Judith schaut den Mann an und sieht, wie verdammt ungepflegt er aussieht. Seine sehr schlechten gelben Zähne, die durch sein höhnisches Grinsen zum Vorschein kommen, lösen bei ihr sofort Ekel aus. Am liebsten hätte sie ihn darauf aufmerksam gemacht, aber sie schweigt lieber und verlässt den Raum. Draußen wartet schon Karla, Judith zwinkert ihr zu und sagt leise: „Wir treffen uns nach Dienstschluss." Karla nickt, bevor sie die Höhle des Löwen betritt.

Herr Kunth wartet schon ungeduldig auf seine neue Kollegin und stellt auch gleich die Frage, ob alles in Ordnung sei. Judith nickt. „Alles bestens, es ging nur um belanglose Dinge." Mehr will sie nicht sagen. Innerlich ist sie erleichtert, dass sie ihren Job behalten kann. Sie beginnt gleich mit ihrer Arbeit und kontrolliert Rechnungen. Danach schreibt sie noch Materialscheine an Meister, die Material für die Bauarbeiten benötigten. Eine Kopie davon wird ins EDV-Zentrum Halle eingeschickt und erfasst. So können Diebstähle immer genau erkannt werden und es kann überprüft werden, ob das Material auch tatsächlich für das Bauprojekt verwendet wurde. Auch die Baukasse soll Judith verwalten, aus dieser Kasse werden die Gelder für die Einkäufe bestimmter Inventarmittel, auch für die benötigten Lebensmittel in der Kantine, bezahlt. Jedes Quartal wird mit den Kantinenfrauen eine Inventur vorgenommen.

Es herrscht eine unwahrscheinlich tolle und lockere Atmosphäre in dieser Oberbauleitung, Judith hat schnell die Herzen aller Kollegen gewonnen. Sie hätte niemals gedacht, dass es so lustig sein kann, mit männlichen Kollegen zu arbeiten. An manchen Tagen herrscht zwar ein rauer Ton, das ist aber für Judith kein Problem. Herr Carsten brüllt sehr oft seine Meister an, das ist jedoch offensichtlich von großer Notwendigkeit, wenn es sich um Bauprojekte handelt, die durch irgendeine Schlamperei nicht termingerecht für eine Abnahme fertiggestellt wurden. Herr Kunth ist ein wahrer Lehrmeister; alles, was er Judith lehrt, geht mit einer hohen Gewissenhaftigkeit vonstatten. Er erzählt Judith, dass er im Westen einmal krumme Geschäfte gemacht hat. Er hatte als Speditionsleiter bei der Firma Schenker gearbeitet, war bei einem Drogenschmuggel mit beteiligt. Deshalb ist er mit seiner Familie in die DDR abgehauen, so konnte er einer Gefängnisstrafe in der BRD entkommen. Judith lauscht gespannt seiner Geschichte. „Dafür sind Sie jetzt in einem großen Gefängnis mit Stacheldraht und einer Mauer rund um Berlin." „Das hat damals noch keiner geahnt, dass die DDR alle Schotten dicht macht. Meine Frau hat mir diesen Schritt niemals verziehen, aber mit vier Kindern gab es nur zwei Alternativen, entweder in Hamburg bleiben und mit einer Gefängnisstrafe rechnen oder in die DDR abhauen." Am liebsten würde Judith noch viele Fragen über den Westen stellen, aber sie hat sich fest vorgenommen, mit keinem Kollegen über westliche Ansichten zu reden, schon gar nicht über ihre geplante

Zukunft. Genug gedroht wurde ihr vonseiten der Staatssicherheit, auch Direktor Heller hat verlangt zu schweigen und sich auf den neuen Arbeitsplatz zu konzentrieren.

Nach Feierabend trifft sie sich noch mit Karla, diese hat das Gleiche erlebt und kann Judith nichts Besonderes berichten. „Was machen wir jetzt?“ „Auf alle Fälle müssen wir die Botschaft in Prag nochmals aufsuchen und über alles berichten.“ „Es wäre jetzt aber nicht gut“, antwortet Karla, „wir werden bestimmt beobachtet.“ „Stimmt! Ich kann auch alles per Telefon erledigen, vielleicht von meinem Arbeitsplatz aus. Jeden Donnerstag ist Rapport, da bin ich allein im Büro“, antwortet Judith. Karla schwärmt auch von ihrem Arbeitsplatz und den netten Kollegen, allerdings ist ihr Arbeitsgebiet total anders als das von Judith. Diese Bauleitung ist als Hauptauftragnehmer für alle fertiggestellten Bauprojekte verantwortlich. Jedenfalls kann die Zeit bis zur genehmigten Ausreise durch diesen guten Arbeitsplatz ohne Probleme ausgehalten werden, da sind sich Judith und Karla einig. Aber wie lange das alles dauern wird, das steht in den Sternen. Das Wochenende will sich Judith noch mit Vera treffen, die ist sehr unglücklich mit ihrem Arbeitsplatz, der von der Stasi ausgesucht wurde. Sie hatte ihn damals sofort angenommen, was für Judith verständlich ist; zwei Söhne zu ernähren, das kostet Geld. Veras Antrag läuft jetzt schon mehr als ein Jahr und nichts tut sich. Der zuständige Bedienstete der Botschaft in Prag hat erwähnt, dass die Leute im Durchschnitt zwei bis vier Jahre bis zur genehmigten Ausreise warten müssen. Wenn Judith, Moritz und Karla die Botschaft nicht mehr verlassen hätten, wäre es wie eine illegale Flucht gehandhabt worden.

Frust in der Familie

Eigentlich war klar, dass die Familie negativ auf den Ausreiseantrag reagieren würde. Schwester Rosi hat gleich damit gedroht, dass sie jetzt keinen Kontakt mehr mit Judith haben dürfe. Das heißt, bei Elternbesuchen sind sie nicht mehr dabei, wenn Judith anwesend ist. Für die Eltern ist dies sehr schmerzhaft, aber gerade diese Reaktion bestärkt Judith und macht sie auch wütend. Immer wieder muss sie sich die gleiche Frage anhören: „Wohin willst du denn gehen?" „Ich bin ganz einfach neugierig auf ein neues und besseres Leben, vor allem wo keine so hohe Luftverschmutzung ist wie hier. Moritz bekommt seine Bronchitis nicht los, auch die Ekzeme an seiner Hand lassen nicht nach, obwohl er von den Hautärzten mit Kortisonsalbe behandelt wird. Außerdem will ich endlich aus meiner Bruchbude raus, es gibt für mich hier keine Zukunft mehr." „Woher willst du wissen, dass es dir im Westen besser geht?" „Das weiß ich ganz genau, zumal ich sehr fleißig und gut ausgebildet bin." Darauf ertönt nur noch ein höhnisches Lachen vonseiten ihrer Schwester und deren Ehemann. „Die gute Ausbildung hast du dem Staat DDR zu verdanken und jetzt willst du ihn verlassen?" „Wo hätte ich denn als DDR-Bürgerin sonst meine Schule und Ausbildung absolvieren sollen? Schließlich bin ich hier geboren, da blieb mir ja gar nichts anderes übrig." Diese dummen Diskussionen machen Judith nur noch wütender. Sie wendet sich nur noch ihren Eltern und den anderen Geschwistern zu, die im Grunde genommen Verständnis für ihre Entscheidung haben. Jeder ist für sein eigenes Leben verantwortlich, darüber sind sich alle einig. „Meiner Schwester Hilde geht es hervorragend in München", gibt Horst, der Ehemann von Judiths jüngster Schwester Eva, zum Besten. Sie hat sich ins gemachte Nest gesetzt. Ihr Ehemann Fritz ist von einer Dienstreise im Westen nicht mehr zurückgekommen. Sie durfte genau ein Jahr später, 1978, mit ihrem gemeinsamen Sohn aus der DDR ausreisen. Auch für ihre Eltern war dies sehr schmerzhaft, daran kann sich Judith noch ganz genau erinnern.

„Ich habe jetzt einen wunderbaren Arbeitsplatz, es ist der größte Baubetrieb der DDR", erzählt Judith. „Da bist du aber tief gesunken", kommt wieder eine spitze Bemerkung von Rosi. „In einer Oberbauleitung zu arbeiten, ist sehr interessant, zumal es im Vergleich zur Bank ein vollkommen neues Arbeitsgebiet ist. Ich arbeite hauptsächlich mit Bauingenieuren, Architekten und Technologen zusammen, alles studierte Menschen, also nicht tief gesunken." Langsam werden Judith die Diskussionen mit Rosi zu anstrengend, deshalb plant sie, den nächsten Besuch bei ihren Eltern immer an solchen Tagen vorzunehmen, an denen ihre ältere Schwester und deren Ehemann nicht dabei sind. An Geburtstagen, Weihnachten oder bei Gartenfesten wird die Begegnung mit ihnen allerdings nicht zu vermeiden sein. Vorher anzurufen, um meinen Besuch anzukündigen, ist wohl die beste Lösung, denkt Judith.

Der Besuch bei Vera verläuft viel entspannter und fröhlicher, geredet wird nur über die wunderschöne Zeit mit John und Rudolf. Schon fließen wieder bitterliche Tränen und keine der beiden Frauen kann verstehen, was passiert ist. „Wir werden die Gründe erfahren, da bin ich mir ganz sicher", erwähnt Judith. Es vergeht kein Tag, an dem beide Freundinnen nicht an ihre große Liebe denken. Schon deshalb müssen sie diesen harten Weg durchziehen. Für Judith wird es im Westen leichter werden als für Vera, sie hat Verwandtschaft, von der sie auf alle Fälle herzlich aufgenommen wird. Das sieht bei Vera und Karla weit weniger rosig aus; bei ihnen allen steht in den Sternen geschrieben, ob und wann die Genehmigung zur Ausreise überhaupt erteilt wird.

Alle drei Monate stellt Judith einen neuen Antrag, auch Vera hat wieder einen gestellt, der erneut abgelehnt wurde. Jedenfalls hat Judith einen wunderschönen Arbeitsplatz, das Gehalt ist ähnlich wie bei der Bank, so kann die Zeit gut überbrückt werden. Die Kollegen sind supernett, allerdings weiß keiner von ihren Ausreiseplänen, nur die Betriebsleitung ist informiert. „Das bleibt nicht lange geheim", prophezeit Vera, „das weiß ich aus eigener Erfahrung. Es gibt immer Kollegen aus der oberen Etage, die plaudern. Meine Brüder sind stinksauer", erzählt sie weiter, „sie halten mich für verrückt, mit zwei Kindern zum Feind auswandern zu wollen. Es sind eben richtige Genossen, die ihr Vaterland DDR lieben." „So geht es mir mit meiner Schwester Rosi und ihrem Ehegatten. Allerdings haben sie hauptsächlich Angst, ihren Job zu verlieren, deshalb wollen sie auch den Kontakt mit mir nicht mehr pflegen. Schon verrückt, zumal ich noch DDR-Bürgerin bin. Ich vermute, dass die staatlichen Organe verlangt haben, den Versuch zu starten, Moritz und mich irgendwie aus der Familie auszugrenzen, eine richtige Zersetzung. Meine Eltern und meine anderen Geschwister würden dieses Spiel niemals mitmachen, es fließt zu viel Herzblut in unseren Adern." Das Gleiche vermutet auch Vera, sie hat sich mit ihren Brüdern immer sehr gut verstanden und jetzt sind sie wie ausgewechselt. Was Vera sehr wundert, dass auch Karla alles mit durchziehen will. Sie ist erst Anfang zwanzig, wohnt noch bei ihren Eltern, da ist die Bindung zur Familie noch viel stärker. „Keine Ahnung", antwortet Judith, „sie hat sich halt immer an uns gehängt, aber auch erwähnt, dass sie hier keine Aussicht auf eine eigene Wohnung hat."

Das wird der eigentliche Beweggrund von Karla sein, der DDR den Rücken kehren zu wollen. Außerdem hat sie wohl auch erkannt, dass es hier in diesem Land keine Zukunft gibt. Es wird für alle normalen DDR-Bürger immer ein Traum bleiben, frei um die Welt zu reisen, leckere Lebensmittel, vor allem Südfrüchte, zu verspeisen und tolle Klamotten zu kaufen. Sportler, Prominente und Auslandskader dürfen die Welt bereisen, allerdings nur mit großen Einschränkungen. Für die Leute der Staatssicherheit gilt ebenfalls das Reiserecht in kapitalistische Länder. Das gemeine

Volk ist in dem kleinen Land regelrecht eingesperrt und darf nur in sozialistische Länder reisen, aber selbst das ist manchmal nicht möglich. Das hat Judith auch eiskalt zu spüren bekommen, sie hat kein Ungarn-Visum mehr bekommen, ohne jegliche Begründung.

Dezember 1981

Jetzt ist es für alle Mitarbeiter in der Bauleitung kein Geheimnis mehr, dass Judith den Ausreiseantrag gestellt hat. Gott sei Dank, denkt Judith, nun kann ich endlich auch darüber reden. Herr Kunth hat irgendwie negativ reagiert und immer wieder die Frage gestellt, welche Vorstellung sie vom Westen habe. „Es gibt dort eine große Arbeitslosigkeit, auch eine hohe Kriminalität." „Oje, lieber Herr Kunth", reagiert Judith genervt, „Sie schauen zu viel den schwarzen Kanal mit Karl-Eduard von Schnitzler." Darüber lacht er herzlich und antwortet: „Den brauche ich nicht anzuschauen. Ich kenne das Leben in Westdeutschland, schließlich bin ich gebürtiger Hamburger." Er erzählt Judith nochmals den wahren Grund, weshalb er bei einer Nacht-und-Nebel-Aktion das Land mit seiner Familie verlassen hat. „Bin vor lauter Geldgier etwas kriminell abgerutscht, habe mit Drogen gehandelt. Da ich in der Spedition Schenker als Abteilungsleiter angestellt war, konnte ich alles gut organisieren. Meine Frau hat davon keine Ahnung gehabt. Ich selbst habe alles bereut, aber damals hat keiner auch nur im Geringsten daran gedacht, dass die staatlichen Organe der DDR die Grenzen so verschärfen, sogar noch eine Mauer um Berlin hochziehen, also kein Durchkommen mehr. Es war August 1961, das Jahr, wo alles dicht gemacht wurde. Den Menschen aus dem anderen Teil Deutschlands wurde die Einreise nach dem Westen für immer und ewig verwehrt." „Daran kann ich mich noch ganz genau erinnern", sagt Judith, „damals sind noch unzählige Menschen in den Westen geflüchtet. Wir sind damals über 30 Schüler in der Klasse gewesen, danach waren wir nur noch zwölf. Sogar meine beste Freundin ist mit ihrer Familie geflüchtet, darüber war ich sehr traurig." „Die Welt befürchtete, dass durch dieses Ereignis ein dritter Weltkrieg ausbrechen könnte, aber das ist Gott sei Dank nicht geschehen."

Judith könnte ihrem Kollegen stundenlang zuhören, er hat so

viel Lebenserfahrung und ist auch ein sehr schlauer Mann. Seine hohe Begabung, Schriftsätze jeglicher Art zu formulieren, wie es nicht mal ein hoher Beamter in der Lage wäre, ist schon phänomenal. Er hat durch diese kriminelle Dummheit in Hamburg sein ganzes Leben irgendwie zerstört. „Sie haben Ihr Leben mit einem großen Gefängnis, der DDR, getauscht." „Das stimmt", antwortet Herr Kunth. „Ich hätte in Hamburg die Strafe absitzen sollen, allerdings wäre ich dann vorbestraft gewesen. Ich hätte meine ältere Tochter, die in Amerika lebt, nie mehr besuchen können. Leider darf ich meine Tochter jetzt erst als Rentner besuchen. Die ganze Aktion war damals dumm und unüberlegt. Es ist nicht mehr zu ändern, meine Kinder haben sich hier sehr gut eingelebt, darüber bin ich froh. Jetzt habe ich das Rentenalter erreicht, kann zu jeder Zeit nach Westdeutschland reisen, das reicht mir vollkommen. Meine Frau muss allerdings noch zehn Jahre warten, ehe sie ihre alte Heimat wiedersehen kann." „Das ist alles so traurig", sagt Judith, „aber keiner dieser alten Betonköpfe von Politikern will diese Gesetze ändern."

Das Arbeitsklima in der Oberbauleitung ist so lebendig und Judith wird von ihren Kollegen sehr gemocht und auch respektiert. Ihr Arbeitsgebiet beherrscht sie bis ins kleinste Detail. So hat ihr Chef überhaupt nichts zu meckern. Auch ihr großer Humor und ihr herzhaftes Lachen gefallen allen Kollegen, sie ist der wahre Sonnenschein der Bauleitung. Karla hat sich mit einem Bauleiter angefreundet, geht auch viel privat mit ihm aus. Am Telefon hat Judith sie gefragt, ob sie noch an ihrer Ausreise festhalte, sie hat sofort geantwortet: „Natürlich will ich eines Tages im Westen leben, das mit Ingo ist nichts von Bedeutung. Außerdem ist er verheiratet und will irgendwann mit seiner Frau an die Ostsee ziehen. Ich verbringe nicht viel Zeit mit ihm, wir spielen zweimal in der Woche nach Dienstschluss in der Betriebsturnhalle Volleyball, auch noch mit anderen Kollegen vom Straßen-Brücken-Tiefbau.

Du kannst übrigens auch gern mitspielen, es fehlen noch Spieler." „Tut mir leid", antwortet Judith, „dafür habe ich leider keine Zeit und auch kein Interesse. Ich gehe lieber schwimmen, Tennis würde ich allerdings gern lernen." „Diese Sportart würde mich auch interessieren", antwortet Karla. „Wir können uns ja mal schlaumachen, wo es Tennisplätze mit Lehrern gibt, aber erst im neuen Jahr." „Alles klar."

Beim Rapport gibt der Oberbauleiter bekannt, dass die Bauleitung zusammen mit Kollegen einer anderen Bauleitung eine Weihnachtsfeier ausrichten will. Er beauftragt Judith und Kunth, bei der Gestaltung zu helfen. Die Feier soll in ihrem Aufenthaltsraum stattfinden, ungefähr 30 Leute werden anwesend sein. Außerdem erwähnt er, dass im neuen Jahr ein Zusammenschluss mit dieser Bauleitung erfolgen soll. „Wir werden in eine größere Raumzelle mit noch mehreren Räumen, sanitären Anlagen und natürlich einer großen eigenen Küche umziehen." Kunth überrascht das nicht, zumal dieser Umzug schon letztes Jahr geplant war. Die Verzögerung rührt daher, dass noch keine geeignete Raumzelle zur Verfügung stand. Nächste Woche soll diese Zelle kommen und aufgestellt werden, es wird sich allerdings bis Ende Januar hinziehen, bis sie bezugsfertig ist. „Da bin ich aber gespannt auf die neuen Kollegen, hoffentlich sind sie nett." „Die sind alle super, auch die zwei Frauen", erwidert Kunth. „Vorschlag! Wir fahren mal hin und bereden gleich die Vorbereitungen der Weihnachtsfeier." „Eine hervorragende Idee!" Judith sprudelt vor Energie und Freude. Allerdings, ohne Helm und sichere Arbeitsschuhe darf keiner über die Baustelle laufen, so sind die Sicherheitsbestimmungen. Flink besorgt Kunth für Judith einen passenden Helm, den sie auch gleich anzieht; Schwierigkeiten gibt es hingegen mit der Größe der Arbeitsschuhe. Schnell kündigt Kunth den Besuch telefonisch an, mit der Bemerkung: „Deckt schon mal den Tisch mit Kaffee und Kuchen." Jens, ebenfalls ein Bauleiter, soll die beiden mit dem Betriebsauto zu dieser Bauleitung hinfahren.

Eigentlich ist Judith überrascht, die Bauleitung hat nur wenige Mitarbeiter. Herr Kuddel, der zuständige Bauleiter, ein junger, sehr attraktiver Mann, seine Sachbearbeiterin Doris sowie die Kantinenfrau Katrin haben schon den Kaffeetisch gedeckt, so wie es Herr Kunth telefonisch aus Spaß gewünscht hat. Sie werden sehr freundlich begrüßt, setzen sich gleich ohne große Aufforderung an den gedeckten Tisch. Herr Kuddel fragt Judith, ob sie sich gut in der Bauleitung eingelebt habe. Schließlich ist es ein vollkommen neues Arbeitsgebiet, das muss erst gelernt werden. Kunth sagt: „Alles, was ich ihr bisher beigebracht habe, konnte sie fehlerfrei umsetzen." „Ich habe ja auch viele Jahre bei der Außenhandelsbank als Hauptsachbearbeiterin gearbeitet", erwidert Judith. „Ich glaube, wer so eine Berufserfahrung im kaufmännischen Bereich hat, kommt mit einer gewissen Einarbeitungszeit in jedem Industriebetrieb zurecht." „Das ist vollkommen richtig", antwortet Herr Kuddel, „bald werden wir bei euch in die Bauleitung einziehen, da kommen dann noch weitere Aufgaben dazu. – Aber jetzt wird erst mal über die Einkäufe für die Weihnachtsfeier geredet. Das Datum der Feier ist der 20. Dezember und fängt gegen 16.00 Uhr an. Die Kantinenfrauen sind für das Essen zuständig, die Männer sollen sich um die Getränke kümmern. Das Betriebsauto kann für die Einkäufe genutzt werden, schließlich gehört es zur Bauleitung. Ich schlage vor, wir machen eine Liste und bestellen die Würstchen und Steaks schon eine Woche vorher beim Metzger." „Kein Problem", sagt Katrin, „um diese Sachen kümmere ich mich, ich kenne einen guten Metzger in meinem Dorf."

Es ist ein angenehmer Nachmittag und Judith fühlt sich von Tag zu Tag wohler unter diesen netten Kollegen. Mit so viel Freundlichkeit, die ihr von allen Seiten entgegengebracht wird, hat sie niemals gerechnet. Auch nach der Bekanntgabe ihres Ausreiseantrags nach dem Westen hat sich am Arbeitsklima nichts verändert. Enttäuscht zeigt sich allerdings immer wieder Herr Kunth. „Das hätten Sie mir ruhig von Anfang an erzählen können, schließlich habe ich Ihnen auch meine Herkunftsgeschichte erzählt." Judith schämt sich und entschuldigt sich mit der Begründung, dass die Staatssicherheit ihr einen Maulkorb verpasst hat. Es wurde ihr sogar gedroht, falls sie doch plaudere, habe dies schlimme Folgen. Herr Kunth versteht Judith und fragt, wann sie mit einer Ausreise rechnen könne. „Keine Ahnung", antwortet Judith frustriert, „mein Antrag ist von der Abteilung ‚Inneres' erneut abgelehnt worden." „Das kenne ich", erwidert Kunth, „da muss jeder Bürger Geduld haben." Judith fällt ein derart großer Stein vom Herzen, dass jetzt alle Bescheid wissen und auch keine dummen Fragen mehr gestellt werden. Herr Carsten hatte nur mal erwähnt, dass diese ganze Aktion noch Jahre dauern könne, wenn überhaupt etwas daraus würde. Davon lässt sich Judith jedoch nicht einschüchtern, solche Worte sind schon oft gefallen, auch von dem zuständigen Botschaftsmitarbeiter in Prag. Es war auf jeden Fall richtig, alles gut vorbereitet zu haben, vor allem, sich richtig zu informieren. Jetzt konzentriert sie sich erst einmal auf das Weihnachtsfest, nächstes Jahr wird sie dann weitersehen.

Frühling 1982

Als Vera ganz unverhofft vor der Tür steht, wundert sich Judith, zumal es erst früher Nachmittag ist. „Woher weißt du, dass ich heute meinen Haushaltstag habe?“ „Natürlich habe ich bei dir im Betrieb angerufen, da wurde mir dein freier Tag mitgeteilt. Ich glaube, bei mir geht es demnächst los, ich habe wieder eine Vorladung beim Ministerium Abteilung ‚Inneres‘ bekommen.“ „Wie und wann?“ Judith schaut ihre Freundin voller Neugier an. „In einer Stunde muss ich dort sein, ich wollte dich nur informieren.“ „Das hat bestimmt noch gar nichts zu sagen“, antwortet Judith, „vielleicht lehnen sie deinen Antrag erneut ab. Ich werde dich begleiten und draußen in dem kleinen Café warten.“ „Genau, deshalb bin ich hier“, antwortet Vera, „ich habe diesmal ein verdammt gutes Gefühl, aber auch ein wenig Angst.“ „Du meinst, dein Ausreiseantrag wird genehmigt? Mein Gott, wenn das wahr ist, werde ich dir beim Packen helfen.“ Judith reagiert nahezu aufgeregter als Vera. „Vielleicht bekomme ich auch bald einen Bescheid von der Behörde.“ „Das glaube ich nicht“, antwortet Vera, „du hast deinen Ausreiseantrag erst letztes Jahr im Herbst eingereicht.“ „Stimmt!“, bestätigt Judith, „wir wollten uns lieber erst in der westdeutschen Botschaft beraten lassen.“

Schnell föhnt sich Judith die Haare, danach fahren die Freundinnen mit der Straßenbahn Richtung jener Behörde. Veras Herz klopft wild vor Aufregung. Als die Stasibehörde erreicht ist, zögert Vera noch, bevor sie die Tür öffnet. Wie abgesprochen wird sich Judith währenddessen in dem Café aufhalten, das sich auf der anderen Straßenseite befindet. Sie beobachtet permanent den Eingang des Gebäudes, aber leider kommen nur die Angestellten heraus, die Feierabend haben. Sie bestellt sich noch ein Kännchen Kaffee und staunt, dass der Kaffee sogar genießbar ist. Jetzt sind schon zwei Stunden vergangen und keine Vera in Sicht. Was reden die Kerle nur mit ihr?, denkt Judith etwas besorgt. Am liebsten würde sie das Gebäude selbst betreten und nach Vera Ausschau halten, aber das will sie dann doch lieber nicht riskieren.

Das Café ist gut besucht, die Gäste sind hauptsächlich ältere Leute. Jetzt bemerkt sie auch, dass ein männlicher Gast sie nicht aus dem Blick lässt. Am liebsten hätte sie ihn angesprochen, ob er nichts anderes zu tun habe, als sie wie ein Zootier anzugaffen. Grimmig schaut sie ihn an. In diesem Moment erhebt sich jener Mann von seinem Platz und steuert auf Judiths Tisch zu. Seine erste Bemerkung lautet: „Wieso sitzt eine so schöne Frau ganz allein in einem Café?" „Warum nicht? Ich bin verabredet", gibt Judith kurz angebunden zur Antwort. Er schmunzelt und sagt: „Sieht so aus, als habe diese Person Sie versetzt." Jetzt wird Judith wütend und reagiert etwas zornig. „Was geht Sie meine Verabredung an? Vielleicht habe ich ja auch einfach mal Lust, allein in einem Café zu sitzen, ohne angequatscht zu werden." Mit so einer Reaktion hat der Mann nicht gerechnet, er nickt mit dem Kopf und verlässt das Café. Die Kellnerin schmunzelt und sagt zu Judith: „Dem haben Sie es ganz schön gegeben."

Nach gut drei Stunden kommt Vera endlich aus dem Gebäude und steuert gleich ins Café, wo Judith schon voller Ungeduld auf sie wartet. „Weißt du, dass ich mindestens fünf Kännchen Kaffee konsumiert habe?" „Ich brauche jetzt erst mal einen Wodka", antwortet Vera. „Es geht wie vermutet los, ich habe meine Laufzettel bekommen, die ich innerhalb von zwei Wochen erledigen muss." „Wieso hat das alles so lange gedauert?" „Sie haben nochmals versucht, mich umzustimmen. Nur negatives Zeug wurde mir vom Westen erzählt, sogar Bilder von Drogenslums haben sie mir gezeigt. Ich habe aber nicht lockergelassen und auf meine Ausreise bestanden." „Das finde ich gut", antwortet Vera, „so werde ich mich auch verhalten." „Das Datum meiner Ausreise wurde mir allerdings noch nicht mitgeteilt. In zwei Wochen muss ich den

Laufbogen abgeben." Judith schaut sich die Blätter an und fragt: „Was sind denn das alles für Institutionen, wo eine Abmeldung erforderlich ist?" „Keine Ahnung, die Betonköpfe verlangen es, vor allem darfst du keine Schulden hinterlassen." „Das verstehe ich ja noch, aber hundert unbekannte Behörden aufzusuchen, um sich einen Stempel verpassen zu lassen, finde ich schon Schikane." „In zwei Wochen ist das ohne Auto jedenfalls nicht zu bewältigen, zumal sich die meisten Behörden außerhalb der Stadt Halle befinden. Ich werde jetzt anfangen, alle Möbel zu verkaufen, meine Brüder helfen mir bestimmt." „Ich werde dir auch helfen", antwortet Judith, „du musst dich nur bei mir melden. Auf alle Fälle wird Abschied gefeiert, wenn du deine Papiere zur Ausreise vollzählig hast. Falls du den Bestimmungsort auswählen kannst, entscheide dich für das Bundesland Baden-Württemberg. Dort will ich auch eines Tages hin, da meine Verwandten in der Nähe von Heidelberg leben." „So weit denke ich noch nicht", antwortet Vera, „ich muss erst die ganzen Wege erledigen. Sämtlichen Haushalt wie Wäsche, Geschirr und Bücher kann ich mitnehmen. Das Problem ist nur, woher bekomme ich die erforderlichen Kisten?" „Es gibt doch Umzugsspeditionen, vielleicht kannst du dort Kisten bekommen?" „Du hast recht", antwortet Vera, „aber wo finde ich solche Speditionen, die auch auf Umzüge nach dem Westen orientiert sind? – Noch steht das Datum der Ausreise nicht fest, also habe ich Zeit, mir darüber Gedanken zu machen." Judith erwidert: „Schon morgen werde ich wieder einen Ausreiseantrag stellen, vielleicht bekomme ich ebenfalls die Aussicht, endlich aus diesem grauen Staat rauszukommen." „Das wünsche ich dir von Herzen", antwortet Vera, „aber sie werden uns niemals zusammen ausreisen lassen." „Ich möchte mit Moritz endlich ein neues Leben in einer anderen und schöneren Welt beginnen, dort, wo es bessere Luft zum Atmen gibt. John hat damals immer wieder gesagt, bei uns braucht kein fleißiger Mensch in einer Bruchbude zu leben." „Das stimmt", stimmt ihr Vera zu, „deine Wohnung ist wirklich eine Zumutung für Menschen mit Kindern." „Das Schlimmste sind die Ratten im Keller, aber Gott sei Dank hat das Gesundheitsamt inzwischen wenigstens dieses Problem im Griff. Die Elektroanlage ist lebensgefährlich, total veraltet, und es gibt keine sicheren Steckdosen."

Am nächsten Tag informiert Judith Karla per Telefon über die anstehende Ausreise von Vera. Karla reagiert nur kurz angebunden, sie wirkt gar nicht so erfreut über diese Nachricht. „Was ist los?", fragt Judith. „Ich habe sehr viel zu tun", bekommt sie zur Antwort, „außerdem habe ich eine kleine Erkältung." „Dann gute Besserung", antwortet Judith, „kannst dich ja irgendwann mal melden." Sie legt den Hörer auf und wundert sich über diese kalte Reaktion, schließlich haben sie doch das Gleiche vor. Warum zerbreche ich mir eigentlich darüber den Kopf?, denkt sie. Vielleicht ist sie verliebt und zieht ihren Antrag wieder zurück.

Kunth ist heute sehr gut gelaunt, Judith erzählt, wie Moritz fleißig Theater spielt. „Das wäre doch eine gute Idee, die Kollegen der Bauleitung auch mal zu einem Theaterbesuch zu animieren, oder?" „Guter Vorschlag", antwortet Judith, „ich werde gleich mal eine Umfrage starten oder noch besser, gleich eine Liste vorbereiten; jeder, der interessiert ist, kann sich dort eintragen. Es ist eine wunderschöne Westernparodie, bisher waren alle Vorstellungen immer ausverkauft", erzählt Judith. Der Oberbauleiter ist über diesen Vorschlag begeistert, er verteilt auch gleich die Liste an sämtliche Meister auf der Baustelle. Herr Kunth erzählt Judith, dass er vor 30 Jahren das letzte Mal ein Theater besucht hat. „Sie sind ein Kulturbanause?" „Nein! Eigentlich bin ich das nicht, aber meine Frau zeigt für kulturelle Anlässe wenig Interesse." „Das wird sich, solange ich hier angestellt bin, ändern." Genau diese Frische und lebendige Art schätzen alle Kollegen an Judith. Mit männlichen Kollegen umzugehen und zu arbeiten, macht viel mehr Spaß, es gibt keinen Neid oder Zickenkrieg. Bei der Bank gab es manchmal viel Gehässigkeit, die immer wieder aufs Neue von den gleichen Personen ausging. Sie sind auch schadenfroh über ihre Entlassung gewesen. An jene Blicke, die damals wie Giftpfeile auf Judith zuschossen, denkt sie noch oft. Egal, mit solchen Menschen will ich nie wieder etwas zu tun haben. Mein Leben geht jetzt in eine andere Richtung, koste es, was es wolle.

Herr Kunth stürmt ins Büro und überreicht Judith die Liste mit den Namen der Kollegen, die sich für den Theaterbesuch des Stücks Annie Get Your Gun interessieren. Fast 30 Karten muss sie bestellen. Sie freut sich, dass auch ihre Eltern sowie ihre jüngste Schwester und deren Ehemann sich für das Theaterstück interessieren. Für Moritz ist es erneut ein großes Ereignis, auf der Bühne zu stehen, zumal Verwandte und Bekannte sowie auch Lehrer aus seiner Schule als Zuschauer anwesend sein werden. Schon fast ein ganzes Jahr wird dieses Stück im Landestheater Halle gespielt, noch kein Ende ist in Sicht. Die Karten gehen bei jeder Vorstellung weg wie warme Semmeln, sehr zur Freude des Intendanten. Jeder Schauspieler freut sich immer über ausverkaufte Theaterplätze. Welcher Künstler steht schon gern auf einer Bühne, wenn der Zuschauerraum kaum Besucher zählt? Bei dem Stück Wilhelm Tell, das hauptsächlich von Schulklassen besucht wurde, sind zum Schluss nur wenige Karten verkauft worden. Es wurde schon nach einem halben Jahr eingestellt. So ist es in der Theaterwelt, es gibt mal gute, mal langweilige Inszenierungen.

Jedenfalls waren alle Kollegen begeistert über das Westernstück Annie Get Your Gun. Auch Judiths Eltern, ihre Schwester Eva und deren Ehemann hat es sehr gut gefallen. „Das wird Moritz im Westen bestimmt vermissen“, bemerkt Eva. „Wieso? Glaubst du wirklich, in Westdeutschland gibt es keine Theater- oder Schauspielhäuser? Auch dort werden Kinder und Jugendliche für Theaterstücke gesucht. Sich darüber jetzt schon Gedanken zu machen, wäre viel zu früh. Seine Schule ist mir viel wichtiger als seine Hobbys.“

Jetzt sind sie doch wieder auf jenes sensible Thema gekommen. „Wohin willst du gehen? Du hast dort überhaupt keinen Anhaltspunkt. Im Westen fallen keine gebratenen Tauben vom Himmel!" „Hier auch nicht", antwortet Judith. „Es wird sowieso noch eine Weile dauern, bis wir nach Westdeutschland ausreisen dürfen", lenkt sie ab und erzählt von ihrem neuen Arbeitsplatz mit den vielen netten Kollegen. Herrn Kunth und ihren Chef hat sie ihren Eltern gleich vorgestellt. Der Betrieb verfügt sogar über eigene Ferienhäuser rund um Thüringen, im Harz, im Erzgebirge und natürlich auch an der schönen Ostseeküste. Nächste Woche geht eine Liste herum und jeder kann sich für einen Ferienplatz anmelden. Nach welchen Gesichtspunkten die Vergabe vonstattengeht, kann Judith allerdings nicht sagen. Es soll eine Kommission der Gewerkschaft entscheiden und natürlich hat auch der Kaderleiter Einfluss darauf. „Karla und ich werden uns für einen Ostseeplatz in der Liste eintragen; ob es klappt, steht noch in den Sternen." „Wir gehen im Juni wieder nach Boltenhagen", teilen Eva und Horst mit. „Solange unser Sohn noch nicht eingeschult ist, können wir außerhalb der Ferienmonate verreisen."

„Meine Freundin Vera hat jetzt die Zusage für eine baldige Ausreise mit ihren Söhnen von der Abteilung ‚Inneres' erhalten. Sie hat mehrere Laufzettel bekommen und muss sich bei sämtlichen Ämtern einen Stempel einholen." „Das kenne ich noch von meiner Schwester", erinnert sich Horst. „Das war noch mal eine richtige Schikane vonseiten der Behörden. Innerhalb von zwei Tagen sollte sie alle Ämter abgelaufen haben, was natürlich unmöglich zu schaffen war. Ohne Drohungen ging bei den Behörden überhaupt nichts, das war sehr nervenaufreibend." „Genauso geht es Vera, aber sie hat sich ein paar Tage Urlaub genommen und fährt mit ihrem alten Wartburg alle Stellen ab. Übrigens darf sie das alte Auto nicht mitnehmen, denn sie könnte im Westen eventuell viel Geld damit machen." Horst lacht darüber. „Die brauchen im Westen keine alten Autos, da gibt es genug Nobelfahrzeuge." „Es gibt immer Sammler, die gerade auf alte DDR-Autos stehen, warum eigentlich auch nicht? Die Nordafrikaner kaufen sogar den Trabant für ihre Wüstentouren, dafür bekommen wir als Gegenleistung von ihnen Dinge wie zum Beispiel Südfrüchte." So richtig glaubt Horst das nicht, aber woher soll er als Busfahrer der Verkehrsbetriebe auch von solchen Exportgeschäften wissen, denkt Judith. Sie weiß genau, welche Waren und Güter in die westlichen Länder exportiert werden – Produkte, die es niemals im Laden zu kaufen gibt, höchstens man hat zu bestimmten Personen Beziehungen.

Die Woche vergeht sehr schnell und am Wochenende hat Judith volles Programm. Sie hat sich vorgenommen, ihrer Freundin Vera beim Ausräumen ihrer Wohnung zu helfen. Viele Leute haben sich schon gemeldet, um ihre Schrankwand und Couch zu kaufen. Auch ihr Schlafzimmer stößt bei den Leuten auf großes Interesse. Allerdings braucht sie die Betten noch zum Schlafen, zumal sie noch keinen genauen Ausreisetermin hat. Für das Auto interessieren sich natürlich unzählige Käufer, dieses wird aber erst ganz zum Schluss verkauft. „Geschirr und Bettwäsche würde ich in einer Kiste verpacken, damit du nicht ganz mit leeren Händen dort ankommst." „Wo soll ich die Sachen denn hinschicken? Ich habe im Westen doch keine Verwandten, auch keine Bekannten." Sie hat recht, denkt Judith. Von Rudolf hat sie seit dem Abschiedsbrief auch nichts mehr gehört. Es ist schon eigenartig, erst bekommt Judith diesen traurigen Brief von John und kurze Zeit später auch Vera von ihrem Rudolf. „Wirst du Rudolf aufsuchen?" „Auf alle Fälle", antwortet Vera, „aber erst wenn ich mich einigermaßen eingelebt habe. Zuerst muss ich ins Aufnahmelager nach Gießen, dort müssen sich alle ehemaligen DDR-Bürger registrieren lassen, bevor sie weiterreisen können."

Auch das neue Leben wird erst einmal mit sämtlichen Behördengängen ausgefüllt sein. Zum Beispiel Papiere beantragen, Wohnung suchen und einen Job finden. Diese Sorgen wird sich Judith aber erst dann machen, wenn es so weit ist. Ihre Cousine Ruth und deren Mann Wilhelm kommen demnächst nach Halle zu Besuch, ihr Einreisevisum wurde von den Behörden genehmigt. Sie haben auch schon angedeutet, im Falle einer Ausreise von Judith und Moritz sie beide auf alle Fälle bei sich aufzunehmen. Irgendwie ist es noch zu früh, um darüber nachzudenken. Ein großer Vorteil sind ihre drei Kinder, sie passen altersmäßig ausgezeichnet zu Moritz. Sie wohnen in einem Reihenhaus, es ist also genug Platz für alle vorhanden. Irgendwie hat sich die Gegend von Heidelberg schon in Judiths Kopf verankert, da auch Herr Kunth von dieser romantischen Landschaft schwärmt. Auch Mannheim mit seinen vielen Industriebetrieben ist nur wenige Kilometer von Ruths und Wilhelms Wohnort entfernt. Für Arbeitssuchende sehr zum Vorteil, zumal immer dringend qualifizierte Leute gesucht werden. Insofern wäre es schon die klügste Entscheidung, sich an dem Wohnort ihrer Cousine niederzulassen; besser als im Norden, wo sie niemanden kennt. Immer klarer wird für Judith, dass für einen Neuanfang in einer anderen Welt ein Anhaltspunkt, wo Verwandte oder Freunde leben, sehr wichtig ist, sonst ist ein langfristiger Aufenthalt in einem Lager nicht ausgeschlossen. „Ach, liebe Vera, wie ich dich beneide!“ „Das kann ich verstehen“, antwortet ihre Freundin. Der Abschied von den Angehörigen, hauptsächlich von ihrer geliebten Oma, wird trotzdem sehr schmerzhaft werden.

Sommeranfang 1982

Es hat geklappt, Karla und Judith bekommen den Ferienplatz in Kühlungsborn. Judith fragt ihren Oberbauleiter, ob es bei der Auswahl Probleme gab, er winkt nur ab. Mitarbeiter mit Kindern werden immer bevorzugt behandelt. „Außerdem hast du gute Gründe angegeben, dein Sohn leidet öfter an Bronchitis." „Das stimmt, aber auch ich habe öfter mit der schweren Luft in Halle zu kämpfen", antwortet Judith. Einen Tag nach Ferienbeginn kann die Reise angetreten werden, das Ferienheim liegt direkt am Strand.

Eigentlich wollte sie vor Ferienbeginn nochmals einen Ausreiseantrag stellen, das wird nun aber erst nach dem Ostseeurlaub in Angriff genommen. Es kann sonst passieren, dass ihr die Herren der Geschäftsleitung ihren Ostseeplatz wieder wegnehmen. Kunth hat ihr auch empfohlen, dies erst nach den Sommerferien zu tun, er werde ihr sogar dabei helfen. Darüber freut sich Judith, er hat wirklich ein gutes Herz, vor allem beeindruckt sie sein großartiges Talent, Schriftsätze zu verfassen, davon könnte sich so mancher Lehrer eine Scheibe abschneiden. Daran ist auch zu erkennen, dass er einen sehr hohen Grad an Bildung hat. Dass er in der DDR nicht groß gefördert wurde, war klar; als ehemaliger westdeutscher Bürger, der überdies wegen einer Straftat aus seinem Land geflohen ist, wird ihm vom Staatsoberhaupt der DDR bis heute Misstrauen entgegengebracht.

Vera hat alle bürokratischen Wege, die auf dem Laufzettel standen, erledigt; trotzdem hat sie noch keinen Termin mitgeteilt bekommen, wann sie ausreisen kann. Sie sitzt auf gepackten Koffern in ihrer leeren Wohnung. Die Betten und ihre Küche hat sie noch nicht verkauft. Warum sie trotzdem noch keine Zusage bekommen hat, ist eigentlich unklar. Vielleicht gehört es zu den besonderen Schikanen, Ausreisewillige in Ungewissheit zu lassen und sie nochmals richtig mürbe zu machen. Bevor Judith den Ostseeurlaub antritt, verabschiedet sie sich ganz herzlich von Vera. „Schreibe mir sofort, wenn du angekommen bist, vielleicht bist du aber auch noch da, wenn wir wieder zurück sind.“ „Das vermute ich auch“, antwortet Vera. „Ich habe gestern den zuständigen Herrn angerufen und nachgefragt, wann meine Reise endlich genehmigt wird. Sie haben nur zynisch geantwortet: ‚Sie müssen sich noch eine ganze Weile gedulden.‘ Das sind wirklich keine Menschen, so ein eiskaltes Pack, ohne jegliche Gefühle. Trotzdem wünsche ich euch einen schönen Ostseeurlaub, viele Grüße auch an Karla!“ „Werde ich ausrichten. – Eine Frage noch: Wie denken eigentlich deine zwei Söhne darüber?“ „Beide sind auch schon ganz aufgeregt und stellen mir jeden Tag neue Fragen, das nervt gewaltig.“ „Auf alle Fälle hast du die Aussicht, bald ein neues Leben zu beginnen.“ „Auf dieses neue Leben bin ich auch sehr gespannt“, antwortet Vera, „der Anfang wird bestimmt nicht einfach sein.“ „Das stimmt“, stimmt ihr Judith zu, „wieder bei null anzufangen, das wird eine große Herausforderung werden.“ „Das Wichtigste ist, eine Wohnung und einen guten Job zu bekommen – immer positiv denken, wir haben es so gewollt.“

Juli 1982

Die Ferien haben begonnen, Moritz' Zeugnis weist keine schlechten Noten auf. Alles Zweier und Dreier, seine Beurteilung ist allerdings voller Kritik, zum Beispiel habe er häufig den Unterricht gestört. Außerdem habe er oft beim Fahnenappell versäumt, seine Pionierkleidung zu tragen. Wenn es weiter nichts ist, denkt Judith, die Hauptsache seine schulischen Leistungen sind gut. Er kommt nun in die sechste Klasse, alle seine Mitschüler haben ebenfalls das Klassenziel erreicht, sehr zur Freude des Klassenlehrers. Das neue Schuljahr wird schwerer werden, da etliche neue Fächer dazukommen. In wenigen Tagen geht es an die Ostsee nach Kühlungsborn, danach wird Moritz wieder ins Ferienlager reisen, aber dieses Mal wird die Reise vom Straßen-Brücken-Tiefbau organisiert. Letztes Jahr war er noch in einem Feriencamp bei Oberhof in Thüringen, organisiert von der Außenhandelsbank, es hatte ihm aber nicht so gut gefallen. Er musste jeden Tag mit Pionierkleidung antreten, auch waren die Betreuer letztes Jahr sehr lustlos und streng. Es lag vielleicht auch daran, dass der Sommer letztes Jahr sehr verregnet war. Für Judith ist es aber sehr wichtig, dass Moritz wenigstens zweimal im Jahr für ein paar Wochen Luftveränderung bekommt.

Karla freut sich auch, endlich mal wieder an die Ostsee zu reisen, sie hat auch schon die Fahrkarten organisiert. „Wir treffen uns eine Stunde vor der Abfahrt am Bahnsteig“, gibt sie Judith noch telefonisch zu verstehen. Bis jetzt hat mit ihr immer alles wunderbar geklappt, egal was für eine Reise sie unternommen haben. Karla will auch weiterhin an ihrer Ausreise nach Westdeutschland festhalten, obwohl sie sich in einen Arbeitskollegen verliebt hat. Es wäre auch eine große Dummheit, jetzt alles hinzuschmeißen, außerdem soll der Mann verheiratet sein. Für Judith steht fest, eine neue Beziehung anzufangen, wäre nur Stress, es würde sie außerdem von wichtigen Dingen ablenken. Allerdings ist sie nicht abgeneigt, etwas Spaß zu haben, bisher hat sie aber nur Männer kennengelernt, die gleich ernste Absichten hatten, das ist Gift für ihr Vorhaben. Ihre Gedanken schweifen noch viel zu oft zu John; solange sie den wahren Grund nicht kennt und nicht weiß, was damals passiert ist, wird er immer in ihrem Herzen bleiben. Auch Vera will auf alle Fälle Rudolf aufsuchen, aber vielleicht wohnt er gar nicht mehr in Niedersachsen. Sie hat es bald geschafft, aus dem Staat DDR rauszukommen, dafür beneide ich sie, denkt Judith. Ich bin gespannt, wann sie ihren Ausreisetermin nun tatsächlich bekommen wird.

Die Bahnfahrt nach Kühlungsborn ist sehr anstrengend, zumal der Zug überfüllt ist. Viele Reisende haben gar keine Sitzplätze, wahrscheinlich wurden etliche Platzkarten doppelt verkauft, typisch für die Reichsbahn. Karlas, Judiths und Moritz' Plätze sind nicht davon betroffen. Die Fahrt dauert mehr als acht Stunden. Am Bahnhof im Kurort stehen schon Busse bereit, um die Urlauber zu ihrem gebuchten Feriendomizil zu bringen. Alle sind begeistert, das Ferienheim ist ein altes Herrenhaus und liegt sehr nahe am Strand. Auch zum Ort, wo die meisten Kurveranstaltungen stattfinden, sind es nur wenige Gehminuten entfernt. Das Objekt ist neu renoviert, die Farben wirken noch sehr frisch. Auch die Zimmer sind sehr sauber, ausgestattet mit drei Betten, einem Tisch, vier Stühlen und einem großen Schrank, genug Platz für alle Kleidungsstücke. Der Fußboden ist allerdings nur mit einem Kunststoffbelag ausgelegt, das stört die beiden Freundinnen aber nicht. Das Schönste an dem Zimmer ist der Balkon mit Blick zum Meer. Die sanitären Anlagen befinden sich getrennt nach Geschlechtern im Hausflur.

„Jetzt kann unser Urlaub losgehen", sagt Karla, „in einer Stunde soll es Abendessen geben und eine Begrüßung vom Heimleiter."

Der Speiseraum ist auch ziemlich groß, in der Mitte befindet sich ein langer Tisch, gedeckt mit leckeren Speisen für den Abend. Also erwartet sie jeden Tag ein kaltes Büfett, jeder kann sich dann selbst bedienen. Die Getränke gibt es natürlich nur nach Bestellung und müssen extra bezahlt werden. Judith, Karla und Moritz sind rechtzeitig im Speiseraum, so können sie sich die besten Tischplätze aussuchen. Ungefähr 200 Urlauber sind in diesem Heim untergebracht, wenn alle zur gleichen Zeit zum Abendessen kommen, gibt es bestimmt eine Schlacht am kalten Büfett. „Egal, wir werden schon nicht verhungern", sagt Judith. „Wir können auch hin und wieder mal in einem anderen Lokal speisen." Das Büfett wurde sehr schön angerichtet, es gibt alles, was das Herz begehrt: Käse, verschiedene Wurstsorten, Schinken, Obst, etliche Schalen Tomaten, auch herzhafte Gewürzgurken fehlen nicht. Alles wurde sehr schön dekoriert. Moritz bedient sich schon am Büfett und füllt seinen Teller mit leckeren Speisen. Sein großer Hunger ist nicht zu bändigen, auch Karla und Judith nehmen sich reichlich von den vielfältigen Speisen. Es dauert auch nicht lange, bis die Getränke von dem Kellner serviert werden. Es sind meistens Saisonkräfte, die aus verschiedenen Städten kommen und lieber in Ferienregionen arbeiten als in Großstädten. Judith erinnert sich noch ganz genau an jene Zeit, als sie damals für sechs Wochen in Markgrafenheide bei Warnemünde als Rettungsschwimmerin arbeiten durfte. Es war damals eine aufregende und verrückte Zeit, zumal auch viele Studenten aus verschiedenen Regionen dabei waren. Abends wurden immer herrliche Strandpartys gefeiert.

Der Heimleiter gibt den Urlaubern noch Instruktionen bezüglich der Hausordnung, auch nennt er ihnen die Uhrzeiten, zu denen die täglichen Mahlzeiten eingenommen werden. Das Frühstück gibt es von 7.00 bis 10.00 Uhr. Wer zu Mittag speisen will, kann dies zwischen 12.00 und 14.00 Uhr tun, abends wird ab 18.00 Uhr das Büfett eröffnet. „Es wäre sinnvoll, wenn nicht alle Urlauber zur gleichen Zeit die Mahlzeiten einnehmen, deshalb bitte ich alle Urlauber, ihre Essenszeiten in einer Liste, die sich auf einem Tisch am Ausgang befindet, einzutragen. So können lange Wartezeiten und Chaos vermieden werden." Alle nicken verständig in Richtung des Heimleiters, der mit Namen Herr Güll heißt. Judith stellt die Frage, ob auch Strandkörbe zur Verfügung gestellt würden. „Selbstverständlich bekommt jede Familie einen Strandkorb für den gesamten Urlaubsaufenthalt, den Schlüssel mit der Nummer bekommen Sie in meinem Büro ausgehändigt." Zum Schluss seiner Rede wünscht Herr Güll noch allen Urlaubern einen schönen Aufenthalt in Kühlungsborn mit sehr vielen Sonnenstunden.

„Vorschlag", sagt Karla, „wir warten nicht bis morgen, sondern holen uns lieber gleich bei Herrn Güll den Strandkorbschlüssel." Judith ist einverstanden und so begeben sie sich gemächlich zu seinem Büro. Leider haben auch andere Urlauber diese Idee gehabt. Judith und Karla reihen sich in die Menschenschlange ein und warten ruhig und entspannt. Es geht relativ schnell, Herr Güll schenkt Moritz noch eine Schwimmweste und einen Windschutz. Er nimmt sich auch noch die Zeit, mit Judith und Karla einen kleinen Begrüßungstrunk einzunehmen. Karla merkt sofort, dass er sich irgendwie in Judith verguckt hat. Er himmelt sie ständig an, macht auch das Angebot, gemeinsam eine kleine Stadtrundfahrt zu unternehmen, um die schönsten Sehenswürdigkeiten von der Umgebung zu zeigen. Sie war schon als Zwölfjährige in Kühlungsborn, aber in jenem Ferienlager war sie meistens nur eingesperrt. Insofern gibt so gut wie keine Erinnerungen mehr an diesen Ort, aber das kann sie ja heute nachholen, deshalb stimmt sie der Einladung von Herrn Güll zu. Auch Karla und Moritz freuen sich über diesen Ausflug, mit dem Auto kann man sehr viel erkunden.

Schon am nächsten Tag nach dem Frühstück geht es los, die erste Station ist ein kleiner Hafen mit wunderschönen Booten.

Anschließend geht es in ein Aquarium, wo sämtliche Fische der Ostsee präsentiert werden. Danach zeigt ihnen Herr Güll die besten Tanzlokale sowie empfehlenswerte Gaststätten, wo sehr gut gekocht wird. An jeder Ecke gibt es Bushaltestellen, sodass jeder Ort schnell und leicht erreichbar ist. Das ist für Karla und Judith sehr wichtig. Abends in Lokale zu gehen, wo viele junge Leute anwesend sind und gute Musik gespielt wird – nur so können auch nette Kontakte geknüpft werden. Herr Güll erzählt den beiden Frauen ausführlich die Geschichte über den Ort Kühlungsborn, der vor dem Zweiten Weltkrieg nur von den reichen Herrschaften besucht wurde. Die Herrenhäuser dienten als Unterkunft für diese Leute. Leider sind die Häuser heute ziemlich verfallen, Geld vom Staat für Renovierungsarbeiten ist angeblich nicht vorhanden. „Sie an Privatleute zu verpachten wäre eine Alternative, diese würden jene Häuser bestimmt wieder auf Hochglanz bringen." „Das stimmt", bestätigt Herr Güll, „aber unsere Regierung würde dem niemals zustimmen. Erst wurden die Menschen enteignet und jetzt soll ein anderer Besitzer ein Herrenhaus erwerben? Das ist undenkbar." „Das stimmt", findet auch Judith, „die Besitzer der Häuser leben im Westen oder sind schon verstorben. Allerdings haben die meisten Leute Kinder und diese wären dann die Erben." „Das nützt alles nichts", antwortet Herr Güll, „der Westen hat mit unserem Land nichts mehr zu tun und insofern keine Ansprüche mehr. Das wurde damals alles mit der Bodenreform abgewickelt und unterzeichnet." „So eine Ungerechtigkeit, einfach den Leuten ihr Hab und Gut wegzunehmen – verständlich, dass vor dem Mauerbau 1961 unzählige Menschen geflüchtet sind." Herr Güll schaut Judith ganz verwundert an und fragt: „Sie sind wohl ein wenig westlich angehaucht?" Karla gibt Judith ein Zeichen, damit sie nicht zu viel plaudert, Herr Güll trägt schließlich ein Parteiabzeichen. „Ich habe nichts gegen den Westen, die Menschen dort haben mir nichts getan." Darüber schmunzelt Herr Güll und nickt mit dem Kopf. „Wir werden uns jetzt wieder auf die schönen Sehenswürdigkeiten von Kühlungsborn konzentrieren", lenkt Karla ab und schon steuern sie gemeinsam auf ein hübsches Strandcafé mit dem Namen Zur Seemöwe zu.

„Mein Gott, was für ein großer Windbeutel", jubelt Moritz, „darauf habe ich großen Appetit." Auch den beiden Freundinnen läuft das Wasser im Mund zusammen, nur Herr Güll ist nicht so begeistert. Sein Magen verlangt eher nach einem deftigen Mittagsmahl. Es ist gar nicht so einfach, einen Tisch zu bekommen, aber gerade haben vier Leute den Kellner gerufen, um zu zahlen. Judith fragt die Leute trotzdem höflich: „Wird dieser Tisch frei?" „Selbstverständlich, meine Damen", antwortet einer der Gäste, „sonst hätten wir bestimmt noch nicht bezahlt." Judith lächelt über diese Antwort, empfindet sie aber eher logisch als frech. Die Windbeutel sehen nicht nur lecker aus, sie schmecken auch köstlich. Der Kaffee ist kräftig und schmeckt wie aus dem Westen importiert. „Hier werden wir noch öfter einkehren, da ist sich Judith ganz sicher. Herr Güll hat sich Hawaii-Toast und ein großes Bier, natürlich alkoholfrei, bestellt. „Leider bin ich schon als Kind an Diabetes Typ 1 erkrankt, deshalb sind süße Leckereien für mich tabu, ich kann aber gut damit leben."

Das ist für alle verständlich, es gibt viele Menschen, die an Diabetes leiden. Auch Judiths Mutter hat diese Krankheit, allerdings Typ 2, wie erst vor zwei Jahren diagnostiziert wurde, Ursache dafür war Übergewicht und falsche Ernährung. „Mit dieser Krankheit kann jeder gut leben", antwortet Herr Güll, „wichtig ist nur, sich an die Spielregeln zu halten, Bewegung, keine Gewichtszunahme, immer auf die Ernährung achten." Das ist auch Judith bekannt, ihre Mutter hat viele Kilos abgenommen, so wurde der Zuckerspiegel gut eingestellt. „Jetzt wollen wir aber über schöne Dinge reden, vor allem, was Kühlungsborn Tolles zu bieten hat. Davon gibt es hier genug, erst recht in der Sommersaison, auch der Strand bietet in den Abendstunden viel Unterhaltung. – Jetzt müssen wir aber zurück, mein Dienst beginnt in einer Stunde“, sagt Herr Güll.

Herr Güll hat vollkommen recht, in einer Ostseebroschüre sind die Veranstaltungen bis September eingetragen. So kann sich jeder Urlauber gemäß seinen Interessen das aussuchen, was ihm am besten gefällt. Das Wetter ist auch eine Wucht, fast 27 Grad Lufttemperatur und die Wassertemperatur beträgt 20 Grad. Es ist für alle eine Selbstverständlichkeit, sich am Strand aufzuhalten, um sich öfter in die kühlen Fluten zu stürzen. Für Judith ist das Schwimmen nicht nur eine Leidenschaft, sondern auch ihr Lieblingssport. Früher in der Schule hat sie mit mehreren Klassenkameraden auch am Figurenschwimmen teilgenommen. Das war damals eine große Herausforderung für alle Beteiligten. Ein großes Lungenvolumen ist die wichtigste Voraussetzung hierbei. Leider hat sich jener Klub nicht lange gehalten, trotzdem bleibt für Judith Wasser das größte Element. Ihren Wohnort an die Küste zu verlegen, war für Judith immer ein Traum, leider gibt es dort erst recht keine Möglichkeit, Wohnraum zu bekommen. Mit John hätte es im Westen bestimmt irgendwann geklappt, aber wo ist er? Er hat so viel über den schönen Norden erzählt, über die Nordsee mit ihren Gezeiten und dem ständigen Wechsel von Hoch- und Niedrigwasser, über Wattwanderungen und vieles mehr. Es ist schon ein Jammer, alles ist Knall auf Fall wie eine Seifenblase zerplatzt. Bloß den Grund wird Judith nie erfahren – oder vielleicht doch?

Vielleicht wird Vera versuchen, Rudolf aufzusuchen, als Johns Kollege wird er bestimmt den wahren Grund für den brutalen Abschiedsbrief wissen. Fast jede Nacht träumt sie in letzter Zeit von ihm, das liegt vielleicht auch daran, dass Vera bald ausreisen kann. Möglicherweise ist sie schon weg? Oder sitzt sie immer noch auf gepackten Koffern? Judith wird ihr trotzdem eine Urlaubskarte schreiben. Auch Karla fragt oft nach Vera und ob der Tag ihrer Ausreise bekannt ist. Das wundert Judith, zumal Karla in letzter Zeit gar nicht mehr über dieses Thema gesprochen hat. „Natürlich werde ich auch mitkommen, sonst wäre der ganze Aufwand in Prag umsonst gewesen", sagt Karla. „Wir müssen nochmals nach Prag reisen, vielleicht gibt es ja Neuigkeiten", antwortet Judith. Diesem Vorschlag von Judith stimmt Karla gern zu. „Moritz fährt im August ins Ferienlager, da können wir die Reise gut einplanen. Jetzt genießen wir die Tage in Kühlungsborn, das Wetter soll laut Wetterbericht anhalten. Eine Schiffstour nach Rerik oder Warnemünde wäre auch nicht schlecht. Es ist eine wunderschöne kleine Fischerstadt." Karla möchte lieber einen Ausflug auf die Insel Rügen zu den Kreidefelsen und Kap Arkona machen. „Das ist aber eine anstrengende Fahrt", wendet Judith ein, „da muss jeder seetüchtig sein. Kap Arkona ist immer sehr stürmisch, da brauchen wir sämtliche Kotztüten. Außerdem geht die Fahrt schon am frühen Morgen los und endet erst am späten Abend." „Du hast vollkommen recht", zeigt sich Karla einsichtig, „dann planen wir eben eine Fahrt nach Warnemünde." „Du wirst erstaunt sein, wie schön und romantisch dieser Ort mit seiner schönen Mole, dem breiten Strand und auch den hübschen Fischbuden am Strand ist, das müssen wir uns auf alle Fälle anschauen." Für Karla klingt diese Schilderung von Judith sehr überzeugend.

Die Tage in Kühlungsborn vergehen sehr schnell, über das Wetter kann wirklich keiner meckern. Jeden Tag Sonnenschein und das Thermometer zeigt um die Mittagszeit schon fast 30 Grad. Da hält es jeder Urlauber am Strand aus und Moritz ist gar nicht mehr aus dem Wasser zu bekommen. Auch Judith schwimmt oft in den kühlen Fluten, allerdings kommt sie öfter mit den ekligen Quallen in Kontakt. Heute sind extrem viele angeschwemmt worden, aber es sind keine Feuerquallen, es besteht also keine Gefahr. Nur gut, dass sie genug Sonnenschutzcreme eingepackt hat, in den wenigen Geschäften, die es hier gibt, ist alles ausverkauft. Viele Urlauber haben sich schon einen gewaltigen Sonnenbrand geholt, auch Karla, die ein heller Typ ist, hat es verdammt erwischt. Ihr

Rücken ist schon knallrot und schmerzt gewaltig. Auch eine kühlende Creme hat Judith eingepackt. Sie hat Karla gleich damit eingecremt, was die Schmerzen etwas lindert. „Du bist wie eine Mutter zu mir", bedankt sich Karla. „Ich kann dich auf keinen Fall so leiden sehen, außerdem solltest du jetzt unbedingt die Sonne meiden. Morgen können wir eine Strandpause einlegen, wir können irgendwo hinfahren oder ein Museum besuchen. Mit dem Schiff nach Warnemünde zu fahren, wäre doch eine gute Idee, zumal dieses Ausflugsziel sowieso geplant ist." „Ich würde lieber auf die Insel Rügen zu den Kreidefelsen fahren", sagt Karla wieder. „Diese Insel soll so schön und voller Sehenswürdigkeiten sein, allerdings geht das Schiff schon sehr früh und kommt erst am späten Abend an." „Das wäre dann aber ein sehr langer Ausflug", gibt nochmals Judith zu bedenken. „Wir erkundigen uns gleich im Reisebüro, wann die Fahrt losgeht." Moritz gefällt der Vorschlag, mal irgendwo hinzufahren ebenfalls sehr gut; jeden Tag am Strand zu liegen und mit den anderen Kindern Sandburgen zu bauen, findet er langweilig. Die beiden Freundinnen begeben sich zum Kurhaus und holen die gewünschten Informationen ein.

Es geht nur eine geführte Tagestour mit dem Bus zur Insel Rügen, sogar mit Reiseleiter. Das kostet pro Person 20,00 Mark. Das ist sogar noch interessanter, ohne jeglichen Stress, denkt Judith. Das sieht Karla auch und so kauft sie gleich die Tickets. Die Tour geht um 7.00 Uhr los und am späten Abend werden sie wieder in Kühlungsborn sein. „Wir nehmen uns auf alle Fälle etwas zu essen und zu trinken mit, sonst verhungern wir noch alle miteinander." Darüber muss Judith herzhaft lachen. „Ich glaube, das ist das kleinste Problem. Ich habe im Prospekt gelesen, dass wir sogar im Bus ein Vesperpaket bekommen." „Das glaube ich nicht", antwortet Karla. „Um ganz sicher zu sein, können wir ja nochmals zum Kurhaus laufen, es sind nur wenige Minuten bis dorthin." Tatsächlich gibt es während der Fahrt ein Vesperpaket, auch kühle und heiße Getränke. Mit heißen Getränken sind Kaffee und Tee gemeint, alles soll im Preis enthalten sein. Das ist sehr gut organisiert von dem Veranstalter, zumal es um 6.00 Uhr noch kein Frühstück im Ferienheim gibt. Eine Strecke bis zur Insel Rügen dauert ungefähr drei Stunden, das ist gut auszuhalten. „Mit dem Schiff wäre es viel anstrengender, noch dazu bei unruhiger See, das wäre keine Erholung", sagt Judith.

Alles hat wunderbar geklappt, jeder Platz im Bus ist belegt. Die meisten Urlauber, die mitfahren, sind Familien mit Kindern. Nach drei Stunden ist der Ort Binz erreicht. Die Inselrundfahrt machen Judith, Moritz und Karla noch mit, anschließend möchten sie die Sehenswürdigkeiten der Insel selbst erkunden, haben sie beschlossen. Es gibt nämlich eine uralte Dampfbahn, der Rasende Roland, während der Fahrt kann man Blumen pflücken. Sie fährt über die ganze Insel und hält fast an jedem Ort. „Diesen Spaß wollen wir uns auf keinen Fall entgehen lassen", sagt Judith. Karla lässt sich vom Reiseleiter noch die genauen Abfahrtzeiten für die Rückfahrt nach Kühlungsborn geben.

Das Schloss Granitz ist das erste Ziel. Trotz der vielen Treppen steigen sie bis zum Turm hinauf, es ist verdammt anstrengend. Der Aufstieg hat sich auf alle Fälle gelohnt, sie haben eine wunderbare, klare Sicht und werden mit einem herrlichen Ausblick über die ganze Insel belohnt. Judith erzählt, dass sie als Kind schon oft auf der Insel Rügen im Ferienlager war, es war in dem Ort Prora. „Wir hatten viel Spaß in dem Zeltlager, wurden aber sehr militärisch erzogen. Jeden Tag im Gleichschritt marschieren, KK-Schießen und andere Beschäftigungen wurden von dem Betreuungspersonal angeordnet und gelehrt. Wir haben das alles als Kinder gar nicht so ernst genommen." Karla erzählt, dass sie niemals ein Ferienlager kennengelernt hat. „Ich bin immer mit meinem Bruder und meinen Eltern in den Urlaub gefahren." „Das muss doch total langweilig gewesen sein, oder?" Karla nickt mit dem Kopf und sagt:

„Das ist vollkommen richtig, immer in der Obhut der Eltern, das war schon verdammt nervig. Wenn ich in den Westen ausreise, wird das bestimmt ein großes Drama geben." „Auch deine Eltern müssen lernen loszulassen." „Das ist leicht gesagt", erwidert Karla. Und schon wandern Judiths Gedanken zu ihrer Freundin Vera, ob sie noch in Halle ist? Vielleicht ist sie schon im Goldenen Westen angekommen. „Warum hast du dich nicht von Vera verabschiedet?" Karla schaut Judith verwundert an. „So viele Jahre wie du kenne ich Vera nicht." „Trotzdem kann ich es nicht verstehen, sie war deine Kollegin", antwortet Judith. „Wir haben immer gemeinsam die Mittagspause verbracht und sind auch abends oft zusammen bei Veranstaltungen gewesen."

Endlich kommt die Dampflok, alle steigen ein, um sich noch den Ort Kap Arkona anzuschauen, auch die Kreidefelsen in der Nähe. Außerdem gibt es dort auch noch einen Aussichtsturm, der dient allerdings der Schifffahrt. „Du würdest dich eigentlich auch als gute Reiseleiterin eignen", sagt Karla. „Es sind nur acht Jahre her, als ich damals mit meinem Exmann und Moritz auf dieser Insel Urlaub gemacht habe. Schöne Eindrücke bleiben bei mir immer im Gedächtnis gespeichert", antwortet Judith. Die Fahrt mit dem Rasenden Roland geht weiter und dauert nur eine knappe Stunde. Als Erstes steuert Moritz auf eine Imbissbude zu, der Duft von Fischbrötchen verursacht bei allen einen unbändigen Appetit. Frischen Fisch auf der herrlichen Insel Rügen zu verspeisen, ist einfach köstlich. Nach der Stärkung geht es weiter, diesmal treppab zum Strand. Viele Künstler haben sich auf dieser Insel niedergelassen, um die schöne Landschaft zu malen. So neigt sich auch dieser Urlaub dem Ende zu. Jedenfalls waren es sehr erholsame Urlaubstage und das Wetter war auch eine Wucht.

August 1982

Tatsachlich sitzt Vera noch immer auf ihren gepackten Koffern und wartet seit sechs Wochen auf die Ausreisegenehmigung. Es ist schon Schikane, was sich die Behörden da leisten. Bald fängt die Schule wieder an, das heißt, ihre Söhne müssen am ersten September auf alle Fälle in die Schule. Judith tröstet sie und spricht ihr gut zu, es sind noch knapp vier Wochen bis zum Schulbeginn. „Das stimmt", antwortet Vera, „bis dahin kann noch viel passieren, vielleicht klappt es doch noch, vorher ausreisen zu können. Wenn nicht, muss ich noch Schulsachen für das neue Schuljahr besorgen." „Das würde ich nicht tun", erwidert Judith, „das kostet nur unnötig Geld. Die BRD hat ein anderes Schulsystem, welches mit unserem nicht zu vergleichen ist." „Es ist auch belastend, ewig auf der Luftmatratze zu schlafen, mein Rücken schmerzt von Tag zu Tag mehr." „Du hast dein Schlafzimmer zu voreilig verkauft, damit hätte ich gewartet, bis der genaue Termin der Ausreise feststeht." „Der Bedienstete von der Abteilung ‚Inneres' hat mir großen Druck gemacht, meine Wohnung leer und in ordentlichem Zustand zu übergeben. Wenn dies nicht erfolge, könnten wir bis in alle Ewigkeit warten, um endlich dieses graue Land DDR zu verlassen. – Ich möchte jetzt das Thema wechseln", sagt Vera und fragt Judith, wie der Urlaub mit Karla in Kühlungsborn war. „Der Urlaub war wunderbar", erzählt Judith, „das Wetter war schön, auch an der Ferienunterkunft und der Verpflegung gab es nichts zu meckern. Wir haben uns sogar mit dem Heimleiter angefreundet, er hat uns für die Herbstferien nochmals einen Urlaubsplatz angeboten. Allerdings hat er einen Wunsch geäußert, er braucht privat für seine Wohnung Fliesen, um sein Bad zu sanieren. Baustoffe und sanitäre Produkte sind in der DDR für den normalen Bürger ohne Beziehungen einfach nicht zu bekommen, im Norden schon gar nicht. Ich habe sofort mit meinem Oberbauleiter gesprochen, der mir diesbezüglich auch gleich Hoffnungen gemacht hat. So wäscht eine Hand die andere, wenigstens das funktioniert im Sozialismus." Darüber lacht Vera herzhaft. „Du bist immer eine gute Geschäftsfrau gewesen, das hat auch Rudolf an dir bewundert. Westdeutschland ist Gott sei Dank keine Mangelwirtschaft, um solche Dinge braucht sich dort kein Mensch Gedanken zu machen. Trotzdem frage ich mich immer häufiger, was mich dort erwartet. Werde ich gut empfangen? Immerhin ist es eine fremde Welt." „Was erzählst du für einen Unsinn? Es ist eine schöne, freie und bunte Welt, nämlich das andere Deutschland." Judith hat manchmal das Gefühl, Vera wird plötzlich von einer gewissen Angst geplagt. Sicherlich, in einem anderen System bei null anzufangen, das wird auch für Judith nicht einfach werden.

Von Moritz kam heute ein Brief aus seinem Feriencamp, er schwärmt davon, wie schön dieses Lager und wie ansprechend die Feriengestaltung der Erzieher sei. Die Unterbringung der Kinder sind Bungalows, gefertigt aus Baumstämmen, mitten im Wald. Appelle und Pionierhalstücher sind keine Pflicht, nur Spaß ist angesagt. Das freut Judith, meistens wird den Jugendlichen in den Ferienlagern eine sozialistische Gehirnwäsche verpasst, das scheint dort nicht der Fall zu sein. Demnächst geht es wieder nach Prag, allerdings ist sich Judith nicht sicher, ob Karla mitfährt. Dieses Wochenende wäre ein sehr guter Termin dafür, zumal Moritz noch im Ferienlager ist. Schon am nächsten Tag telefoniert sie mit Karla, um zu erfahren, ob sie wirklich noch interessiert ist, mit nach Prag zu reisen. „Natürlich komme ich mit", antwortet Karla, „ich möchte weiterhin an meinem Ausreiseantrag festhalten." „Darüber bin ich aber froh", erwidert Judith.

Wie geplant reisen die beiden Freundinnen nach Prag und versuchen, in dem gleichen Hotel unterzukommen, in dem sie schon bei ihrem letzten Aufenthalt in Prag gewohnt haben, in dem Hotel Ambassador. Es liegt direkt am Wenzelplatz, hier pulsiert das ganze Prager Leben. Auch die Metro ist von dort aus schnell zu erreichen. Leider scheint Judith und Karla das Glück diesmal nicht hold zu sein. Als sie am späten Abend am Hotel ankommen, werden sie gleich vom Portier abgewimmelt. „Tut mir leid, meine Damen, wir sind leider voll belegt." Karla will gleich wieder das Hotel verlassen, aber Judith bleibt stur stehen und fängt mit dem Herrn an der Rezeption eine Unterhaltung an. Sie erfindet eine zu Tränen rührende Geschichte, dass sogar die Gäste an der Rezeption voller Mitleid den Herrn fragen, ob er nicht doch noch ein Zimmer frei hätte. Als einer der Gäste ihm noch zehn westdeutsche Mark überreicht, sagt der Rezeptionist: „Ich werde mich sofort erkundigen." Nach einer Weile kehrt er zurück, tatsächlich hat er noch ein Doppelzimmer mit Dusche frei und überreicht Judith auch gleich den Schlüssel. Die beiden Frauen bedanken sich ganz herzlich bei dem Herrn, der den Rezeptionisten mit harter Währung bestochen hat. „Ich komme aus Hannover, bin oft geschäftlich in Prag, weiß also, wie die Uhren hier ticken. Mit einem kleinen Trinkgeld harter Währung wird der Gast im Service bevorzugt behandelt. Sehr ungerecht für Menschen, die nicht über harte Devisen verfügen." „Das hat mit Sozialismus überhaupt nichts zu tun", erwidert Judith. „So, meine Damen, ich habe noch eine Verabredung mit einem Geschäftskollegen zum Abendessen. Ich wünsche Ihnen einen wunderschönen Aufenthalt in der Goldenen Stadt Prag." Die Freundinnen bedanken sich ganz herzlich für die Großzügigkeit und Hilfe des Herrn, dem sie verdanken, nun doch noch ein Hotelzimmer bekommen zu haben. „Du könntest wirklich Schauspielerin werden", sagt Karla lachend zu ihrer Freundin. „Glaubst du, die haben dir deine Geschichte mit der kranken Oma wirklich abgenommen?" „Das ist mir egal, Hauptsache wir haben ein Zimmer in diesem Hotel hier bekommen, sogar mit Bad. Jetzt möchte ich duschen", sagt Judith, „danach können wir Prag unsicher machen." Karla lacht und sagt: „Aber vorher gehen wir noch etwas essen."

Beim Besuch in der Botschaft gibt es einige neue interessante Informationen, die DDR soll etwas großzügiger mit ausreisewilligen Bürgern umgehen. Nach welchen Gesichtspunkten dies erfolgt, kann der Angestellte den beiden Frauen leider nicht mitteilen. Auf alle Fälle sei es empfehlenswert, bei der zuständigen Behörde erneut einen Antrag auf Ausreise zu stellen. „Das werde ich machen“, sagt Judith, „denn bisher sind alle meine Anträge abgelehnt worden. Seit der letzten Vernehmung sind es jetzt fast sechs Monate, es wird Zeit, die Herren mal wieder an unser Vorhaben zu erinnern.“ Karla ist weit weniger optimistisch, irgendwie hat sie die Hoffnung schon verloren. Warum sie dann trotzdem mit nach Prag gereist ist, kann Judith überhaupt nicht verstehen. „Ich werde niemals mein Vorhaben aufgeben, ich habe keine Lust, mein ganzes Leben in diesem grauen Land zu verblöden. Außerdem muss ich auch an Moritz denken, in einem eingesperrten Land kann kein intelligenter Mensch sein Wissen und seine Fähigkeiten umsetzen. Andere Länder zu bereisen erweitert den Horizont, andere Kulturen kennenzulernen ist nicht nur interessant, sondern auch für die Bildung sehr wichtig. Sich selbst ein Bild von der Welt zu machen und deren Kulturen nicht nur mittels Büchern kennenzulernen, das ist schon etwas ganz anderes. Außerdem haben wir sowieso schon Opfer gebracht, wir sind von der Außenhandelsbank geflogen, meine Ungarnreise wurde abgelehnt und noch vieles mehr.“ Sehr überzeugend erklärt Judith ihrer Freundin alle diese Punkte. „Das stimmt“, gibt ihr Karla recht, „ich möchte auch nicht mein ganzes Leben zusammen mit meinen Eltern in der kleinen Wohnung leben. Sie haben mir bei meinem letzten Besuch beim Wohnungsamt keine Hoffnungen gemacht, ohne Trauschein keine Aussicht auf eine Wohnung.“ „Sieh dir doch mal meine Bruchbude an, so etwas nennen sie Wohnraum! Es sollte damals nur vorübergehend sein. Jetzt lebe ich mit Moritz schon zehn Jahre darin, es ist echt zum Heulen“, sagt Judith. „Wir arbeiten hier auch hart und können uns von dem Gehalt nicht mal eine anständige Wohnung leisten." „Das stimmt", bestätigt Karla erneut, „ich werde auch nicht von meinem Antrag zurücktreten. Mit meinem Freund Ingo habe ich sowieso keine Zukunft, er ist verheiratet." Judith schmunzelt. „Also nur eine Affäre? Vielleicht lässt er sich wegen dir scheiden." „Nein", entgegnet Karla, „er würde seine Frau niemals verlassen, sie wollen spätestens in drei Jahren an die Ostsee ziehen." „Typisch Mann, angeblich lieben sie ihre Ehefrau, aber auf einen Seitensprung hier und da wollen sie nicht verzichten, die reinsten Egoisten."

Vielleicht hat John seine Liebe ja auch nur geheuchelt, Judith hat den traurigen Brief bis heute nicht verwunden. Trotzdem, wenn sie John nicht kennengelernt hätte, käme sie niemals auf die Idee, einen Ausreiseantrag nach dem anderen zu stellen, um ein neues Leben im Kapitalismus zu verbringen. Sie erzählt Karla von den drei Träumen mit John: Erstens die Ausreise, zweitens ein gemeinsames Leben und drittens gemeinsame Kinder. „Auch wenn zwei Träume geplatzt sind, möchte ich, dass wenigstens ein Traum sich erfüllt, nämlich die Ausreise." Karla ist gerührt und antwortet: „Vielleicht geschehen manchmal doch noch Wunder und du kommst eines Tages wieder mit John zusammen." „Keine Ahnung", erwidert Judith, „daran glaube ich eigentlich nicht mehr." „Wie sagt man so schön? Die Zeit heilt alle Wunden." „Meine Wunden werden erst heilen, wenn ich den tatsächlichen Grund für das Ende unserer Liebe in Erfahrung gebracht habe."

Moritz' Ferientage neigen sich dem Ende zu, auch für Karla und Judith beginnt der Arbeitsalltag. Herr Kunth und der Oberbauleiter haben sich sehr gefreut, als Judith wieder pünktlich in der Bauleitung erschienen ist. „Es gibt viel zu tun, die Löhne sind fällig, auch müssen neue Protokolle und Aufmaße für Bauprojekte geschrieben werden." Für Judith kein Problem, zumal sie sich richtig auf ihre Arbeit gefreut hat. Sie erzählt Kunth, wie schön der Urlaub in Kühlungsborn war, auch über den Besuch in der westdeutschen

Botschaft in Prag berichtet sie ihm. Judith hat großes Vertrauen zu ihm gewonnen, zumal er ihr sehr wichtige Dinge über Westdeutschland erzählt hat. Er hat ihr auch berichtet, dass die Herren der Staatssicherheit erneut die Oberbauleitung aufgesucht haben. Sie wollten hauptsächlich Material für ihre privaten Zwecke, natürlich haben sie auch wieder Fragen in Bezug auf ihr Verhalten gestellt. „Es wurde natürlich nichts Negatives über Sie berichtet." „Wie schön", antwortet Judith, „ich bin doch ein fleißiges, braves Mädchen." „Genau das hat Dietmar, der Oberbauleiter, den Stasiherren erzählt. So haben sie ohne Aufsehen die Bauleitung wieder verlassen." „Ich werde also fortlaufend observiert, wie eine Kriminelle?", fragt Judith. „Das sind nun mal die Vorschriften in diesem Staat", antwortet Herr Kunth, „habe ich damals auch durchgemacht. Ich glaube, die haben mich heute noch im Visier, trotz meines Rentenalters." Das versteht Judith überhaupt nicht, schließlich ist er als Westbürger in die DDR gekommen. „Sie haben mich anfangs als Spion eingestuft, was natürlich völliger Unsinn war. Es dauerte über ein Jahr, ehe mir eine Arbeit im Straßenbau zugeteilt wurde." Judith lauscht gern Herr Kunths Geschichten, er erzählt viel vom Krieg und von seiner Stationierung in Nordafrika.

Endlich erhält Judith per Telefon eine gute Nachricht von Vera: Sie darf in drei Tagen endlich ausreisen. „Das freut mich so sehr für euch", jubelt Judith, „auf alle Fälle müssen wir noch Abschied feiern." „Das machen wir", stimmt Vera zu, „komme bitte heute noch vorbei." Für ihre Freundin beginnt nun also ein neuer Lebensabschnitt. „Ja", antwortet Judith und schaut ihren Kollegen ganz aufgeregt an. „Vielleicht können wir auch bald in eine neue bunte Welt gehen, ich muss unbedingt mal wieder einen Ausreiseantrag stellen." „Dabei helfe ich Ihnen gern", lächelt Herr Kunth, „ich bin ein Experte im Schreiben. Sämtliche Beweggründe müssen so richtig gepfeffert aufgeführt werden, es muss den Herren bei der Abteilung ‚Inneres' die Sprache verschlagen." Der Attaché von der Botschaft hatte ihnen ebenfalls nahegelegt, weiter regelmäßig Ausreiseanträge zu schreiben, auch wenn es nervig ist. Das ist alles so leicht gesagt, denkt Judith, die sitzen am längeren Hebel, wenn es denen zu bunt wird, kann der Schuss auch ganz schnell nach hinten losgehen. Dann fangen wohlmöglich wieder die schlimmen Drohungen an, darauf hat Judith keine Lust, sie möchte die ganze Sache in Ruhe und Frieden abwickeln. „Keine Angst zeigen", belehrt Herr Kunth seine Kollegin, „es sind auch nur Menschen, allerdings mit wenig Hirn. Ich bin schon mal von einer ungepflegten, zahnlosen Frau vernommen worden, es war direkt peinlich, sie anzuschauen." Judith muss herzhaft über seinen trockenen Humor lachen, Kunth ist schon ein super Kollege.

Jetzt ist es für Vera so weit, alle ihre Lieben stehen am Bahnhof, auch Judith ist dabei. Es ist schon eine sehr traurige Stimmung, ihre Oma heult wie ein Schlosshund. Auch Judith hat mit den Tränen zu kämpfen. Vera hat ihr fest versprochen, jede Woche einen Brief zu schreiben. Sie will ihr über den ganzen Ablauf berichten, von der Ankunft bis hin zur Unterbringung. Um sich in Westdeutschland ausweisen zu können, hat sie eine Identitätsurkunde von den staatlichen Organen in Halle erhalten. Sie beinhaltet auch die Entlassung aus der Staatsbürgerschaft DDR. „Stell dir vor, Judith! Jetzt bin ich mit meinen Söhnen staatenlos." „Das wird sich bald ändern, du wirst den grünen Pass ausgehändigt bekommen, dann bist du stolze Bundesbürgerin der BRD", antwortet Judith. Als der Zug langsam abfährt, schaut Vera noch aus dem Zugfenster und ruft: „Bitte kümmert euch um meine Oma, ich werde sie auf alle Fälle nachholen."

Vera hat ein sehr inniges Verhältnis zu ihrer Oma, im Grunde genommen wurde sie von ihr großgezogen. Ihre Mutter war damals zu jung und überfordert mit der Erziehung. Auch um Veras Söhne hat ihre Oma sich täglich gekümmert. Oft fühlen sich

Enkelkinder sehr zu ihren Großeltern hingezogen. Auch Moritz liebt seine Großeltern abgöttisch, er freut sich jedes Mal, wenn er bei ihnen übernachten darf. Das wird auch bei meiner Familie ein Drama geben, wenn es dann einmal heißt, wir können demnächst in die Bundesrepublik ausreisen. Dieser Gedanke schmerzt Judith sehr, aber irgendwann muss jeder an seine eigene Zukunft denken. Es kann nicht schlechter werden, nur besser, da ist sich Judith ganz sicher. Auch die medizinische Versorgung soll im Westen viel besser sein. Für die Umwelt wird ebenfalls viel getan, folglich gibt es da bestimmt nicht so viele Krankheiten wie zum Beispiel Bronchitis oder Allergien. Die Flüsse sind allerdings einfach nicht sauber zu bekommen, da sich die DDR nicht an die Umweltregeln der westlichen Länder hält. Die meisten Chemikalien von Buna und Leuna werden in die Flüsse wie die Saale und die Elbe geleitet, dadurch sind unweigerlich auch die westlichen Länder betroffen; die Luftverschmutzung kann ebenfalls nicht aufgehalten werden, wir haben den gleichen Himmel.

Für jeden Naturmenschen ist das ein Drama, wenn auf so eine Weise die Natur zerstört wird. Oft denkt Judith an die Glühwürmchen und die Maikäfer, aber seit Jahren hat sie keine mehr gesichtet, sie sind wie ausgerottet. Das einzige Stück Natur, zu dem sich Judith immer hingezogen fühlt, ist der schöne, gepflegte Garten der Eltern. Er befindet sich im Norden von Halle, dort gibt es Gott sei Dank weniger Industrie. Allerdings, wenn der Wind ungünstig bläst, kann es schon mal passieren, dass verschmutzte Luft aus Bitterfeld auch in den nördlichen Teil von Halle zieht. Das kommt aber zum Glück nicht sehr oft vor, dann wären das Obst, die Tomaten und auch die Erdbeeren gar nicht genießbar.

Zu Hause wartet Moritz schon auf seine Mutter. Er stellt sofort die Frage, ob mit Vera und den Kindern alles geklappt hat. „Der Zug ist pünktlich abgefahren und der Abschied war sehr traurig. Wir werden auch eines Tages im Westen leben." Als Judith diese

Worte ausspricht, reagiert Moritz sehr verständig. „Das habe ich mir schon gedacht", gibt er seiner Mutter zur Antwort. „Deshalb seid ihr immer nach Prag gereist, ich habe oft eure Gespräche belauscht." Judith ist froh, dass Moritz nicht aggressiv, sondern positiv reagiert.

Dezember 1982

Für Moritz steht wieder ein neues Theaterstück auf dem Plan. Der Titel lautet: Der Hund, der Herr Bozzi heißt, die Proben haben bereits begonnen. Die Premiere soll im Frühjahr sein. Auch Judith wurde von der Theaterleiterin gefragt, ob sie erneut Interesse daran habe, als Komparsin in einem Spielfilm mitzuwirken. „Selbstverständlich! Was ist das für ein Film?“ „Es ist eine Koproduktion mit Westdeutschland mit dem Titel Frühlingssinfonie. Es ist die Lebensgeschichte der berühmten Komponisten Robert Schumann und Clara Wieck, die im 18. Jahrhundert spielt.“ „Kenne ich“, sagt Judith, „ich höre die Musikstücke sehr gern, vor allem die Sonaten.“ „Die Dreharbeiten beginnen Anfang März in Torgau, auch der Wörlitzer Park wird Filmkulisse sein. Es sind Schauplätze, an denen sich das Leben der Komponisten tatsächlich abgespielt hat. Die Hauptrollen werden von bekannten Schauspielern besetzt.“ „Wie heißen sie?“, fragt Judith voller Neugier. „Unser toller Rolf Hoppe spielt den Vater von Clara Wieck. Robert Schumann und Clara Wieck sollen von Jungschauspielern aus der BRD besetzt werden, die Namen bekomme ich noch von Herrn Schamoni, dem Regisseur, mitgeteilt.“ „Ich bin dabei“, antwortet Judith voller Begeisterung. Sie kann sich noch ganz genau an die Dreharbeiten des Films mit dem Titel Das Fahrrad erinnern, da wurde sie sogar als Großaufnahme auserwählt, das liegt jetzt allerdings schon zwei Jahre zurück.

Diese Neuigkeit erzählt sie sofort ihrer Freundin Karla, die stellt natürlich gleich die Frage, ob noch mehr Komparsen benötigt werden, sie wäre ebenfalls sehr gern dabei. Das glaubt ihr Judith aufs Wort, schließlich wird diese Tätigkeit auch gut bezahlt, aber sie macht ihr keine Hoffnungen. Sie hat schon erkannt, dass Karla sehr egoistisch ist und hauptsächlich auf ihre Vorteile bedacht ist. Sie verbringt sehr viel Freizeit mit ihrem Freund und Bauleiter Ingo Hatschel, das stört Judith überhaupt nicht. Sogar eine Gehaltserhöhung hat sie bekommen, was für Judith irgendwie unverständlich ist. Ihre Anfrage bezüglich einer Gehaltserhöhung wurde hingegen abgelehnt, obwohl sie ein Kind hat, mit der Begründung, als Antragstellerin habe sie kein Recht auf mehr Gehalt. Vielleicht hat Karla ihren Ausreiseantrag zurückgezogen? Diese Frage würde sie ihr am liebsten stellen, sie lässt aber davon ab, eine ehrliche Antwort bekäme sie sowieso nicht. Jetzt wird sich auf das Weihnachtsfest vorbereitet, zumal es ein regelrechter Kampf ist, besondere Feinkostsachen zu bekommen, wie jedes Jahr. Ein paar Dosen Ananas und Mandarinen von John hat sie noch aufbewahrt. Ein wenig Westgeld besitzt sie auch noch, um im Intershop ein paar leckere Sachen einzukaufen. Nur gut, dass ich so gut mit Geld umgehen kann, denkt sie. Solche Sorgen hat Vera nun nicht mehr, am Anfang hat Judith jede Woche Post von ihr bekommen, jetzt ist der Briefverkehr ein wenig eingeschlafen. Jedenfalls geht es ihr gut und das ist die Hauptsache. Kontakt mit Rudolf hat sie noch nicht aufgenommen, es fehle ihr einfach die Zeit. Einen Job habe sie in einem großen Möbelhaus bekommen, Judith hat allerdings keine Ahnung, was für eine Tätigkeit sie dort ausübt.

Es sind inzwischen schon wieder mehrere Monate vergangen seit der letzten Vernehmung bei der Staatssicherheit. Erneut wurde Judith mitgeteilt, dass ihre Gründe für eine Ausreise in die BRD nach dem Grundgesetz der DDR nicht anerkannt würden und die Ausreise deshalb niemals genehmigt würde. Das war wieder ein Schock für Judith, aber ihr lieber Kollege Kunth hat sie getröstet: „Auf keinen Fall aufgeben, sonst hätten die Herren gewonnen. Wir werden demnächst einen weiteren Antrag mit ein paar schärferen Sätzen schreiben. Ich habe mir schon überlegt, wie wir der Schriftsatz formulieren können, ohne jemanden zu beleidigen. Es müssen Fakten her, zum Beispiel müssen wir auf die ‚Schlussakte von Helsinki' aufmerksam machen." „Diese wurde auch von der

DDR unterzeichnet, das ist mir bekannt", antwortet Judith, „in dieser Akte wird jedem Menschen Freiheit zugebilligt, egal, aus welchem Land er kommt. Ich habe diese Akte in der zuständigen Bücherei am Marktplatz ganz genau studiert, natürlich unter ständiger Beobachtung der Angestellten." „Das kann ich mir gut vorstellen", kommentiert Kunth, „die haben bestimmt jeden Namen registriert." „Das stimmt, wir wurden aufgefordert, ein Formular mit unseren Daten auszufüllen, wir haben uns damals nichts dabei gedacht." „Wann war das genau?" „Das ist jetzt schon drei Jahre her", antwortet Judith, „ich glaube Oktober 1979." „Von diesem Zeitpunkt an hat euch die Staatssicherheit bestimmt ins Visier genommen." „Das glaube ich nicht", antwortet Judith, „das hätten wir bestimmt bemerkt. Damals war ich noch mit John zusammen, habe für ihn sogar ein Visum für Weihnachten beantragt, welches auch sofort genehmigt wurde." Kunth schaut Judith an, er wundert sich, dass John diese Einreisegenehmigung damals bekommen hat. Er wechselt das Thema, um Judith nicht weiter zu verunsichern. „Ich bin mir ganz sicher, dass euch bald der Weg nach Westdeutschland genehmigt wird", sagt er noch.

Weihnachten will Judith das Fest wieder zusammen mit der Familie und ihren Geschwistern verbringen, auch wenn das Thema Ausreise erneut angeprangert werden wird, vor allem von ihrer Schwester Rosi. Sie kann eine solche Entscheidung, nach Westdeutschland zu gehen, überhaupt nicht verstehen. Allerdings, an Westartikeln ist auch sie sehr interessiert. Nun, noch ist es nicht so weit, der genaue Zeitpunkt steht noch in den Sternen. In ihrem letzten Brief schrieb Vera, dass sie sich einen gebrauchten Opel gekauft hat, mit der Einrichtung ihrer Wohnung ist sie auch schon fast fertig. Sie ist erst ein paar Monate im Westen und hat bereits alles, was ein Mensch zum Leben braucht. Sicherlich hat sie einen Job mit einem guten Monatsgehalt, sonst wäre auch im Westen kein schönes Leben möglich. Allerdings, in Baden-Württemberg hat sie schnell ihre Zelte abgebrochen, dort gab es keine Aussicht auf Wohnraum und Arbeit. Jetzt lebt sie in Uelzen, Niedersachsen, dort hat sie eine gute Bekannte, die schon etliche Jahre im Westen lebt. Die hat ihr auch bei der Wohnungssuche geholfen. Es ist für einen Neustart schon sehr wichtig, von Bekannten oder Verwandten aufgenommen zu werden. Im Lager hat sie nur ein Zimmer mit ihren Söhnen gehabt, dort hat sie ein paar Wochen gelebt. Judith kann Veras Entscheidung, nach Norddeutschland zu ziehen, vollkommen verstehen.

Heute geht es auf sämtliche Baustellen, darauf freut sich Judith, das ist mal was anderes, als immer nur im Büro zu sitzen. Sie muss mit ihren Kollegen die Inventur vorbereiten. Sämtliche Baufahrzeuge, hauptsächlich Baumaterialien, müssen in einer Liste aufgenommen werden. Das heißt für Kunth und Judith viel zählen, danach dokumentieren. Es soll auf Baustellen immer viel gestohlen werden. Judith kann das verstehen, die DDR ist eine Mangelwirtschaft, da sieht jeder zu, wie er günstig an bestimmte Sachen kommt. Allerdings, Diebstahl am Volkseigentum wird sehr hart bestraft, sogar mit Gefängnisstrafe. Judith kann überhaupt nicht nachvollziehen, wie jemand solche kriminellen Delikte begehen kann.

Als Judith ihren Bauhelm von Kunth aufgesetzt bekommt, muss sie feststellen, dass ihr ganzer Kopf darin verschwindet. Alle lachen herzhaft. „Er ist einfach zu groß“, antwortet Judith, „ich habe doch keinen Schweinekopf.“ Kunth geht nochmals ins Materiallager und findet schließlich einen Bauhelm, der auf Judiths Kopf passt. Auch Stiefel müssen noch her, denn es ist sehr schlammig auf den Baustellen. Endlich kann es mit dem Auto losgehen, das von einem der Bauleiter gesteuert wird. Die ganze Materialaufnahme verläuft relativ schnell und problemlos, alle anwesenden Arbeiter haben beim Zählen mitgeholfen. Judith hat alles fein säuberlich auf den Inventurformularen dokumentiert. Zum Schluss sitzen alle Beteiligten noch in einer gemütlichen Kaffeerunde zusammen. Sogar Glühwein wird serviert, den können Kunth und Judith natürlich nicht ablehnen. „Wir haben sowieso bald Feierabend“, grinst Kunth, „da hätte auch unser Boss keine Einwände.“ „Das stimmt“, antwortet Judith, „wir haben heute genug geleistet, vor allem haben wir beim Zählen keine Auffälligkeiten feststellen können.“ Darüber wird sich Herr Carsten freuen, es vergeht normalerweise kein Jahr ohne Fehlbestände von diversen Baumaterialien.

Judith erzählt von ihrem ehemaligen Job bei der Bank, dort hat sie immer ganz genau mitbekommen, welche DDR-Güter in den Westen exportiert wurden. „Der Nahe Osten, der Iran und der Irak haben sehr viele Chemikalien vom Chemiewerk Buna/Leuna gekauft, alles wurde in harter USD-Währung abgerechnet. Auch Maschinen, Textilien, Kinderwagen, sogar Toilettenpapier.“ Alle hören Judith gespannt zu und bestätigen lautstark, wie ungerecht der Sozialismus sei. „Wir schuften den ganzen Tag und können uns trotzdem nichts Gescheites im Laden kaufen. Auf ein Auto muss jeder Bürger sogar mindestens zehn Jahre warten, das ist ein Wahnsinn!“

Heute hat Judith wieder einen Brief von Vera erhalten, sie hat sich gut eingelebt. Auch ihre Söhne haben in der Schule keine Probleme, an die neue Gegend gewöhnen sie sich auch von Tag zu Tag mehr. Der Schulstoff in der DDR sei viel ausgiebiger gewesen, kritisiert sie, es gebe hier im Westen viel weniger Unterrichtsfächer. Allerdings, im Fach Englisch bräuchten sie dringend Nachhilfeunterricht. Englisch sei im Westen ein Hauptfach und wer das nicht beherrsche, habe auch keine Chance, auf das Gymnasium zu kommen. Bei uns ist das Fach Russisch ein Hauptfach, denkt Judith, für meine eigene Berufslaufbahn als Bankkauffrau wäre das Fach Englisch allerdings viel wichtiger gewesen. Ab der sechsten Klasse kommt auch in der DDR die Sprache Englisch auf den Lehrplan. Leider nur als Nebenfach und nur für ausgesuchte Schüler, die in Russisch die Note „Zwei“ auf ihrem Zeugnis vorweisen können. Leider gehörte Judith einst nicht zu den Musterschülern, mit der Note „Drei“ konnte sie beim Klassenlehrer keine Zulassung für das Unterrichtsfach Englisch bekommen. Diese Anordnung kam von Margot Honecker, sie ist heute noch die Kultusministerin der DDR. Heute lacht Judith über so viel Schwachsinn, in der Abendschule ist es komischerweise nicht verboten, sämtliche Sprachkurse zu absolvieren, es kostet nur 10,00 Mark im Monat. Judith hat damals mit ihrer Schulfreundin Gerlinde zwei Kurse absolviert, sie wollten im Vergleich zu einigen Mitschülern nicht dümmer dastehen. Heute wird das in den Schulen nicht mehr so streng gehandhabt, jeder Schüler darf ohne Probleme nach Belieben das Fach Englisch wählen, natürlich nur als Nebenfach. Zwei Stunden in der Woche, das ist ziemlich wenig, trotzdem gefällt Moritz die Sprache, sie lasse sich viel leichter lernen als Russisch, sagt er immer wieder.

Jetzt heißt es noch Weihnachtseinkäufe erledigen, es soll heute Apfelsinen, Bananen und Nüsse beim Gemüsemarkt geben. Das heißt mindestens eine bis zwei Stunden anstellen, und das bei minus 10 Grad Kälte. Auch die Wasserrohre müssen im Keller noch umwickelt werden, sonst friert alles wie letztes Jahr ein, die reinste Katastrophe. Diese Sorgen hat Judiths Exmann nicht mehr, er hat damals nach der Scheidung eine Frau mit Neubauwohnung kennengelernt. Judith und Moritz blieben in der Bruchbude, die Rolli einst ausgesucht hatte, zurück. Klar, damals war man froh gewesen, überhaupt in den eigenen vier Wänden wohnen zu können, egal in welchem Zustand. Die Hauptsache man gestaltete sich die Wohnräume so gut und so wohnlich es eben ging, und Rolli war schon immer ein geschickter Handwerker gewesen. Für John war das alles einfach nicht nachvollziehbar, er begriff nicht, wie es sein konnte, dass Judith mit Moritz in solch einem zerfallenen Haus leben musste, einfach unzumutbar, und das trotz Fleiß in ihrem Job. Als sich letztes Jahr im Keller auch noch die Ratten breitgemacht hatten, war Judith nahe der Verzweiflung. Das Gesundheitsamt war gekommen und hatte Gift gestreut. Es sind bis heute zwar keine Ratten mehr gesichtet worden, das kann sich aber schnell wieder ändern. Falls es noch kälter wird, kann es passieren, dass sie wieder im Keller Schutz suchen.

Vera verbringt das erste Weihnachtsfest in ihrer neuen Heimat, ohne ihre geliebte Oma, das schmerzt gewaltig. Sie schreibt, dass sie sich schon beim Amt erkundigt habe, wie eine Familienzusammenführung am schnellsten zustande komme. Judith hat ihrer Freundin Vera fest versprochen, so oft wie möglich ihre Oma zu besuchen. Jedenfalls ist sie froh, dass es Vera so weit gut geht. Natürlich, Heimweh wird sie in ihrem Herzen noch lange verspüren. Das wird auch Judith nicht erspart bleiben, zumal sie ihre Familie über alles liebt. Sie freut sich schon sehr auf das Familientreffen an den Weihnachtsfeiertagen. Es wird immer viel gelacht und es werden alte Geschichten erzählt, die Judith immer wieder aufs Neue bewegen. Die Flucht der Eltern von Ostpreußen nach Deutschland hat Judith immer wieder zu Tränen gerührt. Wie die Russen den Track der Flüchtlinge überfallen, sämtliche Lebensmittel beschlagnahmt und einige junge Frauen vergewaltigt haben. Mit eigenen Augen zu erleben, wie der einjährige Sohn Friedhelm verhungert, war für Judiths Eltern die größte Tragödie. In Ruhe trauern zu können, war nicht möglich, der Track zog ohne große Pause weiter. Etliche Verwandte der Eltern leben im Westen, das lag an der unterschiedlichen Verteilung der Städte. Die Vertriebenen konnten sich damals den Ort, wo sie leben wollten, nicht aussuchen. Deutschland wurde erst ein paar Jahre später geteilt; wer Ostdeutschland zugeteilt worden war, hatte so wie Judiths Eltern einfach Pech gehabt. Keiner hätte damals im Traum daran gedacht, dass Deutschland durch die Siegermächte nach dem Zweiten Weltkrieg geteilt werden würde. Für die Eltern war damals das Wichtigste, ein Dach über dem Kopf zu haben, ganz Deutschland lag in Trümmern. Solche Geschichten interessieren Judith immer wieder aufs Neue, sehr viele Bücher hat sie schon darüber gelesen. Dass die Russen alle Menschen aus Ostpreußen vertrieben haben, darf in der DDR niemals erwähnt werden.

Irgendwann wird Judith wohl ein ähnliches Schicksal erleben, allerdings ist es ihre eigene Entscheidung, sie möchte mit Moritz ein besseres und freies Leben führen können. Judith hat verdammt große Pläne, als Erstes möchte sie unbedingt einen guten Job und dann will sie viele fremde Länder bereisen. Auf Dias hat sie ihre Reisen damals mit Rolli in die Ostblockstaaten festgehalten. Wie oft hat Judith ihren Freunden und Kollegen diese Fotos mit einem Diaprojektor und den dazugehörigen Kommentaren präsentiert! Irgendwann einmal nach Amerika, Afrika oder auch zu sämtlichen Karibikinseln zu reisen, ist Judiths größter Traum. Wenn sie diese Reisewünsche vor Freunden oder Kollegen äußert, wird sie immer ein wenig belächelt. Was willst du denn dort? Immer die gleichen blöden Fragen, stellt Judith fest. Die Menschen scheinen eben total zufrieden zu sein mit ihrem Leben in der DDR.

Heute hat Judith wieder eine schriftliche Vorladung wegen Klärung eines Sachverhaltes von der Behörde bekommen. Der erneute Ausreiseantrag, den sie mithilfe ihres Kollegen Kunth aufgesetzt hat, zeigt Wirkung. Wie immer wird sie höflich von dem zuständigen Sachbearbeiter empfangen. Leider hat er wieder nur negative Nachrichten, was die Ausreise angeht. „Es tut mir leid, Ihr Antrag mit Ihren Begründungen gibt keinerlei Aussicht auf eine baldige Übersiedlung in die Bundesrepublik Deutschland. Sie haben dort nur Verwandte zweiten Grades, deshalb kommt eine Familienzusammenführung, kurz und bündig zitiert, einfach nicht infrage. Sie können noch 100 Anträge stellen, aber zum Erfolg wird es nicht kommen." Die Worte des Bediensteten machen Judith derart betroffen und sprachlos, dass sie mit den Tränen zu kämpfen hat. Jetzt auf keinen Fall Unsicherheit zeigen!, denkt sie tapfer. Mit erhobenem Haupt erwidert sie: „Ich habe als Grund für meine Ausreise nicht nur meine Verwandten angegeben. Meine Wohnverhältnisse sind nicht mehr zu ertragen und, noch viel schlimmer, die Luftverschmutzung. Mein Sohn Moritz hat permanent mit einer starken Bronchitis zu kämpfen." „Sie meinen, in der BRD ist die Luft besser? Und was Ihre Wohnung angeht: Andere Bürger in unserer Republik haben noch nicht mal ausreichend Wohnraum so wie Sie!" Sein kaltes Grinsen bringt Judith auf die Palme, sie antwortet: „Vorschlag! Lassen Sie mich so schnell wie möglich ausreisen, dann wird mein Wohnraum für diese Leute frei." Judith merkt schnell, dass es keinen Sinn hat, mit diesem Mann, der verdammt eklig nach Schweiß riecht, weiterzudiskutieren. Sie erhebt sich von ihrem Platz und verabschiedet sich höflich mit einem „Auf Wiedersehen". Er springt ebenfalls auf und streckt Judith seine Hand hin, die sie mit Absicht ignoriert.

Auf dem Heimweg denkt sie nochmals über diese Unterhaltung nach und stellt fest, dass der Sachbearbeiter dieses Mal nicht den Satz „Ihr Antrag ist abgelehnt worden" ausgesprochen hat, sondern nur ihre Gründe als „nicht ausreichend" kritisiert hat. Vielleicht ist das ja bereits ein Hoffnungsschimmer, bald von hier wegzukommen. Sie blättert in ihrem Notizbuch, sucht die Telefonnummer der Botschaft heraus und eilt zum Fernsprecher. Sie hat Glück, der zuständige Attaché hat noch Dienst, so kann Judith ihm alles schildern. Er macht ihr Hoffnungen und sagt, dass eine große Anzahl von Bürgern der DDR im Monat Februar die Ausreisebewilligung bekommen hätten. Die meisten hätten drei bis vier Jahre warten müssen. „Ich will damit sagen, Geduld ist das höchste Gebot." Judith bedankt sich für das nette Gespräch, sie ist froh über seine positive Einstellung, die ihr sehr hilft. Am nächsten Tag berichtet sie ihrem Kollegen Kunth von dem gesamten Verlauf des Gespräches bei der Abteilung „Inneres". Er antwortet: „In zwei Monaten schreiben wir einen neuen Antrag." Darüber muss Judith wieder herzhaft lachen und sagt: „Sie sind so gut zu mir wie ein Vater." Sie fühlt sich sehr wohl unter den netten, hauptsächlich männlichen Kollegen, keiner behandelt sie wie einen Staatsfeind.

Die Vorbereitungen für die Frauentagsfeier laufen an, jedes Jahr am 8. März werden die Frauen in allen Betrieben der DDR für ihre Arbeit geehrt. Es geht natürlich sehr sozialistisch zu, der Planauftrag ist bei allen Betrieben in der DDR immer erfüllt worden, auch dank den vielen „berufstätigen Frauen". Darüber muss Judith immer schmunzeln; sie weiß genau, wie die Zahlen bestimmter Bauprojekte manipuliert werden. Den Oberbauleitern ist dies durchaus bekannt, aber sie haben von oben einen Maulkorb verpasst bekommen. In den Zeitungen soll nur Positives über alle Betriebe stehen, so will es die oberste Spitze der DDR immer vorgelegt bekommen. Alles Lüge, denkt Judith, es ist nicht zu übersehen, dass die Häuser zerfallen, dass überhaupt die ganze Infrastruktur den Bach runtergeht. Es wird wirklich Zeit, dass die Genehmigung für die Ausreise bald kommt, ich will endlich frei sein wie der Wind.

Die Feier wird im großen Klubhaus der Gewerkschaft stattfinden, nicht weit von Judiths Zuhause. Sie wird natürlich ihr bestes Kleid anziehen, das ihr damals John geschenkt hat. Die Schönste wollte sie schon als Kind immer sein, das hat sich bis heute nicht geändert. Auch Karla ist bekannt, dass John sie perfekt mit hochwertiger Westkleidung ausgestattet hat. Wie oft hat sie sich schon von Judith Kleidungsstücke ausgeliehen, auch für dieses Fest hat sie Judith wieder gebeten, ihr bei einem Kleidungsstück behilflich zu sein. „Kein Problem", antwortet Judith, „ich habe doch genug davon." Sie ist schon immer sehr großzügig gewesen, sie hat eben ihr Herz am rechten Fleck. Das ist auch schon Kunth aufgefallen, er hat sie oft vor zu viel Großzügigkeit gewarnt, das werde oft ausgenutzt. „Ich glaube nicht, dass Karla mich ausnutzt, wir kennen uns schon drei Jahre." „Das hat überhaupt nichts zu sagen. Vertrauen ist gut, Kontrolle ist besser." „Was soll ich denn kontrollieren?" „Nichts", lacht Kunth herzhaft, „das ist nur so eine deutsche Redensart."

Wer hätte das gedacht! Ein riesengroßes Büfett mit vielen Leckereien, die es eigentlich nur unter dem Ladentisch zu kaufen gibt, ist in der Festhalle aufgebaut. „Da hat sich der Straßen-Brücken-Tiefbau aber gewaltig in Unkosten gestürzt", murmelt Judith. „Für unsere Frauen ist uns nichts zu teuer", sagt der Direktor des Betriebes zu Judith und begrüßt sie freundlich. „Sie sehen bezaubernd aus!" Die plötzliche Begegnung mit dem Führungschef des Betriebes überrascht Judith sehr. Mit so einer netten Geste hat sie überhaupt nicht gerechnet. Sie erwidert die freundliche Begrüßung und bedankt sich für das Kompliment. Sie wünscht noch einen schönen Abend, danach eilt sie in den Saal. Unter den vielen Mitarbeitern ist es gar nicht so einfach, seine eigenen Kollegen zu finden. Sogar eine Bar wurde aufgebaut, die sehr exotisch geschmückt ist. Sie steuert gleich dorthin, endlich trifft sie ihre Kollegen aus der Bauleitung. „Ihr habt aber schon mächtigen Durst", gibt Judith zum Besten. „Wir können dir auch ein Getränk mixen lassen", antwortet ihr Kollege Lutz. „Nein danke", antwortet Judith, „ich muss erst eine feste Unterlage im Magen haben, sonst bin ich den Rest des Abends nicht mehr klar im Kopf." „Ein kleiner Wermut vor dem Essen kann nicht schaden, das regt den Appetit an."

Frühlingssinfonie

Am Telefon wird Judith mitgeteilt, dass die Dreharbeiten für den Film Frühlingssinfonie in wenigen Tagen beginnen. Sämtliche Komparsen sind schon informiert worden. Sie muss sich hierfür einen Tag freinehmen; kein Problem – wieder dabei zu sein, ist alles! Welche Figur sie darstellen soll, wird am Drehort entschieden. Sie freut sich schon, bekannten Schauspielern wie Rolf Hoppe, Nastasia Kinski, Herbert Grönemeyer und vielen anderen mehr zu begegnen. Bei Moritz haben auch schon die Proben für das neue Theaterstück Der Hund, der Herr Bozzi heißt begonnen, die Premiere soll in sechs Wochen sein. Vielleicht wird er eines Tages im Westen auch Kinderdarsteller, denkt Judith. Fast jede Nacht träumt sie von ihrer Ausreise, dann wiederum glaubt sie gar nicht mehr daran. Ihre Cousine Ruth aus Heidelberg hat sich zusammen mit Ehemann Wilhelm für demnächst bei den Eltern angekündigt. Sie haben noch nie die DDR bereist, schon allein wegen des vorgeschriebenen Zwangsumtausches. Die beste Gelegenheit für Judith, endlich ihre westliche Verwandtschaft persönlich kennenzulernen.

Sie hat auch Karla davon erzählt, dass jene Verwandten, die sie im Westen aufnehmen wollen, zu Besuch kommen. Momentan zeigt Karla wenig Interesse, was die Ausreise betrifft, sie hat nur Augen für ihren neuen Freund. Judith kann das alles nicht verstehen, er ist doch sowieso verheiratet. Manchmal blickt sie bei Karlas Verhalten überhaupt nicht durch, auf der einen Seite fährt sie mit nach Prag und zeigt großes Interesse, ebenfalls in die BRD ausreisen zu wollen, und auf der anderen Seite redet sie immer von einer eigenen Wohnung in Halle. Erst vor wenigen Tage ist sie wieder auf dem Wohnungsamt gewesen, hat aber keine positive Antwort erhalten. Judith glaubt, wenn sie vom Amt eine Wohnung zugewiesen bekommt, wird sie ihren Ausreiseantrag zurückziehen. Das käme für Judith niemals infrage, denn dann wäre sie weiterhin in diesem grauen Land eingesperrt. Außerdem würde sie bei den Behörden für immer als Klassenfeind registriert bleiben. Egal wie lange es dauert, genug Kraft, um durchzuhalten, hat sie. Sie ist so froh, dass sie von den Behörden bisher noch nicht schikaniert wurde, bisher verlief alles in Maßen. Das liegt bestimmt daran, dass die Staatssicherheit keine Ahnung von ihren bisherigen Aktivitäten in Prag hat, auch von dem weitergeleiteten Brief an den Bundesminister Franke haben sie bestimmt nicht die geringste Ahnung – nach DDR-Gesetz ein kriminelles Delikt.

Heute beginnen die Dreharbeiten für den Film Frühlingssinfonie. Judith hat schon letzte Woche für diesen Tag Urlaub eingereicht und diesen auch von ihrem Chef ohne Probleme genehmigt bekommen. Mit dem Bus werden alle mitwirkenden Komparsen am Eingang vom Landestheater abgeholt und nach Dessau im Wörlitzer Park gefahren. Das Spannende an diesem Film ist die Koproduktion mit einem westdeutschen Filmteam und seinem bekannten Regisseur mit Namen Peter Schamoni. Alle Komparsen freuen sich, die Künstler hautnah mitzuerleben. Es soll eine anspruchsvolle Verfilmung werden, schon allein, weil bei diesem Film viele berühmte DDR- und BRD-Schauspieler mitwirken. Die Geschichte von Robert Schumann und Clara Wieck spielt im 18. Jahrhundert. Sie waren zu der damaligen Zeit einfach nicht wegzudenken. Judith hat schon vor langer Zeit die Geschichte über die beiden berühmten Pianisten gelesen, das Buch war allerdings nur in einer Leihbücherei erhältlich. Es ist eine sehr schöne Liebesgeschichte mit Höhen und Tiefen, die leider tragisch endet.

Am Drehort angekommen, werden sämtliche Komparsen von dem zuständigen Personal in Empfang genommen. Im Schloss werden alle in einen größeren Raum geführt, wo auch schon die Kostüme nach Konfektionsgröße bereitliegen. Jeder sucht sich ein Kleidungsstück aus, auch Judith. Leider findet sie in der Größe 38 kein Kleid mehr, so zieht sie sich ein Kleid in der Größe 42 an. Etliche Schneiderinnen vom Theaterteam sind ebenfalls anwesend, um allen Schauspielern oder Komparsen beim Einkleiden zu helfen. Auch Judith bekommt sofort Hilfe, ihr wunderschönes langes Kleid mit Armpolstern wird in nur wenigen Minuten passend gemacht. Auch bei der Schuhgröße hat Judith zunächst Schwierigkeiten, sie findet dann aber doch noch ein Paar in ihrer Größe 36. Jetzt heißt es zum Maskenbilder gehen, er muss ganze Arbeit leisten. Judith bekommt eine aufwendige Frisur, zahlreiche Haarteile mit Locken werden festgesteckt. Ihr Gesicht wird mit heller Schminke abgedeckt, der Lidstrich an ihren Augen wird abgeschminkt, nur die Lippen werden knallrot bemalt. Als sie sich im Spiegel betrachtet, erkennt sie sich kaum wieder. So sahen also die feinen Damen in der damaligen Zeit aus, sehr elegant. Jetzt ist sie gespannt, für welche Rolle sie eingeteilt wird. Eine zuständige Mitarbeiterin gibt jedem einzelnen Komparsen genaue Anweisungen, der Beifall sowie jede Geste und jede Bewegung werden minutiös geprobt. Die meisten Komparsen werden als Zuschauer in einen Saal geführt, wo das erste Konzert von Clara Wieck stattfindet. Judith wird in eine der ersten Reihe platziert. Nach Beendigung des Konzertes müssen sich sämtliche Komparsen, die als Zuschauer eingeteilt sind, in den Park begeben. Mit einem Glas Sekt in der Hand müssen sie über das gelungene Konzert diskutieren, das wird natürlich ebenfalls geprobt. Auch damals vor 100 Jahren gab es sehr viele Kritiker in der Musikbranche. Clara wurde schon als kleines Mädchen von ihrem Vater im Klavierunterricht sehr streng gefördert.

Jedenfalls ist das ganze Event ein Erlebnis für sämtliche Komparsen, viele von ihnen versuchen nach Beendigung der Dreharbeiten, ein Autogramm von den Hauptdarstellern zu ergattern. Das ist allerdings nicht so einfach, Judith hat leider nur von Rolf Hoppe und dem bekannten westdeutschen Schauspieler Bernhard

Wicki ein Autogramm bekommen. Die schöne Nastassja Kinski und Herbert Grönemeyer hat keiner mehr zu Gesicht bekommen. Wie auch immer, dabei sein ist alles. Judith hofft, bald wieder als Komparsin gebucht zu werden. Dieser Film soll bei den Filmfestspielen in Monaco aufgeführt werden. Bis er in die Kinos der DDR kommt, vergeht bestimmt noch ein Jahr. Was keinem Anwesenden entgangen ist, die Staatssicherheit war bei den Dreharbeiten auch vor Ort. Auf Regisseur Schamoni wirkten diese Männer sehr störend.

Den Unterschied zwischen Ost und West bekam jeder Mitwirkende bei der Verpflegung zu spüren. Im Park waren zwei Kioske aufgebaut worden, einer für die DEFA-Schauspieler, dort wurden nur Würstchen und Broiler verkauft. Die westdeutschen Darsteller wurden mit den feinsten Sachen wie Steaks, Bananen, Ananas und frischen Salaten verwöhnt. Für Judith wieder der beste Beweis, dass sie sogar im eigenen Land nur Menschen zweiter Klasse sind. Jetzt erinnert sie sich auch wieder an Johns Worte. Damals haben alle seine Mitarbeiter für die gesamte Zeit ihres Aufenthaltes in der DDR wunderschöne Neubauwohnungen zugewiesen bekommen. Das eigene Volk hingegen lebt in zerfallenen Häuser, was für ein Elend! Nein, denkt Judith, egal was mit John passiert ist, er hat mir die Augen geöffnet. Ein ganzes Leben in einem Land zu leben, welches das eigene Volk wie Tiere einsperrt und auch die Grenzen scharf bewacht, das keine Möglichkeiten zur Weiterentwicklung bietet – das soll Moritz erspart bleiben. Jeder soll über sein eigenes Leben entscheiden können. Wie heißt das Sprichwort wieder? Solange deine Kinder klein sind, gib ihnen Wurzeln, wenn sie größer werden, schenk ihnen Flügel. Die ganze Rückfahrt vom Wörlitzer Park in Richtung Halle denkt Judith erneut über das Leben im Westen nach. Seit 1979 kämpft sie um ihre Ausreise, wieso werden die Anträge immer abgelehnt? Vera bereut ihr neues Leben in der BRD nicht, wie es scheint, es soll ihr ganz gut gehen. Nur ihre Oma vermisst sie mächtig, aber auch die kann demnächst ausreisen. Bei Rentnern sind die Staatsorgane bei der Familienzusammenführung großzügiger, weil sie sich so die monatliche Rentenauszahlung sparen. Außerdem wird dann wieder eine Neubauwohnung frei – zwei Fliegen mit einer Klappe. Ich werde Veras Oma demnächst wieder besuchen, denkt Judith.

Wie die Dreharbeiten im Einzelnen abgelaufen sind, ist natürlich ein großes Thema in der Bauleitung. Judith erzählt über den Plot des Films sowie auch über die vielen bekannten Schauspieler. Alle hören gespannt zu und schon ist Judith bei ihren Kollegen ein kleiner Star. Darüber muss sie mächtig schmunzeln. „Kein einziges Wort mussten wir sprechen, nur zuschauen und Beifall klatschen." „Was für eine Gage habt ihr Kleindarsteller bekommen?" „Die Dreharbeiten haben sich über den ganzen Tag erstreckt, so wurde pauschal abgerechnet, 100,00 Mark hat jeder bekommen. Trotzdem war es sehr anstrengend, das Ankleiden, die Maske, auch die ständigen Anweisungen von dem Regisseur mussten mit höchster Konzentration ausgeführt werden." Moritz hat auch die Proben für das neue Theaterstück beendet, demnächst findet die Premiere statt. Moritz soll sogar eine Doppelrolle in diesem Stück spielen. Das heißt, er bekommt eine höhere Gage als die Darsteller mit kleineren Rollen. „Vielleicht schlägt er eines Tages im Westen die berufliche Karriere eines Schauspielers ein!" Judith schüttelt verneinend den Kopf. „Ich möchte, dass er seine Schule gut abschließt und danach einen sicheren Beruf erlernt. Später kann er dann selbst entscheiden, welchen Beruf er ergreifen möchte. Die Welt steht ihm nur in einem freien Land offen!" Normalerweise hält sich Judith mit solchen Äußerungen etwas zurück, nicht alle Kollegen sind westlich angehaucht. Es gibt viele überzeugte Genossen unter den Leuten hier, die solche Äußerung als absolut staatsfeindlich ansehen. Ein Meister will gleich mit Judith einen Streit anfangen, aber Herr Carsten, der Oberbauleiter, greift sofort ein und teilt ihm eine dienstliche Aufgabe zu. Er rügt aber auch Judith und gibt ihr zu verstehen, dass sie sich mit gewissen Äußerungen über die DDR zurückhalten sollte. „Natürlich", erwidert Judith und entschuldigt sich bei ihrem Chef. Kunth sitzt währenddessen am Schreibtisch und wirkt ziemlich genervt. Eine kleine Bemerkung über die Freiheit wird gleich als politisch und staatsfeindlich ausgelegt!

Als er mit Judith allein im Zimmer ist, erzählt er ihr über den bevorstehenden Besuch von Josef Strauß. Er hat Erich Honecker einen Milliardenkredit versprochen und fordert dafür natürlich Gegenleistungen. Das haben sie gestern in den westlichen Nachrichten gebracht. Judith ist ganz aufgeregt. „Vielleicht darf ich deshalb auch bald ausreisen?" „Das kann gut möglich sein, aber versteife dich nicht darauf", antwortet ihr Kollege. „Die erste Forderung ist, Selbstschussanlagen an den Grenzen abzubauen. Überdies sollen viele politische Flüchtlinge aus Stasigefängnissen freikommen, vielleicht dürfen auch Menschen, die schon vor Jahren einen Ausreiseantrag gestellt haben, endlich in den Westen gehen können." „Dann wären Moritz und meine Person ja ebenfalls dabei, aber daran glaube ich noch nicht so richtig. Vor ein paar Wochen wurde mein Antrag erneut von den Behörden abgelehnt, an Wunder glaube ich nicht mehr." „Nicht verzagen", antwortet Kunth, „manchmal geschehen Dinge, an die keiner mehr geglaubt hat. Eine liebe Kollegin zu verlieren wäre für unsere Bauleitung allerdings eine große Lücke", sagt er traurig.

Tatsächlich, Kunth hat sich nicht geirrt, Franz Josef Strauß will sich mit Erich Honecker in Erfurt treffen. Grund sei ein Milliardenkredit, den Josef Strauß der DDR zugesagt habe. In der Tagesschau wurde ausführlich darüber berichtet, nur auf den DDR-Sendern wird über jenen Besuch kein einziges Wort verloren. Ohne Gegenleistung wird natürlich nichts geschehen, die ersten Forderungen sind schon bekannt, die gesamten Schussanlagen an den Grenzen sollen abgebaut werden. Überdies sollen politische

Häftlinge freikommen und in die Bundesrepublik ausgewiesen werden. Auch Menschen, die schon vor vielen Jahren einen Ausreiseantrag gestellt haben, sollen eine Chance bekommen, endlich ausreisen zu dürfen. Mein Gott, denkt Judith, dann bin ich vielleicht schon dieses Jahr dabei!

Sie telefoniert gleich mit Karla, um ihr diese Neuigkeit zu berichten. Karla hat ebenfalls die Nachrichtensendung verfolgt und ist deshalb schon bestens informiert. „Das wäre schön", gibt sie zur Antwort, allerdings klingen diese Worte für Judith nicht sehr überzeugend. Egal! Sie wird keine Minute zögern, endlich in Freiheit leben zu können. Dort wird Moritz auch als Kinderdarsteller Theater spielen können, falls es seine Zeit ermöglicht. Am liebsten würde sie nochmals nach Prag reisen, um sich weitere Informationen bei den Diplomaten einzuholen. Sie fragt Karla, ob sie auch Lust habe, nochmals in die Goldene Stadt Prag zu reisen, allerdings erst in den Sommerferien. Karla stimmt sofort zu, schon allein wegen der Sehenswürdigkeiten dieser schönen, lebendigen Stadt. Auch das Nachtleben war bei ihren vergangenen Besuchen stets mit sehr viel Spaß verbunden, sie haben dort sehr viele nette Menschen verschiedener Schichten und Länder kennengelernt.

Die Reisen nach Prag waren für Judith und Karla immer ein kleiner Vorgeschmack auf das Leben in einer anderen Welt. Berlin soll zwar ebenfalls eine Weltstadt sein, auf Judith wirkt diese Stadt, die durch einer Mauer geteilt wird, jedoch eher beklemmend. Außerdem wimmelt es in dieser Metropole nur so von Staatssicherheitsleuten, die nicht zu übersehen sind. Keine Stadt in der DDR wird so streng überwacht wie Berlin, der Grund dafür sind die Diplomaten, die in Berlin leben. Es gibt kein unbewachtes Botschaftsgebäude, darunter zählt auch die Ständige Vertretung der Bundesrepublik Deutschland.

Nächsten Monat hat sich hoher Besuch bei Judiths Eltern angekündigt, endlich wird Judith ihre Cousine Ruth und deren Ehemann Wilhelm aus Heidelberg persönlich kennenlernen. Das eingereichte Visum für beide wurde ohne Probleme genehmigt. Sie wollen eine Woche in Halle bleiben, das freut Judith sehr. Endlich wird sie ihre leiblichen Verwandten aus dem Westen kennenlernen. Sie haben schon vor längerer Zeit in einem Brief geschrieben, Judith und Moritz gern bei sich in ihrem Haus aufnehmen zu wollen. Es gibt da zwar noch eine Tante in Lübeck, aber bei ihr möchte Judith auf keinen Fall leben. Sie ist eine anstrengende Frau und auch nicht mehr gesund. Außerdem soll Baden-Württemberg für qualifizierte Personen das beste Bundesland sein, das heißt, die Aussichten, einen geeigneten Arbeitsplatz zu bekommen, sind dort gut.

August 1983

Die Reise nach Prag ist wiederum sehr schön, das Wetter traumhaft, um viele Ausflüge zu machen. Die Karlsbrücke ist für Judith immer wieder ein Erlebnis. Viele Künstler haben erneut ihre Bilder ausgestellt, ebenso der schöne Ausblick über die Stadt – einfach atemberaubend! Der wiederholte Besuch in der Botschaft hat Judith und Karla Klarheit verschafft, Josef Strauß hat den Besuch in der DDR zum Anlass genommen, nicht nur den Milliardenkredit zu überreichen, sondern auch knallharte Forderungen zu stellen. Ausreisewillige können sich jetzt Hoffnungen machen, bald das ungeliebte Land DDR verlassen zu können. Allerdings, den Zeitpunkt konnte der nette Herr der Botschaft Judith leider nicht nennen. Egal, so lange kann es bestimmt nicht mehr dauern, da ist sich Judith ganz sicher. Der Ausreiseantrag wurde 1979 in der Botschaft gestellt und registriert, in der DDR genau ein Jahr später – nicht ohne Folgen: Jobverlust, unangenehme, Verhöre, auch Observierungen, die manchmal sehr auffällig waren. Von ihrer Freundin Chris hat Judith schon oft den Tipp bekommen, fremde Leute immer mit Vorsicht zu genießen, auch die, welche eine freundliche Ausstrahlung haben. Selbst in Prag hatten die beiden Frauen oft das Gefühl, irgendwie beobachtet und verfolgt zu werden. Auf alle Fälle haben wir noch keine schlimmen Diskriminierungen hinnehmen müssen, denkt Judith. Auch bei dem neuen Job im Bauwesen gab es keine Spur von Schikanen oder Stress, ganz im Gegenteil, alle Kollegen sind nett und verhalten sich respektvoll ihr gegenüber. Vera wurde an ihrem Arbeitsplatz sehr stark von oben herab behandelt, das hatte sie sehr belastet. Auch von anderen Antragstellern hat Judith nur Negatives gehört, etliche sollen sogar verhaftet worden sein, wegen angeblicher Spionage. Wieso habe ich so viel Glück gehabt? Diese Frage stellt sich Judith jeden Tag. Allerdings, eine Reise nach Ungarn wurde vor drei Jahren ohne Begründung abgelehnt, wahrscheinlich wegen

Fluchtgefahr. Egal, der Tag wird kommen, dann wird auch Judith die ganze Welt bereisen können. Diese Träume geben Judith unglaublich viel Kraft, ihre Ausreise in den Westen niemals infrage zu stellen.

Der Besuch ihrer Cousine Ruth aus Heidelberg ist sehr herzlich. Ruth sagt gleich: „Du kommst mit Moritz auf alle Fälle in unsere Gegend nach Heidelberg." Sie hat ihr auch versprochen, mit dem Bundesministerium in Bonn zu telefonieren, um zu erfragen, ob schon irgendwelche Namen bekannt sind, wer ausreisen darf. Es ist schon irgendwie kurios, eigentlich wollte sie wegen ihrer großen Liebe John in den Westen ausreisen. Vielleicht werde ich bald den tatsächlichen Grund für sein Verhalten erfahren. Diesen Gedanken bekommt Judith nicht mehr aus ihrem Kopf. Seine Liebesbriefe hat sie schon lange vernichtet, sonst hätte sie den Schmerz niemals verwinden können. Trotzdem denkt sie noch sehr oft an ihn, er wird immer ihre große Liebe bleiben.

Das Wochenende geht es zu den Eltern in den Garten, da treffen sich erneut alle Familienangehörigen, zumal das Wetter sehr schön bleiben soll. Judith hat sich sowieso fest vorgenommen, so oft wie möglich ihre Eltern zu besuchen. Es kann jetzt sehr schnell gehen mit der Genehmigung ihrer Ausreise. Im Radio RIAS Berlin berichten sie täglich davon, dass Ostbürger ständig ausreisen dürfen, hauptsächlich politische Gefangene. Die Großzügigkeit der DDR hat auf alle Fälle mit dem Besuch von Josef Strauß zu tun; der Milliardenkredit, den die DDR so dringend braucht, spielt natürlich eine große Rolle. Strauß ist ein harter Politiker, er verschenkt nichts, er stellt Forderungen, die von der DDR so schnell wie möglich umgesetzt werden müssen. Dasselbe hat auch der Attaché aus der Prager Botschaft Judith mitgeteilt. So kann sie nun endlich tatsächlich hoffen, ein neues und freies Leben beginnen zu können, ihr Wissen umzusetzen und ihre Fähigkeiten anzuwenden, ohne einer Partei angehören zu müssen. Sie wird zwar einen hohen Preis für ihre Freiheit zahlen müssen, denn die DDR wird sich auf eine unmenschliche Art rächen. Sie lassen ausgereiste Bürger auf keinen Fall mehr in die DDR einreisen, das klingt für Judith sehr hart. Wenn sie damals John nicht kennen- und lieben gelernt hätte, wäre sie gar nicht auf die Idee gekommen, den Staat zu verlassen. Das Gefühl ihrer Liebe zu John spürt sie heute noch in ihrem Herzen, deshalb hat sie niemals mit dem Gedanken gespielt, den Antrag zurückzuziehen. Anfang 30 ist man in der Blüte seines Lebens, da kann jeder noch ein neues, erfolgreiches Leben irgendwo in der freien Welt beginnen. Kunth hat auch immer wieder zu Judith gesagt: „Wenn du dich dort gut eingelebt und auch einen gut bezahlten Job hast, steht dir die ganze Welt offen.“ Genau das ist Judiths Ziel, natürlich darf Moritz’ Erziehung nicht vernachlässigt werden. Jetzt muss sie Moritz langsam erklären, dass sie bald aus Halle wegziehen werden. Mal sehen, wie er reagiert, Judith glaubt aber nicht, dass Moritz negativ reagieren wird. Das würde noch fehlen, denkt Judith, Rolli würde dann versuchen, das Sorgerecht für Moritz zu bekommen. Nein, so weit darf es niemals kommen, schließlich hat sie das Sorgerecht nach der Scheidung gerichtlich zugesprochen bekommen. Daran kann keiner etwas ändern, ohne Moritz würde sie niemals nach Westdeutschland gehen, Rolli wird ihr schon keinen Strich durch die Rechnung machen. Sie hofft, dass die Ausreise noch vor Schulbeginn im September genehmigt wird, dann käme Moritz in Westdeutschland in die sechste Klasse.

Diese Ungewissheit macht Judith zu schaffen. In dem letzten Brief von Vera stand geschrieben, dass in jeder Zeitung über eine große Anzahl von DDR-Bürgern berichtet werde, denen die Ausreise genehmigt wurde. „Wann kommst ihr?“, fragte sie in ihrem Brief. Sämtliche Zeugnisse und Qualifikationen hat Judith bereits in der Prager Botschaft kopieren lassen, außer ihre Fachschulreife, die befindet sich leider noch in der Personalakte im Betrieb.

Ihrer Freundin Chris will Judith in den nächsten Tagen auch

mal wieder einen Besuch abstatten, zumal Chris am gleichen Tag wie Moritz Geburtstag hat. Allerdings fällt ihr Geburtstag dieses Jahr für Moritz auf einen ungünstigen Tag, da er abends noch eine Theatervorstellung hat und diesen Tag auch lieber mit Freunden feiern will. Sie telefoniert mit Chris und wird von dieser herzlich eingeladen, sie vereinbaren auch gleich für die darauffolgende Woche einen Termin. Mit Chris verbindet Judith sehr viel, sie haben sich im Berufsleben kennengelernt und bis heute nicht aus den Augen verloren. Sie ist eine ihrer besten Freundinnen, mit ihr kann sie über alles reden. Auch bei ihrem schlimmen Liebeskummer mit John hat Chris ihr Trost geschenkt, um einigermaßen darüber hinwegzukommen. Chris hatte das Verhalten von John auch nicht verstanden, zumal sie die süße Romanze der beiden bis zum Schluss miterlebt hatte – so eine starke Verliebtheit, dass Judith sogar mit dem Gedanken gespielt hatte, die DDR illegal zu verlassen! Davon hatte Chris ihr jedoch strikt abgeraten. Diese Reaktion hatte Judith damals sehr ins Grübeln gebracht. Hatte Chris etwa mehr gewusst? Chris singt im Kirchenchor; Pfarrer und Kirchenmitglieder werden von der Stasi immer unter besondere Beobachtung gestellt und regelmäßig befragt. Vielleicht hat Chris aber auch hellseherische Fähigkeiten und hatte geahnt, dass so ein Fluchtversuch für Moritz und Judith katastrophale Folgen gehabt hätte. John hatte ihr damals verboten, mit irgendjemandem darüber zu sprechen; daran hatte sich Judith nicht ganz gehalten, ihrer Freundin Chris hatte sie von ihrem Vorhaben berichtet. Jetzt ist sie froh, ihre Ausreise in die BRD mit legalen Mitteln voranzutreiben, nämlich ständig Ausreiseanträge an die staatlichen Behörden zu stellen. Allerdings, ihre wiederholten Reisen nach Prag, um die BRD-Botschaft aufzusuchen, sind als DDR-Bürger auch strafbar. Gott sei Dank wissen die Behörden darüber nicht Bescheid, da sind sich Judith und Karla ganz sicher. Jeden Tag hört sie in den Nachrichten, dass DDR-Bürger ausreisen dürfen, es ist gewiss nur noch eine Frage der Zeit, dann wird auch sie endlich mit Moritz in den Westen gehen können. Franz Josef Strauß aus Bayern hat mit seinem Milliardenkredit Wunder vollbracht. Schießanlagen werden an den Grenzen abgebaut, vielleicht werden außerdem noch andere Wirtschaftsverträge gemacht. Jetzt dürfen sogar Fachkräfte aus der DDR im Westen bei Großprojekten als Gastarbeiter auf Baustellen arbeiten. Das sieht Judith allerdings sehr skeptisch, sie werden bestimmt als billige Arbeitskräfte verpulvert. Sie werden niemals den Stundenlohn eines BRD-Bürgers verdienen. Den Betroffenen ist das total egal, die Aussicht, ein wenig Westgeld zu verdienen, ist zu verlockend, und die Sehnsucht nach Freiheit einfach zu groß. Natürlich werden nur solche Leute als Auslandskader ausgesucht, die ihren Staat DDR niemals verlassen würden.

Was soll Judith eigentlich Moritz zum Geburtstag schenken? Gewünscht hat er sich ein Schachspiel, aber dieses Spiel gibt es in keinem Geschäft zu kaufen. Schon vor mehreren Wochen hat sie sich auf die Suche gemacht, um ihrem Sohn diesen Wunsch zu erfüllen. Selbst in Berlin ist es nicht möglich, so ein Spiel zu bekommen. Dort hatte sie sich im Großhandel schlaugemacht, die Antwort lautete: „Tut mir leid, ist alles für den Export bestimmt." „Das kommt mir sehr bekannt vor", erwiderte Judith dem Versandhändler. „Ich habe über zehn Jahre Exportgeschäfte bearbeitet, bei der Deutschen Außenhandelsbank." Neugierig schaut der Herr Judith an und fragt: „Und jetzt bearbeiten Sie diese Geschäfte nicht mehr?" „Nein, ich habe immer eine Wut bekommen, dass alles ins Ausland verscherbelt wird, während wir Bürger in den Läden nichts zu kaufen bekommen." „Ja, das stimmt, aber da können wir nichts dafür, so sind die Vorschriften, die DDR braucht immer dringend Devisen für Rohstoffe." Nach einer langen Unterhaltung verabschiedet sich Judith höflich, der Leiter fragt zum Schluss noch: „Wann brauchen Sie das Schachspiel?" „Spätestens Anfang nächster Woche", antwortet Judith. „Warten Sie einen kleinen Moment …" Er läuft weg, wahrscheinlich ins Lager. Nach

15 Minuten kommt er wieder und verspricht Judith: „Noch Ende dieser Woche bekommen Sie das Schachspiel." Für Judith ist die Freude groß. „Sie sind eine sehr nette und ehrliche Frau, deshalb will ich Ihrem Sohn den Wunsch erfüllen." Judith kann es noch gar nicht fassen, sie bedankt sich immer wieder bei dem Herrn. „Sie haben übrigens Glück, mich hier angetroffen zu haben, denn ich bin für die Produktion und den Absatz verantwortlich. Wir werden Ihnen die Ware zusenden, dafür brauche ich natürlich noch die Lieferadresse." „Kein Problem", erwidert Judith und kritzelt schnell ihre Adresse auf einen Zettel. Sie verlässt das Gebäude und denkt: Irgendwie geht doch alles, man darf nur nicht lockerlassen. Aber: Noch wurde das Geschenk nicht geliefert, also erst mal abwarten.

Schon zwei Tage später wird das Schachspiel von der Firma geliefert, Moritz selbst hat es von dem Postboten in Empfang genommen. Gott sei Dank ist der Inhalt des Paketes nicht zu erkennen, dafür ist es zu gut verpackt. Das wäre wohl die größte Enttäuschung für jede Mutter, wenn ihr Kind schon vor seinem Geburtstag das Geschenk sehen würde – dann wäre es keine Überraschung mehr! Judith geht ins Schlafzimmer und öffnet das Paket, tatsächlich enthält es ein hochwertiges Schachspiel. Judith sucht vergeblich die Rechnung, stattdessen findet sie einen kleinen Umschlag. Als sie ihn öffnet, sieht sie eine kleine Karte mit ein paar Zeilen, es ist ein Geschenk. Viel Spaß und Freude für Ihren Sohn, steht auf der Karte. Sie kann nur ganz schlecht den Namen lesen, am liebsten würde sie im Werk anrufen, um sich ganz herzlich bei dem Herrn zu bedanken. Er verlangt aber keinen Dank, das hat er extra auf dieser Karte vermerkt. Es gibt sie also doch noch, nette Menschen in diesem Land, denkt Judith. Sie versteckt den Karton, es sind nur noch ein paar Tage bis zu Moritz' Geburtstag. An diesem Tag soll Moritz in die vielleicht baldige große Reise in die Bundesrepublik Deutschland eingeweiht werden.

Diesen Sommer haben Karla und Judith keinen Ostseeplatz

vom Betrieb bekommen. Angeblich wurden andere Mitarbeiter ausgesucht, die noch nie einen Ostseeplatz erhalten haben. Auch ein Telefonat mit Herrn Güll, dem Heimleiter der Ferienanlage in Kühlungsborn, hat keinen Erfolg gebracht. Klar, er wartet heute noch auf seine Fliesen, die ihm Judith versprochen hatte. Leider sind sie nur in der Farbe Weiß im Materiallager auf der Baustelle vorrätig. Er wollte jedoch farbige haben, solche Sachen sind in der DDR eben Mangelware, selbst wenn man Beziehungen hat. Der Kollege im Betrieb, der die FDGB-Plätze verwaltet, hat noch einige Ferienplätze im Ferienpark Thale, im wunderschönen Harz. Judith hat sofort zugesagt, auch Karla möchte wieder mitfahren. Es sind die letzten zwei Wochen vor Beginn des neuen Schuljahres. Es ist ein schönes Ferienheim mitten im Wald, auch ein See soll in der Nähe sein. Etliche Kollegen waren schon dort und haben nur Positives berichtet. Allerdings hätte Judith lieber Seeluft geschnuppert, allein wegen Moritz' ständiger Bronchitis. Alles wird vom Staat vorgeschrieben, sogar das Urlaubsziel kann man sich nicht selbst aussuchen. Was ist eigentlich noch schön in diesem Staat?, denkt Judith.

Selbst ihre Cousine und deren Mann aus Heidelberg waren bei ihrem letzten Besuch in Halle entsetzt über die Wohnverhältnisse von Judith und Moritz. So ein verfallenes Haus haben sie noch nie gesehen. Von der sauberen und gemütlichen Einrichtung in den Wohnräumen waren sie hingegen positiv überrascht. Die Menschen sind hier in der Regel sehr kreativ veranlagt; wer das Handwerkfach beherrscht, ist normalerweise auch sehr erfinderisch. Beispielsweise können allein Farben schon sehr viel in den Wohnräumen bewirken, aber auch diese sind in der DDR Mangelware. Es gibt jedoch auch Produkte, die exportiert und danach wieder in die DDR importiert werden. Vielleicht ist das auch der Grund, warum die staatlichen Behörden Judith noch nicht ausreisen lassen, jeder Angestellte bei der Außenhandelsbank ist ein Geheimnisträger. Dieser Gedanke macht Judith erneut unsicher.

Dann denkt sie an Vera, und schon sind alle Sorgen verflogen. Schließlich war Vera auch bei der Bank angestellt und durfte später trotzdem ausreisen. Allerdings hat Vera nur Exportgeschäfte für sozialistische Länder bearbeitet, Judith hat die echten, harten kapitalistischen Devisengeschäfte bearbeitet. Was mache ich mir immer so viele Gedanken?, denkt Judith, Franz Josef Strauß hat Forderungen an die DDR-Führung gestellt, auch Ausreisewillige schnell und unbürokratisch gehen zu lassen. Jeden Tag berichten Nachrichtensender wie RIAS Berlin über die neusten politischen Ereignisse, die sich jetzt bewegen.

Judith will sich überraschen lassen und positiv denken, zumal auch ihre Cousine fest versprochen hat, regelmäßig das Bundesministerium in Bonn zwecks ihrer Ausreise zu kontaktieren. Jetzt konzentriert sich Judith erst einmal auf Moritz' Geburtstagsfeier, danach geht es in den Urlaub in das Ferienheim Thale, das Wetter soll laut Wetterprognose noch eine Weile schön bleiben. Karla freut sich ebenfalls auf den wohlverdienten Urlaub, der Harz mit seinen vielen Wäldern und Wanderwegen ist auch immer eine Reise wert.

Oktober 1983

Die Zeit vergeht. Judith hat seit der letzten Vernehmung, die nun schon Monate zurückliegt, nichts mehr von der staatlichen Behörde Abteilung „Inneres“ gehört. Wichtig ist, dass sie keinen Stress bekommt, weder im Job noch in der Familie. Im Betrieb wissen alle Kollegen über ihren Ausreiseantrag Bescheid, keiner denunziert sie. Ihr ist auch zu Ohren gekommen, dass einige Kollegen ebenfalls einen Ausreiseantrag in die BRD gestellt haben. Auch heute berichten die Medien in den westdeutschen Nachrichtensendern über unzählige Genehmigungen von ausreisewilligen DDR-Bürgern. Das Auffanglager in Gießen soll schon aus allen Nähten platzen. Dann wird es bei ihnen ebenfalls bald klappen, da ist sich Judith ganz sicher. Mit Moritz hat sie auch schon darüber gesprochen, seine erste Reaktion war: „Dann sehen wir endlich John wieder!“ Das hat Judith sehr geschmerzt, aber innerlich hofft sie doch, ihrer großen Liebe irgendwann wieder zu begegnen. Er würde niemals glauben, dass sie ganz allein kämpft, um dem Staat DDR eines Tages den Rücken zu kehren. Wieso hat er diese zuckersüße Beziehung beendet? Vor allem jene letzten Zeilen in seinem Brief „… Ein schönes Leben kann man auch in der DDR haben …“ – das sind niemals seine Worte, sie passen einfach nicht zu dem John, den sie kennengelernt hat. Im Gegenteil, erst durch ihn hatte sie erstmals erfahren, wie schön das Leben im Westen ist, frei und bunt. Bei diesen Gedanken wird ihr wieder ganz warm ums Herz, umso mehr, wenn sie sich die schönen Bilder in den Prospekten von Westdeutschland und auch von anderen Ländern anschaut. John hatte damals sämtliche Reiseprospekte mitgebracht, die bewahrt Judith heute noch auf. Auch Moritz schaut sich diese Prospekte oft an, so wie Kinder eben sind.

Schade, das Fach Englisch ist in der DDR leider nur ein Nebenfach, in Westdeutschland ist es ein Hauptfach. Sprachen wird in der Schulbildung große Bedeutung beigemessen, schon allein um zum Abitur zugelassen zu werden. Auch für die berufliche Zukunft sind Sprachen in der freien Welt sehr wichtig. Das hat ihr Vera in ihrem letzten Brief mitgeteilt, sie war gezwungen, dringend einen Nachhilfelehrer für ihre Söhne zu suchen. Es wäre nicht gut gewesen, wegen des Faches Englisch von der Realschule auf die Hauptschule versetzt zu werden. Mit einem Hauptschulabschluss hat man nur geringe berufliche Chancen, weil die Schüler bereits nach neun Jahren die Schule verlassen. Vera ist froh, ihre Jungs haben sehr schnell den gesamten Schulstoff aufgeholt. So hat sie wenigstens dieses Problem gelöst; ihren eigenen Traumjob hat sie allerdings noch nicht gefunden. Am liebsten würde sie sich selbstständig machen und sich etwas Eigenes aufbauen, sie hat aber noch keine Richtung und kein konkretes Konzept. Ich werde es irgendwann erfahren, denkt Judith. Trotzdem ist es gut zu wissen, dass der Wohnsitz in einem anderen System tatsächlich mehr Lebensqualität bringt. Judith ist sich sicher, dass der Kampf um eine Ausreise sich eines Tages auf alle Fälle gelohnt haben wird.

Heute ist in der Oberbauleitung die Lohnabrechnung angesagt. Judith hat von sämtlichen Meistern die Stundenzettel der Arbeiter bekommen, jetzt kann der Lohn ausgerechnet werden. Viele Arbeiter haben sehr viele Überstunden geleistet, die müssen allerdings vom Oberbauleiter genehmigt werden. Meistens wollen die Arbeiter die Zeit als Freizeit abbummeln, das klappt aber nicht immer. Etliche ehemalige Häftlinge, die auf Bewährung verurteilt sind, arbeiten auch auf der Baustelle. Bei diesen Personengruppen haben die Bauleiter und Meister strenge Auflagen, sie müssen ständig kontrolliert werden. Es gab schon oft großen Ärger, manche dieser Leute sind einfach nicht zur Arbeit erschienen. Bei solchen Vorfällen muss immer die Polizei und der zuständige Sozialarbeiter eingeschaltet werden. Weshalb sie mal verurteilt waren, wird im in der Regel nicht erwähnt, so etwas hängt man nicht an die große Glocke. Kunth hat mal angedeutet, dass sie meistens wegen Körperverletzung, Unterschlagung von Staatsgeldern oder sonstiger Diebstähle verurteilt worden seien. Judith will das alles gar nicht wissen; Hauptsache, sie verhalten sich den Kollegen gegenüber höflich. Solange es keine Sexualstraftäter sind, respektiert Judith auch diese Menschen. Irgendwie müssen schließlich auch sie wieder in dieser Gesellschaft eine Chance bekommen; wer hat in der heutigen Zeit nicht auch schon mal irgendetwas mitgehen lassen? Die DDR ist nun mal eine Mangelwirtschaft und wer gerade ein Haus bauen will, muss unbedingt Beziehungen zu jemandem haben, der an Baustoffe herankommt. Als Judiths Bruder Bert sein Haus gebaut hat, gab es ebenfalls große Probleme, so hat er sich auch viele Materialien besorgen lassen. Auch Schwarzarbeiter hatte er beschäftigt, das wäre ihm bald zum Verhängnis geworden. Irgendein Verräter muss unter den Leuten gewesen sein, bis heute ist Bert der Name dieses Kerls nicht bekannt. Er hat Glück gehabt und ist glimpflich davongekommen. Er hat nur eine geringe Geldstrafe vom Landesgericht Halle bekommen, ohne jetzt deshalb vorbestraft zu sein. Fremde Arbeiter hat er nicht mehr eingestellt, das war ihm eine große Lehre. Das Haus ist nach einem Jahr durch die Mithilfe der Verwandtschaft fertiggestellt worden. Jetzt lebt er mit seiner Familie schon sechs Jahre darin, umgeben von schöner Natur. Judith besucht ihn oft, zumal er im Garten einen richtigen Pool gebaut hat, reinster Luxus für DDR-Verhältnisse. Er hat sich durch viel Fleiß seinen Traum erfüllt, Judith gönnt es ihm von Herzen. Schon als Kind hat sie sich mehr zu ihrem Bruder hingezogen gefühlt als zu ihren drei Schwestern. Sie ist sich auch ganz sicher, dass Bert ihr beim Ausräumen der Wohnung helfen und vielleicht sogar Käufer für sämtliche Möbelstücke ihrer Wohnung finden wird.

Irgendwie muss Judith schmunzeln, sie hat noch keine Ahnung, wann sie ausreisen kann, macht sich aber jetzt schon über die Auflösung ihrer Wohnung Gedanken. So sind eben Menschen mit dem Sternzeichen Jungfrau: gute Planung, Ordnung, Ziele gut durchdacht. „Feierabend!", ruft Judith. Alle Kollegen schauen auf die Uhr, tatsächlich, es ist schon fast 16.00 Uhr. „Also nichts wie heim. Morgen ist auch noch ein Tag!" „Das stimmt!", antwortet Kunth.

Der goldene Oktober zeigt sich von seiner schönsten Seite. Judith macht mit Moritz einen Spaziergang zu der alten Burg Giebichenstein. Die Aussicht von dort oben ist immer wieder sehenswert, wenn nicht der Fluss, die Saale, so verschmutzt wäre. Wieso leiten alle Chemiewerke in der Stadt ihre Abfälle in diesen Fluss? Der Gestank ist so erbärmlich und nicht zu ertragen, auch für die Bewohner in der Gegend muss es schlimm sein. Wie oft haben Naturfreunde schon Eingaben an den Staat eingereicht, ohne Erfolg. Im Gegenteil, sie wurden deshalb als Staatsfeinde hingestellt und mussten Schikanen hinnehmen. So ist eben der Staat DDR, wenn Menschen Kritik an gewissen Dingen üben, wird ihnen gleich mit harten Konsequenzen gedroht. Sogar die Mediziner haben einen Maulkorb verpasst bekommen, wehe, sie reden über Patienten mit Atemerkrankungen, welche mit absoluter Sicherheit durch die große Luftverschmutzung verursacht sind. Es ist alles ein Jammer, da gibt es wirklich nur einen Ausweg: ausreisen. Allerdings, die Verwandten und Freunde zurückzulassen, ist ein Trauerspiel. Noch ist es nicht so weit, denkt Judith. „Jetzt suchen wir uns ein kleines Lokal und du bekommst endlich dein großes Stück Kuchen", sagt sie zu ihrem Sohn. Darauf hat Moritz schon lange gewartet. Einfach wird es nicht werden, einen Platz in einem Café zu bekommen, bei diesem schönen Wetter sind sehr viele Ausflügler unterwegs.

Sie haben gerade noch zwei Plätze in einem kleinen Gartenlokal ergattert, auch leckere Sahnetorte gibt es noch. Der Kellner kommt auch gleich und nimmt die Bestellung auf. Leider gibt es keinen Kaffee mehr, das stört Judith nicht, da sie auch sehr gern heiße Schokolade trinkt, die ist zum Glück noch nicht ausverkauft. So genießen sie den schönen Nachmittag und lassen sich die leckere Sahnetorte schmecken. Aus heiterem Himmel äußert Moritz plötzlich den Wunsch: „Ich möchte unbedingt mal wieder in den Bergzoo gehen!“ „Das können wir gerne machen“, antwortet Judith, „vielleicht sogar schon am nächsten Sonntag, falls nichts dazwischenkommt. Wieso willst du eigentlich schon wieder in den Zoo? Wir sind doch erst vor ein paar Monaten dort gewesen.“ Moritz schaut seine Mutter an und gibt ihr zur Antwort: „Der Zoo soll zwei neue Tiger bekommen haben.“

Jahresende 1983

Jeden Tag bringen die Nachrichten aus dem Westfernsehen, dass eine große Ausreisewelle bevorsteht. Judiths Cousine hat in ihrem Brief auch schon erwähnt, dass Judith vielleicht bald damit rechnen könne, ausreisen zu dürfen. Sie hat sich beim Bundesministerium in Bonn erkundigt; genaue Angaben wurden ihr jedoch nicht mitgeteilt, die Einzelheiten entscheidet leider noch die DDR. Auf alle Fälle will Judith noch ein paar wichtige Papiere und Zeugnisse kopieren; deshalb erneut nach Prag reisen will sie allerdings nicht mehr. Ihre Freundin Chris hat ihr versprochen, die Sachen zu kopieren. Das Weihnachtsfest wird bei den Eltern gefeiert; wie jedes Jahr ist es ein nervenaufreibender Kampf, all die gewünschten Geschenke zu besorgen. Das wird sich im Goldenen Westen sicherlich ändern; geschenkt bekommt man dort allerdings auch nichts.

Mit Karla hat sie lange nicht mehr über das Thema Auseise gesprochen. Karla verbringt sehr viel Zeit mit ihrem Freund, sie hat auch schon kleinlaut erwähnt, falls sie eine eigene Wohnung zugeteilt bekomme, nicht mehr ausreisen zu wollen. Das ist Judith vollkommen egal, so etwas muss jeder für sich selbst entscheiden. Als sie Karla fragt, ob sich ihr Freund scheiden lasse, antwortet sie nur knapp: „Keine Ahnung." Jeder ist für sein eigenes Leben verantwortlich. Karlas Mutter ist nicht gut auf Judith zu sprechen. Sie denkt, ohne ihren Einfluss wäre ihre Tochter niemals auf die Idee gekommen, einen Ausreiseantrag zu stellen. Soll sie doch denken, was sie will, ihre Tochter ist eine erwachsene Frau; wenn Eltern nicht loslassen können, gibt es generell immer Probleme. Solche Beschuldigungen berühren Judith überhaupt nicht, sie hat mit ihrer eigenen Familie genug zu tun.

Über das Thema Ausreise wird nur noch wenig gesprochen, Judith ist froh, keine Vorhaltungen von ihrer Familie zu bekommen. Judith überzeugt immer mit dem gleichen Satz: „Ich bin nicht aus der Welt und ich bin dort nicht allein. Ich werde euch beweisen, dass ein Leben im anderen Teil Deutschlands nicht nur eine große Herausforderung, sondern auch ein besseres Leben für uns ist.“ Auch endlich aus dieser Bruchbude rauszukommen – für Judith eine regelrechte Erlösung. Sie ist sich ganz sicher, diesen Schritt niemals bereuen zu müssen. Das sieht ein Blinder, dass dieses Land immer mehr zerfällt, sehr gut zu erkennen an den Straßen und Gebäuden. Warum bettelt die DDR um einen Milliardenkredit von der BRD? Und das ausgerechnet bei Franz Josef Strauß, der immer der größte Feind von Honecker war. Das ist ein sicheres Zeichen, dass die weitere Entwicklung und Zukunft der Deutschen Demokratischen Republik nicht rosig aussieht. Mit Kunth hat sie sehr oft darüber gesprochen.

Das Jahr neigt sich langsam dem Ende zu, jeder hat mit seinen Vorbereitungen für die kommende Weihnachtszeit zu tun. Das Schlimmste sind immer die Einkäufe und die langen Warteschlangen in sämtlichen Lebensmittelgeschäften. Auch in den großen Warenhäusern wimmelt es nur so von Menschen. Jeder will noch ein Geschenk für seine Lieben ergattern, jedes Jahr eine Mammutaufgabe. Es ist schon traurig, 49 Stunden in der Woche hart zu arbeiten und wenn dann das Gehalt ausgezahlt wird, kann man seine Wünsche nicht erfüllen, nur mit Beziehungen, und selbst das nicht garantiert. Was für ein Hundeleben, sogar Apfelsinen, Bananen und Nüsse zu bekommen, ist eine Glückssache, meistens werden sie von den Obst- und Gemüseverkäufern unter dem Ladentisch verkauft. In dieser Hinsicht hat Judith Glück, sie kennt in ihrer Umgebung sämtliche Inhaber der Lebensmittelgeschäfte. So bekommt sie auch oft Süßigkeiten, die ebenfalls Mangelware sind. Als John noch bei ihr lebte, brauchte sie sich um nichts zu kümmern, alles, was in der DDR nicht erschwinglich war, hatte er aus der BRD mitgebracht oder per Paket geschickt. Wie oft hatte er Judith erzählt, dass gelernte und qualifizierte Fachkräfte die besten Aussichten auf einen sehr gut bezahlten Job haben. Es sei eine Schande, dass Mütter mit Kindern, die den ganzen Tag fleißig in einem guten Beruf arbeiteten, in solchen erbärmlichen Wohnverhältnisse leben müssten. Wie oft hatte er Judith motiviert, unbedingt mit ihm in den Westen zu gehen, um endlich auch die schönen Seiten des Lebens zu genießen. Das ist alles leicht gesagt – wieso hat er dann aus heiterem Himmel einen Abschiedsbrief geschrieben? Vielleicht hat ihm jemand die Pistole auf die Brust gesetzt und er hat die Zeilen unter Zwang geschrieben. Quatsch!, denkt Judith, wir leben doch nicht im Wilden Westen! Wer sollte auch solche kriminellen Dinge tun? Irgendwann wird sie den Grund erfahren, wie schmerzhaft dieser auch sein wird. Ihre Freundin Vera hat das gleiche Schicksal mit Rudolf erlebt. Warum hat sie nicht versucht, den Grund zu erfahren? Sie hat angeblich mit der Vergangenheit abgeschlossen, will auch keine Zeit mehr vergeuden, denkt nur noch an die Zukunft. Sehr vernünftig, trotzdem will Judith nicht so schnell aufgeben, zu groß war ihre Liebe zu John. Jeder Westbürger verfügt über ein Telefon, da müsste es doch eine Leichtigkeit sein, Leute ausfindig zu machen. Noch bin ich nicht im Westen, deshalb wird jetzt das Weihnachtsfest mit der Familie geplant, reißt sie sich am Riemen. Die ganzen Geschenke müssen noch eingepackt werden, ein Wunder, dass es noch Weihnachtspapier gab. Auch Moritz hat noch etliches zu tun, seine letzte Theatervorstellung für dieses Jahr läuft am nächsten Tag. Seine Weihnachtsfeier in der Schule findet heute statt, Judith hilft ihm, noch schnell das Weihnachtsgeschenk für seinen Mitschüler einzupacken. Er hat zum Glück ein Los für einen Schüler gezogen, der sehr gern liest. Bücher sind wenigstens noch keine Mangelware in der DDR. Im Bauwesen wird auch eine kleine Weihnachtsfeier veranstaltet, allerdings erst am vorletzten Arbeitstag, ohne jegliche Geschenke, das wäre auch viel zu stressig

Das Weihnachtsfest bei den Eltern verläuft wieder sehr schön, aber es herrscht auch eine gewisse Melancholie, hauptsächlich bei Judiths Eltern. „Das wird wohl das letzte Fest mit deinen Lieben in der DDR sein", sagt ihre Mutter unter Tränen. „Keine Ahnung", antwortet Judith, „von den zuständigen Behörden habe ich noch keinen positiven Bescheid erhalten. Mein Name soll auf einer der Listen für Ausreisewillige beim Bundesministerium in Bonn registriert sein, leider haben die DDR-Behörden das letzte Wort, sie entscheiden, welcher Antragsteller ausreisen darf." „Woher hast du diese Informationen?", will Judiths Mutter wissen. „Ruth hat sich in Bonn erkundigt und diese Antwort erhalten." „Mein Gott, die gute Seele hat sich tatsächlich erkundigt?" „Diese Nachricht hat sie mir in ihrem letzten Brief mitgeteilt", antwortet Judith. „Es ist so wichtig, Verwandte im Westen zu haben, die euch am Anfang zur Seite stehen." „Als Erstes brauchen wir dort eine Wohnung, von dem zinslosen Übersiedlungsdarlehen kann ich die Erstausstattung kaufen, danach kommt die Suche nach einem Job." Nur gut, dass die Verwandtschaft in Heidelberg ein Haus mit viel Platz hat, da wird es bestimmt zu keinen Konflikten kommen. Judith ist ihrer Cousine Ruth unendlich dankbar, das wird sie ihr nie vergessen, aber noch ist es nicht so weit.

Jetzt genießen alle erst einmal das Weihnachtsfest, das Traditionsgericht besteht wie jedes Jahr zum Heiligen Abend aus Kartoffelbrei, Sauerkraut und Weißwürstchen. Die Runde ist jetzt vollzählig, es geht wie immer sehr lustig zu, es fallen auch keine negativen Kommentare bezüglich Judiths Ausreiseantrag, nur Witze werden erzählt. Es ist sehr schön, eine große Familie zu haben, es gibt immer viel zu erzählen, jeder hat stets eine Geschichte parat. Das wird Judith eines Tages sehr vermissen, aber ihre Eltern sind Rentner und können eigentlich jedes Jahr in den Westen reisen.

Den zweiten Weihnachtsfeiertag verbringt Judith mit Karla. Sie wollen mal wieder in einem schönen Restaurant speisen, auch über viele Dinge reden. Ob sie ihren Ausreiseantrag wirklich zurückgezogen hat? Bestimmt wird sie nochmals auf dieses Thema zu sprechen kommen. Ob sie tatsächlich eine eigene Wohnung vom Staat bekommt? Nichts ist unmöglich, aber Judith zweifelt daran. Die Gehaltserhöhung von Karla kam Judith damals schon spanisch vor. Antragsteller bekommen normalerweise nie eine Gehaltserhöhung vom Betrieb. Langsam schwindet Judiths Vertrauen zu ihrer Freundin – möglicherweise ist sie von ihrem Freund manipuliert worden und hat von ihm gar eine Gehirnwäsche bekommen. Er soll Mitglied in der SED sein, also ein Parteigenosse. Judith hat sich von festen Beziehungen ferngehalten, das hätte ihr Ausreise-Vorhaben nur durcheinandergebracht.

Der Abend mit Karla im Restaurant Rotes Ross verläuft ganz lustig. Ein fremder Herr fragt höflich, ob er sich zu ihnen an den Tisch gesellen darf. Die Freundinnen wollen nicht unhöflich sein und erwidern, keine Einwände zu haben. Er bedankt sich und fängt gleich wie ein Wasserfall zu reden an. „Ich speise nicht gern allein, ich habe mich mit meiner Familie gestritten, und das auch noch zur Weihnachtszeit.“ „Wieso?“, fragt Judith neugierig. „Ich bin Fernfahrer, das heißt sehr viel unterwegs, wenig zu Hause, das bringt immer die größten Spannungen. Habe schon überlegt, meinen Beruf an den Nagel zu hängen, aber irgendwie muss ja jeder seine Brötchen verdienen.“ Karla schaltet sich ein und fragt, welche Länder er schon bereist habe. „Eigentlich ganz Europa, das kommt immer auf den Auftrag an, jetzt war ich gerade in Norwegen, da vergehen schon ein paar Wochen, bis man wieder daheim ist.“ „Seeleute sind noch viel länger mit ihren Schiffen auf den Weltmeeren unterwegs, manchmal vergehen sogar sechs Monate, bis sie wieder einen Hafen in der Heimat ansteuern.“ „Das stimmt“, erwidert der Mann und schaut Judith intensiv an. Judith erklärt: „Ich habe mal einen Seeoffizier als Freund gehabt, deshalb ist mir das alles bekannt. Telefonischer Kontakt war nur über Rügen Radio möglich, das ist ein Sender, der extra für die Seefahrt eingerichtet wurde. Das ist aber schon sehr lange her, die meisten Beziehungen scheitern an solchen Berufen. Trotzdem muss es schön sein, die ganze Welt beruflich bereisen zu können, das ist doch für jeden DDR-Bürger ein Traum." Als Judith weiterreden möchte, bekommt sie von Karla einen leichten Fußtritt. Sie hat sofort verstanden, man spricht mit fremden Menschen besser nicht über bestimmte Dinge, Zurückhaltung ist also angesagt. Endlich kommt der Kellner und serviert den beiden Frauen das bestellte Schnitzel mit Bratkartoffeln und Salat. Der Herr bekommt auch gleich seine bestellte Speise, Roulade mit Rotkohl und Kartoffeln. „Sieht sehr lecker aus, also guten Appetit, meine Damen!" „Ebenfalls", erwidern Judith und Karla. „Übrigens, mein Name ist Wolfgang Specht."

Nach dem Essen gibt es noch einen Verdauungsschnaps, spendiert von dem netten Herrn. Es bleibt nicht bei einem, so kommt langsam eine richtig lockere und lustige Stimmung auf. Judith versucht, sich mit der Trinkerei zurückzuhalten, sie verträgt keinen hochprozentigen Schnaps. Karla dagegen hat keine Probleme, so manche trinkfeste Männer hat sie in Prag schon unter den Tisch getrunken. Eigentlich wollte Judith mit Karla über die Ausreise sprechen, das bleibt jetzt natürlich durch die Tischbekanntschaft auf der Strecke.

Am ersten Neujahrstag trifft sich Judith erneut mit Karla. Wie jedes Jahr wird die 9. Sinfonie von Beethoven im Steintor-Varieté aufgeführt. Als Kirchenchorsängerin wirkt Chris bei dieser Aufführung immer mit. Sie hat auch rechtzeitig die Karten für Judith besorgt. Ohne Beziehungen ist es einfach nicht möglich, Karten für bestimmte Veranstaltungen zu bekommen. Wahrscheinlich werden die meisten Karten an Betriebe und hohe Funktionäre verteilt. Beim Konzert von Udo Lindenberg in Berlin saßen im

Zuschauerraum nur Staatssicherheitsleute, SED-Mitglieder und überzeugte, linientreue Personen. Die Fans hatten überhaupt keine Karten bekommen, sie standen vor der Festhalle, wie bestellt und nicht abgeholt, so eine Schande!

Teil 4
Januar 1984

Nach dem Neujahrskonzert sind sich Karla und Judith einig, noch einen kurzen Abstecher ins Interhotel zu machen. Der Türsteher hat gleich darauf hingewiesen, dass keine Tische mehr frei sind, nur an der Bar. „Wir wollten sowieso nur ein Glas Wein trinken", erwidert Judith, „da reicht die Bar." Aus heiterem Himmel erzählt Karla: „Es gibt keine Aussichten auf eine Wohnung für mich, höchstens eine Einraumwohnung, aber die sind noch viel schwerer zu bekommen als größere Wohnungen. Der Wohnungsantrag wurde von dem zuständigen Sachbearbeiter erneut abgelehnt." Judiths Reaktion: „Das habe ich dir schon immer gesagt, deshalb komme ich aus meiner Bruchbude auch nicht raus. Eine Neubauwohnung bekommen nur bestimmte Leute, vor allem solche, die linientreu dem Staat DDR dienen. Durch deinen gestellten Ausreiseantrag wirst du immer auf der schwarzen Liste bleiben, selbst wenn du deine Meinung änderst." „Niemals", antwortet Karla, „jetzt ziehe ich das mit dir durch." „Was ist eigentlich mit deinem Freund?" „Alles in Ordnung", antwortet Karla, „eine Zukunft mit ihm kann ich mir allerdings aus dem Kopf schlagen. Er wird niemals seine Frau verlassen, er will eines Tages mit ihr an die Ostsee ziehen, um dort zu arbeiten." „So sieht also sein Plan aus? Dann ist diese Beziehung nur vergeudete Zeit!" „Das stimmt", stimmt Karla ihrer Freundin zu, „ich komme einfach nicht von ihm los, und das spürt er. Deshalb muss ich unbedingt mit dir in die BRD auswandern. Allerdings macht es mir meine Mutter sehr schwer, jeden Tag heult sie Rotz und Wasser." „So geht es meinen Eltern auch", erwidert Judith, „allerdings habe ich noch Geschwister, darüber bin ich froh." „Ich verstehe nicht, wie Eltern sich ein ganzes Leben lang an ihre Kinder klammern können." „Es ist egoistisch", stellt Judith fest, „aber so können sich erwachsene Kinder nie richtig entfalten und ihre ganze Zukunft wird dadurch verbaut. Abschiede werden immer sehr schmerzen, aber wir sind schließlich nicht aus der Welt." „Das stimmt", bestätigt Karla, „es gibt genug Möglichkeiten, sich mit Angehörigen in Ostblockländern zu treffen." „Es ist bekannt, dass ehemalige ausgereiste DDR-Bürger die nächsten drei bis vier Jahre nicht mehr in ihr sozialistisches Heimatland einreisen dürfen, das ist die reinste Willkür!" Zornig fährt Judith fort: „Ich will auf keinen Fall mehr eingesperrt sein, das ist aber noch nicht alles: Bei dieser erbärmlichen Luftverschmutzung werden wir niemals das Rentenalter erreichen." „Das stimmt", stimmt ihr Karla zu, „wie oft hängt eine graue Dunstglocke über der Stadt Halle, manchmal kommt noch nicht mal die Sonne zum Vorschein. Jetzt müssen wir abwarten, der Bescheid von der Abteilung ‚Inneres' kann jeden Tag kommen. Unzählige Ausreiseanträge sind in der letzten Zeit genehmigt worden, der Besuch von Franz Josef Strauß hat viel Hoffnung bei den Menschen in der DDR ausgelöst. Gleich morgen werde ich nochmals einen Antrag auf Ausreise stellen, den Wohnungsgrund werde ich dabei besonders hervorheben." „Sehr gut", antwortet Judith ihrer Freundin.

Es ist einfach nicht zu fassen, die Wasserleitungen scheinen wieder eingefroren zu sein. Kein Tropfen Wasser fließt aus dem Hahn, jetzt heißt es wieder Nerven behalten. Das Thermometer zeigt minus 8 Grad, Gott sei Dank sind die Toiletten nicht betroffen. Judith klingelt gegenüber bei ihrer Nachbarin, ihr Stockwerk scheint nicht betroffen zu sein. Sie hilft ihr, Wasser in die Behälter zu füllen, so hat sie wenigstens Wasser zum Waschen und Kochen. Die beste Lösung wäre, gleich den Notdienst der Gebäudewirtschaft zu informieren, das tut Judith auch, ohne lange zu zögern. Es dauert nur wenige Stunden, schon sind die Handwerker vor Ort. Nur gut, dass die Wohnung von Karl und Sylke nicht betroffen ist, das ganze rechte Stockwerk ist verschont geblieben. Die betroffenen Bewohner sind erfreut über Judiths schnelle Reaktion, die zuständigen Handwerker zu alarmieren. Judith führt die Klempner gleich in den Kellerraum, wo sich die zugefrorenen Wasserleitungen befinden. Es ist alle vereist, sie müssen erneut versuchen, die Rohre aufzutauen. Sylke hat schon einen Kessel mit heißem Wasser vorbereitet, so können sie die Tücher darin einweichen, um die Rohre ständig zu umwickeln. Ganze fünf Stunden dauert dieser anstrengende Akt, aber es hat sich gelohnt, das Wasser läuft wieder aus dem Hahn. Moritz ist bei seinem Vater, deshalb hat er von diesem Schlamassel nichts mitbekommen. Jedes Jahr das gleiche Desaster, für neue Wasserleitungen hat die Gebäudewirtschaft kein Geld. Judiths Schwester Heide wohnt in Halle-Neustadt in einer Plattenbauwohnung, sie fühlt sich dort zwar sehr wohl, aber leider drosselt das Kraftwerk an kalten Tagen die Wärme in den Heizkörpern. Wie oft hat sie über die niedrigen Temperaturen in der Wohnung berichtet. Nur dicke Wolldecken und warme Socken haben geholfen, um der Kälte zu entfliehen. Selbst in Neubauwohnungen ist also nicht immer alles rosig.

Vor lauter Stress hat Judith völlig vergessen, die Post und die Zeitung aus dem Briefkasten zu holen. Sie läuft schnell die Flurtreppe hinunter und schließt den Briefkasten auf, um die Zeitung zu entnehmen. Eine Karte vom Bundesministerium für innerdeutsche Beziehungen liegt im Briefkasten. Sie liest die Karte, die wieder den gleichen Text beinhaltet:

Sie werden aufgefordert, wegen Klärung eines Sachverhalts am 20. Januar um 10.00 Uhr bei uns vorzusprechen.

Meine Güte, denkt Judith, was wollen diese Herren diesmal von mir? Ich lasse mich überraschen, vielleicht ist es ja diesmal etwas Positives. Ihrem Lieblingskollegen Kunth wird sie diese Vorladung auf alle Fälle zeigen.

Schon am nächsten Tag erzählt Judith von dieser Vorladung, auch ihrem Chef zeigt sie diese Karte vom Ministerium. Schließlich findet die Vernehmung schon am nächsten Tag während der Arbeitszeit statt. Herr Carsten schaut Judith an und sagt: „Ich glaube, wir werden Sie bald verlieren, das werden alle Kollegen in der Oberbauleitung sehr bedauern. Gestern sind die Herren der Staatssicherheit wieder hier gewesen, sie wollten von mir nochmals einen Bericht über Ihr Verhalten haben. Ich habe natürlich nur Positives geschrieben, auch bezüglich Ihrer Tätigkeit als Sachbearbeiterin bin ich immer sehr zufrieden gewesen. Ihr kollegiales Verhalten zu allen Kollegen ist mehr als lobenswert, so beliebt wie Sie war noch kein Mitarbeiter bei unserer Bauleitung." Judith bedankt sich für diese schmeichelnden Worte. „Ich war auch bei meiner letzten Tätigkeit sehr fleißig und hilfsbereit, vor allem schwächeren Personen gegenüber." Kunth bestätigt die Worte des Oberbauleiters. „Ich hoffe nur für Sie, dass dieser positive Bericht nicht negative Folgen für Ihren Ausreiseantrag hat. Welcher Staat möchte schon fleißige und junge Menschen verlieren?" „Das stimmt! Der Staat will nur Oppositionelle und Straftäter loswerden, auch politische Häftlinge", erinnert sich Judith. „Die westlichen Medien bringen jedenfalls häufig solche Sendungen über Freikauf. Auf der Liste von Franz Josef Strauß soll auch mein Name stehen, allerdings haben die DDR-Behörden das letzte Wort, wen sie rauslassen." „Jetzt warten Sie doch erst mal den morgigen Tag ab", versucht Herr Kunth, sie zu beruhigen, „einen Grund werden die Leute haben, Sie vorzuladen." „Mein Antrag läuft jetzt schon fast vier Jahre, immer wieder nur Absagen." „Vielleicht ist morgen ein Glückstag und Sie bekommen endlich die ersehnte Genehmigung, den Staat zu verlassen." „Das wäre zu schön, um wahr zu sein!" Und schon muss Judith an John denken, aber auch an ihre Familie, die zurückbleibt.

Genug gequatscht, die Reparaturrechnungen müssen noch geschrieben werden, Judith stürzt sich in die Arbeit. Vorher holt sie sich noch schnell einen Kaffee aus der Kantine. Sie verspricht ihrem Chef, Überstunden zu leisten, falls die normale Arbeitszeit nicht ausreichen sollte. „Sehr gut, Sie sind wirklich unsere Sonne!" „Vielen Dank", antwortet Judith. Sie macht sich sofort an die Arbeit und muss erkennen, dass der ganze Berg von Rechnungen tatsächlich nur mit Überstunden zu meistern sein wird. Auch Kunth hilft ihr, so gut es geht, es soll alles noch unter dem Monat Januar abgerechnet werden. Dadurch werden viele Kosten gespart und der Plan wäre für den Monat erfüllt. Der Direktor vom Straßen-Brücken-Tiefbau möchte jeden Monat die Zahlen pünktlich auf dem Tisch haben, sonst bekommen alle Bauleiter großen Ärger. Mit Karla hat sie auch noch kurz telefoniert, Karla muss ebenfalls Überstunden leisten, um ihren Berg an Arbeit zu bewältigen. So hat jede Oberbauleitung auf den Großbaustellen verschiedene Funktionen. Die Abnahmen von Bauprojekten sind für Judith immer sehr spannend, jede Kleinigkeit wird protokolliert, es ist schon eine interessante Sache, welche Richtlinien für eine Erschließung wichtig sind, um einen Bau zu genehmigen. Jedenfalls ist dieser Job eine große Bereicherung für Judith; das Bauwesen kennengelernt zu haben, hat nicht nur ihren Horizont erweitert, sondern macht auch riesigen Spaß.

Das Tauwetter macht wieder allen zu schaffen, die Bauarbeiter haben Schwierigkeiten, mit den Fahrzeugen durch den Schlamm zu fahren. Es ist immer das gleiche Drama, in den Wintermonaten zu den einzelnen Bauabschnitten zu kommen. Vor allem bei Baggerarbeiten gibt es stets große Probleme, da der Boden meistens noch zum Teil gefroren ist. Es wurden schon alte Reifen zur Verbrennung verwendet, um den Boden aufzutauen. Dass die Reifen bei der Verbrennung auch Giftstoffe ausstoßen, ist für alle Beteiligten unwichtig. Mit der Umwelt wird es in der DDR nicht so genau genommen, das hat John damals bereits erzählt. Jetzt erlebt es Judith hautnah: Wenn der Wind ungünstig bläst, werden die schwarzen Rauchschwaden von den verbrannten Reifen in sämtliche Wohngebiete geblasen. Viele Bewohner haben sich deswegen schon beschwert und die Polizei gerufen. Für Judith sind solche Reaktionen absolut nachvollziehbar, allerdings wurden den Bauleitern nur ein paar Auflagen erteilt, das war alles.

Judith schaut auf die Uhr, noch zwei Stunden, dann hat sie einen Termin bei der Abteilung „Inneres“. Sie ist ganz aufgeregt, das merkt auch Herr Kunth und hilft ihr bei der Arbeit. „Ich bin auch gespannt, was die Herren von Ihnen wollen.“ „Keine Ahnung“, sagt Judith. „In zwei Stunden weiß ich mehr, ich werde es euch allen erzählen. Danach werde ich nicht mehr in die Bauleitung kommen, ich habe noch Überstunden zu leisten.“ Kunth ist einverstanden, auch ihr Bauleiter hat Verständnis dafür. „Morgen werde ich euch alles erzählen“, wiederholt Judith, „vielleicht ist es ja eine positive Vorladung.“ Bei dem Satz „Klärung eines Sachverhaltes“ können viele Dinge infrage kommen, es ist der typische Standardsatz der Behörden.

Pünktlich trifft Judith in dem Gebäude ein. Sie klopft höflich an die Tür. „Moment!“, ertönt eine raue Stimme, „Sie werden gleich aufgerufen.“ Sie nutzt die Zeit, um eine Toilette aufzusuchen. Danach wartet sie noch ungefähr zehn Minuten, bevor sie von einem gut genährten Mann aufgerufen wird.

Er stellt sich mit dem Namen Oberst Vossmeier vor, wirkt auf Judith durch seine Freundlichkeit sehr angenehm. „Ich habe Sie heute vorgeladen, um mit Ihnen nochmals über Ihren gestellten Ausreiseantrag in die BRD zu sprechen.“ Dann kommt seine erste Frage: „Wollen Sie wirklich in den Westen ausreisen?“ „Natürlich“, antwortet Judith prompt. „Glauben Sie wirklich, dort glücklich zu werden? Es gibt dort Arbeitslosigkeit, Drogenabhängige, Prostituierte, keine Wohnungen.“ „Darüber brauchen Sie sich keine Gedanken zu machen“, antwortet Judith. „Ich bekomme schon Arbeit und auch Wohnraum, ich habe in der BRD Verwandte.“ Er lässt mit seinen Fragen nicht locker, macht ihr sogar ein Angebot.

„Ich werde mit Ihnen nach Westberlin reisen, dann können Sie sich über das westliche Leben ein Bild machen." Judith ist über diesen Vorschlag schockiert und lehnt natürlich energisch ab. „Sie brauchen mir Westberlin nicht zu zeigen, ich habe schon viel von der westlichen Welt gelesen und gehört. Außerdem will ich nach Heidelberg gehen, es soll eine sehr romantische Stadt sein. Dort sind sehr viele US-Soldaten stationiert." „Die sind nicht so zahm wie unsere Sowjetsoldaten", antwortet Oberst Vossmeier.

Judith schmunzelt über diese Äußerung. Sie merkt sehr schnell, dass er sie von ihrem Ausreise-Vorhaben abhalten will. Sogar mit einer Neubauwohnung will er sie locken. Judith bleibt hart, lehnt alles ab. „Jetzt brauche ich das alles nicht mehr, ich möchte endlich meine Genehmigung zur Ausreise." „Tut es Ihnen denn gar nicht leid, die ganze Familie zurückzulassen?" „Natürlich", antwortet Judith, „aber wir sind nicht aus der Welt." „Glauben Sie wirklich, jemals wieder in die DDR einreisen zu dürfen?" „Warum nicht?", fragt Judith. „Ich bin doch keine Kriminelle." Das Gespräch geht jetzt schon fast eine Stunde, immer wieder erzählt ihr dieser Mann Schauermärchen über den Westen.

Nach fast zwei Stunden hat er anscheinend genug von dieser Unterhaltung und entlässt Judith mit dem Satz: „Sie hören bald wieder von uns." Sie verabschiedet sich mit äußerster Höflichkeit und verlässt den Raum. So schnell wie möglich eilt sie aus dem Gebäude, die frische Luft tut gut. Auf dem Heimweg lässt sie in Gedanken das ganze Gespräch nochmals Revue passieren. Mein Gott, was wollte dieser Mann mit dem ganzen Geschwätz eigentlich bezwecken? War das etwa schon ein positives Zeichen, bald die gewünschte Genehmigung für die Ausreise zu bekommen? Viele Dinge schwirren ihr im Kopf herum, diese verdammte Ungewissheit zehrt ganz schön an den Nerven.

Am nächsten Tag wird sie schon ungeduldig von ihren neugierigen Kollegen erwartet. Judith winkt ab und erzählt den ganzen

Ablauf des Gespräches. „Also noch keine Ausreise?" „Nein, Herr Kunth", antwortet Judith, „ich gebe aber nicht auf." „Sie sind eben zu jung, zu schön und zu klug", äußert sich der Bauleiter, „solche Leute lässt man nicht einfach zu den Feinden gehen." Voller Enttäuschung setzt sich Judith an ihren Schreibtisch, um sich nur noch auf die Arbeit zu konzentrieren. Das ist die beste Ablenkung. Sie greift zum Telefonhörer und berichtet Karla über das ganze Gespräch. Jetzt sind schon fast vier Jahre seit der ersten Antragstellung vergangen und noch keine positive Antwort. Karla glaubt auch nicht mehr an Wunder, hat aber trotzdem einen erneuten Antrag gestellt und noch am gleichen Tag abgeschickt. „Ich bin gespannt", sagt Judith, „ob auch du von Oberst Vossmeier vorgeladen wirst."

„Wieso vergeuden Sie Ihre Zeit mit dieser Karla?", fragt Herr Kunth. Judith ist über diese Frage ihres Kollegen verwundert. Sie beantwortet die Frage von Herrn Kunth mit der folgenden Begründung: „Wir haben alles zusammen durchgezogen, deshalb ist es mein Wunsch, mit ihr zusammen auszureisen." „Sie haben Ihre Verwandten im Westen, sie wollen nur Ihnen und Ihrem Sohn helfen, nicht auch noch fremden Leuten. Sie werden am Anfang mit Ihrem eigenen Leben viel zu tun haben. Sie werden noch an meine Worte denken." Das stimmt. Herr Kunth ist ein weiser Mann, er hat meistens recht. „Ihre Freundin Karla gefällt mir nicht, ich glaube, sie ist Ihnen gegenüber nicht ehrlich." Nach diesen Worten von Kunth wird Judith unsicher. „Sind Sie Hellseher?" „Nein, aber ich habe eine verdammt gute Menschenkenntnis, schon allein durch meine aufregende Vergangenheit und meine Lebenserfahrung." Das stimmt, Kunth ist schon Anfang sechzig und äußerst intelligent. Von ihm hat Judith sehr viel gelernt, auch seinen spannenden Geschichten und Erlebnissen aus dem Zweiten Weltkrieg in Nordafrika konnte sie stundenlang lauschen.

In den Nachrichten RIAS Berlin bringen sie immer die gleichen

Informationen über Minenabbau an den Grenzen, allerdings ist von einer weiteren Ausreisewelle nichts mehr zu hören. Jetzt heißt es weiterhin warten und nicht verzagen. Auch ihre Eltern erwähnen das Thema überhaupt nicht mehr. Sie glauben nicht an Wunder und denken, das wäre alles nur noch reine Illusion, was sich Judith da in den Kopf gesetzt hat. Sie sieht das nicht so; wenn es nicht bald klappt, will sie wieder nach Prag fahren und in der Botschaft ausharren. Wenn es legal nicht geht, dann müssen eben andere Wege her, die in den Goldenen Westen führen. Ich will nicht mehr in dieser grauen Welt leben, die Erde besteht nicht nur aus der kleinen DDR. Diese Gedanken machen Judith noch willensstärker.

Moritz hat heute Abend wieder eine Vorstellung im Theater, das lenkt ihn von anderen Dingen ab. Sie hat ihm zwar schon erzählt, irgendwann aus Halle wegzuziehen, aber das hat er bestimmt schon wieder vergessen, das vermutet Judith jedenfalls, Kinder leben in der Gegenwart, was völlig normal ist. Sie will erst dann wieder mit ihm darüber reden, wenn es wirklich amtlich ist. Auch mit Karla hat sie die letzte Zeit nur noch sehr wenig über den Westen gesprochen. Sie nimmt die Worte von Kunth zu Herzen, an erster Stelle an sich selbst zu denken, alles andere bringt nur Probleme. Durch das Klingeln an ihrer Tür wird Judith aus ihren Gedanken gerissen. Es ist Chris, sie bringt ihr die restlichen kopierten Unterlagen, darüber ist Judith mehr als glücklich. Sie fragt Judith, ob sie Lust habe, gleich mit ins Schwimmbad zu gehen. Judith findet das eine sehr gute Idee und ist sofort einverstanden. Sie packt schnell ihre Schwimmsachen zusammen und informiert noch Moritz. „Ich bin sowieso im Theater und bestimmt später zu Hause als ihr." „Gut möglich, aber danach geht es gleich ins Bett!" „Geht klar", antwortet Moritz. Chris ist über Moritz' Selbstständigkeit immer wieder aufs Neue begeistert. „So etwas liegt immer an der Erziehung. Berufstätigen Müttern bleibt gar nichts anderes übrig, als ihre Kinder so früh wie möglich zur Selbstständigkeit zu erziehen. Bei Moritz ist es mir sehr gut gelungen, er war schon immer ein lieber Junge." „Das stimmt", erwidert Chris, „ich kenne ihn schließlich schon von Geburt an, bin wie eine Tante für ihn."

Im Schwimmbad ist nicht viel los, so kann jeder seine Bahnen ziehen, für Judith ein voller Genuss. Sie war schon immer eine perfekte Schwimmerin; ohne Pause stundenlang Bahnen zu schwimmen, ist für sie kein Problem. Auch Chris schwimmt leidenschaftlich gern, deshalb geht Judith am liebsten mit ihr ins Schwimmbad. In früheren Zeiten war jeden Tag Schwimmen angesagt, heute fehlt es Chris als Ehefrau mit zwei Kindern einfach an Zeit. „Willst du eigentlich mal wieder den Bund der Ehe eingehen?", fragt Chris Judith. Für Judith eine komische Frage. „Wenn der Richtige kommt, dann kann das durchaus sein, aber ich glaube nicht, dass das passiert. Ich habe mir damals sehnlichst gewünscht, John zu heiraten, er war perfekt, so einem Menschen werde ich niemals mehr begegnen." „Wirst du ihn eines Tages aufsuchen?" Judith schaut Chris an und antwortet: „Selbstverständlich! Ich muss unbedingt wissen, warum er so einen Brief geschrieben hat." Chris sagt: „Ich hoffe, du hast eines Tages Glück, das wünsche ich dir."

Das Gespräch mit Oberst Vossmeier geht Judith einfach nicht mehr aus dem Kopf; auch Kunth findet die Einladung, mit ihm nach Westberlin zu reisen, eine sehr eigenartige Geste. Er vermutet, dass dies ein letzter Versuch war, sie von ihrem Vorhaben abzubringen. In Westberlin gibt es sehr viele Drogensüchtige und auch richtige Slums, dort wäre er auf alle Fälle mit ihr hingegangen, als Abschreckung, sozusagen. Kunth ist ein äußerst guter Berater, zumal er die Leute von der Stasi sehr gut kennt. „Es kann natürlich auch sein, dass er Sie für gewisse Zwecke benutzen wollte." Diese Worte von Kunth versteht Judith nicht. „Vielleicht wollten sie Sie kaufen, damit Sie für sie spionieren." „Wie soll das denn funktionieren?", fragt Judith. „Er hätte Sie in Berlin mit allem möglichen Luxus verwöhnt, so was hat alles schon funktioniert mit Leuten, die sich schnell blenden lassen. Es ist gut, dass Sie diese Reise abgelehnt haben, in den Fängen der Stasi zu sein, ist nichts für Menschen mit schwachen Nerven."

Diese Worte von Kunth lassen Judith nachdenklich werden; so naiv, wie es manche Leute von ihr denken, ist sie nun wirklich nicht. Auf alle Fälle wird so weitergemacht wie bisher, sie wird ganz normal ihrer Arbeit nachgehen und sich um Moritz kümmern. Während des Gespräches mit ihrem Kollegen sind zwei Männer mit Lederjacken über die Baustelle gelaufen, sie gehen in Richtung Büro von Herrn Carsten. Es ist nicht zu übersehen, dass sie von der Staatssicherheit sind. Sie wollen sich mal wieder über bestimmte Leute informieren, auf ihrer Baustelle gibt es inzwischen mehrere Kollegen, die einen Ausreiseantrag gestellt haben. Außerdem arbeiten hier auch ehemalige Häftlinge, die eine Bewährungsstrafe bekommen haben. Auf diese Leute haben sie ganz besonders ein Auge. „Das hätte mich auch gewundert, wenn sie wegen mir gekommen wären, ich war doch erst gestern zum Gespräch bei einem der höchsten Beamten mit dem Dienstgrad Oberst geladen." „Das werde ich gleich erkunden", antwortet Kunth. „Die kommen bestimmt nicht wegen dir, manchmal brauchen sie auch einfach nur Baumaterial für private Zwecke." Kunth begrüßt die Herren höflich und fragt nach ihren Wünschen. „Wir möchten zum Oberbauleiter Herrn Carsten." „Sie kennen doch den Weg zu seinem Büro", antwortet Herr Kunth etwas spöttisch. Herr Carsten hat schon die Stimmen der Herren gehört und lässt sie eintreten. Kunth schleicht sich voller Neugier ins Nebenzimmer, um etwas von dem Gespräch mitzubekommen.

Es ist Mittagspause, alle Kollegen treffen sich wie gewohnt in der Kantine, ein Ort, wo sich Judith sehr wohlfühlt. Die Küchenfrauen sind die Perlen der Bauleitung, sie zaubern fortwährend die besten Gerichte, für jeden Gaumen ist immer etwas dabei. Auch für Moritz wird stets ein Mittagsgericht in einem Thermobehälter abgefüllt, so wird Judith für die ganze Woche das Kochen erspart. Das sind natürlich positive Aspekte, die jede berufstätige Frau enorm entlastet. In der Mittagspause geht es immer sehr lustig zu, manche Bauleiter und Meister können Anekdoten und Witze zum Besten geben, dass kein Auge trocken bleibt. So lustig und herzlich ging es bei der Außenhandelsbank nicht zu. Mit männlichen Kollegen zu arbeiten, ist sehr angenehm, das hat Judith in der Bauleitung festgestellt – Gott sei Dank!

Februar 1984

Also doch: Die Herren haben wegen Judith den Oberbauleiter aufgesucht! Sie wollten sich nochmals ein genaues Bild darüber verschaffen, wie Judiths Verhalten gegenüber ihren Kollegen ist und wie ihre Leistung als Sachbearbeiterin zu bewerten ist. Herr Carsten beschreibt Judith als sehr fleißig. Er erwähnt auch, dass sie ihr Vorhaben, in den Westen zu gehen, niemals aufgeben werde. Er selbst und alle Mitarbeiter würden diese Entscheidung sehr bedauern. Die Herren der Stasi bedanken sich und verlassen die Oberbauleitung. Kunth konnte die ganze Unterhaltung gut mithören, da die Wände der Raumzelle sehr dünn sind. Er erzählt Judith jede Einzelheit dieses Gespräches, gibt ihr auch eine gewisse Hoffnung, bald ausreisen zu dürfen.

Judith glaubt nicht mehr an große Wunder, langsam schwindet ihre Hoffnung; aufgeben will sie jedoch nicht. „Das wäre auch vollkommener Schwachsinn", sagt Kunth. „Sie haben fast vier Jahre gekämpft, Ihren Job als Bankerin bei der Außenhandelsbank verloren und leben in schlechten Wohnverhältnissen. Sie werden bei den DDR-Behörden für immer auf der schwarzen Liste bleiben." „Das stimmt, es wäre alles umsonst gewesen, selbst die vielen Besuche bei der westdeutschen Botschaft in Prag." Als sich Judith gerade für den Feierabend rüstet, kommt Herr Carsten ins Büro und bittet Judith, am nächsten Tag eine Stunde früher zu kommen, großer Rapport sei angesagt. „Kein Problem", erwidert Judith, „ich werde pünktlich sein." Sie verabschiedet sich und eilt zur Haltestelle.

Zum Glück kommt gerade die Straßenbahn, allerdings ist es während des Berufsverkehrs jeden Tag ein Kraftakt, in der überfüllten Bahn noch einen Stehplatz zu bekommen. Es gab auch schon Tage, an denen der Fahrer nicht alle Fahrgäste mitgenommen hat, da die Bahn einfach zu überfüllt war. Er hat automatisch die Tür geschlossen und war einfach rücksichtslos losgefahren, das war manchmal sehr lebensgefährlich. Während der Fahrt überlegt sich Judith, mit der Bahn bis Trotha durchzufahren, um ihre Eltern zu besuchen. Moritz hat sich für ein Schachturnier in der Schule eingetragen, so wird er vor 18.00 Uhr sowieso nicht zu Hause sein.

Der plötzliche Besuch von Judith überrascht ihre Mutter sehr, sie stellt ihr gleich die Frage, ob es etwa schon losgehe. „Nein", antwortet Judith, „ich habe allerdings wieder eine Vorladung bei den Herren gehabt, aber keine Zusage." „Die Nachrichten von RIAS Berlin haben wieder über eine bevorstehende Ausreisewelle berichtet." „Davon habe ich heute noch nichts mitbekommen", antwortet Judith erstaunt. „Allerdings hatten wir heute in der Oberbauleitung keine Zeit, Nachrichten von Westsendern zu hören. Der Oberbauleiter mag es auch nicht, wenn immer den ganzen Tag das Radio spielt. Es sind auch wieder Leute von der Stasi da gewesen und haben sich erneut beim Chef über meine Disziplin erkundigt." „Du bist für diese Leute eben eine interessante Frau!", lacht Judiths Mutter. „Manchmal frage ich mich, warum dieser Staat DDR so an mir hängt." „Warum willst du eigentlich deine Lieben verlassen?", fragt Judiths Mutter voller Wehmut. „Schuld an der ganzen Sache ist dieser John und er hat dich verlassen!" „Stimmt! Er hat mir die Augen geöffnet!", antwortet Judith.

Und wieder geht es los mit den immer gleichen schmerzenden Fragen der Eltern – wie oft hat sie ihre Beweggründe erklärt! „Es wird mir auch sehr schwerfallen, euch zu verlassen, aber die Welt besteht nicht nur aus dieser grauen DDR! Noch habe ich keinen blassen Schimmer, wann beziehungsweise ob es überhaupt klappt", antwortet Judith. „Willst du noch zum Abendessen bleiben?", fragt ihre Mutter. „Nein", antwortet Judith und schaut dabei ihre Mutter liebevoll an, „ich muss schnell nach Hause, sonst macht sich Moritz Sorgen. Er weiß nicht, dass ich bei euch bin, es war eine spontane Entscheidung von mir. Ich werde am Sonntag mit Moritz zum Kaffee kommen, falls nichts dazwischenkommt." Judith verabschiedet sich von ihren Eltern und eilt nach Hause.

Moritz hat tatsächlich schon auf sie gewartet, der Schachnachmittag ging nur eine Stunde. „Du hast bestimmt Hunger, mein Schatz?" „Nein", antwortet Moritz, „ich habe mir ein paar Brote mit Schinken gemacht." Schnell packt Judith den Thermobehälter mit dem Kantinenessen aus. „Heute gab es im Betrieb Linsensuppe mit Würstchen, soll ich dir das schnell aufwärmen?" „Später", antwortet Moritz, „ich muss noch meine Hausaufgaben erledigen." Judith schnappt sich die zwei leeren Eimer, um Kohlen aus dem Keller zu holen, vorher säubert sie noch den Behälter mit der Asche. Es ist auch noch Glut im Ofen, sodass nur ein paar Briketts aufgelegt werden müssen. So bleibt es immer schön warm im Wohnzimmer, Automatiköfen sind eigentlich Dauerbrenner, es braucht nicht immer neu Feuer angezündet zu werden. Allerdings müssen ständig Briketts nachgelegt werden, damit die Glut nicht erlöscht. Es hat alles seine Vor- und Nachteile, jede Woche muss das Ofenrohr gereinigt werden, sonst riecht es im Raum nach faulen Eiern. Das ist alles eine recht große Belastung für eine Frau, aber Judith hat schon Routine bei dieser Arbeit. Manchmal helfen ihr auch Karl und Sylke bei körperlich schweren Arbeiten im Haushalt. Es sind die einzigen Bewohner im Haus, mit denen sich Judith richtig angefreundet hat. Leider hat sich ihr Verhältnis durch ihren Ausreiseantrag etwas abgekühlt. Das kann sie verstehen, zumal Karl einen Beruf ausübt, bei dem Kontakte mit dem Westen ein Tabuthema sind. Auch Kontakte zu Menschen, die in den Westen wollen, sind nicht erwünscht. Es ist schon alles ein Elend, was dieser Staat seinem Volk abverlangt; wer nicht spurt, kommt in die Fänge der Stasi. Wer seine Meinung, die sich gegen den Staat richtet, in der Öffentlichkeit kundtut, kann schon mal mit einer harten Gefängnisstrafe rechnen. Es soll bereits viele solcher Vorfälle gegeben haben, allerdings werden solche Vorkommnisse in der DDR unter dem Deckel gehalten. Jetzt werden noch Nachrichten geschaut, dann geht es ab ins Bett. Der Wecker wird eine Stunde früher gestellt, auf keinen Fall darf Judith den nächsten Tag verschlafen, sonst gibt es großen Ärger mit dem Chef.

Pünktlich erscheint Judith an ihrem Arbeitsplatz. Sie richtet den Schreibblock, um beim Rapport alle wichtigen Punkte bezüglich neuer Bauprojekte und weiterer wichtiger Themen zu notieren. Die Kantinenfrau hat schon Mineralwasserflaschen und Gläser auf den Tisch gestellt, Judith hat ihr dabei geholfen.

Ganze zwei Stunden geht diese Besprechung, um die anstehenden Bauprojekte planmäßig umzusetzen, ein Ding der Unmöglichkeit. Dem Bauleiter Herrn Carsten ist auch klar, dass viele Projekte wegen Materialmangels scheitern. Als sich alle Kollegen zur Mittagpause in den Aufenthaltsraum begeben, hört Judith ziemlich laut ihren Namen rufen. Es ist ihr Chef, sie eilt in sein Büro und fragt: „Was gibt es?" Er antwortet: „Der nächste Rapport steht an, ich habe gerade einen Anruf von der Abteilung ‚Inneres' bekommen, Sie sollen heute um 16.00 Uhr dort antreten." Sie schaut ihren Chef an und fragt: „Habe ich etwas zu befürchten?" „Keine Ahnung", erwidert Herr Carsten, „unfreundlich klang die Stimme des Herrn am Telefon jedenfalls nicht. Wenn Sie nichts ausgefressen haben, brauchen Sie sich auch keine Sorgen zu machen. Bitte schreiben Sie das Protokoll noch fertig, dann können Sie Feierabend machen." „Kein Problem", antwortet Judith, „ich habe schon an der Schreibmaschine angefangen zu schreiben."

Sie eilt ins Büro, wo Herr Kunth gespannt auf sie wartet. „Was wollte der Chef von Ihnen?" „Er hat mir nur mitgeteilt, dass ich heute Nachmittag einen Termin bei der Abteilung ‚Inneres' habe", antwortet Judith. „Das habe ich mir schon gedacht." Die Stimme ihres Kollegen klingt traurig. „Es geht bestimmt los." „Oh Gott, das wäre toll!", sagt sie voller Aufregung zu ihrem Kollegen. „Ich muss noch schnell das Protokoll fertig schreiben, dann kann ich heimgehen." „Lassen Sie gut sein, ich werde es für Sie schreiben, Sie bekommen in dieser Situation bestimmt keinen klaren Satz zustande." „Das stimmt", gibt ihm Judith recht, „morgen bin ich bestimmt wieder gelassener." Sie bedankt sich bei Kunth. „Ich werde in der Kantine mit Helga noch einen Kaffee trinken, bevor ich mich auf den Weg mache." Dass sich Herr Kunth sehr betroffen zeigt, kann Judith gut verstehen, er vermutet auch eine Zusage für ihre lang ersehnte Ausreise in die BRD.

Langsam macht sie sich auf den Weg, um pünktlich um 16.00 Uhr ihren Termin wahrzunehmen. Ihr Herz rast, wird der heutige Tag über ihr Leben entscheiden? Dieser Gedanke verfolgt Judith, bis sie vor der Behörde steht. Als der zuständige Herr sie ins Zimmer bittet und ihr höflich einen Platz vor seinem Schreibtisch anbietet, ist ihre Unruhe mit einem Schlag verflogen. Sie schaut den Herrn gespannt an. Er kommt gleich zur Sache.

„Frau Dreve, wir möchten Ihnen mitteilen, Ihre Ausreise in die Bundesrepublik Deutschland ist genehmigt worden. Sie bekommen jetzt einen Laufzettel, auf dem sämtliche Institutionen vermerkt sind. Jene müssen Sie aufsuchen und sich jeweils einen Stempel geben lassen. Sie haben nur sieben Tage Zeit, bringen Sie mir den Zettel also nächsten Dienstag erledigt vorbei. Weiter möchte ich Sie auffordern, über Ihre Ausreisegenehmigung zu schweigen." Wieder so eine Drohung, denkt Judith. Ob sie sich daran halten wird? Geht doch gar nicht.

Der Laufzettel

Als Judith ins Büro kommt, ahnt Herr Kunth es schon: Er wird bald seine Lieblingskollegin verlieren, das stimmt ihn sehr traurig. Judith zeigt ihrem Chef den Laufzettel und sagt: „Alle Behörden, die auf dem Zettel stehen, muss ich innerhalb einer Woche aufsuchen." „Das schafft kein normaler Mensch. Am besten Sie telefonieren vorher mit den Ämtern, dann wissen Sie auch, wann diese ihre Sprechzeiten haben." „Gute Idee", antwortet Judith und schon stürzt sie sich aufs Telefon und fängt an, sämtliche Nummern zu wählen. Die meisten geben überhaupt keine Termine an, sondern nennen nur ihre Öffnungszeiten. Manche haben nur an zwei Tagen für die Bürger geöffnet, teils nur vormittags. Herr Carsten sagt: „Ich gebe Ihnen frei, damit Sie in Ruhe alle Wege erledigen können." Judith ist ihrem Chef für seine Großzügigkeit sehr dankbar und glücklich. Sie verabschiedet sich schnell von den Kollegen und verlässt eilig die Bauleitung. „Komme nächste Woche wieder", ruft sie ihren Kollegen noch zu.

Was mache ich jetzt als Erstes?, denkt sie. Die Möbel muss ich irgendwie so schnell wie möglich verkaufen. Sie steigt in den Bus in Richtung Reideburg, um ihren Bruder Bert aufzusuchen. Sie hat Glück, er ist gerade heimgekommen und schaut Judith verwundert an. „Was führt einen so hohen Besuch zu mir?", fragt er scherzend. Judith erzählt ihm von ihrer bevorstehenden Ausreise und fragt ihn gleich, ob er Leute kenne, die Möbel bräuchten. „Ich habe Kollegen, die gerade umgezogen sind und bestimmt auch diverse Möbelstücke brauchen." Er blickt Judith irgendwie traurig an und sagt: „Jetzt wirst du uns bald verlassen." „Verlassen werde ich euch niemals, ich bin nicht aus der Welt. Ich werde mit Moritz ein neues Leben in einer besseren und bunten Welt beginnen." „Du weißt nicht, ob es eine schönere Welt ist." „Nein", erwidert Judith, „aber ich bin mir ganz sicher, die beste Entscheidung getroffen zu haben. Frei wie ein Vogel, ohne jegliche Bevormundung vom Staat zu sein, das ist für mich und Moritz ein großes Stück Lebensqualität." „Wissen die Eltern schon davon?" „Nein Bruderherz, ich habe es selbst erst gestern erfahren, ich werde aber noch heute Abend mit Mutti und Vati telefonieren. Jetzt muss ich sämtliche Behörden aufsuchen, um mir einen Stempel auf dieses Stück Papier verpassen zu lassen." Judith zeigt Bert den Laufzettel, wo sämtliche Behördennamen stehen, sogar die LPG. „Was hast du mit der Landwirtschaft zu tun?" „Keine Ahnung", antwortet Judith, „der Bedienstete der Stasi hat es mir befohlen und betont, dass es wichtig sei, von jeder Behörde einen Stempel zu bekommen, sonst könne ich mir meine Ausreise aus dem Kopf schlagen. Jetzt gibt es nochmals so richtig Druck von den Herren da oben, aber ich werde es schaffen, den Termin einzuhalten. Nächste Woche muss ich den Zettel mit den vollständigen Stempeln wieder bei der Abteilung ‚Inneres' abgeben. Mal sehen, was danach noch so alles auf dem Programm steht." „Mit deinen Möbeln werde ich auf alle Fälle noch Geld machen, versprochen." „Vielen Dank, lieber Bert."

Die ersten Behördengänge hat Judith an einem Tag geschafft, jetzt müssen noch zehn Stellen zwecks Stempel aufgesucht werden. Nur gut, dass die Adressen und Telefonnummern der Institutionen auf dem Zettel vermerkt sind. Vage erinnert sich Judith an Veras Laufzettel, eine ganze Woche hatte sie gebraucht, um alle Stempel einzuholen. Sie hatte diese Angelegenheit nur nach Arbeitsschluss erledigen können, ihr Chef hatte ihr keine Arbeitsstunde geschenkt – ganz im Gegenteil, einen ganzen Berg Büroarbeit hatte er ihr noch extra auf den Schreibtisch gelegt, die reinste Schikane. Vera hatte es aber gelassen gesehen und bis zum Schluss ihre Arbeit gewissenhaft erledigt. Was habe ich nur für einen lieben Chef, denkt Judith, er hat mir sofort freigegeben. Auch Kunth hat erwähnt, sie solle sich jetzt um ihre eigenen Dinge kümmern.

Judith ist über so viel Hilfsbereitschaft mehr als glücklich. Auch Kisten muss sie sich noch besorgen, aber selbst der Holzhandel oder die Spedition verfügt über keine Behälter. Sie überlegt: Mindestens drei oder vier Kisten braucht sie, um wenigstens wichtige und private Sachen mitzunehmen. Ganz bei null will sie im Westen nicht anfangen, zumal Geschirr, Bettwäsche, Handtücher, Kochtöpfe und vieles mehr auch Geld kosten.

Als sie nach Hause kommt, erzählt sie Moritz von der bevorstehenden Reise in die Bundesrepublik. Er ist ganz überrascht, aber irgendwie auch aufgeregt. „Dann sehen wir bestimmt John wieder?“ „Das kann ich dir leider nicht versprechen“, antwortet Judith, „wir werden uns überraschen lassen. Bitte sprich mit keinem deiner Schulkameraden und Freunde über diese Reise.“ „Natürlich nicht“, antwortet Moritz, „ich bin doch kein dummer Junge mehr, ich werde dieses Jahr schon 14 Jahre alt.“ „Das stimmt, mein lieber Sohn wird langsam ein junger Mann.“

Seit vier Jahren, als John die DDR verlassen musste, kreisen Judiths Gedanken nun schon um ihre Ausreise. John wollte sie illegal mithilfe eines Fluchthelfers nach dem Westen holen, aber das Risiko, erwischt zu werden, erschien Judith einfach zu groß. Außerdem hätte die Staatsgewalt sich an ihren Angehörigen gerächt, wie in der Nazizeit. Solche Schuldgefühle braucht sie nun nicht mehr zu haben. Es ist alles zu schaffen, wenn man etwas wirklich will, man muss nur lernen durchzuhalten. Der Abschied von ihren Eltern und Geschwistern wird sehr schmerzen, zumal bekannt ist, dass sie nicht mehr in die DDR wird einreisen dürfen. Wer dieses Gesetz verabschiedet hat, ist kein Mensch, sondern der Satan höchstpersönlich. Das ganze Politbüro wird nur noch von alten Menschen geführt, Honecker und Mielke an erster Stelle. Die sehen gar nicht mehr die grauen zerfallenen Häuser und Fassaden, die sogar noch von Menschen bewohnt werden. Judith würde schon interessieren, wie die Staatsführung in ihrem Domizil Berlin-Wandlitz so lebt. In einer Westzeitschrift wurde mal etwas über das Leben der DDR-Politiker veröffentlicht, Honecker soll sich regelmäßig Video-Pornofilme aus Westberlin bestellt haben. Dieser alte Bock! Dem eigenen Volk drohen hohe Strafen, wenn es mit solchen Filmen oder Bildern erwischt wird. Diese Gedanken bestärken Judith in ihrem Wunsch, bald in eine freie Welt ausreisen zu können.

Judith hat ihren Wecker auf 6.00 Uhr gestellt, damit sie bei den weiteren Behörden rechtzeitig den Stempel einholen kann. Danach will sie unbedingt bei ihren Eltern vorbeischauen. Am Telefon will sie ihnen auf keinen Fall die bevorstehende Ausreise ankündigen, das wäre nicht gut. Sie ahnt bereits, wie traurig die Reaktion ausfallen wird, vor allem bei ihrer geliebten Mutter. Sie kann bestimmt nicht ihre Tränen zurückhalten; ein Familienmitglied nicht mehr in der Runde zu haben, fällt allen Eltern schwer. Sie können Judith aber schon dieses Jahr besuchen, da sie Rentner sind. Bei den Geschwistern bleiben nur die Länder CSSR, Polen und Ungarn als Treffpunkt.

Jetzt muss sich Judith jedoch auf andere Sachen konzentrieren, um Zukünftiges kann sie sich später kümmern. Nach dem Frühstück macht sie sich auf den Weg, um alles rechtzeitig zu erledigen. Sie hat Glück, alle Behörden haben Sprechstunde, allerdings gibt es sehr lange Menschenschlangen an den Schaltern. Es sind alles Leute, die ebenfalls einen Laufzettel bekommen haben, also auch Antragsteller, die in den Westen ausreisen wollen. Judith hält sich zurück, irgendjemanden von diesen Menschen anzusprechen, auch wenn sie die Neugierde plagt. Ob sie auch vier Jahre auf diesen Moment gewartet haben? Nein, Fragen sind zu gefährlich, schließlich kennt sie diese Leute nicht. Außerdem wurde ihr Schweigepflicht angeordnet, das will sie nicht riskieren. Der ganze Vormittag wird benötigt, um von fünf Behörden einen Stempel zu bekommen. Jetzt sind nur noch drei Behörden fällig, dann kann sie den Laufzettel bei der Abteilung „Inneres“ abgeben. Sie ist gespannt, wie es weitergeht.

Die Eltern haben auf die Nachricht von Judith wie erwartet sehr traurig reagiert. Ihre Mutter fing gleich an zu weinen, auch ihr Vater konnte nur schwer seine Tränen unterdrücken. „Also geht es bald los?“ Judith schaut ihren Papa an und antwortet: „Ich habe vier Jahre auf die Zusage gewartet, ich will mit Moritz endlich ein freies Leben führen, voller Zukunftspläne. Hier in der DDR habe ich das Gefühl, immer auf der gleichen Stelle zu treten, der Sozialismus geht rückwärts und nicht vorwärts. Ich habe so viel Energie und Wissen in mir, das ich unbedingt im Westen umsetzen will, nur so kann ich mich weiterentwickeln.“ „Wir hoffen, dass sich deine Träume auch tatsächlich verwirklichen.“ „Es wird schon alles gut werden“, antwortet Judith. „Vielleicht begleitet uns in jeder Lebensphase ein Schutzengel. An meiner Qualifikation hat es noch nie gemangelt, diese werde ich in der BRD mit Fleiß so gut es geht umsetzen.“ „Deine Pläne klingen so selbstverständlich leicht, aber es wird nicht einfach sein. Für Moritz wird es auch eine große Umstellung in der Schule sein.“ „Das stimmt“, antwortet Judith, „aber Kinder lernen schnell, sich anzupassen. Wir werden bestimmt alles schaffen, da bin ich mir ganz sicher.“ „Wir wünschen euch jedenfalls viel Liebe ohne Leiden!“ Bei diesem Satz aus dem Munde ihrer Eltern rollen Judith bittere Tränen über die Wangen.

Bert wartet bereits mit einer Arbeitskollegin ungeduldig auf Judith; ein Glück, dass Moritz rechtzeitig zu Hause war, so konnten sie in der Wohnung ausharren. „Das ist meine Kollegin, sie sucht dringend Möbel.“ Innerhalb weniger Minuten ist das gesamte Wohnzimmer an die Frau verkauft. Dreitausend Mark hat Judith von dieser Dame angeboten bekommen, das ist viel Geld für gebrauchte Möbel. Für den westdeutschen Fernsehapparat hat

Judith noch extra 1.000,00 Mark bekommen, so hat sie jetzt insgesamt 4.000,00 Mark. Dieses Gerät hatte ihr damals John unter schwierigen Umständen als Geschenk mitgebracht. An der Grenze wurde es zunächst bei der Kontrolle registriert; es ist streng verboten, Elektronikgeräte als Geschenk in die DDR einzuführen. Also hatte er das Gerät wieder mitgenommen und so lange eingeführt, bis er mal nicht kontrolliert wurde. Jetzt muss sie sich noch Kisten besorgen; Bert weiß auch nicht, wo sie diese bekommen könnte, er hat dahin gehend keine Beziehungen. „Am besten du erkundigst dich bei einer großen Spedition, die haben bestimmt Kisten." Ihr fällt momentan nur ein Name ein: die Firma Deutrans, einer der größten Spediteure der DDR. Sie sucht gleich die Adresse und die Telefonnummer dieser Firma im Telefonbuch heraus und notiert sie auf einem Zettel. „Ich werde mal in meinem Betrieb Halloren nachfragen, ob sie wenigstens ein paar kleinere Kisten haben, wir exportieren die Schokoladenkugeln auch ins Ausland, aber in Kartons", sagt Bert. „Das wäre ganz lieb von dir", antwortet Judith ihrem Bruder. „Für meine Schwester mache ich alles, versprechen kann ich es allerdings nicht." „Ich bin froh, dass wenigstens die Möbel verkauft sind, es muss jetzt alles sehr schnell gehen." „Dafür habe ich Verständnis", antwortet Bert, „deshalb bin ich sehr froh, dir helfen zu können. – Wir müssen jetzt gehen", fährt er fort, „du bekommst noch Bescheid, wann genau die Möbel abgeholt werden." Judith bringt die beiden noch bis zur Haustür und verabschiedet sich herzlich.

„Das Gröbste ist geschafft", sagt sie zu Moritz, „jetzt müssen wir uns Gedanken machen, was wir in die Kisten packen. Auf alle Fälle Geschirr, Bettwäsche, Kochtöpfe, Besteck, Bücher und andere diverse Dinge. Ganz leer wollen wir unseren Neustart in der Bundesrepublik schließlich nicht beginnen." „Mein Spielzeug brauche ich nicht mehr", sagt Moritz, „diese Sachen werde ich an meine Schulfreunde verschenken." „Ich werde auch nicht alle Textilien mitnehmen", sagt Judith, „nur das Beste. Genug Freundinnen, die mir sämtliche Westsachen liebend gern abkaufen, sind vorhanden. Für das Geld kaufen wir uns noch neue Gardinen und Bettwäsche, auch eine neue Garderobe aus dem gehobenen Exquisitladen. Wir wollen schließlich chic und elegant im Westen ankommen." Moritz hat schnell erkannt, dass bald ein neues Leben beginnt, er sieht es irgendwie als eine spannende Abenteuerreise. Für Judith ist es eine große Erleichterung, dass ihr Sohn so prima kooperiert, ohne irgendwelche Probleme zu bereiten oder schwierige Fragen zu stellen. Das zeigt, dass er auch nicht so glücklich in der DDR ist, schon allein wegen dieser Bruchbude, in der sie schon so lange leben. Jeden Montag in der Schule mit der verhassten Pionierkleidung antreten zu müssen, das hat Moritz ebenso immer gestört. So etwas gibt es in Westdeutschland nicht. Jedenfalls hat John viel vom Westen erzählt und Judith die Augen geöffnet, deshalb dieser Schritt in die Freiheit.

Nur noch zwei Behörden müssen aufgesucht werden, dann ist der Laufzettel mit den Stempeln vollzählig. Auf alle Fälle müssen noch mindestens drei Kisten organisiert werden. Sämtliche Versandbetriebe hat Judith bereits aufgesucht, leider ohne jeglichen Erfolg. Sie brauchen alle Kisten für ihre Waren selbst. Sogar defekte werden wieder repariert, da Holz sehr knapp ist. Es gibt noch eine Möglichkeit: Sie könnte Roland, einen alten Bekannten, kontaktieren, er ist Tischler von Beruf. Der Betrieb soll in Halle-Nord sein, allerdings wäre es besser, ihn vorher privat anzurufen. Jetzt werden noch die zwei Behörden aufgesucht, um die letzten Stempel einzuholen, dann kommt der nächste Schritt.

Es hat diesmal gut geklappt, keine langen Wartezeiten. Als sie gerade das Amt verlassen will, sieht sie im Hausflur ein Telefon stehen. Sie wendet sich höflich an eine Angestellte und fragt sie, ob sie mal kurz das Telefon benutzen dürfe. „Wenn es ein Inlandgespräch ist, dürfen Sie es natürlich benutzen, aber bitte fassen Sie sich kurz." „Vielen Dank", erwidert Judith und wählt gleich die Nummer von ihrem Bekannten Roland. Sie hat Glück, er ist gerade zu Hause. Er freut sich, mal wieder von ihr zu hören, Judith erwidert seine netten Worte. Sie kommt gleich zur Sache und fragt, ob es möglich sei, ein paar Holzkisten zu organisieren. Er fragt verwundert, für welchen Zweck sie die Kisten benötige. Sie antwortet: „Ich werde in die Bundesrepublik auswandern." „Sag bloß?! Wie hast du das denn geschafft?" „Leicht war es nicht", antwortet Judith, „ich habe schon ein paar Jahre kämpfen müssen." „Wann genau geht es denn los?" „Das kann ich noch nicht genau sagen, vielleicht weiß ich nächste Woche mehr." Roland hält einen kurzen Moment inne. „Ich werde mich bei dir melden, vielleicht kann ich dir helfen." „Das wäre toll", erwidert Judith, „mein Bruder versucht auch noch, zwei Kisten zu ergattern." „Am besten wir telefonieren noch mal, große Versprechungen kann ich am Telefon allerdings nicht machen. Wohnst du noch in der Turmstraße?" „Natürlich", antwortet Judith, „unser Vater Staat hat sich nie bemüht, uns eine menschenwürdige Wohnung zu beschaffen." Die Angestellte schaut Judith grimmig an und fordert sie auf, langsam zum Ende zu kommen. „Ich muss das Gespräch beenden", ruft Judith ins Telefon, „wir hören wieder voneinander." „Ich werde auf alle Fälle versuchen, dir zu helfen", antwortet Roland. Sie legt den Hörer auf und bedankt sich bei der Dame für die Nutzung des Telefons.

Jetzt werde ich mal wieder die Oberbauleitung aufsuchen, denkt Judith. Irgendwie sehnt sie sich danach, ihre lieben Kollegen zu sehen. Der bevorstehende Abschied von den Mitarbeitern der Baufirma wird ihr schwerfallen. Auf alle Fälle wird noch eine Abschiedsfeier organisiert, aber erst muss der genaue Ausreisetermin bekannt sein. Nächste Woche soll außerdem das große Faschingsfest in der Bauleitung stattfinden, darauf freut sich Judith ganz besonders. Um das leibliche Wohl werden sich alle Mitarbeiter kümmern, die Bauleiter und die Meister werden die Getränke besorgen, den Rest machen die Frauen. Nur Judith kann diesmal leider nicht mithelfen, zu viele persönliche Dinge müssen noch erledigt werden.

Ein kalter Ostwind fegt Judith ins Gesicht, aber sie hat sich fest vorgenommen, den Laufzettel bei der Abteilung „Inneres" pünktlich abzugeben, um sodann weitere Instruktionen von den zuständigen Bediensteten entgegenzunehmen. Nach der Anmeldung wird sie gebeten, im Besuchszimmer zu warten. Diesmal ist sie nicht die einzige Besucherin im Warteraum, wahrscheinlich sind die anderen Leute auch wegen ihrer Ausreisepapiere vorgeladen worden. Sie setzt sich mit einer kurzen Begrüßung auf einen der freien Stühle. Nach einer halben Stunde wird Judith aufgerufen, höflich wird sie von einem Herrn begrüßt. Sie überreicht ihm den Laufzettel, der ganz genau von dem zuständigen Mitarbeiter geprüft wird.

„Alles in Ordnung, Frau Dreve, jetzt können wir den Tag Ihrer Ausreise festlegen. Am 8. März, um 0.15 Uhr, ab Leipzig geht der Zug nach Gießen. Falls Sie Möbel oder irgendwelches Stückgut mitnehmen wollen, müssen Sie eine Liste über diese Sachen erstellen und vom Zoll bestätigen lassen. Bücher müssen ebenfalls ganz genau auf einer Liste erfasst werden und im Rathaus Abteilung ‚Kultur' von der zuständigen Stelle abgestempelt werden. Am 7. März kommen Sie hier vorbei, um Ihren Personalausweis abzugeben, da er Eigentum der Deutschen Demokratischen Republik ist. Ihre Fahrkarten können Sie sich im Bahnhof kaufen, allerdings nur für diesen Sonderzug am 8. März, 0.15 Uhr, ab Leipzig, es gibt dafür extra einen Bahnschalter. Sie bekommen von mir noch eine Genehmigung für den Kauf dieser Fahrkarten. Ihre Wohnung müssen Sie auch ordnungsgemäß im Rathaus Abteilung ‚Gebäudewirtschaft' abmelden. Sie bekommen dafür extra eine Bestätigung, die Sie mir ebenfalls am 7. März vorlegen."

Judith bedankt sich und verlässt eilig den Raum. Das ist nochmals Stress pur, denkt sie. Jetzt steht es fest, nur noch zehn Tage und sie sind im Goldenen Westen! Bis dahin muss alles erledigt sein, vor allem Kisten für den Hausrat müssen noch her. Ohne zu zögern, fährt Judith zu ihrer Bauleitung, um über diese Neuigkeiten zu berichten. Alle freuen sich, Judith zu sehen, sie erzählt sofort über die dringend benötigten Kisten für ihre Sachen. Der Oberbauleiter sagt: „Sie bekommen eine wunderschöne Kiste von mir, ich habe noch eine im Keller stehen. Morgen kann der Fahrer sie bei Ihnen zu Hause vorbeibringen." „Gott sei Dank, mein Bruder will auch noch ein paar Kisten organisieren, dann bin ich gerettet." Herr Kunth überreicht Judith noch einen Zettel mit einer Telefonnummer, es ist Roland! Sie greift gleich zum Telefonhörer, auch er hat zwei Kisten für Judith besorgt, er will sie heute noch vorbeibringen. Jetzt bin ich gerettet und kann am Samstag mit dem Packen beginnen, denkt sie erleichtert. Judith erzählt ihren Kollegen, dass sie schon den genauen Termin der Ausreise hat. „Zum Faschingsball nächste Woche kommen Sie aber noch?" „Natürlich", antwortet Judith, „auch eine große Abschiedsparty werde ich noch organisieren." Es ist wichtig für sie, ein Zeugnis ausgestellt zu bekommen, schließlich möchte sie in der BRD ebenso einen guten Job bekommen. „Die Beurteilung für Judith werde ich schreiben", sagt Kunth. „Ich habe nichts dagegen einzuwenden", stimmt der Oberbauleiter zu.

Judith eilt nach Hause, schon von der Ferne sieht sie ihren Bruder Bert mit einem Kollegen, sie sind gerade dabei, zwei Kisten aus einem Transportfahrzeug auszuladen. „Leider konnte ich nicht mehr Kisten auftreiben." „Das macht überhaupt nichts", beschwichtigt ihn Judith. „Morgen werden noch zwei Kisten von meinem Chef und von Roland geliefert, das wird reichen. Am Wochenende werde ich mit Packen anfangen", fügt sie hinzu. Jedes einzelne Stück, angefangen von der Wäsche bis hin zum Geschirr, muss ordnungsgemäß auf einer Liste erfasst werden. Bücher werden gesondert auf einer Liste deklariert und im Rathaus bei der Abteilung „Kultur“ abgestempelt. „Die Möbel, die meine Kollegin gekauft hat, werden wir gleich mitnehmen.“ „Alles klar, Bruderherz.“ Fast 4.000,00 Ostmark hat Judith für ihre Möbel erhalten, sodass sie noch viele wichtige Sachen erwerben kann. Auf alle Fälle braucht sie neue Bettwäsche, Handtücher, Geschirr, Besteck, diverse Tischdecken und vieles mehr. Gleich morgen will Judith in die Stadt fahren, um diese Dinge zu besorgen. „Bleibt bitte noch zum Essen, ich habe extra Schnitzel gekauft“, bittet sie ihren Bruder. „Wir haben leider keine Zeit, die Möbel müssen noch bei der Frau abgeladen werden. Anschließend muss das Auto wieder ordnungsgemäß im Betrieb abgestellt werden.“ „Das kann ich verstehen“, erwidert Judith, „trotzdem tausend Dank für deine Hilfsbereitschaft.“ „Kein Problem, für meine Lieblingsschwester ist mir nichts zu viel.“ Judith umarmt ihren Bruder und gibt ihm einen Kuss auf die Wange.

Moritz ist schon dabei, den Tisch für das Abendessen zu decken, sogar Tee hat er gekocht. „Du bist eben mein lieber, selbstständiger Junge“, lobt Judith ihren Sohn. Für ihn ist die bevorstehende Ausreise ein großes Abenteuer, er freut sich bereits auf die neue Heimat und ist voller Zuversicht. „Im Westen brauchen wir nicht mehr in so einer Bruchbude zu leben“, sagt Judith. „Allerdings, ganz bei null anzufangen, wird für uns beide eine sehr große Herausforderung werden.“ „Wir sehen bestimmt John wieder, er lebt doch im Westen?“ Diese Frage schmerzt Judith erneut, sie versucht geschickt, sofort das Thema zu wechseln. „Was gab es heute in der Schule?“ „Morgen schreiben wir eine Biologiearbeit, ich habe mich bestens vorbereitet.“ „Das ist gut“, antwortet Judith, „die Schule muss mir unbedingt noch deine Zeugnisse aushändigen, ich werde selbst mit deiner Klassenlehrerin sprechen.“

Als Rolli die Nachricht von der bevorstehenden Ausreise von Judith und Moritz bekommt, bricht für ihn eine Welt zusammen. „Dann werde ich meinen Sohn erst im Rentenalter wiedersehen?!" „Das glaube ich nicht", antwortet Judith, „er wird euch bestimmt irgendwann besuchen dürfen. Er wird auf alle Fälle mit dir und seiner Halbschwester in Verbindung bleiben, auch wenn dies nur brieflich möglich ist. Für uns wird der Weg auch sehr schwer sein, vor allem weiß keiner, was uns in der Bundesrepublik erwartet. Wenn ich dann auch noch an den Abschied meiner Eltern und Geschwister denke, schmerzt mein Herz. Aber es ist nicht mehr zu ändern, ich möchte mit Moritz auch noch andere Dinge im Leben sehen als nur die graue und luftverschmutzte DDR." „Schuld an deiner Verbohrtheit, unbedingt in den Westen gehen zu wollen, hat dein ehemaliger Freund John, er hat das Ganze ausgelöst. Dabei hat er noch nicht mal Wort gehalten, sondern euch total verarscht!" „So sehe ich das nicht", antwortet Judith. „Er hat mir wenigstens die Augen geöffnet und mir gezeigt, dass es noch eine schönere Welt gibt, in der jeder seine Freiheit ausleben kann. Was ihn dazu bewegt hat, unsere große Liebe einfach so zu beenden, das werde ich auf alle Fälle erfahren." „Warum bist du eigentlich so naiv?" „Ich bin nicht naiv", tobt Judith, „was sollen eigentlich die ganzen Vorwürfe? Ich bin alt genug, um zu wissen, was für ein Leben für uns das beste ist. Meine Angehörigen haben mir genug die Hölle heiß gemacht, lass uns deshalb das Thema wechseln. Am 8. März geht es mit dem Nachtzug von Leipzig los, du kannst dich vorher von Moritz verabschieden." Sie sieht, wie Rolli mit den Tränen zu kämpfen hat, und schaut schnell weg. So emotional wird auch der Abschied mit den Eltern werden, davor hat Judith jetzt schon Angst. „Entschuldige, ich habe noch sehr viel zu erledigen." „Das kann ich verstehen", erwidert Rolli, „ich muss sowieso nach Hause." Er verabschiedet sich mit den Worten: „Ich wünsche euch alles Glück der Welt!"

Nach diesem Gespräch mit ihrem Exmann stellt sich Judith die

Frage: Wieso hegt Rolli so viele negative Gedanken in Bezug auf den Westen? Er wollte früher selbst in die BRD flüchten, hat sogar während der gemeinsamen Rundreise durch Russland Fluchtpläne geschmiedet. Da hatte er die Rechnung natürlich ohne den Wirt gemacht, Judith mit ihren süßen 18 Jahren hatte damals schon absolut kein Interesse an solchen verrückten und lebensgefährlichen Aktionen. Ihre Schule und ihre erfolgreiche Ausbildung als Bankkauffrau hatten immer Vorrang, schon damals hegte Judith den Wunsch, beruflich als Auslandskader ausgesucht zu werden. Dieser Traum platzte schnell, als sie mit Moritz schwanger wurde, wenigstens konnte sie ihre Ausbildung und Finanzschule erfolgreich abschließen. Das liegt jetzt schon 15 Jahre zurück, so schnell ist die Zeit vergangen. Wie das Leben so spielt, hat sich vieles verändert, die Ehe mit Rolli hielt leider nur sechs Jahre. Sie waren damals einfach zu jung gewesen, Judith wollte niemals nur Hausfrau und Mutter sein. Ihr eigenes Geld zu verdienen, war für sie immer wichtig. Die Erfahrung wächst mit den Jahren. Blutjung eine Ehe einzugehen, scheitert oftmals daran, dass die Partner noch gar nicht reif genug sind.

Die Ausreise

Jetzt geht es los, die Kisten müssen gepackt werden, Judith hat schon ein Konzept entwickelt. In die kleinen Kisten kommen Gläser und Keramiksachen sowie das gesamte zerbrechliche Geschirr. Eine große Hilfe hat sie durch ihre Mutter und Schwester, auch ihr Bruder Bert hat noch Holzwolle besorgt. In die große Kiste werden die Bettwäsche, Handtücher, Bestecke und alles, was nicht zu Bruch gehen kann, eingepackt. Jedes einzelne Teil wird auf einer Liste aufgeführt, danach müssen die Kisten beim Zoll angemeldet werden. Als Adresse gibt Judith ihre Verwandten in Heidelberg an. Eigentlich geht alles sehr zügig, Eva schreibt die Liste, Judith und ihre Mutti verstauen alles ordentlich in den Kisten. Es dauert fast den ganzen Samstag, bis alles ordentlich verstaut ist. Jetzt brauchen sie alle ein deftiges Essen. Judith hat extra Rindersteaks, diverse Salate und Bier besorgt. Moritz hat schon alles vorbereitet und den Tisch gedeckt. Allerdings wird alles auf Papptellern serviert, egal, es schmeckt auch ohne richtige Teller. Hoffentlich geht alles gut und deine Träume werden wahr! Diesen Satz hat Judith schon so oft von ihrer Mutter gehört. „Das steht in den Sternen", antwortet Judith, „aber ich bin eine starke und fleißige Frau. Außerdem ist mein lieber Sohn Moritz dabei, er wird mich kräftig unterstützen." Sie schaut sich nochmals die Listen an, prüft, ob alles korrekt aufgeführt ist. Die Spedition Deutrans wird anhand der Listen die Versandpapiere ausstellen. Diese Dienststelle muss noch am Montag aufgesucht werden, danach können die Kisten beim Zoll angemeldet werden. „Wenn du weitere Hilfe benötigst, gib uns Bescheid." „Ich werde mich melden", antwortet Judith und bedankt sich bei ihrer Schwester für die angebotene Hilfe. Je näher der Tag rückt, umso mehr spürt sie, wie ihr Herz schmerzt. Ihre Eltern, Geschwister und Freunde nicht mehr zu sehen, bei keinem Familienfest mehr dabei zu sein, das wird Judith sehr vermissen. Sie hofft, dass ihre Eltern sie bald im Westen besuchen können, laut Abkommen zwischen DDR und BRD dürfen Rentner mit einem Besuchsvisum nach Westdeutschland reisen.

Als Karla ganz plötzlich bei Judith auftaucht, ist Judith sehr überrascht. „Was hat dich denn zu mir getrieben?" „Du weißt doch, dass ich auch in den Westen ausreisen will." „Nein", antwortet Judith, „ich habe nicht mehr daran geglaubt." „Letzte Woche habe ich einen neuen Antrag gestellt." „Das wundert mich sehr", erwidert Judith, „ist das Verhältnis mit deinem Freund vorbei?" „Nein, aber ich habe keine Zukunft mit ihm", antwortet Karla, „er würde sich niemals von seiner Frau trennen, das habe ich dir schon oft gesagt." „Die Männer sind alle gleich, solche Beziehungen sind immer mit Problemen verbunden." „Ich bin sehr blind gewesen", erwidert Karla, „ich werde mich jetzt nur noch auf meine Ausreise konzentrieren." „Sehr klug", antwortet Judith, „ich wünsche dir dabei viel Erfolg und Glück, wir bleiben auf alle Fälle in Verbindung. Ich werde noch eine Abschiedsparty mit meinen Kollegen organisieren, du kannst auch gerne vorbeikommen."

Die Kisten sind vollzählig gepackt, auch die Versandpapiere hat sich Judith bei der zuständigen Spedition besorgt. Ihre Kisten werden von der Spedition Dollbayer als Stückgut nach Mannheim versandt, sie werden vom Zoll direkt von zu Hause abgeholt, das ist alles im Preis von 200,00 Ostmark enthalten. Das freut Judith, sie hat schon gedacht, dass sie sich selbst um den Transport der Kisten bis zum Bahnhof kümmern muss. Das hat alles seinen Grund, die Zollbeamten am Bahnhof werden nochmals die Listen kontrollieren, um zu überprüfen, dass alles ordnungsgemäß aufgeführt wurde. Den genauen Versandtermin können die Zollbeamten noch nicht mitteilen, frühester Termin in zehn Tagen. „Da bin ich schon in der Bundesrepublik!" „Leider ist kein anderer Termin frei", antwortet der Zollbeamte. „Sie sind nicht die einzige Person, die Stückgut und Möbel ins Ausland versendet." „Die

Kisten sollen doch nicht ins Ausland verschickt werden, sondern nach Mannheim?!" „Die BRD gehört zum kapitalistischen Ausland." Über diese Antwort muss Judith schmunzeln, aber sie hält sich zurück. Nein, denkt sie, jetzt, da ich am Ziel angekommen bin, will ich keines der Staatsorgane provozieren.

Es reicht, wenn ein Bekannter oder Verwandter an dem Versandtag bei der Abwicklung der Kisten anwesend ist, eine Unterschriftsvollmacht ist allerdings von großer Wichtigkeit. Judith bedankt sich bei dem Zollbeamten und eilt nach Hause. Moritz wartet schon ungeduldig auf seine Mutter, seine Klassenlehrerin hat ihm mitgeteilt, dass sie wegen der Zeugnisse erst mit dem Direktor sprechen müsse. „Morgen werde ich deine Schule selbst aufsuchen, für weitere Probleme haben wir einfach keine Zeit mehr", sagt Judith, „nächste Woche muss alles erledigt sein." Moritz hat dafür großes Verständnis, zumal er mit seinen 13 Jahren kein naiver Junge mehr ist. Er weiß ganz genau, dass diese Ausreise in die BRD ein vollkommen neues Leben bedeutet. Momentan sieht er alles sehr locker, darüber ist Judith erleichtert. Der Abschied von seinem Vater, von seinen Freunden und vor allem von seinen Großeltern wird ihm nämlich sehr schwerfallen. Es wird schon alles gut gehen, redet sich Judith gut zu, schlechter als hier kann das Leben im Westen nicht sein. „Wo werden wir wohnen, Mama?" Diese Frage von Moritz hat Judith schon erwartet. „Eigentlich wollte ich mit dir im hohen Norden am Meer leben, schon allein wegen der gesunden Luft. Zunächst einmal werden wir bei Verwandten in der Nähe von Heidelberg unterkommen, die uns letztes Jahr in Halle besucht haben. Sie haben sich bereit erklärt, uns in jeder Hinsicht zu helfen. Außerdem haben sie zwei Söhne und eine Tochter, einer ihrer Söhne hat genau dein Alter. Vorher müssen wir ins Aufnahmelager nach Gießen, dort erfolgt die Registrierung und die Aushändigung neuer Papiere." Moritz hört seiner Mutter gespannt zu und stellt noch unzählige Fragen, zum Beispiel wie ihre eigene Wohnung mal aussehen wird. „Auf alle Fälle mit Innentoilette, Bad und endlich einem eigenen Zimmer für dich – und hoffentlich umgeben von Natur."

In der Schule gibt es keine Probleme, der Direktor händigt das letzte Schulzeugnis von Moritz aus, ohne groß Fragen zu stellen, auch eine Beurteilung überreicht er Judith. Vor allem wünscht er Moritz viel Glück, was Judith sehr wundert. Sie hat ihn immer als einen sehr strengen und linientreuen Mann erlebt, aber vielleicht hat er ja auch eine weiche Seite, die nur keiner kennt. Judith bedankt sich und verlässt sofort die Schule. Die wenigen Tage bis zur Abreise braucht Moritz nicht mehr die Schule zu besuchen, das wäre auch Quatsch. In der Bundesrepublik gibt es je nach Bundesland verschiedene Schulsysteme, daran wird sich auch Moritz langsam gewöhnen und sich darauf vorbereiten müssen. Vera hat in ihren Briefen schon sehr viel darüber geschrieben, ihre Söhne haben sich schnell an die neue Schule gewöhnt, der Lernstoff ist ähnlich wie in der DDR.

Die Kisten wurden pünktlich vom Zoll abgeholt, so braucht Judith jetzt nur noch ihre Wohnung der Gebäudewirtschaft zu übergeben. Die einzigen vorhandenen Möbelstücke sind nur noch die Betten im Schlafzimmer, alles andere wurde von dem Käufer letzte Woche abgeholt. Übernachten können sie in der Wohnung also noch, aber Moritz will die letzten Tage lieber bei den Großeltern verbringen. „Das ist eine sehr gute Idee, wenn alles erledigt ist, komme ich nach", sagt Judith zu ihrem Sohn. Bert wird sie mit seinem Auto nach Leipzig zu dem Zug ohne Wiederkehr bringen, alles ist perfekt geplant. Morgen findet die Abschiedsparty in der Bauleitung statt, die Kollegen haben schon die Getränke und das kalte Büfett bestellt, dieser Tag wird Judith so richtig ans Herz gehen. Ob sie jemals wieder so liebe und nette Kollegen bekommen wird, steht in den Sternen. Sich bereits jetzt darüber Gedanken zu machen, wäre jedoch viel zu früh. Herr Kunth sagt: „Durch Fleiß und Humor ist es nur eine Frage der Zeit, die richtigen Freunde zu finden, denen man auch vertrauen kann." Judith wurden diese Charaktereigenschaften in die Wiege gelegt, deshalb macht sie sich darüber auch keine Sorgen.

Am letzten Tag hat Judith noch einen Termin bei der Abteilung „Inneres", dort wird sie von dem Beamten aufgefordert, ihren Personalausweis abzugeben. Sie bekommt eine Identitätsurkunde ausgehändigt, darauf ist die Entlassung aus der Staatsbürgerschaft der Deutschen Demokratischen Republik dokumentiert. Diese Urkunde kostet sie 150,00 Ostmark. So langsam hat Judith das Gefühl, vom Staat nochmals so richtig abgezockt zu werden. Sogar die Abmeldung ihrer Bruchbude kostet ein paar Hundert Mark Gebühren. Nur gut, dass sie noch genug Ostgeld besitzt, auch im Exquisitladen können noch ein paar schöne Klamotten gekauft werden. Das restliche Geld schenkt Judith Bert und ihren Eltern. Den anderen Geschwistern hat sie auch diverse Sachen geschenkt, die noch von John stammen. Was wohl aus ihm geworden ist? Niemals wird er glauben, dass sie und Moritz ganz allein in die BRD ausgereist sind.

Die Vorbereitungen für Judiths Abschiedsparty sind in vollem Gange. Getränke haben die Kollegen besorgt, um das kalte Büfett kümmern sich die Kantinenfrauen. Es wird ein trauriger Abschied, zumal das Arbeitsklima und das Verhältnis zu den Kollegen in der Oberbauleitung sehr gut waren. Das wird Judith sehr vermissen, aber sie denkt optimistisch, bisher hat sie immer Glück gehabt. Liebe Menschen wird sie bestimmt auch in der neuen Heimat kennenlernen, vor allem im Berufsleben. Auch Kunth hat noch ein Abschlusszeugnis geschrieben und vom Oberbauleiter unterzeichnen lassen. Natürlich wurden nur positive Dinge geschrieben, so kann Judith künftig ohne Bedenken dieses Schriftstück zusammen mit ihren Zeugnissen bei jeder Bewerbung einreichen;

das Zeugnis ihrer Finanzfachschulreife liegt allerdings noch in der Personalakte, der Leiter ist einfach nicht zu erreichen. Genug Qualifikationen kann sie vorweisen, vielleicht hat sie dadurch bald die Chance auf einen guten Arbeitsplatz im Industrie- oder Bankgewerbe. Freilich wird in den Medien oft berichtet, dass die Arbeitslosenquote in der BRD zurzeit sehr hoch sei. Das bereitet Judith ein wenig Sorgen, denn Geld muss für ein schönes Leben auf alle Fälle verdient werden.

Jetzt wird gefeiert, die Kollegen haben alles wunderschön aufgetischt. Judith bedankt sich mit Tränen in den Augen ganz herzlich für diese liebevolle Geste. Die Meister und Bauleiter haben sich die köstlichen Speisen vom Büfett schon schmecken lassen. Auch Karla und Kollegen von anderen Bauleitungen sind gekommen, um Judith alles Gute für ihr weiteres Leben zu wünschen. Kunth wirkt sehr traurig. „So eine liebe Kollegin werde ich niemals mehr bekommen. Deshalb werde ich wahrscheinlich in Rente gehen, das Alter dafür habe ich schon lange erreicht." „Du bleibst uns noch erhalten", protestiert der Oberbauleiter, „schließlich brauchen wir dich, vor allem als unseren Advokaten." „Wer bekommt eigentlich meinen Arbeitsplatz?", fragt Judith. „Deine Freundin Karla", antwortet Herr Carsten. „Ich hoffe, sie ist auch so fleißig und belastbar wie unsere Judith. Es stehen Umstrukturierungsmaßnahmen an", erwähnt der Bauleiter. „Es werden wieder Bauleitungen aufgelöst und die Mitarbeiter auf anderen offenen Stellen eingesetzt." Für Karla ist dieser Wechsel sehr schlimm, eine andere Arbeitsaufgabe zu bekommen macht ihr Angst. Sie will so schnell wie möglich auch ihren Ausreiseantrag genehmigt bekommen. Am Ende der Party bekommt Judith zum Abschied noch viele Geschenke von ihren Kollegen, auch Kunth überreicht ihr einen wunderschönen Kristallkelch mit einer Abschiedskarte, die alle Kollegen unterschrieben haben. Der Text lautet:

Liebe Judith,

die Oberbauleitung „Erdbau und Erschließung" wünscht Dir und Deinem Sohn Moritz alles Gute für den neuen Lebensabschnitt. Mögen alle Deine Wünsche und Träume in Erfüllung gehen. Sollte es Dir mal schlecht gehen, dann schau Dir unser Abschiedspräsent an und bete: „Lieber Gott, lass diesen Kelch an mir vorübergehen."

Nun kann Judith ihre Tränen nicht mehr zurückhalten, so gerührt ist sie.

Den ganzen Heimweg weint Judith, erst jetzt wird ihr richtig bewusst, wie sehr sie ihre Kollegen, vor allem Herrn Kunth, vermissen wird. Der Abschied von den Eltern und Geschwistern wird noch schmerzvoller werden. Daran will sie jetzt aber nicht denken, es sind noch drei Tage Zeit bis zur Abreise. Die Fahrkarten nach Gießen werden morgen gelöst, auch ein Friseurtermin steht noch an. Nur einen Wunsch hat sie heute noch: schnell ins Bett und bis morgen durchschlafen.

Am nächsten Tag steuert Judith sofort zum Bahnhof. Sie staunt, wie viele junge DDR-Bürger am Bahnschalter stehen, um ebenfalls Fahrkarten nach Westdeutschland zu lösen. Judith bucht erste Klasse mit den dazugehörigen Platzkarten. Auf alle Fälle muss sie sich noch von ihrer Freundin Chris und ihrer Schulfreundin Margit verabschieden. Irgendwie ist Judith von den vielen Verabschiedungen gestresst, es ist eben doch nicht alles so einfach. Im Exquisitladen kauft sie sich noch eine exklusive Lederjacke und für Moritz eine hochwertige Wetterjacke, alles zusammen kostet fast 2.000,00 Ostmark.

Eine Stunde geht die Fahrt mit der Straßenbahn bis zu ihrer Freundin Chris. Die wartet schon ungeduldig mit Kaffee und Kuchen auf sie. Ihre erste Frage lautet: „Warum hast du Moritz nicht mit dabei? Ich wollte mich so gern auch von ihm verabschieden." „Ach Chris, ich habe noch viele Dinge erledigen müssen, außerdem wollte Moritz den heutigen Tag mit seinem Vater verbringen." „Das kann ich verstehen", antwortet Chris, „seinen einzigen Sohn nicht mehr zu sehen, ist schon schwer." „Wir sind doch nicht aus der Welt!", sagt Judith entnervt, „wir werden uns alle wiedersehen, aber lasst doch erst mal das neue Leben an uns herankommen. Ich bin ganz sicher, den richtigen Weg für Moritz und mich ausgesucht zu haben, der Kampf hat sich bestimmt gelohnt." „Das wünsche ich euch von ganzem Herzen", erwidert Chris.

Ein wenig wundert sich Judith über die Äußerung von Chris, zumal sie doch auch westlich angehaucht ist. Manchmal hat sie das Gefühl, von sämtlichen Leuten für verrückt gehalten zu werden, nur weil sie den Schritt in eine andere Welt wagt. „Vera ist mit ihren zwei Söhnen bereits 15 Monate im Westen und sie hat bis heute nichts bereut." „Das stimmt", bestätigt Chris, „eigentlich bewundere ich dich für deine Stärke und deinen Mut." „Na, endlich kommen wieder normale Worte aus deinem Mund, schließlich gehörst du zu meinen besten Freundinnen." Chris drückt Judith und fragt: „Wirst du John aufsuchen?" „Natürlich", antwortet Judith, „ich muss unbedingt wissen, warum er diesen Brief geschrieben hat. Wir hatten zwei Träume, erstens meine Ausreise mit Moritz und zweitens ein schönes gemeinsames Leben. Wie das Schicksal so spielt, wird nur ein Traum in Erfüllung gehen. Eine Wahrsagerin in Wismar hat mal meine Zukunft aus der Hand gelesen, wir haben es nur aus Spaß gemacht. Obwohl ich an solche Dinge nicht glaube, muss ich gerade heute an diese unheimliche Frau denken. Es ist genau das eingetroffen, was sie mir damals prophezeit hat." „Du weißt doch gar nicht, was alles in der neuen Heimat auf euch zukommt! Vielleicht wartet schon ein ganz anderes Glück auf dich, lass dich einfach überraschen. Es ist gut, dass ihr am Anfang bei Verwandtschaft unterkommt." „Da hast du recht", stimmt Judith ihrer Freundin zu, „meine Cousine und ihr Mann sind ganz nette, liebe Menschen, außerdem haben sie drei Kinder, also viel Leben in der Bude. Ich bin so gespannt und neugierig auf das andere Deutschland, John hat mir damals sehr viel über das Land erzählt. Das erste Ziel, das ich in Angriff nehmen werde, ist, einen Job in meinem Beruf zu suchen." „Ich glaube schon, dass euch dort ein schönes Leben erwartet", sagt Chris mit großer Überzeugung. „Du bist schön, klug, stark, vor allem sehr fleißig und hast großen Mut bewiesen. Glaube mir, solchen Menschen steht in einem freien Land die ganze Welt offen. Außerdem hast du einen lieben Sohn, er wird dich in jeder Lage unterstützen." „Da bin ich mir ganz sicher, liebe Chris, außerdem haben wir bis heute immer einen Schutzengel gehabt, warum soll das nicht so weitergehen? – So, meine liebe Chris, ich werde mich jetzt von dir verabschieden, meine Eltern warten schon auf mich." „Ich wünsche dir alles Liebe und Gute, ohne jegliches Leid!" „Vielen Dank!", antwortet Judith, „und viele Grüße an deinen Mann." Schon rollen wieder bittere Tränen, auch bei Chris. Judith eilt die Treppe hinunter. „Schreib mir bald einen Brief!", ruft ihr Chris noch hinterher. Doch Judith ist mit einem derartig rasanten Tempo die Treppe hinuntergerannt, dass sie schon die Haustür zur Straße erreicht hat und Chris nicht mehr antworten kann.

Moritz wird seine Großeltern auch sehr vermissen; Schach spielen mit Opa, das wird ihm fehlen. Niemals Reue zeigen, auch wenn der Abschied sehr wehtut. Wie lange hat sie gekämpft, um endlich mit Moritz ein besseres Leben führen zu können! Viele Menschen beneiden Judith und haben sie auch gefragt, wie das möglich sei, einfach so in den Westen ausreisen zu können. „Darüber darf ich leider keine Auskunft geben", hat Judith immer auf solche neugierigen Fragen geantwortet. Sie schaut sich nochmals ihre Wohnung an und überprüft, ob auch alle wichtigen Dokumente, Zeugnisse und Facharbeiterbriefe in einem Ordner abgeheftet sind. Sie packt alles in ihre Reisetasche, nur ein Zeugnis fehlt, ihre Fachschulreife. Sie telefoniert nochmals mit dem Kaderleiter, er antwortet kurz angebunden: „Ihre Personalakte wurde der Staatssicherheit übergeben." Zornig sagt Judith: „Das Zeugnis gehört mir! Es ist also mein Eigentum!" „Nehmen Sie nochmals Kontakt mit den Herren der Staatssicherheit auf, vielleicht händigen die Ihnen das Dokument aus." Judith macht sich gleich auf den Weg zum Ministerium der Staatssicherheit, aber leider ohne Erfolg.

Die Koffer sind gepackt. Moritz verbringt den letzten Tag bei seinem Vater, Rolli holt ihn bei Judiths Eltern ab, er wird ihn gegen Abend wieder zurückbringen. Morgen ist Frauentag, der 8. März 1984, ausgerechnet an diesem Tag darf Judith ausreisen. Wie sehr hat sie sich gewünscht, endlich in eine neue Welt zu kommen, weg aus der vergrauten Stadt. Jetzt haben alle Familienangehörigen Verständnis für Judiths Übersiedlung in den Westen, nur Schwester Rosi sieht diese Entscheidung als sehr egoistisch. Wieso eigentlich? Judith ist schon als Kind ein neugieriger Mensch gewesen. Als sie bei ihrer ersten Reise an die Ostsee die Wellen beobachtete, stellte sie sich schon damals die Frage, was es wohl hinter dem Horizont noch alles zu sehen gebe. Es liegt in ihren Genen.

Durch den Klingelton an der Tür wird Judith aus ihren Gedanken gerissen, es ist ihr Lieblingskollege Leo, er ist ebenfalls ein Bauleiter und der schönste Mann in der Bauleitung. Ein wenig verliebt war Judith schon in ihn, sie hat aber ihre Gefühle bewusst verdrängt. „Ich möchte mich nochmals von dir persönlich verabschieden", sagt er und überreicht ihr eine Schachtel Pralinen, geschmückt mit einer Rose. „Ich werde dich sehr vermissen." Judith ist gerührt und gibt Leo einen zärtlichen Kuss. „Ich werde euch niemals vergessen, es war eine tolle Zeit bei euch. Ich habe bei euch sehr viel gelernt, das Aufgabengebiet in der Oberbauleitung hat mir großen Spaß gemacht. Vielleicht kann ich mein Wissen im Westen weiterhin umsetzen." „Ich glaube, die sind technisch viel weiter als wir in der DDR", antwortet Leo, „es gibt dort keinen einzigen Betrieb, der ohne Computer arbeitet." „Ich lasse mich überraschen, vielleicht kannst du mich noch zu meinen Eltern nach Trotha fahren?" „Selbstverständlich", antwortet Leo, „du weißt doch, für dich tue ich alles." „Ach Leo, du bist und bleibst ein richtiger Charmeur, deine Komplimente werde ich auch vermissen."

Bei Judiths Eltern herrscht schon eine sehr traurige Stimmung, aber Judith versucht, ihre Melancholie zu unterdrücken. „Ich habe an deine Cousine Ruth in Heidelberg geschrieben, sie wird euch bei sich aufnehmen und euch helfen." „Vielen Dank, liebe Mutti, allerdings werde ich erst nach Gießen reisen müssen, dort werden wir registriert. Ihr braucht euch alle keine Sorgen um mich und Moritz zu machen, wir sind nicht allein. Der Anfang wird zwar nicht einfach werden, aber schlechter als hier kann es uns in Baden-Württemberg auf keinen Fall gehen. In Freiheit zu leben, heißt, keine Unterdrückung mehr, jeder kann sein Wissen ohne jegliche Einschränkungen umsetzen. Ich bin klug, fleißig und voller Energie, ich werde alles versuchen, um einen guten Job bei der Bank oder in einer großen Industriefirma zu bekommen. Meine Freundin Vera hat es mit ihren zwei Kindern auch geschafft, und sie hat keinen einzigen Menschen im Westen gekannt. Auf alle Fälle werde ich euch jede Woche einen Brief schreiben und ausführlich über alles berichten." Immer wieder versucht Judith, ihren Eltern zu erklären, dass es nur besser werden kann, niemals schlechter, das muss doch ein Trost für sie sein. Innerlich tut es Judith auch sehr weh, ihre Lieben in der DDR zu verlassen.

Es ist so weit, Judith muss Abschied von den Eltern nehmen. Horst, der Schwager von Judith, steht schon auf der Matte und packt sorgfältig die Koffer in seinen Lada. Eigentlich wollte Bert Judith und Moritz nach Leipzig zum Bahnhof fahren. Leider hat er mit seinem Trabant einen Motorschaden. Egal, der Lada von Horst hat einen größeren Kofferraum, so kann das Gepäck gut verstaut werden. Alle heulen Rotz und Wasser, auch Moritz heult wie ein Schlosshund. „Ich hoffe, du lernst in deiner neuen Heimat liebe und gute Menschen kennen; falls jemand schlecht zu dir ist, stehe über den Dingen und versuche, solche Leute zu meiden oder sie zu verachten. Jedenfalls wünschen wir euch ganz viel Liebe, ohne Leiden." „Ich werde an eure Worte denken, liebe Mutti und lieber Vati", verspricht Judith schluchzend. Horst schaltet sich ein: „Wir müssen los! Sonst verpassen wir den Zug in Leipzig."

Nachdem Judith und Moritz ins Auto eingestiegen sind, hat sich die Aufregung ein wenig gelegt. Horst lässt den Motor an und fährt langsam los Richtung Leipzig. Judith winkt, bis sie ihre Eltern nicht mehr sieht. Auf dem Weg nach Leipzig macht Horst noch einen kurzen Zwischenstopp bei den Geschwistern, damit sie sich nochmals voneinander verabschieden können. Es wäre alles nicht so traurig und emotional, wenn die Grenzen für alle Menschen geöffnet wären. „Ich werde niemals verstehen, dass nur für bestimmte Leute die Möglichkeit besteht, in westliche Länder zu reisen." „Das stimmt", bestätigt Horst, „wie gern würde ich auch mal meine Schwester und meinen Schwager in München besuchen. Bald wirst du ein freier Mensch sein und kannst selbst über dein Leben entscheiden." „Darüber freue ich mich auch", antwortet Judith. Moritz ist eingeschlafen, auch ihm ist der Abschied von seinen Lieben und Freunden sehr schwergefallen.

In Leipzig angekommen, sind alle sehr überrascht, der Zug steht schon auf dem Bahngleis. So viele Reisende auf einem Haufen hat Judith schon lange nicht mehr gesehen, alle schluchzen und weinen. Der Zug D-956 ist eigens für Ausreisewillige vorgesehen, ein Zug ohne Wiederkehr. Schon fängt Judith wieder an zu weinen, auch Moritz kullern die Tränen, Horst kann sich Gott sei Dank noch zusammennehmen. „Ich bringe euch jetzt ins Abteil." Gott sei Dank hat Judith ein Abteil in der ersten Klasse gebucht, diese Wagen sind nicht überfüllt und auch komfortabler eingerichtet. Die Koffer sind ganz schön schwer. „Hoffentlich hilft dir in Gießen jemand beim Tragen.“ „Das glaube ich nicht“, antwortet Judith, „die Reisenden haben alle selbst genug Gepäck, das sie tragen müssen, aber ich habe ja Moritz dabei, er wird mir helfen.“ Judith überreicht Horst ihre letzten 50,00 Ostmark für seine Hilfe und die Fahrt nach Leipzig; es ist strikt verboten, DDR-Geld in die BRD auszuführen. Horst bedankt sich und antwortet: „Das habe ich gern für euch getan.“ Als der Zug sich langsam in Bewegung setzt, schauen sämtliche Fahrgäste aus dem Fenster und winken weinend ihren Angehörigen. Auch Judith und Moritz schauen aus dem Fenster und winken, bis sie Horst nicht mehr sehen. „So, mein lieber Sohnemann, jetzt beginnt für uns ein neues Leben. Was uns dort erwartet, weiß ich noch nicht, aber wir lassen uns überraschen.“ „Ich bin schon sehr gespannt auf meine neue Schule, vor allem auf die neuen Schulkameraden“, erwidert Moritz.

In dem Abteil von Judith und Moritz nimmt noch eine Rentnerin Platz, sie hatte zuvor im falschen Abteil gesessen. Judith ist behilflich und verstaut den Koffer der älteren Dame auf der Gepäckablage. Die Dame bedankt sich ganz herzlich und erzählt, dass sie ihre Verwandten in Frankfurt am Main besuchen will. Sie ist sehr erstaunt über die unzähligen jungen Menschen, die in die Bundesrepublik reisen dürfen. „Es sind keine Besuchsreisen“, erwidert Judith, „alle diese Menschen, auch wir, wandern nach Westdeutschland aus. Wir wollen dort ein neues Leben beginnen.“ „Mein Gott, sind Sie mutig, ganz allein mit Ihrem Sohn in eine fremde Welt zu reisen!“ „Unsere Sprache wird dort gesprochen und deshalb wird diese neue Welt nicht ganz so fremd für uns sein. Es sind eigentlich auch unsere Landsleute.“ „Das stimmt“, antwortet die Rentnerin, „allerdings wird dieser Weg nicht ganz einfach werden!“ „Darüber denke ich jetzt noch nicht nach, ich bin aber sicher, den richtigen Weg gewählt zu haben, sonst würde ich nicht in diesem Zug sitzen.“ „So schlecht ist doch unsere kleine DDR gar nicht, es gibt keine Arbeitslosigkeit, jedes Kind bekommt einen Kindergartenplatz und die medizinische Versorgung ist auch gut.“ Judith muss über diese Worte schmunzeln, hat aber Respekt vor dieser alten Dame. Sie hat auch – wie ihre Eltern – die Grausamkeiten des Zweiten Weltkrieges erlebt und will nur eines: dass alle Menschen in Frieden leben. Moritz ist auf seinem Sitzplatz eingeschlafen und bekommt von dem Gespräch nichts mit. Judith hat keine Lust mehr, mit der Dame darüber zu diskutieren, wo die Welt schöner und besser ist. „Ich finde es traurig, wenn Menschen ihre Heimat verlassen, um in einer fremden Welt zu leben“, sagt die alte Dame. „Wenn Menschen immer nur auf einem Fleck leben, dann können sie sich niemals weiterentwickeln. Außerdem verlasse ich nicht meine Heimat, Deutschland ist meine Heimat“, antwortet Judith, „ich will endlich das westliche und freie Deutschland kennenlernen.“

Als der Zug seine Geschwindigkeit langsam drosselt, schaut Judith aus dem Fenster, in der Ferne ist ein hell erleuchtetes Gebäude zu sehen. „Ich glaube, wir erreichen in Kürze die DDR-Grenze.“ Die Dame schaut ebenfalls aus dem Fenster und bestätigt Judiths Vermutung: „Wir sind in Bebra.“ Als der Zug zum Stehen kommt, hat Judith nur einen Gedanken: unbedingt den Ablauf der Grenzkontrollen beobachten. Sie sieht, wie mehrere Grenzsoldaten mit Hunden, auch Spiegeln, im Einsatz sind und den Zug von allen Seiten absuchen. Sie erinnert sich noch genau, wie John ihr von den massiven Kontrollen an der DDR-Grenze erzählt hat, jetzt bekommt sie dieses Geschehen live mit. Es dauert nur wenige Minuten, als die Tür von ihrem Abteil aufgerissen wird und eine lautstarke Frauenstimme brüllt: „Pass- und Zollkontrolle der DDR!“ Moritz wird schlagartig aus dem Tiefschlaf gerissen und fragt schlaftrunken: „Was ist los?“ „Nichts“, beruhigt Judith ihren Sohn, „wir sind an der Grenze.“ Sie zeigt ihre Identitätsurkunde und Moritz’ Kinderausweis. Die Rentnerin händigt ebenfalls ihren

Pass aus. Alles wird von der Grenzbeamtin genau überprüft. Ein richtiges Flintenweib, denkt Judith. „Haben Sie sonst irgendwelche Waren mitgeführt, die verzollt werden müssen?“ Die eiskalte Stimme der Zollbeamtin erschreckt Judith zutiefst. Die Rentnerin antwortet, ohne zu zögern, mit einem lauten „Nein“. „Was ist mit Ihnen, meine Dame?“ „Wir haben ebenfalls nichts zu verzollen“, antwortet Judith leise. Die Beamtin schaut sich nochmals im Abteil um und fordert Judith auf, die Reisetasche zu öffnen. Sie durchwühlt alles bis ins kleinste Detail, gibt sich dann zufrieden, wünscht noch eine gute Reise und verlässt das Abteil. „Das hätte die blöde Kuh sich auch sparen können“, sagt Judith wütend. „Ich bin auch mal mächtig kontrolliert worden“, sagt die Rentnerin, „ich habe danach meinen Koffer gar nicht mehr richtig verschließen können.“ Judith packt die Sachen wieder ordentlich in die Reisetasche. „Ich würde gern mal wissen, was die Frau gesucht hat! Aus der DDR kann man ja wohl kaum wertvolle Sachen schmuggeln!“

Als der Zug langsam seine Fahrt in Richtung Bundesrepublik fortsetzt, hört Judith ein großes Geschrei. Sie schaut aus dem Fenster und sieht, wie sämtliche Reisegäste so richtig ihren Frust gegen die DDR rauslassen. Sie brüllen Schimpfworte aus dem Fenster und werfen Flaschen hinaus, auch DDR-Geldscheine flattern aus dem Fenster. Ein Mann brüllt: „Wir werden nicht die letzten Menschen sein, die den Scheißstaat DDR verlassen wollen.“ Es dauert nicht lange, bis der Zug erneut zum Stehen kommt. „Wir sind jetzt bei den westdeutschen Grenzbeamten, also auf westdeutscher Seite.“ „Das habe ich mir fast gedacht“, antwortet Judith. Es dauert nicht lange, als zwei Beamte die Tür von ihrem Abteil öffnen. Sie begrüßen die Reisegäste mit einem „Herzlich willkommen in der Bundesrepublik Deutschland!“. Danach verlangen sie sehr höflich die Reiseunterlagen. Die Rentnerin überreicht den Herren gleich ihren Reisepass, bei Judith dauert die Kontrolle etwas länger. Sie wird aufgefordert, den Beamten noch einige Fragen zu beantworten, das ist bei Übersiedlern so üblich. Alle Daten von Moritz und Judith werden notiert, dann schaut der Beamte auf eine Liste und sagt: „Ihre Namen stehen schon zwei Wochen auf dieser Liste, das heißt, sie wurden schon vor 14 Tagen im Notaufnahmelager Gießen erwartet." „Das ist bestimmt von meiner Verwandtschaft in Heidelberg organisiert worden. Sie haben sehr oft das Bundesministerium in Bonn angerufen und sich über unsere Ausreise erkundigt." „Das ist gut möglich", antwortet der Grenzbeamte, „es ist immer von großem Vorteil, Verwandte zu haben, die in der BRD leben und sich auch bereit erklären, einen bei sich aufzunehmen. Das erleichtert die Integration sowie das ganze Aufnahmeverfahren." Der Grenzbeamte wünscht Judith alles Gute für ihre Zukunft. „Sie werden sich ganz sicher schnell in unserem System zurechtfinden, da habe ich keine Bedenken." „Ich hoffe, Sie haben recht", antwortet Judith und verabschiedet sich ebenfalls höflich von dem netten Grenzbeamten. „Ich glaube auch, dass Sie sich schnell an das Leben in Ihrer neuen Heimat gewöhnen werden, Sie sind noch so jung", sagt die Rentnerin. „Wie gesagt, das will ich hoffen, sonst hätte sich der ganze Kampf gar nicht gelohnt." Der Zug setzt seine Fahrt fort. Als der Schaffner die Fahrkarten kontrolliert, fragt ihn Judith: „Wann werden wir in Gießen ankommen?" Er antwortet: „Genau in zwei Stunden, dann haben Sie Ihre lange Reise geschafft."

Auffanglager Gießen

Judith und Moritz versuchen, bis zur Ankunft in Gießen noch ein wenig zu schlafen. Irgendwie klappt das nur bei Moritz. Judith ist zu aufgewühlt, sie kann trotz großer Müdigkeit kein Auge zutun. Aus dem Fenster zu schauen, hat auch keinen Sinn, durch die Dunkelheit ist nichts zu erkennen. Ihre Gedanken sind plötzlich bei John. Was würde er wohl denken, wenn ihm bekannt wäre, dass wir in wenigen Stunden in der Bundesrepublik sind? Niemals würde er glauben, dass ich den Kampf mitsamt etlichen Schikanen der DDR-Staatsmacht durchgestanden habe. Er wird eher glauben, dass wir uns damit abgefunden haben, für immer in der DDR zu leben. Irrtum, lieber John, denkt Judith, meine Liebe zu dir hat mir große Kraft und Stärke verliehen, alles allein mit Moritz durchzuziehen. Hoffentlich hat sich dieser Kampf gelohnt! Es wird sich bald zeigen, ob dieser große Schritt in die neue Heimat ihre Träume auch tatsächlich erfüllen wird. Für einen kurzen Moment fallen ihr die Augen zu, durch das Öffnen der Tür wird sie aber gleich wieder geweckt.

Zwei Herren, einer mit Kamera, stehen auf einmal im Abteil, sie stellen gleich die Frage, welche Fahrgäste für immer in die Bundesrepublik auswandern. Judith meldet sich und antwortet: „Wir wollen nach Heidelberg reisen." „Sehr schön", antwortet der eine Herr, „wir sind von dem Nachrichtenmagazin Der Spiegel, wir wollen gern eine Reportage schreiben über ehemalige DDR-Bürger, die eine neue Heimat in der Bundesrepublik suchen." „Ich habe nichts dagegen", erwidert Judith. Sie erzählt den Herren in groben Zügen, was sie bis zur Genehmigung der Ausreise in der DDR erlebt hat. Auch über ihre wiederholten Besuche in der BRD-Botschaft in Prag berichtet Judith. Mehr als 20 Ausreiseanträge wurden gestellt, die immer wieder von der Abteilung „Inneres" abgelehnt wurden. Die Herren hören gespannt zu und stellen weitere Fragen. „Sind Sie auch mal eingesperrt worden?“ Judith verneint diese Frage. „Wahrscheinlich habe ich Glück gehabt, schon allein ein Botschaftsbesuch ist für die DDR eine strafrelevante Sache, vermutlich haben die Staatsorgane keine Ahnung darüber gehabt, ich habe auch niemandem über diese Aktionen und Reisen nach Prag erzählt.“ „Die Staatssicherheit verfügt über unzählige Mitarbeiter, die eigens dafür geschult werden, nur Ausreisewillige zu überwachen.“ „Das ist mir nicht bekannt“, erwidert Judith, „ich habe auch nie bemerkt, dass ich von irgendwem bespitzelt wurde.“ „Sie haben Glück gehabt, ohne jegliche Strafe davongekommen zu sein.“ „Das stimmt“, bestätigt Judith den Herren von der Zeitung. „Meine Beweggründe sind auch nicht politisch gewesen, ich habe immer nur Fakten in meinem Ausreiseantrag formuliert, die ich auch beweisen konnte.“ Die Herren bedanken sich bei Judith für dieses Gespräch und schenken ihr als Dank noch 100,00 DM. Dieses Geld anzunehmen, ist für Judith nicht peinlich, schließlich war sie bereit, den Herren ein Interview zu geben. „Sie gehören zu der Personengruppe, die sich bestimmt schnell bei uns im Land einlebt und auch im Beruf Erfolg haben wird.“ Diese Worte hat Judith schon mal von dem Grenzschutz gehört.

Als der Zug in Gießen ankommt, können es Judith und Moritz kaum fassen. Durch sämtliche Lautsprecher ertönt eine Stimme mit dem Satz: „Wir begrüßen die neuen Bundesbürger ganz herzlich in unserem Land!“ Auf dem Bahnsteig stehen sämtliche Kamerateams, Presse, das Rote Kreuz und weitere unzählige Menschen. Auf Interviews hat Judith überhaupt keine Lust mehr; sie verabschiedet sich höflich von der Rentnerin, schnappt sich Moritz und ihren Koffer und steigt aus dem Zug. Wie erwartet steuert gleich eine Dame auf sie zu. Sehr schnell erkennt Judith, diese Frau ist ebenfalls von der Presse. Sie versucht, diese Frau abzuwimmeln, was ihr auch gelingt. Sie schließt sich den Leuten an, die ebenso in Richtung Auffanglager wollen. Das Lager soll nicht weit vom Bahnhof entfernt sein, also circa 20 Minuten Fußmarsch. An der linken Hand hält sie Moritz fest, an der rechten Hand trägt sie den Koffer und läuft los. Es ist eine unglaubliche Strapaze, zumal das Gepäck ganz und gar nicht leicht ist.

Endlich angekommen, sieht sie schon die lange Menschenschlange am Eingang des Lagers. Judith und Moritz reihen sich brav ein und nehmen die Instruktionen von gewissen Bediensteten wahr. Einer von ihnen teilt Listen aus, auf denen sämtliche Wege beschrieben sind, die alle Leute einhalten sollen. Als Erstes sollen sie sich im ersten Stock des Gebäudes, Zimmer Nr. 11 registrieren lassen. Danach muss jeder das Zimmer Nr. 33 aufsuchen, dieser Raum befindet sich in der ersten Etage. Dort werden die Daten und Personalien geprüft sowie das Begrüßungsgeld ausgehändigt. Die meisten Bürger haben als Papiere die gleiche Identitätsurkunde wie Judith und Moritz. Dann geht es zur nächsten Etage, Zimmer Nr. 40, wo jeder Besteck und eine Zimmerzuteilung bekommen soll. Es gibt keine Fahrstühle in dem Gebäude, deshalb ist es für Judith eine doppelte Strapaze mit dem Gepäck. Die einzelnen Etagen zu erreichen, wo sich die jeweiligen Zimmer befinden, hat bei Judith einen Schwächeanfall ausgelöst. Sie hat jetzt nur ein Ziel und einen Wunsch: unbedingt frische Luft tanken.

Ein Ehepaar bemerkt Judiths Zustand und begleitet sie an die frische Luft. Sie bedankt sich für die Hilfe, setzt sich mit Moritz auf eine Bank und fängt wie ein Schlosshund an zu heulen. Sie bemerkt nicht gleich, dass ein Angestellter vom Roten Kreuz sie anspricht und ihr eine Flasche Wasser überreichen will, Moritz nimmt diesem Mann die Wasserflasche ab. Judiths Erschöpfungszustand ist nicht zu übersehen, der Mann vom Roten Kreuz kümmert sich fürsorglich um beide. „Haben Sie schon etwas gegessen?“ „Nein“, antwortet Judith, auch Moritz sagt, dass er verdammt großen Hunger hat. Im Hof stehen Bundeswehrsoldaten an einer Gulaschkanone, dort wird warme Erbsensuppe mit Würstchen ausgeteilt, allerdings fehlt es an Besteck. Der Mann begleitet Judith und Moritz in den Hof und sorgt dafür, dass sie schnell eine warme Suppe mit Würstchen bekommen. Judith bedankt sich ganz herzlich, er fragt, ob sie schon ein Zimmer zugewiesen bekommen haben. „Nein", antwortet Judith, „das Zimmer Nr. 40 haben wir durch meine Erschöpfung nicht geschafft." Dem Helfer ist bekannt, dass alle Zimmer im Lager belegt sind. Er erwähnt, dass in zehn Minuten ein Bus kommen wird, der zu einer anderen Unterkunft fährt.

Tatsächlich kommt nach circa 15 Minuten ein Bus vorgefahren und hält genau vor dem Lagereingang. Judith schnappt sich ihren Koffer und eilt mit Moritz Richtung Bus. Der Busfahrer fragt, ob sie auch zu denjenigen Leuten ohne Unterkunft gehören. „Wir haben noch kein Zimmer zugeteilt bekommen", antwortet Judith, „hier soll alles belegt sein." „Das ist richtig", antwortet der Fahrer, nimmt die Personalien von Judith und Moritz auf einer Liste auf und verstaut das Gepäck im Kofferraum des Busses. Jetzt können sie einsteigen. „Allerdings müssen wir noch auf andere Leute ohne Unterkunft warten." „Kein Problem", antwortet Judith, „wir haben viel Zeit." Darüber schmunzelt der Mann.

Moritz hat sich gleich in der vorderen Reihe am Fenster platziert. Seine Müdigkeit ist ihm anzusehen, auch Judith wünscht sich nichts sehnlicher als ein Bett. Sie schaut sich nochmals die Liste an, die sie gleich am Anfang bei der Aufnahme von einem Beamten im Lager erhalten hat. Noch mindestens fünf Aufnahmestellen müssen zwecks Registrierung aufgesucht werden. Diese Ämter befinden sich zum Glück allesamt im Lager. In der Kleiderkammer der Caritas können sich Judith und Moritz mit je zwei neuen Kleidungsstücken ausstatten, diese wird sie morgen aufsuchen.

„Wann fahren wir eigentlich nach Heidelberg?", fragt Moritz.

„Wenn alle erforderlichen Amtswege hier im Auffanglager erledigt sind. Ich werde danach sofort mit Ruth telefonieren“, antwortet Judith ihrem Sohn. Sie hätte niemals gedacht, dass auch hier eine derartige Bürokratie herrscht, all die Fragebogen, die sie ausfüllen muss. Nun, auch die Regierung in Westdeutschland muss wissen, was für Leute ins Land kommen, denkt sie. Eine Diktatur, so wie sie in der DDR herrscht, gibt es jedenfalls in einem kapitalistischen Land mit Sicherheit nicht. Menschen bis ins kleinste Detail zu überwachen und zu kontrollieren, sie mittels einer Mauer und streng bewachter Grenzen einzusperren, das haben Judith und ihr Sohn nun endlich hinter sich gelassen. Endlich ist zumindest dieser Traum in Erfüllung gegangen! Jetzt wird es sich zeigen, ob dieser Schritt ein glücklicher Traum oder ein Albtraum werden wird. Bei null anzufangen, wird sicherlich nicht einfach werden, auf alle Fälle ist es wichtig, einen guten Job zu finden, angeblich soll es hier eine große Anzahl von Arbeitslosen geben. Davon lässt sich Judith nicht einschüchtern, das Glück wird sie bestimmt auch weiterhin begleiten.

Hunderte Übersiedler sind wegen gestellter Ausreiseanträge eingesperrt worden. Viele dieser Antragsteller sind jetzt auch hier eingetroffen, sie wurden von der Bundesrepublik freigekauft. Beim Mittagessen wird sie ungewollt Zeuge einer Unterhaltung, die solches bezeugt. Diese Leute sind direkt von den Stasigefängnissen in Busse verfrachtet und nach Gießen gebracht worden. Es sind hauptsächlich Personen mit einem Akademikertitel, Judith hat sich schon mit einer Dame unterhalten, die in Bitterfeld als Kinderärztin gearbeitet hat. Sie wurde wegen Kontaktaufnahme zu westlichen Medien und damit wegen angeblicher Hetze gegen die Staatsführung der DDR zu fünf Jahren Haft verurteilt. Dabei hatte sie nur auf die katastrophale Luftverschmutzung aufmerksam gemacht. Viele Kinder sind an schweren Atemwegserkrankungen gestorben, darüber durfte kein Mediziner berichten, sie hatte es getan und wurde verraten.

Alle Sitzplätze im Bus sind belegt, eine Beamtin kontrolliert nochmals die Namen der Fahrgäste. Es scheint alles in Ordnung zu sein, der Busfahrer bekommt endlich grünes Licht, um die Fahrt zur nächsten Flüchtlingsunterkunft vorzunehmen. Es dauert nur eine knappe halbe Stunde, bis sie dort eintreffen. Es ist ein älteres Gebäude, das direkt an der Hauptstraße liegt, nicht weit einer Bushaltestelle. Es sieht eigentlich wie ein unbewohntes Wohnhaus aus, es soll über mehrere Wohnungen und Zimmer verfügen. Judith staunt, als sie von lauter Nonnen empfangen und begrüßt werden. Es wird heißer Tee ausgeschenkt, auch Butterbrezeln werden verteilt. Es dauert nicht lange, als ein gepflegt aussehender Herr erscheint und alle Reisende mit einem „Herzlich willkommen!“ begrüßt. Er stellt sich mit seinem Namen und seiner Funktion vor, Judith hat überhaupt nichts verstanden, es ist einfach viel zu laut. Sie versucht, mit Moritz näher an den Mann heranzukommen, um keine wichtigen Informationen zu verpassen. „Auf diese große Anzahl von Übersiedlern ist unser Land momentan nicht vorbereitet, deshalb diese Ausweichunterkunft. Das Aufnahmeverfahren wird aber weiterhin im Hauptgebäude abgewickelt, Sie bekommen hierfür die notwendigen Bus-Fahrscheine. Die Bushaltestelle ist nur wenige Minuten von dem Gebäude entfernt, die Abfahrtzeiten können Sie der jeweiligen Tafel entnehmen. Meine Damen und Herren, Sie werden bestimmt sehr müde sein, wir werden nun beginnen, die Zimmer nach Familienangehörigen zu verteilen. Sie werden in dieser Unterkunft sehr liebevoll von unseren barmherzigen Schwestern verpflegt und betreut.“

Judith und Moritz werden als Erste aufgerufen, um ihren Zimmerschlüssel in Empfang zu nehmen. Judith schnappt sich sofort das Gepäck, sie hat nur ein Ziel: mit Moritz das Zimmer aufsuchen. Es liegt im ersten Stock und ist ein Doppelzimmer, von Luxus allerdings keine Spur. Der Putz rieselt von den Wänden, das stört Judith aber nicht, die Betten sind mit frischer Wäsche überzogen, auch genug Handtücher sind vorhanden. Die Toiletten und Duschen befinden sich auf dem jeweiligen Flur der Etagen. Es gibt auch keine Fernheizung in dem Gebäude, jedes Zimmer hat einen kleinen Ofen, daneben steht ein Eimer mit Kohlen und Holz, weiteres Brennmaterial befindet sich im Keller des Hauses. Es sind nur 8 Grad Temperatur im Zimmer, deshalb ist es gar keine Frage für Judith, den Ofen anzuheizen. „Wir sind das doch noch von unserer Bruchbude in Halle gewöhnt, jeden Tag Feuer im Ofen zu machen." „Das stimmt", erwidert Moritz. Judith macht sich an die Arbeit, es dauert eine ganze Stunde, bis das Zimmer einigermaßen warm wird. Sie schaut auf die Uhr und stellt fest, dass es schon fast 19.00 Uhr ist. Im gleichen Moment klopft jemand an die Tür, eine sanfte Frauenstimme meldet sich: „Es gibt gleich Abendessen." Judith öffnet die Tür und bedankt sich bei der netten Ordensschwester. „Ich hoffe, Sie sind mit der Unterkunft einigermaßen zufrieden?" „Alles in Ordnung", antwortet Judith. „Wir müssen morgen noch etliche Ämter aufsuchen, dann ist das erste Aufnahmeverfahren in Gießen erledigt." „Es wird alles gut", antwortet die Nonne.

Der nächste Tag verläuft für Moritz und Judith genau nach Plan, gleich nach dem Frühstück begeben sie sich zur Bushaltestelle. Andere Mitbewohner der Unterkunft haben sich den beiden angeschlossen. Alle haben sich durch die Nachtruhe in der Unterkunft gut von den Strapazen erholt, auch Judith und Moritz sind wieder fit. Judith hat nur einen Gedanken: das gesamte Aufnahmeverfahren bei den zuständigen Ämtern so schnell wie möglich hinter sich zu bringen. Sie wird enttäuscht, es ist Samstag, da haben auch die Beamten im Lager keinen Dienst mehr, erst wieder am Montag. Zwei Stellen haben trotzdem geöffnet, die Kleiderkammer und die Kasse. Mitarbeiter der Caritas und des Roten Kreuzes sind für die Ausgabe der Bekleidungsstücke zuständig, jede Person kann sich zwei Kleidungsstücke aussuchen. Judith sucht sich eine Cordhose und einen passenden Pullover aus, für Moritz nimmt sie eine schöne Winterjacke und eine Jeans. Es sind alles nagelneue Textilien, die großzügig ausgegeben werden, also keine gebrauchten Sachen. „Wir sind im Schlaraffenland angekommen", freut sich Judith, „so viele nette und hilfsbereite Menschen!" Als Nächstes geht es zur Amtskasse, dort bekommt Judith das Begrüßungsgeld, 100,00 DM pro Person.

„Irgendwie müssen wir das Wochenende nutzen, um uns die Gegend rund um Gießen anzuschauen", sagt Judith zu Moritz. „Wir kennen uns doch in dieser Stadt überhaupt nicht aus!", antwortet Moritz. „Richtig", bestätigt seine Mutter, „aber einen Stadtplan wird es ja wohl irgendwo zu kaufen geben." Schon am ersten Kiosk haben sie Glück, die Verkäuferin hat diese Pläne vorrätig. Judith studiert intensiv diese Karte, ohne zu bemerken, dass sie schon eine ganze Weile von einem Mann beobachtet wird. Es dauert nicht lange, bis er sie höflich anspricht. „Ich möchte nicht unhöflich sein, sind Sie auch ein Flüchtling?" Judith schaut den Mann misstrauisch an und fragt: „Wieso interessieren Sie sich dafür?" „Ich war selbst mal DDR-Bürger, vor 25 Jahren, ich bin noch vor dem Mauerbau geflüchtet. Ich war selbst in diesem Lager, da kommen verdammt alte Erinnerungen auf." Judith schaut den Mann an und sieht, wie er mit den Tränen zu kämpfen hat. Sie vertraut ihm und erzählt in Kurzform ihre Geschichte. Der Mann ist beeindruckt, irgendwie erinnert ihn alles an sein eigenes Schicksal. Er macht Judith und Moritz den Vorschlag, ihnen die Sehenswürdigkeiten der Stadt zu zeigen. Was mache ich jetzt mit dem Stadtplan?, denkt Judith. Ich werde ihn am Kiosk zurückgeben. Es klappt, die Verkäuferin zahlt die 10,00 DM wieder an Judith aus. „Ich hole schnell mein Auto aus dem Parkhaus, warten Sie bitte hier!" „Kein Problem", antwortet Judith. Nach wenigen Minuten kommt er mit seinem Sportauto angefahren, Judith staunt, es ist ein sehr schönes Auto. „Was machen Sie eigentlich beruflich?", fragt sie ihn. „Ich bin von Beruf Heilpraktiker, ich habe mit meiner Frau eine eigene Praxis in der Innenstadt. Mein Name ist übrigens Fred Scherer." „Ich heiße Judith Dreve. Sie haben damals auch bei null angefangen?" „So ist es, Frau Dreve, das war in der Tat gar nicht so einfach, aber ich war noch jung. Sie sind auch jung, schön, und voller Energie, Sie werden es ebenfalls schaffen, in der neuen Heimat ein schöneres Leben zu beginnen." „Oh ja", antwortet Judith, „diesen Satz habe ich schon von etlichen Leuten gesagt bekommen." „Welche Gegend haben Sie sich als Ziel ausgesucht?" „Wenn hier im Lager alle Behördengänge erledigt sind, fahren wir zu meinen Verwandten nach Heidelberg."

Diese Stadt Gießen ist wirklich schön, auch die Felder sind sehr gepflegt, so etwas kennt man in der DDR nicht. Das liegt daran, dass alle Bauern ihren Hof und die Felder privat bewirtschaften. Judith und Moritz spüren sofort, wie rein und klar die Luft hier ist, keine Chemieluft mehr. Sie erzählt dem Herrn, dass Moritz jedes Jahr an Bronchitis erkrankt ist. „Das ist mir nicht unbekannt, meine Geburtsstadt ist Leipzig, dort ist die Luft auch total vergiftet. Natürlich durfte kein Journalist darüber berichten, einige haben es trotzdem getan und dafür einen hohen Preis bezahlt." „Das habe ich schon von einer Kinderärztin im Lager erfahren, sie war wegen Berichterstattung an westliche Medien zu fünf Jahren Haft verurteilt worden, dabei hat sie die Wahrheit erzählt. Sie hat die Ursache für die Erkrankungen vieler Kinder erforscht und die Luftverschmutzung dafür verantwortlich gemacht." „Sie haben wirklich den richtigen Schritt getan." „Da bin ich mir auch ganz sicher", antwortet Judith. „Wissen und Fähigkeiten können nur in einem freien Land umgesetzt werden." „Stimmt", bestätigt Judith. „Trotzdem hat es geschmerzt, Eltern, Geschwister und Freunde zurückzulassen." Sie spürt plötzlich große Sehnsucht in sich aufsteigen. „Ich kenne dieses Gefühl", tröstet Herr Scherer Judith und Moritz. „Sie haben Ihren Sohn, und neue Freunde werden Sie ganz sicher auch wieder finden. Außerdem können Sie sich mit Ihren Angehörigen und Freunden auch in Prag oder Polen treffen. Glauben Sie mir, irgendwann dürfen auch Sie wieder als Besucher in die DDR einreisen." Herr Scherer zeigt Judith und Moritz noch den schönen Botanischen Garten von Gießen, es ist der älteste botanische Garten Deutschlands, auch zur Markthalle führt er sie. Mein Gott, was für ein Angebot! Sogar die Kartoffeln sehen aus wie gemalt, alles so sauber. Das Obst und Gemüse wird hier immer gewaschen, bevor die Geschäfte und Märkte beliefert werden.

Judith schaut auf die Uhr. „Oh Gott, wir müssen ins Lager, Mittagessen gibt es spätestens um 12.30 Uhr." „Eigentlich hätte ich Sie gern noch zum Essen eingeladen", sagt Herr Scherer, „auch meine Frau hätte Sie bestimmt gern kennengelernt." „Vielen Dank", lehnt Judith höflich ab, „wir haben genug Ihrer Zeit in Anspruch genommen. Trotzdem, ganz herzlichen Dank für diesen sehr schönen Vormittag." „Keine Ursache", antwortet Herr Scherer, „es war schön, Sie kennengelernt zu haben." „Ganz meinerseits", antwortet Judith. „Ich fahre Sie noch zu Ihrer Unterkunft." Rechtzeitig kommen Judith und Moritz zur Mittagszeit an. „Alles Liebe und Gute", wünscht Herr Scherer nochmals den beiden. Er überreicht Judith seine Visitenkarte. „Falls Sie mal Hilfe oder Tipps brauchen, rufen Sie einfach an." „Das werde ich auf alle Fälle tun", antwortet Judith, „vielen Dank und alles Gute!" Sie eilt mit Moritz in den Speiseraum, wo sich schon alle Bewohner zum Mittagessen eingefunden haben. Es gibt Kartoffelsuppe mit Würstchen. Moritz hat mächtigen Hunger, er holt sich gleich eine große Portion. Judith dagegen hat überhaupt keinen Appetit, sie nimmt sich nur den Nachtisch, Schokoladenpudding mit Vanillesoße. „Wir werden jetzt eine Stunde Mittagsschlaf machen." „Ich bin aber gar nicht müde", sagt Moritz.

Die neue Heimat

„Sie haben Besuch, Frau Dreve!“ Judith schaut die Ordensschwester verwundert an. „Wer soll mich denn hier besuchen?“ „Na, dann folgen Sie mir mal in den Aufenthaltsraum.“ Sie laufen den langen Gang entlang. Judith staunt nicht schlecht, als sie die Tür des Raumes öffnet und ihre Cousine Ruth und deren Mann Wilhelm sieht. Sie springen gleich auf und umarmen sie. „Was macht ihr denn hier? Woher ist euch meine Ausreisegenehmigung und vor allem der Aufenthaltsort bekannt?“ „Das war alles nicht schwer“, antwortet Ruth, „deine Mutti hat uns ein Telegramm geschickt. Sie hat uns informiert, wann du hier ankommst. Das Aufnahmelager Gießen ist bekannt für Übersiedler aus der DDR. So habe ich gleich im Lager angerufen, auch Glück gehabt und die richtige Auskunft über eure Ankunft bekommen.“ „Das ist wirklich Glück“, erwidert Judith, „wir haben uns sofort nach Ankunft im Aufnahmelager registrieren lassen. So war es für die Behörden ein Leichtes, euch unseren Aufenthaltsort mitzuteilen.“ „Na ja, ganz so einfach war es auch wieder nicht. Wir sind erst im großen Lager gewesen, dort war am Anfang kein einziger Bediensteter, der uns über euren genauen Verbleib Auskunft geben konnte. Wir wurden dann vom Gebäude zur Behörde geschickt. Gott sei Dank konnte uns dort eine nette Dame Auskunft über die Unterbringung von Flüchtlingen und Übersiedlern geben. Sie sah auf einer Liste nach, wo auch eure Namen vermerkt waren. Sie gab uns dann sofort die Adresse von eurem Aufenthaltsort. Wir wollen euch gleich mitnehmen, Moritz haben wir schon in der Schule angemeldet. Auch eine Wohnung haben wir für euch im Gemeindeblatt gefunden, wir haben auch sofort dort angerufen, allerdings möchte der Vermieter euch persönlich kennenlernen.“ „Natürlich möchten wir sofort mit euch nach Edingen mitkommen“, antwortet Judith voller Dankbarkeit, „aber leider muss ich hier noch ein paar Behördengänge durchlaufen.“ „Jetzt ist Wochenende, da haben auch im Lager alle Beamten keinen Dienst mehr“, wendet Ruth ein. „Wir werden dich morgen Abend wieder nach Gießen fahren, so kannst du am frühen Montag noch die restlichen Wege erledigen. Moritz braucht nicht dabei zu sein, er kann mit unserem Sohn Tino gleich am Montag in die Schule gehen, der Rektor erwartet ihn.“ Judith ist glücklich, zumal sie mit so einer schnellen Hilfe gar nicht gerechnet hat. „Ich weiß gar nicht, wie ich euch danken soll!“ „Rede nicht so viel“, erwidert Wilhelm, „zeige uns lieber das Zimmer, in dem ihr untergebracht seid.“ Es ist kein Luxuszimmer, zwei Betten, ein kleiner Schrank und ein Kohleofen, darüber müssen Ruth und Wilhelm schmunzeln. „Uns hat das Zimmer die zwei Tage gereicht, die Betten sind sauber bezogen, auch frische Handtücher sind vorrätig“, kommentiert Judith. „In der DDR haben wir schließlich auch keine Luxuswohnung gehabt.“ „Das stimmt“, antwortet Ruth, „diese Bruchbude haben wir noch sehr gut in Erinnerung, Jetzt beginnt für euch ein neues Leben und alles wird sich bestimmt bald zum Positiven wenden.“ „Hoffentlich klappt es mit der Wohnung“, sagt Judith. „Mal sehen, ob der Vermieter ein Herz hat, am Telefon hat er jedenfalls sehr freundlich geklungen. Lassen wir uns überraschen“, ermutigt Ruth ihre Cousine.

Während Wilhelm das Gepäck im Auto verstaut, meldet sich Judith bei den Ordensschwestern im Lager ab und teilt ihnen mit, dass sie am Sonntag gegen Abend wiederkommen wird, allerdings ohne Moritz. „Kein Problem“, sagt die Schwester, „am Montag werden Sie dann alle restlichen Behördengänge geschafft haben.“ „Wir müssen jetzt losfahren“, drängt Wilhelm, „damit wir noch etwas von dem Wochenende haben.“ Während der ganzen Fahrt schaut Judith aus dem Autofenster und bewundert die schöne, saubere Landschaft. Die Fassaden der Häuser sehen alle hell und bunt aus, viele von ihnen haben rote Dächer. Das ist ein Zeichen dafür, dass die Luftverschmutzung in der Bundesrepublik nicht so hoch ist wie in der DDR. Außerdem sind auch die Straßen ohne jegliche Schlaglöcher, davon können die sozialistischen Ostländer nur träumen. Jetzt ist sie tatsächlich in dieser vollkommen anderen Welt angelangt, hoffentlich bedeutet das für sie auch ein besseres Leben ihre Zukunft betreffend.

„Wie sieht es eigentlich mit Arbeit aus?“, fragt Judith. „Nicht gut“, antwortet Ruth, „zurzeit herrscht bei uns eine hohe Arbeitslosigkeit, aber vielleicht hast du ja Glück.“ Judith hat nur einen Gedanken: jede freie Minute nutzen, um viele Bewerbungen zu schreiben. Es gibt sehr viele Firmen in Mannheim, Ludwigshafen, Heidelberg und Umgebung, das hat sie schon von Leuten im Lager erfahren. Ruth fragt Judith: „Hast du eigentlich Geld mitgeführt?“ „Nein“, antwortet Judith, „Ostgeld auszuführen ist streng verboten, aber uns wurden im Lager 100,00 DM Begrüßungsgeld ausgezahlt.“ „Mit Ostgeld hättest du bei uns sowieso nichts kaufen können.“ „Wenn ich eine Wohnung nachweisen kann, wird uns vom Staat ein Übersiedlungsdarlehen im Wert von 6.000,00 DM bewilligt. Die Bank kann ich mir selbst aussuchen; ich werde das Geld bei der Bank beantragen, bei der ich auch ein Girokonto einrichten werde. Wenn ich im Lager alles erledigt habe, werden mir die notwendigen Unterlagen ausgehändigt. In dem Ort, wo wir uns niederlassen, sind dann ebenfalls sämtliche Behördengänge nötig.“ „Kein Problem“, antwortet Ruth, „ich habe ein eigenes Auto. Ich bin Hausfrau und nirgendwo fest eingestellt, ich nehme mir gern Zeit für euch. Das habe ich auch deinen Eltern fest versprochen, euch in der Anfangsphase tatkräftig zu unterstützen.“

Mit so viel Hilfsbereitschaft von ihrer Verwandtschaft hat Judith überhaupt nicht gerechnet, darüber ist sie mehr als froh. Von ihrer Tante Lena aus Hamburg, wo Judith ursprünglich zu wohnen geträumt hatte, gab es nicht das geringste Entgegenkommen. Tante Lena hatte von Anfang an klargestellt, keine Verwandten aus der DDR aufzunehmen, es sei ihr zu anstrengend. Judith hatte das respektiert. Tante Lena und ihr Mann sind schon über siebzig, das wäre wahrscheinlich nicht gut gegangen. Ruth und Wilhelm sind fast im gleichen Alter wie Judith, insofern war Judiths Entscheidung vollkommen richtig.

„Wir sind da, aussteigen!", ruft Wilhelm, „dort ist unser Haus!" Alle blicken aus dem Fenster. Judith und Moritz staunen über diese schöne, idyllische Gegend. „Dieses schöne Reihenhaus ist also euer Zuhause?" „Schon seit zehn Jahren", antwortet Wilhelm, „auch meine Mutter wohnt hier, sie bewohnt gleich unten die erste Wohnung." „Das ist aber schön, wenn mehrere Generationen ein Haus bewohnen, das macht bestimmt Spaß." „Das ist im Großen und Ganzen richtig", bestätigt Ruth, „es kann manchmal aber auch nerven."

Wilhelm hat das gesamte Gepäck ausgeladen, da kommen auch schon seine drei Kinder angesaust. Sie begrüßen Judith und Moritz höflich, die Tochter Sonja ist fünfzehn, der Sohn Tino ist dreizehn, also genauso alt wie Moritz, und schließlich kommt auch noch das Nesthäkchen Markus mit seinen sechs Jahren angelaufen. Er besucht noch den Kindergarten, soll aber das nächste Jahr in die Schule kommen.

Im Haus bekommen Judith und Moritz gleich ihre Schlafgelegenheit gezeigt. Moritz wird das Zimmer mit Tino und Markus bewohnen, Judith schläft bei Sonja im Zimmer, daneben befindet sich gleich die Dusche. „Wir haben genug Platz, außerdem ist es nur vorübergehend, vielleicht klappt es ja mit der Wohnung in der Hauptstraße. Morgen um 10.00 haben wir beim Vermieter einen Besichtigungstermin." „Da bin ich aber gespannt!", erwidert Judith. Sonja zeigt Judith einen Schrank, wo sie ihre Sachen aus dem Koffer einräumen kann. Auch Moritz kann seine Sachen im Schrank von Tino und Markus unterbringen, das wäre also schon mal geschafft. „Wir werden jetzt Kaffee trinken, Sonja hat extra eine Käsetorte gebacken, das ist ihr Hobby. Was hat Moritz für

Hobbys?“ „Er spielt gern Schach, außerdem war er ein leidenschaftlicher Kinderdarsteller im Landestheater Stadt Halle.“ „Das ist doch super! Vielleicht kann er sein Hobby in einem unseren vielen Schauspielhäuser weiter ausführen.“ „Schauen wir mal“, erwidert Judith, „er muss sich jetzt erst mal an die neue Heimat und an die neue Schule gewöhnen.“

Schon am Montag wird er mit Tino in die Schule gehen, um einen ersten Eindruck zu bekommen. Am Dienstag hat er gleich einen persönlichen Termin beim Schulrektor, da wird Moritz geprüft, in welche Klasse er eingestuft wird. „Das Schulsystem hier im Westen wird nicht das gleiche wie in der DDR sein.“ Diese Worte von Ruth bringen Judith zum Schmunzeln. „Der Unterricht wird bestimmt genauso aufgestellt sein wie in der DDR, auf alle Fälle, was die naturwissenschaftlichen Fächer und die Hauptfächer angeht.“ „Dazu kann ich leider nichts sagen“, erwidert Ruth, „Englisch, Französisch, Mathe und Deutsch sind jedenfalls im Gymnasium und in der Realschule Hauptfächer.“ „Wir lassen uns überraschen, mal sehen, was der Rektor sagt, ich habe Moritz’ letztes Zeugnis von seiner Schule in Halle ausgehändigt bekommen, so kann er es gleich seinem neuen Lehrer zeigen. – Der Kuchen schmeckt übrigens wunderbar!“, lobt Judith Sonjas Backkünste. „Wirklich, ich habe schon das zweite Stück gegessen.“ „Vorschlag“, wirft Wilhelm ein, „es ist noch hell, lasst uns noch einen Spaziergang machen, dann können wir euch gleich das wunderschöne Neckartal mit Blick auf die Bergstraße zeigen.“ „Sehr gute Idee!“, stimmt ihm Ruth zu, auch Judith ist sofort einverstanden.

„Ich möchte unbedingt meine Eltern anrufen und ihnen mitteilen, dass wir gut angekommen sind und alles so weit geklappt hat.“ „Kein Problem“, antwortet Ruth, „das Telefon hast du bestimmt schon gesichtet, es steht im Flur. Allerdings, eine Verbindung in die DDR zu bekommen, ist trotz direkter Durchwahl manchmal ein Akt, da braucht man starke Nerven.“ „Ich versuche es trotzdem", erwidert Judith, „ich habe ihnen eine Karte von Gießen geschrieben und sie auch schon abgeschickt, aber der Postweg dauert vermutlich eine ganze Woche. Warum das alles so kompliziert sein muss, kann wohl kein normaler Mensch begreifen." „Ich schon", erwidert Wilhelm, „es ist bekannt, dass der Geheimdienst alles unter Kontrolle haben will, vor allem Telefongespräche werden abgehört, auch die Post wird kontrolliert. Das beansprucht viel Zeit." Judith versucht, die Nummer zu wählen. Schon nach der dritten Ziffer kommt ein Besetztzeichen. Sie versucht es mehrmals, beim vierten Versuch klappt es endlich.

Als ob ihre Mutter geahnt hätte, dass sie anruft, hebt sie schon nach dem ersten Rufzeichen ab. „Ich bin es, Mama, es hat alles gut geklappt, jetzt sind wir bei deiner Nichte Ruth." „Es ist so schön, deine Stimme und überhaupt Positives von euch zu hören, ich habe mir große Sorgen gemacht." Judith hat mit den Tränen zu kämpfen, zumal sie auch hört, wie ihre Mutti schluchzt. „Du darfst nicht mehr weinen, Mutti, es ist wirklich alles gut und wir sehen uns bestimmt bald wieder." „Das hoffe ich", antwortet ihre Mutter. „Ich muss jetzt auflegen, grüße bitte Vati und alle Geschwister von mir." „Das richte ich natürlich aus", versichert ihr ihre Mutter.

„Warum muss das alles so verdammt wehtun?", stöhnt Judith mit schmerzverzerrtem Gesicht. „Das ist Sinn und Sache der DDR-Staatsregierung", antwortet Wilhelm. „Leute, die ihre Heimat DDR verlassen, sind jetzt ihre Feinde. Jeglicher Kontakt zu den Angehörigen soll nun unterbunden werden. So habe ich es bei der Bundeswehr gelernt", fügt Wilhelm hinzu, „auch haben wir dort viele Bücher über den Feind gelesen." „Das ist tatsächlich so!", stimmt ihm Judith zu. „Die ganzen Ostblockstaaten sind im Warschauer Pakt vertreten, die westlichen Länder sind in der NATO, also Gegner." „Richtig!"

„Die Gegend ist wirklich wunderschön und die gute Luft tut Moritz und auch mir unsagbar gut!" „Wenn der Wind ungünstig bläst, ist die Luft auch hier nicht die beste, schon allein durch die viele Industrie in Ludwighafen, Mannheim und Umgebung." „Das stimmt", erwidert Judith, „die BASF und das Kraftwerk sind ebenfalls Luftverschmutzer, allerdings nicht so schlimm wie in der DDR, es wird bestimmt alles gefiltert. Hier ist die Welt so schön und bunt, all die hübschen Gaststätten, die es hier gibt, deren Betreiber aus den verschiedensten Ländern kommen." „Von der Altstadt Heidelberg wirst du noch mehr begeistert sein, die alte Brücke und das alte Schloss, das wird dir sehr gefallen. In der Fußgängerpromenade spielen viele Musikanten, es sind hauptsächlich Studenten. Das wirst du alles noch kennenlernen, unser Ort Edingen ist nur ein paar Kilometer von Heidelberg entfernt."

Tino und Moritz verstehen sich auf Anhieb, darüber ist Judith sehr froh. Es war für ihn auch nicht leicht, seine Freunde in Halle zu verlassen. Trotzdem kommen Kinder mit bestimmten Situationen schneller klar als Erwachsene. Er freut sich schon auf die neue Schule, zumal Tino schon rege über den Unterrichtsablauf berichtet hat. Moritz erzählt, dass er als Kinderdarsteller im Theater mitgewirkt hat. „Wir haben hier auch Theatergruppen", sagt Tino, „vielleicht kannst du dort auch aktiv werden." „Das wäre schön, aber jetzt muss ich erst mal sehen, was mich alles in der neuen Schule erwartet." „Das stimmt", erwidert Tino, „ich kann dir zu Hause meine Schulbücher zeigen, dann bekommst du schon mal einen Einblick."

Judith genießt die schöne Landschaft rund um Heidelberg. Das Neckartal wurde schon in vielen Büchern und Filmen dokumentiert. Auch ihr ehemaliger Kollege Kunth hat oft von dieser schönen Gegend geschwärmt. Die herzliche Aufnahme vonseiten Ruths und ihrer Familie tut Judith sehr gut. Sie erzählt ihrer Cousine von John, der in Niedersachsen lebt und ihre große Liebe war. „Ein gemeinsames Leben wollten wir hier im Westen führen, doch eines Tage kam ganz überraschend ein Abschiedsbrief. Für mich ist damals die Welt zusammengebrochen.“ „Das kann ich verstehen“, antwortet Ruth, „die Männer sind doch alle gleich.“ „Ich habe keine Ahnung, warum er das getan hat, aber ich werde es herausbekommen.“ „Lass die Vergangenheit ruhen, jetzt beginnt ein neues Leben für euch.“ „Das stimmt“, antwortet Judith.

Sonja, Ruths Tochter, ist diese Liebesromanze von Judith und John irgendwie ans Herz gegangen, die meisten Teenager haben eine romantische Ader. „Du hast ganz allein gekämpft, jetzt bist du hier und der Mann, der für diesen großen Lebensschritt verantwortlich ist, hat einfach Schluss gemacht?!“, ruft sie entsetzt aus. „Er weiß gar nichts von unserer Ankunft hier im Westen“, antwortet Judith, „wie sollte er auch? Ich habe ihm damals noch sehr viele Briefe geschrieben, aber nie wieder eine Antwort bekommen.“ Je mehr Judith darüber erzählt, umso mehr schmerzt ihr Herz. Man sagt zwar, die Zeit heilt alle Wunden, aber sie möchte schon gern den wirklichen Beweggrund von John wissen. „Vielleicht war doch eine andere Frau im Spiel?“ „Dieser Grund ist vollkommen ausgeschlossen, unsere Liebe war viel zu tief.“ „Irgendetwas muss vorgefallen sein, aber was?“ „Keine Ahnung“, antwortet Judith ihren Verwandten. „Wir haben jetzt hier andere Dinge zu erledigen; der erste wichtige Termin ist schon morgen, nämlich eine Wohnungsbesichtigung“, erinnert Ruth. „Das stimmt“, bestätigt Judith, „ich bin verdammt neugierig, es werden bestimmt noch andere Interessenten da sein.“ „Du wirst schon merken, liebe Judith“, sagt Wilhelm, „das Leben hier im Kapitalismus ist voller Überraschungen.“ „Morgen Abend muss ich spätestens um 22.00 Uhr im Lager sein, am Montag versuche ich, die letzten erforderlichen Behördengänge abzuschließen.“ „Wir werden dich natürlich wie versprochen pünktlich dort abliefern.“ „Wenn alles erledigt ist, werde ich mit der Bahn nach Heidelberg kommen, den Fahrschein bekomme ich vom Lager in Gießen.“

Beim Abendessen kommt Judith aus dem Schwärmen von ihrer neuen Heimat gar nicht mehr heraus, sie ist begeistert von dem wunderschönen idyllischen Ort Edingen, der gar nicht weit entfernt von Heidelberg und Mannheim liegt. Wenn es mit der Wohnung gelingt, wird dieser Ort Judiths und Moritz' neues Zuhause werden. „Es wird schon klappen", redet Ruth Judith gut zu. „Ich soll dich übrigens von meiner Schwester Monika grüßen, sie wohnt in Offenburg", sagt sie. „Danke", freut sich Judith, „ich hoffe, sie bald kennenzulernen, schließlich ist sie ebenfalls meine Cousine." „Sie wollte euch auch gern aufnehmen, allerdings habe ich mir gedacht, wir kennen uns bereits persönlich, so ist es besser, wenn ihr bei uns bleibt." „Es ist schon eine Schande, dass wir uns nie früher begegnet sind. Dieser verdammte Kalte Krieg zwischen Ost und West, der beherrscht heute noch unser geteiltes Land; erst im Rentenalter dürfen Menschen aus der DDR in den Westen ausreisen, da muss sich doch jeder normale Mensch an den Kopf fassen! Auch uns werden sie nicht mehr in die DDR einreisen lassen; DDR-Bürger, die einen Ausreiseantrag in die Bundesrepublik gestellt haben, sind für die Staatsführung der DDR Feindobjekte." Jetzt heißt es, nach vorn schauen und nicht mehr an die DDR denken, aber das ist leichter gesagt als getan; die lieben Menschen und Verwandten, die zurückgeblieben sind, wird Judith niemals vergessen.

Wilhelm fragt Judith: „Willst du mal einen richtigen Horrorfilm sehen? Ich war noch in der Videothek und habe einen ausgeliehen." „Ich kenne keine Horrorfilme", antwortet Judith. „Dann lass dich mal überraschen." Ruth räumt noch schnell den Tisch ab, Judith hilft ihr dabei. Tino kümmert sich um Moritz und zeigt ihm sein Bett, welches die nächste Zeit seine Schlafstätte sein wird. Markus folgt den beiden und zeigt Moritz seine vielen kleinen Modellautos. „Ich habe auch solche Autos besessen, ich habe sie alle verschenkt." „Solche Autos darf man nicht verschenken", zeigt sich Markus entrüstet, „sie sind sehr teuer!" Das hat Moritz nicht gewusst, zumal er sie von John geschenkt bekommen hat. Hm, denkt Moritz, wieso habe ich meine schönen Autos einfach so weggegeben? Egal, jetzt ist es eben so, irgendwann werde ich mir selbst welche kaufen.

Judith hat es sich unterdessen auf der Couch gemütlich gemacht, Ruth holt noch eine Flasche Sekt und Knabbergebäck. Da klingelt es an der Tür! „Das ist Jochen, unser Nachbar! Er will den Film mit anschauen", sagt Ruth. Judith begrüßt ihn höflich, er ist ein junger Mann Anfang zwanzig und noch in Ausbildung. Was Judith wundert, dass er sich mit an den Kosten des geliehenen Videofilms beteiligt. „Was kostet so ein Film?", fragt sie. „Das kommt darauf an, wie neu er ist und wann er im Handel landet", antwortet Jochen. „Dieser Film hat den Titel Der Spiegel, er ist von 1982 und kostet 6,00 DM Leihgebühr, also nicht mehr der neuste. Ich habe selbst keinen Videorekorder, deshalb schaue ich mir Videofilme immer gern bei meinen Nachbarn an und beteilige mich dafür auch gern an den Kosten", erklärt er. Jetzt versteht Judith, im Kino muss schließlich ebenfalls jeder Besucher seine Eintrittskarte bezahlen. Hier im Westen hat auch keiner was zu verschenken, das ist Judith klar. Schon nächste Woche will sie jede freie Minute nutzen, um Bewerbungen zu schreiben. Es wird nicht einfach werden, zumal es hier wirklich viele Arbeitslose gibt. Sonja sucht auch schon lange einen Ausbildungsplatz, hat aber bisher nur Absagen bekommen.

Endlich angekommen!

Pünktlich um 10.00 Uhr treffen sich Judith, Moritz und Ruth bei dem Vermieter, Herrn Hoffmann, er begrüßt alle sehr freundlich. Seine erste Frage lautet: „Wer möchte diese Wohnung eigentlich mieten?“ Gleich meldet sich Judith zu Wort: „Ich suche eine passende Wohnung, wir sind vor wenigen Tagen aus der DDR ausgewandert, um uns hier ein neues Zuhause einzurichten.“ „Alles klar“, antwortet der Vermieter, „haben Sie schon Arbeit? Sie müssen verstehen, dass ich großen Wert darauf lege, immer pünktlich zum ersten Tag des Monats die Miete überwiesen zu bekommen.“ „Kein Problem“, schaltet sich Ruth ein, „meine Cousine bekommt Geld, außerdem muss sie noch sämtliche Ausweispapiere beantragen, bevor sie sich nach einem Job umschaut.“ Judith ist über diese ganze Abwicklung etwas schockiert, sie begreift schnell, dass Geld hier eine sehr große Rolle spielt.

Die Wohnung befindet sich in einem Zweifamilienhaus in der Hauptstraße des Ortes. Sie hat zwei große Zimmer, eine sehr geräumige Küche und ein Bad. Beheizt wird diese Wohnung mit Gas, Fernheizung; Hof und Garten können ebenfalls benutzt werden. Im oberen Stockwerk des Hauses wohnt die Mutter des Vermieters, eine sehr nette alte Dame. Diese Wohnung wäre für den Anfang ideal, denkt Judith, zumal sie auch sehr zentral liegt. Sie wünscht sich sehr, eine positive Zusage zu bekommen, damit ware das erste wichtige Problem gelöst. Nach der Besichtigung erwähnt der Vermieter, dass sich mehrere Interessenten für die Wohnung gemeldet hätten. „Auf alle Fälle werde ich Ihnen Bescheid geben, auch wenn ich mich anderweitig entschieden habe“, sagt er zum Abschied.

Judith und Ruth bedanken sich höflich und schlendern langsam, ohne große Worte, wieder heim. „Ich habe gedanklich schon ausgemessen, welche Möbel in diese Wohnung passen.“ Diese Worte von Ruth bringen Judith zum Lachen. „Ich glaube nicht, dass sich Herr Hoffmann für uns entscheidet, Geld ist für diesen Mann wichtiger als der Mensch. Ich bin erst drei Tage hier, wie kann ich da schon einen Job haben?“ „Liebe Judith, das wirst du bei uns sehr schnell lernen müssen, hier gibt es nichts umsonst; jede Behörde, egal ob es Strom-, Fernsehgebühren oder Versicherungen sind, alle wollen immer pünktlich ihr Geld überwiesen haben.“ „Das war in der DDR auch nicht anders, wir wurden ebenso immer aufgefordert, Rechnungen pünktlich zu begleichen.“ „Nach dem Mittagessen werden wir euch den Luisenpark in Mannheim zeigen, er hat eine Vielzahl von exotischen Pflanzen und ist wunderschön.“ „Alles klar, du bist der Chef und wir werden uns fügen“, antwortet Judith scherzhaft. „Das Heidelberger Schloss und die Bergstraße möchte ich auch mal sehen.“ Ruth steuert das Auto entlang des Neckartals und zeigt Judith die Bergstraße; so weit kann kein Mensch laufen, um diese lang gezogene Straße, umgeben von der Bergwelt, zu bewundern.

Wie oft wurde schon von dieser schönen Landschaft rund um Heidelberg erzählt, sie wurde vielfach besungen und es wurden mehrere Filme gedreht. Es ist kein Vergleich mit der Stadt Halle, alles so sauber und grün, hier lässt es sich auf alle Fälle sehr gut leben. Judith muss wieder an John denken. Wenn ich alles erledigt habe, werde ich versuchen herauszufinden, was aus ihm geworden ist. Vielleicht kann Rudolf helfen oder ihr wenigstens Auskunft geben, was es mit seinem Verhalten damals auf sich hatte. Vera will sie auch noch über ihre Ankunft in Heidelberg informieren, sie wohnt in Uelzen. Jetzt konzentriert sie sich erst mal auf die restlichen Behördengänge, danach werden weitere Behördengänge am Wohnort nötig sein. Sie hat bereits eine Liste der wichtigsten Punkte gemacht: Pass beantragen, Girokonto bei einer Bank einrichten, das Arbeitsamt in Mannheim aufsuchen. Nur gut, dass das Rathaus sehr zentral liegt, direkt an der Hauptstraße, nur einen Kilometer von Ruths und Wilhelms Haus entfernt. Die Wohnung, die sich Judith angeschaut hat, liegt ebenfalls nicht weit entfernt vom Rathaus. Das Arbeitsamt befindet sich allerdings in Mannheim.

Wie versprochen geht es nach dem Mittagessen in den Luisenpark, hier herrschen richtige Frühlingstemperaturen. Die badische Gegend hat mit das beste Klima, sie ist die wärmste Region von Deutschland, deshalb spricht man auch von der badischen Toskana. An die echte, die italienische Toskana oder an andere große Reisen zu denken, das liegt noch in weiter Ferne, denkt Judith. Sie fragt Moritz: „Wie gefällt dir deine neue Heimat?" Er gibt nur kurz Antwort: „Alles in Ordnung, Mama." Judith fällt sein ruhiges, verschlossenes Verhalten auf, sonst redet er immer wie ein Wasserfall. Wahrscheinlich ist ihm alles noch zu fremd. Außerdem, seine Lieben und Freunde zu verlassen, fällt auch einem Kind von 13 Jahren sehr schwer. Hoffentlich hasst er seine Mutter eines Tages nicht für diesen großen Schritt. Wieso muss ich immer so pessimistisch denken? Es hat doch bisher alles so gut geklappt! Eines Tages werde ich auch noch einen guten Job finden, dann wird alles gut. Genug gegrübelt, jetzt will ich noch mehr von dem Ort Edingen sehen, auch geschichtlich darüber erfahren.

„Hier leben viele Türken?", fragt Judith. „Das ist richtig", bejaht Ruth, „sie sind damals als Gastarbeiter zu uns gekommen. Sie haben sogar ihre gesamte Verwandtschaft nach Deutschland geholt; wie du siehst, haben sie alle einen Stall voll Kinder." „Die Deutschen haben sowieso viel zu wenig Kinder in die Welt gesetzt, so stirbt Deutschland durch die Zuwanderung nicht aus." „Wir sind aber Christen", entgegnet Ruth. „Die Frauen laufen alle mit Kopftüchern rum, Muslime haben mit der deutschen Kultur nichts gemeinsam." „Die Bundesrepublik ist ein freies Land, jeder kann seine Kultur hier voll ausleben." „Meine Meinung ist, wer Deutscher werden will, soll nicht nur unsere Gesetze und unsere Kultur respektieren, sondern auch so leben." „Das sehe ich anders", hält Judith dagegen, „eine bunte Welt ist schön."

Es ist so weit, Judith muss wieder nach Gießen reisen. Während der Fahrt fragt Ruth, was sie alles in die Kisten eingepackt hat, die von der Spedition Dollbayer nach Mannheim versandt wurden. „Vor allem Geschirr, Besteck, Bettwäsche, Tischwäsche Handtücher, Gardinen, auch das Fahrrad von Moritz ist dabei." „Gott sei Dank", sagt Ruth, „ich habe schon gedacht, wir müssen alles kaufen, das wäre mächtig ins Geld gegangen." „Meinen Kredit werde ich nur für Möbel ausgeben, es brauchen auch keine neuwertigen zu sein." „Die Küche bekommst du von unseren Nachbarn für 500,00 DM und eine Couch für 30,00 DM habe ich auch schon organisiert. Ein französisches Bett und einen großen Kleiderschrank für 150,00 DM bekommst du von Wilhelms Arbeitskollegen." Darüber ist Judith sehr froh, dann reicht vielleicht das gesamte Übersiedlungsdarlehen von 6.000,00 DM für die Wohnungseinrichtung. Natürlich muss erst der Nachweis einer Mietwohnung bei der Bank vorgelegt werden, sonst besteht kein Anspruch auf dieses Darlehen.

Judith erzählt ihrer Cousine von Karla, die auch demnächst ausreisen wird, aber keine Verwandten im Westen hat. „Ich glaube, jeder sollte erst an sein eigenes Leben denken", antwortet Ruth, „außerdem hast du selbst noch viel zu erledigen." Judith gibt ihr recht. „Ich habe selbst noch kein eigenes Heim und denke schon an eine Freundin, die eigentlich gar nicht mehr ausreisen wollte." „Du bist halt eine herzensgute Seele", kommentiert Ruth, „das liegt in unseren Genen." In Gießen eingetroffen, verabschiedet sich Judith von Ruth. „Also dann bis Dienstag!"

Sie hat großes Glück und bekommt von den lieben Nonnen noch ein Abendessen serviert, danach hat sie nur einen Wunsch:

schlafen! Todmüde fällt sie ins Bett. Sie wacht erst wieder auf, als der Wecker morgens pünktlich um 7.00 Uhr klingelt. Als Erstes geht sie in den Duschraum und verrichtet ihre Morgenwäsche. Die meisten Heimbewohner sind schon beim Frühstück, so kann sie ungestört ausgiebig duschen und eine intensive Haarwäsche mit anschließendem Föhnen vornehmen. Nach einer Stunde ist sie fertig und geht in den Frühstücksraum. Sie holt sich gleich zwei Brötchen, Butter, Marmelade und ein gekochtes Ei. Die Thermoskannen mit Kaffee sind allerdings fast alle leer. Mir reicht eigentlich eine Tasse, denkt Judith und versucht, aus sämtlichen Kannen noch eine Tasse voll zu bekommen. Schwester Agnes eilt herbei. „Ich brühe Ihnen gern noch Kaffee auf." „Nein, vielen Dank", antwortet Judith, „die eine Tasse reicht mir vollkommen aus." Sie erzählt, dass sie noch ein paar Formalitäten im Lager erledigen muss und danach mit dem Zug zurück nach Heidelberg fahren will. „Teilen Sie dies bitte den zuständigen Beamten mit, dann bekommen Sie gleich eine Fahrkarte ausgestellt." Judith freut sich über diese positive Auskunft von Schwester Agnes.

Es sind wieder unzählige Übersiedler im Lager eingetroffen, es ist kaum ein Durchkommen zu den zuständigen Behörden. Das überstehe ich auch noch, denkt Judith. Sie hat Glück, es sind nur noch zwei Stellen, die sie aufsuchen muss, dort gibt es auch kaum Wartezeiten. Ihre Fahrkarte bekommt sie sofort von der zuständigen Beamtin ausgestellt, zumal Judith einen sicheren Wohnort angeben kann. Die Dame schaut Judith an und sagt: „Sie gehören zu den wenigen Flüchtlingen, die hier in der Bundesrepublik Verwandte haben, das beschleunigt das gesamte bürokratische Aufnahmeverfahren." Sie überreicht Judith noch einen Umschlag mit sämtlichen Formularen und erklärt ihr, diese beim Einwohnermeldeamt ausgefüllt abzugeben. „Alle weiteren Informationen werden Ihnen bei den zuständigen Beamten vor Ort mitgeteilt. Ich wünsche Ihnen eine gute Reise, viel Glück und Erfolg in der neuen Heimat." Judith bedankt sich sehr höflich für diese freundlichen letzten Worte der Beamtin.

Schon zwei Stunden später sitzt Judith im Zug, vorher hat sie Ruth telefonisch informiert, wann der Zug in Heidelberg ankommt. So weit hat alles gut geklappt, jetzt beginnt die richtige Arbeit. Ob sie die Wohnung bekommen hat? Wie wird Moritz die neue Schule gefallen? Das sind die Fragen, die Judith jetzt beschäftigen. In der Bahnhofshalle wartet Ruth schon ungeduldig. „Tut mir leid, dass der Zug etwas Verspätung hatte", entschuldigt sich Judith. „Wir müssen uns beeilen", erwidert Ruth, „es hat mit der Wohnung geklappt, wir müssen heute noch den Mietvertrag unterschreiben." Über diese positive Nachricht ist Judith mehr als glücklich!

Schon am Nachmittag erwartet der Vermieter Judith. Er legt ihr den Mietvertrag vor: Die Miete kostet 350,00 DM plus 120,00 DM Nebenkosten im Monat. Er wird sich an den Renovierungskosten sowie an den Kosten für neue Teppichböden in Schlafzimmer und Wohnzimmer beteiligen. Die Küche ist gefliest, deshalb braucht nur die Decke gestrichen zu werden. Die Miete muss immer am ersten Tag des Monats auf seinem Konto eingegangen sein. Er fragt Judith, ob sie schon Aussicht auf einen Job habe. „Ich muss mich erst beim Arbeitsamt melden", antwortet Judith, „ich bin doch erst heute den ersten Tag richtig angekommen." Er zeigt Verständnis, trotzdem spürt Judith, dass dieser Mann bezüglich der Miete einen gewissen Druck auf Judith ausübt. Jedenfalls ist der Mietvertrag unterschrieben, wer hätte das gedacht, dass sie so schnell eine eigene Wohnung bekommen würde!

Jetzt müssen noch weitere Formalitäten vor Ort erledigt werden. Als Erstes müssen Ausweispapiere, Führerschein, Kindergeld und auch die Unterhaltszahlungen von Rolli, Moritz' Vater, beantragt werden. Ruth erklärt Judith, wie sie vorgehen soll. Zuerst gilt es ein eigenes Girokonto anzulegen, dann kann sie bei der gleichen

Bank einen Dauerauftrag für die Überweisung der monatlichen Miete einrichten. Das Übersiedlungsdarlehen muss so schnell wie möglich auf das Konto überwiesen werden. Wahnsinn, diese ganzen Behördengänge! Sie sind aber von großer Wichtigkeit für Moritz und mich, denkt Judith.

Im Rathaus sind die Angestellten sehr nett, sie begrüßen Judith mit einem „Herzlich willkommen in unserer Gemeinde!". Sie überreichen Judith die erforderlichen Anträge für Personalausweis, Führerschein und staatliches Kindergeld, die sie gleich an einem bereitstehenden Tisch ausfüllt. Auch Mietzuschuss könne sie beantragen, falls ihr Einkommen unter dem Satz liege. Das wird sie erst beim Arbeitsamt erfahren, dort müssen sie als Nächstes hin. „Vielleicht schaffen wir es heute noch", sagt Ruth, „wir haben noch genügend Zeit."

Beim Arbeitsamt in Mannheim geht es nicht so schnell, Hunderte Leute sind dort anwesend. Jeder muss sich eine Nummer ziehen, die dann aufgerufen wird. Judith nutzt die Zeit im Warteraum, um die erforderlichen Anträge für das Arbeitsamt auszufüllen, auch ihr grünes Arbeitsbuch aus der DDR hat sie dabei. Darin wurden in der DDR jedes Jahr vom Arbeitgeber alle Gehälter eingetragen. Es dient ebenfalls als Beweis für die bisherigen Arbeitsjahre im Beruf, was auch später für die Rente sehr wichtig ist. Judith schaut sich die Leute im Warteraum an und stellt schnell fest, dass es sich hier auch um sehr viele junge Menschen handelt, die eine Arbeitsstelle suchen. „Oh Gott, es wird nicht leicht werden, einen Job zu finden", sagt Ruth, „ich glaube, es wäre ratsam, sich auch selbst irgendwo zu bewerben." „Das werde ich auf alle Fälle tun, ich habe bisher immer alles selbst in die Hand genommen."

Endlich wird Judith aufgerufen, auch Ruth springt von ihrem Stuhl auf und folgt Judith in den Raum. Nach der Begrüßung verlangt der Beamte das Arbeitsbuch von Judith, auch die erforderlichen Anträge für Arbeitslosengeld, die Judith ausgefüllt hat. Sie fragt, wie es mit einem Job in ihrer Berufsbranche aussieht, doch er schüttelt nur den Kopf. „Leider sieht es mit Arbeitsplätzen im Bankgewerbe momentan sehr schlecht aus. Allerdings können Sie sich auch selbst bei sämtlichen Banken oder auch in der Industrie bewerben." Er überreicht Judith eine Liste mit Adressen einiger Banken, Industriebetriebe und Baubetriebe im Rhein-Neckar-Kreis. „Genug Qualifikationen haben Sie, vielleicht finden Sie ja auch ohne unsere Hilfe einen guten Arbeitsplatz, es sind schon oft Wunder geschehen. Ansonsten müssen Sie sich jeden Monat bei uns melden. Das Arbeitslosengeld wird immer Ende des Monats auf Ihr zuständiges Girokonto überwiesen." Er überreicht Judith noch Formulare für eventuelle Arztbesuche, die bei der Krankenkasse AOK abgerechnet werden. „Falls Sie durch Eigeninitiative einen Job finden, bitte umgehend mitteilen." Judith ist irgendwie geknickt, was auch dem Beamten nicht verborgen bleibt. Er spendet ihr zum Abschied noch ein paar tröstende Worte: „Frau Dreve, unser Land braucht junge, qualifizierte Arbeitskräfte, machen Sie sich deshalb heute noch keine Gedanken, irgendwann wird es schon klappen."

Ein echter Trost sind die Worte des Beamten nicht gerade für Judith, aber sie darf sich davon nicht runterziehen lassen, jetzt muss die Wohnung renoviert werden, damit wenigstens die notwendigsten Möbel gekauft werden können. Ruth hat von ihrer Nachbarschaft schon einige gebrauchte Möbel organisiert, eine Küche, einen großen Schrank für das Schlafzimmer, dazu ein französisches Bett. Außerdem bekommt sie noch eine ältere Couchgarnitur von Wilhelms Freund geschenkt. So bleiben noch 4.000,00 DM von dem Darlehen übrig, um einen neuen Fernseher, eine Waschmaschine und eine schöne Schrankwand fürs Wohnzimmer zu kaufen. Moritz braucht für die Schule ebenfalls noch etliche Sachen, vor allem Schulbücher. Auch sein Fahrrad, das noch in einer der Kisten verpackt ist, wird ganz dringend benötigt, es kann allerdings noch zwei Wochen dauern, bis die Spedition die Kisten liefert.

Morgen hat sie einen Termin beim Rektor, er will Judith unbedingt kennenlernen und sie darüber informieren, welche Schule für Moritz infrage kommt, Gymnasium oder Realschule. Die beiden Schulen liegen nebeneinander in dem hübschen Ort Ladenburg, mit dem Fahrrad braucht Moritz ungefähr 20 Minuten. Probleme wird es mit dem Fach Englisch geben, es soll hier in der BRD ein Hauptfach sein. Mit großer Sicherheit wird Moritz Nachhilfe in dieser Sprache brauchen.

So weit sind alle Wege erledigt, das Darlehen wird schon innerhalb von drei Tagen an Judith ausgezahlt, die Ausweispapiere kann Judith erst in zwei Wochen abholen. Kein Problem, denkt Judith, ich habe noch meine Identitätsurkunde. Nur eine Frage beschäftigt Judith: Wie bekommt sie das Kindergeld von Moritz' Vater auf ihr Konto überwiesen? Ruth gibt ihr den Tipp, mal das Jugendamt anzurufen und bei dieser Gelegenheit auch gleich zu erfragen, ob es eine finanzielle Beihilfe für einen Nachhilfelehrer im Fach Englisch gebe. „Die wichtigsten Dinge haben wir erledigt", sagt Ruth. Sie wirkt irgendwie gestresst. „Wir müssen jetzt schnell heimfahren, die Kinder kommen bald aus der Schule und Wilhelm möchte immer pünktlich sein Mittagessen einnehmen. Wir müssen heute noch den Schlüssel von dem Vermieter abholen." „Das kann ich allein erledigen", antwortet Judith. „Ich gehe zu Fuß dorthin, Bewegung tut mir gut." Ruth ist einverstanden, zumal sie auch noch Einkäufe erledigen muss. „Ich werde dich am Supermarkt aussteigen lassen." Judith befindet sich erst wenige Tage in ihrem neuen idyllischen Heimatort Edingen und fühlt sich schon pudelwohl, vor allem der Blick zur Bergstraße hinüber ist atemberaubend und am Neckar spazieren zu gehen ist so erholsam. In einer schönen

Gegend zu wohnen, davon hat Judith immer geträumt. Die Felder sind gepflegt, die Fassaden der Häuser sind hell und fröhlich bunt gestrichen, der Fluss Neckar ist nicht so verschmutzt wie die Saale und die Straßen sind sehr sauber. Jetzt muss ich noch einen guten Job finden, dann bin ich angekommen, denkt Judith.

In der Schule hat alles gut geklappt, der Rektor hat Judith seine Hilfe angeboten, für Moritz einen Nachhilfelehrer für das Fach Englisch zu suchen. Mit den restlichen Unterrichtsfächern hat er keine Probleme. Er besucht jetzt die sechste Klasse. Leider wurde ihm von seiner ehemaligen Schule in der DDR nur das letzte Zeugnis ausgehändigt. Für den Rektor wäre es wünschenswert, auch die Zeugnisse von den vorhergehenden Schuljahren einzusehen. „Ich werde diese Schule selbst anschreiben", sagt der Rektor. „Das wäre eine gute Idee", sagt Judith höflich. Innerlich denkt sie: Damit wird er kein Glück haben, die Lehrer werden sich hüten, einfach Zeugnisse von ehemaligen Schülern in den Westen zu versenden, dort herrscht doch eine Diktatur. Ich glaube, er hat keine Ahnung, was für ein System die DDR ist. Das wissen hier viele Leute nicht. Jetzt muss sie für Moritz unbedingt Schulsachen kaufen, vor allem einen Schulrucksack. Etliche Schulbücher bekommt er von der Schule ausgeliehen. Hoffentlich werden bald die Kisten von der Spedition Dollbayer angeliefert.

Das Geld für das Übersiedlungsdarlehen wurde von der Bank ziemlich schnell auf Judiths Girokonto überwiesen. Jetzt kann es mit den Renovierungsarbeiten in der Wohnung losgehen, Wilhelms Freunde sind dabei und helfen fleißig mit. In jeder freien Minute versucht Judith, Bewerbungen zu schreiben, an die ersten drei Unternehmen hat sie schon ihre Bewerbungsunterlagen versandt: an die Deutsche Bank, die BASF und die SÜBA. Jochen, der Nachbar von Ruth, macht gerade eine Ausbildung in einem Industrieunternehmen, welches Produkte für die Wasseraufbereitung herstellt; er macht Judith den Vorschlag, auf alle Fälle auch dort eine Bewerbung hinzuschicken. Sie folgt seinem Rat und schreibt noch am selben Tag eine Bewerbung an diese Firma, die Anschrift lautet: Chemie & Filter GmbH Heidelberg.

Endlich kommt ein Brief von der Spedition Dollbayer mit der Mitteilung, dass die Kisten aus der DDR eingetroffen sind. Judith setzt sich sofort mit dem zuständigen Sachbearbeiter in Verbindung und gibt die Adresse ihrer neuen Wohnung an. Es hat alles wunderbar geklappt, die Wohnung ist fast fertig renoviert, nur der Teppichboden muss noch gelegt werden. Die Küchenmöbel können ebenfalls schon aufgebaut werden, sodass sämtliches Geschirr in die Schränke eingeräumt werden kann. Jetzt ist sie mit Moritz zehn Tage in Edingen, hat schon eine Wohnung mitsamt Möbeln, sodass sie in wenigen Tagen bezogen werden kann. Die Kisten werden morgen an jene Adresse ausgeliefert, die genaue Uhrzeit konnte ihr der Sachbearbeiter nicht mitteilen. So bleibt ihr nichts anderes übrig, als den nächsten Tag in ihrer Wohnung zu warten, das stört sie aber nicht, zumal sie stolz ist auf ihre neue Wohnung, die sich in einem Zweifamilienhaus mit großem Garten befindet. Dreizehn Jahre hat sie in einer Bruchbude gewohnt, hier ist sie erst zehn Tage und hat schon fast eine komplett eingerichtete Wohnung.

Die erste Absage einer Bewerbung hat Judith bekommen, mit der Begründung, die BASF in Ludwigshafen suche momentan keine kaufmännischen Angestellten. „Der Anfahrtsweg wäre ohne Auto sowieso viel zu weit gewesen", kommentiert Wilhelm, „also kein Grund, dich zu ärgern." Das stimmt, denkt Judith, außerdem ist dort nicht gerade die beste Luft. Ruth sagt: „Du hast ja auch noch mit der Einrichtung deiner Wohnung zu tun, das beansprucht viel Körpereinsatz."

Die Kisten sind so weit ausgepackt. Ruth hat beim Otto-Versand noch eine schöne Schrankwand, passend für das Wohnzimmer, einen Fernseher und eine Waschmaschine bestellt. Das sind die einzigen Möbelstücke, die neu gekauft wurden, das Geld von dem zinslosen Darlehen ist so gut wie aufgebraucht. Dafür ist die Wohnung fast komplett eingerichtet, das wäre in der DDR niemals möglich gewesen. Man muss am Anfang auch gar nicht nur neuwertige Möbel haben, alles der Reihe nach. Außerdem werden sie bestimmt nicht ewig in dieser Wohnung bleiben, da diese mit nur zwei Zimmern und 60 Quadratmetern auf die Dauer zu klein wäre. Komisch, denkt Judith, ich bin noch gar nicht richtig eingezogen und denke schon an eine größere Wohnung. Das Telefon ist auch angemeldet, es wird nur ausgetauscht, das ging ziemlich schnell, da Judith die Nummer von dem Vorgänger übernimmt. Das Telefon hat einen eingebauten Einheitszähler, das ist gut für die Eigenkontrolle. Eine Telefoneinheit kostet 25 Pfennig, das kann bei längeren Gesprächen sehr teuer werden. Das Telefonat mit Vera im hohen Norden hat in nur wenigen Minuten 15,00 DM gekostet.

Das Arbeitsamt hat Judith schriftlich mitgeteilt, in welcher Höhe sie monatlich Arbeitslosengeld bekommt. Es ist nicht gerade ein Vermögen, 1.300,00 DM. Schade, dieser Brief enthält kein Jobangebot. Das Kindergeld muss unbedingt beim Jugendamt beantragt werden. Am Wochenende wollen Wilhelm, Ruth und einige Freunde von ihnen mal wieder Bowling spielen gehen, Judith wird natürlich mit dabei sein. Sie kennt außer Ruth und Wilhelm noch niemanden, das wäre ja auch ein Wunder in den paar Tagen. Spätestens nächste Woche will sie in ihre neue Wohnung einziehen, jedenfalls werden Wasser, Heizung und Strom für den 01.04.1984 angemeldet. Am Briefkasten steht auch schon der Name Dreve, die Post kann also schon in die neue Wohnung zugestellt werden. Nur noch wenige Tage, dann kann Judith ihre Ausweispapiere im Rathaus abholen. Erst wenn sie im Besitz dieser Dokumente ist, vor allem Ausweis und Pass, wird sie sich als richtige Bundesbürgerin fühlen. An den Dialekt der Leute hier kann sich Judith nur schwer gewöhnen, irgendwie lassen die beim Sprechen Buchstaben weg, also orthografisch total falsch. Bei einer Begrüßung wird von Weitem „Ala!“ gerufen, ein Handschlag wird selten getätigt. In der DDR begann jeder neue Tag mit Handschlag bei den Kollegen. Auch daran wird sich Judith mit der Zeit gewöhnen. Wie das Sprichwort sagt: Andere Länder, andere Sitten.

Vorstellungsgespräche

Von Vera ist gestern ein Brief gekommen, sie will unbedingt auf einen Besuch nach Edingen kommen. Auf alle Fälle will auch Judith sie wiedersehen, zumal es viel zu erzählen gibt. Erst muss jedoch die Wohnung fertig eingerichtet sein. Die Renovierungsarbeiten wurden vor wenigen Tagen abgeschlossen, der Teppichboden ist auch so weit gelegt, jetzt können die Möbel vollständig aufgestellt werden. Die Küche ist fertig, es kann also schon gekocht werden. Das Bad ist sehr klein, es hat nur einen Spiegelschrank und einen Unterschrank, für den Anfang reicht es. Auch Karla hat sich letzte Woche mit einem Brief gemeldet, sie hofft, bald ausreisen zu können. Sie hegt ebenso den Wunsch, ihre neue Heimat ebenfalls in der Gegend von Heidelberg zu finden. Sie hat nur in Köln Verwandtschaft, aber leider noch nie Kontakt mit ihrem Onkel gehabt. Darüber möchte sich Judith jetzt aber noch keine Gedanken machen, sie hat selbst genug zu tun.

Am Wochenende plant Judith, mit ihren Verwandten nach Ettlingen zu reisen, um endlich auch ihre Tante und die Schwester von Ruth kennenlernen, schließlich ist sie auch ihre Cousine. Bis dahin will sie wenigstens so weit mit der Einrichtung der Wohnung fertig sein, dass alles restlos aus den Kisten ausgeräumt ist. Es ist schon sehr viel Stress, aber dadurch hat sich noch kein Heimweh nach ihren Angehörigen in Halle bemerkbar gemacht. Auch an John hat sie die letzte Zeit keinen Gedanken mehr verschwendet, es gibt einfach zu viel zu tun. Auch will sie noch weitere Bewerbungen schreiben, aber Ruth winkt ab. „Jetzt warte doch erst einmal ab, ob von den anderen Betrieben überhaupt eine Absage kommt.“ Ruth hat recht, die Deutsche Bank, die SÜBA und auch die Chemie & Filter GmbH haben noch nicht geantwortet.

Beim Abendessen erzählt Ruth, dass sie jedes Jahr zu Ostern

ein Familientreffen im Schwarzwald machen, da wird eine schöne saftige Wiese im Wald ausgesucht und Picknick gemacht. „Oh, wie schön! Ostern ist ja schon in drei Wochen, bis dahin werden wir mit meiner Wohnung komplett fertig sein“, antwortet Judith. „Dieses Wochenende werdet ihr meine Mutter, also deine Tante, und meine Schwester schon mal kennenlernen, dann sind sie euch Ostern nicht mehr so fremd.“ Es ist schon traurig, dass durch den Eisernen Vorhang kein einziger DDR-Bürger seine Angehörigen im anderen Teil Deutschlands besuchen darf, erst im Rentenalter. Es gibt keine genaue Zahl, wie viele Menschen aus der DDR durch Fluchtversuche in der Ostsee ertrunken sind oder an der Mauer erschossen wurden. „Da klebt verdammt viel Blut an den Händen der DDR-Staatsführung, sei froh, unversehrt hier in der BRD angekommen zu sein“, meint Wilhelm. Sie schaut ihn an. „Du hast vollkommen recht. Ich kann wirklich von Glück reden, auch wenn ich Schikanen über mich ergehen lassen und vier Jahre auf meine Ausreise warten musste.“

Es ist schön, endlich die Tante kennenzulernen, wie oft hatte ihre Mutter von ihr erzählt, von damals, wie sie gemeinsam die grausame Flucht von Ostpreußen überlebt haben – Gott sei Dank! Die erste Begegnung ist sehr herzlich, so als ob sie sich schon lange kennen würden. Die Tante erzählt gleich vom Krieg, was sie damals alles erlebt haben. Solche Geschichten berühren Judith immer wieder aufs Neue; prompt verspürt sie eine Sehnsucht nach ihre Eltern. Wilhelm kann solche traurigen Geschichten nicht mehr hören und versucht, die Stimmung mit Humor etwas aufzulockern und den Blick auf das Positive zu lenken. Es hat alles so gut geklappt, die Wohnung ist fertig renoviert, auch so weit eingerichtet, dass Judith und Moritz nächste Woche richtig einziehen können. „Sie müssen sich jetzt auf die Zukunft konzentrieren, es wäre nur eine unnötige Belastung, über den grausamen Zweiten Weltkrieg zu sprechen, der schon fast 40 Jahre vorbei ist.

Außerdem waren wir zu jener Zeit noch gar nicht geboren." „Das stimmt", bestätigt Monika, Ruths Schwester, „wir Kinder waren damals alle noch nicht auf dieser Welt." Sie versteht sich auf Anhieb mit Judith. „Du musst uns unbedingt in Offenburg besuchen, der Ort ist wunderschön und liegt nur wenige Kilometer von Straßburg entfernt." „Natürlich werde ich irgendwann zu euch kommen, sobald ein wenig Ruhe bei uns eingekehrt ist." „Das kann ich vollkommen verstehen", erwidert Monika. „Der nächste Schritt ist, einen passenden Job zu finden, das wird für mich die größte Herausforderung." „Es wird sehr schwer werden", sagt Monika, „überall herrscht eine hohe Arbeitslosigkeit, ich suche schon ewig eine Arbeitsstelle." Solche Worte schmerzen Judith, sie denkt: Vielleicht liegt das an nicht ausreichender Qualifikation. Wie soll eine Wirtschaft funktionieren, wenn gebildete Menschen stempeln gehen und vom Sozialamt leben? Das will Judith auf alle Fälle selbst erkunden, deshalb plant sie, weitere Bewerbungen zu schreiben.

„Wir werden jetzt wieder aufbrechen", sagt Wilhelm, „dann sind wir gegen Abend zu Hause." „Auf alle Fälle muss ich noch kurz in meine Wohnung gehen, die Fenster müssen über Nacht geschlossen werden." „Kein Thema", antwortet Ruth, „wir halten dort an, die Entfernung zu unserem Haus beträgt nur zwei Kilometer." Sie verabschieden sich alle sehr herzlich voneinander. „Also bis Ostern!" Schon lässt Wilhelm den Motor seines BMW laufen, damit alle schnell einsteigen und er losfahren kann. Das war heute wieder ein anstrengender Tag, auch Ruths Nerven liegen irgendwie blank. „Bald bewohnen wir unsere eigene Wohnung, dann hast du wieder deine Ruhe." „Kein Problem", erwidert Ruth, „ich habe mit dem Stress gerechnet, wir haben dir gern geholfen." „Ich werde mich auf alle Fälle eines Tages revanchieren." „Das brauchst du wirklich nicht. Es ist schön, dich und Moritz endlich hier zu haben, ihr seid unsere Verwandten." „Das freut mich wirklich", erwidert Judith gerührt. Durch den Samstagsverkehr braucht Wilhelm statt drei Stunden fast vier Stunden, um wieder zurück nach Edingen zu gelangen. Ein kurzer Stopp vor Judiths Haus, damit sie sämtliche Fenster verschließen kann, dann verlässt sie wieder das Haus, nur der Briefkasten wird noch rasch geöffnet. Tatsächlich fallen ihr zwei Briefe in die Hände.

Sie steigt schnell wieder ins Auto und schaut sich während der Fahrt den Absender der Briefe an. „Die Deutsche Bank und der Betrieb Chemie & Filter GmbH haben mir geschrieben!" „Dann lies deine Absagen", scherzt Ruth. Judith erwidert: „Ich mache die Briefe erst nach dem Abendessen auf, sonst kann ich vor Enttäuschung nichts mehr essen." „Damit muss du leben. Es ist auch hier nicht alles Gold, was glänzt." „Das ist mir bekannt", antwortet Judith, „aber ich bin eine Kämpferin." „Bist du sicher, dass deine Zeugnisse hier anerkannt werden?" Diese Frage von Ruth schockiert Judith. „Wieso sollen die nicht anerkannt werden?" Die DDR ist ein deutscher Staat, der damals durch die Siegermächte des Zweiten Weltkrieges in ein anderes System, besser gesagt zu einer Diktatur umgewandelt wurde. Überdies wurde die DDR von der BRD niemals als eigenes Land anerkannt, deshalb gab es auch keine Botschaft, nur eine Ständige Vertretung in Berlin. Das Bildungssystem in der DDR ist das gleiche wie das im Westen, nur bei den Fremdsprachen wird als Hauptfach eben Russisch gelehrt. Außerdem gibt es im Osten eine größere Anzahl von Fächern, wie zum Beispiel Staatsbürgerkunde, Selbstverteidigung usw. Für Judith ist schnell zu erkennen, dass viele Menschen gar nicht Bescheid wissen, wie die Teilung Deutschlands eigentlich zustande kam. Eine große Wissenslücke, aber wenn die Schulen hier im Westen diese deutsche Geschichte nicht lehren, dann ist es auch kein Wunder. In der DDR konnten sie wenigstens noch Westsender empfangen, sodass sie sich über den anderen Teil Deutschlands informieren konnten. Hier in Süddeutschland gibt es überhaupt keinen Empfang irgendwelcher DDR-Sender, deshalb die Unwissenheit vieler Menschen.

Nach den Abendessen öffnet Judith die beiden Briefe und schreit vor Freude, sowohl die Deutsche Bank als auch der Industriebetrieb haben sie zu einem Gespräch in der kommenden Woche eingeladen. „Freu dich bitte nicht zu früh, es ist nur ein Gespräch, noch keine Zusage für einen festen Job." „Das ist mir auch klar", erwidert Judith, „zumindest sind sie an mir interessiert, so steht es wortwörtlich in dem Schreiben." „Ich werde dich natürlich begleiten", sagt Ruth. „Auf keinen Fall", lehnt Judith ab. „Das Gespräch darf nur mit der einbestellten Person geführt werden, das macht sonst einen negativen Eindruck. Außerdem ist mir klar, warum du gern dabei sein willst, deine Tochter braucht einen Ausbildungsplatz. Durch so eine Frage, die gar nichts mit meinem Einstellungsgespräch zu tun hat, können auf einen Schlag alle meine Chancen zunichtegemacht werden. Sonja kann sich doch ebenso bei sämtlichen Betrieben und Behörden auf einen Ausbildungsplatz bewerben." „Das hat sie schon längst getan, aber leider nur Absagen bekommen." „Warum?" „Ihre Zeugnisse sind leider nicht die besten und die Unternehmen legen großen Wert auf gute Noten." Das war in der DDR genauso, dort konnte fast keiner seinen Traumberuf ergreifen. Die guten Ausbildungsplätze wurden meistens mittels Beziehungen vergeben. Judiths Traumberuf war damals Fotografin.

Nur gut, dass Judiths Wohnort sehr zentral liegt und auch über öffentliche Verkehrsmittel verfügt. So braucht sie von ihrer Wohnung nur zehn Minuten bis zur Haltstelle zu laufen. Die Straßenbahnen fahren regelmäßig, eine alle zehn Minuten nach Heidelberg oder Mannheim. Das erste Gespräch ist bei der Deutschen Bank, sie befindet sich in der Altstadt von Heidelberg. Zwei Stunden hat Judith gebraucht, um sich zu stylen, jetzt muss sie nur noch ihr Kostüm anziehen. Ihre Cousine Ruth sowie auch Tochter

Sonja können ihre Lästereien nicht lassen! „Willst du den Personalchef etwa heiraten? Du hast dich so in Schale geworfen, als ob du mit ihm in die Oper gehen willst." Anstatt ihr alles Gute und viel Glück beim Einstellungsgespräch zu wünschen, wird sie mit dummen Sprüchen überhäuft. Als Wilhelm diese Bemerkungen seiner Frau und Tochter mitbekommt, wird er verdammt wütend. Er schreit beide an: „Was soll das?" Judith ist viel zu aufgeregt, um sich über solche kleinen Verhaltensstörungen ihrer Cousine aufzuregen. Irgendwie kann sie es auch verstehen, ihre Tochter bekommt seit Ewigkeiten keinen Ausbildungsplatz und sie als Neubürgerin hat nach nur drei Bewerbungen schon zwei Einladungen zu einem Vorstellungsgespräch.

Es ist endlich so weit, pünktlich trifft Judith bei der Deutschen Bank in der Altstadt von Heidelberg ein. Ohne große Wartezeit wird sie von einer Angestellten in einen Raum geführt, wo auch schon der zuständige Filialleiter auf sie wartet. Sehr höflich begrüßt er Judith und bietet ihr alkoholfreie Getränke an. „Wir müssen noch einen kleinen Moment auf einen weiteren Kollegen warten." „Kein Problem", antwortet Judith. Es dauert nur wenige Minuten, bis der andere Bankangestellte eintrifft, er stellt sich mit dem Namen Hunrich vor, er begrüßt Judith ebenfalls sehr freundlich. Beide Herren sind sehr elegant gekleidet, das Alter schätzt Judith ungefähr Mitte 40. Herr Hunrich wendet sich an Judith: „Frau Dreve, Sie kommen aus der DDR. Sind Sie geflüchtet?" „Nein", antwortet Judith, „ich habe vier Jahre auf diese Ausreise gewartet." „Sie haben in der DDR bei der Außenhandelsbank gearbeitet, wir haben sehr viel mit dieser Bank zu tun." „Das ist mir bekannt", antwortet Judith, „ich habe nur NSW-Dokumente bearbeitet. Durch meinen Ausreiseantrag habe ich den Job bei der Außenhandelsbank allerdings verloren." „Das habe ich schon in Ihrem Lebenslauf gelesen." Schon beißt sich Judith auf die Zunge. Kunth hat ihr damals den Tipp gegeben, bei Einstellungsgesprächen nur auf gestellte Fragen zu antworten. Der andere Herr hat sich mit dem Namen Krause vorgestellt, Judith hat keine Ahnung, welche Funktion dieser Herr hat. Er hat ihr noch keine Fragen gestellt, er blättert nur in Unterlagen und schaut Judith an, wenn sie eine Frage von Herrn Hunrich beantwortet. „Wir möchten Ihnen gern einen Arbeitsplatz in der Kreditabteilung vermitteln, zumal Sie sich gut mit Akkreditiven auskennen, allerdings befindet sich Ihr Arbeitsplatz in der Großstadt Frankfurt am Main. Wir haben eine 40-Stunden-Woche, Ihre Arbeitszeit beginnt um 8.00 Uhr und geht bis 16.00 Uhr, jeden Donnerstag muss bis 19.00 Uhr gearbeitet werden. Wie sieht es mit Ihren Englischkenntnisse aus?" Vor dieser Frage hat sich Judith gefürchtet. „Meine Fremdsprachkenntnisse sind leider nicht gut. In der DDR wurde nur Russisch gelehrt, Englisch war nur ein Nebenfach." „Das ist natürlich nicht besonders günstig, wir werden Sie in einen Englisch-Crashkurs schicken, Sie werden sehen, wie schnell Sie sich mit dieser Sprache vertraut machen werden. Außerdem haben Sie sechs Monate Probezeit, das Anfangsgehalt wäre 2.600,00 DM brutto." Judith ist begeistert, das hört sich sehr viel an, aber es gehen noch Steuern und Krankenbeiträge ab. Dann denkt sie an Moritz, er wäre die ganze Woche allein. Sie fragt die Herren, ob sie noch etwas Bedenkzeit haben könne. „Selbstverständlich", antwortet Herr Hunrich, „eine Woche haben Sie Zeit, um uns Bescheid zu geben." Er überreicht Judith eine Visitenkarte und deutet auf die Telefonnummer, die darauf steht. „Meine Sekretärin wird das Gespräch entgegennehmen, Sie können ihr Bescheid geben." Judith verabschiedet sich von den feinen Bankherren und verlässt den Raum.

Jetzt muss sie erst mal einen Kaffee trinken und Hunger hat sie auch. Sie steuert zum BURGER KING, kauft einen Hamburger mit Pommes, eine Cola und noch einen Kaffee. Sie setzt sich an einen freien Tisch und genießt die Speisen. Was soll ich nur machen?, denkt sie, jeden Tag mit dem Zug bis nach Frankfurt zu fahren, ist bestimmt sehr anstrengend, und die teuren Fahrkosten kommen auch noch dazu. Mal sehen, wie das Einstellungsgespräch in der Industriefirma ausgeht, vielleicht auch positiv. Schon morgen ist es so weit, der Termin ist um 11.00 Uhr anberaumt, mit der Straßenbahn sind es nur drei Haltestellen. Das wäre toll, wenn es dort mit einer Arbeitsstelle klappen würde, aber erst mal abwarten.

Noch wenige Tage, dann wird die eigene Wohnung bezogen, das Telefon ist von der Post schon angeschlossen worden, auch die Schlafzimmermöbel sind aufgebaut. Die Kisten sind inzwischen fast vollständig ausgepackt, die Lieferung der Schrankwand für das Wohnzimmer wird allerdings noch circa zwei Wochen dauern. Dafür steht der Farbfernsehapparat schon bereit, endlich können sie alle Programme in Farbe sehen, für Judith und Moritz reiner Luxus. Auch die Waschmaschine ist im Waschraum angeschlossen, alles vollautomatisch. Was für eine Arbeitserleichterung! Vor zwei Wochen hat Judith noch viele Kleidungsstücke mit der Hand waschen müssen. Jetzt muss es nur noch mit einem Job klappen, die Deutsche Bank wartet auf ihre Zusage. Ich werde zusagen, falls es mit den anderen Jobs nicht klappt, überlegt sich Judith, ich muss schließlich Geld verdienen, um meinen Lebensunterhalt zu bestreiten. Arbeitslosengeld zu beziehen, ist für sie nicht nur erniedrigend, sondern auch furchtbar.

Ruth wartet schon ungeduldig auf Judith. „Wie war das Vorstellungsgespräch?" „Alles gut, aber der Arbeitsweg nach Frankfurt ist einfach zu weit, ich habe um Bedenkzeit gebeten. Morgen um 11.00 Uhr habe ich das nächste Vorstellungsgespräch in Heidelberg, bei der Firma Chemie & Filter GmbH, vielleicht habe ich Glück und sie bieten mir auch einen guten Job an." „Alles klar", sagt Ruth. „Wilhelm und zwei Freunde sind gerade in deiner Wohnung und bauen noch ein paar Schränke auf."

Nur gut, dass die Wohnung recht schnell renoviert war, sonst hätte sich der Umzug noch weiter verzögert. Die Teppichböden wurden in den beiden Räumen schnell ausgelegt und sehen wunderbar aus. Das Telefon ist auch schnell angeschlossen worden, so kann Judith direkt in ihrer Wohnung Telefonate führen. Nächste Woche wird der Elektroherd angeschlossen und der Kühlschrank in der Küche aufgebaut. Es wird noch mindestens eine Woche vergehen, bevor die Wohnung richtig bezugsfertig ist. Die Rechnung von der Spedition Dollbayer aus Mannheim ist heute zugestellt worden, der gesamte Kistentransport von Halle-Saale bis Mannheim kostet knapp 1.000,00 DM, das geht auch von dem Darlehen ab. Noch genau 1.500,00 DM sind übrig, davon müssen die Lampen, Gardinen und sonstige Kleinigkeiten für den Haushalt gekauft werden. Die Schrankwand ist zum Glück schon bezahlt. Das Geld rinnt einfach nur so durch die Finger, zumal hier alles gekauft werden kann. Es gibt überhaupt keinen Mangel, sämtliche Waren und Produkte aller Art, vor allem auch Luxusgüter wie Autos, können sofort erworben werden. Davon träumt jeder Mensch in der DDR; allerdings, ohne Geld kann man auch hier nichts erwerben. Durch ihren Freund John war Judith schon damals im Bilde, wie die Uhren im Westen ticken und wie hoch sämtliche Lebenshaltungskosten hier sind. Der ganze hat Judith bislang davon abgehalten, an John zu denken, wird ihr gerade bewusst.

Ruth merkt, dass Judith auf einmal sehr ruhig geworden ist. „Was ist los?", fragt sie. „Ich habe nur an jemanden gedacht." „An John?" Judith schaut Ruth an und nickt. „Meine große Liebe zu ihm hat mir die Kraft gegeben, alles allein durchzuziehen, trotz dieses Abschiedsbriefes. Auf alle Fälle möchte ich erfahren, was damals passiert ist und wo er sich aufhält, momentan fehlt mir noch die Zeit." „Das stimmt", erwidert Ruth, „denke jetzt an dich und Moritz. Genießt euer neues Zuhause und überhaupt eure neue Heimat." „Wo ist eigentlich Moritz?" „Die Jungs sind auf dem Fußballplatz, Tinos Verein hat heute ein Spiel." Judith ist bekannt, dass auch Moritz sich für Fußball interessiert und oft mit seinem Vater den Fußballplatz aufgesucht hat.

Nach dem Abendessen zieht sich Judith zeitig zurück, sie möchte noch Briefe an ihre Verwandten und Freunde schreiben. Auf das Vorstellungsgespräch am nächsten Tag will sie sich auch noch etwas vorbereiten. Sie staunt, dass auf ihre fünf Bewerbungen zwei Betriebe sehr schnell reagiert haben, drei Betriebe haben ihr allerdings eine Absage erteilt. Nun, mal sehen, was der morgige Tag bringt, vielleicht hat sie ja auch Glück wie bei der Bank und bekommt einen guten Job angeboten. Es wäre auf alle Fälle ein Glücksfall, zumal diese Firma nur sieben Kilometer von ihrer Wohnung entfernt und sehr gut mit öffentlichen Verkehrsmitteln erreichbar ist. „Mach dir nicht so große Hoffnungen", warnt Ruth Judith, „der Arbeitsmarkt sieht bei uns momentan sehr schlecht aus." Solche negativen Äußerungen will Judith nicht mehr hören, sie will nur noch positiv denken, es hat bisher alles so wunderbar geklappt.

Pünktlich erscheint sie am nächsten Tag zum Vorstellungsgespräch in der Firma Chemie & Filter GmbH. An der Rezeption wird sie freundlich von einer Dame empfangen. Sie führt Judith in einen Raum, der eigens für Besucher vorgesehen ist. Es dauert nur wenige Minuten, bis zwei Herren den Raum betreten. Ihr freundliches und höfliches Auftreten fasziniert Judith. Sie stellen sich auch gleich mit Namen und ihrer Funktion vor. Während der Personalleiter mit Namen Hanner die ersten Fragen an Judith stellt, studiert der andere Herr ihre Bewerbungsunterlagen. „Haben Sie Computerkenntnisse?" „Leider nur manuell", antwortet Judith, „bei uns wurden alle Buchhaltungssachen manuell von den Mitarbeitern erfasst und danach ins EDV-Zentrum Halle zur elektronischen Erfassung versandt. In der DDR war es nicht möglich, sämtliche Betriebe mit Computern auszustatten, das war einfach zu teuer." „Das ist uns bekannt", antwortet der Personalleiter, „bei uns arbeitet jeder Mitarbeiter am Computer, aber das ist nicht das Problem. Für uns ist es wichtig, dass Sie auch ein wenig technisches Verständnis haben. Wir sind ein großes Unternehmen, die Produkte, die wir herstellen, dienen zur Wasseraufbereitung und werden auch weltweit vertrieben. Sie haben bei der Bank eine Ausbildung absolviert, dort 13 Jahre gearbeitet, später waren Sie in einem Baubetrieb tätig und haben auch dort interessante Tätigkeiten ausgeführt." „Das stimmt", bestätigt Judith, „es war ein vollkommen fremdes Arbeitsgebiet, aber es war sehr vielseitig und hat mir großen Spaß gemacht." „Wir suchen eine Mitarbeiterin in der Buchhaltung, aber auch ganz dringend jemanden in der Arbeitsvorbereitung, was ein technisches Verständnis verlangt." Judith reagiert spontan: „Ich traue mir sehr viele Aufgaben zu, das liegt auch daran, dass ich sehr wissbegierig und fleißig bin. Natürlich muss ich intensiv in das Arbeitsgebiet eingewiesen werden", ergänzt sie. „Das ist selbstverständlich", antwortet der Personalleiter, „daran ist bei uns in der Firma noch kein Mitarbeiter gescheitert. Da Sie derzeit noch nicht berufstätig sind, könnten Sie sofort bei uns beginnen?" Judith schaut den Personalleiter an und fragt, ob sie diese Stelle zwei Wochen später antreten könne. „Ich bin noch mitten im Umzug und meine Papiere habe ich auch noch nicht vollständig vom Einwohnermeldeamt bekommen." „Kein Problem", antwortet der Personalleiter, „Sie bekommen Bescheid, falls wir uns für Sie entschieden haben. Es haben sich noch mehrere Leute für diese zwei Stellen beworben, die wir auch zum Vorstellungsgespräch eingeladen haben." Mein Gott, denkt Judith, das heißt, es kommt einem Glückslos gleich, ob man hier eine Stelle bekommt oder nicht. Der Personalleiter bemerkt sofort Judiths Enttäuschung und stellt ihr noch ein paar persönliche Fragen. „Wie alt ist eigentlich Ihr Sohn? Hat er sich in der Schule gut eingelebt? Sie sind mit ihm ganz allein in den Westen gekommen" sagt er, „das nenne ich großen Mut!" Sie beantwortet alle Fragen korrekt. „Dieser Weg war nicht einfach", sagt sie, „aber dank meiner Stärke ist es mir gelungen, nach vier Jahren Wartezeit auszureisen." Nach Beendigung des Gespräches bittet Herr Hanner den anderen Herrn mit Namen Holt, Judith ihren eventuellen Arbeitsplatz zu zeigen. Er verabschiedet sich noch höflich, danach führt Herr Holt sie in ein Nebengebäude.

Im ersten Stock befindet sich die Abteilung „Arbeitsvorbereitung". Nach Betreten des Raumes schauen die Mitarbeiter voller Neugier auf Judith. Es ist ein Großraumbüro mit zehn Leuten, daneben befindet sich ein weiteres Büro, welches nur von einer Mitarbeiterin mit Namen Frau Honigmoor besetzt ist. Das wird vielleicht ihr neuer Arbeitsplatz, Frau Honigmoor wird sie gegebenenfalls intensiv in ihre Tätigkeit einweisen." Das wäre mein Traumjob, denkt Judith. Fast alle Kollegen sind Männer und nach dem ersten Eindruck zu urteilen sehr nett. Beim Bauwesen hat sie bereits gelernt, mit männlichen Kollegen zu arbeiten, sie sind nicht so nervig wie Frauen. „Sie würden dann den Arbeitsplatz von Frau Honigmoor übernehmen." „Und was wird mit Frau Honigmoor?" Herr Holt schmunzelt. „Sie bleibt uns ebenfalls erhalten, sie bekommt demnächst eine Tätigkeit in unserem Herzstück der Firma, in der Abteilung EDV." Nach der Besichtigung verabschiedet sich Herr Holt von Judith, er ist der Betriebsleiter.

Den ganzen Heimweg denkt Judith an das geführte Gespräch. Vor allem hätte sie hier ein schönes Büro ganz für sich allein. Ein Traumjob mit herrlichem Ausblick auf die Bergstraße! Wenn sich tatsächlich so viele Leute beworben haben, dann werden sie bestimmt keine aus dem Osten nehmen. Dann muss ich doch den Job bei der Deutschen Bank in Frankfurt annehmen, denkt sie, aber was wird aus Moritz? Er wäre den halben Tag allein zu Hause, das ist irgendwie verantwortungslos als Mutter, er ist erst 13 Jahre alt. Ruth hat sich natürlich bereit erklärt, oft nach Moritz zu schauen, aber das ist alles kein Trost für Judith. Auf alle Fälle muss ein Job her, mit Arbeitslosengeld kann kein normaler Mensch große Sprünge machen.

Ruth wartet wieder ungeduldig auf Judith. Sie stellt gleich die üblichen Fragen: „Wie ist das Vorstellungsgespräch verlaufen? Kurz und bündig!“ „Es war sehr sachlich und angenehm, ich habe auch schon einen Blick auf meinen eventuellen Arbeitsplatz werfen dürfen. Es wäre ein Traum, wenn es mit diesem Job klappen würde. Die Herren haben sich irgendwie interessiert gezeigt, mich einzustellen, so war jedenfalls mein erster Eindruck. Es haben sich leider noch viele andere Leute auf das Stellenangebot in dieser Firma beworben und sie werden auch noch zum Gespräch eingeladen.“ „Hast du wirklich gedacht, dass du die einzige Bewerberin bist, die auf Stellenangebote reagiert? Bei der heutigen großen Arbeitslosenzahl ist es ein Geschenk des Himmels, einen guten Job zu bekommen.“ „Das stimmt“, bestätigt Judith, ich habe beim Arbeitsamt die unzähligen Menschen gesehen, die dringend einen Arbeitsplatz suchen. Es waren hauptsächlich Menschen im mittleren Alter, aber auch viele junge Leute saßen mit einer Wartenummer da. Wir müssen uns jetzt weiter auf die Wohnung konzentrieren, ich möchte mit Moritz nächste Woche einziehen.“ „Kein Problem“, antwortet Ruth, „dein Schlafzimmer wird in zwei Tagen von Wilhelm und seinen Kollegen aufgebaut.“

Die Küche ist fertig aufgestellt und der Herd ist auch schon angeschlossen. Das Geschirr ist ebenfalls eingeräumt, der Kühlschrank kommt am Wochenende. Im Wohnzimmer steht die gebrauchte Couch, sie ist zwar nicht mehr auf dem neusten Stand, aber für den Anfang ist sie noch gut zu gebrauchen. Der Tisch und der Fernsehapparat sind hingegen neu – wer hätte noch vor wenigen Wochen gedacht, Fernsehprogramme in Farbe zu sehen? Der größte Luxus stellt für Judith die vollautomatische Waschmaschine dar. Die Lebensqualität von Judith und Moritz hat sich innerhalb weniger Wochen enorm erhöht, der ganze Kampf hat sich gelohnt, ohne Frage. Judith hat noch zwei Tage Frist, dann wollen die Herren von der Deutschen Bank verbindlich wissen, ob sie den Job antreten wird. Falls sie keine positive Antwort von der Firma Chemie & Filter GmbH bekommt, wird sie jene Stelle in Frankfurt am Main annehmen.

„Eigentlich können wir die Gardinen an den Fenstern anbringen", schlägt Judith vor. „Gut, dass meine Mutter sie noch in die Kisten gepackt hat, ich selbst wollte sie gar nicht mitnehmen." Ruth lacht und sagt: „Das ist ja unglaublich! Sie passen so perfekt, als ob sie vorher an den Fenstern abgemessen worden wären." Moritz braucht unbedingt ein neues Fahrrad, mit dem Klapprad strampelt er sich kaputt. Für seinen täglichen langen Schulweg von zehn Kilometern braucht er ein größeres Rad. Es ist Zeit zum Mittagessen, es gibt Spaghetti mit Tomatensoße, das Lieblingsgericht aller Kinder. Es gibt noch viel zu tun, denkt Judith, aber wir haben ausreichend Zeit.

Der neue Job

Heute kam ein Brief von Vera, sie fragt nach Judiths und Moritz' Befinden, ob sie sich schon gut eingelebt hätten. Ihr geht es nach ihren Zeilen zu urteilen hervorragend, auch ihre zwei Söhne haben mit dem Leben im Westen überhaupt keine Probleme. Sie leben jetzt schon fast zwei Jahre in Uelzen, von Reue nicht die geringste Spur. Der ältere Sohn beginnt im Herbst eine Ausbildung als Automechaniker, sie selbst arbeitet in einem Möbelhaus. Der Traum, im Norden zu leben, hat sich für Judith total erledigt, sie findet ihre neue Heimat viel zu idyllisch. Mit John wäre das Leben im Westen ganz anders gekommen, es hätte sich auch im Norden abgespielt. Keiner hat Johns Verhalten verstanden, irgendwann wird Judith den Grund erfahren.

In der Wohnung sieht es schon recht wohnlich aus, nur der große Schrank im Schlafzimmer ist nicht aufgebaut, deshalb können die Sachen noch nicht eingeräumt werden. Das soll sich am Wochenende ändern. Wichtige Arbeiten wie das Zimmer von Moritz müssen gemacht werden, vor allem müssen sein Bett, sein Tisch und sein Schrank fertig montiert werden. In der Schule hat Moritz Probleme im Fach Englisch, es muss unbedingt ein guter Nachhilfelehrer her. In der Zeitung stehen oft Angebote für Nachhilfeunterricht in Englisch, aber den richtigen Nachhilfelehrer zu finden, ist nicht einfach. Es geht auch um die Finanzierung, das Jugendamt hat sich jedenfalls bereit erklärt, einen Teil der Kosten zu übernehmen. Der erste Nachhilfelehrer ist ein Amerikaner mit Namen Herr Parks, leider hat er nicht die geringsten Kenntnisse in der englischen Sprache, wie sie in den Schulen gelehrt wird. Er war hauptsächlich an der Bezahlung interessiert. Schade um das verlorene Geld und die kostbare Zeit, aber es ist schon ein neuer Nachhilfelehrer in Aussicht. Er hat Lehramt studiert, unterrichtet in einer Realschule für gehörlose Kinder, gar nicht so weit von Moritz' Schule entfernt. Morgen um 17.00 Uhr hat er sich bei Judith angemeldet, um ein Gespräch mit ihr und Moritz zu führen. Diese Unterhaltung will sie auf alle Fälle in ihrer Wohnung vornehmen, egal wie es dort noch aussieht. Bei Ruth ist viel zu viel Leben in der Wohnung, da wäre ein Gespräch, das eine hohe Konzentration erfordert, gar nicht möglich. Jetzt wird noch eine Liste gemacht, welche lebenswichtigen Dinge für die Wohnung gebraucht werden. Ein Umzug ist immer mit viel Stress verbunden, für Judith kein Problem. Sie freut sich riesig darauf, bald in einer Wohnung zu leben, wo keine Kohlen mehr geschleppt werden müssen und in der es ein schönes Bad mit Warmwasseranschluss gibt. Auch den Garten mitbenutzen zu dürfen, ein Stück Natur zu haben, ist für Judith und Moritz eine feine Sache. Das Leben hat sich für sie innerhalb weniger Wochen sehr zum Positiven verändert.

Der nächste Tag bringt eine neue Überraschung für alle, Karla hat sich gemeldet. Auch sie hat die Genehmigung bekommen, aus der DDR ausreisen zu dürfen. Ruth schaut Judith an. „Du hast noch mit dir selbst und Moritz zu tun, du wirst dir doch jetzt nicht auch noch zusätzlichen Stress mit einer Freundin machen? Auf keinen Fall kannst du ihr momentan helfen!" „Darüber mache ich mir jetzt noch keine Gedanken. Sie will nur ihr Gepäck bei mir unterstellen, falls es wirklich irgendwann klappen sollte", antwortet Judith. „Sie hat jetzt erst einmal die Laufzettel bekommen, es kann also noch ewig dauern, bis sie tatsächlich ausreisen darf."

Nach dem Frühstück will Judith weitere Arbeiten an ihrer Wohnung vornehmen. Tisch und Stühle müssen unbedingt für das Gespräch mit dem Nachhilfelehrer aufgestellt werden. „Wird gemacht", antwortet Ruth, „ich versorge nur schnell die Kinder, danach komme ich." „Das brauchst du nicht", versichert ihr Judith, „ich komme gut allein zurecht, ich kann dich nicht ständig einspannen. Du hast schließlich auch noch deinen eigenen Haushalt, erledige ruhig deine Arbeit." „Du hast recht, ich muss noch Einkäufe tätigen, auch ein Berg Bügelwäsche wartet auf mich. In der Mittagszeit, wenn die Kinder aus der Schule kommen, stehe ich wieder auf der Matte." „Alles klar", erwidert Judith. Sie räumt noch das Geschirr in die Spülmaschine und verabschiedet sich von den Kindern. Moritz erinnert sie an das bevorstehende Gespräch mit dem Nachhilfelehrer. Es ist nicht leicht, zwei Jahre Englisch nachzuholen, aber deshalb in die Hauptschule zu wechseln, das kommt für Judith nicht infrage, zumal er in den anderen Fächern vom Wissen her viel weiter ist als seine Mitschüler, vor allem in Mathematik. Wenn der Nachhilfelehrer gut ist, dann wird er Moritz schon auf das gewünschte Leistungsniveau bringen.

In der Wohnung versucht Judith, wenigstens ein bisschen Ordnung ins Wohnzimmer zu bringen. Sämtliche Sachen werden ins Schlafzimmer geräumt, die Kisten werden etwas zur Seite geschoben, damit keiner stolpert. Den Tisch aus der Küche schiebt Judith ins Wohnzimmer, dazu die passenden vier Stühle. Jeder normale Mensch wird Verständnis dafür haben, dass beim Bezug einer Wohnung noch nicht alles perfekt aussehen kann. Die Heizkörper müssen allerdings unbedingt aufgedreht werden, es sind nur 14 Grad in den Räumen, viel zu kalt, um ein entspanntes Gespräch zu führen. Noch sieben Tage, dann wird die Wohnung komplett bezogen, alle restlichen Möbel werden am Wochenende von Wilhelm und seinem Freund aufgestellt. Noch zwei Tage hat Judith Zeit, um sich für den Job bei der Deutschen Bank zu entscheiden oder auch nicht. Sie schaut aus dem Fenster und sieht, wie sich der Himmel verdunkelt, nur wenige Minuten und schon regnet es in Strömen. Hoffentlich hat sich der Regen bis Mittag gelegt, ich besitze noch gar keinen Regenschirm, denkt sie schmunzelnd.

Pünktlich um 17.00 Uhr kommt der neue Englischlehrer, er begrüßt Judith und Moritz sehr herzlich. Judith führt ihn ins Wohnzimmer und entschuldigt sich sogleich dafür, dass bei ihnen in der Wohnung noch keine perfekte Ordnung herrscht. „Kein Problem", erwidert er. Er stellt sich mit dem Namen Hofer vor und setzt sich auf den Sessel, den Judith extra an den Couchtisch gestellt hat. Sie erzählt ihm kurz ihre Geschichte und auch von dem vorherigen Nachhilfelehrer, der leider nicht fähig war, gemäß dem Lehrplan, wie es in der Schule verlangt wird, zu unterrichten. „Geht klar", antwortet Herr Hofer, „bei mir wird Ihr Sohn die beste Nachhilfe in diesem Fach bekommen. Für mich stellt es eine große Herausforderung dar, Ihrem Sohn zu helfen, allerdings ist es sehr wichtig, dass er auch fleißig mitmacht." „Sie können sich jetzt allein mit meinem Sohn unterhalten und alles Weitere mit ihm klären, ich bin in einer Stunde wieder da", sagt Judith.

Judith schlendert am Neckar entlang und schaut sich nochmals voller Begeisterung die Gegend an. Vor allem der Blick nach Ladenburg und auf die Bergstraße, hinter der sich der schöne Odenwald mit seinen Bergen erstreckt, hat es ihr angetan. Nach genau einer Stunde läuft Judith wieder langsam in Richtung ihres Wohnhauses. Von der Ferne sieht sie den Postboten, er sortiert gerade mehrere Briefe, um sie den entsprechenden Empfängern zuzustellen. An ihrem Haus bleibt er ebenfalls stehen, er wirft mehrere Postsendungen in Judiths Briefkasten. Bestimmt sind es wieder Werbeprospekte, jeden Tag ist der Briefkasten überfüllt von diesem Zeug. Sie schließt den Briefkasten auf, sämtliche Briefe fallen in ihre Hände. Ein Brief ist von der Firma Chemie & Filter GmbH, weitere sind von den Eltern und von einer kirchlichen Gemeinde. Als Erstes öffnet Judith den Firmenbrief, sie kann es nicht fassen, es ist ein Arbeitsvertrag, er braucht nur unterzeichnet zu werden. Judith ist überglücklich, einen Arbeitsplatz in der Nähe ihres Wohnortes antreten zu können, es fühlt sich an wie ein Lottogewinn! Sie schließt die Wohnungstür auf und sieht, wie Herr Hofer gerade dabei ist, sich von Moritz zu verabschieden. Er wechselt noch ein paar Worte mit Judith, gibt ihr auch zu verstehen, sein Bestes zu geben, damit Moritz die Lücke im Fach Englisch bis zum nächsten Schuljahr überwunden haben wird. Allerdings heiße das für ihren Sohn, auf diverse Freizeitaktivitäten zu verzichten. Jeden Tag drei Stunden Nachhilfeunterricht seien erforderlich, um einen Erfolg zu erzielen. Moritz' Schule in Ladenburg liegt nur wenige Gehminuten von jener Schule entfernt, wo er den Nachhilfeunterricht bekommen wird. „Da bin ich vollkommen zuversichtlich", erwidert Judith, „ich glaube schon, dass Moritz fleißig lernen wird, schließlich will er eines Tages sein Abitur machen." Sie begleitet Herrn Hofer an die Haustür und verabschiedet sich freundlich von ihm. „Das Geld bekommen Sie jeden Monat auf Ihr Konto überwiesen", versichert sie ihm. Nachdem Herr Hofer gegangen ist, wendet sie sich an Moritz: „Es wird eine harte Zeit für dich, aber du wirst es ganz bestimmt schaffen!" „Na klar, ich bin doch nicht blöd!" „Nein, du bist mein kluger Schatz", sagt Judith und gibt ihrem Sohn einen Kuss.

Beim Abendessen zeigt Judith ihrer Cousine den Arbeitsvertrag, allerdings muss sie vorher noch einen Termin beim zuständigen Betriebsarzt der Firma einholen, eine Einstellungsuntersuchung ist für jeden neuen Arbeitnehmer Pflicht. Die Praxis befindet sich in einem Vorort von Heidelberg, gut mit der Straßenbahn zu erreichen. Ruth und ihre Tochter Sonja reagieren ein wenig neidisch. „Du bist erst zwei Wochen hier und hast schon eine Wohnung und einen Arbeitsplatz, darauf warten manche Westdeutsche eine Ewigkeit." „Anstatt euch darüber zu freuen, macht ihr blöde Bemerkungen", erwidert Judith beleidigt. „Nein", beschwichtigt Wilhelm, „es ist schon toll, dass alles so gut geklappt hat und du deinen Lebensunterhalt für dich und Moritz selbst bestreiten kannst. Morgen werden wir die restlichen Sachen in deine Wohnung bringen und sämtliche Lampen aufhängen." Der Strom wurde gestern eingeschaltet, so konnte die neue Waschmaschine eingeweiht werden. „Jetzt habe ich noch zwei Wochen Zeit, bis ich diese Stelle als Industriekauffrau in der Arbeitsvorbereitung antreten muss.“ „Das ist gut“, erwidert Ruth, so brauchen wir uns nicht so abzuhetzen.“

Der Brief von der Kirchengemeine beinhaltet eine sehr nette Willkommensbegrüßung in der Gemeinde Edingen, auch eine besondere Leistung für alleinerziehende Mütter steht ihnen zu. Sie haben Anspruch auf eine Mutter-Kind-Kur in einer ihrer Einrichtungen an der Nordsee. „Falls Interesse besteht, füllen Sie bitte beigefügtes Formular aus und senden Sie jenes an uns zurück.“ Oh Gott, denkt Judith, an Urlaub oder Kuraufenthalt kann ich in meiner momentanen Lage überhaupt keinen Gedanken verschwenden, dazu fehlt es mir an Zeit. Trotzdem, sehr nett geschrieben, ich bin tatsächlich im Schlaraffenland gelandet! Jetzt heißt es erst mal in die Hände gespuckt, die Wohnung fertig gestalten und für den neuen Arbeitsplatz vorbereiten. Die Arbeitsstelle bei der Deutschen Bank hat Judith bei der zuständigen Mitarbeiterin abgesagt, diese hat es zur Kenntnis genommen und ihr noch alles Gute für ihre weitere Zukunft gewünscht. Auch das wäre also erledigt.

Den Brief von ihrer Mutter hat sie noch nicht geöffnet. Briefe von ihren Lieben will sie immer in Ruhe lesen, ohne die Anwesenheit von Ruth. Ruth möchte immer alle Briefe, die Judith zugestellt bekommt, mitlesen. Das geht Judith aber zu weit, jeder Mensch braucht eine gewisse Privatsphäre, selbst wenn sie noch als Gast bei Ruth wohnt. Wilhelm hat schon eine Liste gemacht, welche Arbeiten in Judiths Wohnung noch fertiggestellt werden müssen, damit sie das kommende Wochenende einziehen kann. Für Moritz wird es auch Zeit, endlich in Ruhe seine Hausaufgaben machen zu können, das ist bei Ruth einfach nicht möglich, es herrscht zu viel Hektik im Haus. Außerdem betreut Ruth täglich vier Stunden zwei kleine Kinder von einer berufstätigen Bekannten. Es ist eine verantwortungsvolle Aufgabe, die Ruth nervlich sehr beansprucht und bis an ihre Belastungsgrenze geht. Deshalb ist Ruth auch öfter sehr nervös, was ihre Familie natürlich ebenso zu spüren bekommt. Jedenfalls freut sich Judith, mit Moritz bald ihre eigene Wohnung beziehen zu können und sich von den ganzen Strapazen erholen zu können, um wieder innere Ruhe zu finden. Eines ist sicher, ohne ihre Verwandten wäre ein so schnelles Einleben in der neuen Heimat nicht möglich gewesen.

Die Betten sind aufgestellt, auch der Schrank wurde von Wilhelm und seinem Arbeitskollegen fachgerecht aufgebaut. Jetzt können die restlichen Sachen aus den Umzugskisten in alle Schränke eingeräumt werden. Die Küche ist fertig, Judith hat für das nächste Wochenende eine kleine Party für alle Helfer angekündigt. Auch Moritz kann endlich seine innere Ruhe finden und ungestört seine Hausaufgaben erledigen. Judith schaut Moritz an und fragt: „Gefällt dir deine neue Heimat?" „Natürlich", antwortet Moritz, „aber Sehnsucht nach Papa, Oma, Opa und meinen Freunden aus dem Theater habe ich trotzdem." „Ich auch", erwidert Judith, „vielleicht können uns Opa und Oma bald besuchen kommen. Nächste Woche beginnt mein neuer Job und da muss ich bestimmt auch viel lernen, damit ich die Probezeit bestehe. Wenn das alles geschafft ist, dann kann deine Mama endlich Geld verdienen." Moritz hört seiner Mutter gespannt zu und fragt aus heiterem Himmel: „Wo wohnt eigentlich John?" Diese Frage schmerzt Judith, die letzte Zeit hat sie gar nicht mehr an ihre ehemalige große Liebe gedacht, zu stressig war die Ankunft in der neuen Welt. Sie haben es auch ohne John geschafft, in den Westen auszureisen, er wäre bestimmt stolz auf sie. Sie wird alles daransetzen, um in Erfahrung zu bringen, warum er sie verlassen hat. Dieser eiskalte Abschiedsbrief liegt ihr heute noch im Magen, auch wenn die Zeit Wunden zu heilen vermag. „Wir genießen jetzt unser neues Leben und ich freue mich auf meine Arbeitsstelle in der Firma", sagt sie zu ihrem Sohn. „Mit gefällt es auch in der Schule, die Lehrer sind sehr nett, auch die neuen Mitschüler sind sehr hilfsbereit.“ „Das freut mich“, antwortet Judith, „alles Weitere wird sich von ganz allein ergeben.“

Durch die Ausreise hat sich ihre Lebensqualität innerhalb von drei Wochen immens verbessert. Sie haben eine hübsche Wohnung, brauchen keine Kohlen mehr zu schleppen und aus dem Wasserhahn fließt immer warmes Wasser. Außerdem können sie im Fernsehen verschiedene Programme in Farbe sehen, allerdings können keine DDR-Programme empfangen werden. In sämtlichen Geschäften einkaufen gehen zu können und alle Waren zu bekommen, das ist schon eine feine Sache. In der DDR konnte man sein Geld gar nicht ausgeben, weil es einfach nichts zu kaufen gab. Hier im Westen ist es umgekehrt: Man hat zu wenig Geld, um alles zu kaufen, was das Herz begehrt. Einige Warengüter wurden aus der DDR importiert, das erkennt Judith auf den ersten Blick.

Judith muss Fahrkarten für die Straßenbahn besorgen, eigentlich wäre es besser, gleich eine Monatskarte zu kaufen. Sie fragt Ruth, was vorteilhafter sei. „Natürlich eine Monatskarte, das ist letztendlich billiger. Kein Berufstätiger, der täglich mit der Bahn fahren muss, kauft einzelne Tickets.“ Am Kiosk erschrickt Judith über den hohen Preis, fast 100,00 DM kostet die Monatskarte. „Hier bekommt keiner was geschenkt“, kommentiert Ruth. „Das ist mir schon bekannt, aber gleich so ein gepfefferter Preis?!“ Allerdings hat Judith schon viel von der freien Marktwirtschaft gehört. Hier gibt es so gut wie keine staatlichen Betriebe, jedes Unternehmen muss seine Finanzen selbst erwirtschaften, um seinen Mitarbeitern die Gehälter zahlen zu können.

Morgen muss sie zur Einstellungsuntersuchung nach Heidelberg-Leimen, dort hat der Betriebsarzt Dr. Klute seine Praxis. Es gibt eine gute Verbindung mit der Straßenbahn, sie hält genau vor dieser Praxis. So steht es jedenfalls in dem Schreiben von der Firma, einen kleinen Stadtplan haben sie ihr auch mitgeschickt, für den Fall, dass sie mit dem Auto dorthin fährt. Ein Auto wird sie sich noch lange nicht leisten können, aber das ist momentan auch nicht wichtig. Ruth schaut sich den Stadtplan an und erklärt Judith den Weg. „Du steigst hier am OEG-Bahnhof ein und fährst bis zum Adenauerplatz, dort steigst du in die Straßenbahn Nr. 4 in Richtung Leimen und fährst genau vier Stationen." „Ich werde diese Praxis schon finden, die Straße und Hausnummer stehen ja im Schreiben." Ruth schaut in den Gelben Seiten vom Telefonbuch nach. Es ist nicht schwer, den Namen Dr. Klute in Leimen zu finden. Er ist Internist, seine Frau ist als Kinderärztin ebenfalls in dieser Praxis tätig. „Dann hätten wir das auch geklärt", sagt Ruth. Judith verabschiedet sich von Ruth und eilt in ihre Wohnung.

Sie überlegt, was sie noch an Lebensmitteln besorgen muss, Moritz hat nach der Schule immer großen Hunger. Spaghetti mit Tomatensoße steht heute auf dem Speiseplan, eines von Moritz' Lieblingsgerichten. Während sie am Kochen ist, klingelt das Telefon, ihre Freundin Vera ist an der Strippe. Judith berichtet, dass der Umzug erledigt und die Wohnung so gut wie eingerichtet sei. „Dank meiner Verwandtschaft, die fleißig mitgeholfen hat. In der nächsten Woche werde ich meinen Job als Industriekauffrau antreten." „Das ging aber flott, wie hast du das so schnell geschafft?" Judith antwortet: „Ich habe mich ganz normal beworben, ich habe selbst gestaunt, dass alles so gut geklappt hat. Eigentlich habe ich vom ersten Tag an großes Glück gehabt, auch mit der Wohnungssuche. Wahrscheinlich habe ich einen Schutzengel als Begleiter." „Das glaube ich auch", antwortet Vera. „Ich wollte dich nächste Woche besuchen, passt das?" „Oh ja, das wäre schön", antwortet Judith, „es wäre geradezu ideal, denn jetzt habe ich noch Zeit. Ja, bitte komm mich besuchen, wir müssen unbedingt mal wieder miteinander quatschen. Hast du Rudolf mal wieder gesehen oder ein Lebenszeichen von ihm bekommen?“ „Nein“, antwortet Vera, „ich habe noch keine Zeit gehabt, nach seiner Adresse zu suchen.“

Die Praxis von Dr. Klute hat Judith leicht gefunden, an der Rezeption wird sie höflich von einer Arzthelferin empfangen. Diese verlangt gleich einen Behandlungsschein von der Krankenkasse. „Ich bin bei der AOK versichert“, sagt Judith, „ich habe leider keinen Schein. Mein Besuch bei Ihnen ist eine Einstellungsuntersuchung, die von der Firma Chemie & Filter GmbH angeordnet wurde, wo demnächst meine Tätigkeit beginnt.“ Die Arzthelferin entschuldigt sich bei Judith und sagt: „In diesem Fall brauchen Sie natürlich keinen Behandlungsschein, diese Untersuchung wird selbstverständlich von Ihrem Arbeitgeber bezahlt.“ Sie gibt Judith einen Fragebogen und fordert sie freundlich auf, diesen auszufüllen. Danach bittet sie Judith, im Wartezimmer Platz zu nehmen, bis sie vom Arzt aufgerufen wird.

Kein Mensch ist im Wartezimmer, das wundert Judith. Sie schaut auf die Tafel der Sprechzeiten und stellt fest, dass um diese Zeit keine Behandlungen stattfinden. Nach zehn Minuten Wartezeit wird sie von der Sprechstundenhilfe ins Arztzimmer geführt. Herr Dr. Klute begrüßt sie ebenfalls sehr freundlich. Judith empfindet sofort Sympathie für den Arzt, er strahlt eine gewisse Ruhe und Wärme aus. Er stellt ihr einige Fragen, zum Beispiel ob bei ihr in der Vergangenheit besondere Krankheiten aufgetreten sind. „Ich werde Sie jetzt gründlich untersuchen und Ihnen auch noch Blut abnehmen. Schließlich wollen Sie Ihre neue Arbeitsstelle fit antreten, nicht wahr?“ „Natürlich“, antwortet Judith, „ich bin schon ewig nicht mehr durchgecheckt worden.“ Er schaut auf das Formular, das Judith ausgefüllt hat, und fragt: „Sie sind in Halle an der Saale geboren?“ „Ja“, antwortet Judith. „Dann sind wir beide gebürtige Hallenser, also richtige Landsleute.“ Judith ist überrascht und erwidert: „Deshalb waren Sie mir also gleich so sympathisch.“ Sie erzählt kurz ihre Geschichte und erwähnt, dass sie und Moritz erst vor zwei Wochen in den Westen ausreisen durften. „Na, dann herzlich willkommen in der neuen Heimat; meine Ausreise in den Westen liegt schon fast 30 Jahre zurück, also noch vor dem Mauerbau.“ Er erzählt Judith, dass er einst zusammen mit seiner Frau in einer Kinderarztpraxis in der Nähe des Hauptbahnhofes gearbeitet habe. Es wurden viele Kinder mit Untergewicht zu ihnen gebracht, die dringend zur Kur geschickt werden mussten. „Wir haben diese Kinder bis zur Abreise betreut und sie auch auf Reisetauglichkeit und Mangelerscheinungen untersucht.“ „Ich bin auch mit sieben Jahren zur Kur an die Ostsee geschickt worden, nach Graal-Müritz ein kleiner Ostseekurort. Bei der Einschulungsuntersuchung 1956 wurde diese Kur von dem damaligen Schularzt vorgeschlagen, da ich auch unter Vitaminmangel und Untergewicht litt.“ „Dann habe ich Sie bestimmt auch schon als Kind untersucht?“, lacht der Arzt. „Die Welt ist klein und wir sind groß.“ Fast zwei Stunden unterhalten sich Judith und Dr. Klute über die Stadt Halle, er will alles über die Entwicklung der Stadt wissen. Da er damals mit seiner Frau in den Westen geflüchtet ist, hat er sich niemals mehr gewagt, für seine Geburtsstadt Halle-Saale ein Einreisevisum zu beantragen. „Wir sind legal aus der DDR ausgereist“, antwortet Judith, „und dürfen trotzdem nicht mehr in die DDR einreisen.“

Die Einstellungsuntersuchung ist vollbracht, Herr Dr. Klute hat Judiths Gesundheitszustand als sehr gut bewertet, alles ist in Ordnung. Er hat sie als gesunden und belastbaren Menschen eingestuft. In einer Woche kann Judith ihren neuen Job antreten, sie freut sich schon sehr darauf. Dieses Wochenende kommt noch ihre Freundin Vera zu Besuch. Wie lange haben sich die beiden nicht mehr gesehen? Mehr als zwei Jahre muss es her sein. Es gibt auf alle Fälle sehr viel zu erzählen, vor allem möchte Judith unbedingt Kontakt mit Rudolf aufnehmen, dafür braucht sie Veras Hilfe. Er weiß bestimmt, wo sich John aufhält und was damals geschehen ist. Jetzt heißt es heimgehen, es ist wie eine zweite Haut, in den eigenen vier Wänden zu leben. Sie ist Ruth und Wilhelm sehr dankbar, ohne die beiden wäre das alles niemals zu realisieren gewesen, diese Hilfsbereitschaft wird sie ihnen niemals vergessen. Demnächst wird auch Karla in die BRD kommen, sie will wie Judith in der Rhein-Neckar-Gegend eine neue Heimat finden. Mit ihrem Onkel aus Köln möchte sie keinen Kontakt aufnehmen.

Als Moritz aus der Schule kommt, hat er nur einen Wunsch: essen, Schularbeiten erledigen und dann ab ins Bett. Es ist alles sehr anstrengend für ihn, sieben Stunden normaler Schulunterricht, danach noch bis abends Englisch büffeln. In der DDR hat er auch bis abends gelernt, allerdings waren das hauptsächlich Texte für Theaterstücke, das hatte wunderbar funktioniert. Jetzt muss er umdenken, ein guter Schulabschluss ist für eine gute Ausbildung später sehr wichtig. Das hat Moritz sehr gut begriffen, schlechte Noten verringern die Chancen, später einen guten Beruf ergreifen oder an der Universität studieren zu können.

„Heute gibt es Königsberger Klopse, eines deiner Lieblingsgerichte!", begrüßt Judith ihren Sohn. „Darauf habe ich mich schon gefreut", erwidert Moritz. In der eigenen Küche zu kochen, ist schon eine feine Sache. Der Kampf und die lange Wartezeit auf ihre Ausreise haben sich wirklich gelohnt. Auch Moritz fühlt sich schon sehr wohl hier. Das freut und beruhigt Judith immens. Jetzt sind sie frei und können die ganze Welt bereisen, sofern es ihre Finanzen ermöglichen. Deshalb wird sie alles daransetzen, ihren neuen Job so gut wie möglich zu bewältigen, damit sie nach der Probezeit ein gutes Gehalt bekommt. Dann können sie sich viele schöne Dinge leisten, hier gibt es alles, was das Herz begehrt. Sie sagt zu Moritz: „Auch deine Mama wird viel lernen müssen, zumal mein neuer Arbeitsplatz hauptsächlich mit Computerarbeit verbunden ist." In der DDR gab es in den Büros so gut wie keine Computer, aller Schriftkram wurde manuell und mit der Schreibmaschine erledigt. Schon an solchen Kleinigkeiten ist zu erkennen, wie verdammt rückständig und arm die DDR ist. „Dafür sind wir jetzt hier in unserer neuen schönen Wohnung, in der du keine Kohlen mehr schleppen und im Keller keine Ratten mehr verjagen musst", erwidert Moritz.

Besuch von Vera

Der Besuch von Vera ist sehr herzlich. Es ist für Judith eine große Freude, nach etlichen Jahren die Freundin wiederzusehen. „Du bist dünner geworden", bemerkt Vera. „Der ganze Stress und die Einrichtung der Wohnung mit wenig Geld, das war schon anstrengend." „Du hast inzwischen alles, was du brauchst?" „Ja! Die meisten Möbel sind gebraucht, aber für den Anfang bin ich voll und ganz zufrieden." „So leicht wie du hatte ich es leider nicht. Ich bin sehr lange im Lager gewesen, bis mich eine Bekannte aus Norddeutschland aufgenommen hat, und das war auch sehr anstrengend. Sie hatte nur eine kleine Wohnung, und mit vier Personen die Räume zu teilen, war nicht einfach. Ich habe mir dann in Ruhe eine eigene Wohnung suchen können, was ebenfalls nicht leicht war. Sie hat mir dabei geholfen, dafür bin ich ihr heute noch sehr dankbar." „Es ist so unsagbar wichtig, Freunde oder Verwandte zu haben, die einem bei dem Neuanfang helfen", sagt Judith. „Wenn ich meine Verwandten nicht hätte, wäre ich auch noch im Lager. Meinen neuen Job beginne ich nächste Woche, ich bin wirklich sehr gespannt, was dort auf mich zukommt. Jedenfalls habe ich beim Einstellungsgespräch schon meinen Arbeitsplatz gesehen, die Kollegen waren sehr nett zu mir." „Das freut mich", sagt Vera, „meine Tätigkeit ist in einem Möbelhaus, aber da bleibe ich bestimmt nicht, der Chef ist ein Tyrann und das Gehalt ist auch eine Lachnummer." Judith versteht nicht, wieso Vera keine Bürotätigkeit in einer Firma findet, schließlich hat sie die entsprechende Qualifikation dafür. „Niedersachen verfügt nur über eine geringe Anzahl von freien Jobs", erklärt Vera, „es gibt dort sehr wenig Industrie. Das beste Bundesland mit der niedrigsten Arbeitslosenzahl ist Baden-Württemberg, deshalb kannst du froh sein, hier leben zu können." Judith nickt und antwortet: „Meine Cousine Ruth und ihr Mann haben mir geholfen, wo sie nur konnten. – Was ist eigentlich mit Rudolf?", wechselt sie das Thema. „Er weiß bestimmt, wo sich John aufhält, sie sind doch Kollegen gewesen." „Warum willst du das heute noch wissen? Es sind doch inzwischen schon etliche Jahre vergangen. Er denkt bestimmt nicht mehr an dich und Moritz." „Das weiß ich nicht", antwortet Judith, „ich will trotzdem unbedingt erfahren, was damals passiert ist, schließlich war er meine große Liebe. Ich habe schon versucht, Kontakt mit ihm aufzunehmen, leider kam keine Reaktion, höchstwahrscheinlich hat er seinen Wohnsitz gewechselt." Vera kann gar nicht verstehen, dass Judith immer noch Gefühle für John hegt. „Er hat eure Beziehung damals mit einem Abschiedsbrief eiskalt beendet." „Das stimmt", bestätigt Judith, „aber genau deshalb will ich den Grund wissen." „Mich interessiert Rudolf nicht mehr, es war damals eine schöne Zeit, aber sie ist vorbei. Du wirst eine neue Liebe finden und John für immer und ewig vergessen." „Das glaube ich nicht", widerspricht Judith, „er war mein Traummann, nur deswegen habe ich die Kraft gehabt, die Ausreise auch ohne seine Hilfe durchzuziehen. Wenn ich John nicht kennengelernt hätte, wäre ich niemals auf die Idee gekommen, einen Ausreiseantrag für die BRD zu stellen." „Da ist was dran", stimmt Vera ihr zu, „auch ich habe wegen Rudolf unbedingt in den Westen ausreisen wollen. Jetzt sehe ich das alles mit anderen Augen; ich werde trotzdem versuchen, Rudolf ausfindig zu machen, allein deinetwegen, meine liebe Judith."

Jetzt heißt es abwarten, vielleicht hat Vera Glück und kann die Adresse von Rudolf tatsächlich ausfindig machen. Große Hoffnungen macht sich Judith allerdings nicht, zumal inzwischen viele Jahre vergangen sind. Jedenfalls war es ein schönes Wiedersehen mit Vera, auch sie hat sich im Westen gut eingelebt. Bei Judith macht sich sehr oft Heimweh nach ihren Eltern und Geschwistern bemerkbar, auch an Kunth und ihre Kollegen denkt sie fast jeden Tag. So ist nun mal das Leben, man kann nicht alles haben. Wenn man sich weiterentwickeln will, muss man für sich selbst

Entscheidungen treffen, auch solche, die für die Angehörigen und Freunde, die man zurücklässt, wohl immer schmerzhaft bleiben werden. Wenn die DDR keine Diktatur wäre und die Grenzen für das Volk geöffnet werden würden, wäre das Leben für alle Beteiligten wesentlich leichter.

Was heißt eigentlich das Wort Heimat? Es ist bestimmt nicht nur auf die Geburtsstadt eines Menschen bezogen. Heimat – das können viele Orte auf dieser Welt sein, es ist ein Gefühl, und dieses bekommt Judith jetzt schon zu spüren. Sie hat durch ihre Cousine eine Wohnung in einer idyllischen Gegend bekommen, ihren neuen Job beginnt sie in wenigen Tagen, das nennt man Glück! Und dann diese herrliche Natur und vor allem die klare Luft, die hat sie schon als Kind immer geliebt.

Gott sei Dank hat sich dieser Wunsch nun erfüllt! Jetzt heißt es, alles zu geben, damit es auch im Job gut klappt. Ich werde den neuen Kollegen beweisen, dass wir Menschen aus der DDR auch fleißig und klug sind, außerdem sprechen wir die gleiche Sprache, sagt sie sich. Der Bildungsstand in der DDR ist mit dem der BRD vergleichbar, er ist genauso gut, trotz unterschiedlicher Systeme. In der DDR hieß es immer, die Leute im Westen wären überheblich, arrogant und würden die DDR für ein rückständiges Land halten. Bisher ist Judith solchen Leuten, die so eine Einstellung haben, noch nicht begegnet. Es stimmt, was den Wohlstand angeht, ist die DDR im Vergleich zur BRD zurückgeblieben, das liegt aber an den Devisen. Alles, was an Produktgütern hergestellt wird, geht als Exportware ins Ausland, um Devisen oder andere Dinge zu bekommen. Es ist schon sehr traurig, es ist doch eigentlich ein Volk im gleichen Land, das nach dem Zweiten Weltkrieg durch die Siegermächte getrennt wurde.

Schon denkt Judith wieder an ihre geliebten Eltern, sie mussten damals ebenfalls ihre Heimat Tilsit in Ostpreußen verlassen. Sie hatten sich ihre neue Heimatstadt Halle/Saale auch nicht ausgesucht, aber sie waren glücklich, endlich wieder in Frieden und ohne Bomben leben zu können. Keiner hatte damals geahnt, wie sich das geteilte Deutschland entwickeln würde. Als dann 1961 noch eine Mauer rund um Berlin gebaut wurde, waren Tausende Menschen aus der russischen Besatzungszone geflüchtet. So wurde das deutsche Volk von jeglichen Angehörigen getrennt, was für eine grausame Strafe! Schuld war eigentlich dieser Verbrecher Hitler, der so viel Leid über die Menschheit gebracht und den Untergang des Deutschen Reiches vollzogen hat. Sehr viele Bücher gab es in der DDR über diesen Mann nicht zu lesen, aber jetzt bin ich im Westen, denkt Judith, hier gibt es alle Bücher der Welt. Als Moritz zur Tür hereinkommt, sind Judiths Gedanken wieder in der Gegenwart. „Was gibt es heute zu essen?“, fragt er. „Wiener Schnitzel mit Pommes und Salat.“

Der Besuch von Vera hat Judith irgendwie aufgewühlt. Wieso versteht Vera nicht, dass ihre Gedanken noch oft bei John sind? Sie wird trotzdem versuchen, Veras ehemaligen Freund Rudolf zu kontaktieren, vielleicht ist ihm bekannt, wo John sich aufhält; ob es klappt, steht in den Sternen, aber einen Versuch ist es für Judith allemal wert.

Judith macht sich auch Gedanken um Karla, sie wird bald ihre Ausreisepapiere bekommen und braucht dann Hilfe. Jetzt will sie sich aber erst einmal auf ihren neuen Job vorbereiten. Eine neue Herausforderung ist immer eine spannende Angelegenheit, vor allem hat es sie schon immer interessiert, am Computer zu arbeiten. Moritz macht auch Fortschritte im Fach Englisch, sein Klassenlehrer ist sehr zufrieden. Bis zum Schuljahresende wird er die Lücke in diesem Fach auf alle Fälle geschlossen haben. Der gute Nachhilfelehrer hat sich also gelohnt. Judith ist so froh, dass Moritz’ Heimweh nach seinem Vater, nach seinen Großeltern und auch nach seinen Freunden nachgelassen hat. Sie will ihm auch gar nicht mehr solche Fragen stellen. Er hat jetzt sein eigenes Zimmer, wohin er sich zurückziehen kann, das ist schon sehr viel wert.

Jetzt heißt es für Judith erst mal fleißig Geld verdienen, um sich gewisse Wünsche erfüllen zu können. „Wenn alles klappt, werden wir in den Sommerferien eine schöne Reise machen, das verspreche ich dir." Moritz nickt. „Eigentlich brauche ich ein besseres Fahrrad, das Klapprad ist eine Katastrophe." „Du hast recht", antwortet Judith, „von meinem ersten Gehalt kaufe ich dir ein ordentliches Fahrrad, hab noch ein wenig Geduld." Das Telefon klingelt, Ruth ist am Apparat. „Wir wollen heute Abend zum amerikanischen Volksfest nach Heidelberg gehen, das wird dir bestimmt gefallen, hast du Lust?" „Ich bin dabei", antwortet Judith. Auf Feste zu gehen, ist immer gut. Moritz ist es gewohnt, abends öfter mal allein zu sein, es stört ihn nicht. So kann er ungestört Fernsehprogramme schauen, die ihn interessieren. „Es ist so schön, den Wasserhahn aufzudrehen, täglich zu duschen oder ein warmes Bad zu nehmen, ohne einen Ofen anheizen zu müssen. Die Landschaft ist einfach ein Traum, sogar die Vögel hören wir jeden Morgen zwitschern, das war in der alten Bruchbude in Halle nicht möglich. Es gab noch nicht einmal eine Bepflanzung von Bäumen auf der Straße", erinnert sich Judith. „Hier ist es wirklich viel schöner", bestätigt Moritz. „Fußball würde ich auch gern wieder spielen, im Verein Edingen!", fügt er hinzu. „Sicher", erwidert Judith, „wenn du keine Nachhilfe mehr im Fach Englisch brauchst, hast du alle Freizeit der Welt."

Rudolf

Als sich Judith für das amerikanische Volksfest stylt und gerade ihre Haare zu föhnen beginnt, klingelt das Telefon. Das ist bestimmt Sonja! Moritz nimmt den Hörer ab. „Sie sprechen mit Moritz Dreve." Nach einer Weile ruft Moritz seine Mutter. „Da möchte dich jemand ganz dringend sprechen." „Wer soll das sein?", fragt Judith. „Keine Ahnung, ich habe den Namen leider nicht richtig verstanden." Sie nimmt Moritz den Hörer ab und fragt: „Wer spricht da bitte?" „Du wirst es nicht erraten, Süße, hier ist Rudolf, willkommen in der westlichen Welt! Deine Freundin Vera hat mich angerufen!" Zuerst kann Judith nicht gleich antworten, so aufgeregt ist sie. „Hallo Rudolf, ich freue mich, endlich mal wieder von dir zu hören. Wie hat dich Vera so schnell gefunden?" „Es war nicht schwer, sie hat in meiner Firma angerufen und Glück gehabt, dass ich nicht gerade auf einer Fernbaustelle bin. Vera hat erzählt, dass du gern mit John sprechen willst. Es ist gut, wenn wir uns mal treffen, ich fahre morgen nach München, da könnte ich in der Mittagszeit bei dir eine Pause einlegen." „Das passt wunderbar", erwidert Judith, „du hast mir bestimmt viel zu erzählen." „Ja, dann tschüss und bis morgen." „Bis morgen", echot sie wie in Trance und legt den Hörer auf. Ich fasse es nicht, es war der ehemalige Freund von Vera und der Kollege von John! Jetzt wird sie endlich erfahren, was damals passiert ist. Oh Gott, Vera, ich bin dir so dankbar, du hast dein Versprechen eingehalten. Sie wählt sofort die Nummer von Vera, um sich bei ihr zu bedanken, aber Vera scheint nicht zu Hause zu sein. Egal, dann versuche ich es erneut zu einem späteren Zeitpunkt, jetzt geht es zum Volksfest.

Moritz kann sich überhaupt nicht mehr an Rudolf erinnern, er war damals noch zu klein. An John denkt er allerdings noch oft, sie hatten in Halle ja auch wie eine Familie zusammengelebt und waren gemeinsam nach Ungarn in den Urlaub gefahren. „Vielleicht sehen wir John wieder?", fragt Moritz. „Das kann alles sein, aber große Hoffnungen mache ich mir da nicht mehr. Es muss damals einen Grund gegeben haben, uns zu verlassen, den werde ich bestimmt von Rudolf erfahren." Moritz schaut seine Mutter an und fragt, ob sie das wirklich wolle, wieder mit John zusammen sein. „Wir haben doch jetzt unser eigenes Zuhause, nochmals umziehen, wieder in eine neue Schule wechseln, dazu hätte ich keine Lust. Ich habe mich gerade einigermaßen eingelebt, das möchte ich jetzt nicht mehr missen." Durch diese Worte von Moritz hat Judith endlich verstanden, dass sie auch Rücksicht auf ihren Sohn nehmen muss. Diese Übersiedlung war auch für ihn kein Zuckerschlecken. „Nein, mein Schatz", beruhigt ihn Judith, „wir führen jetzt unser eigenes Leben, das lassen wir uns von keinem Menschen kaputt machen, mir tut kein Mann mehr seelisch weh." Sichtlich erleichtert erwidert Moritz: „Ich kann mich noch ganz genau an die vielen Tränen erinnern, die wegen John geflossen sind. Das hat auch mir verdammt wehgetan." „Das wird niemals mehr passieren, das verspreche ich dir!", antwortet Judith ihrem Sohn.

Die ganze Nacht hat sich Judith unruhig hin und her gewälzt, immer wieder wurde sie von Albträumen heimgesucht. Sie kann es kaum erwarten, endlich den Grund zu erfahren, warum John damals diesen Rückzieher gemacht hat. Schade, den Abschiedsbrief hat sie damals sofort verbrannt, das war vielleicht ein Fehler. Egal, es ist lange her, die Zeit heilt Wunden. Der Grund interessiert sie allerdings schon, sie will wissen: Warum???

Nach dem Frühstück mit Moritz versucht Judith, einen klaren Kopf zu bekommen und vor allem zu überlegen, welche Fragen sie Rudolf stellen wird. Sie geht unter die Dusche und zieht ihre neue Jeans an, darauf trägt sie eine weiße Bluse. Beim Föhnen ihrer Haare merkt sie, dass ihre Hände zittern. Auch will der Lidstrich überhaupt nicht gelingen. Sie trägt noch ein dezentes Make-up auf ihr Gesicht auf und hebt ihre Lippen mit einem leichten Lippenstift hervor. Sie schaut in den Spiegel und lächelt zufrieden. So bin ich, immer ein gepflegtes Auftreten. Sie schaut auf die Uhr, es ist gerade mal 10.00 Uhr. Von Niedersachsen bis Heidelberg sind es ungefähr 600 Kilometer. Es wird noch eine Weile dauern, bis Rudolf eintrifft.

Fehlanzeige, es klingelt Sturm und als Judith öffnet, stehen Vera und Rudolf vor ihrer Tür. „Ich fasse es nicht, Vera, du bist auch gleich mitgefahren?“ Rudolf begrüßt Judith ganz herzlich, auch Vera freut sich, dass ihr die Überraschung gelungen ist. „Du siehst toll aus, hast dich überhaupt nicht verändert, nur ein wenig dünn“, äußert Rudolf. „Auch du hast dich nicht verändert, nur dein Bauch ist etwas dicker geworden“, erwidert Judith. „So ist das im Alter, immer gutes Essen und kaum Bewegung“, erklärt Rudolf. „Wie lange hat die Fahrt bis hierher gedauert?“, erkundigt sich Judith. „Du wirst es nicht glauben“, sagt Vera, „wir sind schon gestern am späten Abend in Heidelberg angekommen und haben uns ein Hotelzimmer genommen. Schließlich haben wir uns auch viel zu erzählen.“

Rudolf hat sich sehr über das Telefonat von Vera gefreut, er konnte es gar nicht fassen, dass sie den Schritt, in die BRD auszureisen, tatsächlich gewagt haben. „Vera ist schon vor fast zwei Jahren ausgereist“, sagt Judith. „Das habe ich erst gestern gehört“, antwortet Rudolf, „ich war ein wenig sauer, nicht früher davon erfahren zu haben.“ „Der Grund, warum sie sich überhaupt bei dir gemeldet hat, bin ich, ich habe Druck auf Vera ausgeübt, wegen John.“ „Liebe Judith, darüber müssen wir uns sowieso noch unterhalten, irgendwas ist damals passiert.“ „Wieso“, fragt Judith erschrocken, „hatte er einen Unfall und lebt vielleicht gar nicht mehr?“ Rudolf reagiert mit einem klaren Nein. „In unserem Hotel befindet sich ein nettes Restaurant, wir haben dort einen Tisch reserviert, am besten wir fahren gleich los“, schlägt er vor. „Du hast dir mit deinem Sohn wirklich eine schöne Ecke als zweite Heimat ausgesucht“, sagt er bewundernd. „Ich habe Verwandte hier leben, sie haben uns gleich nach unserer Ankunft bei sich aufgenommen, sonst wäre alles anders gekommen. Eigentlich wollte ich auch im Norden leben, aber meine Tante Lenchen hat nur eine kleine Wohnung, also nicht genug Platz, um bei ihr zu wohnen." „Sei froh", erwidert Rudolf, „Baden-Württemberg ist das beste und reichste Bundesland, das auch Arbeitsplätze zu bieten hat." „Das stimmt", bestätigt Judith, „ich habe schon einen Job als Industriekauffrau, den ich nächste Woche antrete." „Das ging aber sehr schnell!" „Ich habe großes Glück gehabt", sagt Judith. „Allerdings muss ich bestimmt viel lernen, zumal ich noch keine Computerkenntnisse besitze." „Du warst schon in der DDR eine clevere Geschäftsfrau", lacht Rudolf. „Das weißt du noch?", ist Judith überrascht. „Natürlich", antwortet Rudolf. „Sämtliche westdeutsche Kollegen hast du mit Produkten eingedeckt, die auch in der BRD teuer sind, das Fernglas habe ich heute noch. So konnten wir unser Ostgeld, das wir als Spesen bekommen haben, nützlich ausgeben. Du bist cleverer als deine Freundin gewesen." „In einem hast du recht", kommentiert Vera, „für solche Geschäfte hatte ich nicht das geringste Interesse." „Deinen Sohn Moritz habe ich gar nicht mehr erkannt", fährt Rudolf fort, „damals war er erst sieben Jahre alt, immer ein süßer und lieber Junge." „Er ist heute 13 Jahre alt und immer noch lieb und sehr ruhig. Die ganze Ausreise ist auch für ihn nicht einfach gewesen, vor allem, seinen Vater, seine Halbschwester und seine Freunde zu verlassen. Es ist schon alles sehr traurig, meine Eltern werden im Sommer ein Besuchsvisum beantragen, schließlich sind sie schon Rentner und dürfen eigentlich in die Bundesrepublik einreisen." „Das freut mich für euch, hoffentlich klappt es", sagt Rudolf. „Eigentlich wollte ich von dir wissen, wie es John geht." Rudolf schaut Judith etwas zornig an und fragt: „Wieso hast du damals die Beziehung so knallhart mit einem Abschiedsbrief beendet?" „Wie bitte?! Ich habe niemals einen Abschiedsbrief geschrieben! John hat mir einen eiskalten Abschiedsbrief geschrieben!", antwortet Judith völlig verblüfft. „Ich habe Tag und Nacht geweint, auch versucht, ein Telefonat mit ihm anzumelden, leider habe ich kein Glück gehabt. Ich habe die Welt nicht mehr verstanden, so weh hat er mir getan. Ich könnte gleich wieder losheulen, wenn ich daran zurückdenke." Vera bestätigt Judiths Worte. Rudolf fährt fort: „Als John deinen Abschiedsbrief zugestellt bekommen hat, auch noch per Einschreiben, ist er fast durchgedreht. Auch er hat die Welt nicht mehr verstanden, er hat sogar versucht, nochmals in die DDR einzureisen, aber sein Visum wurde von den DDR-Behörden abgelehnt. Dann hat er sich beruflich nach Taiwan versetzen lassen, weil unsere Firma zu diesem Zeitpunkt gerade einen Auftrag für ein neues Großprojekt bekommen hat." „Ich möchte John so gern kontaktieren, um den ganzen Irrtum aufzuklären." „Es ist zu spät", antwortet Rudolf, „es sind fast sechs Jahre vergangen, da ist viel passiert." „Was soll das heißen? Geht es ihm schlecht? Oder lebt er nicht mehr?" „Nein", antwortet Rudolf, „er hat vor vier Jahren seine Sandkastenliebe geheiratet, auch schon zwei gemeinsame Kinder mit ihr, es sind Zwillinge, ein Junge und ein Mädchen."

Judith hört überhaupt nicht mehr auf zu weinen. „Wir haben damals auch von zwei gemeinsamen Kindern geträumt. Es sollte nicht sein, aber wer hat unser Glück zerstört?" „Das war die Handschrift der Staatssicherheit, dafür sind sie bekannt. Es sind noch viel schlimmere Delikte ans Licht gekommen, die vom Geheimdienst der DDR begangen wurden. Familien wurden zerstört, sie haben da ihre Methoden, Dinge in die Welt zu setzen, die überhaupt nicht der Wahrheit entsprechen. Diese Methoden heißen bei der Staatssicherheit ZERSETZEN. Dein Fall ist so einer, es hat auch geklappt. Mit gefälschten Briefen ist eure große Liebe von den Staatsorganen der DDR zerstört worden." „Ich verstehe das alles nicht", ist Judith geschockt, „wir haben dem Staat doch nichts getan?" „Du hast dir einen Freund aus dem Westen ausgesucht und das ist für den Staat DDR eine Straftat. Es ist schon alles sehr traurig", zeigt sich auch Rudolf ergriffen, „aber lasst uns den Tag dennoch mit einem guten Essen abschließen." Alle sind einverstanden, obwohl Judith der Appetit vergangen ist. „Du wolltest die Wahrheit wissen", erinnert Vera sie, „jetzt heißt es, mit der Vergangenheit abschließen." Rudolf notiert die Adresse und Telefonnummer von John auf einen Zettel und überreicht ihn Judith. „Falls du doch Kontakt mit ihm aufnehmen möchtest." Judith steckt den Zettel in ihre Handtasche und ruft Moritz. „Zieh dir eine Jacke über, wir wollen losfahren."

Das Hotelrestaurant liegt direkt am Neckar mit Blick auf eine atemberaubende Landschaft. „Es ist wirklich eine wunderschöne Gegend hier", schwärmt Vera, „und ich bin mir sicher, bald findest du auch hier ein neues Glück." „Auf alle Fälle werde ich niemals mehr heiraten", erwidert Judith. „Ich auch nicht", sagt Vera. Der Kellner kommt mit der Speisekarte, Judith und Moritz brauchen nicht lange zu überlegen, sie bestellen beide Wiener Schnitzel mit Pommes und Salat, das schmeckt immer. Schon zu DDR-Zeiten waren Schnitzel und Rouladen immer ihr Lieblingsgericht, die echten Wiener Schnitzel werden allerdings aus Kalbsfleisch gemacht. Die Auswahl an Fleischprodukten war beim Metzger immer sehr mager, erinnert sich Judith.

Die Zeit vergeht wie im Fluge, es ist ein wunderschöner Nachmittag mit Rudolf und Vera. Es hat Judith unendlich gutgetan, endlich die ganze Wahrheit zu erfahren; also hatte auch John niemals jenen Abschiedsbrief geschrieben! Zum Schluss sagt Rudolf noch zu Judith: „Du darfst John niemals die Schuld geben, er hat dich wirklich abgöttisch geliebt. Er hat immer einen Bernstein bei sich getragen, den er von dir bekommen hat." „Das stimmt", betätigt Judith, „den habe ich an der Ostsee gekauft. Er sollte ein Glückbringer sein, hat uns aber leider kein Glück gebracht. Zwei Träume hatten wir, erstens meine Ausreise in den Westen und zweitens eine gemeinsame Zukunft. Es hat sich nur ein Traum erfüllt." „Sieh es positiv", sagt Rudolf, „wenn du John nicht kennengelernt hättest, wäre auch der Traum, in den Westen auszureisen, nicht erfüllt worden. Schau uns an, Vera und ich waren auch über beide Ohren ineinander verliebt, aber die lange Zeit und das System in der DDR haben auch unser Glück zerstört. Wir sind jedenfalls noch Freunde geblieben und freuen uns jetzt zweimal im Jahr auf ein Treffen. Die Zeit heilt wirklich Wunden. Konzentriere dich jetzt auf dein neues Leben, den neuen Job, vor allem passe immer gut auf Moritz auf." „Das werde ich tun", sagt Judith, „nochmals vielen Dank, dass du sofort nach Heidelberg gekommen bist." „Ich habe mich auch sehr auf das Wiedersehen mit euch gefreut", erwidert Rudolf, „so konnten wir nochmals alte Erinnerungen austauschen. Es gab auch viele schöne Stunden in der DDR, zum Beispiel der Süße See bei Eisleben. Was haben wir dort auf dem Schiff gefeiert!" „Daran kann ich mich auch noch erinnern", lacht Vera, „ihr habt das ganze Schiff mitsamt Bedienungspersonal gemietet." „Mit Westgeld war auch in der DDR vieles erschwinglich, aber auch das ist Vergangenheit. Jetzt heißt es, euch voll und ganz in die neue Heimat zu integrieren, um hier ein schönes Leben zu führen." „Das schaffen wir", zeigt sich Judith zuversichtlich. „Ich möchte mal die ganze Welt bereisen", fügt sie hinzu, „ich spüre eine unglaubliche Sehnsucht und Neugier auf fremde Kulturen in mir." Als sich alle voneinander verabschieden, sagt Rudolf: „Das Wiedersehen war wirklich schön!"

Endlich hat Judith die Wahrheit erfahren! Sie ist irgendwie traurig, zugleich aber auch wütend. Rudolf hat vollkommen recht, diese große und zuckersüße Liebe zu John hat trotz dieses tragischen Ausgangs ebenso etwas Positives bewirkt. Hätte sie John nicht kennengelernt, hätte Judith niemals das Interesse gehabt und die Kraft aufgebracht, ihre Heimat DDR zu verlassen. Sie schaut auf den Zettel mit Johns Adresse und überlegt, ob es gut ist, trotzdem Kontakt mit ihm aufzunehmen. Was soll das bringen? Er hat eine

Frau und sogar zwei Kinder, das hat doch alles keinen Sinn. Es würde nur unnötig alte Wunden aufreißen. Für etwas zu kämpfen, was schon lange verloren ist, dabei ein anderes Glück zu zerstören, nein, das wäre auf keinen Fall eine Errungenschaft, denkt Judith. Ich muss meine große Liebe abhaken, aber die schöne Zeit mit ihm, vor allem seine Zärtlichkeit, seine Schönheit und seine Klugheit, die werden immer in meiner Erinnerung bleiben. Und wir haben uns von Herzen geliebt! Sie betrachtet ein letztes Mal den Namen John Clausen auf dem Zettel, den ihr Rudolf gegeben hat, danach vernichtet sie ihn. Moritz hat seine Mutter ganz genau beobachtet, jede Miene von ihr. „Es ist jetzt wirklich vorbei? Du denkst nicht mehr an John und weinst auch nicht mehr?" „Nein! Das Kapitel ist jetzt gänzlich abgeschlossen und gehört der Vergangenheit an, versprochen, mein Sohn."

Moritz konzentriert sich jetzt nur noch auf seine Schule, vor allem an seinen Englischkenntnissen muss er weiterhin arbeiten. Der Nachhilfelehrer ist jedoch sehr zufrieden mit Moritz, Moritz ist ein fleißiger Schüler. In einem halben Jahr sei es durchaus möglich, den gesamten Stoff der Klasse aufgeholt zu haben. Das wäre wunderbar, dann hätte er wieder mehr Freizeit und könnte auch wieder im Club Fortuna Fußball spielen. Hoffentlich hält er durch und wird durch den ganzen Lernstress nicht überfordert. Ein Neuanfang in einem völlig neuen System, das ist schon nicht so einfach. Jetzt freut sich Judith auf ihren ersten Arbeitstag in der Firma, sie sprüht regelrecht vor Selbstbewusstsein. An John will sie nicht mehr denken, sie hat genug getrauert. Dass Menschen der Staatssicherheit die Anweisung bekommen, Methoden zu entwickeln, um Beziehungen zu zerstören, Lügen erfinden, Briefe mit falschem Absender schreiben – das ist der reinste Missbrauch an Menschen. Sie will gar nicht wissen, wie viele Familien durch solche Zersetzungsmaßnahmen schon zerstört worden sind. Es ist gut, die Ausreise in eine freie Welt geschafft zu haben und das

Leben in einer Diktatur hinter sich gelassen zu haben. Vielleicht kommt ja mal der Tag, an dem die Grenzen für alle Menschen in der DDR geöffnet werden, aber das wird wohl immer ein Traum bleiben, denkt Judith. „Die Mauer wird noch in hundert Jahren stehen!", so hatte es der Staatsminister Honecker bei einem Staatsbesuch in der BRD dem Bundeskanzler Kohl in einem scharfen Ton nochmals klargemacht. Judith hat jetzt nur einen Gedanken: nach vorn schauen. Vergessen wird Judith ihre große Liebesromanze in Moll allerdings niemals. John war einfach zu zauberhaft, er hat ihr Leben verändert.

Nachwort

Das Leben im Westen verlief für Judith und Moritz ohne jegliche Probleme. Judith machte in ihrem Job Karriere und ist dieser Firma bis zum Rentenalter treu geblieben. Auch Moritz absolvierte seine Schule, seine Ausbildung und sein Studium erfolgreich, sehr zur Freude seiner Mutter.

Judith hat ihren Traum, Reisen in fremde Länder zu unternehmen und andere Kulturen kennenzulernen, verwirklicht und war immer wieder aufs Neue fasziniert. Eine Ehe ist sie niemals mehr eingegangen, sie hat aber einen lieben Freund, der ihr immer zur Seite steht.

Die unmenschlichen Methoden der Staatssicherheit hat Judith bis zur Wende 1989 zu spüren bekommen. So wurde für Judith eine Besucher-Einreise in ihre Geburtsstadt Halle-Saale erst beim Fall der Mauer möglich. Die Menschenmassen, die 1989 Zuflucht in der Prager Botschaft suchten, ließen bei Judith intensive Erinnerungen aufkommen. Wie oft hatte sie mit Karla jenes Gebäude aufgesucht! Damals hatte kein Mensch Zuflucht in dieser Botschaft gesucht, vielleicht war diese Möglichkeit damals noch nicht bekannt gewesen, auch nicht durch die Medien. Für Judith und Karla hat sich der Weg nach Prag auf alle Fälle gelohnt: Ihre Namen standen auf einer Liste des Bundesministeriums der BRD, so konnten sie Anfang 1984 ausreisen.

Auch in Westdeutschland wurde Judith bis zur Wende weiterhin durch die unsichtbaren und geheimen Machenschaften der DDR observiert. Sie wurde mit perversen, nächtlichen Telefonaten attackiert und noch vieles mehr. Die vielen Berichte, die Judith später bei Einsicht ihrer Stasi-Akte las, können aus heutiger Sicht einfach nur als geisteskrank bezeichnet werden. Durch die Wende sind die Grausamkeiten der DDR-Diktatur endlich ans Licht gekommen.

John und Judith sind sich nie mehr begegnet, aber die Erinnerung an diese große Liebe wird für immer in Judiths Herzen bleiben.